RESET.

Jens Bühler

Impressum:

Jens Bühler

c/o Papyrus Autoren-Club

Pettenkoferstr. 16-18

10247 Berlin

E-Mail: jens.buehler@online.de

Titelbild:

© epantha / fotolia.com

ISBN-10: 1505901782
ISBN-13: 978-1505901788

KAUSALITÄT

Markus Steller

»Der hat dir ins Gesicht gespuckt. Warum hast du dem Wichser nicht in die Fresse geschlagen?«, fragte Wilczek.
Hauptkommissar Markus Steller steuerte den BMW auf das Tankstellengelände. Ohne seinen Partner anzusehen, antwortete er. »Hast du die Typen nicht gesehen?«
»Welche Typen?«
»Die Kerle auf der anderen Straßenseite.«
»Nein.«
»Jeder von denen hatte ein Handy in der Hand. Ich will mich morgen nicht auf YouTube sehen.« Steller parkte den Zivilwagen neben einem Münzstaubsauger ein. »Ein Smartphone können die Idioten bedienen. Ich lasse mich ungern dabei filmen, wenn ich jemanden in Handschellen eine verpasse.«
»Trotzdem. Der Penner hat versucht, seine Ex-Freundin zu erschlagen. Du hättest es ihm richtig besorgen sollen.« Ben Wilczek war Anfang zwanzig. Seine Unüberlegtheit ging Steller auf die Nerven.
»Ich bin operativer Leiter bei der Frankfurter Fahndung. Wenn ich mich nicht beherrsche, dann kriege *ich* es besorgt.« Steller vergrub das Gesicht in seinen Händen, massierte sich die Schläfen. Er stieg aus. Die Sonne stand wie eine Quecksilberdampflampe am Himmel und versuchte die Stadt niederzubrennen. Die Luft roch nach heißem Teer. In diesem Moment brachte ein anderes Team den Gefangenen in die Gewahrsamszellen des Präsidiums. Wenn das geschehen war, dann musste sich die Mordkommission mit dem Typen herumärgern. Obwohl die Festnahme erst Minuten her war, begann sein Gehirn bereits die Erinnerung daran zu formatieren.
Wilczek hatte mittlerweile den Wagen ebenfalls verlassen. Er stöhnte. »Hast du schon einmal eine solche Hitze im Mai erlebt?«

Steller schüttelte den Kopf. »Darf ich dich etwas Persönliches fragen?« Wilczek zögerte kurz. »Die Jungs sagen, ich soll es lieber lassen.«
»Dann lass es.«
Wilczek überhörte das. »Warum schaust du immer so trübsinnig aus der Wäsche? Man denkt, dass du gleich zu weinen anfängst. Wie...« Das Funkgerät im Auto schnitt ihm das Wort ab. *»Wer kann fahren? Verdacht auf häusliche Gewalt. Revierbereich 17. Sindlingen. Cheruskerweg 16. Das Revier hat keine freie Streife. Wer kann fahren?«*
Sofort beugte sich Wilczek in das Fahrzeug, griff sich das Mikrofon des Funkgeräts und nahm den Auftrag an.
»Bist du bescheuert?«, platzte es aus Steller heraus.
Wilczek zuckte zusammen. »Das Revier hat keinen Funkwagen frei. Was soll ich machen?«
»Mich fragen. Wenn du Streife fahren willst, musst du es nur sagen.« Er schlug die Fahrertür von außen zu.
»Wo gehst du hin?«
»Pissen.«

Als Steller von dem Tankstellengebäude zurückkam, sah er, wie Wilczek von einem Bein auf das andere trat. Wortlos stieg er ein und startete den Wagen. Zwei Minuten später bogen sie in den Cheruskerweg ein. Der BMW rumpelte auf den Bürgersteig und Steller brachte ihn vor der Hausnummer 16 zum Stehen, hievte seinen Körper aus dem Sitz. Das direkt neben der A66 gebaute Haus war eine bewohnbare Schallschutzwand mit Schießscharten als Fenster. Vor der Tür stapelten sich abgelebte Einwegmöbel. In solchen Gegenden lag immer Sperrmüll auf der Straße. Steller schirmte mit der flachen Hand seine Augen ab, während er missgelaunt die Fassade hinauf sah. »Wie war der Name?«
Wilczek zog sich eine Sonnenbrille aus der Hemdtasche und setzte sie sich auf die Nase. »Dolor.«
»Wer hat das gemeldet?«

»Moment.« Wilczek öffnete die Beifahrertür und beugte sich ins Fahrzeug. Als er wieder zum Vorschein kam, sagte er: »Laut Einsatzzentrale war es ein anonymer Anrufer. Vermutlich Nachbarn, denen der Krach auf die Nerven ging.«

»Bringen wir es hinter uns.«

Die Begutachtung der Klingelanlage festigte Stellers ersten Eindruck von dem Betonbunker. Die Namen waren überklebt, durchgestrichen. Wilczek zeigte mit dem Finger auf ein Namensschild, auf dem mit krakeligen Kugelschreiberbuchstaben *Familie Dolor* geschrieben stand. »Achter Stock.« Steller drückte gegen die angelehnte Haustür. Im Treppenhaus herrschte Stille. Es roch nach Urin und Rattenkot. Gut, dass sie nicht in den Keller mussten. Er hämmerte erfolglos auf dem Fahrstuhlknopf herum. »Das kann doch nicht wahr sein.«

»Sei froh, dass der kaputt ist.« Sein Partner klopfte ihm von hinten auf die Schulter, drängelte sich an ihm vorbei und begann die Stufen hinaufzusteigen. Fluchend folgte Steller ihm. Je höher sie kamen, umso stickiger wurde es. Sie erreichten den achten Stock. Links von der Treppe war ein beigefarbenes Rechteck zu erkennen, die Wohnungstür der Familie Dolor. Hier oben gab es nur eine Wohnung. Auf dem Boden lag eine Fußmatte, neben der sich ein Haufen verdreckter Schuhe stapelte. Steller war außer Atem. Er beugte sich nach vorne, stützte sich mit den Händen an den Knien ab. Nachdem er mehrmals tief durchgeatmet hatte, sah er zu seinem Kollegen auf, der vor der Tür stand. Wilczek hatte die Stirn in Falten gelegt, gab ihm mit einer Handbewegung zu verstehen, dass er leise sein sollte. Steller hielt den Atem an, um zu lauschen. In den Eingeweiden des Hauses rauschte eine Wasserleitung. Von der Straße unter ihnen schwappten Echos herauf.

Steller wollte gerade die Luft aus den Lungen lassen, als seine Nackenhaare sich aufstellten. Da war etwas. Dicht an der Wahrnehmungsgrenze. Er sah Wilczek an, öffnete den Mund, kam nicht zum Sprechen. Ein spitzer Schrei drang aus der Wohnung. Steller hatte in seinem Leben viele Schreie gehört. In diesem schwang Todesangst. Er zerrte an dem Funkgerät, das an seinem Gürtel hing. »Cheruskerweg 16, dringende Unterstützung!« Steller

ließ die Sprechtaste los, sah seinen Kollegen an. »Wir müssen da rein. Sofort!« Wilczek nahm Anlauf, trat mit Wucht gegen das Türblatt. Beim ersten Versuch widerstand die Tür seinem Körpergewicht, dann flog sie nach innen. Vor ihnen lag ein Wohnungsflur, der nach knapp sechs Metern abknickte. Kurz vor dem Winkel sah er im Halbdunkel den Schattenriss eines Mannes stehen. »Polizei!« Stellers Hand zuckte zum Holster. Der Schatten drehte sich weg, zeigte kein Interesse. Steller machte lange Schritte wie ein Handballspieler am Wurfkreis, fegte ihm mit einem Tritt die Beine weg. Für den Moment eines Wimpernschlages lag der Mann waagerecht in der Luft. Dann schlug er mit dem Rücken auf dem Boden auf. Er war etwa vierzig, dürr, vom Alkohol ausgezerrt. Steller kniete sich auf seine Brust, zog die Waffe und drückte ihm die Mündung gegen den Kopf. »Beweg dich nicht!« Gemeinsam drehten sie den Kerl auf den Bauch, steckten dessen Streichholzarme in die Handschellen.
Es roch nach vergessenem Hausmüll. Aus dem hinteren Teil der Wohnung drangen Stimmen zu ihnen. »Hörst du das?«, fragte Steller. Er stand auf, umklammerte die Heckler & Koch.
»Geh, geh! Ich hab ihn«, sagte Wilczek.
Langsam bewegte Steller sich weiter. In seinem Rücken hörte er seinen Partner. »Der Kerl ist voller Blut.«
Was hatte der Wichser gemacht? Rechts von Steller befand sich eine angelehnte Tür. Er stieß sie mit dem Fuß auf und blickte in das Wohnzimmer. Die Fenster waren abgedunkelt. Staub tanzte in komprimierten Lichtstrahlen, die sich durch kleine Löcher in den Jalousien drückten. An einer misshandelten Schrankwand fehlten mehrere Türen. Auf dem Boden lagen Spielsachen. Jemand weinte. Die Geräusche kamen aus dem hintersten Zimmer. Stellers Mund trocknete aus.
Zurück im Flur erreichte er nach wenigen Schritten die letzte Tür. Sie stand offen. Er hob die Waffe in die Visierung. Wieder Stimmen. Sprach da ein Mann? Wer immer in dem Raum war, musste die Festnahme mitbekommen haben. So taub konnte man nicht sein. Was für eine kranke Scheiße lief hier ab? Besser auf Unterstützung warten. Vielleicht war der Kerl bewaffnet.
Ein Kind schluchzte. Scheiß auf die Unterstützung.

Steller stand vor der Tür, bewegte sich auf einer halbkreisförmigen Bahn um den Türpfosten, die Waffe im Anschlag. Bloß die Nerven behalten, sich nicht unbedacht in den Türrahmen stellen und einem Angreifer ein leichtes Ziel bieten. Mit einer Kugel im Bauch nutzte er niemandem. Zentimeterweise schob sich das Innere des Raumes in sein Sichtfeld. Er sah einen eingeschalteten Fernseher, auf dem die Aufnahme eines Mädchens flimmerte. Bedächtig setzte er einen Fuß vor den anderen. Metallbeine von einem Stativ rückten in sein Blickfeld. Auf dem Stativ war eine Videokamera befestigt. Schweiß lief ihm in die Augen. Die Mündung der Pistole zitterte. Er sah ein paar nackte Füße auf dem Boden, dann zwei Beine, ein Gesäß, einen Oberkörper, rote Haare. Ein Mädchen, gerade fünfzehn Jahre alt. Ohne Kleidung am dünnen Leib lag sie auf dem Bauch. Jemand hatte ihr ein dickes Kissen unter das Becken geschoben, ihr die Hände auf dem Rücken mit einer blauen Kunststoffwäscheleine gefesselt. Ihr Kopf lag auf der Seite. Die Kehle war durchschnitten, ihr Blut versickerte im Teppich.

Steller vergaß die Vorsicht, trat in den Raum, ließ die Mündung der Pistole zu Boden sinken. Die Augen des Mädchens waren vom Tod eingefroren. Er riss seinen Blick von dem Kind los und sah zum Fernseher. Das Video lief immer noch. Es zeigte das Gesicht des Mädchens in Großaufnahme. Ihr Kopf wippte leicht. Eine Männerstimme brabbelte vor sich hin.

»Meiner Schwester geht es nicht gut.« Steller kreiselte um die eigene Achse. Ein zehnjähriges Mädchen kauerte zwischen Bettrahmen und Nachttisch, bemüht keinen Raum einzunehmen. Sie umklammerte das Holz der Möbel. Die dunkelbraunen Haare hingen ihr wie Gitterstäbe vor dem Gesicht. Sie trug einen Schlafanzug mit bunten Schmetterlingen. »Meiner Schwester geht es nicht gut.« Sie sah durch Steller hindurch.

Steller fiel auf die Knie. »Keine Angst, keine Angst.«.

»Meine Schwester ist krank.«

»Keine Angst.« Andere Worte fielen ihm nicht ein. In der Peripherie nahm er eine Bewegung wahr. Er riss die Waffe hoch, wirbelte herum, malte mit der Mündung Kreise in der Luft. Da war nichts. Nur das blasse tote Mädchen. Er wollte sich

wegdrehen, sah, wie die Lippen der Toten bebten. Ihr Körper zuckte leicht. Wie bei einem Kind, das einschläft.
»Oh, Gott.« Die Pistole entglitt ihm, landete dumpf auf dem Teppich. Steller sprang auf, stolperte zur Tür. »Ben. Notarzt. Notarzt!« Er fand ein T-Shirt, kniete sich vor die Verletzte, wollte die Blutung stoppen. Der Hals eine einzige Wunde. Seine Hand mit dem Stoffstück suchte ziellos, zögerte, da gab es keine Hoffnung mehr. Das Mädchen versuchte zu schlucken. Noch wollte sie nicht loslassen, das junge Herz war noch einmal angesprungen, drückte Blut aus der klaffenden Wunde. »Warte!«, schrie er. »Nein, nein! Sie kommen, sie kommen!« Steller kniete neben dem Kind, sah es in Zeitlupe sterben. Ihr Blick irrlichterte umher, konnte nichts mehr festhalten.
»Deine Schwester ist in Sicherheit«, flüsterte er. Mit zittrigen Fingern löste er ihre Fesseln. Ihre Beine zuckten. Der Mund schnappte wie bei einem Fisch. »Verstehst du mich? Deiner kleinen Schwester geht es gut.« Keine Reaktion. Das Zucken der Muskeln ließ nach. Sie lag still.
Stellers Verstand lief im Leerlauf, er saß da und starrte das Mädchen an. Nach einer gefühlten Ewigkeit polterten Schritte durch den Flur. Menschen in weißen und blauen Uniformen strömten in den Raum. Die Weißen warfen schwere Koffer auf den Boden, drängten ihn zur Seite. Sprachen von hämorrhagischem Schock und schrien nach Plasmaexpandern. Die Blauen nannten ihn Kollege und umlagerten das zwischen Möbeln eingeklemmte Kind. Steller verließ das Zimmer, ging durch den Flur, raus aus der Wohnung. Tränen liefen ihm aus den Augen. Er wischte sie mit dem Handrücken weg. Wilczek kam ihm entgegen, sprach ihn an. Er ließ ihn stehen. Im Treppenhaus standen noch mehr Blaue. Zwischen ihnen lehnte ein Mann an der Wand, die Hände auf dem Rücken gefesselt. Steller erkannte ihn. Es war der Typ aus dem Flur. Der Kerl roch nach Portwein, lachte und schrie: »Ich kann mit meiner Tochter machen, was ich will. Ihr Arschlöcher. Ich zeige euch alle an.«
In Stellers Kopf legte sich ein Schalter um. Er tastete nach seiner Pistole. Das Holster war leer, die Waffe lag wohl noch im Schlafzimmer. Er nahm sein Reservemagazin, schloss es in seiner

Faust ein. Sein erster Schlag zertrümmerte dem Besoffenen die Nase. Der Kopf des Mannes schlug gegen die Wand. Er sackte weg, bewusstlos, bevor er den Boden berührte. Stellers Linke griff nach unten, holte den schlaffen Körper zurück. Er schlug wieder zu. So oft er konnte. Dann zog man ihn weg.

Nachdem ihn vier Streifenpolizisten aus dem Treppenhaus getragen hatten, saß Steller auf dem Bürgersteig und starrte ins Nichts. Die Kollegen standen um ihn herum, bereit sich jederzeit auf ihn zu stürzen. Seine Hand zitterte. Er schloss sie zur Faust, öffnete sie und streckte die Finger. Das Zittern blieb. Der Mann, dem er die Zähne ausgeschlagen hatte, wurde mit einem Rettungswagen abtransportiert, eskortiert von zwei Polizeistreifen. Kurz darauf tauchte die Spurensicherung in weißen Schutzanzügen auf, schleppte Aluminiumkoffer ins Haus. Kollegen vom Kriminaldauerdienst trafen ein und befragten Wilczek und Steller getrennt voneinander.
»Und dann habe ich ihm die Fresse poliert«, sagte Steller.
»Das solltest du später anders formulieren«, warf der Kripomann ein.
»Ist mir egal.« Steller steckte sich eine Zigarette an. »Ich melde mich krank.«
»Verstehe. Hast du einen vernünftigen Anwalt?«
Steller schüttelte den Kopf.
»Musst du dir besorgen.«
»Was ist mit meinem Partner?«
»Alles in Ordnung. Ich denke, mein Kollege ist gleich mit der Befragung fertig.« Der KDD-Mann beugte sich zu ihm, flüsterte: »Ihr solltet eure Aussagen abstimmen.«
»Da gibt es nichts abzustimmen. Ich wollte dem Typen den Schädel einschlagen. Ben hat damit nichts zu tun.«
»Geh nach Hause und trink einen Schnaps. Oder besser eine Flasche.«
Steller nickte, ließ den Kollegen stehen. Sollte er auf Ben warten? Er entschied sich dagegen.
»Warte mal.«
Steller drehte sich um.

»Vergiss deine Waffe nicht.« Der Kripo-Mann hielt ihm seine Pistole hin. »Die brauchst du vielleicht noch.«

Eine Streife brachte Steller zu seiner Wohnung im Frankfurter Westend. Zwei Zimmer, Küche und Bad, die er alleine bewohnte. Als er mechanisch die Treppen nach oben stieg, dachte er an den brandneuen Fernseher, der auf dem Sideboard im Wohnzimmer stand. Der Bildschirm war immer noch mit Schutzfolie beklebt. Bisher war er nicht dazu gekommen, das Gerät anzuschließen. Vielleicht war jetzt der richtige Moment dazu gekommen. Seinen Kopf mit Unsinn durchzuspülen konnte nicht schaden. Er erreichte seine Wohnungstür und stocherte mit dem Schlüssel im Schloss herum. Endlich bekam er sie auf. Als er die Tür hinter sich zugezogen hatte, blieb er einen Moment lang unschlüssig im Flur stehen. Einem Impuls folgend schloss er alle Zimmertüren und legte sich in der Dunkelheit auf den Flurboden. Die Dielen unter seinem Körper gaben ihm Halt. Bevor er einen weiteren Gedanken zu fassen bekam, schlief er ein.

Stellers Kopf schlug gegen etwas Hartes, dass seine Zähne klapperten. Er biss sich auf die Zunge. Nichts als Schwärze um ihn herum. Orientierungslos drehte er sich in die andere Richtung, stieß sich erneut, krabbelte auf allen Vieren durch die Dunkelheit. Lebendig begraben. Die Panik trieb ihn, bis er mit einem Gegenstand kollidierte, der seinem Gewicht nachgab. Es rumpelte. Etwas fiel zu Boden. Er sah ein rotes Licht, unter dem ein Rechteck aufleuchtete. Da lag sein Telefon. Die hatten ihn mit seinem Telefon beerdigt. Das Leuchten des Displays verlieh den Dingen Kontur, zog ihn in die Realität zurück. Er kam auf die Beine, tastete nach dem Lichtschalter. »Was für eine Scheiße.« Die Deckenstrahler reflektierten in einer schimmernden Pfütze auf dem Boden. Er sah an sich hinab, hatte sich eingenässt. »Was für eine Scheiße.«
Er zog sich bis auf die Haut aus und wischte er mit den Kleidungsstücken die Lache auf. In der Küche fand er einen Müllsack, schmiss alles hinein und griff sich einen Putzeimer. Während er den Boden wischte, nahm im Windschatten seines

Verstandes eine Logikroutine die Arbeit auf, puzzelte mit den Erinnerungssplittern des Tages. Unruhe überkam ihn. Als er auf dem Flurboden geschlafen hatte, hatte er geträumt. Einzelne glitschige Traumbilder materialisierten sich in seinem Kopf. Er hatte auf der Toilette gesessen, auf einer öffentlichen, vielleicht in einem Geschäft. Dann kam das Mädchen. Sie begann zu seinem Entsetzen, durch den breiten Spalt zwischen Tür und Boden hindurchzukriechen. Mit langem Arm zog sie an seinem Knöchel. Ihr Gesicht blieb im Verborgenen. Blut lief über die Fliesen in seine Richtung. Er versuchte sich dem Griff zu entziehen und drückte sich an die Wand hinter ihm. »Komm mit!«, schrie sie. »Du sollst endlich kommen!« Filmende. An mehr erinnerte er sich nicht. Der Traum hatte den albernen Flair eines Horrorfilms aus den 80er Jahren gehabt. Die Wirkung auf sein Gemüt war alles andere als albern.

Steller ging ins Bad, schloss die Tür und drehte den Schlüssel um. Er machte sich lächerlich. Kurz überlegte er, ob er die Tür wieder aufschließen sollte. Ließ es bleiben. Nachdem er geduscht und sich angezogen hatte, ging er in die Küche. Die Wanduhr zeigte 15:56 Uhr. Lange geschlafen hatte er nicht. Im Kühlschrank wühlte er nach einem Bier. Er stand da, das Pils in der Hand. Die Puzzlemaschine beendete ihre Arbeit. Die Flasche fiel, zerplatzte auf den Fliesen. Steller sprang in den Flur, griff das Telefon, wählte, verwählte sich, versuchte es erneut, gewann die Kontrolle zurück, traf die Tasten. Nach dreimaligem Klingeln wurde der Hörer abgenommen. Eine Frau meldete sich: »Einsatzzentrale.«

»Ich brauche für einen Bericht Daten aus dem Log.«

»Identität?«

»Fahndung, Steller, KHK, Personalnummer: C 45372, Abfragekennwort: Eisregen.«

Eine kurze Pause. Im Hintergrund das Klackern einer Computertastatur, Stimmengemurmel. »Was wollen Sie wissen?«

»Der Falke 14/3 hatte heute Mittag einen Einsatz im Cheruskerweg 16. Tötungsdelikt.«

»Moment.« Klicken. »Ja, habe ich.«

»Ich brauche den Zeitstrahl.«

»11:52 Uhr. Falke 14/3 übernimmt Auftrag. Verdacht häusliche Gewalt. 12:00 Uhr. Falke 14/3 ist am Einsatzort eingetroffen. 12:04 Uhr. Falke 14/3 fordert dringende Unterstützung an. Unklare Gefahrenlage. 12:07 Uhr. Falke 14/3 fordert NAW an. Schwer verletztes Kind aufgefunden.«
Die Information reichte ihm, er legte auf, bemüht seine Gedanken ins Leere zu steuern. Nicht denken, nur sitzen, bis sich alles von selbst erledigt. Blut rauschte hörbar durch seinen Kopf. Der Innendruck stieg, bis er es nicht mehr aushielt. Er griff erneut nach dem Telefon und wählte die Nummer der Mordkommission. Steller ließ es zehnmal klingeln, war kurz davor, den Hörer aufzulegen, als sich eine Raucherstimme meldete: »Schreiber?« Den Namen hatte er schon gehört, kannte den Kollegen aber nicht näher. Er wusste nur, dass Schreiber als kompetent galt. Ein Zyniker wie viele Mordermittler. Steller wollte nicht mit der Tür ins Haus fallen. Nachdem er sich vorgestellt hatte, versuchte er sich an die entscheidende Frage heranzutasten. »Ich habe dem Täter die Zähne eingeschlagen.« Er holte Luft. »War das der Vater?«
»Du warst das? Herzlichen Glückwunsch!« Das klang ehrlich. »Ja, das war der leibliche Vater beider Kinder. Völlig durchgedrehtes Arschloch. Wenn ihr nicht gekommen wärt, dann hätte er die kleine Anna sicher auch getötet. Walter Dolor heißt der Wichser. Der Teufel soll ihn fressen! Und die Schlampe von Mutter gleich mit.« Der Mordermittler betrieb Psychohygiene in eigener Sache, übergab sich verbal.
»Was ist mit der Mutter?« Stellers Stimme wackelte.
Kollege Schreiber in Rage schien für solche Feinheiten nicht empfänglich. »Wir haben sie in Dortmund ermittelt. Dort war sie bei ihren Eltern untergekrochen. Ich habe vor fünf Minuten mit den Dortmunder Kollegen telefoniert. Es gab bereits eine erste Befragung. Und weißt du, warum sie ihrem angetrauten Ehemann den Rücken gekehrt hat? Na, was glaubst du?« In der Stimme lag Wut. »Weil sie nicht mehr mit ansehen konnte, wie ihre Töchter von ihrem Vater sexuell missbraucht werden. Aber auf die Idee, ihre Kinder mitzunehmen, ist sie nicht gekommen.«
»Mein Gott.«

»Du hättest das Schwein totschlagen sollen. Ich wiederhole mich.«
»Was ist mit dem anderen Mädchen passiert?«
»Die kleine Anna? Die ist in der Uni. Sie wird da in der Kinderpsychiatrie untergebracht. Der Herr schütze sie.« Schreiber machte eine kurze Pause. Ein Feuerzeug klickte. »Darf ich dich was fragen?«
Steller hielt den Atem an. »Ja.«
»Hast du dich krankgemeldet?«
»Ja.« Sein Magen entkrampfte sich.
»Ich gebe dir einen Rat. Melde dich beim psychologischen Dienst. Erzähl denen, dass dich der Scheiß kaputtmacht. Lass dir Pillen verschreiben. Wenn Anklage gegen dich erhoben wird, errichtet dein Verteidiger eine Mauer aus Attesten.«
»Das ist sicher eine gute Idee.«
»Natürlich ist sie das. Außerdem ist es nicht einmal gelogen.« Einige Sekunden hörte man nur das Knistern der Telefonleitung.
»Was kann ich noch für dich tun?« Schreibers Stimme klang plötzlich sanft.
Steller zögerte. »Konntet ihr die Tatzeit ermitteln? Ich meine, die genaue Tatzeit.«
Stille.
»Willst du das wirklich wissen?«
Steller hielt den Atem an. »Ja«, presste er hervor.
»Wie du meinst.« Papier raschelte. »Die Kamera hat die Tat aufgezeichnet. Jedenfalls den Ansatz dazu. Dann war das Band voll. Das Menü der Kamera war so eingestellt, dass sie sich nach einem automatischen Rücklauf auf Wiedergabe schaltete.« Das Feuerzeug klickte erneut. »Nach Abgleich der Menüzeit der Videokamera mit der Echtzeit wurde Sarah Dolor die tödliche Verletzung um 12:04 Uhr zugefügt.«
Steller konnte nicht sprechen. Sarah. In seinem Kopf echote der Schrei, den Ben und er im Treppenhaus gehört hatten. Schreiber sprach weiter: »Ich bin jetzt 58 Jahre alt und so wie ich rauche, werde ich auch nicht mehr viel älter. Ich bin kein Anfänger, ich weiß, was los ist. Ich weiß, was dich beschäftigt.« Steller verkrampfte sich. Der Hörer knackte in seiner Hand. Er war unfähig zu sprechen. »Das Schicksal hat einen beschissenen

rechten Haken. Von mir hast du nichts zu befürchten.« Der Mordermittler hustete trocken. »Gott schütze dich.« Das Gespräch wurde beendet. Eine kurze Zeit passierte nichts, dann übergab sich Steller in den Papierkorb. Minutenlang saß er da, ohne sich zu bewegen.

Wie viel Zeit hatte er an der Tankstelle verplempert? Er war pinkeln gegangen und hatte sich im Anschluss eine Packung Kippen gekauft. Wie lange hatte das gedauert? Fünf Minuten? Sechs Minuten? Wären sie gleich losgefahren, dann hätte das Mädchen bei ihrem Eintreffen noch gelebt. Hätte das etwas geändert? Darauf gab es keine Antwort. Man mochte sich noch so sehr bemühen. Die Kausalkette einer alternativen Zeitlinie bestand nur aus Unbekannten. Ihre Berechnung verlor sich augenblicklich im Nebel der Unschärfe. Aber er musste gar nicht ins Detail gehen. Sein Handeln hatte zwangsläufig zum Tod des Mädchens geführt. Darin lag seine Schuld. Ob sein früheres Erscheinen sie gerettet hätte oder nicht, spielte keine Rolle. Er hatte ihr die einzige Chance auf eine Rettung genommen. Er hatte dafür gesorgt, dass diese hoffnungsvolle Weltenlinie niemals Wirklichkeit werden konnte.

Mit Fug und Recht konnte er von sich behaupten, dass er im Dienst noch nie versagt hatte. Seine Entscheidungen waren immer durchdacht, sein Tun planvoll. Aber jetzt, wo es das erste Mal wirklich darauf angekommen war, da hatte er versagt. Er hatte das Kind getötet. Sarah. Er hatte Sarah getötet. Seine Pistole lag auf dem Schreibtisch. Steller legte die Hand auf das Metall und hob die Waffe an. Der Zeigefinger drückte einen kleinen Hebel. Das Magazin polterte schwer auf die Schreibtischplatte. Die Rechte umklammerte das Griffstück, mit der Linken zog er den Schlitten der Automatik zurück. Die Patrone aus dem Lauf flog in einem Bogen durch die Luft, rollte auf den Dielen umher. Steller wog die Pistole abschätzend in der Hand wie ein Stück Obst auf dem Wochenmarkt. Dann setzte er sich die Mündung an die Schläfe. Nur mal testen. Sein Zeigefinger fand den Druckpunkt des Abzugs. Noch ein paar Gramm mehr Zugkraft. Der Schlagbolzen klickte.

War das so schlimm gewesen? Er hob die Patrone vom Boden auf und steckte sie zurück in das Magazin. Sollte er etwas schreiben? Wozu? Als er das Magazin eingeführt hatte, lud er die Automatik erneut durch und setzte sich die Waffe an den Kopf. Nur ein Wimpernschlag. Nichts weiter. Ein längst überfälliger Schritt.

Er hatte einmal etwas über das Ende des Universums gelesen und Parallelen zu seinem Leben erkannt. In unendlich ferner Zukunft würden die letzten Sterne zerfallen. Es blieben subatomare Teilchen, in ewiger Flucht voreinander. Nach Billionen Jahren würden auch diese verenden, bis nur noch eine immer schwächer werdende Strahlung sich im endlos expandierenden Raum verlor. Das Sein endete.

Auch er dünnte aus, starb einen langsamen Kältetod. Aber die Seele duldete keine Leere. Das Vakuum füllte sich mit schlechten Ideen. Bei ihm war es der wiederkehrende Wunsch, sich selbst ein Ende zu bereiten. Wo dieses Verlangen seinen Ursprung hatte, wusste er nicht. Es gab kein traumatisches Erlebnis in seiner Kindheit, hinter dem er sich verstecken konnte. Am Anfang hieß es, das sei die Pubertät, das wachse sich heraus. Aber es wuchs sich nicht heraus. Im Gegenteil, es wuchs wie eine umgekehrte Warze in seinen Kopf hinein. Schaltete den Farbfernseher seines Verstandes auf Schwarz-Weiß-Betrieb. Vermutlich war in seinem Gehirn etwas falsch verdrahtet. Kommt vor. Konstruktionsfehler. So hatte er jedenfalls den letzten Therapeuten verstanden. Die Depressionen waren wie ein Wolfsrudel. Sie hetzten ihn durch sein Leben, versuchten ihn in die Enge zu treiben, damit er von der Klippe sprang.

Ein kleiner Teil von ihm stemmte sich gegen diese Vernichtungsfantasien. Deshalb machte er diesen bescheuerten Job. Ständig im Stress, die Gedanken immer woanders, bloß nicht bei sich selbst. Tausend Überstunden auf dem Konto. Viele Kollegen dachten, er sei arbeitsgeil. Das war Quatsch. Ihn interessierte die Arbeit nicht. Er benutzte sie, um ein Leben zu simulieren. Mittlerweile forderte die Belastung ihren Tribut. Er fühlte sich so ausgebrannt wie eine Mülltonne am 1. Mai in Berlin. Seine Zeit lief ab. Bilder des toten Kindes flackerten in seinem Schädel. Wenn das nicht der richtige Anlass war, sich das

Lebenslicht zu löschen, dann wusste er es auch nicht. Die Wölfe hatten ihn am Wickel.
Sein Zeigefinger fand den Druckpunkt des Abzugs. Wie viel Gramm Zuggewicht benötigte es, damit der Schuss sich löste? Einhundert Gramm? Fünfzig Gramm? Er hatte es vergessen.
Es klingelte an der Wohnungstür. Steller erschrak, sein Finger zuckte. Der Schlagbolzen hämmerte auf den Patronenboden. Klick.
Er keuchte. Das konnte unmöglich wahr sein, er glotzte die Waffe an, zog hektisch am Schlitten. Die Patrone sprang heraus, fiel auf die Schreibtischplatte. Seine nervösen Finger hatten Mühe sie zu greifen. Es klingelte wieder. Der Schlagbolzen hatte eine kleine Delle in den Patronenboden gestanzt. Die Patrone hatte nicht gezündet. Wie wahrscheinlich war das? 1 zu 1.000.000?
Inzwischen klingelte es Sturm an seiner Tür. Steller erwachte aus seiner Starre, warf mit schneller Bewegung die Waffe in eine Schreibtischschublade. Wie ferngesteuert ging er zur Wohnungstür und öffnete. Im Treppenhaus stand seine Vermieterin Frau Beinheim. Sie war deutlich über achtzig Jahre alt, mit auberginefarbenen Haaren. Er mochte die alte Dame nicht. Und noch weniger mochte er ihren Hund. In ihrer ständigen Begleitung befand sich eine unvernünftige Töle. Ein winziges drahthaariges Tier mit böser Gesinnung, das unablässig bellte. Das Viech sprang an einer langen Leine um ihre Beine herum, wie ein Indianer, der versuchte einen Cowboy zu fesseln. »Herr Steller. Ich muss Sie tadeln.«
Er sah sie an. »Die Patrone hat nicht gezündet«, hörte er sich sagen.
»Wie bitte. Sie müssen lauter sprechen.«
Er räusperte sich. »Nichts.«
»Sie sind ein sehr beschäftigter Mann. Das verstehe ich. Aber deswegen darf man seine Pflichten nicht vernachlässigen. Die Treppe putzt sich nicht von selbst. Mein Gott. Sie sind ja bleich wie ein Toter. Sind Sie krank? Stecken Sie mich bloß nicht an. In meinem Alter erholt man sich nicht mehr so leicht.«

Steller öffnete den Mund. Bevor er ein Wort sagen konnte, begann das Handy im Wohnzimmer zu klingeln. »Tut mir leid, das ist die Arbeit.«
»Gut. Ich will Sie nicht länger stören. Also bitte.«
»Ich bemühe mich.«
Er schloss die Tür, zerdrückte dabei fast den Köter. Zurück an seinem Schreibtisch nahm er das Gespräch an. »Steller.«
»Markgraf hier. Wie geht es Ihnen?« Markgraf war Kriminalrat und Angehöriger des Führungsdienstes.
»Es geht.«
»Sie haben sich krankgemeldet?«
»Ja.«
»Ich habe von dem Einsatz gehört. Belastend, nehme ich an.«
Steller hielt immer noch die Patrone in seiner Hand, drehte sie zwischen seinen Fingern. »Ich komme klar. Rufen Sie wegen meiner ...«, er suchte nach Worten, »Gewaltanwendung an?«
»Was? Nein. Das bügeln wir glatt. Ich bin nicht als Freund von prügelnden Polizisten bekannt. Aber in diesem Fall haben Sie meine volle Unterstützung.« Pause. »Tja. Es ist mir ein wenig unangenehm.« Pause. »Ich brauche Sie«, sagte Markgraf.
Steller blieb stumm. Er starrte auf den Patronenboden, fuhr mit dem Daumen über die kleine Delle, die der Schlagbolzen hinterlassen hatte.
»Haben Sie mich verstanden?«
»Wie bitte? Ja, sicher. Sie brauchen was.«
»Ich brauche *Sie*.«
»Okay.«
»Bei uns läuft eine richtig große Sache an. Mit allem Drum und Dran. Die Politik ist dahinter. Alle möglichen ausländischen Geheimdienste. Nur der Opus Dei hat sich nicht gemeldet. Aber das kann ja noch werden.«
»Was ist das Problem?«
»Das Problem ist, dass es sich um eine Fahndungssache handelt. Dafür will ich einen Spezialisten. Da kenne ich nur zwei. Der eine ist in Kanada beim Angeln und der andere sind Sie.«
Einen Spezialisten? Wofür? Um Kinder durch Unterlassene Hilfeleistung zu töten? Steller steckte die Patrone in seine

Hosentasche. »Ich kann kommen.« Eine vernünftige Idee. Er konnte versuchen sich abzulenken, solange es ging. Vielleicht gelang es ihm, sich sein gesamtes Leben lang abzulenken. Warum nicht? Die letzten Jahre hatte es funktioniert. Außerdem konnte es kaum schlimmer kommen.
»Aber nur, wenn es geht. Es tut mir wirklich leid, dass ich Sie auf diese Art aus dem Krankenstand hole.«
Was hatte der Kollege von der Mordkommission gesagt? Errichte eine Mauer aus Attesten um dich. Das waren seine Worte. Für diesen Plan war es ganz sicher schädlich, sich jetzt dienstfähig zu melden. Aber was sollte er sonst tun? Fernsehen schauen? Den Tag mit Selbstmordversuchen verbringen? »Ich melde mich gesund.«
»Danke. Wir sehen uns auf der Befehlsstelle.«
»Wann?«
»Vor einer Stunde.«
Einfach nicht denken. Nichts von dem, was er heute erlebt hatte, war real. Kein totes Kind, kein Problem mit Kugeln, die eigentlich in seinem Kopf stecken sollten. Immer weitermachen. Steller holte die Waffe aus der Schreibtischschublade und schob sie ins Holster. Als er gehen wollte, schwappten Müdigkeitswellen durch seinen Kopf. Wann hatte er zuletzt so richtig geschlafen? Er ging ins Schlafzimmer, stieg auf einen Stuhl und langte auf den Kleiderschrank. Er fand ein Papierbriefchen, ging in die Küche und faltete es auseinander. Ein paar Krümel weißes Pulver lagen vor ihm. Damit konnte er nichts anfangen. Das war eindeutig zu wenig. Er rieb sich die Krümel mit dem Zeigefinger auf das Zahnfleisch. »Scheiß drauf.« Noch war er nicht fertig. Er bräuchte nur etwas mehr Koks.

FENRIS

Aila Torbeck

Generalmajor Aila Torbeck stand im Wohnzimmer und sah durch die Terrassentür in ihren Garten. Es sah aus wie in einem Jungle. Die Wildrosen griffen um sich, dass man ihnen ohne Machete besser nicht zu nahe kam. Während ihrer Kindheit hätte es das nicht gegeben. Das Rechteck des elterlichen Grundstückes war eine Zone gewesen, in dem die Natur nichts zu sagen hatte. Wuchs angrenzend die Pflanzenwelt, wie es ihr in den Sinn kam, so knipste ihre Mutter jeden Trieb gnadenlos ab, der dumm genug war seine Nase durch den Maschendrahtzaun zu stecken. Nein, ihre Mutter hätte ein solches Treiben niemals toleriert. Torbeck lächelte. Ihr gefiel es. Vor allem gefiel es ihr, dass sie selten im Garten arbeiten musste. Vor einem Jahr hatte sie das Häuschen am Dorfrand zusammen mit ihrer Tochter bezogen. Sie lebten nun mitten im Schwarzwald. Torbeck ging in die Küche, brühte sich einen Tee auf und schaltete den Fernseher ein. Mit beiden Händen umfasste sie den Becher und lehnte sich an die Küchenzeile. Gedankenverloren blies sie über den dampfenden Becherrand, während ihr Blick auf dem kleinen Gerät haftete.

In einer Talkshow stritten sich mehrere Experten, von denen sie keinen kannte. Gerade sprach ein als Intellektueller verkleideter Mann. Um seine Schultern hatte er einen roten Schal drapiert, auf seinem Kopf klebte eine Baskenmütze. »Vergessen wir der Diskussion zuliebe, einmal, dass biologische Waffen auf der ganzen Welt geächtet sind. Nach Artikel 87a des Grundgesetzes stellt der Bund die Streitkräfte zur Verteidigung auf. Dort ist explizit von Verteidigung die Rede. Und damit kommen wir zum Kern. Biologische Waffen sind eindeutig Angriffswaffen. Sie zielen vor allem auf die Zivilbevölkerung ab. Eine Armee, deren einziger Auftrag die Landesverteidigung ist, darf solche Waffen nicht besitzen. Es gibt keinen triftigen Grund, warum Deutschland da... .« Der Redner wurde von einem Mann im Anzug unterbrochen, der wirkte, als sei er von der Regierung gesponsort. »Offensichtlich sind Sie Verfassungsrechtler. Aber das ist nicht der Punkt. Die Frage lautet: Woher wissen wir, dass in der Bunkeranlage Fenris an biologischen Waffen geforscht werden soll? Woher nehmen wir diese Kenntnis?«

Die Baskenmütze setzte sich gerade auf, wurde lauter. »Das liegt auf der Hand. Eine Anlage für die biologische Hochrisikoforschung, die unter militärischer Leitung steht. Ich bitte Sie. Und dann diese Geheimhaltung. Wir müssen uns das mal vorstellen. Das Projekt Fenris wurde seit mehr als sechs Jahren vorangetrieben, ohne dass die Öffentlichkeit davon wusste.«

»Was durchaus Sinn einer Geheimhaltung ist«, warf der Anzugträger ein.

»Ihren Sarkasmus können Sie sich sparen. Wissen Sie, was der Name Fenris bedeutet?«

»Sie werden es mir verraten.«

»Fenris ist der Götterwolf aus der nordischen Mythologie. Sohn des Gottes Loki. Er war ein Spielgeselle der Götter in Asgard. Fenris war gutmütig, wuchs aber beständig und wurde täglich stärker. Die Götter bekamen Angst, dass seine Kraft eines Tages ihre eigene übersteigen könnte. Dann wären sie seinem Willen ausgeliefert. Sie begannen, den Wolf zu fürchten. Aus dieser Angst heraus beschlossen sie, Fenris mit einem magischen Faden zu fesseln, der ihn bis zum Ende der Zeit binden sollte.« Er holte Luft. »Ich weiß nicht, was mir mehr Angst macht. Die offensichtliche Spielerei mit völkischer Symbolik oder die Frage, was geschieht, wenn die Fesseln reißen.«

»Verschonen Sie mich mit ihren Schauermärchen. Sie reden hier von gruseligen Wölfen. Wir sind doch nicht bei den Gebrüdern Grimm.«

Der Moderator unterbrach die beiden Herren und bemühte einen anderen Gast. »Ich möchte an diesem Punkt Herrn Professor Derman eine Frage stellen. Wie konnte es gelingen, eine solch gigantische Anlage vor den Augen der Bevölkerung zu verbergen? Wir haben die politische Opposition. Wir haben die Medien. Wir haben Hunderte oder Tausende von Projektbeteiligten. Auch die besten Sicherheitsmaßnahmen können sicher nicht verhindern, dass von denen jemand reden will. Wie geht das?«

Der für sein Amt auffallend junge Professor lächelte. »Das ist in der Tat eine Meisterleistung. Eines der Stichworte lautet Projektteilung. Die eine Hand weiß nicht, was die andere tut. Sehr wichtig ist dabei das Outsourcing. Durch Outsourcing können Firmen bestimmte Produktionsprozesse auslagern, um ihre Produktivität zu steigern. Das versetzt sie in die Lage, sich auf ihr Kerngeschäft zu konzentrieren oder die Prozesskomplexität zu reduzieren. In unserem Fall kann diese Unternehmensstrategie auch genutzt werden, um zu verhindern, dass einzelne Projektteilnehmer überhaupt begreifen, woran sie arbeiten. Ein anderer wichtiger Punkt ist die Frage, wie viel Aufwand ich betreiben kann, um etwas zu verbergen. Im Fall Fenris wurde ein gigantischer Aufwand betrieben, der über die gewöhnliche Geheimhaltung weit hinausgeht. Die riesige Baustelle im Schwarzwald, zum Beispiel, wurde mit dem Bau eines Neutrinodetektors erklärt. Dafür gründete man eigens eine Unterabteilung im Deutschen Institut für ...« Torbeck hörte das kurze Hupen eines Autos. Durch das Fenster sah sie, wie der Wagen von Oberst Karl Wiegner vor ihrem Grundstück hielt. Sie schaltete den Fernseher aus, stellte den Becher auf den Küchentisch und strich sich ihren Hosenanzug glatt. Es klingelte. Sie ging zur Tür und öffnete.

»Aila. Für sechsundfünfzig Jahre siehst du verdammt gut aus«, sagte Wiegner zur Begrüßung.

»Einundfünfzig, immer noch einundfünfzig. Wenn alle Männer so charmant wären wie du, dann hätte ich niemals eine Tochter bekommen.« Sie grinste und umarmte ihren Stellvertreter.

»Dann wäre niemand von uns da und die Welt sicher ein besserer Ort«, stellte er fest.

Torbeck federte von ihm zurück. »Du bist ja klitschnass. Warst du schwimmen?«

»Gott hat den Ofen angemacht. Der ganze blöde Märchenwald verwandelt sich bald in Holzkohle. Dabei haben wir Mitte Mai, verdammt.«

»Komm rein.« Gemeinsam gingen sie in die Küche. Torbeck nahm einen Schluck von ihrem Tee und fragte Wiegner, ob sie ihm einen

aufgießen sollte. Der schüttelte den Kopf. »Wie kannst du bei der Hitze Tee trinken?«
Sie zuckte mit den Achseln.
»Nervös?« Wiegner setzte ein gezwungenes Lächeln auf.
»Wie vor einem Abschlussball.«
»Standest du schon mal vor einem Untersuchungsausschuss?«
Sie lachte. »Bist du verrückt?«
»Die nehmen uns auseinander, Aila. Das ist dir klar?«
Sie nickte und sah auf den Boden.
»Hast du gestern die Nachrichten gesehen?«, fragte Wiegner.
»Du meinst die Demonstration in Berlin?« Sie kannte die Bilder. Wasserwerfer, brennende Autos und eine Menge zerschlagener Knochen.
»Das waren die bisher schwersten Ausschreitungen. Und das war erst der Anfang. Das geht jetzt richtig los. Das Ausland ist auch schwer begeistert. Die haben alle die Zielcomputer ihrer Interkontinentalraketen umprogrammiert.«
Vor genau zwei Wochen war das Projekt Fenris aufgeflogen. Warum konnte niemand sagen. Fest stand hingegen, dass die Republik seit dem auf dem Kopf stand. Im Fernsehen war das Thema ein Dauerbrenner. Jeden Tag wurden mehr Details enthüllt, die aber, das wusste Torbeck aus erster Hand, alle nicht stimmten. Am schockiertesten reagierten die Verbündeten. Allen voran die Amerikaner. Die zeigten sich regelrecht beleidigt, dass es Deutschland tatsächlich geschafft hatte, ein solch gigantisches Projekt vor ihnen zu verbergen.
»Karl.« Sie sah ihn an und lächelte. »Wir wussten, wo uns das hinführt.«
»Ja.«
»Ich hatte nie ein operatives Kommando. Du weißt, dass ich in meiner Karriere die Verwaltungsebene niemals verlassen habe. Und von einem Tag auf den anderen bietet man mir die Leitung einer strenggeheimen Multimilliarden-Euro-Anlage an. Es war mir klar, dass ich nur eine Strohpuppe bin. Jemand, dessen Kopf man ohne Bedauern opfern kann, wenn die Zeit reif ist.«
»Warum hast du den Job dann angenommen?« Wiegners Stimme klang gereizt. Er zog sich einen Küchenstuhl zurecht und setzte

sich. Torbeck blieb stehen. »Im Ernst. Warum hast du dir das angetan?«
»Aus demselben Grund wie du. Ich wollte eine Aufgabe. Mögliche Konsequenzen waren mir egal.« Sie hatte die Ernennung zur Leiterin von Fenris angenommen, obwohl sie gewusst hatte, wie die Geschichte ausgehen würde. In ihrer Karriere war sie das Opfer ihres Geschlechts geworden. Die Kräfte der naiven Frauenförderung und des männlichen Abgrenzungswahns hatten sich an ihr ausgetobt. Am Ende flog sie die Beförderungsleiter förmlich hinauf. Gleichzeitig sank sie mit jedem Dienstrang weiter in die Bedeutungslosigkeit ab. Am Ende ernannte die Führung sie zum *Inspektor der Wehr- und Bunkeranlagen des Bundes* im Rang eines Generalmajors. Zu Zeiten der Napoleonischen Kriege wäre das sicher ein mächtiges Amt gewesen. Aber heute? Ein Witz. Nach oben wegbefördern nannte man das. Als man ihr die Leitung von Fenris anbot, wollte sie den Job. Egal, zu welchem Preis.
»Ich habe es nie verstanden«, sagte Wiegner.
»Was hast du nicht verstanden?«
»Warum sie uns die Anlage führen lassen, obwohl sie uns eigentlich gar nicht haben wollen.«
Er erinnerte sie an ihre Tochter. Als Katta in die Grundschule ging, hatte sie ihr auch immer wieder die gleichen Dinge erklären müssen, bis es beiden zu den Ohren herauskam. Allerdings lag es in seinem Fall wohl daran, dass er es nicht verstehen wollte. »Es ist ganz einfach. Die brauchen einige Strohmänner und in meinem Fall eine Strohfrau. Zu diesem Kabinett von Einwegführungskräften gehört zum Beispiel Staatssekretär Hasborn. Du bist auch dabei. Jetzt, wo die Bombe geplatzt ist, werfen sie uns der Meute vor. Wir sind ein Ablenkungsopfer. Man wird geloben, dass nach unserer Liquidation alles besser wird. Außerdem wird man natürlich ab sofort völlige Transparenz gewährleisten. Damit gewinnt man Zeit. Zeit ist ein wertvolles Gut.«
Der Oberst nickte. »Ich weiß, ich weiß. Blöde Frage. Ich kann nur nicht verstehen, wie wir so naiv sein konnten. Meinst du, dass ich auch geladen werde?«
»Ich nehme es an.« Torbeck stellte den Becher in die Spüle.

Fenris war in einem ehemaligen Felsenbunker errichtet worden. Eine in den achtziger Jahren gebaute Bunkeranlage, die der NATO als *Static War Headquarter* gedient hatte. Standort war ein eintausend Meter hoher Berg in der Nähe der Teufelsmühle. Irgendwo im Nirgendwo, vierzig Kilometer südwestlich von Karlsruhe. Als sie vor vier Jahren das Amt übernommen hatte, erklärte man ihr, dass sie den Zweck der Anlage aus Sicherheitsgründen erst bei der Fertigstellung erfahren würde. Aber nicht alles ließ sich verbergen. Dass in dem Berg eine gewaltige Forschungseinrichtung installiert wurde, wussten sie. Auch wenn sie zunächst keine Ahnung hatten, wozu sie dienen sollte. Dann wurde ihnen Professor Danielsen als Leiter der Forschungsabteilung vorgestellt. Dessen Namen konnte man googeln. Der Däne war eine Kapazität auf dem Gebiet der Genforschung und zu seiner Zeit einer der Hauptakteure des Genom-Projekts, der Entschlüsselung der menschlichen DNA. Nebenbei galt er als bedeutender Virologe. Diese Erkenntnis führte dazu, dass Torbeck begann sich Sorgen zu machen. Sie befürchtete, in ein unethisches Projekt verwickelt zu sein. Hatte sie sich zu sehr instrumentalisieren lassen? »Denkst du, dass sie an Biowaffen forschen wollen?« Fragte Torbeck. Wiegner schien sie nicht gehört zu haben. »Karl?«
»Was?«
»Forschen sie an Biowaffen?«
Wiegner lachte auf. »Aila. Du kennst meine Meinung. Wozu sollten sie das tun? Um Luxemburg zu entvölkern? Davon abgesehen könnte man das einfacher haben, da braucht man keine Bergfestung. Ich glaube nicht an Waffenforschung oder an ein Viertes Reich.«
»Was dann? Was wollen die dort machen?«
»Das, meine Liebe, ist geheim. Wir unterhalten uns nicht zum ersten Mal darüber.«
»Ja, aber wirklich hinterfragt haben wir es nie.«
»Wir haben geglaubt, dass sie es uns irgendwann verraten. Schließlich leiten wir die Anlage. Zumindest theoretisch. Ich meine, irgendjemand muss es doch wissen. Aber es war mir auch

egal. Ich war beschäftigt. Das reichte mir. Weißt du, dass ich seit fast zwei Jahren nicht mehr trinke?«
»Letzte Woche, als du zu Besuch warst, hast du getrunken.«
»Zwei Bier zum Feierabend. Ich meine richtiges Trinken. Sich sinnlos zuschütten.«
Mit Alkohol hatte sie nie Probleme gehabt. Im Gegensatz zu Karl. Dessen übermäßigen Alkoholkonsum in der Vergangenheit hatte sie völlig verdrängt. Jetzt wo sie darüber nachdachte, erinnerte sie sich nicht, wann er das letzte Mal über die Stränge geschlagen hatte. Torbeck verstand, was Karl meinte. Es war eine spannende Zeit gewesen. Sie hatten plötzlich eine bedeutungsvolle Aufgabe und wurden im beruflichen Umfeld wahrgenommen. Ihr fiel ihre erste Besprechung im Planungsstab des Projektes Fenris ein. Die hatte nicht in einem Bunker unter dem Kanzleramt stattgefunden, sondern in einem gemieteten Saal in Bad Lauterbach im Harz. Man handelte getreu dem Motto: Mache es langweilig, dann interessiert es keinen. So wurde Torbeck zur Legendenbildung als Direktorin im Dienste des Agrarministeriums geführt. So stand es noch heute auf ihren Visitenkarten. Zum Denken blieb damals kaum Zeit. Sie waren zu sehr damit beschäftigt gewesen, Arbeitsgruppen zu leiten und die Geheimhaltung zu wahren. Es wurde wie zu Großvaters Zeiten gearbeitet. Die Rechner, auf denen das Projekt geplant wurde, waren nicht an das Internet angeschlossen. Der Informationsaustausch geschah in weiten Teilen mit Kurieren, die Datenträger durch das Land beförderten. Ein kolossaler Aufwand. Aber abhörsicher.
»Wann musst du in Berlin sein?«, fragte Wiegner.
»Ich fahre gleich nach Stuttgart. Um 16:00 Uhr geht mein Flieger, um 21:00 Uhr beginnt die Anhörung. Dann muss ich im Bundestag sein.«
»So spät?«
»Wird eine Nachtschicht.«
»Was ist mit deiner Tochter?«
»Katta besucht eine Freundin in Frankfurt. Sie will sich am Montag die Uni anschauen.«
»Tja, jetzt ist es wohl zu Ende.« Er war mit den Gedanken bereits wieder woanders.

»Sieht so aus. War aber nur eine Frage der Zeit. Was macht Professor Danielsen?«
»Dasselbe wie immer. Er versteckt sich im Berg. Der Mann ist ein verdammter Zwerg.«
»Mich erinnert er mehr an den Weihnachtsmann.« Sein runder Bauch, die weißen Haare, der lange Bart. Torbeck stellte ihn sich gerne mit einem Sack auf dem Rücken vor, wie er versuchte, durch den Schornstein zu rutschen.
»Muss er nicht vor dem Ausschuss aussagen?«
Torbeck zuckte mit den Achseln. »Ich glaube nicht.«
»Warum?«
»Vielleicht, weil er kein Strohmann ist. Kapazitäten sind nicht ohne Weiteres auszutauschen. Da muss man sich überlegen, wen man verbrennt.«
»Verstehe.«
»Wie sieht es im Bunker aus? Haben wir Probleme?«
»Spielt das eine Rolle?«
»Noch bin ich verantwortlich.«
Wiegner atmete aus. »Es gab mal wieder Schwierigkeiten mit dem Geothermalkraftwerk. Sind behoben.«
Der Bunkerkomplex lag in der sogenannten oberrheinischen Tiefebene, einem weit in die Erdkruste reichenden Grabenbruch. Das durch Vulkanismus erhitzte Tiefenwasser wurde angezapft und diente als Wärmequelle für das Geothermalkraftwerk. Die praktische Umsetzung des Kraftwerkes hatte für erhebliche Probleme gesorgt und machte den Ingenieuren immer noch zu schaffen.
Wiegner machte ein nachdenkliches Gesicht. »Ansonsten ist alles in Ordnung. Heute um Mitternacht testen wir zum hundertsten Male die biologische Versiegelung. Aber das wird nicht besonders spannend.«
Torbeck sah auf ihre Armbanduhr. »Ich muss los. Tut mir leid, Karl, den Flug sollte ich nicht verpassen.«
Wiegner stand auf und bewegte sich in Richtung Flur. »Du sagst, dass Katta sich eine Uni anschaut.« Hatte er doch zugehört. »Zieht sie dann bald aus?«

Torbeck seufzte. »Sie ist zwanzig Jahre alt. Darauf wird es hinauslaufen.«
»Ihr gefällt es hier nicht. Oder täusche ich mich da?«
»Nein, du hast recht. Aber das kann ich ihr nicht verdenken. Mitten im Schwarzwald in einem Dorf mit tausend Einwohnern. Das ist kein Leben für junge Leute. Wir haben vorher in Stuttgart gewohnt. Da war es etwas lebhafter.«
Torbeck hatte als Kommandantin Residenzpflicht. Sie wohnte zwölf Kilometer von der Anlage entfernt. Ihr Haus war offiziell Teil des Dorfes Winterburg. Allerdings lag es ziemlich abseits. Die Häuser der nächsten Nachbarn lagen zweihundert Meter weit entfernt. Katta konnte sich damit nicht anfreunden. Das war kaum verwunderlich. Sie wollte etwas erleben. Ihren eigenen Weg gehen. Torbeck unterstützte sie dabei. Wenn auch mit Wehmut. Vielleicht war das einzig Gute an ihrer baldigen Entlassung, dass sie ihr folgen konnte. Zumindest wollte sie in ihrer Nähe wohnen. Ihre Scheidung lag fünf Jahre zurück. Ihr Ex-Mann lebte mittlerweile in Chile. Was immer er da wollte. Er hatte jeden Kontakt abgebrochen. Aber nicht nur zu ihr, sondern auch zu Katta. Das nahm sie ihm mehr als übel. Möglicherweise war das der Grund, warum sie zu sehr an ihrer Tochter hing. Sie hatte das Gefühl Mutter und Vater zugleich sein zu müssen.
»Lass uns eine Wohngemeinschaft gründen. Aila, was denkst du? Arbeitslos sind wir eh bald. Wir könnten die ganze Nacht PlayStation spielen.«
Torbeck lachte. »Ja, vielleicht.«
Wiegner winkte ihr zum Abschied. Sie sah ihm zu, wie er in seinen Wagen einstieg. Sie hatte sich für ihn als Stellvertreter entschieden. Das war eine gute Wahl gewesen. Auch wenn ihr erstes Treffen das nicht hätte vermuten lassen.
Damals, eine Woche nachdem man ihr die Leitung von Fenris übertragen hatte, klopfte er an ihre Bürotür und stellte sich als Kandidat für den Stellvertreterposten vor. Er kam als Letzter von drei Bewerbern. Wobei das Wort Bewerber nicht passend erschien. General Träger hatte ihr einfach drei Personalmappen auf den Tisch gelegt. Es machte nicht den Anschein, als ob die drei sich aus freien Stücken für den Job gemeldet hätten. Eine Bestenauslese sah

anders aus. Die ersten beiden waren, Torbeck musste sie so nennen, ziemliche Speichellecker gewesen. Blieb am Ende noch Oberst Karl Wiegner. Der war das genaue Gegenteil.

Bei der kämpfenden Truppe hatte er sich den Spitznamen Max erworben. Nach dem deutschen Boxer Max Schmeling. Breites Kreuz, die Nase nach einem Unfall gebrochen und eingedrückt. Er trug den Kopf leicht nach vorne gesenkt. Wie ein latent aggressiver Hirschbock. Jederzeit gewillt irgendetwas über den Haufen zu rennen. Das war nicht die Art von Männern, die sie schätzte. Weder als Partner noch als Kollege. Nachdem er sich gesetzt hatte, stieg Torbeck ohne Vorbereitung in das Gespräch ein. »Ich für meinen Teil bin eine Frau. Was haben Sie verbrochen?«

Wiegner grinste. »Ich für meinen Teil bin ein Idiot. Sie entscheiden, was schlimmer ist.«

Warum Wiegner sich für einen Idioten hielt, erklärte er so: Bis vor Kurzem war er Angehöriger einer militärischen UN-Mission in der Zentralafrikanischen Republik gewesen. Die Zentralafrikanische Republik war ein Land, das bei doppelter Größe Deutschlands nicht mehr als fünf Millionen Einwohner besaß. Das ausgegebene Ziel der Mission bestand darin, die sogenannte Regierung vor den sogenannten Rebellen zu schützen. Vielleicht auch umgekehrt. Als es zu einem Gefecht kam, verließen die verbündeten Verbände der Forces Armées Centrafricaines ungeordnet ihre Aufstellungsbereiche.

»Die machten sich aus dem Staub.« Unter Torbecks erstauntem Blick goss Wiegner eine klare Flüssigkeit aus einem Flachmann in seinen Kaffeebecher. »Grundsätzlich egal, aber leider stand eine Kompanie belgischer Infanteristen unter meinem Kommando, die von mir zuvor den Befehl bekommen hatte, ihre Stellung zu halten. Das taten sie. Sie wussten nicht, dass ihre Flanken nicht mehr besetzt waren. Ich wusste das ebenfalls nicht, wurde allerdings auch nicht zusammengeschossen. Bis es mir gelang die Belgier aus dem Kessel zu holen, verloren sie acht Männer. Von den Verletzten will ich nicht reden.« Er nahm einen kräftigen Schluck. »Haben Sie mal versucht, innerhalb einer UN-Mission militärische Hilfe anzufordern?« Torbeck schüttelte den Kopf.

Wiegner grunzte. »Ich habe einen italienischen Major angefunkt. Verlangte nach Kampfhubschraubern, um die Belgier aus dem Schlamassel zu holen.« Er lachte. »Der erklärte mir, dass ich einen formellen Antrag auf dem Dienstweg stellen müsse. Da bin ich das erste Mal explodiert. Ich sagte ihm: Du blöder Pizzabote sollst in der Hölle schmoren. Das half nicht.« Er goss den Rest des Flachmanns in den leeren Kaffeebecher. »Wissen Sie, warum italienische U-Boote einen Rückwärtsgang haben?«
»Keine Ahnung.«
»Der Feind könnte von vorne kommen.« Wiegner lachte trocken und erzählte weiter. »Am Ende kamen die Amerikaner. Ich kann die Amis nicht leiden. Aber man muss ihnen lassen, dass sie kommen, wenn man sie ruft. Die wollten nur wissen, was ich bräuchte. Kampfhubschrauber, viele und schnell. Das reichte. Die haben mächtig aufgeräumt.«
»Das brach Ihnen das Genick?«
»Nein. Ich auf die Afrikaner geschimpft. Ich sagte: Die blöden Affen sind gerannt wie die Hasen. Mit denen gewinnt man nicht mal eine Kirmesschlägerei.«
Torbeck hielt sich die Hand vor den Mund. »Das haben Sie gesagt?«
»Ja, das habe ich«, seufzte der Oberst. »In einem aufgezeichneten Funkspruch.« Torbeck schüttelte den Kopf. »Alles, was ich gesagt habe, war die Wahrheit.« Er grunzte. »Das Wort Affe im Zusammenhang mit Schwarzafrikanern hat mich ins Aus geschossen.« Wut blitzte in seinen Augen. »Die blöden Italiener habe ich ebenfalls eine Affenbande geschimpft. Hat keinen interessiert.« Wiegner hob den Becher und trank ihn in einem Zug leer.
»Sind Sie ein Säufer?«
Die Frage traf Wiegner mit heruntergelassener Deckung. Er blinzelte kurz, fing sich aber rasch wieder. »Sie gehen aber ran.« Er dachte kurz nach. »Ich bin nicht weit davon entfernt. Das Leben ist manchmal leichter zu ertragen, wenn man trinkt. Das ist mein schwacher Punkt. Ich besitze auch Stärken. Ich gehöre zur alten Garde. Wenn ich Ihnen die Treue schwöre, meine ich das so. Aber wen interessiert das heute noch? Die haben mich

fertiggemacht. Und dann werde ich aus heiterem Himmel angerufen und gefragt, ob ich mich dieser Auswahl stellen möchte. Ist das nicht seltsam? Klar, habe ich denen gesagt. Mach ich gerne. Gedacht habe ich: Leckt mich am Arsch. Ist doch alles Scheiße.«

Es war ein skurriler Auftritt gewesen. Eigentlich eine Unverschämtheit. Sie hätte ihn hochkant aus dem Büro schmeißen sollen. Darüber hinaus verkörperte er eine Art von Offizier, die es so in der Bundeswehr nicht mehr geben durfte. Sie stellte sich Wiegner vor, wie er angetrunken mit gezücktem Säbel anno 1870 gegen die Franzosen ritt. Der Mann war mit seiner Berufsauffassung aus der Zeit gefallen.

Aber seine Art hatte sie eingenommen. Sie stand nicht auf Machotypen, doch Wiegner vermittelte ihr das Gefühl, dass man sich auf ihn verlassen konnte. Kein unwesentlicher Punkt. Außerdem empfand sie die anderen beiden Herren, die sich ihr vorgestellt hatten, als unerträglich. Es blieb ihr die Entscheidung zwischen Weicheiern und diesem durchgedrehten Ritterkreuzträger. Was für eine Auswahl an Bewerbern. Alle Alarmglocken hätten klingeln müssen. Am Ende überraschte sie sich selbst ein wenig, als sie General Träger ihre Wahl bekannt gab und Wiegners Namen nannte. Ihr Vorgesetzter hatte die Nase gerümpft. »Ihre Entscheidung«, hatte er gesagt. Bereut hatte sie es nie.

Nachdem sie Wiegners Wagen bis zur Straßenecke nachgeschaut hatte, ging Torbeck zurück ins Haus, nahm sich ihre Handtasche und kontrollierte den Inhalt. Beinahe hätte sie das Satellitentelefon vergessen. Das war einer der Nachteile an ihrem Job. Sie war gezwungen, zwei Telefone mit sich herumzuschleppen. Zu dem privaten Handy noch das dienstliche Satellitentelefon. Sie musste jederzeit erreichbar sein.

Als sie das Haus verließ, wurde sie melancholisch. Sie hatte das Gefühl, sie würde es nie wiedersehen. Torbeck zog die Tür ins Schloss und stieg in ihren Wagen. Die Hitze war unglaublich. Sie drehte die Klimaanlage hoch und startete den Motor. Na dann, auf nach Berlin. Die Guillotine wartete.

DIAMANTEN

Demir Kara

Obwohl Demir ohne Decke geschlafen hatte, wachte er schweißgebadet auf. Selbst durch die Gardinen hindurch brannten ihm die Sonnenstrahlen auf der Haut. Er ließ seine Hand auf den Wecker fallen, hob ihn vor sein Gesicht und versuchte durch verklebte Augenlider die Zahlen zu erkennen. 15:00 Uhr. So lange konnte er unmöglich geschlafen haben. Demir schüttelte den Digitalwecker, um das Gerät zur Vernunft zu bringen. Die Uhr reagierte auf ihre Art. Eine Ziffer sprang um. 15:01 Uhr. Er warf den Wecker achtlos auf den Boden und schwang mühsam die Beine aus dem Bett. Während er sich das Gesicht rieb, sah er sich um und stellte erleichtert fest, dass er sich tatsächlich zu Hause befand. Sein Jugendzimmer hatte sich in den letzten zehn Jahren nicht verändert. An der Wand klebten vergilbte Bravostarschnitte von Musikern, die kein Mensch mehr kannte. Ein Freund fragte ihn einmal, auf welchem Trip er hängen geblieben war. Der Trip hieß Trägheit. Wenn Demir sich in seinem Leben durch Raum und Zeit bewegte, dann war ihm, als würde er durch durchsichtiges Gelee schwimmen. Jede Tätigkeit, die er nicht mit Spaß verbinden konnte, forderte von ihm gewaltige Anstrengungen. Sollte er überhaupt aufstehen? Der Tag war ohnehin im Eimer. Die ganze Nacht hatte er mit Bilal gesoffen und einen Joint nach dem anderen geraucht. Bilal war erst seit Kurzem wieder in der Stadt. Wenn man ihn fragte, wo er gewesen sei, dann antwortete er: »Auf Reisen.« Es war ein offenes Geheimnis, dass seine Reisen ihn in die JVA Weiterstadt geführt hatten, wo er mehrere Jahre verbracht hatte. Vermutlich, weil es ihm dort so gut gefiel.

Demir kannte Bilal seit seiner Kindheit, mochte ihn aber nicht besonders. Nur zufällig hatte er ihn gestern Abend beim Verlassen des Metropolis-Kinos getroffen. Bilal hatte ihn spontan eingeladen und damit überrumpelt. Zunächst war es eine unangenehme Erfahrung gewesen. Das änderte sich etwas mit der Einnahme

einer Menge Alkohol und Drogen. Als Demir sich verabschieden wollte, weihte Bilal ihn in seinen neusten Plan ein. Den Überfall auf einen Diamantenkurier. Zunächst hielt Demir das für die Ausgeburt eines benebelten Geistes. Aber als er in Gelächter ausbrach, verdunkelte sich Bilals Gesichtsausdruck und Demir verschluckte seine restlichen Lacher. Es war sein Ernst. Die Aktion war ein Vorhaben, welches Bilal ganz sicher erneut auf eine mehrjährige Reise schicken würde. Bilal fragte Demir, ob er dabei sei. Er lehnte dankend ab, hegte nicht den Wunsch Bilals Reisebegleitschaft zu spielen.
Was für eine bescheuerte Idee. Demir saß auf der Bettkante und schüttelte den Kopf, was dieser mit pochenden Schmerzen quittierte. Er stand auf und öffnete vorsichtig seine Zimmertür. Das war einer dieser Momente, in denen er es hasste, bei seiner Mutter zu wohnen. Mit sechsundzwanzig Jahren lag er ihr immer noch als hauptberuflicher Nichtsnutz auf der Tasche. Eine Änderung war nicht in Sicht. Bemüht keine Geräusche zu verursachen schlich er durch den Flur. Er wollte seiner Mutter nicht über den Weg laufen. Sie würde sich nur darüber aufregen, dass er mal wieder den ganzen Tag verschlafen hatte. Realistisch gesehen konnte er sich seine Schleicheinlage sparen. Die Wohnung war so klein, dass er keine Chance hatte unbemerkt ins Bad zu gelangen. Als er an der Küche vorbei kam, sah er seine Mutter im Bademantel am Tisch sitzen. Sie wandte ihm den Rücken zu. Demir blieb stehen. Ihre Ellenbogen hatte sie auf die Tischplatte gestützt, den Kopf nach vorne gebeugt, das Gesicht in den Händen verborgen. Im Aschenbecher lag eine qualmende Zigarette. Neben ihr auf dem Tisch, einige geöffnete Briefe. Der Körper seiner Mutter bebte. Sie weinte tonlos.
Demir ahnte, was in den Briefen stand. Seine Mutter kämpfte mit Geldsorgen, seit er sich erinnern konnte. Genau gesagt seit dem Tod seines Vaters. Der war bei der Arbeit von einem Baugerüst gestürzt, als Demir noch ein Kleinkind war, und hatte ihnen Schmerzen und Schulden hinterlassen. Möglicherweise lag es an der Restwirkung der Drogen. Ein nie gekanntes Gefühl der Scham überwältigte ihn. Dann wusste er, was er zu tun hatte. Warum nicht? Sein Leben besaß ohnehin keinen besonderen Wert.

Entweder die Sache würde laufen oder nicht. Falls er im Gefängnis landen sollte, würde er seiner Mutter wenigstens nicht mehr den Kühlschrank leerfressen. Er war der Mann im Haus und das verlieh ihm nicht nur Rechte. Jetzt war es an der Zeit, sich seinen Pflichten zu stellen.

Eine Stunde später wartete Demir am Bahnhof von Frankfurt-Höchst auf Bilal. Er lehnte an einer mit schlechten Graffitis vollgesprühten Wand und rauchte Kette. Langsam wurde er nervös. Endlich kam Bilal mit einem aufgemotzten 3er-BMW um die Ecke. Schwarzer Lack, breite Reifen, große Auspuffanlage. Bilal brachte den Wagen an der Bordsteinkante zum Stehen und Demir stieg auf der Beifahrerseite ein.

»Hast du deine Waffe?«, begrüßte ihn Bilal.

Demir zog sein T-Shirt hoch, zeigte das Griffstück einer Pistole. Bilal nickte. »Was ist das für ein Ding?«

»Sig Sauer 227.«

»Wie viel Schuss?«

»Fünfzehn.«

Bilal rümpfte die Nase. Demir wusste, dass sein Komplize einen alten sechsschüssigen Revolver bei sich trug. Vermutlich war er eingeschnappt, weil ihm das Kräfteverhältnis nicht passte.

»Poserkiste«, sagte Demir. »Sehr auffällig.«

»Egal. Wir werden den Wagen nicht lange brauchen.«

»Du hast bulgarische Kennzeichen dran. Woher hast du die Mühle?«

»Gestohlen.«

»Von einem Bulgaren?«

»Spielt das eine Rolle?«

Demir machte einen gequälten Gesichtsausdruck.

»Was, Alter? Soll ich mir einen Mietwagen nehmen? Denkst du, ich bin blöd?«

Demir sagte nichts. Natürlich war Bilal blöd. Das wusste jeder im Viertel. Er jedoch hatte keinen Grund darüber zu lachen. Vielmehr musste die Frage erlaubt sein, ob nicht der blöder war, der sich mit einem Blöden einließ.

Nach kurzer Fahrt steuerte Bilal den Wagen auf das Bahngelände, das man von der Camberger Brücke erreichen konnte, parkte versteckt zwischen Baracken mit ausgeschlagenen Fenstern.
»Es ist viel zu früh. Der Transport kommt nicht vor 21:45 Uhr am Flughafen an. Je länger wir an der Bank stehen, umso gefährlicher wird es.« Bilal stieg aus und schraubte deutsche Kennzeichen an das Fahrzeug.
Demir sah ihm zu, zündete sich eine Zigarette an.
»Wieso klaust du ein bulgarisches Auto und schraubst jetzt deutsche Kennzeichen dran?«
Bilal sah nicht auf. »Weil bulgarische Kennzeichen zu auffällig sind. Die Bullen achten auf so etwas.«
»Wo hast du die Kennzeichen her? Vielleicht sind die schon als gestohlen gemeldet.«
»Sind sie nicht.«
»Sicher?«
»Ja.«
»Willst du das wirklich durchziehen?«
»Was ist los? Machst du dir in die Hose?« Bilal sah auf Demirs Hände, zwischen deren Fingern ein Feuerzeug unentwegt im Kreis lief.
»Du bist sicher, dass dich dein Kontakt nicht bescheißt?«, fragte Demir.
»Mein Kontakt ist eine Schlampe aus dem Geschäftszimmer der Wachfirma. Die hat mir nichts verraten. Ich habe die Alte im Büro gebumst und dabei die Papiere gesehen. Nur Zufall. Die Maus ist auf den Pott gegangen und ich habe die Unterlagen mit meinem Handy fotografiert. Ich wusste, das ist was Gutes.« Bilal ließ knackend die Schultern kreisen. »Ich habe es drauf, Alter.«
»Was weiß das Mädchen über dich?«
»Die denkt, mein Name ist Jochen.«
»Jochen? Willst du mich verarschen? Das kann die nicht geglaubt haben.«
Bilal kicherte. »Siehst du, Alter, wie blöd die ist?«
Na, wenigstens gab es keine Mitwisser. Bilal war neunundzwanzig Jahre, trug einen Adidas-Trainingsanzug. Seine Haare waren an den Seiten kurzgeschoren, den Augen fehlte der

Funke der Intelligenz. Nur körperlich war er gut in Form. Das T-Shirt spannte sich über seinen Muskeln. Demir hatte da weniger zu bieten. Dafür sah er nicht zu sehr nach Gangster aus. Er trug seine Haare in einer unauffälligen Länge, die Kleidung wirkte im Vergleich zu Bilal bürgerlich. Außerdem hasste er diesen Straßenslang. »Erklär mir noch mal, wie das läuft.«
Bilal hatte sich wieder auf den Fahrersitz gesetzt. »Du nervst langsam. Also, die Maschine landet um 21:45 Uhr. Um 22:15 Uhr sollen die Diamanten am Flughafen von einem Kurier abgeholt werden«, dozierte Bilal. »Dann geht es direkt zum Commerzbank-Tower. Der Fahrer hält kurz. Der Kurier springt raus und, zack, ist er in der Bank. Diamanten im Wert von vier Millionen Euro. Zwei für jeden.«
»Ist das nicht seltsam? Nur ein Typ. Kein Geldtransporter.« Demir hatte sich die Geschichte mittlerweile dreimal erklären lassen. Das kribbelige Unbehagen blieb ihm erhalten.
»Nein. Das funktioniert. Ist einfach ein Kerl im Anzug mit einer Aktentasche. Kein Aufstand, kein Stress.«
Demir schmiss eine Kippe aus dem Fenster. »Spielen wir es noch einmal durch.«
Bilal ließ seine Scheibe herunter, spuckte aus dem Fenster. »Geh mir nicht auf den Sack.«
»Der Plan ist beschissen. Wenn wir darüber reden, dann fällt uns vielleicht etwas Besseres ein.«
»Alter, machst du jetzt auf schlau. Nur weil du fast deinen Hauptschulabschluss nachgemacht hättest.«
Demir spürte, wie sein Herz schneller schlug. Er war ohnehin angespannt. Seine Hände schwitzten. Da kam ihm Bilal mit seinem großen Maul gerade recht. »Wie lief es denn im Knast?«, wollte Demir wissen.
»Halt die Fresse. Alter. Halt einfach die Fresse.«
Auf der Straße ging das Gerücht, dass vier Russen Bilal im Knast vergewaltigt hätten. Das würde Demir niemals offen ansprechen. Der Spinner blies ihm glatt das Hirn weg. Bilal erfreute seine Umwelt seit seiner Kindheit mit extremen Stimmungsschwankungen. Beim Kiffen hatte er ihm mal erzählt, dass er an einer passiv-aggressiven Persönlichkeitsstörung litt.

Demir wusste zwar nicht, was das sein sollte, aber es klang so scheiße, dass es sicher stimmte. Mit Bilal spaßte man nicht.
»Reg' dich ab.« Demir zündete sich noch eine Zigarette an. »Es muss einen besseren Weg geben. Ich habe keinen Bock, dass die Bullen uns fertigmachen.«
»Es gibt keinen besseren Weg.« Bilal zog einen Faltplan der Innenstadt aus der Hosentasche.
»Hast du kein Smartphone?«
»Alter.« Bilal sah ihn mit großen Augen an. »Ich hoffe, deins ist ausgeschaltet.«
»War nur ein Witz.«
»Die Bullen können da alles peilen. Mach das Scheißding bloß nicht an.«
Bilal zeigte mit dem Finger auf die Karte. »Hier ist der Commerzbank-Tower, Große Gallusstraße. Das ist eine Einbahnstraße. Auf der Seite der Commerzbank stehen überall Poller. Vor denen wird der Transport kurz anhalten. Der Spasti springt raus und läuft die Treppen zur Bank hoch. Gegenüber der Bank gibt es ein paar Parkplätze. Aber da ist auch irgendwas Wichtiges. Da hängen ständig Wachleute herum. Da können wir uns nicht aufhalten.« Bilal spuckte aus dem Fenster. »Wir kennen das Auto, mit dem der Kurier ankommt. Ein schwarzer gepanzerter A8 mit Frankfurter Kennzeichen. F-GG 313. Sollte man erkennen. Wir stellen uns weiter vorne auf. Wenn das Teil an uns vorbeikommt, geht es los. Wir fahren ihnen nach und plätten sie, wenn sie anhalten.«
Was für ein beschissener Plan. Aber Bilal hatte recht. Entweder so oder gar nicht. Der Zeitpunkt musste genau stimmen. Erwischten sie den Kurier zu dicht am Fahrzeug, sprang er in den Wagen zurück. War er bereits zu nahe an der Bank, würde er in den Eingang flüchten. Nur das Überraschungsmoment sprach für sie. Nicht eben viel. Wenn das nicht in die Hose ging, wusste er es auch nicht.
»Warum machst du eigentlich doch mit?«, fragte Bilal. Demir zuckte mit den Achseln. Er blieb Bilal die Antwort schuldig, stocherte nervös in der Kippenschachtel herum. Die Frage konnte

er sich selber kaum beantworten. »Okay, behalte es für dich. Aber vielleicht kannst du mir sagen, wo du die Knarre herhast.«
»Die habe ich von Onur.«
»Onur? Der Penner.« Bilal lachte.
»Das ist zwei oder drei Jahre her. Der hat damals herumgetönt, dass er die Knarre einem Bullen abgenommen hat.«
»Scheiße. Der nimmt nicht einmal einem Schülerlotsen die blöde Kelle ab.« Bilal kicherte. »Das hast du dem doch nicht geglaubt.«
»Nein.« Demir drehte an der Musikanlage herum. »Hat auch nicht lange gedauert, bis er die Wahrheit ausgespuckt hat.«
»Wo hatte er sie wirklich her?«
»Von einem Junkie. Bei dem wollte er Stoff kaufen. Der Junkie hielt ihm plötzlich die Knarre unter die Nase. Onur hat sich fast in die Hosen gepisst. Nach dem ersten Schreck hat er sie ihm für einen Hunderter abgekauft.«
»Wo hatte der Junkie sie her?«
»Der hat sie in einer Tankstelle auf der Toilette gefunden.«
»Dann hat sie dort ein Bulle liegen gelassen? Wäre nicht das erste Mal.«
»Ich glaube schon. Sig Sauer 227. Die Bullen haben früher die gleiche getragen.«
»Geschieht dem blöden Bullen recht.« Bilal sah Demir von der Seite an. »Also gibt es nur einen, der dich mit der Waffe in Verbindung bringen kann.«
»Ja. Und?« Demir wandte sich Bilal zu. »Soll ich ihn umbringen?« Er lachte. Bilal verzog keine Miene. »Wäre es schade um ihn?«
»Nein. Aber ich bin kein Killer.«
»Dann lebst du damit, dass es jemanden gibt, der weiß, dass du eine Waffe hast.«
»Ja, muss ich wohl.«
»Und ich muss es auch.«
Demir sah Bilal an, wusste dessen Aussage nicht einzuordnen.
»Ich mach jetzt mal für einen Moment die Augen zu. Wird ein harter Tag.«
Demir sah seinem Partner zu, wie er den Sitz nach hinten drehte und es sich bequem machte. Er sah auf die Uhr. Es war 17:25 Uhr. Bilal fing an zu schnarchen. Für ihn war an Ruhe nicht zu denken.

Er überlegte, wie er sich im Knast am besten mit den Russen arrangieren könnte.

DROGEN

Markus Steller

Das Frankfurter Polizeipräsidium erinnerte an einen umgekippten Dominostein. Statt in die Höhe hatte man das Gebäude in die Fläche gebaut. Es besaß sechs Stockwerke und war dabei zweihundertvierzig Meter lang und einhundertvierzig Meter breit. Für den menschlichen Orientierungssinn war es ein ungeeignetes Bauwerk. Dem Auge fehlten die Referenzpunkte. Alles sah gleich aus. In den endlosen Gängen reihte sich eine Tür an die nächste. Steller konnte nicht zählen, wie oft er in den letzten Jahren in die falsche Amtsstube geplatzt war. Käfighaltung für Beamte.

Er verließ im dritten Stock den blauen Fahrstuhl und lief den Flur in Richtung Befehlsstelle hinunter, hastete fast an der Tür vorbei. Den Architekten sollte man nach Sibirien verbannen. Steller hielt seinen mit einem Chip versehenen Dienstausweis gegen das Lesegerät, bis das Schloss der Tür klickte. Er folgte dem Korridor einige Meter und betrat einen Nebenraum der Befehlsstelle. Ein schmuckloser Schuhkarton. In der Mitte standen Einzeltische zu einem Rechteck zusammengeschoben, die Wanduhr zeigte 17:35 Uhr. Auf eine Leinwand projizierte ein Beamer das Bild eines Asiaten. Klein, hässlich, um die sechzig Jahre alt, mit einer ungeheuren Warze auf der rechten Wange. Darunter stand ein Name mit unnatürlicher Vokalhäufung. Yoon Hyeonwoo. Unter dem Porträt der vermeintlichen Zielperson saß ein einzelner Mann auf einem Bürostuhl. Steller fiel auf, dass der Kollege trotz der Hitze gegen jede Vernunft in einen Anzug verpackt war. Sein Hemdkragen war streng geschlossen, um den Hals wickelte sich eine Krawatte. Wasser lief in alle Richtungen von seiner Glatze hinab. Ständig tupfte er mit einem Tuch in seinem Gesicht herum, versuchte damit das Schlimmste zu verhindern. Dafür, dass

Markgraf von einer großen Sache geredet hatte, war auffallend wenig Betrieb.
»Sie sind der Kollege von der Fahndung, nehme ich an.«
»Ja. Und Sie?«
Der Schwitzende ging einen Schritt auf ihn zu, streckte sich, um ihm die Hand zu reichen. »Fassbender. BKA. Ich bin für die Koordinierung zuständig. Interpol, Bundeskriminalamt, Landespolizei.«
Steller nickte. »Und BND.«
»Nicht offiziell.«
»Wo ist Markgraf?«
»Hier.«
Steller drehte sich um. Hinter ihm stand Kriminaloberrat Markgraf. Der Graf, wie er genannt wurde, war ungewohnt leger gekleidet. Er wirkte wie der schlampige Zwilling von Fassbender. Ebenfalls Glatze, gleiches Alter und Größe, aber in kurzer Hose mit Sandalen an den Füßen und ungekämmten Haaren. »Die haben mich aus dem Garten geholt. Vom Unkraut jäten.« Markgraf setzte sich an den Besprechungstisch.
»Meine Herren, die Zeit drängt.« Der BKA-Kollege zeigte sich unausgeglichen.
»Kommt sonst keiner mehr?«, wollte Steller wissen.
»Die Sachlage ist delikat. Darum möchte ich das im engsten Kreis besprechen.« Fassbender wischte sich mit einem Taschentuch Schweiß aus dem Gesicht. »Man hat mir versichert, dass Sie der richtige Mann für die Aufgabe sind.« Er schielte zu Markgraf hinüber. Der zeigte keine Reaktion.
Steller bemerkte den Blick. »Gab es Bedenken gegen meine Person?«
Markgraf schüttelte den Kopf. »Nicht direkt. Aber es erschien unkonventionell, Sie aus dem Krankenstand zu holen.«
»Machen Sie sich um mich keine Sorgen.«
»Lassen wir das.« Fassbender deutete auf das Bild des Asiaten, das hinter ihm auf der Leinwand klebte. »Der Mann ist ein gesuchter Waffenhändler. Seine Vita vorzutragen erspare ich mir. Ein Personagramm liegt auf dem Tisch.« Steller blätterte in der Mappe. Ein tabellarischer Lebenslauf samt Aufstellung krimineller

Glanzleistungen. »Gegen ihn besteht ein internationaler Haftbefehl. Sollte die Festnahme gelingen, ist mit der Auslieferung an die USA zu rechnen.«
»Was wird ihm konkret vorgeworfen?« Steller legte den Schnellhefter zurück.
»Er hat über zweihundert amerikanische Boden-Luft-Raketen an Nordkorea verkauft.«
Steller verzog das Gesicht. Ein Südkoreaner, der amerikanische Raketen an Nordkorea verkauft. Interessante Persönlichkeit.
»Das nahmen ihm die Amis sicher übel«, sagte Markgraf.
»Das kann man sagen. Mittlerweile klebt jeder westliche Geheimdienst an seinen Fersen. Wir wissen, dass er sich derzeit in der Stadt aufhält. Vermutlich ist er in einem hochpreisigen Hotel abgestiegen. In welchem ist nicht bekannt. Er gibt sich als Topmanager des Autokonzerns Toyota aus und wird von Leibwächtern begleitet. Es ist davon auszugehen, dass wir nur den heutigen Tag haben, um ihn zu fassen. Morgen will er Deutschland verlassen.«
»Es gäbe noch eine Reservechance am Flughafen«, warf Markgraf ein.
»Wenn er denn fliegt«, sagte Steller.
»Das ist zwar wahrscheinlich, aber wir wissen es nicht.« Fassbender zog an seiner Krawatte. »Der Flughafen ist Plan B. Besser wir erwischen ihn hier.«
»Haben wir den Namen, unter dem er reist?« Steller zog einen Kugelschreiber aus seiner Hosentasche.
»Nein.«
»Was wissen wir über die Leibwächter?«
»Möglicherweise ehemalige Fremdenlegionäre. Vier Mann.«
Steller kritzelte auf seinen Block. »Fremdenlegionäre? Ist das gesichert?«
»Nein. Aber Sie müssen davon ausgehen.«
»Das ist kein Kinderspiel. Dafür brauche ich Spezialkräfte.«
»Bekommen Sie«, sagte Markgraf. »Das SEK Kassel ist alarmiert.«
»Warum nicht das SEK Frankfurt?«
»Die sind in einem anderen Einsatz gebunden.«

»Wie soll der Zugriff stattfinden? Besondere Wünsche? Anregungen?«
»Möglichst wenig Tote.« Markgraf grinste.
»Ist notiert.« Steller wendete sich an Fassbender. »In der Mappe befinden sich Bilder der Zielperson. Wie sieht es mit den Leibwächtern aus?«
»Haben wir nicht.«
»Gut. Wir werden versuchen, ihn zu lokalisieren. Falls machbar, führen wir den Zugriff im Hotel durch. Die Details kläre ich, wenn ich die taktischen Gegebenheiten vor Ort kenne. Vielleicht müssen wir ein Stockwerk unter Legendenbildung räumen.«
Markgraf nickte.
»Sind wir so weit?« Fassbender sah von einem zum anderen.
Steller warf den Kugelschreiber auf den Tisch. »Warum ist außer uns niemand hier? Kein Führungsstab, kein gar nichts? Die Sache ist delikat, sagen Sie. Das reicht nicht als Erklärung.«
Markgraf lehnte sich zurück. »Weil wir befürchten, dass die Aktion verraten wird.«
»Wer sollte das verraten? Ich kann mir nicht vorstellen, dass es im Präsidium jemanden gibt, der Verbindungen zu einem koreanischen Waffenhändler besitzt. Das ist weltfremd.«
Markgraf und Fassbender tauschten einen Blick aus. »Da gebe ich Ihnen recht«, sagte Fassbender. Er wirkte unangenehm berührt. »Herr Markgraf. Vielleicht sollten Sie das erklären.«
»Wir haben ein anderes Problem«, begann Markgraf. »Es gibt seit einiger Zeit ein Informationsleck. In Richtung Presse. Falls die Festnahme fehlschlägt, möchten wir nicht, dass die Zielperson morgen am Flughafen in der Zeitung liest, dass wir nach ihr fahnden.«
Steller glaubte zwar nicht, dass ein südkoreanischer Waffenhändler die Frankfurter Allgemeine Zeitung las, aber er gab sich zufrieden. Das eigentliche Problem lag sicherlich in der unglücklichen Verbindung von Geheimdiensten und Polizei. Hierzulande durften die Dienste per Gesetz nicht mit der Polizei zusammenarbeiten. Sollte es doch geschehen, musste man sich etwas einfallen lassen, um die Kooperation zu vertuschen. Außerdem würden die den Typen wahrscheinlich direkt in ein

Flugzeug schmeißen und zu einem amerikanischen Flugzeugträger im Mittelmeer verlasten, um ihn dort unter Zuhilfenahme von Waterboarding zu befragen. Dafür brauchte man keine Zeugen. Aber das war nicht sein Problem. Es interessierte ihn nicht. Sollten sie dem Kerl seinetwegen das Fell über die Ohren ziehen.
Die Besprechung war beendet.

Steller lief mit schnellen Schritten durch die endlosen Gänge des Präsidiums. Er hatte noch etwas in eigener Sache zu erledigen und befand sich in Zeitnot. Per Handy informierte er seine Jungs, leitete die ersten Fahndungsmaßnahmen ein. Er hatte ein SEK mit über dreißig Beamten sowie zehn Kollegen der Fahndung zur Verfügung. Damit ließ sich arbeiten. Die Strategie folgte simplen Regeln. Zielperson lokalisieren, observieren, Spezialkräfte heranführen, Zugriff freigeben, Applaus. Die Zielperson zu finden sollte unproblematisch sein. Manager von Toyota, Asiat, europäische Bodyguards, hochpreisiges Hotel. Keine halbe Stunde würde das dauern. Die Probleme lagen im Bereich der Taktik. Die Leibwächter waren gefährlich. Steller konnte den Wahrheitsgehalt der Informationen nicht beurteilen. Sollten sie stimmen, dann hatte er ein Problem. Fremdenlegionäre waren keine Kleinkriminellen aus dem Nachbarblock. Die Herausforderung lag in einem geordneten Zugriff ohne Schießerei. Keine verletzten Passanten, keine ekeligen Schlagzeilen. Steller erinnerte sich an Zeiten, da hätten ihm solche Aufträge gefallen. Verbrecher jagen, Risiko eingehen, Stress aushalten. Alles lange her. Nachdem er das halbe Präsidium durchquert hatte, erreichte er sein Ziel.
Die Asservatenkammer war ein trauriger Ort. Die Belegschaft ein Sortiment von Alkoholikern und ausgebrannten Einzelschicksalen. In regelmäßigen Abständen erschienen Kollegen der Fachkommissariate, trugen große und kleine Wäschekörbe vor sich her. In den Körben Haufen von durchsichtigen Plastiktüten. In jeder Tüte ein Asservat. Handys, Einhandmesser, schriftliche Unterlagen, Schachbretter, Steine, Glassplitter, ein abgerissener Telefonhörer.

Die Angestellten der Asservatenverwaltung nahmen die Tüten entgegen, vermerkten die nötigen Daten in dickleibigen Büchern. Räumten Schicksale in Regale ein. Dann der umgekehrte Weg. Die Kollegen kehrten zurück, verlangten nach bestimmten Beweismitteln. Interessanterweise stellte sich oft heraus, dass welche fehlten, obwohl sie zuvor ordnungsgemäß erfasst worden waren. Die Asservatenkammer verhielt sich wie eine sockenfressende Waschmaschine. Daher war sie für Steller der richtige Ort um sich etwas Koks zu besorgen. Mittlerweile lief die Fahndung. Er hatte nur wenig Zeit, dann müsste er hinterher. Mit oder ohne Koks.

In der Asservatenkammer saß nur der alte Burgsmüller. Das rotgesichtige Männchen soff den ganzen Tag heimlich Kräuterschnaps. Hielt es für eine geniale Idee, vor sich auf den Tresen eine geöffnete Tüte mit Hustenbonbons zu legen, in die er unablässig die Finger steckte. Als könne man den Alkoholiker vor lauter Wald nicht mehr riechen. Dabei war Leugnen zwecklos. Die Sucht ließ sich nicht verbergen. Die Nase rot geädert, sein Gang wie bei einem Storch. Jeden Schritt setzte er mit Bedacht, als sei der Boden voraus eine mit Papier bezogene Tigerfalle.

Steller grüßte ihn. »Ich muss ein Asservat suchen. Hast du was dagegen, wenn ich selber nachsehe?«

Burgsmüller hatte nie etwas dagegen. Er freute sich, wenn er sich nicht bewegen musste. Sein Körper zitterte, der Kopf wippte auf einer unsichtbaren Feder, wie bei einem Wackeldackel. Steller wollte hinter den Tresen verschwinden, als sich die Tür öffnete. Eine Horde Kollegen kam herein. Sie diskutierten lautstark. Steller drehte ab. Solange die hier herumlungerten, konnte er nichts machen. Zeit hatte er keine. So eine Scheiße. Die sollten in ihre Büros gehen und Puddingbrezel fressen. Das taten die ansonsten doch auch den ganzen Tag lang.

Fluchend machte er sich auf den Weg nach draußen. Auf dem Parkplatz wartete Wilczek auf ihn. »Wohin jetzt?«, wollte Wilczek wissen, als Steller einstieg.

»Bahnhofsgebiet.«

»Was willst du da?«

»Etwas zu essen kaufen.«

»Warum ausgerechnet z ...«
»Junge. Fahr mich jetzt dahin.«
Wilczek zog die Augenbrauen hoch, startete den Motor. Nach kurzer Fahrt gerieten sie auf dem Reuterweg in stockenden Verkehr. Steller schaltete das Radio ein. Eine Korrespondentin, die klang, als sei sie per Telefon mit dem Sender verbunden, sprach in Sätzen, die sich gegenseitig jagten. »... ist es völlig unklar, was zurzeit in China passiert. Die Informationen über massive Ausschreitungen in Peking und anderen Metropolen des Landes sind nicht gesichert. Stellungnahmen von offizieller Seite gibt es nicht. Dies ist für die Volksrepublik an sich nicht ungewöhnlich. Wir kennen das aus früheren Krisen. Fast alles, was wir derzeit an Informationen haben, stammt aus der Bloggerszene. Wenn man diese Meldungen zu einem Ganzen zusammensetzt, sind sie äußerst beunruhigend. Alleine in Tianjin soll es mehrere tausend Tote gegeben haben.«
»Was ist da los?« Steller drehte die Lautstärke des Radios hoch. Wilczek zuckte mit den Achseln.
»Danke an Helga Ritter. Wir werden im Laufe unserer Sendung weiterhin über die aktuellen Ereignisse in China berichten. Aber jetzt brauchen wir alle etwas Musik. Die neue CD von ...«
Steller schaltete das Radio aus. Egal. Er musste sich auf andere Dinge konzentrieren als auf durchgeknallte Chinesen. Sie bogen in die Taunusstraße ein. Steller hasste das Bahnhofsgebiet. Auch wenn er Freunde in der Szene hatte, war es der denkbar schlechteste Ort um sich Drogen zu beschaffen. Aber der Druck stieg weiter, drängte ihn das Risiko zu erhöhen. Steller gab Wilczek zu verstehen, dass er anhalten solle und sprang aus dem Wagen. »Bin gleich zurück.« Er musste dringend den Tag aus seinem Kopf schmeißen.
Hungerhaken stand an derselben Ecke wie immer. Der Junkie maß fast zwei Meter und wog weniger als ein Glas Wasser. Sie einigten sich ohne Worte im Vorbeigehen. Hungerhaken ging auf die Toilette im McDonalds, hinterlegte ein Briefchen mit Koks in einem Mauerspalt. Als der Junkie wieder draußen auftauchte, ging Steller auf die Toilette. Er fingerte das Papier aus dem kaputten Putz und deponierte an dessen Stelle einen

Fünfzigeuroschein. Hungerhaken würde sich das Geld holen und damit das Geschäft beenden.
Steller ging in einen Dönerladen, bestellte sich was zu essen und verschwand kurz in der Toilette. Vorsichtig schüttete er etwas Koks auf seinen linken Handrücken, zog sich das Pulver in die Nase. Die Welt erstrahlte in angenehmen Farben. Er sah auf die Uhr. Es war 18:46 Uhr. Fünf Minuten später saß er mit einem in Alufolie umwickelten Döner bei Wilczek im Wagen.
»Und? Hast du, was du brauchst?«
Steller wusste nicht, ob die Frage so doppeldeutig gemeint war, wie sie klang. »Ja.«
»Dann kann die Party ja losgehen. Übrigens. Die Jungs haben den Typen gerade gefunden.«

GRÜN, GRÜN, ALPHA

Aila Torbeck

Torbeck brachte die einhundert Kilometer bis zum Stuttgarter Flughafen zügig hinter sich. Einige Minuten, nachdem sie im Parkhaus einen Stellplatz gefunden hatte, legte sie am Schalter ihr Ticket vor. Es war 15:00 Uhr, bis zum Boarding blieb ihr eine halbe Stunde. Da sie kein gewöhnlicher Passagier war, hatte sie noch etwas Zeit. Sie mochte Flugzeuge nicht und wollte erst im letzten Moment einsteigen. Im Terminal herrschte Hochbetrieb. Ziellos schlenderte sie in der zweihundert Meter langen Halle herum. Seit Kurzem wurde der Flughafen von asiatischen Airlines angeflogen. An dem Schalter der Air India hatte sich eine erregte Gruppe versammelt. Sie besah sich das Spektakel. Mehr als hundert Menschen zogen einen engen Halbkreis um die Tresen. Die Schalter wurden von zierlichen Frauen in dunkler Uniform verteidigt, die sich bemühten, den auf sie einprasselnden Ärger wegzulächeln. Als Torbeck nahe genug herangekommen war, bekam sie den Grund für die Aufregung mit. Ein Langstreckenflug nach Indien wurde gecancelt.

»Es tut mir leid, mein Herr«, sagte eine der Schalterdamen. »Die Maschine kann nicht starten, wenn keine Verbindung zur Flugsicherung in Goa besteht.«

Torbeck fragte eine Frau, was geschehen sei. »Angeblich haben Flugzeuge, die sich im Anflug auf Goa befanden, gemeldet, dass sie keinen Kontakt mit dem Flughafen herstellen konnten.«

»Sie meinen, mit dem Tower?«

»Womit auch immer«, sagte die Frau gereizt und setzte sich auf ihren Koffer. »Bis man weiß, was da los ist, sind alle Flüge gestrichen.«

Torbeck ging weiter. War schon sehr ärgerlich, wenn der Jahresurlaub auf diese Weise begann. Da war es von Vorteil, wenn man an die Ostsee reiste.

Ihr Handy klingelte. Sie sah auf das Display, aber der Anrufer hatte seine Nummer unterdrückt. Sie nahm das Gespräch an. »Hasborn.« Der Bass des korpulenten Staatssekretärs brachte den Lautsprecher ihres Handys zum Scheppern.
»Was kann ich für Sie tun?«
»Sehen Sie es mir nach. Aber ich komme gleich zur Sache. Unsere Hinrichtung wurde verschoben.«
»Die Anhörung fällt aus?«
»So ist es.«
»Weshalb?«
»Es gibt Probleme in Asien. Es wird gerade ein Krisenstab gebildet. Näheres weiß ich noch nicht. Wir befinden uns noch in der chaotischen Aufbauphase. Die Lage ist komplex.«
»Verstehe. Gibt es bereits einen Ausweichtermin?«
Er lachte. Es klang wie die Fehlzündung eines Motorrades. »Haben Sie es so eilig? Nein, da gibt es nichts. Ich muss jetzt Schluss machen. Haben Sie einen schönen Tag.«
Torbeck steckte das Handy weg. Wenigstens hatte sie der Anruf noch vor dem Boarding erreicht. Da sie nur mit Handgepäck reiste, konnte sie den Flug problemlos ausfallen lassen. Sollte sie sich jetzt darüber freuen? Aufgeschoben war nicht aufgehoben. Nein, es wäre besser gewesen, die Sache hinter sich zu bringen. Sie informierte das Schalterpersonal über ihre geänderten Reisepläne und machte sich auf den Weg zu ihrem Auto. Auf ihrem Weg aus dem Terminal fiel ihr Blick auf eine Anzeigetafel. Ein Drittel aller Fernflüge war gecancelt. In der Halle breitete sich eine nervöse Stimmung aus. Nachdenklich ging Torbeck ins Parkhaus zurück.
Wenig später lenkte sie ihren Wagen auf die Autobahn in Richtung Karlsruhe. Der Verkehr war entspannt und sie kam gut voran. Ihr Magen meldete sich mit einem Knurren. Erst jetzt fiel ihr auf, dass sie den ganzen Tag nichts gegessen hatte. Auf der A8 verließ sie die Autobahn an einer Raststätte, kaufte sich ein Sandwich für unverschämte fünf Euro. Zurück im Auto nahm sie ihr Satellitentelefon und rief Wiegner an.
»Was ist los? Ich dachte, du fliegst nach Berlin.« Wiegner war überrascht.

»Das dachte ich auch. Aber dann habe ich einen Anruf bekommen. Der Untersuchungsausschuss hat sich vertagt.«
»Warum?«
Torbeck wiederholte, was Hasborn ihr gesagt hatte.
»Was für eine Krise soll das denn sein?«
»Ich kann dir nicht mehr sagen. Allerdings sind am Flughafen mehrere Flüge nach Asien ausgefallen. Besonders Indien scheint betroffen.«
»Gibt es da einen Zusammenhang?«
»Keine Ahnung. Ich sollte wohl das Radio anschalten, aber im Moment steht nicht der Sinn nach solchen Dingen.«
»Vielleicht hat Indien China den Krieg erklärt. Die sind nicht gerade befreundet.«
»Jetzt mal bitte nicht den Teufel an die Wand.«
»Teufel und Wand sind gute Stichwörter. Ich schicke dir ein Bild auf dein Handy.« Was denn für ein Bild? Torbeck konnte hören, wie ihr Stellvertreter mit seinem Handy hantierte. »Warte, ich habe es gleich. Ist das jetzt eine gute oder eine schlechte Nachricht? Ich meine, das mit dem Ausschuss.«
»Ich denke, es wäre besser gewesen, das zu einem Ende zu bringen.«
»Wo bist du jetzt?«
»Im Moment stehe ich an einer Raststätte auf der A8. Soll ich noch zur Übung kommen? Ich denke, ich kann das noch schaffen.«
»Das ist nicht nötig. Fahr nach Hause und ruhe dich aus. Frauen in deinem Alter brauchen ihren Schlaf.«
Torbeck lachte. Sie musste immer lachen, wenn Wiegner dumme Bemerkungen über ihr Alter machte. Eigentlich seltsam. Er selbst war fünfundvierzig und die Haare gingen ihm aus. Grund zum Spotten gab es da nicht viel.
»Danke, Karl.«
»Ich wusste, dass es dir gefällt, wenn ich über dein Alter lästere.«
»Das meine ich nicht.«
»Jetzt habe ich es.«
»Was?«
»Das Bild.«

Wenige Sekunden später machte sich ihr Smartphone mit einem Dreiklang bemerkbar. Sie kramte es aus ihrer Handtasche. »Was soll das sein?« Es sah wie die Fotografie einer gravierten Metalltafel aus.
»Lies es.«
Torbeck vergrößerte das Foto und las laut vor:
»Durch mich geht man hinein zur Stadt der Trauer,
Durch mich geht man hinein zum ewigen Schmerze,
Durch mich geht man zu dem verlornen Volke.
Gerechtigkeit trieb meinen hohen Schöpfer,
Geschaffen haben mich die Allmacht Gottes,
Die höchste Weisheit und die erste Liebe.
Vor mir ist kein geschaffen Ding gewesen,
Nur ewiges, und ich muss ewig dauern.
Lasst, die ihr eintretet, alle Hoffnung fahren!
– Inschrift auf dem Tor zur Hölle, dritter Gesang, Vers 1–9«
»Das ist das neue Klingelschild von ZERBERUS.«
»Wie bitte?«
»Weißt du, was du da gelesen hast?«
»Nein.«
»Das ist aus der Göttlichen Komödie von Dante Alighieri. Bei ihm hängt dieser Spruch am Tor zur Hölle. Die haben heute diese Tafel am Eingang zu diesem Monster aufgehängt. Ist das nicht völlig bescheuert?«
»Es stützt aber deine Theorie, dass sie ein Tor zur Hölle gebaut haben«, sagte Torbeck spöttisch.
»Jetzt aber mal im Ernst. Die sind doch völlig irre. Nennen einen Computer nach dem Hund, der den Eingang zur Hölle bewacht und dann hängen die auch noch dieses Schild auf.«
»Das ist Nerd-Humor.«
»Ich sag dir was. Dieser Monstercomputer ist mir unheimlich.«
»Mach dich nicht verrückt. Das sind nur Kinder.«
»Kinder mit einem milliardenteuren Spielzeug. Ich muss jetzt auflegen. Tut mir leid, aber wir haben ein kleines Problem.«
»Was Ernstes?«
»Eher etwas Nerviges.« Er lachte.
»In Ordnung. Bis morgen, Karl.«

Torbeck legte das Handy weg und startete den Motor. Sie hatte tatsächlich das Gefühl, dass Karl Angst vor dem Computer hatte und sie musste gestehen, dass die Anlage auch ihr unheimlich war. ZERBERUS war in der Ebene Null des Forschungskomplexes installiert, die Halle war fast so groß wie ein Fußballfeld und unterkellerte den gesamten Komplex. Als Torbeck vor einigen Monaten von einer Siemens-Mitarbeiterin durch die Reihen von Regalwänden geführt worden war, hatte ihr der Atem gestockt. ZERBERUS war der mit Abstand gewaltigste Supercomputer der Welt. Neuronales Netzwerk, atomare Transistoren, quantenelektronische Bauelemente, stickstoffgekühlt, in vielen Bereichen mit Hilfe von supraleitenden Keramikverbindungen realisiert. Allen anderen Anlagen war er wenigstens zehn Jahre voraus. Über Jahrzehnte hatten Supercomputer in Deutschland kaum eine Rolle gespielt. Und dann das. Natürlich fragten sie sich beide, wozu man eine solche Rechenkraft brauchte. Zunächst brachte Wiegner den Film War Games ins Spiel. Dann äußerte Torbeck die Idee, dass der Computer das Internet überwachen sollte. Aber zu dieser Hypothese passte nicht, dass ein gewaltiges biologisches Forschungslabor in die Anlage integriert wurde. Am Ende des damaligen Abends war Wiegner felsenfest davon überzeugt gewesen, dass man mit der Maschine ein Tor zur Hölle erschaffen wollte. Torbeck war sich bis heute nicht ganz sicher, ob er das nun tatsächlich ernst meinte. Vermutlich nicht. Andererseits. Dieses Schild am Eingang machte ihn scheinbar nervös.

Nachdem Torbeck die Autobahn verlassen hatte, geriet sie nach einigen Kilometern auf der Landstraße in einen Stau. In den Ausläufern des Schwarzwaldes gab es nichts, was dieses Chaos rechtfertigte. Torbeck machte den Motor aus und verließ den Wagen. Die Straße vor ihr schnitt durch den Wald, geriet nach zweihundert Metern in einer Linkskurve außer Sicht. Bis zu dieser Kurve überblickte sie die Lage. Sie sah nur Autos. Eines nach dem anderen, in wechselnden Farben und Modellen. Eine Perlenkette, die nach links abknickte, zwischen den Bäumen verschwand. Die meisten der Mitleidenden hatten ihre Motoren abgestellt. Einige

lehnten an ihren Fahrzeugen, rauchten, liefen mit einem Handy am Ohr Gräben in den Asphalt.
Torbeck fiel auf, dass es keinen Gegenverkehr gab. Sicher eine Vollsperrung. Konnte nur ein Unfall sein. Sie beobachtete einen Mann in ihrer Nähe, der auf der unbenutzten Gegenfahrbahn in einer Spirale herumlief. Die Kreise, die er zog, wurden immer enger. Bald würde er Pirouetten drehen. Er gestikulierte wild. Sie hörte, wie er seinem Gesprächspartner erklärte, dass er mitten im Nichts stand, praktisch ohne Netz. Ein ums andere Mal brach die Verbindung ab, sodass der Mann auf das Display starrte, fluchte, es erneut versuchte.
Torbeck setzte sich wieder in den Wagen. Sie startete den Motor und ließ die Klimaanlage laufen. Es war ansonsten unerträglich. Sie gab dem Radio eine Chance. Aber der Empfang zwischen den bewaldeten Hügeln war miserabel. Für einen kurzen Moment gelang es ihr einen Sender reinzukriegen. »... dass Tel Aviv die General ...« Das war alles. Der Rest war Rauschen. Sie probierte, mit dem Satellitentelefon ihre Tochter anzurufen. Der große Vorteil war, dass man damit fast überall Empfang hatte. Sie ließ es einige Male ohne Erfolg klingeln. Katta vergaß ihr Telefon gerne. Jedes Mal musste sie ihre Tochter daran erinnern, das Satellitentelefon mitzunehmen. Katta hasste es, das klobige Gerät zusätzlich zu ihrem Handy mit sich herumzuschleppen. Torbeck wählte die Nummer von Kattas Smartphone. Auch da nahm sie nicht ab. Torbeck legte das Telefon beiseite, drehte ihren Sitz zurück und schloss die Augen.

Geräusche weckten sie aus ihrem Dämmerschlaf. Ein Blick auf die Uhr zeigte ihr, dass fast eine Stunde vergangen war. Auf der Gegenfahrbahn gab es Betrieb. Zwei Krankenwagen rauschten heran, gefolgt von einem Notarzt- und einem Streifenwagen. Der Konvoi schoss mit aberwitzigem Tempo an ihr vorbei. Da musste es richtig gekracht haben. Fünf Minuten später folgten die ersten Privatfahrzeuge. Die Straße war frei, das gab Hoffnung. Es dauerte noch einige Minuten, bevor sich die Autoschlange vor ihr in Bewegung setzte. Zunächst ging es stockend voran. Endlich konnte sie in den zweiten Gang schalten. Nach einigen Kurven

erreichte sie die vermeintliche Unfallstelle. Ein dunkler Kleintransporter stand von der Straße geschoben halb im Wald. Einen Unfallschaden konnte sie an dem Fahrzeug nicht erkennen. Auf dem Boden lagen drei weiße Tücher. Es dauerte, bis Torbeck realisierte, dass sie Menschen verdeckten. An einem Streifenwagen lehnte ein Polizist, die Hände auf die Knie gestützt. Torbeck passierte die Stelle, froh, dass sie sich nicht weiter mit der Szene auseinandersetzen musste.
Die Verkehrslage beruhigte sich nicht wirklich, führte sie aber ohne erneute Zwischenfälle nach Hause. Als sie Winterburg durchquerte, bemerkte sie, ungewöhnlich viele Menschen auf den Straßen. Heute sollte ein neues Gemeindezentrum eröffnet werden. Wahrscheinlich würde sich das Ganze zu einem kleinen Volksfest entwickeln. Sie als Außenseiterin brauchte sich dort gar nicht erst blicken lassen. Die Eingeborenen musterten sie bereits mit besorgten Blicken, wenn sie beim Bäcker Brötchen kaufte. Nicht auszuschließen, dass sich die Leute bekreuzigten, wenn sie den Laden verließ.
Sie stellte den Audi in ihrer Auffahrt ab, ging ins Haus, betrat die Küche und goss sich einen Tee auf. Kurz dachte sie daran, den Fernseher einzuschalten, nahm Abstand davon. Sie fühlte sich unruhig, hektische bunte Bilder schienen da schädlich. Stattdessen stellte sie sich vor das Bücherregal, überlegte gerade, was sie lesen könnte, als das Haustelefon klingelte.
»Hallo Mama.«
Ein Lichtblick. »Hallo Katta, wie geht's dir? Alles in Ordnung?«
»Mir geht es gut. Ich bin bei Laura und wir gehen gleich in die Stadt. Ein bisschen feiern.«
»Na, dann viel Spaß. Wie bist du angekommen?«
»Gut. Der Zug hatte Verspätung. Tut mir leid, dass ich mich gestern nicht mehr gemeldet habe.«
»Ist nicht schlimm. Hauptsache, es ist alles in Ordnung. Wie ist dein Plan? Ich meine, außer feiern zu gehen.«
»Morgen treffen wir uns mit Freunden von Laura. Die studieren Jura. Mal sehen, was die so sagen. Am Montag setze ich mich mal probeweise in eine Vorlesung rein.«
»Okay.«

»Mama?«
»Ja.«
»Hast du nicht heute deine Anhörung?«
»Die ist ausgefallen.«
»Ist das gut oder schlecht?«
»Weder noch. Mach dir keine Gedanken.«
Im Hintergrund rief eine Mädchenstimme. »Tut mir leid, Mama. Laura will jetzt los.«
»Kein Problem. Pass auf dich auf.«
Es hatte Torbeck beruhigt, mit ihrer Tochter gesprochen zu haben. Sie ging zurück zum Bücherregal, nahm sich ein Buch und legte sich im Wohnzimmer auf die Couch. Schon nach wenigen Seiten begannen die Buchstaben zu tanzen. Sie legte das aufgeschlagene Buch auf ihrer Brust ab. Nur für einen Augenblick. Dann schlief sie ein.

Sie hatte einen angenehmen Traum. Zusammen mit Katta picknickte sie in ihrem Garten. Das Einzige, was die Idylle störte, war eine nervtötende Wespe, die summend um ihren Kopf flog und nicht zu vertreiben war.
Als sie die Augen wieder öffnete, war es dunkel. Der Mond glänzte silbern durch das Fenster, überzog alles mit einem grafitfarbenen Schleier. Hatte sie nicht das Licht angelassen? Das Satellitentelefon wanderte vibrierend über den Tisch. Sie griff danach und nahm das Gespräch an. »Torbeck?« Ihre Stimme schlief noch.

»Achtung! ... Achtung! ...
Dies ist eine automatische Ansage für ...
Generalmajor Aila Torbeck.
Legitimieren Sie sich.

Achtung ! Achtung! ...
Dies ist eine automatische Ansage für ...
Generalmajor Aila Torbeck.
Legitimieren Sie sich.«

»Torbeck«, meldete sie sich erneut. Wo war sie? Unbewusst gab sie ihren Code in das Telefon ein, kniff die Augen gegen die Beleuchtung des Displays zusammen.

»Es ist Alarm ausgelöst. Es ist Alarm ausgelöst.
...
Grün ... Grün ... Alpha.
Es ist Alarm ausgelöst. ...
Grün ... Grün ... Alpha.
Handeln Sie nach Direktive. ...
Die Ansage wird wiederholt. ...

Es ist Alarm ausgelöst ...
Grün ...«

Was sollte das? Torbeck richtete sich auf. Das Buch rutschte von ihrer Brust, blieb mit verknickten Seiten auf dem Teppich liegen. Sie ließ das Telefon sinken, rieb sich die Augen. Sie hatte geschlafen. Wie spät war es? Aus dem Handy quäkte eine Frauenstimme. Langsam hob sie das Telefon zurück ans Ohr.

»Grün ... Grün ... Alpha.
Handeln Sie nach Direktive. ...
Die Ansage wird wiederholt.«

Herr im Himmel! Torbeck sprang auf. Grün: biologische Gefahr. Grün: Zugang für Angehörige ersten Grades. Alpha: keine Übung. Herr im Himmel!
Katta. Sie stolperte durch das dunkle Wohnzimmer zur Treppe, rief nach ihrer Tochter. Torbeck suchte im Flur nach dem Lichtschalter, fand ihn. Nichts. In schneller Folge drückte sie die Taste hin und her. Es blieb Nacht. War das die Sicherung?
Ihre Augen gewöhnten sich an die Dunkelheit. Mit kleinen schnellen Schritten nahm sie die Stufen. Im Obergeschoss riss sie die Tür zu Kattas Zimmer auf. Versuchte wieder ihr Glück mit dem Lichtschalter. Ohne Erfolg. »Katta! Du musst aufstehen. Wir ...« Das Bett war leer. Ihr Verstand stoppte kurz. Sie war nicht zu

Hause. Katta war in Frankfurt. Torbeck stolperte zurück ins Wohnzimmer. Zwang sich zur Ruhe. Es musste sich um einen Fehlalarm handeln, diese gottverdammte Anlage spielte ihr einen Streich. Wenn es kein Fehlalarm war, dann sollte in wenigen Minuten ein Fallschirmjägerkommando auftauchen und sie abholen. Sie versuchte, sich zu konzentrieren. Der Alarm wurde nicht von Fenris ausgelöst, sondern durch das Lagezentrum des Bundesamtes für Bevölkerungsschutz und Katastrophenhilfe. Das hatte mit Fenris nichts zu tun. Sie hatte in den letzten Monaten Stapel von Aktenordnern gefüllt mit Dienstanweisungen, Richtlinien und technischen Anleitungen gelesen. Den ganzen Krempel konnte sich kein gewöhnlicher Mensch merken. Aber man sollte wissen, wo man es nachlesen konnte. Sie stand auf und ging zum Bücherregal. Nach kurzer Suche fand sie den richtigen Ordner. Das Mondlicht war hell genug, um die großzügig bedruckten Seiten entziffern zu können. Schließlich hatte sie die richtige Stelle gefunden und überflog den Abschnitt.
Für die Koordinierung der Katastrophenhilfe (Krisenmanagement) wurde in der Abteilung 1 des BBK das GMLZ (Gemeinsames Melde- und Lagezentrum) eingerichtet und das deutsche Notfallvorsorge-Informationssystem (deNIS) entwickelt. Auch die Betreibung und Weiterentwicklung des Satellitengestützten Warnsystems (SatWaS) ist eine Aufgabe der Abteilung 1.
SatWaS hatte sie angerufen. Das Satellitensystem hatte Anfang des Jahrhunderts die Sirenenanlagen abgelöst, die die Bevölkerung vor Katastrophen warnen sollten. SatWas konnte sich unter anderem in das laufende Fernsehprogramm einschalten und Warnhinweise einblenden. Na gut, dann hatte beim BBK irgendwer auf den falschen Knopf gedrückt. Oder gehörte das Ganze zu der Vollübung? Nein, was für ein Unfug. Erstens musste man annehmen, dass sie sich bereits im Bunker befand, zweitens hatte der Zusatz, dass es sich um eine Übung handelte, gefehlt.
Der Alarm hätte Grün, Grün, Gamma lauten müssen.
Eine Übung musste als solche zu erkennen sein, alles andere wäre zu gefährlich, könnte im schlimmsten Fall Menschenleben fordern.

Torbeck setzte sich an den Esstisch und sah zur Wanduhr. Sie zeigte 22:55 Uhr. Ihre Gedanken drehten sich im Kreis. Mein Gott, war sie dämlich. Warum hatte sie Katta noch nicht angerufen? Torbeck rannte zum Wohnzimmertisch, griff nach ihrem Satellitentelefon, tippte Kattas Nummer ein. Als sie das Telefon ans Ohr führte, hörte sie die gleiche Frauenstimme wie zuvor.

»Achtung! ... Dies ist eine automatische Ansage
für ... Generalmajor ...«

Das konnte nicht wahr sein. Sie drückte die Wahlwiederholung. Wieder die Stimme vom Band. »Was soll der Mist? Ihr löst Alarm aus und ich kann mein Telefon nicht mehr benutzen. Hauptsache alles läuft automatisch.« Sie stolperte in den Flur, wo ihre Handtasche auf der Garderobe lag, stülpte sie um, dass der Inhalt auf dem Teppich landete. Zwischen Lippenstift und Pfefferminzbonbons lag ihr Smartphone. Ein kurzer Blick auf das Display. Kein Netz.
Sie rannte zurück ins Wohnzimmer, setzte sich an den Esstisch, sprang sofort wieder auf, versuchte es mit dem Haustelefon. Die Leitung war tot. Das zweite Grün in der Alarmmeldung machte ihr am meisten Angst. Es bedeutete, dass Angehörige in den Bunker durften. Man brauchte kein Psychologiestudium, um zu wissen, dass Eltern bereit waren für ihre Kinder zu sterben. Niemand hockte sich mit der Gewissheit in einen Bunker, dass sich seine Kinder draußen in Gefahr befanden. Man musste dem Personal gestatten, Ehepartner und Kinder in die Anlage mitzubringen. Das funktionierte im Ernstfall nur, wenn sich dieser Personenkreis in der Nähe von Fenris aufhielt. Daher bestand für alle Mitarbeiter Residenzpflicht. Sie durften nicht weiter als fünfzig Kilometer von der Anlage entfernt wohnen. Das Führungspersonal war gezwungen, den Wohnsitz noch näher an der Anlage zu nehmen. Eine absolute Sicherheit gab es trotzdem nicht. Befanden sich die Kinder zur Zeit der Alarmauslösung auf Klassenfahrt in Kanada, dann wurde es eng. Aber in der Regel kündigte sich das Übel an. Es blieb Zeit, um zu reagieren. In der Regel.

Was sollte sie jetzt tun? Fernseher. Schalte den Fernseher ein! Kein Strom. Sie musste sich um die Sicherungen kümmern.
Ein Brummen versetzte das Haus in Schwingung, Gläser klirrten. Torbeck vergaß Fernseher und Sicherungen, rannte in den Flur und riss die Wohnungstür auf. Die Hunde im Dorf bellten. Das Geräusch steigerte sich zu einem Dröhnen. Ein Boxer-Radpanzer bog um die Ecke, beschleunigte kurz und blieb vor ihrem Haus stehen. Die Heckklappe schwang auf. Fallschirmjäger sprangen auf die Straße, bildeten einen Halbkreis und sicherten das Fahrzeug. Ein Unteroffizier lief auf Torbeck zu. »Frau Generalmajor?«
Torbeck sagte nichts. Sah ihn ausdruckslos an. Der Soldat war noch ein Junge. Kaum fünfundzwanzig Jahre alt, das Gesicht kalkweiß. »Frau Generalmajor?«
Sie schüttelte sich. »Ich bin so weit. Gehen wir.« Sie schritt an den Fallschirmjägern vorbei. Der Unteroffizier wirkte erleichtert. »Frau Generalmajor. Mein Befehl lautet, Ihre Tochter mitzunehmen.«
Torbeck stieg in den Panzer und ließ sich in einen der ergonomisch geformten Sitze fallen. »Meine Tochter ist nicht zu Hause.«
Der Unteroffizier nickte, folgte ihr in den Innenraum. Er drehte sich herum und gab den Befehl zum Aufsitzen. Sekunden später setzte sich der Schützenpanzer ruckend in Bewegung.

OBSERVATION

Markus Steller

Die Zielperson zu lokalisieren war ein Kinderspiel gewesen. Im Frankfurter Hof hatten Stellers Männer den Waffenhändler gefunden. Das Hotel lag mitten in der City, eine der vornehmeren Adressen der Stadt. Es bestand aus zwei Gebäudeteilen. Der repräsentative Teil, Ende des 19. Jahrhunderts eröffnet, war aus edlem Sandstein gebaut und mit düster blickenden Statuen verziert. An dem historischen Bauwerk klebte ein liebloser Anbau aus den 1960er Jahren. Die Vorstellung mit einem SEK in diesem Tempel der besseren Gesellschaft die Türen aufzusprengen, gefiel Steller jede Sekunde besser. Mittlerweile kontrollierten seine Leute alle Zugänge des Hotels. Einige Kollegen hatte er in Büros und Treppenhäusern der umliegenden Gebäude postiert. Von dort überwachten sie aus den oberen Stockwerken die Ein- und Ausgänge des Hotels. Der Rest der Truppe sollte in die Observation gehen, wenn die Zielperson die Unterkunft verließ. Steller saß mit Wilczek in einem schwarzen BMW X6 am Kaiserplatz. Keine hundert Meter vom Hotel entfernt, ohne Sicht auf das Zielobjekt.
Steller biss in den Döner und überlegte, ob er Wilczek auf den heutigen Tag ansprechen sollte. Es kam ihm so vor, als ob der Junge nicht begriffen hatte, was geschehen war. Oder hielt er es einfach für besser, nicht darüber zu sprechen? Steller beschloss zu schweigen. Schuldgefühle pirschten sich durch das Dickicht seiner Gedanken an. Das konnte er jetzt nicht gebrauchen. Er blickte nach draußen und betrachtete die Menschen, die in Scharen in Richtung Hauptwache liefen. »Eine Menge Volk«, sagte er.
Wilczek sah ihn von der Seite an. »Wie sieht es denn bei dir mit Frauen aus?«
»Mit was?«

»Jetzt komm schon. Was ist los mit dir? Erzähl mal was Persönliches. Hast du keine Frau? Ich habe noch nie etwas von deiner Freundin gehört. Oder bist du sogar verheiratet? Geschieden?«
»Nein.« Fing der wieder mit dem Mist an. Wilczek war erst seit wenigen Wochen bei der Fahndung. Was stocherte der Typ unaufgefordert in seinem Privatleben herum?
»Was nein? Bist du verwitwet?«
»Nein zu allem. Keine Frau.«
»Seit wann?«
»Seit immer.«
»Du verarscht mich.«
Steller hätte sich selbst ohrfeigen können. Es war ihm einfach herausgerutscht. Er hasste dieses Thema.
»Bist du schwul?«
»Nein. Auch nicht pädophil oder nekroman.«
Ein Problem bei Observationen lag in der Langeweile. Im Film geschah alles in Zeitraffer. Die Polizisten stellten sich hin, warteten eine Minute und das Spektakel begann. Das Leben sah anders aus. Stundenlang passierte überhaupt nichts. Da blieb einem nicht viel mehr, als dummes Zeug zu quatschen. Wilczek öffnete den Mund. Kam nicht zum Sprechen.
»Lass mich in Ruhe.«
»Das kannst du vergessen. Ich gehe dir auf die Nerven, bis du mit der Sprache herausrückst.«
Wie sich herausstellte, war das kein leeres Versprechen. Langsam stieg die Wut in Steller auf. »Ich habe keine Frau. In Ordnung?«
»Also lebst du alleine.«
»Sehr gut, Sherlock.«
»Haustiere? Eine Katze? Ich finde, du bist der Katzentyp.«
»Keine Katze.«
»Gar keine Haustiere?«
»Nein, verdammt.«
»Bist du nicht einsam?«
»Nein. Können wir das Thema jetzt beenden?« Steller wurde ernsthaft wütend. »Es reicht. Hör auf oder ich schlag dir in die Fresse.«

Wilczek öffnete den Mund, sagte aber nichts mehr. Er versank in Gedanken. Steller zwang sich, seine Aufmerksamkeit dort hinzulenken, wo er sie benötigte. Es kostete ihn Mühe. Dass es sich bei den Bodyguards um ehemalige Fremdenlegionäre handeln sollte, entspannte die Situation nicht. Auch wenn die Information nicht gesichert war, so musste er davon ausgehen, dass sie zutraf. Er wusste nicht viel von der Fremdenlegion, außer dass in ihr eine Menge Osteuropäer dienten. Außerdem war es wahrscheinlich, dass die Männer Kampferfahrung besaßen. Die Fremdenlegion jagte ständig von einem Krisenherd zum nächsten. Er musste auf der Hut sein.

Eine Zeit lang schwiegen sie im Wagen. Dann sagte Wilczek: »Tut mir leid.« Steller rang sich ein kurzes Nicken ab. Mittlerweile war es nach 21:00 Uhr. Die Stadt erstickte am Verkehr. Fast schien es, als ob jeder Einwohner sich auf dem Weg in die Innenstadt befand. Auf der Zeil, der Frankfurter Einkaufsmeile, fand ein Fest statt. Aber das war nicht normal. Passanten drängten, Autos hupten. Ein verkehrstechnisches Armageddon. Reflektiert von Häuserfassaden jagten Martinshörner in der Ferne durch die Stadt. Anspannung lag in der Luft, als ob die Menschen besondere Erwartungen an den Abend stellten.

»Wo hast du diese geile Karre her?« Wilczek hatte die Sprache wieder gefunden. Er fühlte sich auf dem Fahrersitz des X6 sichtlich wohl. Der BMW roch nach Neuwagen, hatte keine tausend Kilometer auf der Uhr.

»Wenn die wollen, dass wir große Fische fangen, dann brauchen wir das entsprechende Arbeitsmaterial. Die Kiste sieht nicht nach Polizei aus und so soll es sein«, sagte Steller. Mehr als das Auto interessierte ihn, dass das SEK nicht eintraf. Die ließen sich ganz schön feiern. Der Zugriff sollte im Hotelzimmer stattfinden. Das war eindeutig die sicherste Option, setzte aber zwei Dinge voraus. Das SEK musste endlich an den Start und die Zielperson durfte das Zimmer nicht verlassen. Alles andere konnte in einer Katastrophe enden. Wenn er sah, was sich heute in der Stadt bewegte, dann gute Nacht. Aktuell befand sich der Waffenhändler in seiner Suite. Vermutlich bumste er irgendeine Edelnute oder badete in Champagner. Das sollte am besten so bleiben. Steller

telefonierte und fragte in der Einsatzzentrale nach den Spezialkräften. »Die stecken im Verkehr«, kam die knappe Antwort.
»Trotz Sonderrechten? Die sollen die Fackel anmachen.«
»Die Idee wurde bereits umgesetzt.« Der Kollege klang gereizt. »Das ist dem Stau aber egal.«
»Das darf nicht wahr sein.«
»Nimm es wie ein Mann. Heute ist die Hölle los. Schlägereien, Selbstmorde, Volksfeststimmung. Keine Ahnung, was das soll. Der Polizeiführer vom Dienst ist ganz blass um die Nase. Der ist nur am Rotieren. Telefoniert mit Gott und der Welt. Ich kann dir nicht helfen. Sei froh, wenn die überhaupt kommen.« Das Gespräch wurde beendet. Steller versuchte ohne Erfolg, Markgraf und Fassbender zu erreichen. Na, prima. Er musste einkalkulieren, dass das SEK nicht kam. Wie sahen seine Optionen aus? Sollte er die Nummer dann trotzdem durchziehen, mit seinen eigenen Leuten? Wenn das in die Hose ging, würden sie ihn vierteilen. Wilczek hatte anscheinend Langeweile und fummelte an der Bordelektronik herum. »Mein Gott, schau dir die vielen Knöpfe an.« Plötzlich schaltete das Display der Navigationsanlage um. Ein Fernsehbild flimmerte über den Monitor. Steller riss es aus seinen Überlegungen.
»Na, sieh mal einer an«, lachte Wilczek, »die Kiste hat einen Fernseher an Bord.«
Es lief ein Nachrichtenkanal. Steller verstand nicht, was er dort sah. Es sah aus wie ein Meer aus Schilfgras, durch Windböen wellenartig getrieben. Er beugte sich nach vorne, stellte den Ton lauter.
»Sind das Menschen?«, fragte Wilczek.
Die Kamera schwebte über der Szene. Eine Frauenstimme schrie gegen ein flatterndes Geräusch an. Steller konnte nicht feststellen, um welche Sprache es sich handelte. Er glaubte, Panik in der Stimme zu hören. Der Hubschrauber flog eine Kurve. Die Fernsehkamera wackelte. Für einen Augenblick verschwand das Bild, baute sich unmittelbar wieder auf. Die Fokussierung lief ins Unscharfe. Dann zoomte die Kamera heran. Steller erkannte Einzelheiten, zog die Augenbrauen nach oben. Auf einem Platz

war eine Menschenmenge zu sehen. Tausende, vielleicht Zehntausende. Die Menschen standen dicht an dicht. Nein, sie standen nicht. Sie lagen geschichtet, wie Kohlebriketts.
»Ist das eine Massenorgie?« Wilczek klebte mit der Nase am Bildschirm.
Steller las den eingeblendeten Fließtext: Massenpanik in Abu Dhabi.
»Was ist denn das für eine Scheiße? Das ...« Wilczek wurde durch das Funkgerät unterbrochen. »Achtung! Achtung! Vermutlich verlässt die Zielperson in Begleitung von vier männlichen Personen das Hotel.«
Steller schaltete das Fernsehprogramm weg. »Ist das gesichert?«
»Ein alter Zwergasiat. Die Begleiter sind Europäer. Glatzen, böse Blicke. Das Gesicht von dem Vietcong kann ich nicht erkennen.«
Die oberflächige Beschreibung passte. »Auftrag. Zielpersonen verifizieren. Stellt sicher, dass das unser Mann ist.«
Die Kollegen quittierten den Befehl. Mit den Bildern sollte eine Identifizierung aus der Nähe kein Problem sein. Das Gedränge in der Stadt hatte Vor- und Nachteile. Im Gewimmel fiel es nicht leicht, die Zielpersonen unter Beobachtung zu halten. Die Beamten kämpften mit den Massen, wurden ausgebremst, geschubst, vom Kurs abgebracht. Jede Unaufmerksamkeit konnte dazu führen, dass der winzige Asiat samt Hofstaat in einem Meer von Menschen außer Kontrolle geriet. Auf der anderen Seite bot das Durcheinander Deckung. Der Gegner litt an denselben Wahrnehmungsproblemen.
»Markus.« Kam die Stimme aus dem Funk.
»Ich höre.« Steller leckte sich über die Lippen.
»Zielperson positiv. Gruppe geht in Richtung Hauptwache. Aktuelle Position ist rechte Gehwegseite in Höhe der Drogerie Douglas.«
»Verstanden.« Der Hauptkommissar holte kurz Luft.
»Operativer Leiter an alle. O-L an alle. Observation beginnt.«

Herr Yoon Hyeonwoo hatte sich unter das gemeine Volk gemischt. Zusammen mit seinen Leibwächtern bog er von der Hauptwache in Richtung Konstablerwache ab. Sie gingen die Zeil entlang. Eine fünfzig Meter breite Fußgängerzone, beidseitig gesäumt von Geschäften. Steller war erleichtert, dass die Gruppe nicht in die Tiefebenen der Hauptwache abgetaucht war. Bei den S- und U-Bahn-Gleisen gab es ein Gewirr von Rolltreppen und kleineren Auf- und Abgängen. Ganz abgesehen von der Möglichkeit, im letzten Moment in eine Bahn zu springen. Es sah so aus, als ob der Koreaner keinen ausgedehnten Ausflug geplant hatte.

Das Fest auf der Zeil bestand aus einer unüberschaubaren Anzahl von Buden. Die Stände, an denen es Alkohol und Schwenkbraten gab, liefen in drei Reihen von der Hauptwache bis zur Konstablerwache. Eine Reihe verlief mittig, die anderen beiden links und rechts an den Geschäften entlang. Steller hatte den Eindruck, dass mittlerweile mehr Menschen das Fest verließen als hinzukamen. An ein entspanntes Durchkommen war trotzdem noch lange nicht zu denken. Der Asiat samt Gefolge, blieb gefühlt an jedem Stand kleben. Es war 22:00 Uhr. Stellers Handy vibrierte in seiner Hosentasche. »Kommandoführer Fieber vom SEK«, meldete sich der Anrufer.

Steller presste das Mobiltelefon an den Kopf, schloss mit einem Finger das freie Ohr. »Ihr werdet erwartet.« Er musste fast brüllen.

»Ging nicht schneller.«

Der Fahnder hob an, dem SEK-Mann die Lage zu erklären. Der unterbrach ihn sofort. »Damit du gleich Bescheid weißt, wir mussten reduzieren. Aufgrund einer anderen Einsatzlage mussten wir uns aufteilen.«

»Wie viele seid ihr genau?«

»Wir sind fünfzehn.«

»Was? Hier ist es verdammt laut.«

»Fünfzehn. Wir sind zu fünfzehnt.«

Was hatte der Kollege vom Führungsdienst gesagt? Eine richtig große Sache. So groß schien sie dann doch nicht zu sein. »Das limitiert unsere Möglichkeiten.« Steller massierte sich mit der freien Hand die Stirn. Was war denn los? Mit achtunddreißig Jahren und sechzehn Jahren Dienstzeit besaß er genügend Erfahrung. Er musste sich zusammenreißen. Doch die Unruhe blieb, umschwirrte seine Gedanken wie eine lästige Fliege. »Wir kriegen das hin.« Steller erklärte dem Kommandoführer die

Situation. »Ich melde mich, sobald ich weiß, wo das hier hinführt. Ich denke, der geht ein Bier trinken und anschließend zurück in sein Hotel.«
»In Ordnung. Wo sollen wir uns bereithalten?.«
»Stellt euch in der Schäfergasse auf.«
»Verstanden.«
Steller steckte das Handy weg. Das SEK hatte sich halbiert. Für eine gewöhnliche Festnahme waren fünfzehn Mann Spezialkräfte plus seine eigene Leute mehr als ausreichend. Aber das war keine gewöhnliche Festnahme. Sie konnten die Zielperson nicht auf offener Straße festnehmen. Das Risiko für Unbeteiligte war zu groß. Am besten warteten sie darauf, dass der Typ sich wieder in sein Hotel zurückzog, und schlugen dann zu. Eventuell mussten sie mehrere Etagen des Hotels räumen und absperren. Da konnte er jeden Mann gebrauchen.
Gemeinsam mit den Bodyguards betrat der Waffenhändler ein Bierzelt auf der Konstablerwache. Im Zelt standen die üblichen Garnituren. Meterlange Tische mit den dazugehörigen Sitzbänken davor. Der Boden war klebrig von ausgeschüttetem Bier. Das Zelt war gut besucht, aber nicht voll. Vereinzelt gab es an den Tischen noch freie Plätze. Das Dröhnen der Musik wurde vom Klimpern der Bierkrüge begleitet. Die Luft stand und presste Steller innerhalb von Sekunden den Schweiß aus den Poren. Die Zielpersonen fanden Plätze, setzten sich. Wenig später nuckelte Hyeonwoo an einem gewaltigen Bierkrug, die Leibwächter begnügten sich mit Cola. Erst jetzt konnte Steller sie näher in Augenschein nehmen. Dem Äußeren nach handelte es sich um Osteuropäer, Anfang dreißig, die Haare kurzgeschoren, alle drei trugen Anzüge in gedeckten Farben. Sie wirkten trainiert, verhielten sich geschickt in ihrer Raumaufteilung. Sie wussten, wie sie ihren Auftraggeber absichern mussten. Fremdenlegion oder nicht, die Männer waren keine Clowns. Steller baute darauf, dass sie wenig Erfahrung mit der einheimischen Polizei besaßen. Sie würden die Kollegen nicht erkennen. In diesem Durcheinander erst recht nicht.
Er fand einen Sitzplatz. Links von ihm saß eine dicke Frau in einem bunten Kleid, die unentwegt gackerte und Bier durch die

Gegend spuckte. An seiner anderen Seite hockte ein Sechzigjähriger, der mit missmutiger Miene auf den Tisch starrte. Was er dort auch sah, es fesselte ihn. Steller gegenüber saß ein junges Pärchen. Die beiden genügten sich selbst und knutschten herum. Nachdem Steller sich gesetzt hatte, verlor er die Sicht auf die Gruppe, verließ sich nun auf seine Leute. Das SEK stand mittlerweile im zugeteilten Aufstellungsraum im Bereich der Schäfergasse etwa vierhundert Meter Luftlinie entfernt. Steller telefonierte noch einmal kurz mit dem Kommandoführer. Hierbei erfuhr er, dass die Spezialkräfte gegen seinen Wunsch taktische Uniformen trugen, statt Zivil. Offensichtlich hatte es im Vorfeld ein Kommunikationsproblem gegeben. Damit schied ein Zugriff in der Öffentlichkeit endgültig aus. Blieb nur noch der Zugriff im Hotel. Zur Vorbereitung zog Steller vier seiner Leute von der Observation ab. Sie bekamen den Auftrag, in Absprache mit der Hotelleitung die nötigen Bereiche zu evakuieren. »Am besten räumt ihr die gesamte Etage. Da dürfen keine Gäste mehr herumgeistern«, gab er den Kollegen mit auf den Weg. Das schwächte die Maßnahmen vor Ort, aber Steller vertraute darauf, dass Yoon Hyeonwoo nach einigen Maß Bier die Lust verlieren und in sein Bett schwanken würde. Mut zur Lücke nannte man das. Die Uhr zeigte 23:05 Uhr. Er bekam eine SMS. »Zielperson steht auf.« Steller hob das Handy ans Ohr und versuchte Fieber anzurufen. Das SEK sollte Aufstellung im Bereich Frankfurter Hof nehmen. Hier, in der Nähe des Bierzeltes konnte er die Uniformierten nicht mehr gebrauchen.

Er kam nicht zum Telefonieren.

ÜBERFALL

Demir Kara

Um 21:50 Uhr öffnete Bilal die Augen, drehte den Sitz hoch und startete den BMW. Er war so unvermittelt erwacht und übergangslos in den Betriebsmodus gewechselt, dass Demir vor Schreck zusammenzuckte. Zehn Minuten später parkten sie zweihundert Meter von der Commerzbank entfernt in einer Parkbucht ein. Die Befürchtung aufzufallen schien unbegründet. Die Stadt war gesättigt mit Menschen. Niemand nahm Notiz von ihnen. Nach einigen Minuten öffnete Demir die Tür.

»Was hast du vor?«

»Ich vertrete mir mal die Beine.«

»Jetzt?«

»Ich bin rechtzeitig wieder da.«

»Das will ich hoffen.«

Demir stieg aus und ging Richtung Bank. Der Commerzbank-Tower besaß fünfundsechzig Stockwerke und wuchs dreihundert Meter in die Höhe. Als architektonisches Highlight galten die Themengärten, die sich teilweise über mehrere Stockwerke erstreckten. Es gab Bäume, die in der neunzehnten Etage aus dem Boden wuchsen und deren Kronen bis in den zweiundzwanzigsten Stock ragten. Der Wolkenkratzer stand auf einer Art Podest. Die halbkreisförmig angelegte Treppenanlage maß dreißig Meter in der Breite und führte von der Straße zum Eingang. Wenn man die Bank durch die Drehtür betrat, stand man im Atrium, einer Art Innenhof, der erst in einhundertfünfundsechzig Metern Höhe seine Decke fand. Das Atrium durchzog ein Gewirr aus Treppen und Galerien. Drang man tiefer in das Gebäude ein, lag rechter Hand ein Tresen aus teurem Tropenholz. Hier standen zwei Frauen in Kostümen herum. Das war der Informationsschalter. Mehr interessierte Demir, dass die Fahrstühle ein ganzes Stück von der Drehtür

entfernt lagen. Man musste vom Eingang kommend das Atrium durchqueren, an der Information vorbei, bis zum Ende des Gebäudes. Sollte der Kurier in die Bank flüchten, so hatte man noch eine Chance ihn zu stellen. Zumindest aus zeitlicher Sicht. Ob es intelligent war, einen Bewaffneten in ein Gebäude zu verfolgen, während man keine Sicht auf ihn hatte, stand auf einem anderen Blatt. Demir beendete seine Erkundungstour und setzte sich wieder zu Bilal in den Wagen.
Sie warteten.
Die Nervosität schien die Zeiger von Demirs Armbanduhr zu verkleben. Ständig drehte er sein Handgelenk, sah auf das Zifferblatt und stellte fest, dass die Zeit nicht in die Gänge kam.
Sie warteten.
Demir sah auf seine Uhr.
»Lass das.« Bilal klang gereizt.
»Ich bin nervös.«
»Ich werde auch gleich nervös, wenn du nicht damit aufhörst.«
Demir zwang sich den Impuls zu unterdrücken, starrte durch die Windschutzscheibe. Irgendwann wurde es ihm zu viel. Er ertrug es nicht mehr. Ein kurzer Blick. »Es ist 22:52 Uhr. Ich hoffe, die kommen noch.«
»Die kommen. Wer weiß schon, was am Flughafen los ist. Vielleicht hat die Maschine Verspätung.«
Ein schwarzer Audi A8 fuhr an ihnen vorbei. Die beiden streckten den Hals. »Scheiße. Wenn man darauf achtet, fahren alle einen schwarzen A8.« Demir drehte den Funkscanner lauter. Sie hörten den Einsatzkanal der Polizei mit. »Bei denen brummt es.« Ohne Unterlass gingen Aufträge heraus. Eine häusliche Gewalt dort, ein Unfall hier, dazwischen Schlägereien.
»Ist doch gut. Dann fehlt ihnen die Zeit für uns«, sagte Bilal.
»Was wirst du mit deinen Diamanten machen?«
»Das geht dich nichts an. Besser, du weißt es nicht.«
Auch wieder wahr. Sie würden sich ohnehin nie wiedersehen. Demirs mit heißer Nadel gestrickter Fluchtplan sah vor über Bulgarien in die Türkei einzureisen. Dort wollte er die Diamanten zerstückeln und verkaufen. Er hatte Beziehungen. Ob die reichten, war unklar. Eventuell zerstückelten seine Beziehungen erst die

Diamanten und dann ihn. Wenn alles gut ging, musste er einen sicheren Weg finden, seiner Mutter Geld zu schicken. Nach Deutschland führte kein Weg zurück. Kein Anruf, keine Postkarte. Nichts. Ein neues Leben. Demir hatte null Ahnung von Polizeiarbeit, aber er wusste, dass die Bullen in solchen Fällen hartnäckig sein konnten und nicht so leicht locker ließen. Er fragte sich, ob Bilal wirklich bereit war, die Beute mit ihm zu teilen. Er musste achtgeben.

Demir fühlte, dass er kurz davor stand, seiner Existenz den Gnadenstoß zu versetzen. Wenn er hierbei erwischt wurde, schloss der Laden für immer. Aber wenn er Bilal jetzt sagte, dass er keinen Bock mehr auf die Aktion hatte, dann würde er ihm die Zähne einschlagen. Mindestens.

Vor drei Jahren hatte Demir ernsthaft versucht, sein Leben in neue Bahnen zu lenken. Er hatte eine Berufsschule besucht. Nach zwei Monaten flog er. Die Schulleitung hatte ihm vorgeworfen mit Drogen zu dealen. Das war Schwachsinn. Er hatte im ganzen Leben keine Drogen verkauft. Aber einmal Arschloch immer Arschloch. Darüber durfte er sich nicht beschweren. Den Ruf hatte er sich erarbeitet. In der Vergangenheit hatte er das eine oder andere krumme Ding gedreht. Nur gewalttätig war nie gewesen.

Letztes Jahr klappte es dann doch fast. Er stand kurz davor, einen Modelvertrag zu unterschreiben. Ihm wurde nachgesagt, dass er ein attraktiver Junge sei. Am Ende platzte der Traum. Er stellte fest, dass es neben ihm noch genügend Typen gab, die außer gutem Aussehen wenig zu bieten hatten.

»Wir sollten die Walkie-Talkies einschalten. Wenn es losgeht, denken wir nicht mehr daran«, sagte Demir.

Schweigend drehte Bilal an dem Knopf des kleinen Funkgeräts, das an seinem Gürtel hing. Bilal fand die Idee mit den Funkgeräten blöd. Demir sah das anders. Wer wusste, wie die Sache laufen würde. Wegschmeißen könnte man die Dinger immer noch. Er lehnte sich zurück und beobachtete die vorbeifahrenden Autos. Seine Hände schwitzten. Ein größer werdender Teil seines Ichs hoffte darauf, dass der Kurier nicht kam. Höchste Zeit, um vom Zug abzuspringen. Noch hatte er nichts Unrechtes getan. Nur ein paar Stunden mit Bilals

Gesellschaft verplempert. Aber er sprang nicht ab, sondern blieb wie gelähmt im Wagen sitzen und rauchte die nächste Zigarette.
Sie warteten.
»Den Streifenwagen sehe ich jetzt zum dritten Mal«, sagte Demir.
»Du siehst Gespenster.« Bilals Stimmung näherte sich dem absoluten Nullpunkt. »Die Ficker fahren hier immer durch die Gegend.« Er machte mit dem Finger eine kreisende Bewegung. »Tag und Nacht. Suchen nach Kanaken.«
»Wir sind Kanaken.«
»Schnauze.«
Demir zupfte an dem T-Shirt, das an seiner Haut klebte. Es war 23:00 Uhr. Mittlerweile hatte die Hitze des Tages sich verabschiedet, das Schwitzen blieb. Der Kurier war überfällig. Wenigstens ließ der Verkehr nach. Vor einer Viertelstunde hatte er Bilal gefragt, wie lange er noch warten wollte. »Bis er kommt«, lautete die Antwort. Demir glaubte nicht mehr daran. Dass der Kurier nicht kam, erleichterte ihn. Das Ganze war eine Schnapsidee gewesen. Vier Millionen Euro waren ein strahlendes Licht, das den Verstand blendet. Jetzt, wo dieses Licht verlosch, kehrte der Realitätssinn zurück. Er wäre im Knast gelandet oder im Grab. Demir schloss die Augen. Er sollte nach Hause gehen, einen Joint rauchen und sich einen Film reinziehen. »Scheiße, die Bullen«, sagte Bilal.
Demir saß schlagartig kerzengerade. Versetzt hinter ihnen hielt ein Streifenwagen. Das Blaulicht flackerte. Zwei Beamte stiegen aus. »Das sind die Gleichen. Ich habe es doch gesagt. Die haben ihre Kanaken gefunden.«
»Alter, halt einfach die Fresse.« Bilal zog sein Shirt über das Griffstück seines Revolvers.
Die Polizisten teilten sich auf. Einer nahm den Bürgersteig, näherte sich der Fahrertür. Der zweite ging auf der Straße. Im Außenspiegel erkannte Demir, dass seine rechte Hand auf dem Griff der Waffe lag. In der Linken hielt er eine Taschenlampe, die hin und her wackelte. Der Lichtstrahl blendete ihn durch den Spiegel. Demir ließ die Scheibe herunter. »Guten Abend«, sagte er. Der Polizist antwortete nicht. Der Strahl der Lampe wanderte im

Innenraum des BMWs umher. Demir hörte, wie es auf der Fahrerseite summte. Bilal öffnete das Fenster.

»Ihren Führerschein und die Fahrzeugpapiere«, forderte der Polizist auf der Fahrerseite.

»Stimmt was nicht?«, fragte Bilal.

Der Polizist an Bilals Seite wirkte angespannt. »Das kann man sagen. Erstens ist die TÜV-Plakette schon seit einem Jahr abgelaufen. Zweitens sind die Kennzeichen für einen Golf ausgegeben. Leute. Wenn ihr meint, so Steuer und Versicherung zu sparen, dann ist das eine blöde Idee. Oder ist die Karre geklaut?«

Demir hätte Bilal am liebsten eine gescheuert. Wie blöd konnte man sein?

»Natürlich nicht. Das ist ein Missverständnis«, sagte Bilal.

»Das werden wir sehen. Also. Was ist mit den Papieren?«

»Moment.« Bilal beugte sich zum Handschuhfach. Da gab es weder Papiere noch einen Führerschein zu finden. Sie waren im Arsch. Bilal schindete Zeit, mit der sie nichts anfangen konnten. Immer weiter beugte er sich zur Beifahrerseite. Demir sah, wie das T-Shirt seines Partners hochrutschte, und hielt die Luft an.

»Waffe im Fahrzeug!« Die Polizisten traten zurück, zogen ihre Pistolen. Demir schloss die Augen, wartete auf die Schreie und Kommandos, legte die Hände flach auf das Armaturenbrett. Es blieb still. Der Polizist an Demirs Seite griff nach dem Mikrofon seines Funkgeräts, das an seiner Schutzweste hing. Er legte den Kopf schräg, lauschte. Was immer er hörte, es saugte seine Aufmerksamkeit auf. Hektisch winkte er seinem Partner über das Fahrzeugdach hinweg zu. Dann schrie er. Demir verstand ihn nicht. Unvermittelt rannten die Polizisten zurück zum Streifenwagen, sprangen hinein. Die Streife jagte mit quietschenden Reifen an ihnen vorbei.

»Was ist jetzt los?«

»Wir haben Schwein gehabt. Das ist los.« Bilal startete den Motor. »Wir verschwinden.«

Demir blickte nach rechts. Ein schwarzer Audi A 8 mit getönten Scheiben passierte sie. Vorne saßen zwei Männer. F-GG 313 stand

auf dem Kennzeichen. »Das ist der Kurier.« Das durfte nicht wahr sein. Demir begriff die Welt nicht mehr.
»Alter. Wir ziehen das jetzt durch«, sagte Bilal.
»Was ist mit den Bullen?«
»Scheiß drauf. Denk an die Kohle.« Demir nickte. Sein Verstand, vor einer Sekunde noch eingeschaltet, setzte umgehend aus. Jagdfieber erfasste ihn. »Alles klar.« Er griff nach der Sturmhaube in der Seitenablage und zog sie über den Kopf. Der BMW sprang aus der Parkbucht.
Das Kurierfahrzeug hielt direkt vor der Bank. Die Beifahrertür schwang auf. Ein Mann in einem grauen Anzug stieg aus. Demir sah die Aktentasche, leckte sich nervös über die Lippen. Der Kurier schlug die Wagentür zu, federte über den Asphalt und erreichte den Bürgersteig. Ihr BMW stoppte hinter dem Audi. Sie sprangen nach draußen. Der Kurier mit der Tasche war jetzt an der Treppe, nahm mit jedem Schritt zwei Stufen zugleich. Demir setzte ihm nach. Kurz sah er aus dem Augenwinkel, wie Bilal sich dem Audi näherte. Er würde den Fahrer beschäftigen. Vermutlich trugen beide Männer Waffen. Demirs Mann befand sich auf halbem Weg zum Bankeingang, er zog die Pistole aus dem Gürtel.
»Bleib stehen!«
Der Kurier stoppte, drehte sich herum. Seine Augen weiteten sich, aber er sah Demir nicht. Stattdessen starrte er über dessen Schulter hinweg, an ihm vorbei. »Lass die Tasche fallen!« Demir hob die Mündung der Waffe und richtete sie auf die Brust des Kuriers. Keine zehn Meter trennten die beiden. Demir zuckte zusammen. Von Ferne hörte er ein schrilles Kreischen, das langsam anschwoll. Was war das?
Noch immer zielte er mit der Sig Sauer auf den Mann vor ihm. Der Kurier ging rückwärts. Die auf ihn gerichtete Automatik nahm er nicht zur Kenntnis. Plötzlich ließ der Mann die Aktentasche fallen, sprang hektisch die Stufen nach unten. Er stolperte, kugelte ein Stück die Treppe hinab, raffte sich auf und rannte weiter.
Demir hatte die Stirn in Falten gelegt. Was war das für ein Lärm? Ein abstürzendes Flugzeug? Er vergaß den Kurier, drehte sich um.

Für eine Sekunde sah er Bilal, der am Kurierfahrzeug stand. Sein Blick wanderte weiter in Richtung Hauptwache.

PANIK

Markus Steller

Stellers Herz begann zu rasen, sein Magen füllte sich mit Ameisen. Er ließ das Handy sinken. Irgendetwas geschah hier. Er sah sich um. Die dicke Frau grunzte und spuckte weiterhin Bier in die Umgebung. Der alte Mann neben ihm hielt sich nach wie vor in einer Parallelwelt auf, starrte vor sich hin. Das Pärchen steckte sich gegenseitig die Zunge in den Mund. Die Gäste tranken, lachten, redeten durcheinander. Scheinbar hatte sich nichts geändert. Aber der Eindruck musste täuschen. Auf sein Bauchgefühl konnte er sich verlassen. Er stand auf, um bessere Sicht zu bekommen. Auf den ersten Blick schien alles in Ordnung. Dann erkannte er am Ende des Zeltes Besucher, die ihre Köpfe drehten und sich reckten, um sehen zu können. Mehr Leute sprangen auf, stellten sich auf die Zehenspitzen. Eine Frau legte die Hand vor den Mund. In dem Zeltbereich, in dem sich Steller befand, registrierte niemand außer ihm die Stimmungsänderung. Was war da los? Eine Massenschlägerei? Feuer? Die Unruhe am anderen Ende des Zeltes schwoll zur Panikwelle an. Die ersten wendeten sich zur Flucht, wollten weg, stießen zusammen, schubsten einander. Menschen gingen zu Boden. Die psychologische Schockwelle wälzte sich in Stellers Richtung. Auf ihrem Weg durch das Bierzelt riss sie die Gäste von den Stühlen, trieb sie vor sich her wie ein Buschfeuer eine Herde Zebras. Er musste hier raus. Die würden ihn zertrampeln.
Steller sprang auf den Tisch. Das Pärchen hörte mit dem Knutschen auf, die dicke Frau sah ihn mit geweiteten Augen an, nur der alte Mann blieb von seiner Aktion unbeeindruckt. Steller rannte über die Bierzeltgarnitur in Richtung Zeltwand. Im Sprinten trat er Flaschen und Gläser um. Die Gäste auf seinem Weg fluchten. Jemand griff nach seinem Bein, wollte den Polizisten vom Tisch ziehen. Steller hielt nichts mehr. Er erreichte

das Ende der Tischbank, sprang mit einem Satz gegen die Zeltplane, federte zurück, schlug auf dem Boden auf. Der Aufprall presste ihm die Luft aus den Lungen. Er kroch durch einen Spalt zwischen Zeltwand und Pflastersteinen nach draußen. Steller kam auf die Füße, sah sich um, pumpte Sauerstoff in den Körper. Er wäre wohl besser im Zelt geblieben.
In der Fußgängerzone tobte eine Schlacht ohne Frontlinie. Die Hälfte der Besucher schlug der anderen den Schädel ein. Er wurde gestoßen und fiel hin. Eine Frau stolperte über ihn, trat ihm mit ihren hochhackigen Schuhen auf die Hand. Der Schmerz trieb ihm Tränen in die Augen. Er musste auf die Beine kommen.
Menschen versuchten panisch zu fliehen, rempelten sich gegenseitig an, stießen sich zu Boden. Ein Chor irrsinniger Schreie überlagerte die Bilder der Szene. Der infernalische Lärm übertönte seine Gedanken. Keine vier Meter von ihm entfernt rissen zwei Männer einen Jugendlichen um. Einer der Angreifer, ein feister Kerl mit aus der Hose hängendem Bauch, beugte sich über den Jungen, als wollte er ihm einen Bruderkuss geben. Er verbiss sich in dessen Gesicht, zerrte mit den Zähnen an seiner Wange, rupfte einen Fleischbrocken heraus. Durch das Loch sah Steller seine Backenzähne.
Der Mann sah ihn an. In seinen stumpfen Augen glimmte kein menschlicher Funke. Blut lief an seinem Kinn hinab, tropfte ihm in seinen Kragen, der Kerl begann sich hochzustemmen. Der Irre wollte ihn angreifen, er musste auf die Beine und verschwinden. Stellers Muskeln reagierten nicht, er war wie gelähmt, nicht fähig seinen Blick abzuwenden. Bevor der Mann sich endgültig aufrichten konnte, flogen andere heran, begruben die am Boden Liegenden unter sich. Nur ein Arm des Jungen ragte aus dem Getümmel.
Endlich riss er sich von dem Anblick los. Steller krabbelte zur Seite, ging in die Hocke, eng an eine Hauswand gepresst. Er musste einen Fluchtweg finden. Zwischen der Reihe von Ständen und den Geschäften gab es eine schmale Gasse. Steller rannte los. Zu spät merkte er, dass er die falsche Richtung eingeschlagen hatte und sich noch tiefer in die Menschenmenge verirrte. Hektisch blickte er sich um, in der Hoffnung ein Loch zu finden,

in dem er sich verkriechen konnte. In diesem Moment knallte es in kurzer Folge. Pak. Pak. Pak.
Dann wieder. Pak. Pak. Pak.
Maschinenpistolen. Dreierfeuerstoß. Das waren die Spezialkräfte. Kamen die Schüsse aus Richtung Hauptwache? Steller rannte geduckt wie in einem Schützengraben und näherte sich dem Einkaufszentrum MyZeil. Glassplitter lagen funkelnd auf dem Boden. Er sah, wie einer der SEK-Männer durch die zerstörte Glasfront in dem Gebäude verschwand. Steller wollte ihm folgen. Wichtig war, dass er die Kollegen erreichte, allein das zählte. Er sprintete. Etwas flog in seine Richtung. Ein Mann stürzte sich mit einem Hechtsprung zwischen zwei Buden hindurch auf ihn. Zu Stellers Glück geriet der Sprung zu kurz. Der Angreifer knallte direkt hinter ihm auf den Boden. Sofort versuchte der Kerl, auf die Beine zu kommen. Eine verletzte Frau torkelte Steller in den Weg. Sie wischte mit den Händen Blut aus ihren Augen. Steller sprang mit einer schnellen Bewegung an ihr vorbei. Aus den Augenwinkeln sah er, wie sie von dem Mann hinter ihm angefallen wurde. Endlich erreichte er die eingeschlagenen Scheiben, bog nach rechts in das Center ein. Die Maschinenpistolen tackerten erneut.
Die schossen auf ihn. Was war er für ein Idiot. Geistesgegenwärtig riss er die Arme in die Höhe. »Polizei! Polizei!« Die Schreie um ihn herum waren so laut, dass er sich selbst kaum hörte. Die würden ihn erschießen. Wider Erwarten senkte sich einige Meter vor ihm eine MP-Mündung zu Boden. Das Shoppingcenter war ein vierzig Meter hoher und einhundertfünfzig Meter langer Bau aus Stahlbeton und Glas. Entlang der Außenwände, vorbei an den Geschäften, schraubte sich eine Miniaturfußgängerzone in die Höhe. In der Mitte der Halle teilte eine silberglänzende Diagonale das Bauwerk. Die fünfzig Meter lange Rolltreppe führte vom Erdgeschoss direkt in den sechsten Stock.
Durch den entglasten Eingangsbereich drängten immer mehr Menschen in das Gebäude. Es gab Schlägereien. Eine Frau zerrte an dem Arm eines Mannes, der von anderen überrannt am Boden liegen geblieben war. Zunächst schien es sich hauptsächlich um Flüchtende zu handeln. Aber mit jeder Sekunde strömten mehr

Verfolger in das Center, die die Fliehenden ansprangen und sich in ihr Fleisch verbissen.
Die SEK-Beamten bildeten einen Halbkreis. Sie feuerten in die Menge und bewegten sich dabei rückwärts tiefer in das Einkaufscenter hinein. Steller rannte an ihnen vorbei. »Die Rolltreppe«, schrie er. »Die Rolltreppe. Ist gut zu verteidigen.«
Er war nicht der Einzige, der auf die Idee kam, dorthin zu flüchten. Immer mehr drängten auf die Treppe, in der Hoffnung sich von der Meute absetzen zu können. Steller bekam seinen Verstand partiell wieder in den Griff. Er zog seine Waffe und spurtete auf die Metalldiagonale zu. Aus den Augenwinkeln bemerkte er eine Bewegung. Er riss die Pistole hoch und schoss. Ohne sich umzusehen, lief er weiter, erreichte die Rolltreppe und hastete die Stufen hinauf. Nach Dreivierteln des Weges wagte er es stehen zu bleiben und blickte nach unten. Das Erdgeschoss sah aus, als hätte jemand eine Autobombe auf einem Rockkonzert gezündet. Ein Teppich aus zuckenden Leibern. Die Schreie der Sterbenden hallten wie in einer gotischen Kathedrale. Er sah zu dem Rundweg hinüber, der an den Außenwänden entlang führte. Dort versuchten die Menschen ebenfalls nach oben zu gelangen, wurden aber von den Verfolgern zunehmend eingeholt. Das Töten hatte die vierte Etage erreicht. Auch auf der Rolltreppe näherten sie sich, hatten ein Drittel der Strecke überbrückt. Der Strom der Angreifer stoppte nur kurz, wenn er eine arme Seele unter sich begrub. Aber während die einen schlachteten, wurden sie bereits von den Nachfolgenden überklettert.
Erleichtert stellte Steller fest, dass die Kollegen ihm gefolgt waren. Der erste SEK-Mann überholte ihn. Dann der nächste. Er durfte sich nicht abhängen lassen. Steller quälte sich in dem Bewusstsein nach oben, dass er in eine Sackgasse hineinrannte. Gleich würde die Rolltreppe enden. Wie ging es weiter? Er drängte sich an Menschen vorbei, die nicht mehr die Kraft besaßen zu rennen. Er achtete nicht auf sie. Nicht anhalten, niemals der letzte sein. Steller erreichte das Ende der Treppe. Er fühlte sich wie nach einem Vierhundertmeterlauf. Der anaerobe Stoffwechsel verbrannte seine Beinmuskulatur.

»Hier lang.« Es sollte ein Schrei werden, aber Steller fehlte die Luft. Er schlug einem SEK-Beamten auf die Schulter, um seine Aufmerksamkeit zu gewinnen. Gab ihm Handzeichen, er solle folgen. Der Mann zögerte. Steller zog ihn zu sich heran. »Ich kenne mich aus. Das ist meine Stadt.« Die Kollegen kamen aus Kassel. Waren vielleicht mal zum Einkaufen in Frankfurt gewesen. Von denen kannte sich garantiert keiner so aus wie er. »Ich habe einen Plan.« Eine dreiste Lüge, die ihre Wirkung nicht verfehlte. Der Polizist drückte eine Taste an seinem Handgelenk, schrie in sein Headset. Die SEKler rückten zusammen, suchten seine Nähe.
»Wir gehen rüber in das Hochhaus.« Steller deutete durch die Dachverglasung. Dort war die Silhouette eines Wolkenkratzers zu erkennen. Ein Übergang verband den Tower mit dem Einkaufscenter. Steller wollte sich in dem Gebäude verschanzen. Ein Versteck finden, das Sicherheit bot. Etwas Besseres fiel ihm nicht ein.
Immer mehr Zivilisten erreichten die letzte Etage. Die Menschen stoben auseinander, rüttelten an den Eingangstüren der Geschäfte. Es knallte. Ein Schaufenster wurde eingeschlagen. Die Polizisten nahmen den von Steller angezeigten Weg. Andere Flüchtende schlugen die gleiche Richtung ein. Steller wusste, dass es ein Tor gab, mit dem man den Übergang zu dem Hochhaus schließen konnte. Was, wenn das geschlossen war? Scheiße, das war ganz sicher geschlossen.
Zusammen mit dem Strom panischer Menschen bogen sie um eine Ecke. Entgegen Stellers Befürchtung war der Durchgang geöffnet. Im Tower angekommen sah er, dass einige der Fliehenden bereits das Treppenhaus des Hochhauses stürmten. Die Treppe begann auf dieser Ebene. Nach unten ging es nicht. Auf jedem Stockwerk versuchten die von Angst Getriebenen, in die abgehenden Flure einzudringen, in der Hoffnung, in den Büros Zuflucht zu finden. Aber die Türen waren zu, ließen sich mit bloßen Händen nicht aufbrechen.
Stellers Oberschenkelmuskeln brannten wie Feuer, mit der Rechten zog er am Geländer, wuchtete seinen Körper die Stufen nach oben. Trotz seines erbärmlichen Zustands überholte er

immer mehr Menschen. Viele gaben auf, blieben keuchend auf den Stufen sitzen.
Die SEK-Männer hatten ihn abgehängt. Zehn Etagen hatte Steller mittlerweile geschafft. Schreie rollten durch das Treppenhaus. Sie waren nicht mehr alleine. Der Adrenalinschub verlieh ihm neue Kraft. Über ihm ertönte ein dumpfer Knall, gefolgt von einem Klirren. Zwei Etagen später sah er eine eingeschlagene Glastür, hinter der ein Bürotrakt lag. Einer der Kollegen verschwand in dem Flur. Der Rest war wohl schon drinnen. Steller folgte ihm. Das war die letzte Zuflucht. Das Treppenhaus hatte sein Ende gefunden.
»Sie kommen«, keuchte Steller. »Sie kommen.« Wie lange bräuchten diese Irren, bis sie hier waren? Zwei Minuten? Eine Minute? Jedenfalls nicht lange. Er zog seine Pistole, die er beim Treppensteigen in das Holster gesteckt hatte.
Der Flur war dreißig Meter lang, knickte am Ende nach links ab. Beidseitig befanden sich Bürotüren, von denen einige offen standen. Als Steller an den ersten vorbeikam, erkannte er, dass die Büros untereinander verbunden waren. Das konnte man nicht sichern. Dort, wo der Flur wegbrach, tauchte ein SEK-Mann auf. »Da geht es nicht weiter!«
Eine verschissene Falle. Mit seinem sogenannten Plan und seiner angeblichen Ortskenntnis hatte er sie in eine Mausefalle geführt. Mehr Zivilisten strömten in den Bürotrakt. Sie liefen hin und her, versuchten sich zu verstecken oder schoben Inventar vor die Bürotüren. Einige rannten zurück zum Treppenhaus, nur um auf dem Absatz kehrtzumachen.
Steller war erschöpft. Er sank auf die Knie und warf seinen Oberkörper nach vorne. Auf allen Vieren rang er nach Luft. Schließlich zwang er sich in eine würdigere Position. Wie oft hatte er geschossen? Er sollte besser das Magazin wechseln. Steller fummelte an seinem Ersatzmagazin herum, drehte den Kopf und sah in Richtung Treppenhaus. Zwei SEK-Männer bewegten sich rückwärts von der Treppe weg. Die MPs im Anschlag. Kein gutes Zeichen.
Viel zu schnell bestätigte sich seine Befürchtung. Durch die eingeschlagene Glastür drangen die ersten Verfolger in den

Büroflügel ein. Die Spitze bildete ein Mann im zerrissenen Anzug. Aus einer Kopfwunde lief ihm das Blut an der linken Gesichtshälfte hinab. Gleich darauf folgte eine Frau, der man mit Kraft große Haarbüschel aus der Kopfhaut gerissen hatte.
Pak. Pak. Pak.
Das Maschinenpistolenfeuer zündete Chinaböller direkt in Stellers Schädel. Der Mann mit der Kopfwunde wurde in den Bauch getroffen, strauchelte, fiel der Länge nach hin, stand sofort wieder auf. Rannte weiter.
Steller hörte nichts mehr, hatte nur noch ein Pfeifen zwischen den Ohren. Er hob die Waffe. Schoss eine Doublette. Beide Schüsse fanden ihr Ziel. Die erste Kugel schlug wirkungslos in die Schulter des Mannes ein. Die zweite traf ihn in den Hals. Blut spritzte. Der Angreifer stürmte weiter den Flur entlang, wurde in den Kopf getroffen. Seine Beine knickten ihm weg, er taumelte gegen die Wand und stürzte zu Boden. Die Frau hinter ihm teilte sein Schicksal.
Noch mehr Besucher. Sie kamen zu dritt. Nein, zu fünft. Schüsse fielen. Steller versuchte zu zielen. Feuerte zwei- oder dreimal, dann riss er sich zusammen. Auf die Entfernung war das Trefferbild mit der Pistole viel zu schlecht, er verschwendete seine Munition. Er ließ die Waffe sinken. Die Maschinenpistolen tackerten. Die ausgeschalteten Neuankömmlinge lagen verteilt im Flur herum. Die nächsten Verfolger trafen ein, rasten mit verzerrten Gesichtern auf die Gruppe zu. Das Sperrfeuer stoppte sie auf halbem Weg. Mitten im Sprint fielen sie, überschlugen sich am Boden.
»Lade«, schrie ein SEK-Mann neben ihm. Der Polizist betätigte einen Hebel und das Magazin seiner Maschinenpistole fiel zu Boden. Er griff sich an die Brust, zog ein Magazin aus der taktischen Weste und führte es mit einer schnellen Bewegung in die Waffe ein. Seine Kollegen knieten sich hin, suchten eine stabilere Schussposition. »Lade«, schrie der Nächste. Lange würde das nicht mehr so gehen.
Dann brachen alle Dämme. Wie durch eine Wasserdruckleitung, als hätten sie sich im Treppenhaus gestaut, wurden die Körper in den Flur gedrückt. Es hatte keinen Sinn mehr zu schießen. Steller

atmete aus. Seine Angst verschwand. Er hielt sich die Waffe an den Kopf und schloss die Augen. Das hätte er bereits vor Stunden haben können.
Jemand packte ihn an den Schultern, zog an ihm, dass er nach hinten flog. In Rückenlage hingestreckt blickte er in Richtung des Treppenhauses. Eine Flügeltür aus Metall schloss sich wenige Meter vor ihm. Im nächsten Moment begann es, im Flur zu regnen. Die Tür war kaum geschlossen, als ein Donnern den Gang erschütterte. Putz fiel von der Decke. Instinktiv krabbelte Steller rückwärts. Weg von der Metalltür, gegen die auf der anderen Seite die Körper brandeten. Auf dem Boden sammelte sich das Wasser.
Zwei der SEK-Männer machten sich daran, eine Tür aufzubrechen. Über dem Türsturz hing ein Schild: BMZ. Das war die Brandmeldezentrale. Irgendjemand hatte die glänzende Idee gehabt, Feueralarm auszulösen und damit die Brandtür zu schließen. Jetzt mussten sie nur noch dafür sorgen, dass ihnen das Wasser nicht irgendwann bis zur Hüfte ging.
Steller lag auf dem Rücken, versuchte Luft in seine Lungen zu bekommen. Die Menschen, die es bis hierher geschafft hatten, gaben ein jämmerliches Bild ab. Sie keuchten, schluchzten, versteckten sich hinter Bürostühlen und Topfpflanzen. Viele lagen, wie er, verstreut in der Gegend herum. Die SEK-Männer standen. Nur zwei gingen zum Durchatmen in die Hocke. Die anderen kontrollierten konzentriert ihre Waffen. Steller erkannte die Angst in ihren Gesichter. Aber sie funktionierten weiter. Steller hingegen lag am Boden zwischen den Lämmern. Er versuchte, auf die Beine zu kommen und drückte sich mühsam an der Wand hinauf. Einer der SEK-Männer stellte sich neben ihn. »Bist du Steller?«
»Was?« Der Lärm an der Brandschutztür übertönte alles.
»Steller?«, schrie ihn der Kollege an.
»Ja.«
Der Mann gab ihm die Hand. »Jochen Fieber«, sagte er. Seine Augen bestanden aus blauem Eis, sein Händedruck war fest. »Danke.«
»Was?« Steller begriff nicht, was Fieber meinte.
»Du hast uns das Leben gerettet.«

Steller war überrascht. »Wenn ihr die Feuertür nicht geschlossen hättet, säßen wir in einer Todesfalle.«
»Ohne dich hätte es keine Tür zum Schließen gegeben.«
Steller nickte. Noch war er dabei.

PARTY

Demir Kara

Auf der gesamten Breite der Straße sah Demir Hunderte von Menschen auf sich zu rennen. Sie kletterten über geparkte Autos, stauten sich vor einem Transporter, schoben ihn zur Seite. Autoalarmanlagen lösten aus. Ein Konzert aus Hupen und Warnblinkern. Die Masse floss wie eine Schlammlawine zwischen den Häuserfronten hindurch. Die Menschen rannten, krochen, überschlugen sich. Die Nachfolgenden überkletterten die Gestürzten. Die Horde kreischte, wie tausend kaputte Kreissägen. Wovor liefen die weg? Die Szene war zu extrem. Demirs Verstand blockierte. Während die Bilder durch seine Augen hindurch ins Nichts liefen, meldete sich ein urzeitlicher Instinkt. Die flohen nicht. Die jagten.

Demir wich einen Schritt zurück, stolperte an einer Stufe, stützte sich mit der linken Hand ab. Er musste verschwinden. Mechanisch stellte er sich wieder auf die Beine. Die Masse, keine hundert Meter mehr von der Treppe entfernt, näherte sich mit irrsinniger Geschwindigkeit. Irgendwie musste er in Bewegung kommen. Tu was!

Demir überwand die Schockstarre, explodierte, rannte die Stufen hinauf, wirbelte durch die Drehtür der Bank. Auf Höhe der Information blieb er stehen. Eine Angestellte hinter dem Informationstresen begann zu schreien. Er riss sich die Sturmmaske vom Kopf, drehte sich im Kreis. Wohin?

Eine Fahrstuhltür öffnete sich. In der Kabine standen drei Personen. Ein Mädchen, ein Mann im Anzug, ein weiterer in blauer Uniform. Die Uniform glotzte ihn an und griff sich an den Gürtel.

Demir schoss. Der Uniformierte sackte im Fahrstuhl zu Boden. Hinter Demir prasselte es gegen die Scheiben des Foyers. Köpfe

und Fäuste schlugen gegen das Glas. Die Drehtür begann sich zu bewegen.
»Macht keinen Scheiß.« Demir hielt den Arm mit der Waffe ausgestreckt. Das Mädchen und der Mann im Anzug pressten sich an die Wand der Kabine. Demir sprang in den Aufzug, drückte wahllos auf einen der Knöpfe, sah nach draußen. Die Glaswand widerstand dem Druck der Körper nicht, eines der seitlichen Panoramafenster platzte. Die Masse bahnte sich ihren Weg in die Lobby.
Im Fahrstuhl ertönte ein Kling. Die Tür ruckte, setzte sich in Bewegung.
Da stolperte die Empfangsdame ins Bild. Sie rannte auf die Fahrstuhltür zu, hatte einen Schuh verloren, machte schnelle Trippelschritte im engen Rock. Keine fünfzehn Meter entfernt. Wenn sie die Kabine erreichte, war es aus. Sie würde ihren Körper in den sich schließenden Spalt der Schiebetür drücken. Die Tür würde stoppen, sich öffnen und niemals rechtzeitig wieder schließen. Er musste sie aufhalten, egal wie. Demir hob die Waffe, schoss zweimal. Die Frau riss den Mund auf, als wollte sie sich beschweren. Dann fiel sie der Länge nach hin.
Die Tür schloss. Ein kurzer Ruck, die Kabine nahm Fahrt auf. Demir sah auf die Tasten. Er hatte den achtundfünfzigsten Stock erwischt. Je höher, desto besser. Bloß weg von diesen Irren. Der Lift glitt an der zweiten Etage vorbei, da donnerte es unter ihnen. Die Menschenmasse schlug gegen den Fahrstuhlschacht. Demirs Hand zitterte so heftig, dass das Magazin in der Pistole anfing zu klackern. Hatte er gerade eine Frau erschossen? Schweiß lief ihm in die Augen, er wischte ihn mit dem Ärmel weg. Der angeschossene Mann lehnte, wie ein verletzter Westernheld, an der Rückwand der Kabine. Das war ein Wachmann, kein Bulle.
»Wo ist deine Waffe?« Demir richtete die Mündung auf ihn.
Der Wachmann sah nicht auf. »Ich habe keine.«
»Verarsch mich nicht.«
»Ich habe keine.« Der Mann presste die Worte hervor. Der Schmerz nahm ihm die Luft.
»Warum hast du an deinen Gürtel gegriffen?«

Der Wachmann drehte sich ein wenig, dass Demir den Gürtel sehen konnte. Da hing ein Funkgerät. »Du blöder Idiot. Wenn dir jemand eine Knarre in die Fresse hält, dann greift man sich nicht an den Gürtel.« Demir ließ die Waffe sinken.

»Er braucht einen Arzt«, sagte das Mädchen. Sie war Anfang zwanzig, hatte schulterlange braune Haare. In ihren Augen blitzte es zornig. Sie trug eine eng anliegende Stoffhose und eine Bluse.

»Was?«

»Einen Arzt. Er braucht einen Arzt.«

»Hast du das gerade nicht gesehen?«

»Ich sehe, dass du mich mit deiner Pistole bedrohst.« Sie sah ihm in die Augen. »Und ich sah, dass du eine Frau erschossen hast.«

Demir schluckte. Hatte er das wirklich getan? Der Überfall lief nicht wie geplant. Soweit kam er noch mit.

Der Turbolift beschleunigte mit jedem Meter, den er zurücklegte. Die Kabine passierte den zweiunddreißigsten Stock. Niemand redete. Hatte er tatsächlich eine Frau erschossen? Er war kein Mörder. Er hatte keinen Hang zu Gewalt. Nein, das bildete er sich ein. Alles würde sich aufklären. Auf den Wachmann hatte er geschossen, das ließ sich nicht wegreden. Der Blödmann hatte sich besonders dämlich verhalten. Griff nach seinem Funkgerät, während er in die Mündung seiner Pistole schaute.

Demir schloss die Augen. Die Welt begann zu kreisen, als hätte er zu viel getrunken. Schnell schlug er die Augen wieder auf, sah auf die Anzeige. Vierundvierzigster Stock. Er sprach den Wachmann an. »Wo habe ich dich erwischt?«

Der Mann hob die Hand vom Unterbauch. Sein Hemd hatte sich dunkel verfärbt.

»Das wollte ich nicht.«

»Die Frau wolltest du sicher auch nicht erschießen.« Der Mann im Anzug hatte gesprochen, bereute es augenblicklich.

»Was?« Demir musterte den Typen. Vermutlich ein Banker. Dunkelgrauer Stoff, maßgeschneiderter Anzug. Krawatte aus Seide. Die Klamotten kosteten mehr als Demirs Mutter im Monat in der Fabrik verdiente. Der Banker senkte seinen Blick, vermied Augenkontakt. Der Aufzug kletterte weiter die Etagen nach oben.

»Was ist eigentlich los?« Der Zorn in den Augen des Mädchens hatte sich in aufkommender Angst aufgelöst. Demir warf ihr einen kurzen Blick zu, legte einen Zeigefinger auf die Lippen.
Der Aufzug hatte sein Ziel erreicht. Die Tür schob sich auf. Demir hob die Waffe. Vor ihnen erstreckte sich ein Flur, erhellt durch indirekte Beleuchtung aus verborgenen Strahlern. So weit das Auge reichte aneinandergereihte Bürotüren. Der Gang war leer. Demir stellte sich in die Lichtschranke der Fahrstuhltür. Er streckte den Kopf nach draußen, sah, dass der Flur nicht nur vor ihnen lag. Nach rechts bot sich das gleiche Bild. Der Fahrstuhl lag in einer Ecke. Ohne sich umzudrehen, sagte er: »Bankmann. Kennst du dich hier aus?«
»Ja.«
»Und? Wo sind wir?«
»Im achtundfünfzigsten Stock.«
»Arschgeige.« Demir drehte sich um. »Das habe ... .«
Das Mädchen sprang nach vorne. Bevor Demir verstand, was geschah, hatte sie den Fahrstuhl verlassen und rannte nach rechts den Flur entlang. Dabei lief sie im Zickzack, als wollte sie kein Ziel bieten. Nach zwanzig Metern stieß sie rechter Hand eine Tür auf und verschwand.
»Wo geht es dahin?« Schrie Demir.
»Wo?«
Demir begriff, dass der Mann nicht gesehen hatte, wo das Mädchen hingerannt war. Er zeigte mit dem Arm in ihre Fluchtrichtung. »Die Kleine ist da hinten nach rechts weg.«
»Treppenhaus vielleicht. Dahinten ist ein langes Treppenhaus.«
»Was heißt lang?«
»Die langen Treppenhäuser reichen vom Erdgeschoss bis ganz nach oben. Ansonsten gibt es nur kurze, die jeweils fünf oder zehn Stockwerke miteinander verbinden.«
»Dann kennt sie sich aus?«
»Woher soll ich das wissen? Ich habe sie noch nie zuvor gesehen.«
»Wo kamt ihr eigentlich her?«
Der Anzugträger sagte nichts.

»Da ist eine Feier. Im sechzigsten Stockwerk ist eine Feier«, grunzte der Wachmann. Die Augen waren geschlossen, sein Atem ging schwer.
»Warum sagen Sie ihm das? Wollen Sie ein Blutvergießen?«
Der Wachmann hielt ihm seine blutverschmierte Hand hin. »Ich brauche einen Arzt. Bist du Arzt?«
»Wir fahren hoch«, beschloss Demir. Mittlerweile war er sicher, dass der Wachmann sterben würde. Bei der Verletzung war es mit einem Heftpflaster und guten Worten nicht getan. Er hatte diese Horde gesehen. Da würde kein Rettungsdienst kommen und auch nicht die Feuerwehr. Niemand würde kommen. Demir hob die Hand, um die Taste für den sechzigsten Stock zu drücken.
»Das würde ich lassen.« Der Wachmann deutete auf die Anzeigentafel der Kabine. »Der Fahrstuhl wurde vom Erdgeschoss angefordert. Vielleicht fährt er erst nach unten.«
Angefordert? Vermutlich waren die da unten gegen die Knöpfe gekommen. Trotz seines Zustandes hatte der Wachmann die Lage offensichtlich erfasst.
»Prima. Dann rufen wir für Sie dort einen Arzt.« Im Gegensatz zu dem Wachmann hatte der Banker überhaupt nichts verstanden.
Demir ignorierte ihn. »Glaubst du, dass der Fahrstuhl erst nach unten fährt? Wir sind doch fast oben.«
»Willst du das riskieren?«
Das wollte Demir nicht. Er fuchtelte mit seiner Pistole und wies den Anzugträger an, aus dem Fahrstuhl zu treten. »Nicht alleine. Hilf dem Mann.« Der Banker machte einen Schritt zurück und griff dem Verletzten unter die Arme.
»Kannst du den Fahrstuhl blockieren?«
Der Wachmann nickte und zog eine Plastikkarte aus seiner Brusttasche. Das Stück Plastik zitterte in seiner Hand. »Damit kann ich den Fahrstuhl ausschalten.«
»Dann mach es.«
Der Wachmann zog die Karte durch ein Lesegerät und tippte auf einem Zahlenfeld herum. Dann stolperte er zusammen mit dem Banker aus der Fahrstuhlkabine. Demir lief hinter den beiden her. Der Wachmann hatte einen Arm um die Schulter des Bankers gelegt. Mit der freien Hand stützte er sich an der Wand ab, zog

eine blutige Spur. Demir dachte an Bilal. Der hatte es nicht geschafft. So viel stand fest. Was sollte er tun? Nach unten ging es nicht. Hier zu bleiben war auch keine Lösung. Also gab es nur den Weg nach oben. »Wir haben wirkliche keine Zeit.« Mit den Worten griff Demir dem Wachmann von der anderen Seite um die Taille. Zu dritt stolperten sie den Flur entlang.

So hatte Demir noch nie eine Party gesprengt. Als er mit dem sterbenden Wachmann und dem Banker im Schlepptau das Treppenhaus im sechzigsten Stockwerk verließ und in einen verbreiterten Flurbereich trat, wurde er bereits erwartet. Einhundert Gäste in Abendgarderobe starrten ihn an. Das Mädchen hatte sein Kommen offenbar angekündigt. Das überraschte ihn. Er hatte damit gerechnet, dass sie nach unten fliehen würde.

Kaum hatten sie das Foyer betreten, sank der Wachmann zu Boden. Ein Blutfleck breitete sich unter ihm auf der Auslegware aus. Gleichzeitig nutzte der Anzugträger die Gunst der Stunde, machte auf den Absatz kehrt und stolperte zurück ins Treppenhaus. Die Partygäste schwiegen Demir an, als erwarteten sie eine Rede. Seiner Panik zum Trotz erkannte er, dass er von den Anwesenden keine Hilfe erwarten konnte. Er hatte von Natur aus ein Gespür für Menschen, las in ihren Gesichtern. Demir sah sich um. Es war eine opulente Party. Eine geöffnete Flügeltür führte zu einem Saal. Im Inneren erkannte Demir Stuhlreihen und den Teil eines Klavierflügels. An der Fensterfront des Foyers reihten sich mehrere längliche Tische, auf denen ein großzügiges Büfett aufgebaut war. In mit Eis gefüllten Kübeln standen Sektflaschen. Es gab sogar eine Art Aquarium, in dem Hummer mit gefesselten Scheren auf ihre Hinrichtung warteten. Für die Schalentiere interessierte sich aber gerade keiner. Die Anwesenden taxierten Demir, wichen vor ihm zurück.

»Ich will Ihnen nichts tun«, versuchte er zu beruhigen. Niemand regte sich. Demir sah an sich selbst hinunter und betrachtete die Waffe in seiner Hand. Schnell steckte er die Pistole in seinen Gürtel.

»Ich rufe die Polizei.« Demir konnte nicht ausmachen, wer da gesprochen hatte. Aber der Mann bekam murmelnde Unterstützung von den Umstehenden.
»Rufen Sie besser das Militär«, sagte Demir.
»Lassen Sie uns gehen. Hier hat Ihnen niemand etwas getan«, rief eine Frau aus der Menge. Dachten die, er sei ein Amokläufer? Oder vielleicht ein durchgeknallter Gotteskämpfer? Er hob die Hände zu einer beschwichtigenden Geste. »Jeder kann gehen. Ich halte keinen auf. Aber sie haben keine Ahnung, was dort unten los ist.« Demir machte ein paar schnelle Schritte in Richtung Fenster. Die Menge teilte sich, gab ihm den Weg frei. Demir trat an die Glasscheibe heran. Ein fantastischer Ausblick, die Stadt glitzerte. Demir achtete nicht darauf. Er versuchte in steilem Winkel die Fassade hinabzusehen. Es ging nicht. Die Straße konnte er nicht erkennen. Dafür sah er einen Teil der Taunusanlage, eine längliche Parkanlage, die das Bahnhofsgebiet von der Innenstadt trennte. Zwischen den Bäumen flackerte ein Blaulicht. Einige der Gäste, die ebenfalls an der Fensterfront standen, folgten seinem Blick. Eine Frau schrie auf. »Da ist die Polizei. Sehen Sie!« Die Alte hatte keinen Dunst. Demir war sich sicher, dass das Blaulicht so lange flackern würde, bis die Batterie des Fahrzeugs den Geist aufgab.
»Da unten ist die Hölle ausgebrochen. Ich habe keine Ahnung, was los ist. Aber die sind alle verrückt geworden.« Er drehte sich zu den Leuten herum. »Wenn Sie da runtergehen, sterben Sie. Die bringen Sie um.«
Aus den Augenwinkeln erkannte Demir, dass einige der Gäste auf den Rest seiner Ansprache verzichteten und in das Treppenhaus stürmten. Andere zögerten noch, fürchteten, dass der Mann mit der Pistole doch schießen würde. Die dachten wirklich, dass er die Party überfallen wollte. Wozu? Taschenuhren und Geldbeutel? Es blieb keine Zeit, diesen Irrtum aufzuklären.
Demir verlor das Interesse an den Menschen. Jeder musste seinen persönlichen Weg in das Verderben finden. Wichtiger war es für ihn, sich mit seiner eigenen Situation zu beschäftigen. Er begann fieberhaft, nach Lösungen zu suchen. Der Weg nach unten schied als Option aus. Das schränkte die Möglichkeiten empfindlich ein. Es dauerte einen Moment, bis er realisierte, dass er sich in einer

Sackgasse befand. Natürlich hatte er von Anfang an gewusst, dass es nicht ewig weiter nach oben ging. Aber nun sprang die Erkenntnis ihn an. Demir besah sich das Büfett. Es gab zu essen und zu trinken. Immerhin. Er brauchte einen Raum, in dem er sich verschanzen konnte. Einen Raum mit einer stabilen Tür. Dort würde er seine Vorräte bunkern und abwarten.

Demir suchte nach einem geeigneten Versteck. Immer mehr Gäste verließen das Foyer und verschwanden im Treppenhaus. Ihm war es gleich. Die wären ihm ohnehin keine Hilfe. Im Gegenteil, sie machten nur die Portionen kleiner. Dann fiel ihm der Wachmann ein. Den würde er mitnehmen. Das schuldete er ihm. Demir fand ein geräumiges Büro, das über eine schwere Holztür verfügte. In dem Raum standen ein Fernseher und eine Musikanlage. Solange er Strom hatte, würde ihm das vielleicht nutzen. Er untersuchte die Tür. Sie öffnete in Richtung Flur. Das war schlecht. Wie sollte er die verbarrikadieren?

In diesem Moment sprang die Treppenhaustür auf. Ein geflohener Partygast stolperte zurück in den Flur. »Die sind alle wahnsinnig. Die kommen hier hoch.« Der Mann sah sich gehetzt um, rannte in wilder Flucht den Flur entlang. Demir verstand, was geschehen war. Die Partygäste waren schreiend die Treppen nach unten gepoltert. Mit dem Lärm hatten sie diese Irren angelockt, daran bestand kein Zweifel.

Die Panik wollte ihn zwingen seine Beine zu bewegen. Aber wohin? Planlos im Kreis umherrennen? Das übernahmen schon genügend andere. Um sein Versteck musste Demir sich keine Gedanken mehr machen. So schnell bekam er das niemals hin. Er rannte zum Treppenhaus und hörte die Schreie. Da unten rissen sie gerade die Partygäste in Stücke. Er konnte nicht einschätzen, wie viele Stockwerke zwischen ihm und der Meute lagen.

Sein Herz wanderte klopfend von seiner Brust in seinen Hals. Er ging rückwärts, drehte sich um und prallte einen Schritt zurück. Unerwartet stand der Wachmann vor ihm. Er sah aus, als hätte ihm jemand den Stöpsel gezogen, entleert, kalkig. »Wir müssen aufs Dach«, presste der Mann hervor. »Sind fünf Stockwerke.« Er war leicht in die Knie gegangen, hielt den Oberkörper nach vorne gebeugt. Die Schmerzen krümmten ihn. Mit Mühe streckte er sein

Kinn in Richtung Treppenhaus, deutete den Weg an. Das würden sie nicht gemeinsam schaffen, dazu war der Mann zu schwach. Demir durfte sich nicht um ihn kümmern, er musste sich selbst retten. Sein Blick pendelte zwischen dem Wachmann und dem Treppenhaus hin und her.
Er konnte es nicht. Seine Schuldgefühle zwangen ihn, gegen sein besseres Wissen zu handeln. Er legte den Arm des Wachmanns um seine Schultern und stützte ihn. Der Typ wog so viel wie ein durchgeweichter Zementsack. Er musste den Mann sofort fallen lassen. Das war Selbstmord. Aber statt ihn loszulassen, humpelten sie gemeinsam in Richtung Treppenhaus. Demir merkte, dass ihnen seine Fahrstuhlbekanntschaft folgte. Das Mädchen war zu seiner Verwunderung dageblieben.
»Du musst mir helfen. Wir müssen aufs Dach rauf. Ich schaffe das nicht allein.« Er setzte keine Hoffnung in seinen Appell. Zu Demirs Überraschung griff sie dem Verletzten von der anderen Seite unter die Arme. Zusammen schleppten sie den Wachmann die Stufen hinauf. Die restlichen Gäste schlossen sich an. Wenn es nicht runter ging, dann eben hoch. Nur weg von hier. Die Schreie des Massakers unter ihnen hallten durch das Treppenhaus. Kamen die näher? In kürzester Zeit hatten die Verfolger fast sechzig Stockwerke hinter sich gebracht. Wie war das möglich? Die waren doch nicht alle Hochleistungssportler.
Demir und das Mädchen hievten den Verwundeten Stufe um Stufe hinauf. Noch eine Etage und es war geschafft. Demir hoffte, dass es dann auch irgendwie weiter ging. Ansonsten wären sie am Ende der Reise angekommen. Wieder Schreie. Ganz nah. Sicher weniger als zehn Etagen unter ihnen. »Los, los«, feuerte er das Mädchen an. Sie stemmte sich gegen die Achseln des Verletzten, stöhnte vor Anstrengung. Demir stolperte, stieß sich schmerzhaft das Knie an einer Stufe an. Fast wären sie gemeinsam gestürzt. Keuchend erreichten sie das Ende der Treppe. Oben standen bereits fünf Gäste vor einer verschlossenen Stahltür. In ihrer Panik schlugen sie auf die Tür ein, als gäbe es auf dem Dach jemanden, der ihnen öffnen könnte.

»Was jetzt?« Demir sah den Wachmann an. Der kämpfte mit der Bewusstlosigkeit. Seine Augenlider flackerten. »Mann, Alter. Was jetzt?«

»Chipkarte.« Der Mann bewegte den Kopf, deutete mit dem Kinn nach unten. Demir fingerte in der Brusttasche des blutverschmierten Hemdes herum. Fand die Plastikkarte.

Inzwischen hatten sich noch eine Handvoll Nachzügler eingefunden. Mittlerweile hatte auch der größte Trottel begriffen, dass es nur noch nach oben ging. Insgesamt standen ein Dutzend Menschen vor der Dachtür. Hinter Demir wurde das Gedränge stärker, er bekam einen Stoß in den Rücken. Die Karte rutschte ihm aus der Hand. Hastig griff er nach ihr und fing sie im Flug auf. Neben der Tür hing ein Lesegerät an der Wand. Ohne den Wachmann zu fragen, zog er die Karte durch den Schlitz. Die Tür gab ein Klicken von sich und sprang einen Spalt weit auf. Demir warf sich gegen das Türblatt. Er stolperte nach draußen, zog den Wachmann mit sich, der nach drei Schritten zusammenbrach und auf dem Kies des Daches liegen blieb. Die Menschen drängten ins Freie. »Einfach zumachen. Nur zumachen.« Der Wachmann schloss die Augen. Demir sprang zurück zur Tür, durfte nicht den Moment verpassen, in dem er sie schließen musste. Er sah in den Treppenflur. Ein dicker Mann kam keuchend die Treppe nach oben. Demir hörte das Trampeln schneller Schritte. Da war jemand direkt hinter ihm. Der Dicke erreichte die Tür. Demir griff ihn am Kragen und zog ihn nach draußen. Er zögerte. Wer kam da hochgerannt? Er wollte keinem Flüchtenden die Tür vor der Nase zuschlagen. Nicht noch einmal töten. Sein Herz raste. Die Schritte stampften die Treppe hoch. Viel zu schnell. Zu viele Füße. Vielleicht zwei oder drei Sekunden blieben ihm noch. Demir fasste das Türblatt mit beiden Händen.

Er konnte nicht warten. Es war zu viel. Mit Schwung schlug er die Tür ins Schloss. Eine kleine Lampe neben dem Türrahmen schaltete von Grün auf Rot. Er trat zwei Schritte zurück. Dann schlug es gegen die Tür, dass er meinte, sie würde aus den Angeln gesprengt. Vor Schreck taumelte Demir rückwärts, verlor das Gleichgewicht und landete unsanft im Kies. Sofort sprang er wieder auf die Beine.

»Wir müssen sie aufmachen. Da sind noch Menschen.« Ein älterer Herr mit weißen Haaren humpelte auf die Tür zu. Mit der linken Hand hielt er sich das Knie.
»Hier wird nichts mehr aufgemacht.« Demir steckte sich die Karte in die Hosentasche. »Woher wollen Sie wissen, wer da an der Tür ist? Diese Verrückten waren uns dicht auf den Fersen.«
Eine Frau sprang Demir bei. »Er hat recht. Wenn wir jetzt öffnen, dann kriegen wir die Tür nie wieder zu.«
Wenigstens machte die Stahltür einen wertigen Eindruck. Der Treppenabsatz dahinter war nicht besonders geräumig. Es würden nicht viele gleichzeitig gegen die Tür drücken können. Der Mann mit den weißen Haaren näherte sich Demir. »Sie machen jetzt die Tür auf! Meine Frau ist da unten.«
Demir wich zurück. »Komm mir nicht zu nahe. Die Tür bleibt zu.«
»Ich warne Sie. Machen Sie die Tür auf!« Verzweiflung stand ihm ins Gesicht geschrieben.
Nun mischten sich auch andere ein. Redeten wild durcheinander. Einige unterstützten den alten Mann. Verlangten von Demir, er solle aufmachen. Zwei Männer griffen sich gegenseitig an den Kragen. Eine Frau schrie auf und stürzte zu Boden. Demir zog seine Waffe und schoss in die Luft. Schlagartig wurde es ruhig. »Die Tür bleibt zu. Wenn mir jemand die Karte abnehmen will, schieß ich ihn über den Haufen.«
»Was nicht das erste Mal wäre«, meldete sich das Mädchen aus dem Fahrstuhl zu Wort, die Augen fest auf Demir gerichtet. Er wich ihrem Blick aus.
»Da ist keiner mehr von uns.« Er zeigte auf die Tür. »Glauben Sie, dass Ihre Frau so gegen die Tür schlägt?« Demir wandte sich an den alten Mann. »Tut mir leid. Aber da ist keiner mehr. Nur noch diese Viecher.«
Die Menschen auf dem Dach sahen zur Tür. Einige Minuten lang sagte keiner etwas. Nur das monotone Hämmern war zu hören. Der Weißhaarige vergrub das Gesicht in den Händen.
»Und? Was machen wir jetzt?«, fragte eine der Frauen.
Demir zuckte mit den Schultern und setzte sich auf ein großes Rohr der Klimaanlage. Er zog seine Zigaretten aus der

Hosentasche, bemerkte, dass ihm etwas fehlte. Er stieß einen leisen Fluch aus. »Hat jemand Feuer?«

WER BREMST, VERLIERT

Markus Steller

Stellers Atmung beruhigte sich allmählich. Immer noch wurde von der anderen Seite gegen die Feuertür geschlagen, dass es dröhnte wie auf einer Schiffswerft. Die Beregnung durch die Sprinkleranlage hatte aufgehört. Zwei Kollegen war es gelungen, die Feuerschutzanlage zu deaktivieren, ohne dass sich die Brandschutztür dabei öffnete. Nachdem er sich halbwegs gefangen hatte, ging Steller den Flur entlang. Die meisten Bürotüren standen offen. Alles war voller Menschen, die unter den Schreibtischen kauerten, die Ecken füllten oder mit offenen Mündern ziellos umherirrten. Es hatten mehr geschafft als Steller vermutet hätte. Er folgte dem Korridor, bog am Ende rechts ab und fand sich in einem Großraumbüro wieder. Hier gab es knapp dreißig Arbeitsplätze, die mit Stellwänden und Pflanzen in Terrakottatöpfen voneinander abgetrennt waren. Zwischen dem Mobiliar verteilten sich noch mehr Geflüchtete, alle mit dem gleichen Entsetzen im Gesicht. Steller sah Wilczek und lachte auf. Ben hatte er auf seiner Flucht überhaupt nicht mehr gesehen. Der Tunnelblick der Panik schrumpfte die Welt, als ob man sie durch eine Toilettenpapierrolle betrachtete. Es blieb ein kleiner Kreis mit dicken schwarzen Rändern.

Sein Kollege bemerkte ihn, reagierte aber nicht. Stattdessen starrte er an ihm vorbei. Steller ging auf ihn zu, setzte sich neben ihn an die Wand und folgte seinem Blick. Ihnen gegenüber, auf der anderen Seite des Raumes, lag eine Frau auf einem Schreibtisch. Krämpfe schüttelten ihren Körper, dass ihre Arme und Beine zuckten. Zwei Männer hielten sie fest, während sich ihr Oberkörper nach oben bäumte. Wie hatte sie es in diesem Zustand nach oben geschafft? Oder hatte sich ihr Zustand gerade erst verändert? »Meinst du, sie...«, begann Steller.

Wilczek ließ ihn nicht ausreden. »Da.« Sein Partner deutete mit einer Kopfbewegung in eine andere Richtung. Steller sah einen

Mann, der in einer Ecke an der Wand saß. Er hielt sich mit der linken Hand den rechten Arm. Sein Kopf hing nach vorne, sodass sein Kinn die Brust berührte. Er zitterte wie ein Lamm, das sich in einem elektrischen Weidezaun verfangen hatte.

Steller holte Luft. »Scheiße.«

»Was ist hier los?«, fragte Wilczek. Die Unbekümmertheit seiner Jugend war verdampft. Sein Gesicht war weiß und hart. Er sah zehn Jahre älter aus.

»Ich weiß es nicht.«

»Ist das eine Krankheit?«

»Du meinst, die sind infiziert?«

»Willst du es herausfinden?«

Steller wusste nur, dass von einem Moment auf den anderen alle durchgedreht waren. Bisher hatte er keine Zeit zum Denken gefunden. Eine Krankheit? Krankheiten verwandelten nicht Tausende Menschen gleichzeitig in wilde Tiere. Ein Terrorakt mit einem chemischen Kampfstoff? LSD im Trinkwasser? War das ein Flashmob aus der Hölle? Die Frau mit ihren Krämpfen. War die infiziert? Steller war bemüht, das Tempo seiner Gedanken zu drosseln. Aber sobald er einen Satz zu Ende denken wollte, sprang der nächste Hirnfunke dazwischen und brachte alles durcheinander. Er presste die Handballen auf die Augen, versuchte klar zu denken.

Die Verrückten schlugen weiterhin in gleichmäßigem Stakkato von außen wie Berserker auf die Feuerschutztür ein. Kein Wunder, dass man nicht denken konnte. Die Schläge zerquetschten jeden Gedanken zu Brei.

Steller musste sich an das SEK halten. Nie den Anschluss verlieren. Die zogen ihr eigenes Ding durch und nahmen keine Rücksicht auf die Langsamen. Er zog sein Handy aus der Hosentasche und stellte fest, dass er kein Netz hatte. Das war zu erwarten. Entweder waren die Netze unter dem Ansturm der Telefonate kollabiert oder die Behörden hatten sie wegen Terrorgefahr abgeschaltet. Als Präventivmaßnahme, um das Fernzünden von Bomben zu verhindern.

Steller drückte sich an der Wand hoch. Seine Oberschenkel brannten, die Beine wackelten. Er schaffte es auf die Füße, wollte

zurück zu den SEK-Männern. Weit hatte er es nicht. Fieber stand ihm plötzlich gegenüber und bedeutete ihm mit Gesten, er solle mitkommen. Steller stolperte hinter dem Kommandoführer her. Wilczek schloss sich ihnen an.
»Wer ist das?«, fragte Fieber und nickte in Wilczeks Richtung.
»Kollege«, antwortete Steller.
Fieber führte sie aus dem Büro in den Gang mit der Feuertür. Weißer Staub lag in der Luft. Putz fiel von der Wand. Nach wenigen Metern wurden sie in ein Büro geschoben. Die Tür schloss sich hinter ihnen. Zwei Polizisten rückten Büromöbel vor den Eingang. Bevor Steller seine Beobachtungen aus dem Großraumbüro in Worte fassen konnte, begann Fieber zu sprechen. »Wir haben ein ernstes Problem.«
Steller sagte nichts. Ein ernstes Problem? Das war eine groteske Untertreibung. Ein anderer SEK-Mann trat einen Schritt auf sie zu. »Ich bin kein Statiker«, sagte er. »Aber ich bin mir sicher, dass die Brandschutztür nicht halten wird.«
Jetzt verstand Steller Fiebers Bemerkung.
»Die kommen durch eine Stahltür?« Wilczek war ein Häufchen Elend.
»Sie prügeln sie aus der Wand. Das ist eine Brandschutztür und kein Festungstor. Die Verankerung in den Wänden wird herausbrechen.«
Wilczek verdrehte die Augen und wandte sich ab. Steller sah sich im Raum um. Er zählte fünf SEK-Beamte. Da die Tür hinter ihnen verbarrikadiert wurde, musste er davon ausgehen, dass keiner mehr kam.
»Was zur Hölle ist hier los?« Wilczek redete mehr zu sich selbst.
»Wir müssen hier raus.« Fieber sah Steller an. »Sofort.«
»Und wie? Der einzige Ausgang ist diese Feuertür«, sagte Steller.
Der Kommandoführer zeigte in Richtung der Fenster. Erst jetzt bemerkte Steller, dass eines der Fenster eingeschlagen war. »Das ist nicht dein Ernst.«
»Komm.« Fieber trat ans Fenster. »Schau raus.«
Der Hauptkommissar stellte sich neben ihn und beugte sich durch die kaputte Scheibe. Ein Windstoß fuhr ihm unter sein nasses T-Shirt und ließ ihn erzittern. Der heiße Frühlingstag war einer

frostigen Nacht gewichen. Er sah nach unten. Kein Boden, lediglich ein diffuses Gemisch aus Grau und Schwarz. Er hob den Blick in die Waagerechte, sah weit in die Stadt hinaus. Seine Eingeweide verkrampften sich. Er zog den Kopf zurück. »Scheiße. Wir sind im achtzehnten Stock. Mindestens.«

Fieber hob die Schultern an. »Genau genommen sind wir im zwanzigsten. Wenn du nach rechts schaust, siehst du eine Leiter.«

Was für eine gottverschissene Leiter? Steller beugte sich erneut nach draußen. Das Bürofenster befand sich an der Ecke des Hochhauses. Tatsächlich sah er eine Stahlkonstruktion, die an eine Leiter erinnerte. Wenn er seinen Arm ausstreckte, könnte er sie fast erreichen. Die Streben, die man als Leitersprossen bezeichnen mochte, lagen jeweils fünfzig Zentimeter auseinander. Aber ihre Ausrichtung verlief nicht waagerecht, sondern in einem leicht abfallenden Winkel. Die eine nach rechts. Die nächste nach links. Außerdem wirkten sie ziemlich dick und nicht besonders griffig. Das etwa ein Meter breite Gebilde verlor sich in der Tiefe im Dunkel. Er konnte nicht sehen, wie weit es nach unten reichte. Steller hatte keine Ahnung, was das darstellte. Zierde? Vielleicht moderne Kunst? Aber definitiv keine Leiter. Und selbst wenn. Er zog seinen Kopf zurück. »Das ist nicht dein Ernst.«

»Es ist die einzige Möglichkeit.« In Fiebers Augen konnte Steller sehen, dass der Mann sich längst entschieden hatte.

»Ihr wisst gar nicht, ob das Ding bis zum Boden reicht«, gab Steller zu bedenken.

»Wir gehen nicht runter. Wir klettern rauf.«

»Rauf? Wohin?«, fragte Steller. Der Gedanke nach oben zu klettern schockierte ihn noch mehr. Als ob das bei dieser Höhe eine Rolle spielte.

»Das Treppenhaus, über das wir gekommen sind, führt nur bis in diesen Stock. Zwei Etagen über uns ist links von der Leiter eine Art Sims. In der Wand befinden sich Ösen, durch die ein Draht führt. Vielleicht ein Blitzableiter. Man macht drei kleine Schritte und kann in ein Fenster einsteigen. Da werden wir fürs Erste sicher sein. Diese Zombies haben uns verfolgt. Ich glaube nicht, dass sie in die anderen Treppenhäuser eingedrungen sind. Da oben sollte alles leer sein.«

»Woher weißt du das alles?«
»Zwei meiner Männer sind bereits oben. Wir stehen über Funk in Kontakt. Der Bereich ist sicher.«
Fünf sind hier und zwei sind oben. Fieber hatte mehr als das halbe Team verloren. Hatte Fieber Funk gesagt? Steller griff sich an den Gürtel. Sein Funkgerät war verschwunden. Er musste es auf der Flucht verloren haben. »Ben. Hast du dein Funkgerät noch?« Ohne Worte reichte Wilczek es ihm.
Steller drückte die Sprechtaste. »Kann mich irgendjemand aufnehmen?«
Keine Antwort. Er versuchte es mit den Namen seiner Männer, sprach die Einsatzzentrale an, schaltete die Kanäle hoch und runter. Das Gerät blieb stumm. »Bist du fertig?« Fieber verlor sichtlich die Geduld. Er reichte das Funkgerät zurück an Wilczek.
»Wie lange hält die Tür noch?«, wollte Steller von Fieber wissen.
»Vielleicht eine Stunde. Vielleicht nur fünf Minuten. Scheiß drauf. Wir müssen weg.«
»Was ist mit den Leuten?«
Fieber wurde laut. »Was für Leute? Die müssen selbst sehen, wie sie klarkommen. Ich habe mein Leben lang trainiert. Habe mich fit gehalten, um die einen Asozialen davor zu beschützen, von den anderen Asozialen massakriert zu werden. War mein Job. Aber jetzt habe ich gekündigt. Ich werde nicht krepieren.« Er machte eine kurze Pause. »Wie stellst du dir das vor? Was glaubst du, wie viele von denen das schaffen können? Einer von zehn? Wenn überhaupt. Die bleiben am Fensterrahmen kleben und blockieren alles. Das ist hier keine Evakuierungsmaßnahme.«
Das Donnern aus dem Flur schwoll an. Die Beamten zuckten zusammen.
»Los!« Fieber bellte das Kommando.
Ein SEK-Mann schwang sich auf die Fensterbank, drehte sich dabei herum, sodass er in den Raum hineinsah. Dann stellte er sich hin, den Unterkörper noch im Büro, den Oberkörper draußen. Steller konnte kaum hinsehen. Für ein paar Sekunden geschah nichts. Dann war der Typ plötzlich verschwunden, als hätte er sich in Luft aufgelöst. Stellers Hoden kribbelten unangenehm.

»Der Grund, warum ich euch mitnehme, ist einfach. Ihr seid Polizisten und daher halbwegs tauglich. Das Wichtigste ist, dass ihr Ortskenntnis habt. Das könnte wichtig werden. Aber wenn ihr nicht wollt, dann bleibt hier«, sagte Fieber.

Ein Polizist nach dem anderen verschwand in die Nacht. Schließlich stand Fieber am Fenster. »Eure Entscheidung. Zwei Stockwerke hoch. Folgt dem Kabel nach links. Das sind keine zwei Meter. Dann kommt ein Fenster. Es wird jemand dort sein und euch helfen. Viel Glück.«

»Hält die Tür wirklich nicht?«, fragte Wilczek. Er hatte länger nicht mehr gesprochen und Steller erschrak, als er seine Stimme hörte.

Fieber lächelte gequält. »Meinst du, ich mache das zum Spaß? Ich bin kein bekloppter Freeclimber.«

Steller und Wilczek blieben alleine zurück. Auf dem Flur wummerte es gegen die Brandtür.

»Und jetzt?« Wilczek hatte sich in ein Gespenst verwandelt.

»Ich weiß es nicht.«

»Ich kann da nicht raus. Mann, ich stürze sofort ab. Ich...«

»Halt die Klappe.«

Auf dem Flur wurde es still. Die beiden wagten nicht zu atmen. Dann schrie eine Frau. Das Hämmern setzte wieder ein. Stellers Herz schlug ihm bis zum Hals. »Scheiße. Ich versuche es.« Was hatte er sich vorgenommen? Lass dich nicht abhängen, halte Schritt. Er konnte von Glück reden, dass diese Elitedeppen ihm Bescheid gegeben hatten und nicht wort- und grußlos verschwunden waren. Er ging zum Fenster. Wilczek schlich ihm hinterher. Dabei hielt er zwei Schritte Abstand, als befürchtete er, das dunkle Rechteck könne ihn nach draußen saugen. »Willst du das wirklich tun?«

Steller hob das Bein, stellte seinen Fuß auf das Fensterbrett und wuchtete sich hoch. Zu schnell. Er hatte zu viel Schwung genommen und würde durch das zerschlagene Fenster ins Freie segeln. Es gelang ihm im letzten Moment, den Fensterrahmen zu greifen und sich abzufangen. Nun hockte er da wie ein unglücklicher Börsenspekulant vor dem letzten Gang. Eine Windböe spielte mit seinem T-Shirt. Warum war das so kalt? Den

ganzen Tag wurde die Stadt zerkocht und nun fing es gleich an zu schneien. Er zwang sich seinen Kopf nach rechts zu drehen, dann leicht nach oben. Auf dem Stahlgebilde sah er niemanden. Sein Magen begann zu kreiseln, ihm wurde übel. Der letzte Rest Mut verließ ihn. Langsam drehte er sich um, hing jetzt wie auf der Toilette, das Gesicht in den Raum gewandt, den Hintern nach draußen. Wenn es nicht zu grausam wäre, hätte man sich totlachen können. Wilczek sah ihn an, öffnete den Mund, schloss ihn wieder.
Steller atmete durch, gab sich einen Ruck. Seine Beine gehorchten widerwillig, vibrierten unkontrolliert. Trotzdem schaffte er es, sich aufzurichten, klebte mit dem Kopf kurz über dem Fenster an der Außenwand. Die rauen Platten der Mauerverkleidung schabten an seiner Wange entlang. Er hielt sich mit beiden Händen am Rahmen fest, zitterte am ganzen Körper. Hinter ihm nur noch leerer Raum. Er drehte seinen Kopf nach links, sah die Stahlstreben. Einen halben Meter von ihm entfernt. Er griff mit der Hand nach ihnen. Das Metall fühlte sich kalt an. Die Streben waren verdammt dick. Zu dick für seine Hände. Das würde nichts werden. Das ging in die Hose. Er wollte den Versuch abbrechen. Musste feststellen, dass er es nicht konnte. Er hatte seinen Schwerpunkt bereits so verlagert, dass es kein Zurück mehr gab. Ende der Geschichte. Er würde hier hängen bleiben, bis er keine Kraft mehr hatte. Vielleicht besser gleich loslassen. Heute Nachmittag hatte er sich fast das Gehirn weggeschossen und jetzt wimmerte er hier herum.
Steller gab sich Schwung und klebte mit seinen einhundert Kilogramm an dem Gerüst. Er fing an zu klettern, hatte das erste Stockwerk fast hinter sich gelassen, als er unter sich Wilczek schreien hörte. Das war sicherlich nichts Gutes. Er stoppte und sah in die Tiefe hinab. Wilczeks Gesicht blitzte als blasser Kreis in der Nacht auf. »Warte! Ich komme.«
Unsinnigerweise wartete Steller tatsächlich auf ihn. Als ob Ben das helfen würde. Ohne zu zögern, schwang sich Wilczek nach draußen und hing unter ihm an dem Stahlgerüst. Steller kletterte weiter.

»Schnell. Schnell«, feuerte Wilczek ihn an. Steller wollte antworten, als es ihn nach unten riss. Reflexhaft hakte er sich mit der Armbeuge in eine der Streben ein. Wieder ein Ruck. Wilczek klammerte sich an seinen Knöchel, hatte anscheinend das Gleichgewicht verloren. Der Schmerz in seinem Arm trieb Steller die Tränen in die Augen. Keine fünf Sekunden könnte er das halten. Erneut zerrte es ihn nach unten. Panik explodierte in seinem Schädel wie eine Bombe. Steller trat mit dem linken Bein nach unten. Dann noch einmal. Der Zug an seinem Knöchel verschwand. Als er sich halbwegs gesichert hatte, schielte er die Sprossen hinab. Das Gerüst war leer. Nicht denken. Er musste weiter.

Steller erreichte die Stelle, die Fieber beschrieben hatte. Von einem Sims konnte keine Rede sein. Dort, wo zwei Außenverkleidungsplatten aufeinandertrafen, gab es einen kleinen Spalt. Keine zehn Zentimeter hoch, kaum fünf Zentimeter tief. Steller sah nach unten. Von Wilczek keine Spur.

»Du hast es gleich geschafft.«

Steller blickte nach links. Aus einem Fenster ragte der Kopf von Fieber. Er kletterte noch ein Stück höher, bis sich seine Füße auf Höhe des Spalts befanden. Jetzt sah er das Kabel. »Hält das?«

»Wir sind alle hier. Das sind nur zwei, drei Schritte. Dann packen wir dich.«

Steller schielte nach unten. Nichts. Er griff nach dem Kabel, drückte die Schuhspitzen in den Spalt. Hing an der Wand wie eine besoffene Spinne, begann sich seitwärts in Richtung Fenster zu bewegen.

»Gleich hast du es.«

Hörte das nie auf? Jemand fasste ihm an den Kragen. Noch ein Schritt. Mehr Hände. Dann flog er ins Zimmer und landete auf dem Boden. Steller drehte sich auf den Rücken. Er zitterte am ganzen Körper. Das Glücksgefühl, festen Boden unter sich zu spüren, war unbeschreiblich. Fieber beugte sich über ihn. »Wo ist dein Partner?«

Steller schüttelte den Kopf.

»Tut mir leid.« Fieber setzte sich an die Wand. »Ruht euch aus. Ihr werdet eure Kräfte noch brauchen.«

Seine Erleichterung wurde durch aufblitzende Bilder zerfressen. Ein einzelner Gedanke nahm allen Raum ein. Hatte er gerade Ben getötet? Steller starrte zur Decke. Für einen Moment schloss er die Augen. Sofort fiel sein Verstand dankbar in den bodenlosen Abgrund eines an Ohnmacht grenzenden Schlafes.

GENERALFELDMARSCHALL

Aila Torbeck

Der Boxer quälte sich die schmale, gewundene Straße in Richtung Fenris hinauf. Torbeck saß neben dem Panzerkommandanten, der auf vier Monitoren Bilder der Außenkameras aufgeschaltet hatte. Nach achtern hinaus sah sie nichts als Schwärze. Links und rechts huschten schemenhaft die Umrisse von Bäumen vorbei, während die Kamera in Fahrtrichtung den von den Frontscheinwerfern grau gefärbten Asphalt zeigte.
Plötzlich wurde die Monotonie unterbrochen. Torbeck erkannte ein Auto vor ihnen, das wie angeschwemmtes Strandgut quer auf der Fahrbahn stand. Die Scheinwerfer strahlten in den Wald. Fahrer- und Beifahrertür standen offen.
Das Fahrzeug war im Weg, sie würden es nicht ohne Lackschaden passieren können. Der Boxer näherte sich mit Schrittgeschwindigkeit. Der Panzerführer schaltete die Kameras in den Infrarotbetrieb und begann die Umgebung abzusuchen. »Ich kann nichts feststellen. Keine Personen. Schieb den Wagen zur Seite.« Der Panzer nahm Fühlung auf. Dann gab der Fahrer Gas und drückte den Wagen in die Büsche. Während der Vorbeifahrt versuchte der Kommandant mit einer der Kameras in das Fahrzeuginnere zu sehen. Torbeck erkannte, dass das Sicherheitsglas der Windschutzscheibe in Spinnennetzform gesplittert war. Ein Unfall? Sie mussten stoppen und Hilfe leisten. Nein, das ging nicht. Der Panzerkommandant würde den Befehl verweigern, ihre Evakuierung durfte nicht gefährdet werden. Sie biss sich auf die Lippe. Um sich lächerlich zu machen, blieb noch genügend Zeit. Tausend Fragen schossen ihr durch den Kopf, hingen unbeantwortet im Raum. Sie starrte auf den Frontmonitor und beobachtete, wie das wechselnde Weiß und Schwarz des Mittelstreifens von dem Panzer gefressen wurde. Die

Gleichförmigkeit beruhigte sie und bremste die rotierende Gedankenspirale in ihrem Kopf etwas aus.
Nach einigen Minuten bog der Schützenpanzer nach rechts ab. Die Straße, auf der sie sich nun befanden, war eigens für Fenris gebaut worden. Nach zweihundert Metern hielt der Boxer vor einem massiven Stahlgatter. Rundumlichter schalteten sich ein und begannen den Wald stroboskopisch in Gelbtönen zu beleuchten, während sich das Gatter zur Seite schob. Der Diesel heulte auf und die Fahrt wurde fortgesetzt.
Der ehemalige NATO-Bunker war in den letzten Jahren erhebliche erweitert worden. Seine Größe wurde auf 120.000 Quadratmeter verdreifacht. Ursprünglich hatte der Bunker aus zehn Ebenen bestanden, jeweils neunzig Meter lang und vierzig Meter breit. Neben dieser militärischen Grundanlage wurde ein Forschungsbunker in den Berg gesprengt. Er umfasste fünf Ebenen, die in ihrer Größe denen der Hauptbunkeranlage glichen. Getrennt vom Forschungsbunker wurde ein weiterer kleiner Komplex errichtet, bei dem es sich um ein biologisches Hochsicherheitslabor der Stufe 4 handelte. Das Labor war isoliert und nur durch den Forschungsbunker zu erreichen. In ihrer Gesamtausdehnung unterkellert wurde die Anlage durch die Ebene Null. Hier summte ZERBERUS vor sich hin.
Der Boxer war inzwischen am Bunkertor angekommen. Es glitt auf, ließ den Panzer in den Berg fahren und schloss sich direkt hinter ihm wieder. Torbeck stieg aus und wurde durch das Schleusensystem eskortiert. Der Unteroffizier begleitete sie durch die Gänge zum Bunkerleitstand.
In seiner ursprünglichen Form war die Anlage eine triste Einrichtung gewesen. Nackte Betonwände, die Decke kaum zwei Meter hoch, Beleuchtung wie auf einer Baustelle. Torbeck erinnerte sich daran, wie sie im Planungsstab eine psychologische Expertise diskutiert hatten. Fakt war, dass Menschen es in so einem Bunker zwar leicht einige Tage aushielten. Aber nach nur zwei bis drei Wochen war mit den ersten psychologischen Problemen zu rechnen. Dem wollte man entgegenwirken.
Die Decken wurden auf 2,20 Meter erhöht, sodass einem der Berg ein bisschen weniger auf dem Gemüt lastete. Die Wände hatte

man mit weißen Platten verkleidet. Jetzt sah es aus wie in einem Krankenhaus, was noch immer nicht schön aber immerhin besser war. Die größte Veränderung war die Installation einer tageszeitabhängigen Beleuchtung. Mittags war sie am hellsten, dimmte dann langsam herunter, bis sie in der Nacht auf ein Minimum reduziert wurde, um am Morgen erneut zu erwachen. Außerdem erzeugten die Lampen UV-Licht, wodurch es möglich war, Pflanzen aufzustellen.

Der Unteroffizier hatte Torbeck wortlos durch die leeren Gänge begleitet. Am Schott zum Leitstand dankte Torbeck ihm und trat ein.

Der Leitstand war ein dreihundert Quadratmeter großer Schuhkarton, der an einen Universitätshörsaal erinnerte. Der Raum fiel in Richtung der mit LED-Monitoren gepflasterten Bildwand schräg ab. Die wichtigsten Arbeitsbereiche lagen in einem Halbkreis um den Kommandantenstand verteilt. An den Leitstand schlossen sich drei weitere Räume an. Die Technikzentrale, in der Mitarbeiter alle Systeme von Fenris überwachten, der Kommandantenraum, in dem sich Torbecks Büro befand und ein NATO-Befehlsraum, der derzeit nicht genutzt wurde und in dem noch die Schutzfolien auf den Terminals klebten. Der NATO-Befehlsraum war Teil einer Ablenkungsstrategie gewesen. Offiziell baute man einen Neutrinodetektor. Auf einer geheimen NATO-Konferenz wurde erklärt, dass sich der Bau der wissenschaftlichen Anlage dazu eignen würde, im Geheimen einen atombombensicheren Befehlsstand zu installieren. Durch die ohnehin gewaltigen Bauarbeiten wäre diese Absicht getarnt. Da die NATO-Partner bereits seit Längerem ein größeres militärisches Engagement Deutschlands einforderten, konnte man mit der Finte gleich mehrere Fliegen mit einer Klappe schlagen. Die wichtigsten Partnerländer wurden über ein Geheimprojekt informierte, das in dieser Form keine Rolle spielte. Das sorgte an der geheimdienstlichen Front für Beruhigung. Eine Inbetriebnahme des NATO-Befehlsraums war nie vorgesehen. Geheimhaltung funktionierte wie Zauberei. Mit doppeltem Boden und Ablenkung des Publikums.

Torbeck sah sich um. Der Bunkerleitstand lag im dämmrigen Rotlicht der Gefechtsbeleuchtung. Die meisten Arbeitsstationen waren besetzt. An der Bildwand leuchteten wiederkehrend die gleichen Wörter auf.

Alarm
Grün, Grün, Alpha
Alarm

Torbecks blick fiel auf Wiegner. Er stand an einem der Arbeitsplätze und redete auf das Personal ein. Als er Torbeck bemerkte, ließ er die Soldaten stehen und hastete zu ihr. Es hätte nicht viel gefehlt, dann hätte er sie umarmt. »Aila. Gott sei Dank!«
Torbeck nickte ihm zu. »Karl? Was ist los? Das ist doch ein Fehlalarm. Karl?«
»Ich befürchte, das ist Ernst. Vor etwa dreißig Minuten wurde Alarm ausgelöst. Dann ist das passiert.« Der Oberst deutete auf die blinkende Bildwand. »Nur mit mehr Dramatik. Die akustische Untermalung haben wir inzwischen ausgeschaltet.«
»Ist das alles?«
»Leider nicht. Das Festnetz ist außer Funktion. Die Mobilfunknetze sind zusammengebrochen. Drei Viertel aller Fernsehsender sind ausgefallen. Auf den restlichen Kanälen laufen Konserven oder Testbilder. Wir haben versucht, eine Verbindung zum BBK herzustellen. Die Satellitenverbindung ist aktiv. Aber es scheint keiner mit uns sprechen zu wollen. Mittlerweile lasse ich es überall klingeln. Streitkräftebasis, Innenministerium, Inselwache Norderney. Kein Kontakt.«
»Internet?«
»Schwierig. Anscheinend sind viele Server ausgefallen. Da sollte die Forschung mehr wissen.«
»Ist Danielsen da?«
»War der jemals weg? Er war auf dem Leitstand, als der Alarm auslöste, wollte mich etwas fragen, sich beschweren oder was auch immer. Als das Getöse losging, ist er sofort in die Forschung gerannt.«
»Ich nehme an, dass er sich bis jetzt nicht gemeldet hat.«

»So ist es.«
Torbeck deutete in Richtung der Bildschirme. »Kann das bitte mal jemand abschalten?« Die Monitore wurden schwarz. »Erwarten wir noch Zugänge?«, wollte Torbeck wissen.
»Laut System gab es Kontaktversuche zu dreiunddreißig Mitarbeitern. Aber nur drei haben bestätigt. Außer dir noch eine Ärztin und ein Ingenieur. Sie müssten innerhalb der nächsten Stunde eintreffen.« Er machte eine kurze Pause. »Hoffentlich«, setzte er hinzu.
»Die anderen haben nicht reagiert?«
»Nein.«
»Hoher Ausfall.«
»Zu hoch für einen Fehlalarm.«
Torbeck nickte. »Ich möchte, dass du Danielsen kontaktierst. Auch wenn es nicht viel ist, irgendetwas wird er in der Zwischenzeit herausgefunden haben. Ich bin für jede Information dankbar.« Wenn sie etwas hasste, dann war es Stress, dessen Quelle man nicht orten konnte.
»Ist gut.« Wiegner verschwand in den hinteren Bereich des Leitstands. Torbeck legte die Arme auf den Rücken, verschränkte die Finger zu einem Gittermuster. An ein technisches Problem mochte sie nicht mehr glauben. Ein Fehlalarm konnte nicht erklären, warum die Fernmeldenetze und das Internet streikten. Außerdem hatten sich von dreiunddreißig Mitarbeitern nur drei gemeldet. Sicher gab es Fälle, in denen die Angerufenen das Gespräch nicht annahmen. Sie hatten das Satellitentelefon beim Kinoabend zu Hause vergessen oder hörten zu laut Musik. Aber so viele? Das sah schlecht aus. Was war mit Katta? Wie ging es ihr? Torbeck versuchte, den Gedanken an ihre Tochter zu verdrängen, sich vorerst keine Sorgen zu machen. Sorgen würden Katta nicht helfen. Was Torbeck jetzt am allerdringendsten brauchte, waren Informationen.
Wiegner kam zurück, schüttelte nachdenklich den Kopf und murmelte vor sich hin. »Danielsen sagt, wir sollten besser zu ihm kommen. Er sagt, das Haustelefon sei nicht das geeignete Medium.«
»Haustelefon?«

»Das waren seine Worte.«
»Er meint das ComSys?«
»Ja.«
Die Kommunikation in Fenris lief über die ComSys-Terminals, die an jeder Wand hingen und auf den Schreibtischen standen. Außerdem besaß jeder Mitarbeiter ein sogenanntes NanoCom, was im Prinzip nichts weiter als ein voll gummiertes Smartphone war.
»Für solche Spielchen habe ich jetzt keine Zeit«, entgegnete Torbeck unwirsch. Sie wandte sich an einen Unteroffizier. »Sie kontaktieren Professor Danielsen mit höchster Priorität und legen mir das Gespräch in den Kommandantenraum.« Torbeck betrat ihr Büro und aktivierte das ComSys auf ihrem Schreibtisch. Der Flachbildschirm zeigte das Logo von Fenris. Einen stilisierten, mit Ketten gefesselten Wolf. Sie wartete. Schließlich erschien die Mitteilung, dass der geforderte Gesprächsteilnehmer bereit war. Sie berührte den Bildschirm und Danielsens Gesicht erschien auf dem Monitor. »Ich grüße Sie«, sagte der Professor mit irritierender Gemütsruhe. »Was kann ich für Sie tun?«
Torbeck biss sich auf die Zunge, schluckte mit einiger Mühe eine patzige Antwort hinunter. »Was passiert hier gerade? Können Sie mir irgendetwas dazu sagen?«
Sie sah dem Professor an, dass er nach Worten suchte. »Es ist noch zu früh, um eine belastbare Aussage zu treffen.«
»Dann treffen Sie eine ohne Belastung.«
»Das uns vorliegende Informationsmaterial ist komplex und schwierig zu analysieren. Es handelt sich im Wesentlichen um Fernsehbilder und Daten aus dem Internet. Gerade letztere sind kaum zu verifizieren. Im Moment kann ich sagen, dass das Internet instabil ist. Wir stellen weltweit einen signifikanten Abfall der Serverkapazitäten fest.«
»Das heißt, das Internet fällt aus?«
»So ist es. Unter anderem haben wir vor wenigen Minuten das TAT-14-Kabelverloren.«
»Was ist das?«
»Das ist eine Interkontinentalverbindung nach Nordamerika. Eine Glasfaserleitung.«

»Wie kann das ausfallen?«
»Da gibt es einen ganzen Strauß von Möglichkeiten. Aber ich müsste raten. Es ist noch zu... «
»Dann lehnen Sie sich bitte mal aus dem Fenster.«
Der Professor zog ein unglückliches Gesicht. »Vermutlich haben wir es mit einem intersektoriellen Kaskadeneffekt zu tun.«
»Mit was bitte?«
»Ich muss gestehen, dass ich bis vor Kurzem selber nicht wusste, was darunter zu verstehen ist. Ein Ingenieur hat es mir erklärt. Bei großen Spannungsschwankungen können sich Relaisstationen und Kraftwerke vom Stromnetz trennen, um Schäden zu vermeiden. Dies löst gleichzeitig weitere Schwankungen aus, die sich wie Wellen durch das Land bewegen und bei anderen funktionswichtigen Anlagen die Abschaltung erzwingen. Da die Stromnetze länderübergreifend verbunden sind, kann sich ein solcher Blackout theoretisch über ganz Europa ausbreiten.«
»Worauf basiert die Annahme, dass es diesen Blackout gibt?«
»Auf den Serverausfällen. Wenn man die jeweiligen Serverstandorte und den Zeitpunkt des Ausfalls betrachtet, dann kann man der Kaskade folgen.«
»Wie großräumig ist der Stromausfall?«
»Ich habe gerade gesagt, dass ein solcher Blackout theoretisch ganz Europa erfassen kann. Das war ungeschickt formuliert. Tatsächlich hat er ganz Europa erfasst.«
»Den gesamten Kontinent?«
»Es gibt Bereiche, die bis jetzt nicht betroffen sind. In Deutschland liegen sie hauptsächlich in Hessen, Niedersachsen und Schleswig-Holstein. Das kann sich jede Minute ändern.«
»Unsere gesamte Kommunikation ist weg. Haben Serverparks und Kommunikationseinrichtungen keine Notstromversorgung?«
»Einige Serverstandorte haben das. Aber die können keinen Totalausfall der Stromversorgung im gesamten Land kompensieren. Beim Mobilfunk ist es noch viel dramatischer. Die Netze sind wesentlich fragiler als das Internet. Keine Chance.«
Ein gigantischer Stromausfall. Katta war in Frankfurt. »Gibt es in Frankfurt Strom? Sie sagten, Hessen sei nicht betroffen.«

»Was?« Die Frage brachte Danielsen aus dem Konzept. »Wieso Frankfurt?«
»Hat Frankfurt noch Strom?«
»Das kann ich Ihnen nicht sagen. Richtig ist, dass Hessen nur zum Teil betroffen ist. Wie die Stromversorgung in Frankfurt aussieht, weiß ich nicht.«
Katta ohne Strom in einer Großstadt. Ein unerträglicher Gedanke. Sie hätte das Kind niemals alleine fahren lassen dürfen. »Also ein gigantischer Blackout. Das haben Sie alles seit dem Alarm herausgefunden?«
»Nein. Die Serverausfälle sind uns bereits am späten Nachmittag aufgefallen. Begonnen hat es in Asien, dann Nordamerika.«
»Die ganze Welt leidet unter einem Blackout?« Langsam kam Torbeck nicht mehr mit.
»Es sind mehrere. Sie traten allerdings mit nur wenigen Stunden Verzögerung auf. Darum erwecken sie den Eindruck, dass es sich um einen einzigen handelt.«
»Auf der ganzen Welt fällt der Strom aus. Warum?« Wie war das am Flughafen gewesen? Dort waren eine Menge Flüge ausgefallen. Hing das alles zusammen? Ohne dem Professor eine Chance zum Antworten zu geben, redete sie weiter. »Dass wir eine Staatsnotstandslage haben, begreife ich. Es erklärt aber nicht, warum biologischer Alarm ausgelöst wurde.«
»Nein, das tut es nicht.« Danielsen strich sich über seinen langen Vollbart. »Der Stromausfall ist ein peripheres Phänomen, welches kausal mit dem primären Schadensereignis verknüpft ist.«
»Professor?«
»Wir haben es vermutlich mit einem schweren Pandemiefall zu tun. Einem sehr schweren. Weltweit. Ich kann Ihnen in diesem Moment nur raten, dass Sie diesen Alarm ernst nehmen. Der Blackout, den wir gerade erleben, hat bereits für sich genommen eine hohe systemische Kritikalität und kann sich binnen vierundzwanzig Stunden zu einer nationalen Katastrophe entwickeln. Aber zusammen mit dieser Pandemie...« Er schüttelte den Kopf.
»Eine Pandemie?«
»Ich kann Ihnen...«

»Ist die Pandemie für den Blackout verantwortlich?«
»Indirekt ist die Pandemie dafür verantwortlich. Die Krankheit breitet sich so schnell aus, dass ganze Industriekomplexe überall auf der Welt unerwartet den Betrieb eingestellt haben. Durch den plötzlichen Wegfall von leistungsstarken Verbrauchern kam es zu Überkapazitäten, die die Netze nicht kompensieren konnten. Aber das ist nur eine Hypothese.«
»Professor. Es ist mir egal, wie wenig gesichert Ihre Informationen sind. Meine Tochter ist da draußen. Sagen Sie mir jetzt, was Sie wissen. Sofort.«
Danielsen runzelte die Stirn. »Das tut mir leid. Aufrichtig leid. Aber ich kann Ihnen nicht mehr sagen. Bitte gedulden Sie sich. Wir alle haben Angehörige, die sich nicht in Sicherheit befinden. Wir alle. Ich muss zurück an meine Arbeit. Sobald ich Näheres weiß, melde ich mich bei Ihnen.« Der Bildschirm wurde schwarz. Danielsen hatte das Gespräch beendet. Torbeck fühlte, wie ihr die Schamesröte ins Gesicht schoss. Das sollte ihr kein zweites Mal passieren. Sie war nicht die Einzige, die Angst um ihr Kind hatte. In diesem Punkt hatte der Professor absolut recht. Als Leiterin der Anlage durfte sie keine Schwäche zeigen, ihre eigene Autorität nicht untergraben. Sie straffte die Schultern, atmete tief durch.
Als sie damals als Kommandantin von Fenris eingesetzt wurde, hatte man ihr gesagt, dass sie aus Sicherheitsgründen erst sehr spät den eigentlichen Auftrag der Anlage erfahren würde. Zwischenzeitlich hatte sie sogar glaubte, dass es niemanden gab, der wusste, warum man die Anlage überhaupt baute. Als sich herauskristallisierte, dass in Fenris ein riesiges biologisches Forschungslabor entstand, begann sie, sich ein wenig mit theoretischer Biologie zu beschäftigen.
Danielsen hatte von einer schweren Pandemie gesprochen. Ihr Gefühl sagte ihr, dass das eine Untertreibung war. Selbst die schlimmste Seuche verbreitete sich nicht in einem solchen Tempo. Um die Verbreitungsgeschwindigkeit einer Krankheit abschätzen zu können, behalf sich die Epidemiologie mit einem semi-realistischen Ansatz. Das sogenannte SIS-Modell bestand aus einem Haufen von logistischen Differenzialgleichungen, die Torbeck nicht verstand. Was sie begriffen hatte, war die Tatsache,

dass sich eine Infektion nicht innerhalb von einigen Stunden weltweit verbreitete. Das dauerte mindestens Wochen. Eher Monate. Davon las man in der Zeitung, man sah es im Fernsehen auf sich zu rollen. Möglicherweise ließ die Pandemie sich nicht aufhalten, aber die Bevölkerung konnte gewarnt werden. Was um alles in der Welt war also los?

Ein sanfter Dreiklang schreckte sie aus ihren Überlegungen. Sie drückte einen Knopf an dem ComSys und schaute auf den Bildschirm. Wiegner stand vor der Tür. Torbeck öffnete.

»Und?«, fragte er beim Eintreten.

Torbeck berichtete ihrem Vertreter von dem weltweiten Stromausfall.

Der Oberst pfiff durch die Zähne. »Dann brauchen wir uns um die Kommunikation keine Gedanken mehr zu machen. Jetzt funktionieren nur noch die Satellitentelefone.« Er hielt kurz inne, sprach weiter. »Das erklärt einiges, aber nicht warum biologischer Alarm ausgelöst wurde.«

»Meine Worte. Viel habe ich nicht herausgefunden. Danielsen gibt sich verstockt. Das Einzige, was ich ihm entlocken konnte, war, dass wir es vermutlich mit einem Pandemiefall zu tun haben. Um genauer zu werden, braucht die Forschung Zeit.«

»Pandemie?« Wiegner zog die Augenbrauen hoch. »Gestern hatten wir noch keine Pandemie, soweit ich mich erinnern kann.«

»Ich weiß nicht mehr als du. Uns wird nichts anderes übrig bleiben als zu warten.«

»Stromausfall? Pandemie? Vielleicht will ich Näheres gar nicht wissen.« Wiegner grinste schief. »Damit das Warten nicht zu langweilig wird, habe ich eine Überraschung vorbereitet.«

Torbeck sah Wiegner prüfend an. Er redete wie immer, sah aber schlecht aus. Bleiches Gesicht, Schweiß auf der Stirn. »Geht es dir nicht gut?«

»Alles in Ordnung. Möchtest du jetzt die Überraschung haben oder nicht?«

»Ich liebe Überraschungen.« Sie zwang sich zu einem Lächeln.

Wiegner führte Torbeck in den NATO-Befehlsstand. Die Abdeckungen der Computer waren entfernt worden. An einem der Arbeitsplätze saß ein dicker Mann in Uniform. Das war

Oberstabsfeldwebel Theißen. Er grüßte die beiden Offiziere. Der Oberst ging zum Hauptterminal, gab einen Befehl ein. Die Bildschirme erwachten zum Leben und zeigten das NATO-Symbol. »Ich gestehe, dass ich das Handbuch bisher nicht gelesen habe«, sagte Wiegner. »Ich dachte, das hätte Zeit. Aber zum Glück gibt es Theißen. Der hat es gelesen.«

Torbeck nickte Theißen zu, der sich aus dem Stuhl gequält hatte und an sie herangetreten war.

»Das ist CRONOS«, sagte Wiegner. »Stabi, geben Sie uns bitte einen kurzen Abriss.«

Torbeck wusste, dass Theißen von einigen aufgrund seiner sperrigen Dienstgradbezeichnung Stabi genannt wurde. Sie ließ das bleiben. Dafür kannte sie den Mann zu wenig. Es sich ohne Not mit einem hochrangigen Unteroffizier zu verscherzen war auch für einen Generalmajor keine kluge Idee. Man musste sich immer bewusst machen, dass es die verschiedensten Formen von Macht gab.

Theißen war ein gemütlicher Mann mit Biertrinkergesicht. Die Uniform spannte sich wie ein Neoprenanzug über seinen Kugelbauch. Mit seiner Optik punktete er nicht, war aber als Chef der militärischen Technik ein ausgemachter Fachmann. Er begann seinen Vortrag. »Wir haben Zugang zu zwei Systemen. Dem NATO-Führungssystem CRONOS und dem Bundeswehr-Verbundsystem ADLER. Ich nehme an, die Systeme sind Ihnen grundsätzlich bekannt.«

Wiegner nickte. Torbeck zuckte mit den Schultern. »Ich weiß, dass es sie gibt. Abgesehen davon fehlt mir jedes Detailwissen.«

»Kein Problem. CRONOS steht für *Crisis Response Operations in NATO Operating Systems.* Das System stellt gesicherte Verbindungen zwischen den Führungsorganen der NATO untereinander und zu den unterstellten militärischen Verbänden her. Die kleinste militärische Einheit mit CRONOS-Verbindung ist das Regiment.«

Torbeck erinnerte sich vage. Ähnlich wie Wiegner hatte sie geglaubt, dass sie noch genügend Zeit hätte, um sich mit den Feinheiten vertraut zu machen. Ein Irrtum. Jetzt bekam sie einen Crashkurs. Theißen redete weiter. Torbeck fiel seine angenehme

Sprechstimme auf. Ein Mann, in den man sich am Telefon verlieben konnte, um beim ersten Date die Flucht zu ergreifen. »Die Kommandostruktur der NATO besitzt in Europa drei Führungsebenen. Ganz oben auf der strategischen Ebene haben wir das ACO, das Allied Command Operations. Dem ACO sind auf der operativen Ebene die Joint Force Commands, JFCs, in Brunssum und Neapel unterstellt. Diese wiederum führen auf der taktischen Ebene das Maritime Command kurz MARCOM, das Air Command kurz AIRCOM und das Land Command kurz LANDCOM. Fenris ist als Reserve-Führungsbunker für das LANDCOM ausgelegt. Theoretisch können wir alle Funktionen übernehmen. Die Technik gibt das her. Natürlich hätten wir derzeit nicht das Personal dafür.«

»Aber wir haben die Möglichkeit, uns in CRONOS einzuloggen und Verbindung mit der NATO-Führung aufzunehmen«, folgerte Torbeck.

»Richtig.« Theißen lächelte. »Das Kommunikationssystem ist für Kriegsbedingungen konzipiert und äußerst stabil.«

»Sehr schön. Vielleicht erfahren wir dann endlich, was los ist.«

»Ich habe noch eine zweite gute Nachricht«, sagte Theißen.

»Nur her damit.«

»Das ADLER-System gestattet vollen Zugriff auf alle taktischen Fernwaffen der Bundeswehr.«

»Was denn für Fernwaffen?«

»Das ist mir zugegebenermaßen auch nicht völlig klar. Es handelt sich um ein neues System, das sich noch in der Versuchsphase befindet. Sozusagen im Beta-Test. Ich muss mich da erst einarbeiten. Aber eins kann ich jetzt schon sagen. Wir können mit ADLER unsere Drohne einsetzen.«

»Wir haben eine Drohne?« Torbeck sah Wiegner an. Der zuckte mit den Achseln.

»Eine israelische Heron III«, sagte der Oberstabsfeld- webel.

Torbeck schüttelte den Kopf. »Ich habe immer mehr das Gefühl, dass ich am wenigsten über meine eigene Anlage weiß. Was kann das gute Stück?«

»Sie dient im Wesentlichen der optischen Aufklärung, besitzt aber auch Fähigkeiten zur elektronischen Überwachung.«

Eine Drohne also. Warum nicht?
»Gut. Fangen wir mit dem NATO-Computer an«, entschied Torbeck. Theißen machte den Terminal frei, als Torbeck herantrat.
»Wenn der Kommandierende seinen NATO-Code und den Status der Anlage eingibt, sortiert uns der NATO-Zentralrechner in die Befehlshierarchie ein. Meldet ein Hauptquartier einen Ausfall, wird die Befehlsgewalt entsprechend delegiert. Dabei wird nicht nur die Ausstattung und die Sicherheit der Anlage, sondern auch der Rang des kommandierenden Offiziers berücksichtigt und ins Verhältnis gesetzt«, dozierte Theißen.
»Ich wusste nicht, dass die Systeme einsatzfähig sind. Ich dachte, das würde noch Monate dauern«, sagte Torbeck.
»So war es vorgesehen. Aber bei Fenris wurde ja bei fast allem ein besonders hoher Druck aufgebaut.«
Das konnte Torbeck bestätigen. Fenris war als gewaltige Terminsache aus dem Berg gekratzt worden. Sie setzte sich an den Hauptterminal, gab ihren Namen und Code ein. Auf dem Bildschirm las sie Folgendes:

Aila Torbeck
Rang / Rank: OF-7
Standort / Location: FENRIS
Leiter / Command FENRIS: A. Torbeck
Status FENRIS: voll einsatzbereit / fully operational

Please wait ...
Bitte warten ...

Land Command (LANDCOM)
Assume command. Confirm!
Kommandoübernahme. Bestätigen!

Keiner sagte etwas. Theißen sah Torbeck an. Die nickte nur. Er gab einen kurzen Befehl ein.

Please wait ...
Bitte warten ...

Air Command (AIRCOM)
Assume command. Confirm!
Kommandoübernahme. Bestätigen!

»Bestätigen Sie«, sagte Torbeck, ohne den Blick vom Bildschirm zu nehmen.

Please wait ...
Bitte warten ...

Maritime Command (MARCOM)
Assume command. Confirm!
Kommandoübernahme. Bestätigen!

Der Computer gab einen Moment Ruhe. Dann ging es weiter.

Joint Force Command Naples (JFC Naples)
Assume command. Confirm!
Kommandoübernahme. Bestätigen!

Joint Force Command Brunssum (JFC Brunssum)
Assume command. Confirm!
Kommandoübernahme. Bestätigen!

Torbeck musste sich setzen. Auch Wiegner nahm sich einen Stuhl.

Please wait ...
Bitte warten ...

Allied Command Operations (ACO)
Assume command. Confirm!
Kommandoübernahme. Bestätigen!

Längere Zeit saßen die drei unbewegt da und starrten auf den Monitor. Dann wandte sich Wiegner an Torbeck. »Herzlichen Glückwunsch, Frau Generalfeldmarschall.«

GRUPPENDYNAMIK

Demir Kara

Auf dem Dach des Commerzbank-Towers wurde geschwiegen. Die Menschen saßen mit leeren Gesichtern stumm in den Ecken herum oder zogen wie Tiere im Zoo endlose Schleifen im Kies. Das dumpfe Poltern an der Tür hielt unvermindert an. Demir rauchte und sah auf seine Armbanduhr. Es war 23:56 Uhr. Seit mehr als zwanzig Minuten ging das so. Niemand konnte noch ernsthaft annehmen, dass auf der anderen Seite der Tür Hilfsbedürftige standen. Demir schmiss die Zigarette auf den Boden und trat sie aus. Jetzt lagen drei Stummel zu seinen Füßen. Es war empfindlich kühl geworden. Der sternenklare Himmel übergoss alles mit kaltem Licht. Er zitterte. Sein Blick wanderte umher. Demir zählte dreizehn Personen.

In einer Ecke hockte das Mädchen, dem er im Fahrstuhl begegnet war. Sie hatte die Knie angezogen und hielt sie eng an den Körper gedrückt. Bevor sie sich zurückgezogen hatte, war sie so freundlich gewesen und hatte den anderen erklärt, was mit dem Wachmann und der Frau in der Lobby geschehen war. Nun hielt die Gruppe Abstand von Demir.

An einem Lüftungsschacht standen vier uniformierte Angestellte einer Cateringfirma. Ein Mann und drei Frauen.

Von den Partygästen hatten es sieben auf das Dach geschafft. Da war der alte Mann mit den weißen Haaren, der seine Frau verloren hatte. Er sah Demir immer wieder böse an. Auf ihn musste er aufpassen. Einen Faustkampf galt es nicht fürchten. Aber wenn er nicht achtgab, dann zog ihm der Kerl vielleicht von hinten eins über den Schädel. Der Mann brauchte dringend ein Ventil für seinen Verlust. So waren die Menschen. Sie konnten ihr Leid besser ertragen, wenn sie jemandem die Schuld dafür in die Schuhe schieben konnten. Wenn Oma an ihren morgendlichen Cornflakes erstickte, dann galt es, einen unglücklichen Ingenieur

für Lebensmitteltechnik vor Gericht zu schleifen. Völlig egal, wie abwegig die Anschuldigungen auch waren.
Demir musterte die restlichen sechs der Gruppe. Sie waren zwischen fünfundzwanzig und fünfundvierzig Jahren alt. Zwei Frauen in Kleid und Kostüm. Vier Männer im Anzug. Der Mann aus dem Fahrstuhl war nicht dabei. Selbst schuld. Die Typen im Anzug sahen aus wie geklont. Tiefgraue Stoffe, dunkle Krawatten und schwarze Lackschuhe. Kurze gepflegte Frisuren, Haare dunkelbraun, alle in den Vierzigern. Man sollte sie bitten, sich Namensschilder anzustecken. Nur einer stach heraus, der hatte aufgeblasene Wangen und eine beachtliche Wampe. Das war der Typ, den Demir in letzter Sekunde durch die Tür gezerrt hatte.
Die Frauen hingegen bestachen durch Individualität. Die Brünette, Mitte dreißig, trug ein elegantes Kostüm. So wie sie sich benahm, gehörte sie ebenfalls zur gehobenen Mittelschicht. Die Schwarzhaarige war Mitte zwanzig. Jemand hatte sie in ein rotes Kleid vakuumverpackt. Aber sie konnte das tragen. Demir bemerkte ihre außergewöhnliche Attraktivität. Sie war ganz sicher keine Managerin, eher ein Callgirl, oder eine Geliebte, die es vorzog, ihr Geld damit zu verdienen, dass sie einem wohlhabenden Trottel Zuneigung vorspielte. Demir fiel auf, dass eine Anzugjacke auf ihren Schultern lag. Einer der Herren hatte sich geopfert. Die Bankerin ließen sie frieren.
Und dann gab es noch den Wachmann. Er lag auf dem Boden, hatte sich auf der Seite liegend zusammengerollt, wie ein Kind mit Bauchschmerzen. Niemand kümmerte sich um ihn. Demir schluckte. Er hatte auf den Mann geschossen. Und zum Dank dafür hatte dieser ihm das Leben gerettet.
Demir verdrängte den Gedanken, stand auf und ging zum Rand des Daches. »Wann hört das endlich auf?«, rief eine der Frauen. Er drehte sich nicht um. Das irrsinnige Trommeln an der Tür zerrte auch an seinen Nerven. Demir sah auf das Lichtermeer der Stadt hinaus. Es schien wie immer. Was in aller Welt war geschehen? Einer der Manager hatte etwas von Seuche gefaselt. Eine Seuche? Demir kannte sich mit Medizin nicht aus. Aber er konnte sich nicht vorstellen, dass der Großteil der Menschen deswegen im gleichen Moment den Verstand verlor. Wie die sich verhielten. Die

Menschen hatten sich vor dem Eingang der Bank regelrecht gestapelt. Allein durch ihr Eigengewicht hatten sie das Panoramaglas gesprengt. Unglaublich.
Bilal. Der Name seines Kumpels schoss ihm durch den Kopf. Zuletzt hatte er ihn am Kurierfahrzeug gesehen, wo er den Fahrer ablenken sollte. Demir beugte sich über die Brüstung. Die Dunkelheit der dreihundert Meter unter ihm liegenden Straße wurde nur von den in regelmäßigen Abständen gepflanzten Straßenlaternen ins Graue aufgeweicht. Er meinte das Kurierfahrzeug zu erkennen. Ein kleines Rechteck in der Nähe der Treppe. Bilal würde es nicht geschafft haben. Irgendwo dort lag eine Tasche mit Diamanten. Jetzt waren sie nicht mehr wert als Flusskieselsteine.
Der Wachmann fing an zu schreien, krümmte sich vor Schmerzen. Demir versuchte ihn zu ignorieren. Er ließ seinen Blick weiter über das Häusermeer gleiten. Die Lichter der Stadt funkelten immer noch ungerührt. Von den Straßen konnte er nicht viel erkennen. Die umgebenden Hochhäuser nahmen ihm die Sicht. Wenn dort unten Menschen umherliefen, dann konnte er sie ohnehin nicht sehen. Dazu waren sie zu winzig und die Beleuchtung zu schwach. Aber bei dem Verkehr sah es anders aus. Zumindest müsste er die Bewegung von Scheinwerfern beobachten können.
Er erinnerte sich an eine Schießerei in der Hanauer Landstraße. Nach wenigen Minuten hatten dort zwanzig Streifenwagen gestanden. Die Blaulichter hatten geflackert, dass man einen epileptischen Anfall bekommen konnte. Aber jetzt? Keine Blaulichter. Wohin er auch schaute. Nur das eine, das er bereits aus dem Fenster gesehen hatte. Es blitzte immer noch zwischen den Bäumen der Taunusanlage auf. War es schwächer geworden?
Plötzlich bemerkte er die Autoscheinwerfer. Sie waren ihm zunächst nicht aufgefallen, weil sie sich nicht bewegten. Auf dem Reuterweg, der westlich haarscharf an der Innenstadt vorbeiführte, hatte sich ein Stau gebildet. Demir schluckte. Als die Menschen mit ihren Fahrzeugen nicht weiterkamen, waren sie zu Fuß geflohen und hatten die Autos stehen gelassen. Demir zog sein Handy aus der Hosentasche. Kein Empfang. Er steckte es weg. Das Funkgerät fiel ihm ein. Aber es hing nicht mehr an

seinem Gürtel. Er hatte es verloren. Egal. Damit hätte er sowieso nur Bilal ansprechen können.

Der Wachmann stöhnte. Demir stieß sich von der Brüstung ab, ging zu dem Verletzten hinüber und kniete sich vor ihm hin. »Wie fühlst du dich?« Was für eine sinnentleerte Frage. Er drückte seine Lippen zu einem dünnen Strich zusammen.

Die Augen des Wachmanns flackerten. »Durst.«

Auch Demirs Mund fühlte sich pappig an. »Es tut mir leid. Ich weiß, dass es dir nichts hilft. Aber es tut mir wirklich leid, dass ich auf dich geschossen habe.«

Der Mann nickte. »Ich habe Durst.« Er hob den linken Arm, versuchte nach Demir zu greifen. Demir zuckte zurück, besann sich und nahm die Hand des Wachmanns. »Es kommt keine Hilfe. Oder?« Sollte man einen Sterbenden anlügen? Selbst wenn Hilfe kam, dann nicht mehr für ihn. »Es kommt keiner«, wiederholte der Wachmann.

»Nein.«

Der Mann nickte. »Ich habe Durst. Bring mir was zu trinken.«

»Ich versuche es.«

Demir stand auf. »Hat jemand was zu trinken?«

Die nächste blöde Frage. In der Gruppe wurde gelacht.

»Trinken? Das hätte ich auch gerne.«

»Ich nehme einen Schnaps.«

»Eine Cola wäre toll.«

Einer der Manager wandte sich an das Cateringpersonal: »Geht doch mal runter und bringt uns was hoch. Wofür werdet ihr denn bezahlt?«

Der Mann vom Cateringservice hatte seine langen braunen Haare zu einem Zopf gebunden und trug eine Nickelbrille. Er ging auf den Banker zu. »Halt deine blöde Fresse, sonst schmeiß ich dich vom Dach.« So viel Aggressivität hatte Demir dem Typ kaum zugetraut.

»Habe ich mir gedacht. Nichts zu trinken«, konstatierte der Manager. Das vermeintliche Callgirl meldete sich. »Ich habe auch Durst. Hat sich mal jemand überlegt, was wir jetzt machen? Ich meine ohne Wasser. Wie lange halten wir das aus?«

Neben Demir begann der Wachmann zu schreien. Das Durcheinander an Stimmen wurde lauter.
»Kann den nicht jemand zum Schweigen bringen?« »Ich bringe dich gleich zum Schweigen.« »Warum kommt niemand?« »Wer soll denn kommen?« »Wir werden alle sterben.«
Demir hob die Arme. »Jetzt beruhigt euch mal.«
Keine Reaktion. Das Gezeter hielt ungebrochen an. Das Callgirl verkrallte sich in den Arm von einem der Banker. »David, bring mich hier weg.« Der stieß sie von sich.
Demir reichte es. »Haltet die Fresse!« Das Geplapper erstarb. »Wir haben nichts zu trinken. Das ist ein ernstes Problem. Aber dadurch, dass sich alle gegenseitig anschreien, bekommen wir auch kein Wasser.«
»Wer redet von Wasser?«, kam es aus der Gruppe.
»Wer hat dich zum Anführer ernannt?«, wollte einer der Banker wissen.
Demir legte die Hand auf das Griffstück der Pistole, schaute dem Banker unverwandt in die Augen. »Die Firma Sig Sauer.«
Der Wachmann stöhnte wieder. Das Mädchen aus dem Fahrstuhl ging zu dem Verletzten und setzte sich neben ihn auf den Boden, strich ihm das nass geschwitzte Haar aus der Stirn.
»Wie lange schaffen wir das ohne Wasser?«, fragte das Callgirl erneut.
»Zwei oder drei Tage«, kam die Antwort aus der Gruppe.
»Aber bis dahin muss uns doch jemand hier heruntergeholt haben.«
»Wer soll denn kommen? Da gibt es niemanden mehr.« Das war der Langhaarige vom Catering.
»Das kann ich nicht glauben.«
»Wie heißen Sie?«, fragte Demir das Mädchen im roten Kleid.
»Tamara.«
»Ich heiße Demir.«
Die Frau nickte.
»Tamara. Gehen wir davon aus, dass keiner kommt.« Demir sah die entsetzten Augen der Frau. »Jedenfalls nicht jetzt.« Er wandte sich an die Gruppe. »Ich denke, es kann kein Fehler sein darüber nachzudenken, wie wir Wasser bekommen.«

Allgemeine widerwillige Zustimmung.
»Aber wie?«, fragte einer der geklonten Banker.
»Wir brauchen etwas, das wir als Gefäß benutzen können. Da machen wir rein und trinken unseren Urin«, sagte Demir.
»Bist du völlig bescheuert?« »Ich saufe doch nicht meine Pisse.« »Da verdurste ich lieber.« »Macht man das so? Ich meine, dort, wo du herkommst.«
Demir zuckte mit den Schultern. Morgen würde es wieder weit über dreißig Grad heiß werden. Keine Wolken, kein Schatten. Die Meinungen und Geschmäcker würden sich bald ändern. Da war er sich sicher.

Aila Torbeck

Nachdem sie sich von dem ersten Schock erholt hatte, gab Torbeck den Befehl andere NATO-Einrichtungen zu kontaktieren. Aber daraus wurde nichts. Das System stürzte ab.
Zugriff verweigert! Access denied!
Die Worte blinkten auf dem Monitor. »Was soll das bedeuten?«, fragte sie. Bevor Theißen etwas sagen konnte, flackerte der Bildschirm und wurde schwarz. Sekunden später liefen Reihen von Zahlenkolonnen über den Monitor. Am Ende standen zwei Worte: System down
Theißen zeigte sich ratlos. »Darauf kann ich Ihnen keine Antwort geben. Vielleicht ist ein Zentralrechner ausgefallen. Ein allumfassender Stromausfall ist möglicherweise doch zu viel.«
»Ich dachte, das System sei weltkriegsstabil. Versuchen Sie es weiter. Gibt es noch etwas, was wir sonst tun können?«, fragte sie Theißen.
Der verzog das Gesicht zu einer Grimasse, als ob ihm das Denken Schmerzen bereitete. Nach einigen Sekunden der Qual entspannte es sich. »Wir stehen jetzt in der Befehlshierarchie ganz oben. Das bedeutet, dass wir grundsätzlich Zugriff auf Aufklärungssatelliten haben. Jedenfalls auf die bundeswehreigenen.«
»Was heißt grundsätzlich?«
»Ich bin mir sicher, dass wir Zugriff auf die SAR-Lupe-Satelliten bekommen. Allerdings haben wir niemanden, der sich damit auskennt. Trotzdem sollten wir es versuchen.«
Das SAR-Lupe-System bestand aus vier Aufklärungssatelliten, die über Kameras verfügten, die in der Lage waren Autokennzeichen abzulesen. Zumindest solange die Fahrzeuge sich nicht bewegten. Hochauflösende Bilder von Großstädten, Flughäfen und Militäranlagen könnten ihnen wichtige Informationen liefern.

»Veranlassen Sie das.« Torbeck wandte sich an Wiegner. »Wir müssen die Anlage versiegeln.« Eine längst überfällige Maßnahme. Vermutlich war sie bis jetzt im Unterbewusstsein immer noch nicht vom Ernst der Lage überzeugt. Das änderte sich allmählich.

»Hörst du, Karl?«

»Ja. Was ist mit der Ärztin und dem Ingenieur?«

»Tut mir leid.« Torbeck presste die Lippen zusammen.

Die beiden Offiziere verließen den NATO-Kommandoraum und betraten den Leitstand. Torbeck gab die entsprechenden Anweisungen. Der Zustand der biologischen Versiegelung isolierte die Anlage völlig von der Außenwelt. Die nötige Atemluft wurde nun mittels Fotobioreaktoren aufbereitet. In den Reaktoren produzierten Algen mit Hilfe von künstlichem UV-Licht Sauerstoff. Auch das Trinkwasser zirkulierte, durch Kläranlagen gereinigt, in einem geschlossenen System. Nichts gelangte mehr in die Anlage oder aus ihr hinaus. Der unspektakuläre Vorgang der Versiegelung dauerte eine Minute. Lediglich eine computergenerierte Frauenstimme wies sie in freundlichem Ton darauf hin, dass Fenris sich von der Außenwelt entkoppelt hatte. Unzählige Male hatten sie die Versiegelung in den letzten Monaten getestet. Diesmal fühlte es sich anders an.

Torbeck zog sich mit Wiegner in den Kommandantenraum zurück und überließ ihrem Ersten Wachoffizier, Hauptmann Gärtner, den Leitstand. Gärtner war eine beunruhigend durchsichtige Erscheinung. Wenn man sich mit ihm in einem Raum befand, dann vergaß man ihn nach wenigen Minuten. Drehte man sich um, so blickte man plötzlich aus nächster Nähe in sein Gesicht und erschrak fast zu Tode. Der Hauptmann war ihr vor zwei Monaten zugeteilt worden. Sie konnte ihn nicht einschätzen. Bisher hatten sie nur dienstlich miteinander gesprochen. Es war ihr unheimlich, dass der Hauptmann sich von Anfang an hervorragend auskannte. Er machte seinen Job, als hätte er niemals etwas anderes getan. Da fragte man sich, wo er das gelernt hatte. Vielleicht hatte er einfach die Handbücher gelesen, die sie ausgelassen hatte. Torbeck hatte sich bereits vor Wochen überlegt, mit Karl über ihren neuen 1. WO zu sprechen. Aber

immer war etwas dazwischen gekommen. Jetzt erschien ihr auch nicht der richtige Moment.
Torbeck nahm an ihrem Schreibtisch Platz. Wiegner zog sich einen der Stühle heran. »Was hältst du von der Lage?«, fragte Torbeck.
»Was ich davon halte?« Der Oberst lachte trocken auf. Seine Stirn glänzte fiebrig. »Unser fehlendes Personal ist nicht zu erreichen. Wir besitzen keine Kommunikation. Der Welt geht das Licht aus. Die NATO scheint sich aufgelöst zu haben. Und das alles innerhalb von Stunden. Ich bin kein Virologe oder Mediziner. Aber ich kann mir keine Krankheit vorstellen, die das verursachen könnte.«
»Was glaubst du dann?«
Wiegner zuckte mit den Schultern. »Ich glaube gar nichts. Aber ich weiß, dass wir tief im Dreck stecken. Richtig tief. Ich bräuchte jetzt einen Schnaps.«
Torbeck holte zwei Gläser und eine Flasche Ouzo aus einem Wandschrank. Sie zeigte Wiegner die Flasche. »Tut es das auch?«
Er verzog das Gesicht, nickte trotzdem. Während sie die Gläser füllte, sah sie im Augenwinkel, wie Wiegner die Bilder auf ihrem Schreibtisch musterte. Es waren drei. Auf allen war Katta zu sehen. Torbeck stellte die Flasche zurück in den Schrank. Wiegner nahm sich das Glas. »Schön hast du es hier. Habe ich dir das schon mal gesagt?«
Torbeck schüttelte den Kopf.
»Besonders diese ganzen Bücher. Sehr beeindruckend.«
Das Regal war ihr ein wenig unangenehm. Es war sechs Meter lang und bedeckte eine Wand vollständig. Eigentlich hatte sie nur einige Bücher angefordert. Geliefert hatten sie ihr eine ganze Bibliothek. Vermutlich würde sie niemals eines der Bücher in die Hand nehmen. Aber der Geruch vom bedruckten Papier hatte eine beruhigende Wirkung auf sie. So gesehen hatte sich die Anschaffung bereits bezahlt gemacht. Wiegners Blick wanderte ein wenig verlegen durch den Raum. Sie sah ihm an, dass er sie gerne auf ihre Tochter angesprochen hätte, hoffte, er würde es nicht tun. Sie wollte nicht an Katta denken. Nicht solange sie ihr nicht helfen konnte.

Die Satellitentelefone der ausstehenden Mitarbeiter wurden einmal in der Stunde durch die Kommunikationsanlage des Bunkers angewählt. Kattas Nummer war dabei. Am liebsten hätte Torbeck es jede Minute klingeln lassen. Aber sie wusste, dass das sinnlos war. Wer in der einen Minute nicht abnehmen konnte, konnte dies voraussichtlich in der nächsten auch nicht. Die aufgeregte Klingelei entlud nur den Akku. Torbeck war froh, dass das Satellitentelefon ihrer Tochter verbotenerweise in das Kommunikationssystem von Fenris eingebunden war. Da sie die Kommandantin war, hatte sich darüber keiner beschwert.

Sie musterte Wiegner. Er wirkte erschöpft. »Bist du erkältet?«, fragte Torbeck.

»Mir geht es gut. Bitte besorge dir eine vernünftige Flasche Whisky. Das Zeug grenzt an Köperverletzung.«

Torbeck lächelte. »Versprochen.«

Das NanoCom an ihrem Gürtel fing an, sich durch ein piependes Geräusch bemerkbar zu machen. Torbeck reagierte nicht.

»Vielleicht solltest du rangehen«, sagte Wiegner.

Irritiert griff sie nach ihrem Sprechgerät. »Ja?«

»Frau Generalmajor. Hauptmann Gärtner hier. Sie wollten, dass man Sie verständigt, wenn es Veränderungen gibt.«

»Und?«

»Der Flugsicherungsradar meldet einen Kontakt. Vermutlich ein Hubschrauber. Sein Kurs führt ihn zu Fenris. Voraussichtliche Ankunft in weniger als zehn Minuten.«

»Funkkontakt?«

»Wir haben die Maschine bisher nicht gerufen. Ich wollte Sie zunächst informieren.«

»Ich bin auf dem Weg.«

Sie nippte an dem Glas. Schüttelte sich kurz. Der Oberst leerte sein eigenes in einem Zug und verzog dabei keine Miene, trank den Alkohol wie Wasser. Sie sah ihn besorgt an. Er durfte sie jetzt nicht im Stich lassen. »Du hast es gehört. Wir bekommen Gesellschaft«, sagte Torbeck.

»Unangekündigter Besuch? Um diese Zeit?« Wiegner quälte sich aus seinem Stuhl und stellte sein Glas auf den Schreibtisch. Gemeinsam verließen sie Torbecks Raum und betraten den

Leitstand. »Legen Sie den Kontakt in topografischer Ansicht auf die Bildwand«, forderte Torbeck.
Auf einem der Hauptmonitore wanderte ein Lichtpunkt über die Landkarte. Unter dem Punkt stand die Transponderkennung des Flugobjektes. UHB-34. »Ziel erreicht gesperrten Luftraum in drei Minuten«, sagte der Soldat an der Radarstation.
»Identifizieren Sie die Transponderkennung.« Torbeck verschränkte die Hände auf dem Rücken.
Ein junger Unteroffizier meldete sich zu Wort: »Es handelt sich um einen Hubschrauber der Bundespolizei. Stationiert in Bonn. Er gehört zur Flugbereitschaft.«
»Rufen Sie die Maschine.«
Der Unteroffizier drückte eine Taste, schob sich mit der Linken das Headset zurecht. »UHB-34, UHB-34. Hier Foxtrott, hier Foxtrott. Sie nähern sich mit unangemeldetem Flug einer militärischen Sperrzone.«
Keine Reaktion.
Er wiederholte den Funkspruch.
Pause. Es knackte in den Lautsprechern. Eine Stimme meldete sich. Im Hintergrund der Lärm des Rotors. »Hier ist UHB-34. Wir sind eine Maschine der Bundespolizei. An Bord befinden sich mehrere Angehörige des BBK. Wir erbitten Landeerlaubnis.«
Torbeck schüttelte den Kopf. »Keine Erlaubnis.«
»UHB-34, UHB-34. Hier Foxtrott, hier Foxtrott. Das ist negativ. Sie nähern sich einer militärischen Sperrzone. Drehen Sie ab. Wenn Sie den Kurs fortsetzen, werden Sie abgeschossen.«
Nichts.
Torbecks Finger knackten. Sie massierte sich selbst das Blut aus den Händen. Die Direktive war einfach. War die Anlage versiegelt, so war der Luftraum im Umkreis von dreißig Kilometern gesperrt. Das widerrechtliche Eindringen war mit Waffengewalt zu verhindern. »Aktivieren Sie die Flugabwehr.«
Ein Hauptfeldwebel drehte einen Schlüssel an seinem Pult und öffnete eine Kunststoffabdeckung, unter der sich mehrere Druckschalter befanden. Er drückte zwei der Tasten. »Flugabwehr fährt hoch.« Pause. »Ist aktiviert.« Pause. »Flugsicherungsradar

leitet Daten an Patriot-Batterie. Ziel wird bestätigt. Batterie hat Ziel erfasst.«

Sie wandte sich an den Funker. »Versuchen Sie es erneut.«

Der Funker flüsterte in sein Headset, wiederholte seinen Aufruf abzudrehen. Der Pilot des Hubschraubers antwortete. »Wir sind eine Maschine der Bundespolizei mit Angehörigen des Bundesamtes für Bevölkerungsschutz und Katastrophenhilfe und erbitten Landeerlaubnis.«

Wiegner stand neben Torbeck. Er hatte bisher kein Wort gesagt, starrte unentwegt auf den Bildschirm. Seine Wangenmuskeln zuckten. Was sollte sie jetzt tun? Jede Maschine war abzuschießen. Es handelte sich um einen absoluten Befehl, der keine Ausnahme zuließ. Der Hubschrauber konnte Fenris keinen direkten Schaden zufügen. Dennoch waren Szenarien denkbar, die es zu verhindern galt. Einige erschienen plausibel, andere mehr oder minder absurd. Aber wenn die Anlage versiegelt war, dann lief irgendetwas in der Welt mächtig schief. So schief, dass man sich nicht den kleinsten Fehler leisten durfte. Der absolute Befehl sollte das Risiko auf annähernd null reduzieren. Auf der anderen Seite wäre ein Hubschrauber Gold wert. Die Anlage hatte noch keinen eigenen. Der wäre erst in Wochen geliefert worden. Die Maschine könnte nach Frankfurt fliegen. Katta retten. Aber wie sollten sie Katta finden? Frankfurt war kein Kuhdorf in den Alpen. Torbeck blickte kurz zu Wiegner hinüber. Der beobachtete den wandernden Lichtfleck, unbewegt wie eine Wachspuppe. Er sah aus, als ob er dabei nicht gestört werden wollte. Wer das Kommando hatte, stand alleine. Jetzt erfuhr sie zum ersten Mal, was das bedeutete. Es war die Schattenseite. Nicht der Luxus andere zu befehligen, ihnen zu sagen, was sie tun sollten. Nein, es lag an ihr zu entscheiden, ob Menschen den Tod fanden. Mein Gott, sie konnte doch diese Leute nicht kaltblütig umbringen, wenn sie nicht einmal wusste, was eigentlich los war.

Sie erinnerte sich an ihre Ausbildung an der Akademie. Dort hatten sie kontrovers über den sogenannten absoluten Befehl diskutiert. Sie hatte dagegen argumentiert, war der Auffassung gewesen, dass es immer Ausnahmen geben musste. Zu ihrer Überraschung brachte der Dozent einen Kriminalbeamten als

Zeugen der Verteidigung. Was sollte der über ein solches Thema wissen? Gar nichts, wie sich herausstellte. Aber er wusste etwas über Gefahr und Risiko. Wenn ein Kind entführt wird, sucht die Polizei auch auf dem Dachboden der Eltern. Völlig egal, wie unverdächtig die Angehörigen erscheinen. Angenommen das Kind läge dort oben, gefesselt, oder verletzt nach einem Sturz und die Polizei hätte nicht gesucht. Wie sollte man die aufkommenden Fragen beantworten? Sorry, damit konnten wir nicht rechnen? Nein, es gab Situationen, bei denen Vermutungen und Wahrscheinlichkeiten keine Rolle spielten.
Der Hubschrauber kam aus Bonn. Flugbereitschaft. Die Insassen waren Angehörige des BBK. Wer in der Maschine saß, wusste, dass Fenris ein sicherer Ort war. Der wusste, wo sich die Anlage befand, und hatte die Möglichkeit, einen Hubschrauber zu beschaffen. Dann musste er außerdem wissen, dass es keine Chance gab, in den Bunker hineingelassen zu werden.
Der Funker sprach die Maschine wiederholt an, forderte sie auf, ihren Kurs zu ändern. Es kam keine Antwort mehr. Was war da los? Panik? Die Hoffnung, es werde doch gehen? Dachten die, ihre Drohung wäre ein Bluff?
»Flugobjekt dringt in die Flugverbotszone ein.«
Wiegner stand da wie in Stein gehauen. Karl sollte ihr ein Zeichen geben, doch der rührte sich nicht. Was geschah, wenn sie die Maschine landen ließ? Die Passagiere würden zum Bunker laufen, winken und auf Zettel gemalte Botschaften in die Kameras halten. Und dann? Sie durfte niemanden hereinlassen. Egal, wer an der Tür klopfte. Nicht einmal Katta, aber darüber wollte sie jetzt nicht nachdenken. Und wenn sie das Tor doch öffnete? Was würden ihre Leute denken? Dass sie ein Herz hätte? Einen anständigen Charakter? Würde Karl das überhaupt zulassen? Der kannte die Befehle genauso gut wie sie. Aber vielleicht wäre die Belegschaft auch gar nicht begeistert. Man könnte sie als entscheidungsschwach ansehen, unfähig ein Kommando zu führen. Wenn sie die Maschine landen ließ, unterminierte sie damit ihren Führungsanspruch und setzte ein Zeichen der Schwäche. »Letzte Warnung. Starten Sie die Signalraketen«, sagte sie.

Torbeck wartete. Es geschah nichts. Mittlerweile mussten die roten Leuchtraketen verglüht sein. Jeder Pilot mit einem Funken Verstand hätte beim Anblick des Signals sofort seinen Kurs geändert. Die Raketen waren über viele Kilometer hinweg zu erkennen. Torbeck zögerte. Das waren Unschuldige. Und sie hatten diesen Hubschrauber, den sie so dringend bräuchte.
»Schießen Sie das Objekt ab.« Ihre auf dem Rücken ineinander verflochtenen Hände verkrampften sich, dass sie sich fast den kleinen Finger gebrochen hätte. Hatte sie das eben gesagt?
»Wiederhole Befehl. Objekt wird abgeschossen.« Der Hauptfeldwebel zögerte einen Wimpernschlag und drückte den Knopf. »Waffe ist frei.«
Torbeck wusste, dass in diesem Moment eine Patriotrakete startete. Im Bunker spürte man davon nichts. Kein Geräusch, keine Erschütterung.
Sie warteten.
»Waffe hat das Ziel aufgeschaltet. Kontakt in neun Sekunden.«
Noch hatte sie Zeit. Ein paar Sekunden blieben ihr noch. Sie sah, wie die Hand des Hauptfeldwebels über der Abbruchtaste hing. Ein Wort und er würde sie fallen lassen. Die Rakete würde ihr Ziel verlieren, mit deaktiviertem Gefechtskopf zu Boden stürzen und im Wald zwischen den Bäumen aufschlagen. Wie lange blieb ihr noch? Fünf Sekunden? Sie schwieg. Es fiel ihr unendlich schwer. Sag es doch einfach, meldete sich eine Stimme. Sag es einfach. Kümmere dich nicht um Befehle und Anweisungen. Hör auf dein Herz. Sie blieb stumm.
»Kontakt.«
Pause.
»Negativer Radarkontakt. Negativer Kontakt zur Waffe.«
Ende der Geschichte. Hatte gar nicht wehgetan.
»Ich bin in meinem Quartier. Oberst, Sie haben das Kommando.«
Torbeck machte auf dem Absatz kehrt und verließ den Leitstand. Schweiß lief ihr den Rücken hinab.

GNADE

Demir Kara

Demir sah auf seine Uhr. Es war 5:20 Uhr. Am Horizont zerschmolzen die ersten Lichtstrahlen die Dunkelheit. Nach der Flucht auf das Dach hatte sich Demirs Verstand angefühlt wie ein Kernreaktor, in dem aus Fragen geformte Brennstäbe überhitzten. Was war geschehen? Was sollte er tun? Konnte er überhaupt etwas unternehmen? Da er keine Antworten hatte finden können, hatte er einfach abgeschaltet.

Mittlerweile hatte das Abklingbecken der kalten Nacht seine Knochen in Blei verwandelt. Immer noch dröhnte es an der Tür. Das bemerkte er kaum mehr, er hatte sich an den Krach gewöhnt. Woran er sich nicht gewöhnte hatte, war das Wimmern des Wachmanns. Der Mann wälzte sich von einer Seite auf die andere, wie von Koliken getrieben. Das Mädchen aus dem Fahrstuhl saß seit zwei Stunden bei ihm und strich ihm sanft über die Haare. Flüsterte ihm wiederholt in sein Ohr, als gelte es, ein verängstigtes Pferd zu beruhigen. Hin und wieder sah sie Demir an. Er versuchte ihren dunklen Blicken auszuweichen. Sein im Laufe der letzten Stunden abgesackter Verstand tastete sich langsam zurück an die Oberfläche und bestand darauf, sich mit der Lage zu beschäftigen. Zwei Menschen hatte er getötet. Auch wenn der Wachmann formell noch lebte. Die Frau zu erschießen war notwendig gewesen. Hätte er sie nicht getötet, dann wäre der Fahrstuhl niemals losgefahren. Ihr Tod hatte ihm das Leben gerettet. Und nicht nur seins. Juristisch gesehen war das kein Mord. So weit kannte er sich aus. Niemand musste in Seenot hinnehmen, dass andere Ertrinkende das Rettungsboot kenterten, auf dem man sich befand. Was übrig blieb, war das moralische Dilemma. Das bedrückende Gefühl, Unrecht getan zu haben, konnte ihm niemand nehmen. Das musste er mit sich selbst aushandeln. Wie sah es mit dem Wachmann aus? War das auch nötig gewesen? Er verbuchte es als eine Art Unglück. Der Mann trug eine blaue Uniform, sah aus wie ein Polizist und hatte sich an den Gürtel gegriffen. Demir hatte aus Angst geschossen, hatte sich ohnehin in Panik befunden. Das mochte verständlich sein, war aber keine objektive Rechtfertigung. Noch viel weniger als bei der Frau. Warum ging er nicht wieder zu ihm? Versuchte ihm irgendwie zu helfen? Warum bemühte er sich nicht?

Demir zwang die Gedanken zurück in den Keller und ließ seinen Blick schweifen. Die Überlebenden saßen auf dem Dach verteilt herum und hatten sich gegen die Kälte in ihre eigenen Arme eingewickelt. Demirs Mund fühlte sich an, als ob er die Nacht über Wellpappe gekaut hätte. Der Durst begann ihn zu quälen. Erstaunlich, wie schnell das ging. Er überlegte, wann er das letzte Mal getrunken hatte. Das musste gestern Nachmittag gewesen sein. Es kam ihm wie eine Ewigkeit vor. Demir spürte seine Blase. Nichts zu saufen, dafür pinkeln. So ein Dreck. Er stellte sich in eine Ecke des Daches, drehte der Gruppe den Rücken zu und öffnete seinen Reißverschluss. Zuvor hatte er nach einem Behältnis gesucht, um seinen Urin zu sammeln. Aber das Dach gab außer verzweifelten Menschen und einer ungewöhnlichen Aussicht nicht viel her. Einerseits war er froh darüber. Bei dem Gedanken seinen eigenen Urin zu trinken, schüttelte es ihn. Andererseits. In einigen Stunden würde die Sonne beginnen, ihm das Hirn weich zu kochen. Und dann? Ohne Wasser war er erledigt. Konnte man überhaupt seine eigene Pisse trinken? Er war sich nicht sicher. Hatte das nur einmal in einem Film gesehen. Egal. Das kö… .

Etwas zog an seinem Gürtel. Demir wirbelte herum.

Vor ihm stand das Mädchen. Sie hielt seine Pistole mit beiden Händen umklammert. Die Mündung zeigte auf ihn. Langsam ging sie rückwärts. Demir wollte sprechen, bekam keinen Ton heraus. Die anderen hatte noch nichts von der Aktion mitbekommen. Das Mädchen kniete sich neben den Wachmann, flüsterte ihm ins Ohr. Dann gab sie dem Mann einen flüchtigen Kuss auf die Stirn, stellte sich hin, richtete die Waffe auf seinen Kopf und drückte ab.

Der Knall riss ein Loch in den frühen Morgen. Demir zuckte zusammen.

»Sie hat ihn erschossen.« »Tut doch etwas.« »Nehmt der Irren die Pistole ab.«
Das Mädchen fuchtelte mit der Waffe herum und schrie: »Was wollt ihr? Ich bin die Einzige, die sich um ihn gekümmert hat. Er hat es so entschieden.«
»Warum sollte er das gewollt haben? Sicher kommt bald Hilfe«, sagte einer der Banker.
»Was denn für Hilfe?« Das Mädchen sah ihn böse an. »Die Feuerwehr? Das Technische Hilfswerk?« Der Mann sagte nichts mehr. Sie ging auf Demir zu.
Die würde ihn erschießen. Die kleine Schlampe würde ihn einfach kalt machen. Langsam hob er die Hände. Als sie vor ihm stand, drehte sie das Griffstück der Pistole in seine Richtung und hielt ihm die Waffe hin. »Ich habe nur beendet, was du begonnen hast. Es wird keine Hilfe kommen.«
Demir griff nach der Pistole. Er nahm sich vor, nie wieder jemanden zu unterschätzen.
Die übrigen Dachbewohner hatten sich formiert, standen in einem dichten Haufen dem Mädchen und ihm gegenüber. Demir war bei genügend Schlägereien dabei gewesen. Er hatte ein Gespür für Körpersprache. Jetzt würde es ernst werden. »Wir müssen sie fesseln«, kam es aus der Gruppe. Der dicke Banker sprang auf das Mädchen zu, griff sie am Arm. Sie versuchte sich loszureißen. Eine der Frauen kam dem Mann zu Hilfe, krallte sich von hinten in ihren Haaren fest.
Demir hob die Waffe und schoss in die Luft. »Lasst sie in Ruhe.«
Die Angreifer wichen zurück. Nur der Catering-Typ näherte sich Demir langsam. »Du hast doch nicht genug Mumm. Die Kleine hat den Kerl erschossen. Aber du?«
»Ich hatte genug Mumm, um ihm in den Bauch zu schießen.« Demir hob die Waffe. »Den Gnadenschuss kann sie dir geben.« Der Mann blieb stehen. Demir wandte sich an alle. »Der Wachmann wollte es so. Daran habe ich keinen Zweifel.«
»Woher willst du das wissen?«
»Ich glaube auch ni...« Demir verstummte.
Etwas hatte sich geändert. Er starrte auf die Tür.
Es war still.

LEERER HIMMEL

Markus Steller

Steller schlug die Augen auf. Der Film in seinem persönlichen Weltprojektor war verrutscht, die Spur verstellt. Ein Albtraum hatte in seinem Kopf Bilder regnen lassen. Bilder von unendlichen Leitern und Kindern, die ihn verfolgten.

Er lag auf dem Rücken, sah über sich Neonröhren. Die Decke wirkte unvertraut. Hatte er einen Unfall gehabt? Lag er im Krankenhaus? War er aus der Narkose erwacht? Erinnerungen versuchten sich bemerkbar zu machen, er verweigerte sich ihnen, wollte weiterschlafen. Aber dafür war es jetzt zu spät. Steller drehte den Kopf, stützte sich auf einen Ellenbogen auf. Die Knochen schmerzten. Er begriff, dass er auf dem Boden geschlafen hatte. Durch die Fenster sah er Tageslicht. Er sah sich um. Definitiv kein Krankenzimmer. Eher ein großer Büroraum. In der Mitte standen zusammengeschobene Tische. Als er sich so weit aufgerichtet hatte, dass er über sie hinwegschauen konnte, sah er die Kollegen. Sein Herz setzte einen Schlag aus. Kein Traum. Keine Narkose.

Die SEK-Beamten überprüften ihre Ausrüstung und bereiteten sich auf den Abmarsch vor. Hatten die überhaupt geschlafen? Steller überkam erneut das ungute Gefühl hinterherzuhinken. Er musste an Wilczek denken und daran, wie er in der Dunkelheit verschwunden war. Vermutlich hatte der Tritt ihn so überrascht, dass er stumm in die Tiefe gestürzt war. Das hatte er nicht gewollt. Steller rieb sich die Augen, versuchte förmlich die Tränen zurück in seinen Kopf zu drücken. Ein Schatten. Er blickte auf. Fieber sah ihn an. »Wir müssen reden.«

»Ja.«

»Hier können wir nicht bleiben. Was wir dringend brauchen, ist Wasser. Von Essen und Munition will ich nicht anfangen.«

»Ja.«

»Die Frage ist, ob du uns helfen kannst. Ich will offen sein. Dass du es gestern Nacht geschafft hast, hochzuklettern, spricht für dich. Aber ich sehe auch, dass du an der Grenze deiner körperlichen Leistungsfähigkeit angekommen bist. Wenn man andere beschützt, dann erhöht man sein eigenes Risiko. Bist du das wert?«

Genauso hatte Steller sich das vorgestellt. Entweder er hielt Schritt oder sie würden sich von ihm trennen. Daran hatte er keinen Zweifel. Sich wertvoll zu machen, war der beste Plan, den er haben konnte. Die Frage war nur, wie er das anstellen sollte. Er musste nachdenken. Aber sein Kopf blieb leer. Inhaltlich hatte er momentan wenig zu bieten. Nur das Grauen des letzten Tages summte leise als Hintergrundrauschen unter der Oberfläche. Es blieb ihm nichts anderes übrig, als Zeit zu schinden. »Ich arbeite an einer Idee. Zunächst sollten wir unsere Lage aufklären.«

Fieber nickte. »Das haben wir gerade vor.« Er griff nach der Maschinenpistole, die auf einem der Tische lag. »Vergiss deinen Plan nicht.« Fiebers Stimme klang kühl. Er drehte er sich um, ging in Richtung Tür. »Hört zu! Wir gehen nach oben und finden eine Zugangsmöglichkeit zum Dach. Von dort verschaffen wir uns einen Überblick. Es ist wichtig, dass wir geräuschlos vorgehen. Soweit vorhanden rüsten wir die MPs mit Schalldämpfer aus. Ohne Schalldämpfer ist das Feuer nur im absoluten Notfall zu eröffnen.«

Absoluter Notfall? Hatten sie den nicht schon? Fieber sprach Steller an. »Für deine P30 haben wir keinen Schalldämpfer. Schieß nur, wenn es unbedingt nötig ist.« Dann richtete er sich an alle. »Volle Konzentration.«

Die Männer nickten, klopften sich gegenseitig auf die Schultern. Steller stand auf. Kopfschmerzen schlugen von innen gegen seine Schädeldecke. Seine Muskeln schienen paniert mit Glasstaub. Er versuchte, sich die Schmerzen nicht anmerken zu lassen. Lange würde er das nicht mehr mitmachen. Die Grenze seiner Leistungsfähigkeit erreicht. So hatte Fieber sich ausgedrückt. Eine nette Umschreibung. Er war völlig im Eimer. Zwar besaß er noch die Kraft alter Zeiten, aber mit der Ausdauer war es nicht weit her. Ein Wunder, dass er es überhaupt bis hierhin geschafft hatte. Er

steckte seine Hand in die Hosentasche, ließ das Briefchen mit dem Koks durch seine Finger gleiten. Gerne hätte er eine Line gezogen, unterdrückte das Verlangen. Es war der falsche Zeitpunkt. Fieber würde das nicht witzig finden.
Die SEK-Männer stellten sich in einer Reihe an der Tür auf. Es sah aus wie die Schlange vor einer Eisdiele. Der Mann an der Spitze hob die Waffe in die Visierung, glitt geschmeidig nach draußen. Die anderen folgten ihm. Steller ging als Vorletzter.
Der Flur war leer und wirkte unberührt. Vereinzelt standen Bürotüren offen. Jedes Büro wurde durch zwei Beamte kontrolliert, die Maschinenpistole auf Augenhöhe. Niemand redete. Steller hoffte, eine Wasserflasche zu finden, hatte kein Glück. Als sie eine Toilette erreichten, gab es eine geflüsterte Diskussion, ob sie das Leitungswasser trinken sollten. Sie entschieden sich dagegen, da es verseucht sein konnte. Steller glaubte das nicht, war aber auch nicht bereit es zu riskieren.
Sie gelangten zu einer Glastür, die in ein Treppenhaus führte. Als einer der Männer an ihr zog, gab das Schloss ein Klicken von sich, das an den kahlen Wänden des Treppenhauses abprallte und sich in der Senkrechten ausbreitete. Steller hielt den Atem an. Das Geräusch war sicherlich mehrere Stockwerke weit zu hören. Bedächtig stiegen sie die Treppen hinauf. Es kam ihm vor, als bewegten sie sich in einem riesigen Resonanzkörper. Nach fünf Etagen endeten die Stufen. Es gab zwei Türen. Eine Glastür führte auf einen Flur, auf dem sich Büros befanden. Die zweite Tür war aus Stahl. Fieber bedeutete einem Kollegen, dass er die Tür öffnen sollte. Der Angesprochene griff in seinen Rucksack und holte ein Picking-Besteck heraus. Er schob zwei platt gedrückte Drähte in das Sicherheitsschloss. Nach einer Minute schüttelte er den Kopf. Fieber gab ihm ein Zeichen. Der Mann nickte und zog ein Gerät aus dem Rucksack, das an eine elektrische Zahnbürste erinnerte. Anstelle von Borsten war es mit einer schmalen Klinge ausgestattet. Der SEK-Mann steckte die Klinge in das Schloss, drückte auf einen Knopf. Stellers Nackenhaare stellten sich auf. Das Teil summte und brummte. Für ihn klang es wie ein Presslufthammer. Der SEK-Mann drehte an der Zahnbürste. Das Schloss gab nach, die Tür öffnete sich und gab den Blick auf eine

kurze Treppe frei, die an einer weiteren Metalltür endete. Der Mann mit der Zahnbürste werkelte auch an ihr herum. Wenige Augenblicke später war sie geöffnet. Als Steller nach draußen trat, blähte ein kühler Luftzug sein immer noch feuchtes T-Shirt auf. Er wurde schockgefroren. Wenn das Adrenalin den Körper verlassen hatte, blieb eine dünnhäutige Hülle zurück. Ein empfindsames bibberndes Etwas. Er versuchte die Kälte zu ignorieren. Die anderen mussten nicht wissen, in welcher Verfassung er sich befand.

Steller und Fieber setzten sich an den Rand des Daches. Steller beugte sich über die hüfthohe Brüstung, sah nach unten. Wie hoch war das Gebäude? Einhundert Meter? Einhundertfünfzig Meter? Hoch genug, dass sich beim Blick in die Tiefe sein Magen verkrampfte. Er hoffte inständig, nie mehr an der Fassade eines Hochhauses hängen zu müssen. Jetzt, wo er die geschrumpfte Welt sah, kam es ihm wie ein Wunder vor, dass er noch lebte. Noch lebte. Ganz im Gegensatz zu Ben.

Er sah Fieber an, der einen kleinen Feldstecher aufgeklappt hatte und ihn sich vor die Augen hielt. Der Kommandoführer schwenkte das Glas von links nach rechts, von oben nach unten. Hin und wieder verharrte er kurz, drehte an der Schärfeeinstellung. Der für Steller sichtbare Bereich seines Gesichts zeigte keine Regung. »Kannst du jemanden sehen?«, fragte Steller.

»Niemanden, der lebt.« Fieber nahm das Glas herunter und orientierte sich in eine andere Richtung.

»Das kann nicht sein. Die Irren sind doch nicht einfach nach Hause gegangen.«

»Warum nicht? War eine anstrengende Nacht.«

Fieber reichte Steller das Fernglas. Die Sonne hing in der Waagerechten, klebte zwischen den Hochhäusern fest. Der Himmel erschien makellos blau. Es würde erneut ein heißer Tag werden. Aber noch war es kalt. Steller fror vor sich hin. Er suchte mit dem Feldstecher die Hauptwache ab. Ein Trümmerfeld. Autos standen quer, lagen auf der Seite. Die Stände des Straßenfestes waren umgekippt und zerschlagen. Der Boden übersät mit einer Mischung aus Papierservietten und zerbrochenem Glas.

Dazwischen verteilten sich die Leichen. Sie lagen auf dem Rücken, auf dem Bauch. Manchmal sah Steller nur einen Arm oder ein Bein, das aus dem Unrat herausragte. In der Ferne stiegen an mehreren Stellen Rauchsäulen über der Stadt auf. »Mein Gott. Was in aller Welt ist passiert?« Steller gab Fieber den Feldstecher zurück.

»Das sind Zombies.« Der junge Mann, der gesprochen hatte, wurde von den anderen Schwede genannt. Da er aussah wie von der Flakhelferjugend, konnte Steller sich seinen Namen gut merken. Auch die Namen der restlichen Truppe hatte er bereits gehört: Dallas, Wolf, Schippe, Fliege und Flu. Aber in ihren Uniformen waren sie schwer auseinanderzuhalten. Neben Schwede bildete Dallas eine Ausnahme. Dunkler Vollbart, halblange Haare. Er erinnerte Steller an jemanden. Aber der Groschen fiel nicht.

»Zombies«, wiederholte Schwede. Dabei sah er unentwegt nach oben. Steller musterte ihn. »Würde es dich beruhigen, wenn ich dir sage, dass es keine Zombies sind?«

Schwede starrte weiter Löcher in den Himmel. »Das würde es allerdings.«

»Es sind Menschen. Wenn du sie erschießt, sterben sie.«

»Wenn man Zombies in den Kopf schießt, sterben sie auch. Damit meine ic...«

»Sei still«, sagte Fieber. »Ich habe einen dreimal in die Brust geschossen und er ist umgefallen. Der Mann hat recht.«

»Was sind sie dann?«

»Es muss eine vernünftige Erklärung geben«, sagte Steller.

»Vernünftig?« Schwede verzog sein Gesicht.

»Vielleicht eine Krankheit. Oder ein Angriff mit einem biologischen Kampfstoff.«

»Warum sind wir nicht betroffen?« Dallas hatte sich zu ihnen gestellt.

»Ich habe keine Ahnung.« Eine berechtigte Frage. Hatten sie etwas gemeinsam, dass sie schützte? Schützte wovor? Dass es sich um eine Krankheit handelte, war nicht mehr als eine Vermutung. Im Grunde wussten sie gar nichts. Was immer es war, es hatte sie verschont. Aber das konnte sich jede Sekunde ändern. Diesen

Gedanken behielt Steller jedoch lieber für sich. »Was ist mit dem Rest von euch geschehen?«, fragte Steller.
»Boy ist durchgedreht«, sagte Dallas. »Von einer Sekunde auf die andere. Genau wie die anderen da draußen.«
»Und dann?«
»Nichts. Ich habe ihn nicht mehr gesehen.«
»Seit ihr sicher, dass er den Verstand verloren hat?«
»Ganz sicher«, sagte eine Stimme in Stellers Rücken. Er drehte sich um und sah in ein bleiches Gesicht. Das musste Schippe sein. Der Mann fasste sich fortwährend an die Nase, als habe er einen nervösen Tick. Schippe verstand Stellers Blick als Aufforderung weiterzu- sprechen. »Als das alles losging, stand Boy neben mir. Plötzlich ist er losgerannt und irgendeinem Typen an den Hals gesprungen. Ich habe ihn an den Schultern gepackt, um ihn zurückzuziehen. Ich schrie ihn an, aber darauf reagierte er überhaupt nicht. Schließlich habe ich doch geschafft, ihn zurückzureißen. Dabei sah ich ihm ins Gesicht.« Er machte eine kurze Pause. »Das waren nicht seine Augen. Es ist schwer zu erklären, aber das war nicht er. Das war überhaupt kein Mensch. Da war nichts mehr.«
Steller musste an den dicken Mann denken, der sich in der Nähe des Bierzeltes auf den Jungen gestürzt hatte. »Und dann?«
»Ich habe ihn losgelassen. Mehr weiß ich nicht. Ab der Sekunde herrschte Chaos.«
»Was ist mit dem Rest?«, fragte Steller. Keiner antwortete. Eine Zeit lang wurde geschwiegen.
Steller beobachtete, wie Schwede weiter unentwegt in den Himmel starrte. Seine Haut schimmerte dünn wie Pergamentpapier, sodass Steller jede Ader am Hals erkannte. Medizinstudenten würden sich um ihn reißen, um ihre ersten Spritzen setzen zu dürfen. Er wollte ihn ansprechen, aber Schwede kam ihm zuvor. »Ich glaube nicht, dass es sich um einen Anschlag handelt.«
»Warum nicht?«, wollte Steller wissen.
»Es fliegen keine Flugzeuge.«
Jetzt blickten alle in den Himmel.

»Denkst du, dass am Flughafen die Flieger nach Mallorca starten? Was ist los mit dir?« In Fiebers Stimme schwang Ärger.
»Das meine ich nicht. Fällt euch nichts auf?«
Über ihnen erstreckte sich eine reine blassblaue Fläche. Tatsächlich waren keine Flugzeuge zu sehen. Steller fand das nicht bemerkenswert. Dann dämmerte es ihm. »Keine Kondensstreifen.«
Schwede lachte auf. »Genau. Wenn das ein regionales Problem wäre, warum gibt es dann keine Flüge in großer Höhe? Transitflüge.«
»Weil der Luftraum gesperrt ist, du Vollidiot.« Fieber verlor das Interesse und beobachtete die Straßen mit dem Fernglas. »Das bedeutet, dass es noch Menschen gibt, die vernünftige Entscheidungen treffen können. Außerdem bin ich froh, dass ich dort oben keine Kondensstreifen sehe«, sagte er.
»Warum?«, wollte Steller wissen.
Fieber ließ das Glas sinken. »Weil ein Kondensstreifen wahrscheinlich bedeuten würde, dass sie uns eine Atombombe aufs Dach werfen.«
»Eine Atombombe?« Steller blickte besorgt nach oben.
»Das wäre die sicherste Methode, um mit der Scheiße fertig zu werden. Wenn das eine Seuche ist, dann war die Pest dagegen eine leichte Erkältung. Ich würde die Stadt ausradieren. Das ist die einzig vernünftige Entscheidung«, sagte Fieber ohne das Fernglas abzusetzen.
»Es wirft aber keiner eine Bombe«, warf Schwede ein.
»Das lässt nur zwei Schlüsse zu.«
»Welche?«
»Es gibt niemanden, der das tun könnte.«
»Oder?«
»Es gibt nicht genug Bomben.«
»Wie meinst du das?« Schwede glotzte Fieber an.
»So wie ich es sage.«
»Er meint, dass das Problem weltweit besteht«, sagte Steller. Fieber nickte.
»Da fällt mir noch eine Möglichkeit ein«, sagte Steller lächelnd. »Die Maschine startet gerade.«

Alle legten den Kopf in den Nacken. »Ist das dein Ernst?«, fragte Schwede.
Schippe griff sich mit beiden Händen in die Haare. »Hört mit diesem Scheißgelaber auf? Das macht mich fertig.«
Es wurde still.
Steller beobachtete Schippe. Er trug wie alle anderen SEK-Männer eine taktische Weste, an der sich eine unüberschaubare Anzahl von Taschen befand. In den meisten steckten Magazine für die Pistole und die MP. In einer größeren Brusttasche befand sich das Funkgerät, mit dem das SEK-Kommando intern kommunizierte. Aus dem Funkgerät wuchs ein Kunststoffhörschlauch, der über seine Schulter zu seinem linken Ohr lief. An seinem Hals war der Schlauch mit einem Pflaster festgeklebt, damit er nicht in der Gegend herumbaumelte, wenn es einmal hektisch wurde und der Ohrstöpsel aus seinem Ohr rutschte.
Schippe öffnete eine der Taschen an seiner Weste. Der Klettverschluss gab ein reißendes Geräusch von sich. In einer zerknitterten Kippenschachtel stocherte er nach einer Zigarette und steckte sie sich zwischen die Lippen. Das Feuerzeug ratschte mehrfach, bevor Schippe es schaffte, ihm eine Flamme zu entlocken. Er nahm einen tiefen Zug und bemerkte, dass Steller ihn beobachtete. »Was?«
»Ich wundere mich nur, dass du rauchst.«
»Warum?«
»Weil ihr doch alles so Sportskanonen seid.«
»Mach dir über meine Fitness keine Gedanken. Willst du eine?« Schippe hielt ihm eine Kippe hin. Steller spürte die Sucht, streckte die Hand aus, zog sie abrupt wieder zurück. »Ich gewöhne es mir gerade ab.« Schippe zuckte mit den Schultern und steckte die Zigarette wieder weg.
Der Rauch der Zigarette würde ihm die Bronchien verengen. Beim Treppensteigen würde es in seinen Lungen rasseln, dass einem Angst und Bange werden könnte. Schon vor Jahren hätte er mit dem Rauchen aufhören sollen. Aber er hatte seine Entgiftung immer wieder erfolgreich vertagt. Jetzt musste er rennen. Völlig egal, ob er Luft bekam oder nicht.

Es wurde still auf dem Dach. Nach einigen Minuten des Schweigens konnte Schwede nicht mehr. »Hier stimmt was nicht«, platzte es aus ihm heraus.
»Was du nicht sagst«, spottete Fieber. »Das sind ja ganz neue Erkenntnisse.«
Schwede ließ sich nicht irritieren. »Überlegt mal. Wenn es tatsächlich ein Terrorangriff mit einem Nervengas war. Warum sind wir dagegen immun? Ist das nicht fast unmöglich? Und wenn es eine Krankheit ist, dann können wir zwar immun sein, aber wie kann die überall gleichzeitig ausbrechen?«
Niemand antwortete ihm. Schwede hatte unzweifelhaft recht. Hier stimmte so einiges nicht. Sie alle stellten sich dieselben Fragen. Das Problem war nur, dass es für keine der unzähligen Fragen eine passende Antwort zu geben schien.

Demir Kara

Niemand redete. Die Gruppe stand im Halbkreis um die Dachtür verteilt. Nur Demir und das Mädchen nicht. Sie hielten Abstand vom Rest. Die Stille riss heftiger an den Nerven, als es der schlimmste Lärm gekonnt hätte. Nachdem das Hämmern an der Tür aufgehört hatte, quälte Demir dieselbe Vorstellung. Jeden Moment würde die Hölle losbrechen, die Tür auffliegen und die Verrückten würden sie in Stücke reißen. Bisher war das nicht geschehen. Wie lange warteten sie schon? Zwanzig Minuten? Die Frau in Rot brach das Schweigen als Erste: »Was machen wir jetzt?«

»Wir sollten nachsehen«, kam es aus der Gruppe. »Er hat recht.« »Ich will hier runter.« »Wir brauchen sowieso etwas zu essen.« »Ich habe solchen Durst.« »Ja.« »Genau.« »Los, mach die Tür auf.«

Alle sahen Demir an. »Was?« Er begriff nicht, was sie von ihm wollten. Dann fiel es ihm ein. Er trug die Chipkarte des Wachmanns in der Hosentasche. Das Mädchen aus dem Fahrstuhl sah ihn besorgt an. »Tu das nicht.«

Ein unnötiger Hinweis. »Ich schließe die Tür nicht auf.«

»Warum nicht?« »Hast du Schiss vor der Kleinen?« »Lass dir nichts einreden.«

»Die Tür bleibt zu. Wir haben keine Ahnung, ob die noch da sind. Das Risiko gehe ich nicht ein«, stellte Demir fest.

Die Bankerin bewegte sich in seine Richtung. »Vielleicht wollen *wir* das Risiko eingehen. Was ist die Alternative? Hier zu verdursten? Wer hat dich zum Anführer gewählt?«

Der alte Mann mit den weißen Haaren stellte sich neben sie. »Wer hat dich Bengel zum Chef gemacht?«

»Die Waffe macht mich zum Anführer«, antwortete Demir ruhig. »Das Thema hatten wir schon. Aber ich kann euch versichern,

dass ich keinen Wert auf diese Rolle lege. Allerdings werde ich nicht wegen irgendeinem Bekloppten ins Gras beißen.«
»Scheißkanake.«
Demir wich zwei Schritte zurück, das Mädchen folgte ihm. Aber niemand versuchte, sich ihnen weiter zu nähern. Die Leiche des Wachmanns lag wie eine Mahnung zwischen ihnen und dem Rest der Gruppe auf dem Boden, schien abschreckend genug. Auf dem Dach kehrte Ruhe ein. Demir bemerkte, wie ihn das Mädchen von der Seite ansah. Er reagierte nicht. »Wie heißt du?«, wollte sie schließlich wissen.
»Demir.«
»Bist du Türke?«
»Nein. Isländer.«
»Arschloch.« Sie trat demonstrativ einen Schritt zur Seite.
Das war blöd gewesen. »Es tut mir leid. Ja, ich bin Türke. Wie ist dein Name?«
»Katta.«
»Ungewöhnlich.«
»Ich bin auch nicht gewöhnlich.«
»Warum hast du den Wachmann erschossen?« Eigentlich lag es auf der Hand. Demir zweifelte keine Sekunde daran, dass es sein Wunsch gewesen war. Trotzdem war er auf die Antwort gespannt. Einen Menschen aus Mitleid zu töten war eine der schwierigsten Handlungen, zu denen man sich durchringen konnte. Ein Gewaltakt, der die eigenen Gefühle ad absurdum führte.
»Wir konnten nichts für ihn tun. Es stellte sich nur die Frage, wie lange sein Leiden andauern würde.«
»Willst du damit sagen, dass du über sein Leben entschieden hast? Ich dachte, er hatte es so gewollt.« Demir sah sie erstaunt an. »Er hat gar nicht mit dir geredet.«
Katta legte die Hand vor den Mund. Ihre Augen glitzerten vor Feuchtigkeit. »Er war nicht mehr fähig zu sprechen. Aber es war die richtige Entscheidung. Es ist mir nicht leicht gefallen. Das musst du mir glauben.«
Demir fehlten die Worte. Mein Gott. Katta war wirklich nicht gewöhnlich. Das galt es erst einmal zu verdauen. Er beobachtete seine Füße, die im Kies scharrten. Auch wenn er

gedankenverloren wirkte, hielt er mit einem Auge die Bande, die ihnen gegenüberstand, unter Beobachtung. Die restlichen Überlebenden standen dicht gedrängt zusammen und flüsterten.
»Warum bist du bei mir geblieben?«, fragte er.
Sie sah ihn mit zusammengekniffenen Augenlidern an.
»Du weißt, wie ich das meine. Warum bist du nicht auch die Treppen nach unten gerannt?«
»Das wollte ich. Aber dann habe ich gesehen, wie du dem Wachmann geholfen hast. Du warst bemüht, jemandem zu helfen, den du selber verletzt hattest. In diesem Moment war ich davon überzeugt, dass das, was du sagtest, die Wahrheit war. Auch wenn ich es nicht wirklich glauben konnte. Außerdem warst du der Einzige, der nicht völlig die Kontrolle verloren hatte. Darum erschien es mir vernünftig, bei dir zu bleiben. Was nicht bedeutet, dass ich dich leiden kann.«
Demir nickte.
»Und?«, fragte Katta. »Warum hast du mir geholfen?«
»Nachdem du den Wachmann erschossen hast?«
»Ja.«
»Ich habe nicht die geringste Ahnung.« Mehr gab es erst einmal nicht zu sagen. Demir beobachtete weiter die anderen. Sie brauchten dringend eine Lösung.
Nach langen Minuten brach Katta das Schweigen. »Karl, ein Freund meiner Mutter, hat mir einmal gesagt, dass er eine schwere Entscheidung erst als solche erkennt, wenn er danach Angst vor dem Einschlafen hat. Ich habe das für wichtigtuerisches Gerede gehalten. Jetzt weiß ich, was er damit meinte. Ich glaube, ich werde lange nicht mehr schlafen können.«
Hatte sie Mutter gesagt? Er hatte selbst eine Mutter. Zum ersten Mal seit Ausbruch des Weltuntergangs dachte er an sie. Katta sah den Schrecken in seinem Gesicht. »Du hast sie vergessen.«
»Was?«
»Du hast deine Familie vergessen.« Bevor er etwas entgegnen konnte, fuhr sie fort. »Mir ging es genauso. Das ist der Schock.«
Pause.
»Wer ist dir eingefallen?«, fragte sie nach einer Weile.
»Meine Mutter.«

»Du kannst ihr nicht helfen. Hier und jetzt darfst du nur an dich selber denken. Alles andere schadet.«
Er musste nach Hause. Nachsehen, ob es ihr gut ging, ob sie lebte. Er durfte sie nicht im Stich lassen. Aber was konnte er unternehmen? Er fand ja noch nicht einmal eine Möglichkeit, dieses blöde Dach zu verlassen.
»Was wolltest du hier?«, fragte Katta nach einer Weile. »Ich meine, gestern Abend. Du warst wohl kaum auf die Party eingeladen.«
Demir war dankbar für die Ablenkung und antwortete spontan. »Wir haben einen Kurier überfallen.«
Sie zog die Augenbrauen hoch. »Du bist ein Gangster?«
»Ich bin ein Idiot.«
Katta lachte leise. In Anbetracht der Situation ein ungewöhnliches Geräusch. »Du sagtest wir. Wo sind die anderen?«
»Mein Kumpel hat es nicht geschafft.« Er sah sie an. »Was hast du hier gemacht? Arbeitest du bei der Bank?«
»Nein. Ich habe eine Freundin begleitet. Sie studiert BWL und hat über ihren Professor eine Einladung bekommen. Ich glaube, der Typ wollte was von ihr. Sie ist zum Auto gegangen, weil sie etwas vergessen hatte. Als du den...« Sie stockte. »Als du in den Fahrstuhl kamst, wollte ich sie suchen gehen.«
»Sie war draußen? Dann ist sie tot.«
Katta verzog das Gesicht zu einer Grimasse.
»Es tut mir leid, dass ich die Frau erschossen habe. Ich ha...« Sie schüttelte den Kopf und Demir verstummte.
Die Stille an der Tür hielt an. Nach einigen Minuten des Schweigens trat Katta näher an ihn heran und flüsterte: »Mit einer Sache haben die anderen recht. Momentan besteht unsere Idee darin, hier zu hocken und auf ein Wunder zu warten. Wir brauchen eine Alternative. Meine Mutter sagt immer: Ein schlechter Befehl ist besser als kein Befehl. Wenn du willst, dass die Leute ruhig bleiben, benötigst du einen Plan. Einen Plan, der sie beschäftigt.«
»Das sagt deine Mutter?«
»Ja.«
»Warum machst *du* das nicht?«

»Ich glaube, die mögen mich nicht. Außerdem folgt man bei Gefahr eher einem Mann.« Sie zuckte mit den Schultern. »Küchenpsychologie, erstes Semester.«
Erkannte Katta, in welcher Lage sie sich befanden? Sie beide waren jetzt Außenseiter. Demir fühlte den steigenden Hass der Gruppe. Er spürte regelrecht, wie sich die allgemeine Angst und Panik auf sie beide fokussierte. Wenn es den anderen gelang sie zu überwältigen, dann würden sie alles abbekommen. Die würden ihre gesamte Verzweiflung an ihnen auslassen. Er musste wachsam sein. »Sie werden uns umbringen«, flüsterte Demir.
»Was? Warum?«
Er erklärte es ihr.
»Das macht doch keinen Sinn. Wir sind nicht schuld an der Situation.«
»Du machst einen typischen Denkfehler. Es ist der gleiche Fehler, den die Leute machen, kurz bevor sie in der U-Bahn oder vor der Disco verprügelt werden. Sie denken, dass die Aggression keinen Sinn macht, und hoffen bis zur letzten Sekunde, dass die Schläger das einsehen. Statt sich zu wehren oder abzuhauen, fangen sie an zu diskutieren. Der Fehler liegt darin, dass die Aggression für den Schläger sehr wohl Sinn macht. Es ist einfach eine Form der Triebabfuhr. Nichts weiter als Druckablassen.«
»Und warum pöbeln die Schläger dann immer erst herum? Warum schlagen sie nicht gleich zu?«
»Weil auch das größte Arschloch eine Rechtfertigung braucht. Ohne Rechtfertigung keine böse Tat. Also wird so lange herumgemacht, bis man sich plötzlich beleidigt fühlt. Dann schalten sie in den Notwehrmodus. Oder was auch immer sie dafürhalten.«
»Und du meinst, dass die jetzt auch ein Ventil brauchen.« Sie deutete mit dem Kinn in Richtung der anderen Überlebenden.
»So ist es. Eine moralische Rechtfertigung haben sie schon.«
»Den Wachmann.«
»Ja.«
»Und wie geht es weiter?«
»Sie haben zwei Möglichkeiten. Die Erste ist, sie versuchen uns von verschiedenen Seiten gleichzeitig anzugreifen. Das wird

klappen, aber ich werde einige von ihnen dabei erschießen. Die Zweite ist schlauer. Sie ruhen sich abwechselnd aus, halten uns gleichzeitig unter Stress und warten, bis wir zusammenbrechen. So würde ich das machen. Funktioniert auf jeden Fall.«
»Wenn wir nicht vorher verdursten.«
»Wir sind also so oder so im Arsch.«
»Woher weißt du, was sie vorhaben?«
»Ich kann in ihren Gesichtern lesen.«
»Du solltest Psychologie studieren.«
»Im nächsten Leben.« Demir musste an seine Schulzeit denken. Im Wesentlichen hatte er damals nur Schulverweigerer als Freunde gehabt. In solchen Kreisen war es üblich, schlechte Noten abzufeiern und um das eigene Versagen einen Kult aufzubauen. Demir hatte diesbezüglich keine Ausnahme gebildet. Außer einmal. Das war in der neunten Klasse gewesen. Damals hatten sie sich im Sozialkundeunterricht mit Psychologie beschäftigt. Sein Interesse war erwacht. Das Thema faszinierte ihn und er begann sich zu engagieren. Seine Freunde begannen, sich über ihn lustig zu machen und schimpften ihn einen Streber. Also ließ er es bleiben.
»Was machen wir jetzt?«, fragte Katta. Demir antwortete nicht. Sie öffnete den Mund, überlegte es sich anders und schwieg ebenfalls. Nach einiger Zeit sagte Demir: »Du behauptest, ein schlechter Befehl ist besser als gar kein Befehl.«
»Eine Aufgabe beschäftigt die Menschen. Dann kommen sie nicht so leicht auf dumme Ideen.«
»Ich habe vielleicht einen Plan.«
»Dann ist jetzt der richtige Moment, ihn mitzuteilen.«
Da hatte sie recht. Er musste die Gruppe ablenken. Irgendwie deren bösartige Gedankengänge durchbrechen. Demir trat einen Schritt vor. »Hört mal her.« Die anderen sahen ihn an.
Er erklärte seine Idee und ließ die Worte wirken. Die ersten Reaktionen ließen nicht lange auf sich warten. »Das ist nicht dein Ernst.« Der Mann vom Cateringservice schüttelte den Kopf. Auch der Rest der Gruppe schien nicht begeistert. Nur Katta lächelte. »Ich finde den Plan gut.«

»Die Mörderin findet den Plan gut.« »Dann soll sie ihn auch ausführen.« »Genau. Soll sie es machen.«

Demirs Idee war simpel. Am Dachrand stand, auf Schienen befestigt, eine Art Kran. Das Gebilde erinnerte an die Vorrichtung, mit der Rettungsboote zu Wasser gelassen wurden. Nur hing an den Seilen kein Rettungsboot, sondern eine Gondel für Fensterputzer. Mit der konnte man an der Fassade auf und ab fahren. Das Schienensystem erlaubte es zusätzlich, sich in der Waagerechten um das gesamte Gebäude zu bewegen. Demir würde mit dem Ding einige Stockwerke hinunterfahren. Genau gesagt bis zu der Etage, in der die Feier stattgefunden hatte. Dort würde er sich Zugang zum Toilettenbereich verschaffen. In der Gondel standen Eimer, die er mit Wasser füllen wollte. Demir hatte sich geärgert, als er die Eimer entdeckte. In der Nacht, als er nach einem Behälter gesucht hatte, um hineinzupinkeln, hatte er die von einer Plane umhüllte Gondel übersehen. Demir war sich ziemlich sicher, dass sein Plan trotz der spöttischen Kommentare auf Interesse stoßen würde. Durst quälte ihn und das sollte bei den anderen ebenso sein.

Eine Welle von Fragen schlug ihm entgegen. »Was ist, wenn der Strom ausfällt?«

»Dann muss ich kurbeln. Das Ding fährt auch mit Handarbeit.«

»Warum fahren wir nicht alle nach unten? Ich meine ganz hinunter?«

»Weil wir keine Ahnung haben, was dort unten auf uns wartet. Hier sind wir sicher. Wenn morgen immer noch alles ruhig ist, können wir darüber nachdenken.«

»Wenn wir Wasser haben, dann haben wir aber immer noch nichts zu essen.«

Das ließ sich nicht von der Hand weisen. »Verdursten geht schneller als verhungern«, mischte Katta sich ein.

»Aber wir verlieren an Kraft.«

»Vielleicht haben wir Glück und ich kann mich zum Büffet schleichen. Dann besorgen wir Essen und gewinnen vielleicht einen Eindruck, ob die Irren noch da sind«, sagte Demir.

»Die Idee ist bescheuert«, kam es aus der Gruppe.

Ob sie bescheuert war, konnte er nicht sagen. Aber als er sie ausgesprochen hatte, verdrehte es ihm im selben Augenblick vor Angst den Magen. »Das Risiko gehe ich ein«, sagte er.
»Ich nicht«, sagte einer der Bankangestellten.
»Bist du besorgt um mich?«
»Ich sorge mich um die Chipkarte.«
Gutes Argument. Daran hatte er nicht gedacht.
»Was machen wir, wenn die dich fressen und deine kleine Freundin es nicht schafft, mit dem Ding nach oben zu fahren? Dann sitzen wir für ewig auf dem Dach fest. Vielleicht hat das junge Paar auch keine Lust mehr zurückzukommen.« Die Worte des Bankers ernteten Zustimmung.
Was sollte er tun? Seine Waffe ziehen und die Karte mitnehmen? Das durfte er nicht. Schließlich konnte es tatsächlich sein, dass sie es nicht schaffen würden. »Gut«, sagte Demir, »dann lasse ich die Karte hier.« Damit gab man sich zufrieden. So wie es aussah, dachten die anderen nicht mehr daran sie zu schlachten. Die Hoffnung, ohne eigenes Risiko an Wasser zu kommen, war Anreiz genug. Das konnte Demir als Teilerfolg verbuchen. Sollte er tatsächlich mit Wasser zurückkommen, würde er mit den Leuten keine Probleme mehr haben. Er wandte sich an Katta. »Wollen wir?«
»Ich wusste nicht, dass ich mich freiwillig gemeldet hatte.«
»Möchtest du lieber bei denen bleiben?«
Sie blickte in die Runde. Wortlos kletterte sie vor Demir in die Gondel. Demir zog die Chipkarte aus der Hosentasche und überreichte sie Tamara. »Warum gibst du mir die Karte?«, fragte sie.
»Weil es am Ende egal ist. Wenn die Mehrheit die Karte will, spielt es keine Rolle, wer sie hat.«
Er wandte sich an die Gruppe. »Wir sind uns einig?«
»Die Tür bleibt geschlossen«, sagte einer der Banker. »Wir warten, bis ihr zurück seid. Dann entscheiden wir neu.«
»Gebt uns zwei Stunden.«
»In Ordnung.«.
Demir stieg in die Gondel und sah sich die Bedienelemente an. Sollte nicht schwierig sein. Er zog an einem Hebel. Ihr Gefährt

ruckte und gewann Abstand zur Mauer. Katta quietschte. Demir hielt sich instinktiv an dem Geländer fest, schloss die Augen. Das Ding schaukelte wie eine Riesenradgondel im Sturm. Er musste sich zusammenreißen. Was sollte das? Die Fensterputzer fuhren ständig mit dem Teil herum und er machte sich gleich in die Hose. Er zwang sich die Augen zu öffnen, zog einen weiteren Hebel. Die Gondel bewegte sich langsam nach unten.

MENSCHENFREUND

Markus Steller

Die Männer verteilten sich auf dem Dach und beobachteten die Umgebung. Auch nach einer halben Stunde war nicht die geringste Bewegung auszumachen. Die Sonne kletterte langsam zwischen den Hochhäusern hindurch in den Himmel.
Ein Knall drückte Steller die Luft aus den Lungen. Er zuckte zusammen. Das Echo der Explosion lief zwischen den Gebäuden hin und her. Auf der Hauptwache stieg ein verschreckter Schwarm Vögel auf. Die Tiere hatten zwischen dem Unrat nach Futter gesucht.
»Was war das?« Dallas war quer über das Dach zu ihnen gelaufen. Seine Augen waren vor Schreck geweitet.
»Ich denke, das war eine Gasexplosion«, sagte Fieber. »Vermutlich ist in der Nähe ein Wohnhaus in die Luft geflogen.«
»Ich will hier weg.«
»Geh wieder auf deine Position.«
»Scheiße.« Dallas stand auf und verließ sie kopfschüttelnd.
In Stellers Magen hatte sich ein unangenehmer Kloß gebildet, der versuchte, sich seinen Weg durch die Speiseröhre nach oben zu bahnen. Er konzentrierte sich. Das war nicht der Moment, um sich zu übergeben. Sie beobachteten weiter. Nach einer Weile kehrten die Vögel zurück. Die fraßen sicher nicht nur das Popcorn. Wieder ruckte es in Stellers Magen.
»Das ergibt keinen Sinn«, sagte Fieber.
»Was?« Steller war froh, aus seinen Gedanken gerissen zu werden.
»Wo sind die Irren?«
»Vielleicht sind alle tot. Die Infizierten töten die Gesunden und sterben dann selber. Wenn es sich denn um eine Krankheit handelt«, sagte Steller.
»Wunschdenken. Willst du dich darauf verlassen?«
»Nein.«

»Wir brauchen einen Plan.« Fieber sah Steller an.

»Okay. Ich ...«

Am Ende des Daches wurde geschrien. Das war Schippe. »Und was sollen wir jetzt machen?«, brüllte der SEK Mann, stampfte ziellos umher und gestikulierte dabei wild mit den Armen. Lauthals brabbelte er vor sich hin. Steller verstand kein Wort. »Mann. Reg dich ab.« Der Rest der Gruppe versuchte ihn zu beruhigen, hielt dabei respektvollen Abstand. Steller zog langsam seine Pistole und hielt sie hinter seinem Rücken verborgen. War es jetzt so weit? Die gestrige Nacht hatte gezeigt, dass man nicht zögern durfte. Bloß nicht den richtigen Moment verpassen.

Wolf ging auf Schippe zu und hob beide Hände in einer beschwichtigenden Geste nach oben. »Junge. Jetzt beruhige dich.« Schippe gab einen bellenden Laut von sich. Ohne Vorwarnung machte er einen Hechtsprung nach vorne und riss Wolf von den Beinen. Ineinander verwickelt schlugen sie auf dem Boden auf.

»Trennt die beiden!«, schrie Fieber.

Flu und Schwede griffen Schippe unter die Arme, zerrten ihn von Wolf herunter und schleuderten ihn nach hinten. Auf dem Rücken liegend rutschte er über den Kies und zog dabei eine Spur wie ein notlandendes Flugzeug.

Fieber hatte die Pistole gezogen, zielte auf seinen Kollegen. Irgendjemand schrie. »Schieß. Mann, du musst schießen.«

Schippe riss die Augen auf. »Nein, nein. Alles in Ordnung. Ich bin okay. Wirklich. Mir geht es gut.«

»Es ist nicht der richtige Moment für solche Aussetzer.« Fieber ließ die Waffe sinken. »Ich hoffe, das ist dir klar.«

Schippe nickte und rappelte sich auf. »Es tut mir leid. Ich habe die Nerven verloren.«

Die Situation beruhigte sich. Steller steckte die Automatik wieder weg. Seine Halsschlagader pochte. Fieber kam zu ihm zurück. Jetzt war der Moment gekommen, einen Masterplan aus dem Ärmel zu zaubern. Ohne auf eine Frage zu warten, sagte er: »Wir können versuchen, uns zu einer Nebendienststelle der Fahndung durchzuschlagen.«

»Was finden wir dort?«

»Waffen, Munition, Fahrzeuge, Kommunikations- möglichkeiten und sicher etwas zu trinken.«

»Wo müssen wir hin?«

Steller deutete mit dem Arm in die Ferne. »Dahinten siehst du den Bahnhof.«

Fieber nickte.

»Gleich links davon ist ein Behördenzentrum. Neben dem Finanzamt ist der Eingang. Die Außenstelle ist im dritten Stock. Aber ich denke, dass es am besten ist, wenn wir in die Tiefgarage fahren. Der Eingang ist nicht mit Fahrzeugen anzufahren. Wir müssten ein Stück laufen und hätten keine direkte Kontrolle mehr über die Autos.«

»Seid ihr so geheim?«

»Geheim? Wieso?«

»Ausgelagert in das Gebäude des Finanzamtes. Klingt nach Geheimdienst.«

Steller zuckte mit den Achseln. »Wir versuchen, möglichst verdeckt zu arbeiten.«

»Sind die Türen stromabhängig?«

»Sie haben ein elektronisches Zahlenschloss.«

»Was machen wir, wenn wir keinen Strom haben?«

»Es gibt eine Akkuanlage. Die Türen und das Tor zur Tiefgarage lassen sich ohne Stromnetz öffnen.«

Fieber nickte. »Was glaubst du, wie lange wir noch Strom haben?«

»Ich habe keine Ahnung, wann sich Kraftwerke abschalten.« Er schüttelte den Kopf. »Vielleicht ist der Strom bereits weg. Das Beste wird sein, das Fahrstuhlfahren zu vermeiden.«

Fieber stand auf. »Hier können wir nicht bleiben. Die Dienststelle ist ein Ziel mit verbesserter Position. Ein Anfang.«

»Es fragt sich, wie wir dort hinkommen«, sagte Steller.

»Das ist meine Aufgabe.« Fieber überquerte das Dach. Die anderen sammelten sich um ihn.

»Dort hinten stehen unsere Fahrzeuge.« Er zeigte in Richtung Schäfergasse. »Wir gehen runter bis zum Pavillondach, überqueren das Dach, klettern runter in den Vorhof und schließlich über die Mauer dahinten. Dann sind wir auf der

Straße. Das ist die Risikostrecke. Ich schätze das es einhundert Metern bis zu den Fahrzeugen sind.«
Steller blickte nach unten. Er kannte das Gebäude. Bei dem Pavillon handelte es sich um den Nachbau eines spätbarocken Stadtpalais, der direkt an das Hochhaus grenzte. »Wie kommen wir nach unten?« Steller hatte ein beschissenes Gefühl.
»Wir nehmen das Treppenhaus, über das wir das Dach erreicht haben. Das war leer, als wir gekommen sind. Ich denke, dass sich das nicht geändert hat. Auf der Höhe des Pavillons steigen wir aus dem Fenster und gehen rauf aufs Dach. Im Gegensatz zu gestern wird das ein Kinderspiel.«
Steller spürte die Wärme der Erleichterung. Er hatte befürchtet, die Irren würden an der Fassade hinunterklettern.
»Warum fahren wir nicht gleich ganz aus der Stadt?«, fragte Wolf.
»Weil wir keine Ahnung haben, wie die Straßen aussehen. Vielleicht sind alle Ausfallstraßen mit verlassenen Fahrzeugen blockiert.« Fieber sprach zu seinen Leuten. »Jungs. Das ist ein Risiko. Aber der Weg zur Dienststelle ist relativ kurz. Mit jedem Meter, den wir mehr zurücklegen, steigt die Gefahr, dass wir uns festfahren. Das Beste ist, wenn wir etappenweise vorgehen.«
»Was ist mit dieser Atombombensache?«, fragte Schippe.
»Vergiss den Quatsch. Wenn die das wirklich machen, ist es das Schlauste, wir befinden uns in der Stadt. Dann geht es schnell«, sagte Steller.
»Dann will ich lieber dumm sein.« Schippe drehte sich um, ging in Richtung der Dachtür.
»Alle herhören. Auch du, Schippe«, rief Fieber. »Ich möchte euch ein neues Mitglied in unserem Team vorstellen. Der Kollege Markus Steller hat sich bewiesen und sich um die Gruppe verdient gemacht. Passt auf ihn auf.«
Die Polizisten musterten ihn, als gelte es, sich sein Gesicht zu merken, damit sie ihm in der Hitze des Gefechts nicht die Birne wegschossen.
Eigentlich hätte Fiebers Ansage ihn entspannen sollen. Aber richtige Freude wollte nicht aufkommen.
Die Männer formierten sich. Die Dachtür wurde geöffnet und sie betraten nacheinander das Treppenhaus. Steller ging diesmal in

der Mitte. Nachdem sie einige Stockwerke hinter sich gelassen hatten, hob Fieber die Hand und der Trupp blieb stehen. Steller lauschte in die Stille hinein.
War da das verhallende Echo eines Geräusches zu hören? Einbildung? Fieber drehte sich um, den erhobenen Zeigefinger an die Lippen gelegt. Steller tastete nach seiner Waffe. Schwede machte einen Schritt nach links, beugte sich vor und blickte am Geländer entlang zwischen den Treppen hindurch nach unten. Er zog sich zurück und schüttelte den Kopf. Sie verharrten eine Minute, Fieber gab das Kommando weiterzugehen. Steller wischte sich den Schweiß von der Stirn. Das war nichts für seine Nerven. Er sollte sich irgendwo verkriechen und diesen ganzen Irrsinn aussitzen.
Nach zwei weiteren Etagen schaute Steller im Vorbeigehen nach rechts durch eine Glastür, die zu einem Büroflur führte. Da stand ein Mann und sah ihn an, als wäre er ein seltener Fisch im Aquarium. Steller riss die Waffe aus dem Holster. »Whoo!«
Der Mann auf der anderen Seite der Glastür hob die Arme. Steller hatte den Druckpunkt des Abzugs fast überwunden, konnte gerade noch verhindern, dass sich der Schuss löste.
»Was ist da los?« Fieber kam die Treppen hochgerannt. Die Männer, die sich in Stellers Nähe befanden, hatten ihre MPs in Anschlag gebracht, zielten auf den Menschen hinter dem Glas. Der stand da, zeigte seine Handflächen und machte große Augen. Steller entspannte sich.
»Machen Sie die Tür auf.« Fieber klopfte gegen die Glastür. Der Mann reagierte nicht. »Nehmt die Waffen runter.« Die Läufe der Maschinenpistolen wurden gesenkt. Fieber klopfte erneut, bedeutete dem Mann mit Zeichen, er solle endlich öffnen. Der kam in Bewegung, drückte den Griff nach unten und zog die Tür auf.
»Sind Sie alleine?«, fragte Fieber.
Der Mann schüttelte den Kopf.
»Können Sie sprechen?« Er nickte. »Dann tun Sie es auch.«
»Okay.«

Der Typ war dreißig Jahre alt. Ziemlich fett. Er stand auf kurzen stummelartigen Beinen, die sein Gewicht zu einem X gebogen hatte. Sein Atem ging schwer.
»Wo sind die anderen?« Fieber sah ihn mit einem durchdringenden Blick an.
Der Dicke deutete mit seinem Daumen über die Schulter. »Dahinten am Ende des Ganges.«
»Wie viele?«
»Wir sind zwanzig. Glaube ich.«
»Sie gehen voraus.«
Der Mann drehte sich um und watschelte den Flur entlang. Am Ende öffnete er eine Tür. In einem großen Büro saß ein trauriges Häufchen Menschen beisammen. Sieben Frauen. Der Rest Männer. Alle trugen seltsame T-Shirts mit skurrilen Aufschriften, die irgendetwas mit Computern zu tun hatten. Entweder sie waren fettleibig oder so dürr, dass man ihnen am liebsten ein Wurstbrot geschmiert hätte. An einer Wand hing ein Poster, das ein UFO zeigte. Ein Raum voller Nerds. Die Versammelten sahen die Polizisten verstört an. Ein Mann in einem zu engen T-Shirt bastelte gerade einen Joint zusammen. Hastig versuchte er, die Utensilien zu verstecken. Was für ein Trümmerhaufen. Waren sie auf einer Star Trek-Convention gelandet?
»Gott sei Dank, die Polizei!«, rief einer der älteren Männer aus.
»Freuen Sie sich nicht zu früh«, sagte Fieber.
»Sind Sie nicht gekommen, um uns zu retten?«
»Nein.«
Der Mann sah Fieber ungläubig an. Steller drückte sich an dem Kommandoführer vorbei. »Was machen Sie hier?«, fragte er unbestimmt in den Raum hinein.
»Wir haben die Nacht gearbeitet. Ich meine, wir wollten arbeiten. Wir sind eine Werbeagentur, die Webvideos und Werbebanner für Internetseiten macht. Da kommt das öfter mal vor. Zwei von uns sind runter gegangen, um Essen zu holen. Die wollten sich was bei McDonalds besorgen. War doch McDonalds. Oder?« Einige nickten zustimmend.
»Die waren nur einige Minuten weg. Frank hat angerufen und gesagt, wir sollen aus dem Fenster schauen. Als wir das gemacht

hatten, beschlossen wir hier zu bleiben und abzuwarten. War das eine dumme Idee?« Der Dicke, den sie im Flur getroffen hatten, setzte sich auf einen Bürostuhl, legte die Hände in den Schoß und zog ein unglückliches Gesicht.

»Sie leben noch. So dumm kann die Idee nicht gewesen sein«, sagte Steller. »Ich nehme an, eure Kollegen haben sich nicht mehr gemeldet.«

Der Dicke schüttelte den Kopf.

»Habt ihr einen Fernseher oder ein Radio?«

»Nein. Lenkt vom Arbeiten ab.«

»Was ist mit Internet?« Steller deutete auf einen der Rechner.

»Die sind nicht ans Internet angeschlossen«, sagte der Mann. »Das sind unsere Arbeitsrechner. Was da drauf ist, ist unser Kapital. Da gehen wir kein Risiko ein. Wir verfügen über ein zweites Büro in Bockenheim. Wenn wir mit einem Projekt fertig sind, wird das auf eine Wechselfestpl ...«

Steller hob die Hand und brachte ihn zum Schweigen. Na klasse, ein Haufen von Computertypen ohne Internetanschluss.

Der Dicke sah Steller eingeschüchtert an. »Was ist denn passiert? Von hier oben sah es wie ein Bürgerkrieg aus.«

Steller erklärte den Anwesenden die Situation. Erzählte von dem Fest und davon, wie sich die Menschen gegenseitig in Stücke gerissen hatten.

»Das glaube ich nicht«, sagte eine der Frauen.

Steller zuckte mit den Schultern. »Das ist Ihre Sache.«

Ein Mann hüpfte von seinem Stuhl. »Ich habe Kinder. Ich habe eine Frau. Geht es denen gut?«

»Das weiß ich nicht.«

Die Dämme brachen. Alle sprangen auf, begannen durcheinanderzureden. »Was ist mit meiner Familie?« »Ist das eine Krankheit?« »Das kann nicht sein. Das ist gelogen.«

Steller hob beschwichtigend die Arme, versuchte zu beruhigen, merkte, dass das keine Wirkung zeigte. »Ruhe«, schrie er. Es wurde still. Einige setzten sich hin. Fieber übernahm das Wort. »Die Zeit sitzt uns im Nacken. Darum komme ich direkt zum Punkt. Gibt es hier etwas zu trinken?«

»Am Ende des Flurs ist eine Küche. Da steht ein großer Wasserspender.«
Fieber gab ein Zeichen. Schwede, Dallas und Schippe machten sich auf den Weg.
»Ich sehe das so«, fuhr Fieber fort. »Ihr habt zwei Möglichkeiten. Erstens: Ihr bleibt, wo ihr seid, wir gehen wieder und schließen die Tür hinter uns. Zweitens: Ihr kommt auf eigene Gefahr mit uns. Für eure Sicherheit kann ich nicht garantieren.«
Steller war irritiert. Fieber wollte die Leute mitnehmen. Das hätte er nicht erwartet. Wie sah es mit dem Dach und der Mauer aus? Schafften die das? Die Dicken auf keinen Fall. Der alte Mann, der in der Ecke saß? Auch nicht. Insgesamt traute er weniger als der Hälfte zu, länger als zehn Minuten Schritt zu halten. »Ich denke, Sie bleiben besser hier«, sagte Steller.
»Warum?«, fragte einer der Werbemenschen.
»Unser Plan sieht eine Kletterpartie vor. Unter anderem müssen wir ein Dach überqueren und über eine Mauer steigen. Ich glaube nicht, dass es viele von ihnen schaffen. Das...«
Fieber unterbrach ihn. »Dann ändern wir den Plan. Die Leute sollen mitkommen.«
Jetzt war Steller wirklich verblüfft. Fieber konnte ja ein richtiger Menschenfreund sein. Allerdings fragte er sich, wie die Planänderung aussehen sollte. Wenigstens versprach der Tag, nicht langweilig zu werden.

BLACK HAWK

Karl Wiegner

Der Black Hawk flog im Nirgendwo. Das Safran der Wüste ging ohne sichtbaren Horizont in der Ferne in einen gelblichen Himmel über. In der Nähe der Stadt Nasiriya folgten sie dem schwarzen Teerband einer Straße. Endlich fanden Wiegners Augen einen Fixpunkt. Das bekämpfte die aufkommende Übelkeit. In der Ferne sah er, wie der Wüstensand abrupt seine Farbe ins Tiefschwarze änderte. Stimmen in seinem Kopfhörer. Die Besatzung unterhielt sich aufgeregt. Der Lärm der Rotoren verhinderte, dass er ein Wort davon verstand. Der Hubschrauber flog eine Linkskurve, begleitete die Straße zwischen einer Kette von Hügeln hindurch. Der Hauptmann neben ihm tippte auf seine Schulter, kam ihm nahe, schrie gegen den Maschinenlärm an. »Rosborfomen.«

Wiegner schüttelte den Kopf. »Was?«

Der Hauptmann hob Wiegners Kopfhörer an. »Phosphorbomben.« Sein Arm deutete nach draußen. Wiegners Blick folgte dem ausgestreckten Zeigefinger. Da sah er es.

Auf der Straße gab es einen Stau. Hunderte von Fahrzeugen reihten sich aneinander. Einige Laster, viele Pkw. Der Hubschrauber flog tiefer, der Pilot drosselte die Geschwindigkeit. Die Fahrzeuge waren rußschwarz. Wieder brüllte sein Sitznachbar ihm ins Ohr. Die Stimme schmerzte in seinem Kopf, war trotzdem kaum zu verstehen. »Siehst du die Motorhauben? Sind alle offen. Durch die Hitze. Kühler explodiert. Keine Scheiben mehr. Siehst du? Geschmolzen. Weißer Phosphor. Heißer als die Hölle.«

Überall auf dem Boden lagen dunkle Steine verteilt. Der Black Hawk stoppte, schwebte in der Luft. Die Männer vorne im Cockpit hatten etwas bemerkt. Der Hubschrauber sank. Wiegner konnte den Blick nicht von den Steinen wenden. Sie sanken weiter, hingen nun zehn Meter über dem Sand. Langsam nahmen die Steine Konturen an. Das waren keine Steine. Wiegner erschrak, als er die Leichen erkannte.

Die Menschen hatten versucht zu fliehen. Aber das Bombardement war so großflächig angelegt gewesen, dass es kein Entkommen gegeben hatte.
Wiegner beugte sich aus der geöffneten Bordtür. Durch das Feuer waren die Menschen geschrumpft, aber die Proportionen stimmten noch. Er sah einen größeren Körper, der halb auf einem kleineren lag. Mann und Frau? Frau und Kind?
Wiegners Mund war trocken. Die Wüste knirschte zwischen seinen Zähnen. Der Hubschrauber sackte ein weiteres Stück nach unten, während es seine Eingeweide nach oben hob. Der Wind der Rotoren kräuselte den Sand. Dann starteten die Motoren durch. Es gab einen Ruck wie in einem alten Fahrstuhl und die Maschine begann zu steigen. Eine der Leichen direkt unter ihnen drehte sich auf den Rücken, öffnete die Augen. Ihr steifer Arm zeigte nach oben, deutete auf den Hubschrauber. Das war keine Leiche. Das war kein Arm. »Angriff!« Wiegner schrie, so laut er konnte. Die Amis verstanden kein Deutsch. Er suchte nach englischen Worten hatte, alle vergessen.
Ein Feuerstrahl griff nach dem Hubschrauber. Wiegner wurde nach rechts geworfen. Die Maschine legte sich auf die Seite. Aus einem Seitenfenster sah er einen Strahl aus weißen Abgasen in den Himmel steigen. Die Rakete hatte den Hubschrauber verfehlt. Es klang, als ob der Black Hawk mit Kieselsteinen beworfen wurde. Ein lautes prasselndes Geräusch. In der Cockpitscheibe entstanden unzählige kleine Löcher. Etwas zerplatzte und spritzte alles mit roter Farbe voll. Der Helikopter drehte sich wie ein Kinderkreisel. Wiegner hatte keine Angst mehr, wollte nur noch, dass das Drehen aufhörte.

Als er die Augen öffnete, sah er einen Warnaufkleber vor sich schweben. *Don't pull while airborne,* stand darauf. Da sie nicht mehr flogen, rüttelte er an dem Hebel, der sich unterhalb des Aufklebers befand. Nichts rührte sich. Wiegner drehte seinen Kopf nach rechts und wunderte sich, dass er Wüstensand sah. Die Seitenverkleidung fehlte, war beim Aufschlag weggeplatzt. Langsam begriff er, dass sie abgestürzt waren. Seine Beine waren eingeklemmt. Er versuchte sich zu befreien, merkte schnell, dass es

sinnlos war. Schließlich gab er auf. Unter dem zerbeulten Blech war es unglaublich heiß. Seine Lippen platzten auf. Er schloss die Augen.
Als er sie wieder öffnete, sah er einen Araber neben sich knien. Der Mann hielt ein Gewehr und lächelte ihn an. Sein Gesicht war ein Totenkopf, überspannt mit dunkel gegerbtem Leder. Er richtete das Gewehr auf ihn. Sein Grinsen wurde breiter. »Bum.«
Wiegner zuckte zusammen.
Der Mann wiederholte das Spiel.
»Bum.« Zucken. »Bum.« Zucken. Wiegner konnte nicht anders. Dann sagte er: »Hör auf damit.«
Der Witzbold legte die Stirn in Falten, sprach auf Arabisch. »Ich kann dich nicht verstehen.« Der Lederkopf stand auf und ging weg. Wiegner schloss die Augen. Als er sie erneut öffnete, beugten sich drei Männer über ihn. Einer sprach ihn auf Englisch an: »Where do you come from?«
»Ich bin Deutscher.«
»What?«
»German.«
Die Männer diskutierten miteinander. Am Ende wurde ihm eine kleine Flasche Wasser zugeworfen. »Deutsch gut. Macht viel Juden tot.« Dann standen die Männer auf und ließen ihn alleine.
Wiegner schraubte die Flasche auf und trank sie in einem Zug leer. Er machte die Augen zu. Er machte sie wieder auf.
Wenn er überlebte, würde er ein Buch schreiben. Titel. Wie Hitler mein Leben rettete.
Er machte die Augen zu. Er machte sie wieder auf.
Es war dunkel. Da waren Geräusche. Ein Kaninchen hoppelte heran. Gab es Kaninchen in der Wüste? Da waren noch mehr. Sie kamen näher. Einige öffneten das Mäulchen, zeigten ihre winzigen messerscharfen Zähne. Was war das? Er musste sich zusammenreißen. Das waren Halluzinationen. Die Halluzinationen hoppelten in Richtung seiner Beine, verschwanden unter den verbogenen Blechen. Die fraßen ihn auf. Die fraßen an seinen Beinen herum.
Er schrie.
Und fiel aus dem Bett.

Er hatte einen Albtraum gehabt. Langsam kam er zu sich und kletterte zurück auf die Matratze. Stückweise kehrte die Erinnerung an den Traum zurück. Die Überraschung blieb aus. Es war der gleiche Traum, der ihn schon Hunderte Male aus dem Schlaf gerissen hatte. Das Erlebnis lag über zwanzig Jahre zurück. Blutjung war er gewesen, als er einen Verbindungsoffizier in den Irak begleitet hatte. Zusammen mit dem Hauptmann hatte er von einem amerikanischen Offizier die Einladung zu einem Erkundungsflug erhalten. Da Deutschland an dem Krieg nicht beteiligt war, waren der Hauptmann und er offiziell nicht anwesend. Sie trugen zivil. Wiegner hatte als Einziger den Absturz des Hubschraubers überlebt. Als die Rettungsmannschaft ihn fand, war er völlig dehydriert. Im Krankenhaus erkundigte er sich als Erstes danach, ob es in der Wüste Kaninchen gab. Das wurde verneint. Die Antwort konnte ihn nicht wirklich zufriedenstellen. Drei Dinge waren ihm von damals geblieben. Der immer wiederkehrende Albtraum, seine Klaustrophobie und ein Unbehagen, wenn er Kaninchen sah.

Er hatte gelernt, den Raummangel im Bunker zu ertragen. Allerdings galt das für den normalen Betrieb von Fenris. Einen Betrieb, bei dem er jederzeit die Anlage verlassen konnte, bei dem er in aller Regel in seinem eigenen Bett aufwachte. Jetzt war er gefangen. Niemand würde ihm die Tür öffnen, nicht einmal, wenn er Aila die Kündigung auf den Tisch legte. Der Berg lastete auf ihm, als wolle er aus seinem Ich einen Diamanten pressen. Er hätte diesen Job niemals annehmen dürfen. Er war gesundheitlich völlig ungeeignet. Das war verantwortungslos von ihm gewesen, das musste er sich eingestehen. Wiegners Quartier bestand aus einem fünfzehn Quadratmeter großen Wohnbereich und einem winzigen Bad mit Dusche. In dem Wohnbereich befanden sich ein Bett, ein Schreibtisch und ein Kleiderschrank. Aus einer der kahlen Wände hingen Drähte heraus. Hier sollte in einigen Tagen ein Flachbildschirm installiert werden. Das konnte er sich wohl abschminken.

Er zwang sich aufzustehen und machte drei Schritte. Nun stand er direkt vor einer der Wände. Mit der flachen Hand drückte er gegen den Beton. Wiegner wusste, dass hinter der fünfzig Zentimeter dicken Betonschicht mindestens einhundert Meter Granit-

gestein folgten. Wenn er die Augen schloss, dann konnte er es fühlen. Abertausende Tonnen Gestein drückten aus allen Richtungen in das Zentrum seines Quartiers, nur aufgehalten von ein wenig Beton und einem dünnen Anstrich mit Wandfarbe. Seinem Verstand war klar, dass das nicht stimmte. Aber was nützte ihm das, wenn er die Massen fühlen konnte, die in jeder Sekunde versuchten, ihn zu erschlagen.
Als sich das ComSys bemerkbar machte, löste er die Hand von der Wand. In Zeitlupe ging er zum Schreibtisch, tippte den Bildschirm an. Torbecks Gesicht erschien auf dem Bildschirm. »Karl. Wie siehst du denn aus?«
»Was?«
»Du bist kreidebleich.«
»Ich glaube, ich hatte einen Albtraum.«
»Vielleicht auch mehrere.«
»Was gibt es?«
»In fünfzehn Minuten haben wir eine Besprechung.«
»Ja. Okay.«
»Ebene Zwei. Besprechungsraum.«
»In Ordnung. Wie spät ist es?«
»Acht Uhr morgens.«
»Morgens«, wiederholte er. Das Beleuchtungssystem der Anlage simulierte die Tageszeiten, aber ihm half das nicht. Er hatte bereits jetzt jedes Gefühl für Tag und Nacht verloren. »Wie geht es dir?«, fragte er. Er musste sie ablenken, wollte auf keinen Fall über seinen Gemütszustand diskutieren.
»Wie soll es mir gehen?«
»Du hast gestern einen Hubschrauber abgeschossen.«
Torbeck zögerte einen Moment. »Mir geht es gut.« Sie räusperte sich. »Karl?«
»Ja.«
»Meinst du, ich habe richtig gehandelt?«
»Das hast du.«
»Bist du sicher?«
»Hundertprozentig.«
»Wir sehen uns bei der Besprechung.« Der Bildschirm wurde schwarz. Wiegner stand auf. Seine Uniform klebte ihm am Körper.

Als er sich gegen 4:00 Uhr in voller Montur auf sein Bett gelegt hatte, war er sofort eingeschlafen. Der Albtraum hatte ihm den Schweiß aus dem Körper gedrückt. Er ging zum Wandschrank und zog sich eine neue an. Im Bad drehte er den Wasserhahn auf, schaufelte sich mit den Händen Wasser ins Gesicht und sah kurz in den Spiegel. Dann griff er in eine Tasche mit Rasiersachen, brachte ein orangefarbenes Röhrchen zum Vorschein, auf dem ein Etikett aufgeklebt war. *Trizyklisches Antidepressivum*. Er öffnete das Röhrchen, schüttete vorsichtig zwei Pillen in die Handfläche und warf sie sich mit einer schnellen Bewegung in den Mund.

MORS CERTA, HORA IN CERTA

Aila Torbeck

Alle Führungskräfte hatten sich bereits eingefunden, als Torbeck den Besprechungsraum betrat. Auf dem rechteckigen Konferenztisch standen zwei Kaffeekannen und Getränke in kleinen Flaschen. Sie fand Wiegner, der damit beschäftigt war, sich Kekse in schneller Folge in den Mund zu schieben. Er hatte anscheinend schon länger nichts Richtiges zu essen bekommen, sah noch immer krank aus. An einer der Stirnseiten des Tisches saß Professor Danielsen. Er hatte die Hände über seinen dicken Bauch gefaltet. Seine Lider hingen, als kämpfe er gegen den Schlaf. Einer seiner beiden Assistenten flüsterte ihm ins Ohr, als sei er ein Mafiaboss, dem einer seiner Vasallen ein Bittgesuch überbrachte. Als er Torbeck bemerkte, sah er sie kurz an und murmelte eine kaum hörbare Begrüßung. Torbeck setzte sich neben Wiegner an die dem Professor gegenüberliegende Kopfseite des Tisches.

Die Runde wurde durch die Psychologin Agathe Kranz, den leitenden Ingenieur Friedrich Berger, den Leiter der medizinischen Abteilung Dr. Wolf Hartmann sowie den Chef von ZERBERUS, den Mathematiker Dr. Arthur Keim, komplettiert.

Torbeck fühlte sich elend. Geschlafen hatte sie nicht, nur geduscht und den Hosenanzug gegen die Uniform getauscht. Kurz nickte sie zwei Soldaten zu, die die Tür des Besprechungsraumes von außen schlossen. Sie schwieg und wartete, bis sich die Aufmerksamkeit auf sie konzentriert hatte. Als es ruhiger geworden war, fing sie an zu sprechen. »Danke, dass Sie erschienen sind. Für das Protokoll teile ich Ihnen mit, dass die Besprechung aufgezeichnet wird. Ich erkläre weiter, dass die Anlage heute um 0050 biologisch versiegelt wurde.« Sie machte eine kurze Pause. »Um 0125 kam es zu einem Zwischenfall. Ein Hubschrauber drang in den gesperrten Luftraum ein. Da er trotz

mehrmaliger Aufforderung seinen Kurs nicht änderte, wurde er auf meinen Befehl hin abgeschossen.«
Torbeck ließ ihren Blick durch die Runde wandern. Bei Kranz blieb er hängen. Die Psychologin, eine zierliche Person Anfang dreißig, fixierte mit ihrem Blick einen imaginären Punkt, der in weiter Ferne zu liegen schien. Über ihrer weißen Bluse trug sie eine silberne Kette, an der ein Kruzifix hing. Sie hatte etwas Puritanisches an sich. Lautlos bewegte sie ihre Lippen. War das ein Gebet?
Torbeck setzte ihren Vortrag fort. »Durch das NATO-Informationssystem CRONOS wurde mir die operative Befehlsgewalt aller Streitkräfte in Europa übertragen.« Auch ohne tiefe Kenntnisse der Militärhierarchie mussten die Anwesenden ahnen, dass das nichts Gutes bedeutete. »Kurz danach ist das System ausgefallen. Bis jetzt gelang es uns nicht, eine Verbindung mit anderen militärischen Verbänden und Führungsstäben aufzubauen. Dasselbe gilt für die Bundesbehörden. Weder das BBK noch das BMI reagieren auf Kontaktversuche.« Wiegner hatte ihr einen Becher Kaffee eingeschenkt. Dankbar nahm sie einen großen Schluck und unterdrückte das Verlangen, sich die Kanne an den Mund zu setzen. »Was das Personal angeht, haben wir Glück im Unglück. Wir stehen kurz vor der Aufnahme des Wirkbetriebs und führen aus diesem Grund eine Vollübung durch. Die Anlage operiert deshalb annähernd in Sollstärke. Im Personalbereich zählen wir dreiunddreißig Ausfälle. Die einzelnen Abteilungen sind in Kenntnis gesetzt. Ich werde die Ausfälle nicht im Einzelnen aufzählen. Auf der anderen Seite haben wir unfreiwillige Zugänge zu verzeichnen. Zweiundzwanzig Techniker und Ingenieure von Fremdfirmen arbeiteten zum Zeitpunkt der Versiegelung in der Anlage. Das ist ein Gewinn für uns. Aus militärischer Sicht sind wir vollzählig. Abgesehen von dem Wachbataillon. Sie wissen, dass die Anlage derzeit von einer Kompanie Fallschirmjägern geschützt wird. Der Rest des Wachbataillons sollte erst in zwei Wochen den Dienst aufnehmen.« Sie nahm das vor ihr liegende Klemmbrett, blätterte in den Papieren. »Unsere Iststärke beträgt: 572. Die Aufzählung lautet: Fallschirmjäger: 109, Forschungsabteilung: 205,

militärisches Personal: 156, Technik: 102.« Torbeck trank ihren Kaffeebecher leer. »Bevor ich das Wort an Professor Danielsen übergebe, möchte ich die Anwesenden bitten, für ihren jeweiligen Bereich zu sprechen und mir einen aktuellen Bericht zu geben.« Torbeck musste den Status der Anlage feststellen, auch wenn sie am liebsten Danielsen gepackt und geschüttelt hätte, damit er endlich mit der Sprache herausrückte.
Dr. Hartmann, der Leiter der medizinischen Abteilung, räusperte sich. »Dann mache ich den Anfang.« Der Mediziner war Ende vierzig. Er gehörte zu den Männern, die sich die Haare kurz schoren, wenn sie realisierten, dass sich ihre Glatze nicht mehr verbergen ließ. »Wir beklagen in der medizinischen Abteilung acht Ausfälle. Eine Ärztin für Allgemeinmedizin, ein Chirurg, vier Krankenpfleger und zwei medizinisch-technische Assistentinnen. Das ist ein spürbarer Verlust. Bedenklicher ist aber, dass die Bestände der Apotheke erst zu sechzig Prozent aufgefüllt sind. Das ist momentan nicht relevant, könnte jedoch im Laufe der Zeit zu einem schwerwiegenden Problem werden. Mehr habe ich derzeit nicht beizutragen.«
»Danke, Herr Doktor. Frau Kranz?«
Die Psychologin zog die Stirn in Falten, sah die Kommandantin mit wässrigen Augen an. »Ich bin alleine.«
Torbeck wusste mit der Äußerung nichts anzufangen. Von allen Anwesenden kannte sie die Psychologin am wenigsten. Vielleicht hatte sie sich zwei-, dreimal mit ihr unterhalten und vor Monaten ihre Personalakte überflogen. Mehr nicht. »Wie meinen Sie das?«
Für eine Sekunde lief ein Schütteln durch den Körper der Psychologin. Als würden sie böse Erinnerungen plagen, die sie zu vertreiben suchte. »Die psychologische Abteilung besteht aus drei Therapeuten und zwei wissenschaftlichen Mitarbeitern. Außer mir ist niemand da.«
Torbeck blickte auf ihre Unterlagen. Tatsächlich betrafen die Ausfälle die psychologische Abteilung in Relation gesehen am stärksten. Fast ein Totalausfall.
Kranz redete weiter. »Das gesamte Personal befindet sich in einer Ausnahmesituation. Belastungs- und Stressreaktionen brauchen oft Zeit, um in das Bewusstsein durchzuschlagen. Momentan

befinden sich die meisten in einer Verleumdungs- und Bagatellisierungsphase, die durch die Ablenkung der Arbeit unterstützt wird. Das wird sich ändern. Wenn es so weit ist, kann ich eine psychologische Erstbetreuung nicht gewährleisten.«
Katta. Schlagartig hatte Torbeck das Bild ihrer Tochter vor Augen. Wie ging es ihr? Was für ein Mensch war sie, dass sie ihre Tochter vergaß? Sie alle verdrängten ihr Leben, um den Moment zu überstehen. Aber es war absehbar, dass der Zustand der seelischen Abschottung nicht auf Dauer Bestand haben würde. Sie fühlte, dass sie es nicht mit einer kleinen Krise zu tun hatten. Kein Elbe-Hochwasser, keine Deichbrüche. Kein Drama, das am Ende des Jahres in gekürzter Fassung im Fernsehen lief. Was geschah, wenn die Menschen das realisierten? Wenn die Angst den inneren Dampfkessel sprengte? Depressionen, Aggressionen, Selbstmorde? Sie saßen in einer Berghöhle mit endlichen Ressourcen an Material, Menschen und geistiger Gesundheit ohne Hoffnung auf Ersatz. Ihr Blick blieb kurz an dem Etikett einer Colaflasche hängen. Die würden als Erstes ausgehen. Nichts, von dem was sie hier unten hatten, konnte ersetzt werden. Das musste sie sich schleunigst bewusst machen. »Sie sind nicht alleine.« Torbeck sah in die Runde. Die Anwesenden waren in Gedanken versunken. »Alle Führungskräfte müssen neben der Leitung ihrer jeweiligen Bereiche in der Lage sein, als emotionaler Ruhepol allen äußeren Einflüssen zu trotzen. Solange wir Einsatzwillen, Zuversicht und Gelassenheit ausstrahlen, werden uns die Menschen folgen.«
»Das ist leichter gesagt als getan«, sagte einer von Professor Danielsens Assistenten.
»Es ist nicht leicht. Es ist zwingend notwendig.« Mischte sich Wiegner ein. »Es gibt Untersuchungen, die sich mit den Überlebenschancen von U-Boot-Besatzungen im 2. Weltkrieg in Zusammenhang mit der psychischen Stabilität des Kommandanten beschäftigen. Je mehr Zuversicht der Kapitänleutnant ausstrahlte, desto besser die Moral und Leistung der Besatzung und desto größer die Überlebenschance aller. Die Resultate bieten keine Überraschung. Wir alle kennen das Prinzip aus dem täglichen Leben. Hier wurde diese einfache Weisheit in

einem gigantischen Feldversuch bestätigt.« Gemurmel in der Runde. Der Oberst hatte sich anscheinend gefangen. Die Farbe war in sein Gesicht zurückgeflossen.
Torbeck wandte sich dem leitenden Ingenieur Berger zu. »Wie sieht es mit der Technik aus? Haben wir Sorgen?«
Berger schüttelte so heftig den Kopf, dass man befürchtete, er würde sich ein Schleudertrauma verpassen. Der Mann besaß einen zierlichen Körper, auf den die Natur einen überproportionalen Schädel geschraubt hatte. »Bei gleichbleibendem Verbrauch ist unsere Versorgung mit Lebensmitteln zwei Jahre lang gesichert. Alle Systeme der Lebenserhaltung laufen stabil. Wir arbeiten noch an kleineren Problemen mit autarken Komponenten. Die sind für das Gesamtsystem aber nicht relevant. Wir haben alles im Griff. Das Wichtigste ist, dass die Brennstäbe des Kernreaktors zur Zeit ...«
Professor Danielsen gab einen grunzenden Laut von sich.
Stille.
»Ein Reaktor? Was für ein Reaktor?« Wiegner sprang vom Stuhl auf, beugte sich über die Tischplatte zu Berger hinüber. Der sah aus, als hätte er sich am liebsten in Luft aufgelöst. »Was für ein Scheißreaktor, habe ich gefragt!«
Berger blickte sich Hilfe suchend um. »Professor Danielsen. Ich dachte, das wäre geklärt. Sagen Sie doch etwas.«
Der Professor rieb sich nachdenklich die Stirn. »Gut, gut. Herr Oberst, bitte setzen Sie sich.«
»Nur im Gegenzug zu einer unmittelbaren und vollumfänglichen Aufklärung. Einfach formuliert: Spucken Sie es aus. Restlos.«
Danielsen hob beschwichtigend die Arme. »Setzen Sie sich bitte. Der Moment ist ohnehin gekommen. Ich werde Ihnen alles erklären.« Er wartete.
Torbeck legte sanft die Hand auf Wiegners Unterarm. Der ließ sich in Zeitlupe auf seinen Stuhl nieder, bereit sofort über den Tisch zu springen, wenn ihm dies erforderlich schien. Sie sah in die Runde und versuchte in den Gesichtern zu lesen. Die Einzigen, die Überraschung zeigten, waren die Psychologin und der Arzt. Alle anderen wussten offenbar Bescheid. Das konnte unmöglich wahr

sein. Gab es überhaupt etwas, was sie über ihre eigene Anlage wusste?
Der Professor nickte sich selbst zu, murmelte etwas in seinen Bart. Noch immer ruhte Torbecks Hand einer Feder gleich auf Wiegners Unterarm. Behutsam ließ sie ihre Finger heruntergleiten, hatte dabei das unbehagliche Gefühl, einen Tiger von der Leine zu lassen. In ihrem Stellvertreter hatte sich ein zündfähiges Gemisch gebildet, das auf einen rhetorischen Funken wartete. Wiegner hatte das Interesse an den Keksen verloren und zeigte den gleichen versteinerten Gesichtsausdruck wie in der letzten Nacht, als sie den Hubschrauber abgeschossen hatte.
Danielsen fing an zu sprechen. »Zunächst zu dem Reaktor. Was Sie für ein Geothermalkraftwerk halten, ist in Wahrheit ein Flüssigsalz-Reaktor. Der Reaktor ist eingekapselt und wartungsfrei. In der Tat war ein Geothermalkraftwerk geplant. Es zeigte sich jedoch, dass die Leistung eines solchen Kraftwerkes nicht ausreichen würde. Der errechnete Energiebedarf von ZERBERUS korrigierte sich wöchentlich nach oben.«
Dr. Keim unterbrach den Professor. Zum ersten Mal meldete sich der Mathematiker zu Wort, ein Mann mit extravagantem Kleidungsstil. Er trug eine Weste über seinem weißen Hemd. Aus seiner Brusttasche hing die Kette einer Taschenuhr. Er erinnerte Torbeck an Doc Holliday bei einem Pokerabend im Salon. »ZERBERUS ist ein Stromfresser ohne Gleichen. Alleine die Kühlung mit flüssigem Stickstoff kostet enorme Energiemengen. Derzeit liegt der gemittelte Verbrauch bei 250 Megawatt. Wenn das Kraftwerk also 250 Megawatt erzeugt, leuchtet im Rest der Anlage noch keine einzige Glühbirne. Um diese Energiemengen zu erzeugen, brauchten wir einen Reaktor. Ein Geothermalkraftwerk wäre in seinen Dimensionen für diese Anlage einfach zu gewaltig.«
»Sie sagen, dass wir auf einer potenziellen Kernschmelze sitzen?« Wiegners Stimme klang beherrscht. Er hatte seine Wut eingefangen.
»Der Reaktor ist sicher. Aber auch im Fall eines technischen Problems ist die Kapselung so ausgelegt, dass sich die Schmelze

nach unten in den Berg fressen kann. Die Anlage wird davon nicht betroffen sein«, sagte der eingeschüchterte Ingenieur.
»Das ist ja eine gute Nachricht.« Wiegner fuhr innerlich wieder hoch.
»Sie verstehen noch nicht, in welcher Situation wir uns befinden. Wir sind in einer Lage, die solche Bedenken unwichtig erscheinen lässt.« Der Professor hatte sich leicht vom Stuhl erhoben und beugte sich über die Tischplatte.
»Unwichtig? Ich kann...«
Torbeck unterbrach ihren Stellvertreter: »Wir sollten uns beruhigen.«
Die Anwesenden begannen untereinander zu diskutieren. Sie wartete einen Moment. Das Gerede hob an, die Teilnehmer verstrickten sich in Einzeldiskussionen. Torbeck stand auf und schlug mit der flachen Hand auf den Tisch. »Ruhe!« Die Gespräche verstummten. »Wie der Herr Oberst sagte: Wir würden uns über eine vollumfängliche Aufklärung freuen.«
Der Professor nickte und hob seine Stimme. »Es handelt sich um den globalen Ausbruch einer Seuche. Die Krankheit hat sich in weniger als vierundzwanzig Stunden auf dem gesamten Planeten verbreitet.« Der Professor ließ seine Worte im Raum stehen.
Berger schüttelte den Kopf und grinste abwertend. »Schwachsinn«, zischelte er.
»Wie kann das möglich sein?«, fragte Kranz. Die Psychologin umklammerte mit weißen Fingerknöcheln das Kruzifix ihrer Kette. Das Getuschel begann erneut.
»Ich bitte um Ruhe«, sagte Torbeck. »Professor?«
Danielsen stellte sich hinter seinen Stuhl und stützte sich mit beiden Händen auf die Rückenlehne. Er zögerte, suchte nach Worten. »Mir ist bewusst, dass sie alle unter Druck stehen und auf Antworten drängen. Aber ich muss um Geduld bitten. Um zu verstehen, was geschehen ist, muss ich mit meinen Erklärungen am Anfang beginnen. Und so viel vorweg. Der Anfang ist nicht der gestrige Abend.«
»Was soll das heißen?«, fragte Wiegner.
Danielsen hob besänftigend eine Hand. »Im Winter 2003 bat mich mein Freund, Dr. Harbitz von der Charité in Berlin, um Hilfe. Er

sendete mir eine Gewebeprobe zu, in der sich ein Zellcluster befand. Ich stellte fest, dass die Zellen des Clusters durch einen Virus befallen waren. Im Zytoplasma der Zellen erkannte ich deutlich eine große Anzahl von Einschlusskörperchen. In diesen durch die Viren erzeugten biochemischen Fabriken findet die Transkription und Replikation der Erreger statt. Sie sind ein deutliches Zeichen, dass eine Zelle durch einen Virus befallen ist. Die Zellen waren bereit, Viren herzustellen.« Danielsen atmete tief ein. »Die histologische Untersuchung ergab, dass die Einschlusskörperchen eine große Ähnlichkeit mit Negri-Körperchen aufwiesen. Als Negri-Körperchen werden die Einschlusskörperchen bezeichnet, die durch den Rabiesvirus verursacht werden. Es schien, als ob ich es mit von Rabiesviren befallenen Zellen zu tun hätte. Allerdings hatte ich einen solchen Zellcluster noch nie gesehen.«

»Was ist das für ein Virus?«, fragte Torbeck.

»Der Rabiesvirus? Tollwut, meine Liebe. Ganz ordinäre Tollwut. Ich rief Dr. Harbitz an und fragte ihn, ob das Individuum, von dem die Probe stammte, Anzeichen einer Tollwut-Erkrankung gezeigt hätte. Er erklärte mir, dass die Probe aus dem Kleinhirn eines 28-jährigen Mannes stammte, der durch einen Verkehrsunfall gestorben war und seinen Körper per Testament der Forschung zur Verfügung gestellt hatte. Bei der Sektion des Kleinhirns sei ihm der winzige Zellcluster aufgefallen, der sich optisch von dem umgebenden Gewebe unterschied. Er untersuchte ihn und zog die gleichen Schlüsse wie ich. Ich fragte ihn, warum ich seine Ergebnisse nochmals bestätigen sollte. Er wirkte nervös und erklärte, dass er das restliche Gehirn des Mannes untersucht habe. Das Ergebnis war hinsichtlich des Tollwutvirus negativ. Jetzt verstand ich ihn.« Danielsen umrundete den Stuhl, nahm sich sein Glas Wasser vom Tisch. Nachdem er getrunken hatte, redete er weiter. »Die Tollwut überträgt sich überwiegend durch einen Biss. Eine Tröpfcheninfektion ist in seltenen Fällen möglich. Das einzig Gute an der Tollwut ist, dass sie sich schwer überträgt und ein Impfstoff seit Langem bekannt ist.« Er hielt kurz inne. »Nicht möglich ist eine Heilung nach Ausbruch der Krankheit. Die Letalität liegt bei einhundert Prozent. Man muss wissen, dass die Viren im Körper zunächst die peripheren Nerven befallen und von dort zum Gehirn wandern. Dort angekommen vermehren sie sich fast ausschließlich in der grauen Substanz. Die Inkubationszeit beträgt durchschnittlich zwölf Wochen. So lange braucht der Virus, um das Gehirn zu erreichen. Ist er angekommen, explodiert er förmlich. Es ist unmöglich, dass sich der Virus in einem scharf umrissenen Bereich des Kleinhirns aufhält, ohne den Rest zu befallen und seinen Wirt zu töten. Aber genau das hatte er bei dem jungen Mann getan. Ein unbekannter Mechanismus hielt den Virus davon ab, sein Gefängnis zu verlassen. Der Cluster befand sich in einer Wartestellung. Er pausierte. Das fesselte meine Aufmerksamkeit. Das Ergebnis einer DNA-Analyse der Viren förderte weitere verwirrende Daten zutage. Es stellte sich heraus, dass Dr. Harbitz und ich nicht umsonst eine Ähnlichkeit zwischen dem Tollwutvirus und dem Virus im Zellcluster erkannt hatten. Der Zellclustervirus, wir haben ihn MCHI genannt, ist mit der Tollwut verwandt. Zunächst dachte ich, dass es sich bei MCHI um eine mutierte Form der Tollwut handelte. Aber das Gegenteil ist der Fall. Die Tollwut stammt von MCHI ab. Nicht umgekehrt. Ich war schlagartig Feuer und Flamme. Meine Nachforschungen ergaben, dass der von Dr. Harbitz gefundene Zellcluster bereits in den Vierziger Jahren durch einen ungarischen Mediziner in einem Fachartikel beschrieben wurde. Allerdings mit anderem Fundort. Der Kollege hatte den Zellverband im Stammhirn eines Hundes aufgefunden, untersucht und vergleichbare Schlüsse gezogen wie wir, selbstverständlich ohne die Möglichkeit einer DNA-Sequenzierung. Er berichtete darüber, dass das restliche Gehirn des Tieres nicht befallen war und der Hund bis zu seinem Tod keine Krankheitssymptome gezeigt hätte. Anscheinend wurde dem Ganzen keine Bedeutung beigemessen oder es geriet aufgrund der Kriegswirren in Vergessenheit. Wir fanden in keiner medizinischen Datenbank Belege für einen erneuten Fund. Aus meiner anfänglichen Verwirrung heraus erwuchs eine Idee. Eine ungeheure Idee.« Danielsen hielt inne. Es herrschte Grabesstille. »Ich bin eine Kapazität in meinem Fachgebiet. Daher genieße ich Privilegien. Es stehen mir beachtliche Ressourcen zur Verfügung, die ich ohne Absprache in meinem Sinne nutzen kann. Ich ließ sämtliche andere Projekte auf Eis legen und bündelte meine Mitarbeiter in einer Arbeitsgemeinschaft.« Danielsen beugte sich vor, in dem erneuten Bemühen ein Glas mit Wasser vom Tisch zu nehmen. Einer seiner Assistenten kam ihm zuvor und reichte es ihm. »Danke«, murmelte er und führte das Glas zum Mund. Seine Hand zitterte. Er sprach weiter: »Die wissenschaftliche Reise, die wir antraten, war ziemlich abenteuerlich. Aber für Einzelheiten ist an dieser Stelle kein Raum. Daher werde ich die Ereignisse raffen. Ich möchte vorab betonen, dass ich mit meiner Idee richtig lag. Leider.« Er holte Luft. »Die Sektion von menschlichen Gehirnen ist auch heute noch kein gewöhnlicher Vorgang. Die Anzahl der Leichen, die hierfür zur Verfügung stehen, ist limitiert. Daher arbeiteten wir zweigleisig. Wir untersuchten sowohl menschliche als auch tierische Gehirne. Um genauer zu sein die von Hunden. Die Untersuchungen ergaben Folgendes. Bei 32 Prozent aller menschlichen Proben konnte die Zellstruktur im Kleinhirn festgestellt werden. Bei Hunden lag der Anteil bei 44 Prozent. Es ist hierbei zu beachten, dass der Cluster selbst dann nicht leicht zu finden ist, wenn man gezielt nach ihm sucht. Die tatsächliche Durchseuchung dürfte sowohl beim Menschen als auch bei Hunden höher liegen. Wie viel höher, kann ich nicht genau sagen. Vermutlich sind es beim Menschen etwa 60 Prozent.«

»Durchseuchung? Sie wollen damit sagen, dass ein Großteil aller Menschen den Virus in sich trägt? Und Hunde sind ebenfalls betroffen? Wieso Hunde?« Torbeck war verwirrt.

Danielsen ging nicht auf ihren Zwischenruf ein. »Die betroffenen Menschen tragen einen Zellcluster in sich, der fähig ist, MCHI-Viren zu produzieren. Aber die Viruspartikel verlassen den Cluster nicht. Ihr Vorkommen beschränkt sich auf den Zellverband.«

»Und das bedeutet?«, fragte Wiegner.

»Stellen Sie sich vor, dass Sie ein Geheimagent sind. Sie tragen eine Zyankalikapsel in einem hohlen Zahn. Damit Sie im Fall Ihrer Enttarnung Suizid begehen können. Der Cluster verhält sich wie eine solche Giftkapsel. Nur mit dem Unterschied, dass Sie nicht derjenige sind, der die Entscheidungsgewalt hat. Sie beißen nicht.

Sie werden gebissen. Und was die Hunde angeht.« Danielsen richtete sich an Torbeck. »Mittlerweile wissen wir, dass nicht nur Menschen und Hunde betroffen sind. Vielmehr trägt höchstwahrscheinlich jede Tierart den Cluster in sich. Genetisch sind alle Cluster verwandt. Sie unterscheiden sich im Detail. Wir nehmen an, dass sie sich an die jeweilige Art angepasst haben.«
Torbeck brauchte eine Pause. Das überforderte sie.
»Alle Tiere sollen diesen Cluster besitzen?«, fragte Dr. Hartmann. Der Arzt hatte die ganze Zeit zugehört, ohne ein Wort zu sagen. Jetzt platzte es aus ihm heraus. »Ich bin Arzt. Sie können mir nicht so einen Unsinn verkaufen. Das ist ...«
Die Psychologin würgte ihn ab. »Sie sagten, dass der Virus älter ist als der Tollwutvirus.«
»Genau so ist es«, antwortete Danielsen.
»Wie alt ist denn der Tollwutvirus?«, fragte Torbeck dazwischen.
»Ein erster schriftlicher Hinweis findet sich im Eshuma-Kodex von Babylon aus dem 23. Jahrhundert vor Christus. Der Virus ist natürlich wesentlich älter«, erklärte Hartmann. »Ich habe auch mal studiert.«
Der Professor redete weiter, beachtete den Arzt nicht. »Was Sie eigentlich wissen wollen, ist Folgendes. Wie alt ist der MCHI-Virus? Die Antwort lautet: sehr alt. Wir konnten repräsentative Bruchstücke der MCHI-DNA in verschiedenen Virenstämmen nachweisen. Mithilfe eines mathematischen Verfahrens, das die Genetiker Molekulare Uhr nennen, haben wir das Alter von MCHI grob geschätzt. Bitte zwingen Sie mich nicht, in die Details zu gehen. Die Mathematik, die dahinter steckt, ist nicht unbedingt trivial. Im Wesentlichen geht es um Mutationsraten.«
»Wie alt ist MCHI?«
»Lassen Sie es mich wie folgt ausdrücken. In der Erdgeschichte gab es mehrmals das Phänomen des Massensterbens. Wir haben ernsthaft diskutiert, ob das Aussterben der Dinosaurier vor 66 Millionen Jahren durch MCHI ausgelöst wurde.«
»Das ist lächerlich«, sagte Dr. Hartmann. Seine Stimme drohte sich zu überschlagen. Er verschränkte die Arme vor der Brust und

lehnte sich zurück. Es machte den Anschein, als hätte er mit der Besprechung abgeschlossen.
»Sie sagen, dass mehr als die Hälfte aller Menschen einen solchen Cluster in sich trägt. Wie zur Hölle kommt er dahin?«, fragte Wiegner.
»Er ist vermutlich in unserem Erbgut angelegt. Das ist jedenfalls die naheliegendste Erklärung.«
»Er wird vererbt?«
»Das nehmen wir an.«
»So etwas kann ich mir beim besten Willen nicht vorstellen.«
»Das ist an sich nichts Besonderes«, sagte Danielsen. »Zunächst muss man sich von der Vorstellung verabschieden, dass der Mensch ein Einzellebewesen ist. In Wirklichkeit werden wir seit Anbeginn der Zeit durch Kleinstlebewesen kolonialisiert. Auf der Haut leben Milben und Bakterien, im Mund finden Sie Amöben. Das Gesamtgewicht aller Bakterien in unserem Körper beträgt 2 Kilogramm. Zusammen entfalten sie eine biochemische Aktivität wie die Leber und bilden so gesehen ein zusätzliches Organ. Was wenige wissen, ist, dass Retroviren seit Millionen Jahren ihre Spuren in unserem Erbgut hinterlassen. Der Anteil der proteincodierten Gene, die bestimmen, ob ein Auge wächst oder dafür sorgen, dass ein Arm eine Hand bekommt, beträgt im menschlichen Genom lediglich 1,5 Prozent. Bei etwa 55,5 Prozent unseres Erbgutes handelt es sich um sogenannte Junk-DNA, deren Funktion wir gerade erst verstehen. Die restlichen 43 Prozent bestehen aus dem genetischen Code von Viren. Genauer gesagt handelt es sich um Bruchstücke oder vollständige Kopien endogener Retroviren. Diese setzen seit Hunderten von Millionen Jahren ihren Code in tierisches Erbgut ein und somit auch in unseres. Grob kann man sagen, dass fast die Hälfte unserer DNA von Viren stammt. Warum das so ist und welche Auswirkungen das auf den Menschen hat, ist nicht erforscht. Alleine die Tatsache, dass ein Virus in unserem Erbgut angelegt ist, ist jedenfalls nicht bemerkenswert.«
Wiegner zeigte sich erstaunt.
Danielsen fuhr fort. »Wie ich bereits erwähnt habe, ist MCHI mindestens mehrere Dutzend Millionen Jahre alt. Das bedeutet,

dass sich die DNA des Virus in dieser Zeit unzählige Male kopiert hat. Hierbei passieren Fehler. Jeder genetische Code, der über einen so langen Zeitraum dupliziert wird, erleidet Veränderungen. Diese Veränderungen nennen wir Mutationen. Diese Mutationen sind der Grund, warum nicht alle Individuen den Cluster in sich tragen. Außerdem führte offensichtlich einer dieser Kopierfehler zu einem ungewollten Teilausbruch einer mutierten Form von MCHI. Als Andenken an diesen Unfall wurde der Welt die Tollwut geschenkt.«

»Ungewollt? Unfall?« Torbeck verstand nichts mehr. »Was soll das heißen? Hat der Virus einen Plan?«

Der Professor verzog das Gesicht. »Das tut mir leid. Da habe ich mich ungeschickt ausgedrückt. Natürlich wollte ich den Virus nicht vermenschlichen.«

Kranz sprang an. »Der Virus hat keinen Plan, aber er folgt einem. Dem Plan Gottes. Das ist das Jüngste Gericht.«

Torbeck warf einen schnellen Blick zu Wiegner hinüber. Der starrte Kranz mit großen Augen an. Im Besprechungsraum schwoll der Umgebungslärm an. »Das ist völliger Quatsch.« »Ich kann mir beim besten ...« »Lassen Sie Gott aus ...«

Torbeck sorgte energisch für Ruhe. Nachdem sich die Anwesenden beruhigt hatten, sprach Danielsen weiter. »Wir verstanden, dass wir einer gewaltigen Sache auf der Spur waren. Daher mussten wir uns an jemanden wenden, der über umfangreichere Ressourcen verfügte.«

»An wen?«, wollte Torbeck wissen.

»Deutschland.«

»Warum Deutschland? Nicht die USA oder meinetwegen Japan?«, fragte Torbeck.

»Ich muss gestehen, dass das etwas mit Forscherehrgeiz zu tun hat. Ich besitze gute Verbindungen in die Bundesrepublik, beherrsche selber die Sprache passabel. Ich dachte mir, dass meine Chancen, der führende Kopf zu bleiben, in Deutschland am größten seien. Ich meine im wissenschaftlichen Sinne. Die Amerikaner hätten mich vermutlich abgesetzt.«

»Ist MCHI der Grund, warum Fenris gebaut wurde?« Eigentlich kannte Torbeck die Antwort.

»So ist es. Wir hielten das Projekt so lange geheim wie möglich. Vermutlich ist es das gewaltigste Geheimprojekt in der Geschichte der Menschheit.«
»Hat denn nie jemand das Bedürfnis verspürt, mit den Informationen an die Öffentlichkeit zu gehen?« Fragte Torbeck.
»Doch.«
»Und?«
»Er hatte einen Autounfall.«
»Sie meinen, er wurde getötet?«
»Er hatte einen Autounfall.«
Schweigen.
»Ich nehme an, dass es mehrere Unfälle in den letzten Jahren gab.«
»Es ist eine gefährliche Welt.«
»Warum wurden zwecks Bündelung der Ressourcen keine anderen Nationen eingebunden?«, fragte Wiegner.
»Sie verstehen nicht, womit wir es zu tun haben. Jedes lebende Ding auf diesem Planeten besitzt einen Ausschalter im Kopf. Wissen Sie, was der Name MCHI bedeutet?« Danielsen wartete keine Antwort ab. »Es steht für *mors certa, hora in certa*. Das ist lateinisch. Es bedeutet: Der Tod ist sicher, die Stunde ungewiss. Der Name wurde nicht ohne Grund gewählt. Wenn wir andere mit eingebunden hätten, dann wäre die Wahrscheinlichkeit enorm gestiegen, dass die Öffentlichkeit davon erfährt. Je mehr Menschen ein Geheimnis teilen, umso weniger ist es noch ein Geheimnis. Die Konsequenzen eines Leaks wären unüberschaubar. Der soziale Kitt der Gesellschaft würde sich auflosen. Die Menschen würden sich fragen, ob die Person, die neben ihnen in der S-Bahn sitzt, zu den 60 Prozent gehört. Oder vielleicht sogar sie selber? Im Hintergrund die Frage: Wann bricht die Seuche aus? In zehn Jahren, morgen, in fünf Minuten? Steigende Mord- und Suizidraten. Religiöser Wahnsinn. Am Ende steht der Zusammenbruch der öffentlichen Ordnung. Das Risiko durften wir nicht eingehen.«
»Professor. Sie sprachen von einem Ausschalter, den jede Spezies besitzt. Was meinen Sie damit?«, fragte Torbeck.

Danielsen atmete schwer aus. »Der Zellcluster ist eine Virenfabrik im Leerlauf. Das erwähnte ich bereits. Diese Fabrik kann aktiviert werden. Wir wissen nur nicht, wie.«

»Was geschieht dann?« Torbeck ärgerte sich direkt, nachdem sie die Worte ausgesprochen hatte. Was für eine dumme Frage.

»Die Frage können Sie sich selber beantworten«, sagte der Professor lapidar.

»Also hat etwas den Cluster aktiviert. Zeitgleich auf der gesamten Welt.«

»Annähernd zeitgleich. So wie es aussieht, ist genau das geschehen.« Danielsen setzte sich auf seinen Stuhl. »Die weiteren Ausführungen überlasse ich meinem Assistenten Dr. Reza.«

»Ist das nicht ein ganz außergewöhnlicher Zufall?« Es schien, als würde Dr. Hartmann mit sich selber sprechen.

»Was meinen Sie?«, fragte Torbeck.

»Wir bauen diese Anlage. Und schon bricht die Seuche aus.«

»Wollen Sie andeuten, dass man wusste, dass der Virus ausbrechen wird?«

»Was denn sonst?«

»Das ist Unfug«, fuhr Danielsen den Doktor an.

»An diese Art von Zufällen glaube ich nicht.«

»Es ist immer dasselbe.« Die Stimme gehörte Dr. Keim. »Das Problem des Menschen mit dem sogenannten Zufall. Dabei ist der Zufall nur Illusion.«

»Wie meinen Sie das?«, fragte Torbeck.

»Nehmen wir die Anhänger der Gottesidee als Beispiel. Es gibt da einen bekannten Ansatz, mit dem die Existenz Gottes angeblich beweisbar ist.« Er sah abschätzig in Kranz Richtung. »Dass das Universum so ist, wie wir es kennen, verdanken wir einer ganzen Reihe von Naturkonstanten. Da wären die Strahlungskonstante, die Magnetische Feldkonstante, das Plancksche Wirkungsquantum, um nur einige zu nennen. Wenn nur eine dieser Konstanten einen geringfügig anderen Wert hätte, dann wären die Auswirkungen auf das Universum fatal. Atome würden sich nicht mehr zu Molekülen zusammenfinden oder erst gar nicht entstehen. Bei einer veränderten Gravitationskonstante würden sich keine Sterne oder Planeten mehr bilden können. An menschliches Leben wäre nicht zu denken. Es scheint also so, das es eine Macht gibt, die bei all diesen Konstanten einer Feinabstimmung durchgeführt hat. Diese Macht ist Gott. Bei dieser Argumentation übersieht man aber das anthropische Prinzip, das besagt, dass das beobachtbare Universum nur deshalb beobachtbar ist, weil es alle Eigenschaften hat, die dem Beobachter ein Leben ermöglichen. Dass alle Naturkonstanten so sind, wie sie eben sind, ist einfach nur Zufall. Nun kann man sagen, dass man solche gigantischen Zufälle nicht glauben mag. Das spielt aber keine Rolle. Wäre die Welt eine andere, dann wären wir nicht da und könnten uns über diesen gigantischen Zufall wundern. Zufälle fallen dem Menschen nur auf, wenn sie eine Wirkung auf ihn entfalten. Der Lottogewinn wird bestaunt, der Mensch, der vom Blitz getroffen wird, bemitleidet. Was viele nicht verstehen, ist, dass die Welt nur aus Zufällen besteht. Die meisten davon sind für uns nur bedeutungslos. In einfachen Worten. Wäre die Seuche früher ausgebrochen, dann würden wir nicht hier sitzen und uns über den Zeitpunkt des Ausbruchs Gedanken machen.«

Torbeck rauchte der Kopf. »Ich denke, eine kurze Pause wird uns gut tun.« Sie musste dringend einiges in ihrem Kopf sortieren.

WARTESCHLANGE

Demir Kara

Die Fensterputzgondel hielt mit einem Ruck und pendelte langsam aus. Demir hielt sich so verkrampft an dem Metallgeländer der Gondel fest, dass seine Hände schmerzten. »Hast du die Stockwerke mitgezählt?«, fragte er.

»Wir sind da.« Katta saß auf dem Boden und stützte sich links und rechts an den Streben des Geländers ab. Sie sah aus, als hätte sie mit dem Leben abgeschlossen.

»Fühlst du dich nicht wohl?« Er konnte sich eine stichelnde Bemerkung nicht verkneifen.

»Du bist etwas blass. Hast du Höhenangst?«, gab sie zurück, ohne auf Demirs Frage einzugehen.

»Tut mir leid, dass ich gefragt habe.« Hätte er doch besser die Klappe gehalten. Die Worte Angst und Höhe wollte er nicht zusammen in einem Satz hören.

»Ich dachte, ihr Südländer habt vor nichts Angst.«

»Das ist Kanakenpropaganda. Ich mach mir gleich in die Hose.«

»Das macht dich sympathisch, mir aber nicht mehr Mut.«

Demir zog an einem Hebel. Die Gondel ruckte und bewegte sich zur Seite. Als sie ein Milchglasfenster erreichten, hielt er an. »Das müsste die Toilette sein.« Bis hierhin war sein Plan aufgegangen, allerdings lag das wirkliche Problem noch vor ihm. Er musste da rein. Demirs Blase begann zu drücken. Wenn er Angst hatte, musste er immer pinkeln. Katta stellte sich neben ihn. Die Gondel war etwa vier Meter lang und knapp zwei Meter breit. Katta zeigte auf ein Metallschild, auf dem stand, dass der Aufzug eine Nutzlast von 350 Kilogramm tragen konnte. »Wenn wir mit der Gondel die Leute evakuieren müssen, wird eine Fahrt nicht reichen«, stellte sie fest. Demir blickte kurz zu dem Schild. Katta hatte recht. Aber das waren Sorgen von morgen.

»Und nun?«, fragte Katta.

»Jetzt schlage ich die Scheibe ein. Dann fahre ich dieses Höllending ein Stück nach links und wir warten ab, was passiert.«
»Was glaubst du, was passieren wird?«
»Ich hoffe nichts. Sollte das so sein, dann fahren wir zurück zu dem Fenster und ich steige ein.« In der Gondel gab es einen Metallbehälter mit Werkzeugen. Demir nahm sich einen großen Schraubenschlüssel. Er wog schwer in seiner Hand. »Bist du bereit?«, fragte er, ohne eine Antwort zu erwarten.
»Nein.«
»Gut.« War das Sicherheitsglas? Egal. Er holte aus und drosch den Kopf des Schlüssels gegen die Scheibe. Das Glas zerplatzte beim ersten Schlag. Demir sah Waschbecken und Türen von Toilettenkabinen. Der Raum schien leer. Er griff nach den Hebeln am Steuerpult, zögerte.
»Worauf wartest du?«
»Die Tür ist geschlossen und ziemlich weit weg. Wenn die aufgeht, habe ich noch genug Zeit.« Demir starrte durch das Fenster.
»Sei mal still.« Katta hielt die Luft an. Sie lauschten. Schließlich flüsterte sie. »Hast du was gehört?«
»Weiß nicht. Aber so, wie die sich verhalten, denke ich nicht, dass sie sich anschleichen.«
Katta sah ihm ins Gesicht, zog die Stirn in Falten. »Was kommt jetzt?«
»Jetzt gehe ich da rein und fülle den Eimer.«
»Und wenn das Wasser verseucht ist?«
»Das werden wir bald herausfinden. Haben wir eine Wahl?« Er drückte ihr einen Eimer in die Hand. »Wenn ich drin bin, gibst du ihn mir.«
Mit dem Schraubenschlüssel schlug er vorsichtig die letzten Scherben aus dem Fensterrahmen. Er legte eine alte Arbeitsdecke, die er in einer Ecke der Gondel gefunden hatte, auf den unteren Teil des Rahmens, um sich gegen Splitter zu schützen. Mit zitternden Knien stieg er auf das Geländer des Aufzugs und hievte sich unbeholfen durch das Fenster. Als er in der Toilette stand, zog sich sein Magen zusammen. Von drinnen betrachtet, wirkte das Fenster winzig klein. Wenn die Tür jetzt aufflog, hatte er niemals mehr genug Zeit, um in die Gondel zu springen.

»Wenn etwas passiert, ziehst du an dem Hebel da. Und zwar sofort.«
»Darüber mach dir keine Gedanken.«
Demir schluckte und trat an eines der Waschbecken. Vielleicht war die Wasserversorgung bereits zusammengebrochen. Aber als er an den Armaturen drehte, schoss Wasser aus dem Hahn. Während der Eimer volllief, blickte er immer wieder zur Tür. Nichts rührte sich. Endlich konnte er das Wasser abdrehen und Katta den vollen Eimer reichen. »Da sind noch zwei andere.« Warum hatte er das gesagt? Jetzt musste er noch länger hier herumstehen. Der Impuls zu fliehen verstärkte sich sekündlich. Katta gab ihm die Eimer und er füllte sie auf. Sie hatten nun ungefähr dreißig Liter Wasser. Das würde die Gruppe zumindest über den Tag bringen. Demir wollte durch den Fensterrahmen steigen, als er sah, wie Katta mit großen Augen an ihm vorbei in Richtung Tür starrte. Demir drehte sich ruckartig um, was eindeutig die dümmste aller möglichen Reaktionen war. Er hätte sofort zum Fenster springen sollen und zwar mit Vollgas. Jetzt war es zu spät. Er war tot.
Doch die Tür blieb verschlossen. Es bewegte sich nichts und es gab auch nichts zu hören. Demirs Herz setzte mit einem Doppelschlag wieder ein. »Verdammte Scheiße. Katta, was ist los?«
»Mein Handy. Da draußen liegt meine Tasche mit meinem Handy.«
Dummes Weib. Kümmert die sich jetzt um ihr Handy. Demir hätte sie am liebsten angeschrien. Aber dann fiel ihm ein, wie sie den Wachmann auf die Stirn geküsst hatte, um ihm im nächsten Moment eine Kugel in den Kopf zu jagen. »Was soll der Mist?«, fragte er mit unterdrückter Wut.
»Das ist kein normales Handy. Das ist ein Satellitentelefon. Damit kann ich meine Mutter anrufen.«
»Du hast ein Satellitentelefon, um deine Mutter anzurufen?«
»Meine Mutter kann uns helfen. Wenn es jemand kann, dann sie.«
»Willst du mich verarschen?«
Sie sah ihm streng in die Augen. »Mache ich den Eindruck?« Sie schickte sich an, über das Geländer zu klettern. »Wie konnte ich das vergessen? Ich brauche dieses Telefon.«
»Hey, hey. Langsam. Ich hole dir das Ding.«

»Warum? Weil ich eine Frau bin?«
»Weil du eine Frau bist. Ich bin ein Mann.«
»Du kannst mich mal.«
»Was läufst du auf hundert Meter?«
Sie zögerte. »Punkt für dich. Aber das Problem ist, dass du nicht weißt, wie meine Handtasche aussieht. Außerdem kann ich dir nicht mal genau erklären, wo sie liegt.«
»Scheiße.«
»Ja. Scheiße.«
»Dann gehen wir beide«, sagte Demir.
»Macht es das besser?«
»Nein. Aber ich komme trotzdem mit. Ich hoffe, dass es sich lohnt.«
»Das tut es.« Katta kletterte durch das Fenster.
»Warte.« Demir bedeutete ihr, stehen zu bleiben. »Ich sehe erst auf dem Flur nach. Falls wir Schwierigkeiten bekommen, sind wir schneller, wenn nur einer von uns nach draußen muss.«
Katta stoppte und blieb im Fensterrahmen kleben. Das Türschloss klickte, als Demir den Griff drückte und die Tür bedächtig aufzog. Er verzog das Gesicht zu einer Grimasse. Der Flur sah beruhigend gewöhnlich aus. Es war still. Ohne sich umzudrehen, winkte er Katta zu sich. Die stand einige Sekunden später neben ihm, drückte sich geschmeidig an ihm vorbei und schlich den Flur entlang. Demir folgte ihr, zog die Waffe aus dem Gürtel. Vor ihnen weitete sich der Flur zu einem größeren Raum. Demir erkannte, dass sie sich in dem Foyer von gestern Abend befanden. Die Tische waren umgeschmissen. Auf dem Boden verteilte sich ein Gemisch aus Nudelgerichten und zerschlagenem Porzellan. Rotwein hatte Flecken in den Bodenbelag gemalt. In der Mitte des Raumes lag zusammengekrümmt der Körper einer Frau. Sie sah aus wie von einem Wolfsrudel zerrissen. Dass sie tot war, stand außer Zweifel. Katta konnte ihren Blick nicht von der Leiche abwenden. Demir versuchte, die Tote zu ignorieren. Er ließ den Blick weiter wandern. Nach dem Foyer wurde der Flur wieder schmal und führte noch ein gutes Stück weiter, bis er nach links abbog. Kurz vor dem Knick konnte er eine Erhebung auf dem

Boden ausmachen. Aus der Entfernung sah es aus wie ein Zentnersack Kartoffeln. Sicher eine weitere Leiche.
»Deine Tasche. Wo?«, flüsterte er. Katta nickte, orientierte sich. Sie ging nach rechts in den Raum hinein, bückte sich hinter einen der Tische. Als sie wieder stand, hielt sie eine Handtasche in den Händen. Demir folgte ihr, um sich Essen von dem im Raum verteilten Büfett zu organisieren. Als er direkt hinter Katta stand, drehte sie sich zu ihm um und erstarrte in der Bewegung. Er wollte herumwirbeln, riss sich diesmal zusammen. In der Fensterscheibe hinter Katta erkannte er das halbdurchsichtige Spiegelbild eines Mannes, der mit schleppenden Schritten an ihnen vorbeilief. Er kam aus der gleichen Richtung wie sie. Demir umklammerte das Griffstück der Pistole. Er sah Katta eine Sekunde lang an. Die schüttelte unmerklich den Kopf. In der Scheibe sah er, dass der Mann einen Anzug trug. Das Hemd hing aus der Hose. An seinen Füßen fehlte ein Schuh. War das einer von denen? Oder irgendeine arme Sau, die unter Schock stand? Das Risiko war zu groß, um sich bemerkbar zu machen. Wenn der Kerl alleine war, würde er mit ihm fertig werden. Schließlich hatte er eine Waffe. Aber was, wenn da noch mehr waren? Die Gestalt schlurfte mit hängendem Kopf weiter. Nach einigen Metern verschwand sie nach links durch eine offene Tür. Das musste der Zugang zum Treppenhaus sein, durch das sie auf das Dach geflohen waren. Demir wagte es, sich umzudrehen. Er sah vorsichtig um die Ecke in Richtung Toilette, das Schlimmste erwartend. Da war niemand. Nach der Toilette bog der Flur ab. Vermutlich war der Typ daher gekommen.
Demir hatte keinen Hunger mehr. Katta drückte sich an ihm vorbei und wollte den Rückzug antreten. Demir machte einen Schritt nach vorne und hielt sie am Arm fest. Sie sah ihn mit einem fragenden Ausdruck in den Augen an. Er zeigte auf sich und dann auf die Stelle, wo der Mann verschwunden war. Katta schüttelte heftig den Kopf. Ja, das war ein extrem blödes Vorhaben. Genau so verhielten sich die Typen in irgendwelchen Teenie-Horrorfilmen. Statt einfach zu verschwinden, versuchten sie lieber dem Monster am Schwanz zu ziehen. Aber er musste es tun, wollte wissen, was da los war. Er bedeutete Katta zu gehen. Sie sollte in die Gondel

steigen. Es gab keinen Grund, andere für seine Dummheit bezahlen zu lassen. Sie schüttelte wieder den Kopf. Ihre Sache.
Demir schlich so leise er konnte in Richtung Tür. Katta blieb hinter ihm zurück. Je näher er der geöffneten Tür kam, umso langsamer bewegte er sich. Er versuchte einen günstigen Winkel zu finden. Demir wollte viel vom Treppenhaus sehen und dabei möglichst wenig von sich preisgeben.
Erst sah er nur einen Teil der Wand.
Demir beugte seinen Oberkörper vor. Noch mehr Wand und Bodenfliesen.
Ein weiterer kleiner Schritt.
Er zuckte zurück.
Das Treppenhaus war überfüllt mit Menschen. Sie standen dicht gedrängt auf den Stufen, alle in die gleiche Richtung gewandt. Treppauf. Sie standen einfach nur da. Nicht das geringste Geräusch war zu hören.
Demir stolperte beim Zurückschrecken über seine eigenen Füße und konnte sich nur mit Mühe auf den Beinen halten. Hatte man ihn gesehen? Eine Frau hatte in seine Richtung geblickt. Oder war es Einbildung gewesen? Wenn nicht, dann würde er das gleich feststellen. Er drehte sich um. Katta hatte begriffen, dass es Zeit war zu gehen. Sie versuchte Geschwindigkeit und Geräuschlosigkeit zu verbinden, machte große federnde Schritte. Demir tat es ihr gleich.
Am Toilettenfenster angekommen, half Demir Katta nach draußen. In seiner Panik schob er sie so heftig, dass sie drohte, über die Gondel hinauszufliegen. Katta bekam das Halterungskabel der Gondel zu packen und schaffte es sich selber auszubremsen. Dann drehte sie sich um, griff nach seiner Hand und zog ihn nach draußen. Sofort steuerte Demir die Gondel weg und hielt an einem Teil der Gebäudefront, wo die Fassade keine Fenster besaß.
»Was?« Katta kauerte in einer Ecke. »Was hast du gesehen?«
Demir bemühte sich, seine Atmung zu kontrollieren. »Das Treppenhaus ist voll mit denen. Die sind nicht weg.«
»Daran habe ich auch nicht geglaubt.«
»Die da oben aber schon.«

»Das ist dumm.«
»Es ist menschlich. Um die Hoffnung zu behalten, redet man sich die Welt schön«, dozierte Demir trotz seiner Kurzatmigkeit. »Es ist der einfachste Weg. Das Treppenhaus ist frei und wir alle gehen nach Hause. Wunschdenken.«
»Wir müssen nach oben. Und zwar schnell.«

Markus Steller

Die Gruppe machte sich auf den Weg. Bereits im Treppenhaus begann Steller die Werbetypen zu hassen. Im Vergleich mit diesem Haufen bewegte er sich wie ein Ninja. Der Fette vor ihm keuchte ohne Belastung wie eine krepierende Dampflok. Ein anderer fingerte an seinem Handy herum. Dabei stieß er fortgesetzt gegen das Treppengeländer, setzte die Konstruktion in Schwingung, dass es bis ins Erdgeschoss hallte. »Steck das Scheißding ein«, fauchte Steller. »Hier gibt es kein Netz mehr.« Diese Idioten würden sie alle umbringen. Fieber blieb erstaunlich gelassen. Vermutlich war er davon überzeugt, dass sich niemand im Treppenhaus befand. Steller hingegen zuckte bei jedem weiteren Geräusch zusammen.

Sie erreichten den vierten Stock. Von hier aus musste es möglich sein, auf das Pavillondach zu steigen. Das Dach hatte eine schwache Neigung, sodass es keine Probleme geben sollte, darauf zu laufen. Jedenfalls nicht für Steller und seine neuen SEK-Freunde.

Und nun? Bisher war dies der Plan gewesen, den sie auf dem Dach gefasst hatten. Er konnte sich nicht vorstellen, dass das gut ging. Auf das Dach würden sie alle kommen. Unter dem Fenster hing eine Leiter an der Wand. Nur drei Meter nach unten und man hatte es geschafft. Auch von dem Dach hinunterzusteigen schien keine Kunst. Es gab kleinere Gebäude, die wie eine Treppe aneinandergereiht lagen. Am Ende standen Container. Die Herausforderung kam zum Schluss. Um auf die Straße zu gelangen, galt es eine Mauer zu überklettern. Da würde es eng werden. Vor der Mauer hatte er selber Angst. Aber Fieber hatte eine Änderung des Plans in Aussicht gestellt. Er fragte sich nur, wie die aussehen sollte. Der Kommandoführer hatte sich dazu nicht näher ausgelassen, war einfach losmarschiert. Jetzt kam der Moment, in dem er sich erklären musste. Fieber öffnete das

Fenster und erklärte den Fluchtweg. Also doch der alte Plan. Was war das denn für eine Nummer?

»Das schaffe ich nicht«, sagte der Dicke, den Steller bei der ersten Begegnung fast durch die Glastür erschossen hätte.

»Dann gehst du am besten zurück ins Büro und schließt dich ein. Hier im Treppenhaus wirst du auf Dauer nicht sicher sein.« Fieber sprach mit einer solchen Selbstverständlichkeit, dass es einem den Atem nahm.

»Sie können mich nicht alleine lassen.«

Fieber ging nicht darauf ein. »Der Weg ist vorgegeben. Wer mitkommen will, soll das tun. Dem Rest wünsche ich viel Glück.«

Das erinnerte Steller an gestern Nacht.

»Was soll das? Sie haben gesagt, dass Sie den Plan ändern wollten«, beschwerte sich eine der Frauen.

»Ich habe darüber nachgedacht, aber keine bessere Möglichkeit gefunden. Daher halte ich an dem ursprünglichen Plan fest.«

»Warum gehen wir nicht einfach bis ins Erdgeschoss und laufen über die Straße?«

»Wenn das eine Option wäre, würde ich genau das tun.«

Die ersten Polizisten schwangen sich aus dem Fenster. Warum hatte Fieber die Leute mitgenommen? Er hatte nie vorgehabt, den Plan zu ändern. Steller kletterte auf das Dach. Als er auf den Schindeln stand, merkte er, dass die Sache ekeliger war als gedacht. Er musste sich ziemlich schief halten, sich mit einem Arm abstützen. So als liefe er an einem Abhang entlang. Es war nicht wirklich schwer, aber unangenehm. Nach der halben Strecke sah er sich um. Mittlerweile hatten es alle auf das Dach geschafft. Auch die Werbeleute. Die meisten krochen mehr über die Dachziegel, als dass sie gingen. Plötzlich fiel ihm etwas ein. »Wolf. Warte mal.«

Der SEK-Mann, der vor ihm lief, stoppte und drehte sich um. »Was?«

»Habt ihr denn die Fahrzeugschlüssel? Ich meine, die Hälfte von euch fehlt.«

»Jeder von uns hat alle Schlüssel in der Tasche. Wenn es mal richtig knallt, dann weiß man vorher nicht, wer fahren muss.«

Das klang in Stellers Ohren erfrischend professionell. »Wie viele Fahrzeuge habt ihr eigentlich?«

»Drei.«

»Transporter?«

Wolf setzte sich wieder in Bewegung. »Einen Mercedes Vito und zwei BMW X5.«

Steller blieb kurz stehen. Das würde richtig eng werden. Bevor er sich näher mit der Frage des Transportes befassen konnte, erreichten sie das Ende des Daches. Der Pavillon besaß zwei Anbauten, deren Dächer tiefer lagen. Sie sprangen von einem Dach hinunter auf das nächste und schließlich auf einen Container. Dann hatten sie den Boden erreicht.

»Was jetzt?« Steller hatte den Innenhof überquert, stand an der Mauer zur Straße. Sie ragte mehr als drei Meter in die Höhe und er fragte sich, wie er da hinaufkommen sollte. Und selbst wenn? Auf der anderen Seite würde er springen müssen. Bei einem Sprung aus der Höhe konnte man sich als Ungeübter leicht den Knöchel verstauchen. Daran wollte er gar nicht erst denken.

»Wir schieben die Mülltonnen hier rüber. Das muss reichen«, sagte Wolf.

»Das schaffen die Werbeheinis nie im Leben«, gab Steller zu bedenken. Wolf reagierte nicht. Schippe kam nach vorne gerannt. »Los, los. Das muss schnell gehen.« Die Polizisten schoben einige der Tonnen vor die Mauer. Ein Beamter sprang nach oben, griff nach der Mauerkrone und zog sich hoch. Bald saß er rittlings auf der Mauer und half den Nachfolgenden beim Klettern. Der Erste war auf der anderen Seite angekommen, als Steller hinter sich das unangenehme Geräusch einer platzenden Glasscheibe hörte.

PLATZREGEN

Demir Kara

Die Gondel quälte sich für Demirs Geschmack viel zu langsam die Fassade hinauf. Was passierte, wenn der Strom ausfiel? Er wusste, dass man den Außenaufzug mit einer Kurbel bewegen konnte. Aber das würde ewig dauern. Vielleicht war der Strom bereits ausgefallen. Hatte ein Bankhochhaus eine Notstromversorgung?

»Was sollen wir jetzt tun?«

Demir hatte keine Ahnung. »Ich weiß es nicht.«

Katta hatte sich mittlerweile mit der Höhe arrangiert, wirkte selbstsicherer. Demir fielen ihre Augen auf. Sie hatten einen weichen, hellbraunen Farbton. Katta hatte zweifelsohne schöne Augen. Aber interessanter als das, war ihr klarer Blick, der trotz der sichtbaren Angst gefasst wirkte. »Das wird heute genauso heiß wie gestern. Da oben gibt es kaum Schatten. Auch mit Wasser können wir das nicht lange aushalten. So etwas sind die Leute nicht gewohnt«, sagte sie.

Nein, natürlich sind sie das nicht gewohnt. Die sind es gewohnt mit der Tüte Chips auf der Couch zu liegen. Das waren alles Weicheier. Bei der Einschätzung sparte er sich selber nicht aus. Er war selber ein ziemlich nasser Sack. »Wir werden das Dach verlassen«, sagte Demir.

»Mit der Gondel? Dann müssen wir zweimal fahren. Wie soll das gehen? Sollen die Ersten, die unten ankommen, auf der Straße warten?«

Woher sollte er das wissen? »Habe ich Abitur oder du?« Katta zeigte sich eingeschnappt und sagte nichts mehr. Ein paar Meter und sie hätten sie das Dach erreicht. Demir sah über die Stadt hinaus. Die Rauchsäulen, die in den Himmel stiegen, waren ihm bisher nicht aufgefallen. Das sah nicht gut aus.

Katta schrie auf. Aus dem Augenwinkel sah Demir, ein großes rot verpacktes Geschenk an der Gondel vorbeifallen. Er beugte sich über das Geländer, versuchte dem Paket hinterherzuschauen.
Das durfte nicht wahr sein. Da segelte die Frau im roten Kleid zu Boden.
Der Aufzug erreichte die Dachkante. Die Gruppe der Überlebenden hatte sich aufgeteilt. Die meisten standen geschlossen in der Nähe des Dachrandes, wenige Meter von der Gondel entfernt. Drei der Banker klebten an der Tür zum Treppenhaus. Die haben sie aufgemacht. Diese Vollidioten haben die verdammte Tür geöffnet.
Zu dritt stemmten sich die Männer im 45-Grad-Winkel gegen das Türblatt. Für den Augenblick herrschte ein Gleichgewicht der Kräfte. Einen Spaltbreit stand die Tür offen. Nicht mehr als zehn Zentimeter. Arme ragten aus dem Treppenhaus heraus und verhinderten, dass sie ins Schloss fiel. Es war eine Frage der Zeit, bis der Druck von innen die Tür aufsprengen würde.
Demir sprang auf das Dach und zog die Pistole aus dem Hosenbund. Wenn er das ganze Magazin in den Spalt schoss, gaben die Irren vielleicht die Tür frei. Katta hielt ihn am Arm fest. »Bleib hier. Wir müssen runter.« Sie hatte recht. Es war zu spät. Demir drehte sich um und stieg zurück in die Gondel.
Einer der Männer, die sich gegen das Türblatt stemmten, verlor die Nerven und rannte davon. Eine panische und planlose Aktion. Er lief nicht zur Fensterputzergondel. Stattdessen jagte er in die entgegengesetzte Richtung, als gäbe es dort einen Ort, der Sicherheit bot. Aber da war nur der Kieselsteinbelag des Daches, umsäumt von einem dreihundert Meter tiefen Abgrund.
Die Tür flog auf wie der überlastete Wall eines Staudammes. Der Rest der Gruppe drängte in die Gondel. Zusammen mit Katta waren sie nun zu neunt. Die vier vom Cateringservice, der alte Mann mit den weißen Haaren, die Bankerin und ihr fetter männlicher Gegenpart. Demir zog an dem Hebel und der Aufzug sank in Zeitlupe nach unten. Er konnte noch kurz den flüchtigen Banker sehen, wie er einem aufgescheuchten Huhn gleich im Kreis lief. Die anderen beiden waren bereits in einer Flut von Körpern verschwunden. Als Demir die Sicht auf das Dach verlor, hatten die

Verrückten bereits die Hälfte des Weges zur Gondel überbrückt. Langsam glitten sie tiefer. Die Irren mussten einfach nur in die Gondel hüpfen. Alle sahen gebannt nach oben.
Einige Sekunden geschah nichts. Dann regnete es Körper. Ihre Verfolger stürzten sich wie Lemminge über den Dachrand, flogen, durch den Schwung zu weit getrieben, knapp an der Gondel vorbei. Die Menschen in der Gondel drängten sich möglichst nah an die Hausfassade, bemüht den Abstand zwischen sich und dem Platzregen aus Fleisch und Knochen groß zu halten.
Dann schlug es direkt in ihrer Mitte ein. Ein Mann knallte auf den Boden der Gondel. In letzter Sekunde hatte die Gruppe eine Lücke gebildet. Ihr Besucher kam auf die Beine. Ohne nachzudenken, packte Demir ihn an den Beinen und versuchte, den Kerl aus dem Aufzug zu schmeißen. Katta half ihm. Gemeinsam schafften sie es, den Mann über die Brüstung zu drücken. Sein Oberkörper schwebte im Nichts. Der Mann zappelte, krümmte sich wie ein Fisch am Haken. Er schnappte nach Katta. Demir ging in die Hocke, stemmte sich gegen die Oberschenkel des Mannes und drückte sie nach oben, bis er fiel. Demir sah dem trudelnden Körper nach.
Mittlerweile hatte die Gondel fünfzig Meter Abstand zum Dach gewonnen. Der Menschenregen hatte aufgehört. Demir stoppte ihr Gefährt.
»Warum halten wir an?«, fragte eine der Cateringdamen.
»Weil wir uns überlegen müssen, was wir tun, wenn wir unten ankommen«, sagte Demir.
»Wir sollten wieder hochfahren«, sagte der alte Mann, der seine Frau im Treppenhaus verloren hatte. »Da oben ist nichts mehr zu sehen.«
»Auf keinen Fall«, sagten Katta und Demir gleichzeitig. Der Alte schien sie nicht zu hören. Katta zog ihn leicht am Ärmel. Er drehte sich zu ihr um. »Die sind immer noch da«, sagte sie in einem möglichst beruhigenden Ton.
»Woher willst du das wissen?«
»Ich weiß es genauso, wie ich gewusst habe, dass sie noch vor der Tür stehen.«
Der Mann schwieg.

»Was sollen wir jetzt tun?« Die Bankerin sah Demir an. Ihre Lippen bebten und Tränen liefen ihr die Wangen hinab.
»Ich weiß es nicht.«
»Wieso weißt du das nicht? Du hast uns hierher geführt.« Die Frau zeigte wütend auf Demir. »Du bist schuld, dass wir in dieser Lage sind.«
Demir reagierte nicht.
»Hier können wir nicht bleiben. Noch weniger als auf dem Dach«, sagte Katta.
»Vielleicht kö... «
Die Diskussion wurde durch ein abruptes Rucken beendet. Der Außenaufzug rutschte ohne Zutun der Reisenden einen Meter in die Tiefe.
Alle schrien auf. Die Gondel blieb stehen. Was war das? Sie waren zu schwer. Aber das musste das Ding doch aushalten. Zulässiges Gewicht hin oder her. Sie lebten in Deutschland, da gab es Sicherheitstoleranzen für Sicherheitstoleranzen. Demir sah nach oben. Bewegte sich da die Halterung? Das Dach war zu weit weg, um das erkennen zu können.
Erneut ein Rucken. Demir fühlte, wie sich seine Innereien anhoben, während er sich für eine Zehntelsekunde im freien Fall befand. Die Gondel kam erneut zum Stehen.
»Was ist das?« »Ich will hier raus.« »Warum hilft uns denn keiner?«
So schwer konnten sie einfach nicht sein. Das musste dieses Ding aushalten. Nein, nicht so. Nicht jammern und flehen. Wenn ein Schiff sank, ertranken die meisten, weil sie darauf warteten, dass ihnen irgendjemand den Hintern rettet. Sie vergaßen dabei, dass irgendjemand sich gerade sehr um seinen eigenen Hintern bemühen musste und keine Zeit hatte. Er griff nach dem Schraubenschlüssel und schlug die nächstliegende Scheibe ein. Der Außenaufzug vibrierte. Er zog Katta zu sich heran. »Los, rein da!«
»Ich will nicht.«
»Wir stürzen ab. Rein da!«
Demir stieß Katta durch den Fensterrahmen und sprang hinterher. Er verlor das Gleichgewicht, torkelte durch den Raum und knallte

gegen einen Wandschrank. Als er sich wieder gefangen hatte, sah er sich um. Sie befanden sich in einem kleinen Büro. Die Tür zum Flur war geschlossen. Er wandte sich dem Fenster zu, wollten den anderen sagen, dass sie hereinkommen sollten. Aber das war unnötig. Einer nach dem anderen schoben sie sich durch den Fensterrahmen und landeten unsanft auf dem Boden. Demir half ihnen beim Aufstehen, um Raum für die Nachfolgenden zu schaffen. Es dauerte keine Minute, da waren alle im Büro versammelt. Die Gondel wackelte und rutschte weiter an der Hausfassade nach unten. Gut, er hatte gehandelt. Hatte sich nicht mit der unsinnigen Frage nach dem Warum und dem Weshalb befasst, sondern das getan, was getan werden musste. Vielleicht hatte er mehr drauf als gedacht.

»Wir müssen aus diesem Hochhaus«, flüsterte Katta. Demir nickte. Wie standen ihre Chancen? Der ganze Mist hatte gestern Abend angefangen. Das war ein Samstag gewesen. Viele hatten da sicher nicht gearbeitet. Ein Großteil des Gebäudes musste menschenleer sein. Das hoffte er jedenfalls. Wo es keine Menschen gab, gab es keine Irren. So weit, so gut. Die Wahnsinnigen, die oben die Party versaut hatten, stammten von der Straße. Viele von ihnen lungerten jetzt auf dem Dach herum oder lagen zerschmettert unten auf der Straße. Wie viele Meter lagen zwischen ihnen und dem Dach? Fünfzig Meter? Achtzig Meter? Wenn sie Glück hatten, befanden sich die Verrückten alle über ihnen. Sie mussten nur leise sein. Demir sah sich die Leute an. Ein erbärmlicher Haufen. Waren die in der Lage geräuschlos Dutzende Stockwerke hinunter zu laufen? Eher nicht. Was, wenn sie unterwegs doch welche trafen? Er hatte noch zehn Patronen im Magazin. Gegen ein oder zwei konnte er sich durchsetzen. Danach würde es heißen: Rennen, was das Zeug hält. Aber wohin eigentlich? Das war keine Situation, bei der man sich den nächsten Schritt in Ruhe nach Beendigung des vorherigen bei einer Tasse Kaffee überlegen konnte. Ganz im Gegenteil. Der Plan lautete, die Stadt zu verlassen. Aber wie sollten sie das anstellen? Laufen war keine Option.

Demir sah sich um. Die Leute saßen apathisch auf dem Boden. Wie lange hatten sie nichts mehr getrunken? Zwölf Stunden? Das

war weit davon entfernt, lebensbedrohlich zu sein, aber es forderte bereits körperlichen Tribut. Die Wassereimer standen in der Gondel und die war fort. Er und Katta hätten trinken können. Aber sie hatten einfach nicht daran gedacht. Die Zeit lief.
Er blickte zu Katta, deren Stirn in Falten lag. »Was ist da oben passiert?«, fragte sie. Demir fand die Frage überflüssig. Es war klar, was geschehen war. Auf der anderen Seite hatte er gerade kein besseres Programm auf Lager. Also hielt er sich zurück. Der dicke Banker antwortete. »Wir haben beschlossen, die Tür zu öffnen.«
»Ich habe das nicht beschlossen«, fauchte der Mann vom Catering.
Der Dicke ließ sich nicht beirren. »Wir haben dem Mädchen die Chipkarte abgenommen. Wir waren uns sicher, dass die Verrückten weg waren.«
Demir hätte ihm am liebsten in die Schnauze geschlagen. »Was ist mit dem Mädchen passiert?«
»Ich weiß nicht. Als wir die Tür öffneten, ging es gleich los. Wir haben versucht, sie wieder zu schließen. Aber es ging nicht.«
»Das habe ich gesehen«, sagte Demir.
Der ältere Mann flüsterte: »Sie ist einfach vom Dach gesprungen. Warum hat sie das getan?«
»Panik«, sagte Demir. Vielleicht war sie am schlausten von ihnen allen gewesen. Sie hatte jetzt wenigstens keine Probleme mehr. Warum hing man eigentlich so am Leben? Gerade in einer solchen Situation. War es nicht viel klüger, einfach aus dem Fenster zu springen? Er schüttelte den Gedanken ab. »Wir müssen das Gebäude verlassen. Sind wir uns da einig?« Niemand reagierte, was Demir als Zustimmung interpretierte. Er erklärte seine Einschätzung der Situation. Als er fertig war, sagte er: »Daher denke ich, dass wir Chancen haben, unbehelligt nach unten zu kommen.«
»Und dann?«, fragte der alte Mann.
»Wir müssen die Stadt verlassen«, sagte Katta.
Der Mann vom Catering mischte sich ein. »In der Tiefgarage steht unser Bus. Das heißt, es sind drei Busse. Aber ich habe nur die Schlüssel von einem.« Der Mann fuhr sich mit einer fahrigen

Bewegung über das Gesicht. Zum Beweis holte er mit zitternder Hand einen Autoschlüssel aus seiner Hosentasche.
»Wir nehmen die Treppen bis in die Tiefgarage, schnappen uns die Karre und verlassen die Stadt.« Demir wollte nicht daran denken, wie viele Unbekannte es bei diesem Plan gab.
»Warum fahren wir nicht mit dem Fahrstuhl?«, fragte der alte Mann.
»Momentan ist der Strom da. Wer weiß, wie lange noch. Wenn der Aufzug stecken bleibt, wird niemand kommen, um uns zu befreien. Wir werden sterben.« Alle schauten unglücklich. Aber keiner wagte zu widersprechen.
»Wir müssen los«, sagte Katta.
Demir hatte Angst. Daher schien es verlockend, lieber bis in den späten Abend das Für und Wider ihrer Möglichkeiten zu debattieren. Er ging zur Bürotür und legte die Hand auf die Klinke. Die Gruppenmitglieder quälten sich auf die Füße. Nur der alte Mann mit den weißen Haaren und die Bankerin blieben sitzen. »Was ist?«, wollte Katta wissen.
»Ich bleibe hier«, sagte der Mann. »Ich habe keine Kraft mehr. Wenn Sie unterwegs auf Hilfe stoßen, dann sagen Sie Bescheid, dass hier noch jemand ist.«
Was für Hilfe? Da ist niemand. Aber vermutlich wusste der Alte das selber ganz genau.
»Ich bleibe auch. Ich kann da nicht raus. Lieber verdurste ich.«
»Sie müssen mitkommen.« Demir versuchte die Frau zu überzeugen. »Sie werden sterben. Niemand wird kommen, um sie zu retten.«
Die Frau blieb sitzen, zog die Beine eng an den Körper. »Dann ist es so. Ich kann da nicht rausgehen.«
Demir und Katta versuchten es weiter. Es nutzte nichts. Die beiden hatten ihre Entscheidung getroffen. Vermutlich war es besser so. Sie hätten die Gruppe nur in Gefahr gebracht. »Versuchen Sie, hinter uns die Tür zu blockieren. Falls sie hier eindringen.« Demir zögerte kurz. »Dann sollten Sie aus dem Fenster springen.« Pause. »Ist nur ein Rat.«
Die Frau fing an zu weinen, blieb aber sitzen. Demir wandte sich ab, öffnete die Tür, sah sich kurz um und verließ das Büro. Katta

folgte ihm. Sie hatte den Riemen ihrer Handtasche fest um die Schulter gebunden, sah aus wie Indiana Jones. Demir hatte den Eindruck, dass sie seine Nähe suchte. Das war in Ordnung. Ihm ging es nicht anders. Er würde versuchen, auf sie aufzupassen. Falls das noch etwas zählte.

Auf dem Gang waren die Büros geschlossen. Hier war gestern niemand gewesen. Da war er sich sicher. Das Bild der Schließkarte sprang in seinen Kopf. Die lag jetzt oben auf dem Dach und half keinem mehr. Was, wenn sie auf ihrem Weg auf verschlossene Türen trafen? Aufbrechen? Einschlagen? Womit sollten sie das hinkriegen? Außerdem wäre das viel zu laut.

Nach einigen Schritten blieb Katta stehen, winkte Demir zu sich heran. Sie zeigte auf einen Plan, der an der Wand hing. Rettungswege. So wie es aussah, befand sich das große Treppenhaus direkt vor ihnen. Das nächste der kleinen Treppenhäuser, die nur einige Stockwerke miteinander verbanden, lag weiter den Gang hinab. Das war eine Alternative. Die Infizierten hatten sich im Haupttreppenhaus befunden. Mit etwas Glück konnten sie die kleinen Treppen nutzen, um nach unten zu gelangen.

Vorsichtig näherten sie sich dem Haupttreppenhaus. Demir spähte durch das Glasfenster in der Tür. Niemand zu sehen.

Sie ließen das Treppenhaus links liegen und schlichen weiter. Der Flur machte einen Bogen. Abrupt endete ihr Ausflug vor einer verschlossenen Glastür. Demir biss sich auf die Lippe. Er hätte diese Chipkarte niemals aus der Hand geben dürfen. Somit blieb nur der Weg über das große Treppenhaus. Sie kehrten um. Demir bedeutete den anderen, dass sie warten sollten. Vorsichtig betrat er das Treppenhaus. Er schloss die Augen und lauschte. Nicht das geringste Geräusch. Er winkte der Gruppe zu.

Einzeln folgten sie ihm und begannen behutsam die Treppen hinabzusteigen. Demir kam es fürchterlich laut vor. Wie viele Stockwerke waren es bis nach oben? Zwanzig? Wie weit trug der Schall? Die Truppe kam gut voran. Aber sie wurden immer schneller und lauter, bis Katta die Hände hob und mit Gesten zu verstehen gab, dass sie sich alle beruhigen sollten. Demir drosselte das Tempo. Fünfundzwanzig Stockwerke lagen hinter ihnen, als

es im Treppenhaus anfing zu poltern. Dann hörte er Schreie. Waren das der alte Mann und die Frau, die sie im Büro gelassen hatten? Natürlich. Das war absehbar gewesen. Warum hatte er das nicht gleich verstanden? Vor seinem inneren Auge sah er, wie der alte Mann die Treppen nach oben schlich, um seine Frau zu suchen. Das war der Grund, warum er nicht mitwollte. Gleichzeitig lief die von ihm alleingelassene Bankerin gerade polternd die Treppen hinab, um Anschluss an die Gruppe zu finden. Die beiden legten eine ideale Fährte.
»Was ist da los?« Katta sah Demir an.
Die Schreie wurden lauter, schwollen zu einem Kreischen an.
»Scheiß drauf«, schrie Katta. »Rennt!« Sie stolperten die Treppenstufen hinunter. Der Lärm, den sie verursachten, spielte keine Rolle mehr. Kamen die jetzt alle heruntergerannt? Wie viele Stockwerke hatten sie Vorsprung? Fünfunddreißig? Wie viel war das umgerechnet in Minuten? Demir wurde schwindelig. Er sprang die Treppen hinab. Bei jedem Absatz versuchte die Fliehkraft ihn an die Wand zu klatschen. Er klammerte sich mit der linken Hand an das Geländer und flog um die Kurve wie der Sitz eines Kettenkarussells. Im Erdgeschoss spuckte ihn das Treppenhaus aus und er stolperte in das Atrium. Demir zog die Pistole und kreiselte um seine Körperachse. In seinem Kopf drehte sich alles. Er strauchelte, fing sich wieder. Die an ihm vorbeirauschenden Bilder entschleunigten sich und kamen zum Stehen.
Überall standen gewaltige Kübel mit breitblättrigen Pflanzen herum. Demir sah nach oben. Über ihm schien es keine Decke zu geben. Nur Leere und Galerien. Im Eingangsbereich waren die Fenster zerschlagen, der Boden mit Glasscherben gesprenkelt. Nicht weit von hier, musste die tote Empfangsdame liegen. Er drückte den Gedanken weg und sah zum Treppenhaus. Es war keiner hinter ihm. »Katta.« Er wollte auf sie aufpassen. Schon hatte er versagt.
Dann polterte die Gruppe heran. Katta lief an dritter Stelle. Gott sei Dank.
Bis auf Katta hetzten alle an ihm vorbei. Auch der Typ mit den Schlüsseln. »Hey. Wir müssen runter in die Tiefgarage«, schrie

Demir. Der Mann rannte weiter in Richtung Ausgang. »Hey!« Demir riss die Pistole hoch, wollte dem Arsch in den Rücken schießen. Seinetwegen würde er nicht verrecken.
Katta zog seinen Arm nach unten. »Nein. Tu das nicht.«
»Was soll ich denn sonst machen?«
»Wir müssen weg.«
Sie rannten auf die Straße. Der Rest der Gruppe hatte Vorsprung und lief geschlossen in Richtung Taunusanlage. Demir zögerte.
»Wir müssen weiter«, schrie Katta.
»Wohin? Einfach nur rennen?«
Er sah sich in alle Richtungen um. Überall standen Autos. Natürlich. Die Menschen hatten fluchtartig ihre Fahrzeuge verlassen. Bei der einen oder anderen Kiste musste der Schlüssel stecken. »Wir nehmen uns einen Wagen.«
Katta nickte. »Ja, okay.«
In diesem Moment öffnete sich direkt vor ihnen die Hintertür eines Audis, der am Straßenrand stand. Das war das Kurierfahrzeug. Demir hob die Waffe. Vor ihm sprang Bilal auf die Straße. »Alter. Du lebst?« Demirs Waffe und Kinnlade senkten sich gleichzeitig. Bilal wirkte verändert. Eine aschfahle Erscheinung mit runden ängstlichen Augen im Kopf. Die letzte Nacht hatte ihn ausgewrungen wie einen Spülschwamm. »Komm.« Mehr hatte Bilal nicht zu sagen. Er riss die Fahrertür des Audis auf und sprang hinein. Aus dem Augenwinkel nahm Demir eine Bewegung in der Bank war. Katta schien die ebenfalls bemerkt zu haben. »Scheiße.« Sie hechtete auf die Rückbank. Demir rannte um den Wagen herum und landete auf dem Beifahrersitz. Bilal drehte den Zündschlüssel. Der Anlasser eierte vor sich hin, ohne dass der Motor startete. »Mach das Ding an!« Demir versuchte, an Bilal vorbei in Richtung der Bank zu blicken. Noch war alles ruhig.
»Junge. Was denkst du, was ich hier mache?« Er versuchte es erneut. Wieder nichts. Die Batterie war leer. In der Nacht hatte er die mit Autos verstopften Straßen gesehen. Überall hatten die Scheinwerfer gebrannt. Wer schaltete schon das Licht aus, wenn er in Panik aus der Kiste sprang?

»Wir müssen hier raus«, schrie Katta. Demir langte nach dem Türgriff. Was nützte die ganze bekloppte Elektronik, wenn die nicht einmal die Scheinwerfer absch...

Der Motor heulte auf. Der Audi fuhr mit quietschenden Reifen an.

»Wohin? Wo sollen wir hin?«, schrie Bilal.

ABLENKUNG

Markus Steller

Als er das Klirren von Glas hinter sich hörte, drehte Steller sich nicht um. Es war klar, was das bedeutete. Durch das Treibmittel der Angst beschleunigt, flog er die Mauer hinauf, saß Sekunden später auf der Mauerkrone und zog den nachfolgenden Kollegen nach oben.
Dann musste er doch hinsehen. Durch ein zwei mal zwei Meter großes Fenster schoben sich menschliche Körper. Für den Moment behinderten sie sich gegenseitig. Einzelne Leiber tropften wie zähflüssige Lava auf die Pflastersteine. Weitere Fenster wurden von innen aufgesprengt. Fieber stand in der Mitte des Innenhofes zusammen mit den Büromenschen. Die Verrückten, die als Erstes aus den Fenstern gefallen waren, sprangen auf und rannten auf die Gruppe zu. Fieber hob die MP und schoss. So ein Unsinn. Es waren zu viele. Aber Fieber feuerte nicht auf die Angreifer. Der dicke Werbefachmann, der ihnen die Tür geöffnet hatte, ging als Erster zu Boden. Dann der Nächste. Fieber benutzte die Waffe präzise, bewegte sich gleichzeitig rückwärts in Richtung der Mauer. Ein weiterer SEKler eröffnete das Feuer. Die Zivilisten brachen nach der Reihe zusammen.
Die beiden Polizisten drehten sich um, sprinteten zur Mauer, sprangen aus vollem Lauf auf die Mülltonnen und flankten akrobatisch hinüber, als erwartete sie auf der anderen Seite ein Swimmingpool und kein gepflasterter Bürgersteig. Die SEK-Männer waren verschwunden.
Steller konnte sich nicht bewegen. Er sah, wie einige der Zurückgebliebenen auf die Mauer zu humpelten. Andere wälzten sich auf dem Boden. Die ersten Angreifer stürzten sich auf die Liegenden, begruben sie unter ihren Körpern. Mittlerweile waren vier oder fünf Fenster zerschlagen. Der Hof wurde mit Körpern geflutet. Ein Mann, der sein Bein nachzog, versuchte auf die

Mülltonnen zu steigen. Steller beugte sich hinunter und reichte ihm die Hand. Im nächsten Moment wurde der Verletzte an den Haaren zurückgerissen. Der ganze Innenhof war von Leibern überschwemmt, die Menschen krochen übereinander wie wild gewordene Wanderameisen. Immer mehr schoben sich in den Hof. Steller bekam die Kontrolle über seinen Körper zurück. Er sprang die Mauer hinunter, kam schwer auf. Ein stechender Schmerz sprang von seinem Fuß die Wade hinauf und blieb in seinem Knie stecken. Hatte er sich das Bein verstaucht? Dann war er tot. Er trat auf, ignorierte den Schmerz und sprintete in Richtung der Fahrzeuge. Die standen auf der Straße, bereits ausgeparkt, alle Türen bis auf drei geschlossen. Die fuhren ohne ihn, ließen ihn hier einfach verrecken. Er rannte so schnell er konnte. Bitte nicht.
Dann sah er zwei SEK-Männer. Sie standen in Höhe der Autos auf dem Bürgersteig. Steller hatte noch fünfzig Meter vor sich. Die Muskeln in seinem rechten Bein blockierten und er fing an zu humpeln. Die beiden Kollegen vor ihm hoben die Maschinenpistolen in den Anschlag. Die wollten ihn umlegen. Warum? Warum fuhren sie nicht einfach weg?
Schüsse fielen.
Steller lief weiter, spürte nichts.
Wieder Schüsse.
Er begriff. Die Meute hatte die Mauer überwunden, jagte ihn. Bloß nicht umdrehen. Wer sich umdrehte, verlor die Koordination und flog auf die Fresse. »Komm schon, Alter!«, schrie einer der Männer. Steller erreichte die Fahrzeuge, sprang durch die offene Tür von einem X5 auf die Rücksitzbank. Auf dem Fahrersitz erkannte er Flu. Der Mann gab sofort Gas. »Wo muss ich lang?«, schrie er.
»Geradeaus. Ende ... rechts.« Steller versuchte, ohne Luft in den Lungen zu sprechen.
»Das konnten wir von oben nicht einsehen«, schrie Flu.
»Planänderung.« Steller hyperventilierte. »Dynamische Lage. Kennt ihr doch.«
Der X5 machte eine Vollbremsung, schlitterte nach rechts auf die Konrad-Adenauer-Straße. Vor ihnen standen verlassene Fahrzeuge. Der Wagen schleuderte wie bei einer Slalom-Abfahrt.

»Ruhig, Junge«, sagte Fieber, der auf dem Beifahrersitz saß. »Einen Unfall können wir uns nicht leisten.«
Steller konnte immer noch nicht richtig atmen und er hatte nicht das Gefühl, dass sich das zeitnah bessern würde. Er drehte sich um. Die beiden anderen Fahrzeuge folgten ihnen. Als er nach vorne blickte, sah er in Fiebers Augen. Der hatte sich im Sitz gedreht. »Ich liebe es, wenn ein Plan funktioniert«, sagte er lächelnd.
Steller blieb stumm.
Wie schnell der Firnis der Zivilisation abblätterte. Fieber hatte nie vorgehabt, die Menschen mitzunehmen. Wenn man das isoliert, ohne moralische Komponente, betrachtete, war es eine vernünftige Entscheidung. Die Zivilisten waren langsam, laut, mussten versorgt werden und waren in keiner Hinsicht hilfreich. Es war schwer genug ohne Ballast. Schwer genug, sich selber am Leben zu halten. Wenn Fieber sich entschieden hätte, die Leute an Ort und Stelle zu lassen, dann hätte Steller das verstanden. Aber was Fieber getan hatte, nannte er Mord. Auch wenn die Flucht ohne Zwischenfall funktioniert hätte, hätte er sie am Ende getötet. In den Fahrzeugen gab es viel zu wenig Platz. Steller war sich sicher, dass Fieber sie spätestens an der Straße zurückgelassen hätte. So, wie sich die Situation darstellte, glich das einem Todesurteil. Fieber befand sich in einem höheren Überlebenskampfmodus. Er sah sich und seine Männer als wichtigstes Gut an, das es zu schützen galt. Die Kosten spielten keine Rolle. Die Schwachen als taktisches Einsatzmittel.
Fiebers Verhalten trug eindeutig psychopathische Züge. Steller glaubte nicht, dass Fieber das Töten Freude bereitet hatte. Es schien ihm vielmehr gleichgültig zu sein, eine nötige, aber belanglose Tätigkeit. Als ob er einen platten Reifen wechselte. Steller fühlte sich selber wie ein platter Reifen. War er selbst irgendwann auch an der Reihe? Oder sah Fieber ihn wirklich als Teil der Gruppe? Er musste höllisch aufpassen. Im Moment war es sicher am klügsten, den Mund zu halten. Cool bleiben, egal um welchen Preis. Spielraum für Trial-and-Error gab es nicht. Die neue Ordnung verzieh keine Fehler.

Was war mit dem Kollegen, der zusammen mit Fieber auf die Zivilisten geschossen hatte. Warum hatte er das getan? Verwirrung? Stress? Oder war das ein Menschenschlag? Er konnte sich nicht erinnern, wer da gefeuert hatte. Das war alles zu schnell gegangen.
Die Fahrzeuge bogen in die Berliner Straße ein, fuhren grob in Richtung Hauptbahnhof. Die Straße besaß pro Fahrtrichtung zwei Fahrbahnen und war recht breit. Überall standen verlassene Fahrzeuge herum. Der Boden war übersät mit Leichen. Steller versuchte, die Toten zu ignorieren. Teilweise umfuhren sie die Hindernisse, indem sie auf den Bürgersteig auswichen. Das gelang nicht immer, dann holperte der BMW ekelig. An zwei Stellen zwang sie die Verkehrslage zum Anhalten. Fieber gab über den internen Funk des SEK-Teams Anweisungen. Seine Leute stiegen aus und schoben Autos beiseite. Stehen zu bleiben war mehr als unangenehm. Steller verrenkte sich nervös den Hals auf der Rückbank, versuchte die Gegend im Auge zu behalten. Es blieb ruhig. Keine kreischenden Irrsinnigen. Keine Tauben. Kein nichts. Doch er ließ sich nicht täuschen. Sie waren da. Das hatte ihre Fluchtaktion deutlich gezeigt. Konnten sie kein Licht vertragen? Vielleicht kamen sie nur aus ihren Löchern, wenn sie Beute witterten. Aber warum nicht jetzt? Der Lärm der Motoren sollte ausreichen. Er sah sich die Fassaden der umliegenden Gebäude an. Geschäfte mit darüber liegenden Büros. Vereinzelnd einige Wohnungen. Bei einigen Läden waren die Schaufenster zerschlagen, aber insgesamt schien alles intakt. Er fragte sich, wie viele Menschen sich in den Wohnungen eingeschlossen hatten. Es musste Tausende von Überlebenden in der Stadt geben. Oder schätzte er die Lage völlig falsch ein? Sie erreichten den Theatertunnel. Wo waren die alle? Diese Irren konnten sich doch nicht in Luft auflösen. Gestern Abend war die ganze Stadt voll gewesen. Steller beugte sich nach vorne, hatte auf einmal begriffen, was los war.
»Wir müssen von dem Tunnel weg.«
Fieber drehte sich halb zu ihm um. »Natürlich fahren wir nicht durch den Tunnel. Viel zu riskant. Wir fahren daran vorbei.«
»Du verstehst nicht. Wir müssen hier weg. Die sind da drin.«
Fieber sah ihn erstaunt an. »Woher willst du das wissen?«

Flu schrie auf.
Dann sah Steller sie. Hunderte rannten aus dem Tunnel in ihre Richtung. Sie strömten aus dem Schatten wie ein gigantischer Schwarm Fledermäuse in der Dämmerung.
Flu trat auf die Bremse. »Die Straße ist blockiert.«
»Dann schieb die Karre aus dem Weg. Ramm sie weg.« Fieber drückte die Sprechtaste, die an einem Kabel aus seinem linken Ärmel heraushing. »Achtung, Achtung! Kontakt im Tunnel. Wir fahren rechts vorbei. Hindernisse werden gerammt.« Der X5 stoppte kurz vor einem kleinen koreanischen Auto, nahm Fühlung auf. Dann gab Flu Gas. Der Wagen wurde zur Seite geschoben wie ein Bobbycar.
»Sag was«, schrie Fieber. Damit war Steller gemeint.
»Geradeaus. Über den Platz. Einfach den Straßenbahnschienen folgen.«
Der Willy-Brandt-Platz war frei. Die drei Fahrzeuge schossen an der Neuen Oper vorbei. Fieber presste sich den Kopfhörer ins Ohr, bemüht bei dem Motorenlärm den Funk zu verstehen.
»Was? Was sagen sie?« Steller hasste es, wenn andere Informationen bekamen und er nicht. Er hatte immer das Gefühl, etwas Entscheidendes zu verpassen.
»Die kommen hinter uns aus den U-Bahn-Schächten.«
Da waren sie also. Steller drehte sich um, sah aus der Heckscheibe. Aus der B-Ebene am Willy-Brandt-Platz hetzten sie die Treppen hinauf, wie Statisten in einer Ben Hur-Verfilmung. Man sagte, ein sichtbarer Feind sei besser als ein unsichtbarer. Steller wusste nicht, was er von dem Spruch halten sollte. »Fahr weiter in die Münchener. Einfach geradeaus.« Die Straße schien befahrbar. Flu gab Vollgas. Steller wurde gegen die Rückenlehne gedrückt. Erst am Ende der Straße blockierten liegen gebliebene Straßenbahnen den Weg. »Links. Da rein.« Wieder Vollgas. »Jetzt rechts.«
Sie befanden sich auf der Gutleutstraße. Hier war kein Durchkommen mehr. »Auf den Bürgersteig.« Der Wagen hüpfte, dass Steller mit dem Kopf an den Wagenhimmel schlug. Sie erreichten den Basler Platz. Jetzt war es nicht mehr weit. Hier gab es auch keine U-Bahn und damit auch keine B-Ebene. Am Hauptbahnhof war es sicher richtig schlimm. Aber den umfuhren sie gerade.

Jedenfalls, wenn die Straßenbedingungen das zuließen. Sie holperten zurück auf die Fahrbahn.
Ein dumpfer Schlag. In Stellers Kopf schlug eine riesige Glocke an.
Sekundenbruchteile später verwandelte sich die Welt in einen Stummfilm.
Er sah durch die Frontscheibe.
Das Universum drehte sich. Straße. Häuser. Straße.
Der Innenraum füllte sich mit weißen Luftballons.
Die Fahrt war beendet.

SCHULDFRAGE

Demir Kara

»Wir müssen hier weg«, schrie Katta von der Rückbank.

»Was? Was?« Bilal fuhr im Slalom um verlassene Autos herum, kurbelte an dem Lenkrad wie auf einem ADAC-Schleuderkurs.

»Fahr langsamer.« Demir stemmte instinktiv die Beine gegen das Bodenblech. »Wir müssen aus der Stadt raus. Das geht nur, wenn du die Kiste nicht zu Schrott fährst. Schnallt euch an.«

»Was soll ich?«, rief Katta.

»Du sollst dich anschnallen.« Demir schaffte es, seinen Gurtclip einrasten zu lassen. Der Audi holperte über den Bürgersteig. Das war zu eng. Metall auf Metall. Ein Geräusch, das wehtat. Der Lack wurde abgeschliffen. Sie bogen in die Neue Mainzerstraße ein, schlängelten sich zwischen den Hochhäusern hindurch. Demir drehte sich zu Katta um, die durch die Heckscheibe nach hinten sah. »Wie sieht es aus?«

»Nichts.« Sie schrie auf. »Doch. Sie rennen hinter uns her.«

Sofort trat Bilal auf das Gaspedal. Der Wagen sprang nach vorne. »Du sollst nicht so schnell fahren. Da ist alles dicht. Versuch es links.« Bilal lenkte den Audi in die Junghofstraße. Sie passierten die Grünanlage. »Rechts geht nicht«, brüllte Bilal an der nächsten Kreuzung.

»Dann eben links.« Demir sah seinen ehemaligen Mittäter an. »Warum lebst du eigentlich?«

Bilal war so weiß im Gesicht, als wollte er bei einem Barocktheater anheuern. »Wer sagt, dass ich lebe?« Zweihundert Meter vor ihnen stand ein Lkw quer auf der Fahrbahn.

»Da links rein.«

Bilals Blick folgte Demirs ausgestrecktem Zeigefinger. »Das ist eine Einbahnstraße.«

»Bist du dumm? Fahr da rein!«

Sie schlingerten in die Karlsstraße. Sie waren jetzt im Bahnhofsgebiet. Der Hauptbahnhof war Luftlinie keine fünfhundert Meter entfernt.
»Du sollst langsam machen.« Demir drehte sich um. »Wie sieht es aus?«
»Kann keinen mehr sehen.«
Vielleicht verloren sie die Spur. Die rannten zwar wie die Hölle, aber schneller als ein Auto waren sie nicht. Aber was hieß die Spur verlieren? Es gab ganz sicher noch viel mehr von denen. Sie fuhren durch die Moselstraße, vorbei an dem Druckraum, vor dem an besseren Tagen die Junkies herumlungerten. »Hier sind eine Menge Leichen«, sagte Bilal.
»Solange sie liegen bleiben.« Demir war alles egal. Er wollte aus diesem dreckigen Frankfurt heraus. An der Kreuzung Moselstraße Ecke Taunusstraße blieben sie stehen. »Was jetzt?« Demir sah sich um. Sich nach links in Richtung Innenstadt zu wenden, ergab wenig Sinn, da würden sie wieder dahin zurückfahren, wo sie herkamen und das wollte keiner von ihnen. Geradeaus ging es nicht. Verlassene Autos verstopften die Straße wie ein Blechkorken. Rechts Richtung Hauptbahnhof sah auch nicht verlockend aus, schien aber die einzige Alternative zu sein. Die Straße sah passierbar aus, jedenfalls bis zur nächsten Ecke. »Rechts«, sagte Demir.
»Da geht es zum Bahnhof. Da sind die Straßen sicher auch verstopft.«
»Fahr rechts oder flieg über die Autos vor uns. Oder willst du wieder zurück?«
»Scheiße.« Bilal lenkte den Wagen nach rechts in die Taunusstraße. Nach hundertfünfzig Metern war sie zu Ende.
»Scharf links.« Sie fuhren jetzt Richtung Baslerplatz. Der Bahnhof befand sich zu ihrer Rechten. Auf dem Bahnhofsvorplatz lag eine unüberschaubare Anzahl von Körpern herum.
»Sieht scheiße aus«, sagte Bilal.
»Dafür sieht die Straße gut aus«, meldete sich Katta von hinten.
»Ja.« Bilal gab Gas. Sie flogen am Bahnhof vorbei, schossen auf den Basler Platz zu.
»Du sollst nicht so... »

Von links kam ein Auto. Nein, es waren drei. Sie kamen über den Bürgersteig geholpert. Wer machte denn so etwas?
Nicht abstützen. Locker lassen.
Dann kam der Aufschlag.
Der gepanzerte Audi schob den X5 wie ein Spielzeug von der Straße. Sie hatten ihn am hinteren Kotflügel erwischt und in einen Kreisel verwandelt. Während der BMW über den Asphalt Pirouetten zog, flog Demir der Airbag um die Ohren. Ihm wurde schwarz vor Augen.
Als es wieder hell wurde, flog die Beifahrertür auf. Vor Demir stand ein Mann in Uniform, so wie er sie aus Actionfilmen kannte. Blut lief dem Actionmann in das Gesicht. Er war wütend und gestikulierte wild. »Ich lege euch alle um!« Dann sah Demir in den Lauf einer Maschinenpistole.

FERNSTEUERUNG

Aila Torbeck

Nachdem Torbeck die Pause ausgerufen hatte, begannen sofort hitzige Diskussionen. Einige Minuten später wurde es ohne ersichtlichen Grund still. Die Anwesenden saßen in Gedanken versunken auf ihren Plätzen. Die Umweltanlage presste zusammen mit der kühlen Luft Depressionen in den Raum. Es wurde Zeit. »Ich denke, wir sollten weitermachen«, sagte Torbeck.
Dr. Reza schob seinen Stuhl zurück und stellte sich hin. Danielsens Assistent war ein arabischstämmiger Mann in den Dreißigern. Er war der Einzige, der frisch rasiert war. »Ich weise darauf hin, dass fast alles, was ich Ihnen nun sage, auf ungesicherten Arbeitshypothesen beruht. Genau genommen wissen wir nicht einmal, ob es sich bei der Seuche tatsächlich um einen Ausbruch von MCHI handelt. Aber ich befürchte, dass wir davon ausgehen müssen.«
Reza hustete in die Faust, musste seine Vortragsstimme finden. »Der Virus brach als Erstes in Asien aus. Vermutlich in China. Wenige Stunden später aktivierte sich der Erreger in Nordamerika, dann in Afrika, jetzt ist Europa betroffen.« Der Wissenschaftler nahm eine Fernbedienung, die auf dem Tisch lag. Hinter ihm flackerte die Wand und zeigte eine Weltkarte. »Sie sehen hier den zeitlichen Verlauf.«
Auf dem Bildschirm war oben links eine Digitaluhr eingeblendet. Mit dem zeitgerafften Lauf der Ziffern veränderte sich die Karte. Immer mehr rote Farbpunkte waren zu sehen. Torbeck sah gebannt zu, wie ein Kontinent nach dem anderen mit Farbflecken bekleckert wurde, die sich vergrößerten und ineinanderflossen.
Reza ließ die Bilder kurz wirken und fuhr dann fort. »Wie Professor Danielsen erklärt hat, ist der Virus im menschlichen Erbgut angelegt. Wir haben erfahren, dass diese Tatsache nicht bemer-

kenswert ist. Dass der Virus aber in einem Zellcluster manifestiert hat und auf dieses Areal beschränkt, ist hingegen hochgradig ungewöhnlich. Was uns zu der Frage führt, die uns Wissenschaftler seit Jahren beschäftigt. Was geschieht, wenn der Virus aus seinem Gefängnis ausbricht? Da die Tollwut von ihm abstammt, sind wir davon ausgegangen, dass er ein ähnlich aggressives Krankheitsbild verursacht. Diese Befürchtung hat sich mehr als bestätigt.«

Der leitende Ingenieur Berger unterbrach den Doktor. »Warum ist der Virus jetzt ausgebrochen? Hätte das nicht schon vor Jahren passieren können?«

»Die erste Frage kann ich nicht beantworten. Bei der zweiten lautet die Antwort: ja. Es gab einen auslösenden Moment, der den Virus fast zeitgleich auf der ganzen Welt aktivierte hat. Das hätte sicher auch schon früher geschehen können.«

»Und was war dieser Auslöser?«, wollte Berger wissen.

»Das ist unbekannt. Aber vor sechs Tagen wurde beobachtet, dass sich die Proben im Labor verändert haben. Die Zellen des Clusters begannen eine chemische Verbindung zu generieren und schleusten diese in leere Virushüllen ein. Wir hatten bis jetzt nicht genügend Zeit, die Verbindung zu untersuchen. Daher können wir nur sagen, dass es sich bei der Substanz um eine Art Endorphin handelt. Diese völlig unerwartete Aktivität des Clusters war aber Anlass genug, Fenris unter dem Deckmantel einer Vollübung in den Alarmzustand zu versetzen.«

Torbeck merkte auf. Sieh mal an. So lief das also. Sie erkannte, wie weit sie vom eigentlichen Geschehen entfernt war, nicht mehr als eine Statistin mit goldenen Sternen auf der Schulter. »Was machen diese Endorphine?«, wollte sie wissen.

»Dazu komme ich gleich. Die...«

»Soll das heißen, dass jeder Mensch, der einen Zellcluster trägt, diesen Stoff produziert?« Das war wieder Berger.

Es wurde lauter im Raum. Reza hob beide Arme. »So geht das nicht. Wenn Sie mich fortwährend unterbrechen, kann ich nur kleinteilige Antworten geben. Das führt nirgendwohin. Ich würde Sie bitten, sich meinen Vortrag in Ruhe anzuhören. Im Anschluss werde ich versuchen, offene Fragen zu beantworten.«

»Sie haben den Doktor gehört. Also hören wir uns an, was er zu sagen hat.« Wiegner hatte sich kurz erhoben und das aufkommende Geplapper beendet.
»Danke. Derzeit ist unser Hauptlabor noch auf dem Bundeswehrgelände Altmark untergebracht. Wie bereits gesagt, wurde dort vor sechs Tagen in allen MCHI-Proben eine starke biochemische Aktivität festgestellt. Auch wenn keine MCHI-Viruspartikel produziert wurden, so stand doch fest, dass sich der Zellcluster aktiviert hatte. Was den Cluster aktiviert hat, ist nicht bekannt. Da die Seuche innerhalb einer extrem kurzen Zeitspanne weltweit ausgebrochen ist, ist davon auszugehen, dass die Aktivierung ebenfalls annähernd zeitgleich stattgefunden hat. Das wiederum legt den Schluss nahe, dass es sich bei dem Auslöser um etwas handeln muss, das die Menschen gleichzeitig traf und sich nicht erst verbreiten musste. Denn das hätte Zeit gebraucht.« Dr. Reza rieb sich die Nasenwurzel. Er sah müde aus. »Seit drei Jahren arbeiten wir mit einem Überwachungsprogramm, das uns hilft, besondere Vorkommnisse auf der ganzen Welt frühzeitig zu erkennen. Das Programm überwacht unter anderem Nachrichtensendungen, Zeitungsberichte sowie das Internet. Die Informationen werden einer semantischen und mathematischen Analyse unterzogen. Zwei Tage nachdem der Zellcluster mit seinen Aktivitäten begann, machte uns der Computer auf einen Effekt aufmerksam, den wir ohne ihn nicht bemerkt hätten. Das Überwachungsprogramm stellte fest, dass es überall auf der Welt Nachrichten über Versammlungen mit extrem großen Menschenmengen gab. Überfüllte Stadien und Schwimmbäder, Demonstrationen mit weitaus höheren Teilnehmerzahlen als erwartet, Open Air-Konzerte, die aufgrund des Andrangs abgesagt werden mussten. Die Auflistung ist nicht abschließend. Jede dieser Meldungen ist isoliert betrachtet bedeutungslos. Aufgrund des erhöhten Auftretens dieser Ereignisse erkannte das Programm hierin jedoch eine Anomalie. Seit diesem Zeitpunkt beobachteten wir die weitere Entwicklung. Mit jedem Tag verstärkte sich der Effekt. Wir waren uns schnell sicher, dass hier nicht der Zufall am Werk war. Die Menschen zeigten eindeutig eine zunehmende Tendenz, sich in außergewöhnlicher Anzahl zu

versammeln. Zum Zeitpunkt des Ausbruchs erreichte das Phänomen seinen Höhepunkt. Ideale Bedingungen für einen Seuchenausbruch. Wir nehmen an, dass sich hierfür die vom Cluster produzierte Substanz verantwortlich zeigt. Durch die Atemwege ausgestoßen, hat sie zum Beispiel die Atemluft in geschlossenen Räumen in ein Aerosol mit psychotropischer Wirkung verwandelt, welches bei den Betroffenen das Verlangen weckte, sich anderen Menschen anzuschließen.«

»Wie kann ein Virus das Verhalten eines Menschen steuern? Das ist doch unmöglich.« Wiegner war leichenblass. Reza wollte weitersprechen, wurde aber durch eine Geste Danielsens unterbrochen. »Das ist es absolut nicht«, sagte der Professor mit ruhiger Stimme. »Ich gebe Ihnen zwei Beispiele, von denen besonders das zweite Sie überzeugen wird. Möglicherweise haben Sie schon einmal etwas über den Einzeller *Toxoplasma gondii* gehört. Hin und wieder wird über ihn in den Medien berichtet.«

Einige der Anwesenden nickten.

»*Toxoplasma gondii* lebt im Darm von Hauskatzen. Über den Kot der Katzen stecken sich insbesondere Ratten an. Im Gehirn und in den Muskeln der Ratten sammelt sich Toxoplasma und bildet dort Ansammlungen von Zellen, die man Zysten nennt. Katzen fressen Ratten und durch den Nahrungskreislauf gelangen die Zysten zusammen mit Toxoplasma wieder in die Katze. In deren Darm beginnt der Kreislauf von vorne. Versuche zeigten, dass Toxoplasma das Gehirn der Ratten beeinflusst. Die Veränderung bewirkt, dass der Geruch von Katzenurin auf sie nicht mehr abschreckend wirkt. Im Gegenteil. Anstatt das Hirnareal für Angst zu aktivieren, stimuliert der Geruch nun das Areal für sexuelle Attraktion. Die Ratte fühlt sich durch den Geruch angezogen. Der Erreger hat gelernt, das Gehirn der Ratte biochemisch zu beeinflussen. Das Interessante ist, dass ein Drittel aller Menschen den Erreger ebenfalls in sich trägt. Studien lassen vermuten, dass Menschen mit Toxoplasma statistisch gesehen, mit größerer Wahrscheinlichkeit in Verkehrsunfälle verwickelt sind. Auch scheint es bei den Betroffenen ein erhöhtes Selbstmordrisiko zu geben. Die Forschung steht hier noch am Anfang. Ich selber habe aber keinen Zweifel. Denn wenn Toxoplasma ein Rattengehirn

beeinflussen kann, warum dann nicht auch das Gehirn eines Menschen? Gehirn ist Gehirn, Chemie ist Chemie. Natürlich sind die Auswirkungen auf den Menschen andersgeartet. Schließlich fressen Katzen keine Menschen.«
Torbeck erinnerte sich. »Ich habe darüber tatsächlich schon mal etwas gelesen. In dem Artikel ging es darum, dass besonders Sandkästen auf Spielplätzen mit dem Erreger infiziert sind, weil sie öffentlichen Katzentoiletten gleichkommen. Ich kann mich aber auch daran erinnern, dass viele der Studien, die die Gefährlichkeit von Toxoplasma betreffen, angezweifelt wurden.«
Der Professor nickte. »Das zweite Beispiel liegt so sehr auf der Hand, dass man den Wald vor lauter Bäumen nicht sehen kann und ist hoffentlich von größerer Überzeugungskraft. Die Tollwut. Die Krankheit kennt zwei verschiedene Verlaufsformen. Einen stummen Verlauf, in dem sich das betroffene Individuum zurückzieht und den bekannteren aggressiven Verlauf. Sie alle haben schon Bilder von tollwütigen Tieren gesehen. Nehmen wir als Beispiel einen Hund. Er fletscht die Zähne, ist beißwütig und hat Schaum an den Lefzen. Warum? Die meisten antworten, das mache die Krankheit. Das ist richtig. Aber warum macht sie das?«
Der Professor sah in die Runde. »Die Antwort lautet: weil sie sich verbreiten will. Ein Virus kann sich aber nur in einer Wirtszelle vermehren. Er muss in sie eindringen. Die erste Aufgabe, die ein Virus hierzu bewältigen muss, ist von einem Wirt in den nächsten zu gelangen. Denn stirbt sein Wirt, dann wird auch er vernichtet. Wie gelingt ihm diese Reise? Eine Möglichkeit ist es, sich der Außenwelt so weit wie möglich anzupassen, also solange es geht außerhalb eines Wirtskörpers funktionsfähig zu bleiben. Erreger, die hierzu in der Lage sind, besitzen eine sogenannte hohe Umweltstabilität. So funktionieren Viren, die eine Erkältung übertragen. Die Tollwut kann das nicht. Eine Übertragung durch Tröpfcheninfektion ist unwahrscheinlich. Der Tollwutvirus musste sich also einen anderen Trick einfallen lassen. Und der geht so. Bleiben wir bei unserem Hund. Die Viren sammeln sich im Speichel. Um die Konzentration an Virenpartikeln hochzuhalten, lähmt der Erreger den *Nervus glossopharyngeus* und den *Nervus vagus*. Das sind die hinteren Hirnnerven. Dies führt zu einer

Rachenlähmung. Der Hund kann den Speichel nicht mehr abschlucken. Es bildet sich der bekannte Schaum an den Lefzen. Das ist die halbe Miete. Jetzt muss der Virus aber noch den Raum zwischen dem bereits infizierten Hund und einem gesunden überbrücken. Da der Rabiesvirus wie gesagt eine geringe Umweltstabilität besitzt, kann er außerhalb seines Wirtes nicht existieren. Darum lässt er sich zum nächsten Wirt tragen. Er steigert die Aggression des Tieres. Dies führt dazu, dass der Hund andere Tiere beißt und der Virus aus seinem Speichel in die Blutbahn des noch gesunden Tieres gelangt. Der Virus steuert den Hund. Was bei anderen Wirbeltieren funktioniert, macht auch beim Menschen nicht halt. Die Substanz, die der Zellcluster ausgeschüttet hat, weist Ähnlichkeiten mit endogenen Opioiden und Endorphinen auf. Diese haben mit Sicherheit eine Wirkung auf unser Gehirn. Es liegt nahe anzunehmen, dass die Substanz dafür verantwortlich ist, dass die Menschen sich in besonderem Maße versammelt haben. Dies ist ein Verhalten, das eindeutig im Interesse des Erregers liegt. Natürlich macht die Substanz die Menschen nicht zu Robotern. Wer zum Beispiel sein Kind hüten muss oder sich auf der Arbeit befindet, der wird nicht alles stehen und liegen lassen. Aber viele sind dem Ruf gefolgt.«

Wiegner räusperte sich. »Ich brauche einen Schnaps.« Da war Torbeck ganz bei ihrem Stellvertreter.

Danielsen gab das Wort zurück an seinen Assistenten. »Ich zeige Ihnen jetzt die Aufnahme einer Liveübertragung aus einem Stadion. Wenn Sie die Bilder sehen, dann sind Sie besser in der Lage zu verstehen, was ich Ihnen noch zu erklären habe«, setzte Reza seinen Vortrag fort. Auf dem Bildschirm hinter dem Doktor verschwand das Bild der rot angemalten Weltkarte. Nun waren die Tribünen eines Stadions zu sehen, das bis auf den letzten Platz gefüllt war. Die Kamera schwenkte kurz durch die Reihen der jubelnden Massen. Dann gab es einen Schnitt. Jetzt wurden in einer Großaufnahme die Sportler gezeigt. In ihrer Aufmachung ähnelten sie amerikanischen Baseballspielern. »Was Sie hier sehen, ist die Liveübertragung eines Cricket-Spiels in Indien, genauer gesagt in Surat. Das ist eine Stadt mit ungefähr fünf Millionen Einwohnern. Wir haben dutzende solcher Aufnahmen. Sie stammen wie hier von Übertragungen aus dem Fernsehen oder von freien Webcams.«

Torbeck sah dem seltsamen Treiben auf dem Spielfeld zu. Die Sportler standen scheinbar teilnahmslos herum. Der Sinn des Spiels erschloss sich ihr nicht. Dann geschah doch etwas. Einer der Spieler raffte sich auf und warf einen Ball. In diesem Moment schwenkte die Kamera in Richtung der Tribüne, suchte kurz und zoomte dann in die Zuschauermenge. Es sah aus wie eine Massenschlägerei. Sekunden später erfolgte ein Schnitt auf eine andere Kamera. In einer anderen Stadionkurve sah es nicht besser aus. Die Bilder wurden hektischer. Es wurde hin und her geschaltet. Durch die Menschenmasse lief eine Schockwelle. Dr. Reza stoppte die Aufnahme. »Was Sie hier gesehen haben, war der Ausbruch der Krankheit. Analysen des Bildmaterials und Vergleiche mit anderen Aufnahmen zeigten, dass MCHI jeweils innerhalb weniger Minuten zum Ausbruch gelangte. Wir haben also ein Problem der Gleichzeitigkeit. Es macht Sinn anzunehmen, dass der Ausbruch von MCHI über die Pheromondichte gesteuert wird. Des Weiteren haben wir noch einen anderen interessanten Befund.« Reza benutzte die Fernbedienung und das Bild wechselte wieder. Es war eine Art Park zu sehen, der von schräg oben aufgenommen wurde. Auf der Grünfläche standen dicht an dicht Tausende von Menschen. Viele trugen Plakate. Möglicherweise eine Demonstration. »Das sind Aufnahmen einer fest installierten Webcam in Sydney.« Reza betätigte den Suchlauf. Durch die Zeitraffer begannen die Menschen zu zucken und hektisch hin und her zu wackeln. Der Wissenschaftler ließ die Aufnahme wieder in normaler Geschwindigkeit laufen. Die Demonstration hatte sich in eine Schlacht gewandelt. »Haben Sie das gesehen?«, fragte Reza. Torbeck hatte das Interesse an solchen Bildern verloren. Am liebsten würde sie gar nichts mehr davon sehen. »Nein? Wir zunächst auch nicht.« Die Aufnahme lief rückwärts, stoppte. Dann wurde eine Ausschnittsvergrößerung gezeigt. Torbeck sah nur Menschen, die übereinander herfielen. Die Aufnahme stoppte ein weiteres Mal, wurde wieder zurückgesetzt. Dann startete sie erneut, diesmal in Zeitlupe. Ein farbiger Kreis erschien, lenkte die Aufmerksamkeit in sein

Zentrum. Jetzt erkannte sie es. Inmitten des grausamen Durcheinanders stand ein Mann in gebückter Haltung. Er hatte beide Hände schützend über seinen Kopf gelegt, konnte sich anscheinend vor Schreck nicht mehr bewegen. Er wirkte wie eine verankerte Boje in schwerer See. Das Bild fror ein. »Wie Sie sehen, geschieht dem Mann nichts. Zunächst hielten wir das für einen Zufall.« Während Reza sprach, begann die Aufnahme weiterzulaufen. Der Mann blieb zunächst bewegungslos, um dann plötzlich auf die Knie zu fallen. Für einen Moment verharrte er auf allen Vieren, begann sich zu schütteln. Dann sprang er auf wie ein Wolf, der ein Lamm reißen wollte. Der Bildschirm wurde schwarz. Dafür war Torbeck dankbar.

»Bei der Analyse des uns zur Verfügung stehenden Bildmaterials, konnten wir feststellen, dass die meisten Personen, die zunächst verschont blieben, innerhalb kürzester Zeit in die symptomatische Phase übergingen. Daher nehmen wir an, dass Erkrankte in der Lage sind zu erkennen, ob es bei einer anderen Person zu einem Ausbruch des Virus kommen wird. Oder sie erkennen zumindest, ob die Betroffenen einen Cluster tragen.«

Torbeck fühlte sich wie betäubt. Sie musste an Katta denken. Was war, wenn sie einen solchen Cluster in sich trug? Hatte sie sich bereits in einen solchen Zombie verwandelt? Der Gedanke daran war noch unerträglicher als an ihren möglichen Tod.

»Die nächste Frage, die gestellt werden muss, ist folgende: Wie hoch sind die Verluste innerhalb der Bevölkerung? Es ist klar, dass wir diesbezüglich nur geschätzte Angaben machen können. Da MCHI mit der Tollwut verwandt ist, können wir versuchen, sie miteinander zu vergleichen. Für beide Krankheiten ergeben sich zwei Übertragungswege. Der erste ist der Biss, der zweite die Tröpfcheninfektion. Eine Tröpfcheninfektion ist bei der Tollwut möglich, aber unwahrscheinlich. Allerdings haben wir diesbezüglich keine Informationen, die MCHI betreffen. Wir vermuten aber, dass es sich hier ähnlich verhält. Die Zahlen, die ich Ihnen jetzt vorstelle, gelten für eine Übertragung durch einen Biss. Der Kontagionsindex gibt an, wie viele Individuen nach einem Kontakt mit dem Erreger erkranken. Hierbei ist es zunächst unerheblich, ob eine Krankheit in die symptomatische Phase übergeht oder nicht. Der Kontagionsindex für Tollwut beträgt 15 Prozent. Ob eine Krankheit tatsächlich ausbricht, beschreibt der Manifestationsindex. Dieser beträgt bei der Tollwut 20 Prozent. Als Letztes betrachten wir die Letalitätsrate der symptomatisch Erkrankten. Diese beträgt bei der Tollwut 100 Prozent. Die Krankheit führt nach ihrem symptomatischen Ausbruch unweigerlich zum Tod. Haben 1.000 Menschen Kontakt mit dem Tollwutvirus, erkranken von ihnen 150. Von diesen 150 erkranken 30 symptomatisch. Da alle symptomatisch Erkrankten auch sterben, entspricht der Manifestationsindex der Letalitätsrate. Von 1.000 Menschen sterben nach Kontakt mit der Tollwut also 30. Das ist eine Zahl, die zunächst nicht sonderlich erschreckend wirkt. Leider ist MCHI um ein Vielfaches aggressiver. Sie alle haben die Bilder gesehen. Wir haben Hunderte von diesen Aufnahmen. Das Erste, was wir feststellten, war, dass MCHI eine unglaublich kurze Inkubationszeit hat. Bei der Tollwut sind dies in der Regel mehrere Wochen. Bei MCHI liegt sie zwischen 30 Sekunden und 5 Minuten. Jedenfalls nach einer Bissattacke. Da die Inkubationszeit so kurz ist, konnten wir Beobachtungen hinsichtlich der Virulenz anstellen. Hierbei ist zu beachten, dass wir nicht wissen, ob die symptomatisch Erkrankten sterben. Wir setzen aber hier voraus, dass MCHI dieselbe Letalität aufweist wie die Tollwut. Am Ende gelangten wir zu folgender Formel. Sie ist mathematisch nicht völlig korrekt, aber anschaulich. Kontagionsindex gleich Manifestationsindex gleich Letalitätsrate. Die Zahl für den Kontagionsindex lautet 97 Prozent. Wobei die fehlenden drei Prozent einer statistischen Fehlerquelle geschuldet sind. Im Klartext. Von 1.000 Menschen, die durch einen Biss in den Kontakt mit MCHI gekommen sind, sterben 970. Möglicherweise auch mehr. Wie lange es dauert, bis der Tod eintritt, ist unbekannt. Dies hängt auch davon ab, ob Infizierte noch in der Lage sind, sich mit Flüssigkeit und Nahrung zu versorgen.« Reza ließ die Worte wirken, ging zum Tisch und schenkte sich einen Kaffee ein. Im Raum war es totenstill. »Die Ansteckungsrate wird leider noch durch einen anderen Faktor dramatisch erhöht. Das Aggressionspotenzial der Infizierten ist ungleich höher als bei der Tollwut. Die Erkrankten machen regelrecht Jagd auf Gesunde. Dieser Jagdfaktor ist rechnerisch kaum zu erfassen. Das alleine ist mehr als eine Katastrophe. Aber immer noch nicht alles. Auch in der Gruppe der Nichtinfizierten müssen wir von einer hohen Mortalität ausgehen. Ich zähle auf: Tod durch andere Krankheiten, Unfall, Suizid, Mangelversorgung, Tötungsdelikte im Kampf um Ressourcen.«

»Reicht das, um die Menschheit auszulöschen?«, wollte Torbeck wissen.

»Schwer zu sagen. Vermutlich nicht. Aber es ist möglich, dass 90 Prozent aller Menschen sterben werden. Die Anzahl der Opfer hängt aber wesentlich von der Überlebensdauer der Infizierten ab. Je geringer die ist, desto weniger Opfer. Bei diesem Szenario fehlen natürlich noch andere Katastrophen, die kausal durch die Seuche bedingt werden. Ob zum Beispiel die Notabschaltung aller Atomreaktoren funktioniert, ist fragwürdig. Wir müssen mittelfristig mit nuklearen Katastrophen rechnen.«

Torbeck beschäftigte ein anderes Problem, das deutlich näher lag. »Warum sind wir hier im Bunker nicht betroffen? Es ist doch statistisch unwahrscheinlich, dass von uns keiner den Cluster trägt. Aber die Seuche ist nicht ausgebrochen.«

»Das kann verschiedene Gründe haben. Zum einen sind wir im Berg von Außeneinflüssen weitestgehend abgeschirmt. Die Luft, die wir atmen, wird stark aufbereitet, was die Pheromondichte senkt. Außerdem...« Reza zögerte. »Außerdem werden wir alle über die Nahrung mit antiviralen Substanzen versorgt.«

Ein Stimmengewirr hob an. »Sie verabreichen uns ohne unser Einverständnis Medikamente?« »Ich fasse es nicht.« »Ich wusste nicht, dass in meinem Vertrag steht, dass ich für medizinische Versuche zur Verfügung stehe.« »Was für ein Zeug gebt ihr uns?«

Torbeck hatte zu viele schlechte Informationen in sich aufgenommen, als dass sie sich über diese unfreiwillige Medikamentenaufnahmen aufregen könnte. Stattdessen beobachtete sie die Psychologin. Kranz saß da und spielte unablässig an ihrer Kette herum. Ihr Blick schien leer. Torbeck glaubte nicht, dass sie in Zukunft eine große Hilfe sein würde. Danielsen stand auf und versuchte die Besprechungsteilnehmer zu beruhigen. »Ich bitte Sie. Ich bitte Sie.«

Diese medizinischen Versuche interessierten Torbeck nicht. Sie hatte andere Sorgen. »Professor, ich frage Sie ganz direkt. Wird der Virus im Bunker ausbrechen?«
»Die Frage kann niemand beantworten«, sagte Danielsen.
»Können Sie mir verraten, wie ich mich jetzt verhalten soll? Hier leben fast 600 Menschen. Soll ich die alle im Unklaren lassen? Was sollen wir tun, wenn der Virus ausbricht? Dann ist die Anlage verloren. Oder soll ich es allen sagen? Soll ich jeden Einzelnen bewaffnen? Und dann? Wenn jemand einen Wutanfall hat oder schlechte Laune, wird er dann von einem Mechaniker in Panik erschossen?«
»Es tut mir leid, Frau Generalmajor. Aber das ist Ihrer Entscheidung überlassen.«
Ab jetzt schien das Leben nur noch aus unangenehmen Entscheidungen zu bestehen. Torbeck sah aus dem Augenwinkel, wie Wiegner kurz lächelte. Was war mit Wiegner los? Nervenzusammenbruch? Der Oberst beugte sich nach vorne wie ein Schüler, dem gerade etwas eingefallen war. »Dr. Reza. Sie haben gesagt, dass Infizierte andere Erkrankte, bei denen die Krankheit noch nicht ausgebrochen ist, nicht angreifen.«
»So scheint es.«
»Dann haben Sie gesagt, dass die *meisten* Personen, die verschont blieben, zeitnah Symptome zeigten.«
»Ja.«
»Es ist also möglich, dass sich Erkrankte unter den Gesunden befinden, bei denen die Seuche erst noch ausbrechen wird. Also nicht zeitnah, sondern irgendwann in der Zukunft.«
»Das ist möglich.«
»Ich bin mir ziemlich sicher, dass wir noch eine zweite Welle der Krankheit zu erwarten haben«, sagte Wiegner mit einem schiefen Lächeln.
»Was bringt Sie zu der Annahme?«
»Ich bin Soldat. Daher betrachte ich all das, was ich heute gehört habe, aus einer militärischen Perspektive. Der Virus ist nahezu perfekt. Die Art und Weise, wie er tötet, ist von unfassbarer Konsequenz. Für mich verhält sich der Virus wie eine ideale biologische Waffe. Eine Waffe, die die völlige Auslöschung unserer

Art zum Ziel hat. Dieses Ziel kann der Virus nur erreichen, wenn es zu einem zweiten Ausbruch kommt.«
»Warum?«, fragte Reza.
»Weil der Mensch ein Herdentier ist. Er besitzt die Fähigkeit zur Reorganisation seiner sozialen Strukturen. Und wenn das geschieht, dann wird der Virus erneut zuschlagen.«
»Sie meinen, wie bei einem terroristischen Anschlag mit zwei Bomben?«
»Ja, so ähnlich. Die erste Bombe tötet viele Menschen. Die zweite zündet erst, wenn die Rettungskräfte eintreffen. So gesehen sind wir noch eine Zeit lang sicher.«
Danielsen stand auf und legte Reza die Hand auf die Schulter. Der setzte sich. Der Professor kraulte sich nachdenklich den Bart. »Wir müssen die Versiegelung der Anlage brechen«, sagte er schließlich. Torbeck sah ihn fassungslos an.
»Wir brauchen Proben«, fuhr der Professor fort. »Was zurzeit der Welt wiederfährt, ist kein philosophisches Problem. Es hat extreme Auswirkungen und das bedeutet, dass wir handeln müssen.«
»Das darf ich nicht?«
»Wer verbietet es Ihnen?«
»Die Direktive.«
»Also eine Vorschrift.«
»So ist es.«
»Vorschriften haben aber keinen Sinn in einer solchen Situation. Oder würden Sie sich Gedanken darüber machen, ob Ihr Wagen gerade im Halteverbot steht.«
»Ich denke, dass man das nicht miteinander vergleichen kann.«
»Sie haben recht.« Er hielt kurz inne. »Wir stehen vor dem Ende der Zeit und dieser Umstand zwingt uns, mit allen Mittel zu kämpfen. Denn, wenn wir diesen Kampf verlieren, dann wird es der letzte gewesen sein.« Niemand redete. »Ich gebe zu, dass wir Wissenschaftler einen Vorteil haben. Wir beschäftigen uns seit Jahren mit dem Virus und den möglichen Konsequenzen eines Ausbruchs. Für Sie hingegen ist es wie ein Eimer Eiswasser, der Ihnen ins Gesicht geschüttet wird. Das verstehe ich.« Danielsen bat Dr. Reza um die Fernbedienung. »Sehen Sie sich das an.« Auf

dem Monitor erschien wieder eine Weltkarte. Auf ihr waren unzählige Punkte eingetragen. »Das sind alles Server-Standorte.« Eine Uhr lief beschleunigt vorwärts. Mit jeder Sekunde verschwanden Punkte von der Karte. »Das Internet existiert, weil der Mensch existiert. Ohne den Menschen stirbt das Internet. Andersherum kann man es aber auch betrachten. Sie sehen hier den Untergang einer Zivilisation.«

Torbeck beobachtete, wie der Welt das Licht ausging. Einfach so, von einem Moment auf den anderen. Danielsen redete weiter. »Wir sind die Einzigen, die handlungsfähig sind und über das nötige Wissen verfügen. Auf andere zu hoffen ist sinnlos. Wir sind es, auf die gehofft wird. Also müssen wir handeln. Ich bin mir über die Risiken absolut im Klaren. Glauben Sie mir. Ich bin Virologe. Aber wir brauchen diese Proben. Um jeden Preis. Wenn alle Optionen bis auf eine erschöpft sind, dann muss man diese letzte versuchen. Egal, wie gefährlich sie auch sein mag.«

»Was machen Sie, wenn Sie die Proben haben? Ist es Ihnen technisch überhaupt möglich ein Gegenmittel herzustellen? Vorausgesetzt, es gibt eins und Sie finden es.« Torbeck war von dem Gedanken einer Außenmission nicht begeistert.

»Wenn ich ehrlich bin, dann muss ich sagen, dass es unwahrscheinlich ist. Sogar ziemlich unwahrscheinlich. Aber was ist die Alternative? Ich sehe keine. Nichthandeln kann unmöglich zum Erfolg führen«

Für eine Minute redete keiner. Wiegner sah Torbeck an. Sie nickte ihm zu.

»Ein mögliches Außenteam müsste nach der Mission doch sicherlich in Quarantäne«, sagte Wiegner an Danielsen gewandt.

»Das ist richtig. Und zwar unabhängig davon, ob jemand hier den Cluster trägt. Es könnte sein, dass sich jemand durch Tröpfcheninfektion ansteckt. Mit viel Glück verhindern die Medikamente, die wir bekommen, dauerhaft einen Ausbruch. Aber das wissen wir nicht. Ein Restrisiko besteht.«

»Wie lange?«

»Ich denke, eine Woche. Wenn wir erst im Besitz von Proben sind, sollte es schnell gelingen, einen verlässlichen Test zu entwickeln.«

Der Oberst griff sich einen Kugelschreiber und zog ein Notizbuch aus seiner Hemdtasche. »Gut, Professor. Dann legen Sie mal los. Was brauchen Sie?«

Markus Steller

Steller fiel aus dem Wagen. Was war passiert? Er legte die Hand auf die Augen, fühlte sich als Opfer einer Großwildsafari. Als hätte ihm jemand einen Betäubungspfeil in den Hintern geschossen. Es wurde geschrien. Er musste auf die Beine kommen, falscher Ort zum Schlafen. Schippe und Fliege trugen den Fahrer zum Transporter hinüber. Der Mann hing schlaff in ihren Armen. Auf dem Baslerplatz in Richtung Friedensbrücke stand ein Audi mit aufgerissener Beifahrertür. Fieber hatte sich an der Beifahrertür aufgebaut und fuchtelte mit der MP herum. In deren Haut wollte er nicht stecken. Der würde die alle umlegen. Steller musste da hin und versuchen, Fieber von der Wahnsinnstat abzuhalten. Aber seine Beine waren zu schwer, verwehrten den Gehorsam.
Er sah in Richtung Bahnhof, traute seinen Augen nicht. »Sie kommen!«, schrie er auf. Es waren Hunderte. Sie rannten auf die Unfallstelle zu, nutzten die gesamte Breite der Straße. Zwanzig Sekunden, vielleicht auch weniger. »Sie kommen! Sie kommen!« Stellers Beschwerden besserten sich schlagartig. Er humpelte um den BMW herum, plumpste ungeschickt auf den Fahrersitz. Der Airbag hatte bereits die Luft verloren, hing wie ein schlapper Ballon am Lenkrad. Hoffentlich fuhr die Karre noch. Steller drehte den Zündschlüssel und der Motor sprang an. Mit einem Krachen hämmerte er den Rückwärtsgang rein und schlingerte wie in einem Autoscooter auf Fieber zu.
Warum ließ er Fieber nicht zurück? Warum ließ er nicht einfach alle zurück? Ein paar Probleme weniger. Aber dann wäre alleine. Wollte er alleine sein? Um nichts in der Welt. Er bremste, blieb neben dem Audi stehen. »Wir müssen weg.«
Fieber drehte sich um, sah die Meute, brüllte in sein Funkgerät. Aber die anderen beiden Fahrzeuge ihres Konvois hatten bereits reagiert, rasten die Gutleutstraße weiter in Richtung Hafentunnel.

»Fahrt uns nach«, schrie Fieber den Menschen im Audi zu. Dann riss er die Beifahrertür des BMW auf. »Weg, weg.« Die Ausläufer des Menschenschwarms erreichten sie. Steller gab Vollgas. Er erwischte einen jungen Mann mittschiffs. Der krümmte sich, als hätte ihm ein riesiger Boxer in den Magen geschlagen. Dann verschwand er aus seinem Sichtfeld, es polterte unter dem Bodenblech. Sie folgten den anderen Fahrzeugen. Körper schlugen auf der Beifahrerseite ein. Hinten knallte ein Fenster. Glas spritzte in den Innenraum.

»Wie weiter?« Fieber warf Steller einen Blick zu.

»Sie sollen die nächste Straße rechts abbiegen. Dann verlangsamen, damit wir überholen können. Ich muss als Erster an das Rolltor.«

Fieber bellte Befehle in den Funk. Steller erschrak. Die nächste rechts? Da fuhren sie direkt auf den Hafentunnel zu. Ganz schlechte Idee. Er machte den Mund auf.

Dann sah er Ben. War das Ben? War das Ben Wilczek? Die Haare, der Körper, die Kleidung.

Steller hatte ihn nur kurz aus den Augenwinkeln gesehen, versuchte ihn noch mal im Rückspiegel zu erwischen. Der Audi überholte sie, bahnte sich einen Weg durch liegen gebliebene Autos und schob einen Golf grob zur Seite.

»Was soll das? Mann, schau auf die Straße.«

Die Horde, in der er glaubte, Ben erkannt zu haben, bog um die Ecke, dreißig Meter hinter ihnen. Das war Ben. Oder?

»Fahr!«

Steller registrierte, dass er nur noch Schrittgeschwindigkeit fuhr. Gesichter knallten gegen die Heckscheibe.

FERNGESPRÄCH

Demir Kara

Demir wagte es nicht, sich zu bewegen. Der Uniformierte fuchtelte immer noch mit der Maschinenpistole vor seinem Gesicht herum und beleidigte ihn auf das Übelste. Dann beugte sich Katta nach vorne, streckte ihren Arm aus und hielt dem Kerl das Satellitentelefon unter die Nase. »Ich kann uns hier rausbringen. Ich kann uns hier rausbringen.«

»Was ist das?«, schrie der Aufgeregte.

»Satellitentelefon.«

Zu Demirs Beruhigung sank der Lauf der MP. Der Mann setzte zum Sprechen an, als plötzlich der gerammte X5 rückwärts auf sie zu jagte. Noch so ein Irrer. Der BMW hielt neben dem Audi. Auf dem Fahrersitz saß ein Mann ohne Uniform. Das Beifahrerfenster war heruntergelassen. Die beiden Typen schrien sich gegenseitig etwas zu.

»Fahrt uns nach«, schrie der Uniformierte, dann sprang er in den X5.

Demir wusste nicht, was er tun sollte. Zombies, Unfall, Bedrohung mit tödlicher Waffe. Das war zu viel, in zu schneller Folge. Katta schrie. »Sie kommen.«

Bilal startete den Wagen, während Demir versuchte, den schlappen Airbag unter Kontrolle zu bringen.

»Ich will denen nicht nachfahren«, sagte Bilal.

»Keine Zeit zum Diskutieren.« Demir hatte sich gefangen. Er deutete mit dem Finger zur Windschutzscheibe. Weniger als zweihundert Meter vor ihnen lag die Friedensbrücke, die die Innenstadt über den Main mit den südlichen Stadtteilen verband. Die Irren kamen unter der Brücke hervor, rannten in ihre Richtung. »Die kommen von überall. Fahr ihnen nach.« Das war überflüssig. Bilal hatte seine Meinung bereits geändert, wendete den Audi und schickte sich an den anderen Fahrzeugen zu folgen.

»Wir sind gleich mittendrin«, flüsterte Katta. Die Masse strömte zwischen ihnen und dem letzten BMW auf die Straße.

»Halt einfach drauf. Der Wagen ist gepanzert. Halt drauf!« Demir stemmte beide Füße gegen das Bodenblech. Bilal beschleunigte. Zwei Körper wurden durch die Motorhaube aufgebockt, schlugen in die Windschutzscheibe ein, glitten darüber hinweg auf das Wagendach. Menschen rannten von allen Seiten gegen den Audi. Ein Kopf klatschte an Demirs Seitenscheibe, auf dem Glas blieb ein roter Schleier zurück. Katta kreischte. Demir wollte es ihr gleich tun, bekam aber keinen Ton über die Lippen. Der Transporter und einer der X5 hatten die Kreuzung zum Hafentunnel erreicht. Der BMW, der unmittelbar vor ihnen fuhr, wurde langsamer, blieb fast stehen. »Links dran vorbei.« Demir versuchte, in den Wagen zu schauen, als sie ihn überholten. Durch sein verschmiertes Seitenfenster erkannte er kaum etwas. In dem BMW saßen der Irre und der andere Typ in Zivil.

Sie fuhren an ihnen vorbei. Was war bei denen los? Benzin leer? Bilal rammte einen Golf, der im Weg herumstand. »Auf den Bürgersteig.« Demir versuchte Halt in dem hüpfenden Auto zu finden, stieß mit dem Kopf schmerzhaft gegen die B-Säule. Die Fahrzeuge voraus bogen in Richtung Hafentunnel ab. Hinter ihnen holte der X5 wieder auf.

»Alter, wieso halten die?« Bilal jagte über den Bürgersteig, dann zurück auf die Straße.

»Was?« Demir hob es aus dem Sitz.

Vor ihnen ging es nicht mehr weiter. Bilal stieg auf die Bremse, brachte den Audi knapp vor dem Heck des Transporters vor ihnen zum Stehen. Hinter ihnen bremste der BMW. Türen flogen auf. »Sind die dumm?« Bilal schlug mit den Händen gegen das Lenkrad. Demir hatte die Tür geöffnet und war ausgestiegen. Jetzt erkannte er das Problem.

Beide Fahrstreifen wurden durch ineinander verkeilte Autos verstopft. Ein Lastwagen hatte erfolglos versucht über den Gehweg dem Chaos zu entkommen, bildete eine Barrikade quer zwischen Häuserfront und Straße. Es bestand nicht die geringste Chance dort hindurchzukommen. Der Mann in Zivil schrie: »Sie kommen aus dem Tunnel. Es ist nicht weit. Wir müssen rennen.« Der Zivi-

list gab den Weg vor. Die Männer rannten los. Bis auf den einen trugen alle diese Kampfuniform. Drei von ihnen schleppten einen ihrer Kollegen. Die Gruppe bewegte sich schnell.
»Was machen...« Demir ließ Bilal nicht aussprechen. »Hinterher.«
Katta hatte das Fahrzeug verlassen und Bilal folgte ihr. Zu dritt hetzten sie den Uniformierten nach. Aus Richtung des Hafentunnels hörte er Geräusche, als ob man Tausend Getränkedosen zerdrückte. Ein flüchtiger Blick. Hunderte von Menschen liefen über die Autos hinweg auf sie zu. »Wo sollen wir hin?« Katta hatte sie auch bemerkt. Demir hatte keine Ahnung. Er rannte einfach den Actiontypen hinterher, vertraute darauf, dass sie ein Ziel hatten. Sie überholten das Trio, das den Bewusstlosen trug. Aufgrund ihrer Last waren sie deutlich langsamer als die anderen. Viel zu langsam. Der Anführer der Uniformierten, der bereits ein Stück vorneweg lief, stoppte und kehrte um. Er schrie die Träger an. Die Männer ließen ihre Fracht zu Boden. Der Chef hob die MP und schoss dem Verletzten in den Kopf.
Demir hatte die Szene beobachtet. Er hatte sich umgedreht und war rückwärts weitergelaufen. Wer immer diese Typen waren, sie gingen die Angelegenheit mit allem Ernst an.
Hundert Meter hinter ihnen hetzte die Meute durch die kleine Grünanlage. Wenn er stehen bliebe, dann hätte er noch zehn Sekunden. Maximal. Er drehte sich um und rannte den anderen nach. Die überquerten gerade eine schmale Fußgängerbrücke, die in das Herz des Behördenzentrums führte. Der anschließende Weg verlief zwischen zwei achtstöckigen Gebäuden hindurch. Für einen Moment waren sie außerhalb des Sichtbereichs ihrer Verfolger. Der Mann in Zivil lief auf einen der Eingänge zu, fummelte an einem Kasten herum, der neben der Tür hing. Er zog sie auf. Katta fiel zurück. Demir verzögerte kurz, bis sie aufgeschlossen hatte. »Komm schon. Gleich haben wir es geschafft.« Die Gruppe stolperte in einen Empfangsbereich. Die Uniformierten hoben ihre Waffen, sahen sich sichernd um. Demirs Lunge brannte. »Hier lang.« Der Kerl, der sie in das Gebäude gelassen hatte, zeigte auf eine Tür. Er hinkte auf sie zu, hielt eine Art Chip an ein Lesegerät. Es klickte. Sie liefen in ein Treppenhaus, es ging nach oben. Schon wieder nach oben. Das letzte Dach hatte ihm nicht gefallen. Bis

jetzt hatten sie zwei Glastüren passiert, das wirkte nicht sonderlich sicher. Im dritten Stock öffnete der Mann eine weitere Tür. Wieder Glas. Demir dachte daran, wie die Verrückten in der letzten Nacht durch das Sicherheitsglas in dem Commerzbank-Tower geplatzt waren. Gar nicht gut. Sekunden später saßen Demir, Bilal und Katta in einem Büroflur auf dem Boden. Die Uniformierten stapelten in Windeseile Büromöbel vor der Tür. Demir hockte dicht neben Katta. Sie rang nach Atem und fing an zu husten. In einem hilflosen Versuch klopfte er ihr auf den Rücken. Er selber bekam seine Atmung langsam unter Kontrolle. Der Anführer der Uniformierten hob den Finger an den Mund: »Leise. Ruhe jetzt«, zischte er. Augenblicklich sank der Lärmpegel. Wenn ihre Verfolger hochkamen, dann nicht geräuschlos. Darauf konnte man sich verlassen. Minutenlang lauschten sie. Es blieb still. Schließlich nickte der Chef der Polizeisoldaten. »Gut«, sagte er. »Ich denke, wir haben sie abgehängt.« Der Mann stand auf und ging in ihre Richtung, zog seine Pistole aus dem Holster. Sein Gesicht glich einer Maske mit bösen funkelnden Augen. »Wegen euch blöden Pennern ist mein Kamerad gestorben. Ich mache euch kalt.«
Der Mann in Zivil sprang dazwischen. »Du solltest hier nicht herumballern. Der Lärm zieht sie an.«
Der Bewaffnete blieb stehen, sah den Zivilisten an. »Hast du auch wieder recht.« Er steckte die Pistole weg und zog ein Kampfmesser aus einer am Oberschenkel befestigten Scheide. »Dann schneide ich euch den Hals durch.« Er griff Bilal an den Kragen und zog ihn nach oben. »Mit dir Penner mache ich den Anfang.«
Ein Telefon klingelte.
Alle sahen Katta an. Das Geräusch kam aus ihrer Handtasche. Bilal wurde losgelassen, sackte zu Boden. Der Mann in Zivil fand als Erster seine Stimme wieder: »Vielleicht solltest du rangehen. Könnte wichtig sein.«

MUTTERLIEBE

Aila Torbeck

Torbeck saß an ihrem Schreibtisch im Kommandantenraum. Vor wenigen Minuten hatte sie über das Kommunikationssystem eine Ansprache an das Personal gehalten. Sie hatte erklärt, in welcher Situation man sich befand und ihre Rede mit einigen Motivationsfloskeln beendet. War das die richtige Entscheidung gewesen? Torbeck dachte an die Worte der Psychologin und konnte nur hoffen, dass die Bunkerbesatzung den Schock verkraftete. Auch wenn die meisten bereits eine ungefähre Vorstellung von der Situation hatten, so machte eine amtliche Bestätigung aus ängstlichen Vermutungen fürchterliche Gewissheit. Sie hatte mit sich gerungen und lange überlegt, ob und in welcher Form sie sich an das Personal wenden sollte. Die Wahrheit barg immer Gefahren. Schließlich kam sie zu dem Schluss, dass die Menschen das Recht besaßen, aufgeklärt zu werden. Irgendwann wäre dieser Moment ohnehin gekommen. Allerdings hielt sie einen Teil der Wahrheit zurück. Die Tatsache, dass viele von ihnen den Cluster und somit den Virus im eigenen Körper trugen, behielt sie für sich.
Der Computer der Anlage wählte weiterhin in regelmäßigen Abständen alle Handys von vermisstem Personal an. Auch das von Katta. Inzwischen nur noch in einem Dreistundenrhythmus. Eigentlich war das überflüssig. Jetzt, wo die Anlage versiegelt war, durfte sie ohnehin niemanden mehr hereinlassen. Ganz unabhängig von einer möglichen Außenmission. Torbeck nahm ihr Satellitentelefon in die Hand und biss sich auf die Unterlippe. Obwohl es Unfug war anzurufen, tippte sie Kattas Nummer ein. Sie schloss die Augen und lauschte dem Freizeichen. Ihre Gedanken wanderten zurück zu der Besprechung. Sie hatte einiges an Informationen zu verdauen. Genau genommen konnte ...
»Mama!?«
Torbeck hüpfte aus dem Bürostuhl. »Katta!«

»Ja. Geht es dir gut, Mama? Mir geht es gut!«
»Wie geht es dir?«
»Gut, Mama. Alles gut.«
»Wo bist du, was ist passiert? Geht es dir gut?«
»Mama, Mama. Beruhige dich. Ich bin in Sicherheit. Ich gebe dir jetzt einen Mann, der mit dir reden möchte.«
»Was? Was für ein Mann?«
Pause.
»Mein Name ist Fieber. Ich bin Kommandoführer beim SEK Kassel. Mit wem spreche ich?«
SEK? Das war doch Polizei. Sie versuchte, ihre Stimme unter Kontrolle zu behalten. Jetzt nur nicht hysterisch wirken. »Mein Name ist Generalmajor Aila Torbeck. Die junge Frau ist meine Tochter.«
»Generalmajor?«
»Ich bin Kommandantin einer Bunkeranlage im Schwarzwald.«
»Was für eine Anlage?«
»Sie haben davon in den Nachrichten gehört.«
»Die Anlage? Diese Bioforschungsanlage?«
»Genau die.«
Pause.
»Können Sie uns helfen?«, fragte Fieber.
»Sind Sie alleine?« Bitte lass ihn nicht alleine sein. Ob er Katta etwas antut?
»Sie brauchen sich keine Sorgen machen.« Als hätte er ihre Gedanken erraten. »Um Ihre Frage zu beantworten. Nein. Wir sind zu siebt. Außerdem noch ein Zivilpolizist und drei weitere Zivilisten, ihre Tochter eingeschlossen.«
Das war gut. Eine Gruppe war moralisch stabiler als eine Einzelperson. Das bot Schutz. Oder? Er hatte gesagt, sie seien zu siebt. Seine Leute? Vermutlich. Dann bot die Gruppe vielleicht doch keinen Schutz. Kadergehorsam. Korpsgeist. Sie war beim Militär, sie kannte das. Die Freude, Kattas Stimme gehört zu haben, wich einem beklemmenden Gefühl. »Sie werden meiner Tochter nichts antun.« Das war dumm. Wenn der Mann das wollte, würden ihn ihre Worte nicht abhalten.
»Warum sollte ich?«

»Bei Katastrophen. Im Krieg. Die Menschen vergessen sich.«
»Sie können unbesorgt sein. Aber ich kann Ihnen auch nicht versprechen, dass ich sie auf Dauer schützen kann. Unsere Lage ist schwierig.«
»Verstehe.«
»Ich schlage Ihnen ein Abkommen vor«, hörte Torbeck sich sprechen. Am anderen Ende der Leitung blieb es still. »Der Bunker, in dem ich mich befinde, ist derzeit einer der sichersten Orte auf der Welt. Ich werde Sie und Ihre Gruppe hineinlassen. Bringen Sie mir meine Tochter. Lebend.« Pause. »Bringen Sie mir mein Kind. Um den Rest kümmere ich mich.«
Die Antwort kam ohne Zögern. »Einverstanden.«
Torbeck atmete auf. »Dann haben wir einen Deal?«
»Ja. Jetzt erklären Sie mir, was hier eigentlich los ist.«
»Wir wissen es nicht. Eine Pandemie. Der Virus ähnelt der Tollwut.«
»Wie kann sich eine Krankheit dermaßen schnell verbreiten?«
»Das wüssten wir auch gerne.«
»Sie sollten mir keine Informationen vorhalten.« Die Drohung versteckte sich im gleichmäßigen Klang seiner Stimme.
»Es gibt Arbeitshypothesen. Die helfen Ihnen nicht weiter. Alles, was relevant ist, werde ich Ihnen sagen. Vergessen Sie nicht, dass meine Tochter bei Ihnen ist. Ich habe ein großes Interesse, dass Sie es gemeinsam bis hierher schaffen.«
»Da haben Sie recht.« Die Schärfe in den Untertönen war verschwunden. Möglicherweise hatte sie sich das auch nur eingebildet.
»Es ist keine gewöhnliche Krankheit. Mehr kann ich Ihnen derzeit nicht sagen. Die Übertragungswege sind nicht bekannt. Wir vermuten, dass eine Ansteckung hauptsächlich durch einen Biss erfolgt. Analog der Tollwut. Eine Übertragung durch Tröpfcheninfektion ist unwahrscheinlich, aber nicht unmöglich. Ein Kontakt mit Infizierten ist unbedingt zu vermeiden.«
»Das haben wir bereits bemerkt.«
»Tut mir leid.«
»Wie sieht es außerhalb der Stadt aus?«
»Die Katastrophe ist global.«

»Das habe ich befürchtet. Ist es wirklich so schlimm?«
»Es könnte nicht schlimmer sein.«
»Wie kommen wir zum Bunker?«
»Die Anlage befindet sich vierzig Kilometer südöstlich von Karlsruhe. In der Nähe eines Berges, der Teufelsmühle heißt. Meine Tochter kennt die genaue Position. Sie heißt übrigens Katta.«
»Die Frage lautet, *wie* kommen wir dahin? Wenn wir es aus der Stadt schaffen, dann habe ich Hoffnung. Aber ich weiß nicht, inwieweit die Straßen befahrbar sind. Zu Fuß werden wir scheitern. Da bin ich mir sicher.«
»Wie ist Ihre Position? Ist die zu halten?«
»Fürs Erste. Aber dauerhaft einrichten können wir uns nicht. Wir sind in einem Gebäude des Behördenzentrums. Das ist in unmittelbarer Nähe zum Hauptbahnhof.«
»Bleiben Sie dort. Ich lasse mir etwas einfallen.«
»Jetzt haben Sie mich neugierig gemacht. Ach ja. Da wäre noch etwas. Diese Irren mögen keine Helligkeit. Sie scheinen das Tageslicht zu meiden. Sagt Ihnen das etwas?«
»Nein. Aber ich werde diese Information an unsere Forschungsabteilung weitergeben.« Pause. »Ich möchte mit meiner Tochter reden.« Für eine Sekunde hatte sie Angst, dass Fieber das ablehnen würde. Stattdessen sagte er: »Natürlich. Einen Moment.« Wenig später meldete sich Katta. »Hör mir zu«, sagte Torbeck mit eindringlicher Stimme.
»Ja.«
»Ich bin im Bunker. Die Männer werden dich zu mir bringen. Wenn sie das tun, lasse ich euch alle herein.«
»Das darfst du nicht.«
»Ich lasse euch herein.«
»Ja.«
»Wie sieht der Akku aus?«
»Schlecht.«
»Habt ihr noch Strom?«
»Weiß ich nicht.«
»Versuche, das Handy aufzuladen, wenn es geht. Schalte es aus. Ich rufe um 1700 wieder an. Hast du das verstanden?«
»Ich schalte das Handy aus und um 17:00 Uhr wieder an.«

»Gut, Schatz. Ich mache jetzt Schluss.«
»Mama?«
»Ja.«
»Ich habe Angst.«
»Vertrau mir, ich lasse mir was einfallen.«
»Ist gut.«
Torbeck legte auf. Es kam ihr vor, als würde sie das Seil loslassen, an dem ihre Tochter über einem Abgrund baumelte. Und jetzt? Sie musste die Nummer ihrer Tochter aus der Anrufroutine nehmen. Das automatische Anwählen wäre jetzt kontraproduktiv. Sie suchte die entsprechende Datei im Computer und löschte die Nummer von Katta. Und wie ging es weiter? Sollte sie bekannt machen, dass sie Kontakt mit ihrer Tochter aufgenommen hatte? Ihr Bauchgefühl sprach dagegen.
Sie hatte gesagt, dass ihr etwas einfallen würde. So weit die Theorie. Was sollte ihr einfallen? Frankfurt war weit und sie saß in diesem Bunker fest. Selbst, wenn sie ihn verließ. Was dann? Alleine nach Frankfurt fahren und Katta abholen? Das war keine Option. Sollte sie einen Zug Fallschirmjäger schicken? Mit welcher Begründung? Dass sie ihre Tochter retten wollte? Viele Angehörige waren noch da draußen. Ein solches Kommandounternehmen in eigener Sache würde sicherlich keine Akzeptanz erfahren. Frankfurt war ungefähr hundertsiebzig Kilometer von hier entfernt. Eigentlich ein Katzensprung. Aber unter den Voraussetzungen fast eine Weltreise. Sie musste der Gruppe von hier aus helfen. Aber wie? In ihrem Inneren waberten lose Gedankenfäden umher. Da war etwas, aber sie konnte die Puzzleteile nicht zusammensetzen. Es summte an der Tür. Auf dem Monitor des ComSys erkannte sie Wiegners Gesicht. Sie berührte eine Schaltfläche und die Tür glitt auf. Der Oberst trat ein. Auf seiner Stirn glänzten Schweißperlen, sein Gesicht war bleich.
»Karl. Was ist denn los mit dir?«
»Mir geht es gut.«
»Nimm mich nicht auf den Arm. Gestern Nacht sahst du bereits krank aus. Heute keinen Deut besser. Was stimmt nicht?«
Wiegner hob abwehrend die Hand. »Es ist alles in Ordnung.«

Torbeck hatte keine Ressourcen frei, um mit ihrem Stellvertreter zu streiten. Ihre Gedanken kreisten um ihr Kind. »Was kann ich für dich tun?«
»Ich wollte dir Bericht erstatten. Wir werden um 1300 ausrücken. Drei Boxerpanzer. Ich nehme eine Gruppe Fallschirmjäger mit. Außerdem einige wissenschaftliche Mitarbeiter.«
»Du willst die Außenmission begleiten?«
Wiegner fuhr sich mit den Händen über seine kurzgeschorenen Haare. »Ja.« Torbeck öffnete den Mund. Er ließ sie nicht zu Wort kommen. »Ich weiß, dass das nicht erlaubt ist. Aber ich bin der Einzige mit operativer Einsatzerfahrung.«
Das war nicht falsch. Dass ihr Stellvertreter sich einer solchen Gefahr aussetzen wollte, verstieß allerdings gegen jeden Führungsgrundsatz. Das wusste Wiegner genauso gut wie sie. Trotzdem wollte er die Mission begleiten. Da steckte mehr dahinter.
»Du wartest darauf, dass sie sich meldet.« Mit dem Satz sprengte Wiegner ihren Gedankengang.
»Was?«
»Du hoffst, dass Katta sich meldet.« Er deutete mit einer kurzen Geste in Richtung ihrer Hände.
Torbeck bemerkte, dass sie mit dem Satellitentelefon spielte, es unbewusst in den den Händen drehte. »Ja.« Sie legte das Telefon zur Seite. Karl durfte nicht gehen. Was, wenn ihm etwas zustieß? Dann wäre sie auf sich alleine gestellt. Nein, sie brauchte ihn dringend. Es beruhigte sie bereits, ihn in ihrer Nähe zu wissen. Zeitgleich mit diesen Gedanken sprang sie eine Idee an. Plötzlich hatte sie eine konkrete Vorstellung, wie sie Katta helfen konnte. Dafür war es besser, wenn Karl nicht neben ihr stand. »Warum hast du gestern nichts gesagt?«, fragte Torbeck.
»Was meinst du?«
»Als ich den Hubschrauber abschießen ließ.«
»Ich wollte deine Autorität nicht untergraben. Du bist die Kommandantin. Du hast die Befehlsgewalt.«
»Was hättest du getan, wenn ich den Befehl nicht gegeben hätte?«
Wiegner atmete hörbar aus. »Dann hätte ich den Befehl gegeben.«
»Du hättest mich abgesetzt?«
»Tut mir leid.«

»Warum?«
»Weil das keine Angelegenheit ist, wo man einen Klassensprecher wählt und danach eine groß angelegte Debatte über das weitere Vorgehen abhalten kann. Das Ding mit der Demokratie ist erst mal auf Eis gelegt. Wenn man überleben will, muss ein Preis gezahlt werden.« Pause. »Ich bin froh, dass du mich nicht gezwungen hast, dich zu überstimmen. Deine Entscheidung war richtig.«
»Es ist mir nicht leicht gefallen.«
»Das darf es auch nicht. Es würde heißen, dass du dir deiner Verantwortung nicht bewusst bist.«
»Du weißt, dass ich dich nicht gehen lassen kann. Du kennst die Befehle besser als ich.«
Wiegner presste die Lippen zusammen. Ihm war sicherlich bewusst, dass er sich gerade mit seinem Statement zur Befehlstreue selber ins Aus argumentiert hatte. »Ich weiß. Aber ich glaube, dass der Mission entscheidende Bedeutung zukommt und ich der Einzige bin, der so ein Kommando führen kann. Ich muss das machen.«
Sie konnte sich nicht erinnern, dass Karl jemals um etwas gebeten hätte. Sonderbar. Sie hatte Angst um ihn. Noch mehr Angst hatte sie aber um ihre Tochter. Sie musste Wiegner Katta zuliebe gehen lassen. »Dir ist klar, dass du nach der Mission in Quarantäne musst?«
»Natürlich.« Er lächelte gequält.
»Dann mach das. Aber pass auf dich auf.«
»Das verspreche ich.« Er stand auf und zögerte. »Gib die Hoffnung nicht auf.«
Torbeck zog die Stirn in Falten. Als Wiegner sich umdrehte und den Raum verließ, ertappte sie sich dabei, wie sie wieder mit dem Handy spielte.

Einige Minuten, nachdem der Oberst gegangen war, rief sie Oberstabsfeldwebel Theißen zu sich. Der Plan, um ihrer Tochter zu helfen, hatte sich immer weiter ausgeformt. Der stämmige Soldat ließ sich auf einen der Stühle fallen. Torbeck kam sofort zur Sache. »Gestern haben Sie kurz die Drohne erwähnt.«
»Ja.«

»Ich möchte gerne mehr über sie erfahren.«
»Was wollen Sie wissen?«
»Alles. Besonders interessiert bin ich an einer möglichen Bewaffnung.«
»Die Drohne ist unbewaffnet.«
Torbeck stellte zwei Gläser auf den Tisch, zog eine Schublade ihres Schreibtisches auf und förderte eine halb volle Flasche Whisky ans Tageslicht. Die hatte sie völlig vergessen, als sie Karl den schäbigen Ouzo angedreht hatte. Das sollte er besser niemals erfahren. Sie füllte beide Gläser bis zur Hälfte. »Ach, kommen Sie. Fenris ist vollgestopft mit milliardenschweren Wundern. Da wird doch in irgendeiner Abstellkammer etwas zu finden sein. Für einen richtigen Techniker gibt es immer einen Weg.«
Der Stab lächelte. »Sie meinen, ich kann auf Vorschriften scheißen?« Er zuckte zusammen. »Tut mir leid, Frau Generalmajor. Ich ...«
Torbeck winkte ab. »Genau. Scheißen Sie auf die Vorschriften. Machen Sie, aber machen Sie es richtig.«
Theißen lächelte, nahm sein Glas und schüttete sich den Whisky in den Mund. »Wenn Sie mich so fragen, hätte ich da was im Angebot.«

GESETZ IST GESETZ

Markus Steller

Steller interessierte das unerwartete Telefonat nicht. Er war mit seinen Gedanken woanders. Hatte er wirklich Ben gesehen? Konnte das sein? Als er den Plan gefasst hatte, sich auf die Dienststelle zu flüchten, war seine ganze Hoffnung gewesen, dass sich irgendjemand von seinem Team hierher gerettet haben könnte. Dann hätte er jemanden auf seiner Seite gehabt, hätte nicht mehr alleine gestanden. Diese Hoffnung war gestorben. Steller war sich mittlerweile sicher, dass sie alleine waren. Hier war niemand, das fühlte er. Weder Gesunde noch Kranke. Wie hatte er annehmen können, dass er auf der Dienststelle jemanden finden würde? Wie naiv der Mensch doch war, wenn er hoffte. Aber war das überhaupt von Belang, wenn da draußen Ben herumlief?
Alle konzentrierten sich auf das Telefonat. Zu Stellers Rechten lag die Tür, die in den Arbeitsbereich führte. Sie stand wie gewöhnlich offen. Der Arbeitsbereich war schlauchartig und bestand aus drei hintereinanderliegenden Büros, die jeweils durch eine Tür miteinander verbunden waren. In jedem der Büros befanden sich zwei Schreibtische, auf denen Computer standen. An normalen Tagen saßen hier die Kollegen und schrieben ihre Berichte. Steller registrierte, dass es noch Strom gab. Die Computer summten unbeeindruckt von den Ereignissen der letzten Stunden vor sich hin. Aus einem Regal, in dem unter anderem Handys und Funkgeräte aufbewahrt wurden, nahm er sich ein Fernglas. Hastig lief er zu einem Fenster, von dem aus er in die Richtung sehen konnte, aus der sie gekommen waren. Dabei bemühte er sich, möglichst tief im Raum zu stehen, um von draußen nicht gesehen zu werden.
Der Weg zwischen den Gebäuden war leer. Er suchte die Umgebung mit dem Feldstecher ab. Nichts. Die konnten sich doch nicht in Luft auflösen. Nervös joggte er durch die zusammenhän-

genden Büros des Arbeitsbereiches zur anderen Gebäudeseite. Von hier aus konnte er die Südseite des Bahnhofs überblicken. Auf einigen Gleisen standen Züge. Das wirkte beunruhigend gewöhnlich. Die Haupthalle konnte er nicht einsehen. Ansonsten bot sich ihm das mittlerweile bekannte Bild von verstreut herumliegenden Leichen und gestrandeten Autos. Sonst nichts. Als hätte er sich alles eingebildet. Dann sah er etwas.
Am Hauptgebäude des Bahnhofs bewegten sich Gestalten. Als das Fernglas scharf stellte, verschwanden sie aus seinem Blickfeld. Er ließ das Glas sinken. Seine Beine zitterten. Hatte er vorhin im Auto wirklich Ben gesehen? Das konnte nicht sein. Der Mann war mehr als hundert Meter in die Tiefe gestürzt. Das überlebte keiner. Steller glaubte nicht an Geister. Er glaubte nicht, dass sie es mit Zombies zu tun hatten. Das wollte er auch nicht glauben. Aber selbst wenn, konnte es nicht Ben gewesen sein. Der müsste mit gebrochenen Knochen über den Boden fließen. Laufen ging nicht mehr. Weder als Mensch noch als wandelnder Toter. Und wenn es doch Ben war? War er gekommen, um ihn zu holen? Steller schüttelte sich, legte das Fernglas weg und ging zu den anderen. Einbildung, nichts weiter als Einbildung. Er durfte nicht die Kontrolle verlieren.
Als Steller wieder bei der Gruppe ankam, sah er, wie das Mädchen gerade das Telefonat beendete. Der Kommandoführer ergriff sofort das Wort und gab weiter, was die Mutter des Mädchens zu ihm gesagt hatte. Es handelte sich also um eine Krankheit, die der Tollwut ähnelte. Das erklärte nicht, warum sie zur gleichen Zeit wie von einem Timer gesteuert ausgebrochen war. Aber dazu gab es keine weiteren Informationen. Man sollte sich von den Infizierten fernhalten. Da mussten alle Anwesenden kurz trocken lachen. So in etwa musste die Stimmung in einem Schützengraben des 1. Weltkriegs gewesen sein. Der Leutnant erklärt, dass sie in einer halben Stunde die Franzosen angreifen würden und erzählt dabei einen Witz, um die Stimmung aufzulockern.
Das Problem war weltweit. Das überraschte Steller nicht. Trotzdem war die Nachricht ein derber Schlag, der dem vorherigen Stimmungsmacher die Wirkung nahm. Nachdem er mit den schlechten Nachrichten fertig war, erklärte Fieber seinen Plan für

das weitere Vorgehen. Der Plan entpuppte sich eher als eine Art Grundidee. Ziel war es, die Stadt zu verlassen und Zuflucht in einer Bunkeranlage im Schwarzwald zu suchen. Von dem Bunker hatte Steller gehört. In den Medien ging es seit Wochen um kaum etwas anderes. Eine Art Genforschungsanlage. Ob in dieser Anlage die Ursache ihrer Probleme lag? Vielleicht war der Bunker das Auge des Hurrikans. Kein schöner Gedanke. Andererseits, lieber im Auge des Sturms sitzen, als im Wirbel durch die Welt geschleudert zu werden. Auf jeden Fall schien die Mutter des Mädchens dort die Chefin zu sein.

»Katta steht ab sofort unter unserem Schutz.« Dabei deutete Fieber auf das Mädchen, das zwischen den beiden Türken saß. Die Jungs waren mittlerweile entwaffnet und verhielten sich angepasst. Steller besah sie sich genauer. Der Hübsche wirkte in Ordnung, aber der andere sah scheiße aus. Der Typ war zweifelsohne ein kleinkriminelles Arschloch. Steller hatte oft genug mit diesem Menschenschlag zu tun. Dafür hatte er ein Auge. Das war aber bedeutungslos. Der einzig gefährliche Mensch in diesem Gebäude war Fieber. Diesen Gedanken schien der Kommandoführer gehört zu haben und versuchte ihn direkt zu bekräftigen, indem er sein Messer zog. »Da das Geschäftliche jetzt beendet ist, kommen wir zum Privaten.« Fieber zog den hässlichen Jungen an den Haaren in die Höhe. »Wegen dir habe ich einen Mann verloren. Ich musste ihm selber in den Kopf schießen. Dafür schneide ich dich in Scheiben.«

Einen Mann verloren? Davon hatte Fieber bereits vor dem Telefonat gefaselt, aber Steller hatte die Information aufgrund kognitiven Kapazitätenmangels nicht verarbeiten können. Er erinnerte sich daran Schüsse gehört zu haben, hatte aber gedacht, sie galten den Tollwütigen. Es konnte sich nur um ihren Fahrer handeln. Tatsächlich. Flu fehlte. Steller hatte noch gesehen, dass er von anderen Kollegen getragen wurde. Anscheinend nicht schnell genug. Mangelnde Entschlusskraft konnte man Fieber nicht vorwerfen. Das erklärte auch, warum der so angepisst war. Sollte er Fieber aufhalten? Zu gefährlich. Er versuchte, in den Gesichtern der anderen zu lesen. Regungslos, keine Gefühle. Kein potenzieller Meuterer in den eigenen Reihen? War die Gruppe so homogen?

Die Kollegen standen da, besahen sich das Schauspiel. Das Mädchen, das Fieber Katta genannt hatte, sprang auf. »Lass ihn in Ruhe.«
Stellers Muskeln spannten sich. Nicht die Kleine. Fieber knallte den jungen Türken an die Wand. Es klimperte, durchsichtige Glaskugeln rollten über den Boden. Dem Mann fielen die Murmeln aus der Hose. Fieber trat zwei Schritte zurück. Ohne den Unglücklichen aus den Augen zu lassen, bückte er sich und nahm einige der Steinchen auf. »Was ist das?«
Stille.
»Mann. Ich habe dich etwas gefragt.«
Der Hübsche gab Antwort. »Das sind Diamanten.«
»Diamanten.« Fieber starrte auf seine offene Handfläche. »Wo zum Teufel habt ihr die her? Familienerbstücke?«
»Hör zu. Mein Name ist Demir. Demir Kara. Und er«, Demir deutete auf seinen Kumpel, »heißt Bilal.«
Genau. Nenne deinen Namen. Das macht das Töten persönlicher und schwieriger. Nur schade, dass das Fieber nicht interessieren würde.
»Noch mal. Woher habt ihr die Steine?«
Bilal antwortete: »Wir wollten einen Kurier überfallen?«
Na, schau mal an. Gar nicht so kleinkriminell wie gedacht.
»Wolltet?«
»Ja. Wir wollten. Aber dann geschah diese Scheiße. Der Kurier hat die Steine fallen lassen. Ich habe sie genommen«, sagte Bilal.
»Fallen gelassen?« Fieber wirkte nicht überzeugt.
»Ja.«
»Warum?«
»Weil der Mann dachte, dass er gleich gefressen wird.«
Fieber nickte. »Was ist mit dir? Du hattest keine Angst?«
Bilal sah zu Boden. »Ich habe nur den Beutel mit den Steinen gesehen.«
»War das Mädchen dabei?«
»Nein. Ich kenne die gar nicht.«
Fieber holte tief Luft. »Gut. Im Namen des Volkes verurteile ich euch beide hiermit zum Tode.«
Jetzt wurde es irre.

»Bist du verrückt?« Katta schubste Fieber von der Seite. Der reagierte nicht. »Ich habe dich was gefragt?« Sie schrie ihn an.
»Verrückt?« Er legte die Stirn in Falten. »Schwer zu sagen.«
Katta war nicht dumm. Sie hatte erkannt, dass Fieber keinen Spaß machte. Das war todernst.
»Aber du hast recht. Sie sollten einen ordentlichen Prozess bekommen. Das Problem ist, dass das Landgericht derzeit nicht besetzt ist. Darum übernehme ich das. Tja, mal sehen. Ich könnte das Urteil in eine Haftstrafe umwandeln. Wenn ich die Typen hier einsperre, kommt das einem Todesurteil gleich. Für einen Gefangenentransport fehlen uns die Ressourcen. Laufen lassen kann ich sie nicht. Du siehst, es ist keine leichte Entscheidung.«
»Hör auf damit. Wenn du den beiden ein Haar krümmst, kommt keiner von euch in den Bunker.«
Fieber sah Katta an. Das erste Mal schenkte er ihr seine volle Aufmerksamkeit. »Willst du mir drohen?«
»Das war eine Feststellung. Lass die beiden in Ruhe.«
Der Kommandoführer dachte nach. Steller stand mit der rechten Körperseite an der Wand gelehnt. Niemand konnte sehen, wie er vorsichtig sein T-Shirt über das Holster schob, um schneller ziehen zu können.
Fieber würde er ohne Zweifel erwischen. Vermutlich noch zwei oder drei seiner Kollegen. Aber alle? Nur im Film.
»Was ist mit dir?« Katta sah in Stellers Richtung. Meinte die ihn? Irritiert drehte er sich um und musste feststellen, dass er Dallas übersehen hatte. Der stand schräg hinter ihm. So eine Scheiße. Dallas musste seine Vorbereitungshandlungen zum Shoot-out gesehen haben. Unangenehme Situation.
»Ich meine dich.«
Steller wandte sich wieder Katta zu. »Was ist mit mir?«
»Du bist doch auch Polizist. Bist du nicht höherrangig?«
Das hatte sie sicher von ihrer Mutter gelernt. Nicht schlecht.
»Ja.«
»Dann sollte es deine Entscheidung sein.«
Fieber lächelte. »Das ist richtig. Herr Hauptkommissar, was sagen Sie?«

Gute Frage. Die beiden Typen interessierten ihn nicht. Viel wichtiger war die Frage, was geschehen würde, wenn sich Dallas und Fieber unterhielten. Das Ergebnis konnte nicht vertrauensbildend sein. Also gut, direkt von der Defensive in den Angriff umschalten. »Wir sollten unter vier Augen sprechen«, sagte Steller. Kommentarlos folgte Fieber Steller in den Spindraum. Aus den Augenwinkeln bemerkte Steller, wie Dallas sich anspannte. Richtig vermutet. Der hatte alles gesehen und wusste jetzt nicht, ob er gleich Alarm schlagen sollte. Es hatte den Anschein, als würde er vorerst die Nerven behalten. Steller schloss die Tür hinter sich. In dem Raum befanden sich mehrere Reihen von Spinden und zwei aufgeklappte Feldbetten. Eine weitere Tür führte zu den Duschen. Steller musste daran denken, dass die Räumlichkeiten noch nicht durchsucht wurden. Das war schlampig. Er verdrängte den Gedanken. Ohne Vorankündigung öffnete Fieber seinen Overall und stand im Unterhemd vor ihm. Wollte der sich jetzt mit ihm boxen? Der SEK-Mann drehte Steller den Rücken zu und zog das Unterhemd nach oben. »Und? Wie sieht das aus?«
»Dürfte bald grün und blau werden.«
»Kannst du sehen, ob Rippen gebrochen sind?«
»Woran soll ich das erkennen?«
»Steht da irgendwo ein Knochen ab? Ist eine Art Beule zu sehen?«
»Nein.«
»Gut. Wäre ein schlechter Moment für einen Bruch.«
»Woher hast du das?«
»Der Unfall, glaube ich.«
Steller nickte. »Schmerzt das beim Atmen?«
»Kein Problem.«
»Was ist mit deiner Platzwunde?«
Fieber fasste sich an die Stirn. »Hat aufgehört zu bluten. Das wird eine ordentliche Narbe geben.«
Fieber hatte kein Gramm Fett am Körper. Steller fiel eine Tätowierung an seinem linken Oberarm auf. Ein Schwertfisch, umrahmt von einem Spruch: Lerne leiden, ohne zu klagen. Das Symbol kannte Steller. Der Schwertfisch war das Zeichen der Kampfschwimmer. Der Spruch, ihr Motto. Fieber war kein Angeber, der sich mit geliehenen Insignien wichtig machen wollte.

Der Mann musste in einem anderen Leben Kampfschwimmer gewesen sein. Das erklärte einiges. Die Eliteeinheit musste sich nicht vor anderen verstecken. Weder vor den Navy Seals noch vor dem englischen SAS. Kein Wunder, dass die Jungs ihm folgten. Sie sahen zu ihm auf. Fieber zog sich wieder an. »Und? Was sollen wir mit den beiden anstellen?«, fragte Fieber.
»Hattest du vor, dem Mädchen etwas anzutun?«
»Nein.«
»Es hatte den Anschein. Ich muss dir sagen, dass ich die Hand schon an der Waffe hatte. Wenn du dem Kind etwas getan hättest, dann hätte ich geschossen. Tut mir leid, aber ich muss da klare Verhältnisse schaffen.«
Fieber sah ihn an. Lange. Seine Augen verrieten nicht, ob er gleich anfangen würde zu lachen oder daran dachte, ihm in den Kopf zu schießen. Er entspannte sich. »Wir haben alle unsere Prinzipien. Außerdem habe ich nicht vergessen, dass die Kleine wichtig ist. So verrückt bin ich noch nicht.«
Wie er das sagte, klang es fast so, als ob er begriff, dass er dabei war, den Verstand zu verlieren. War das gut oder schlecht? »Was die beiden anderen angeht. Die sind mir egal. Aber ich sehe eine Verbindung zwischen ihnen und dem Mädchen«, sagte Steller.
»Ja.«
»Darum sollten wir sie verschonen.«
»Das sind Verbrecher.«
Steller dachte an die Zivilisten im Hinterhof. Waren das auch Verbrecher gewesen? »Wenn du sie hinrichtest, verlieren wir das Mädchen. Das ist es nicht wert. Ich würde sie nicht unterschätzen.«
»Was schlägst du vor?«
Jetzt kam der Moment, in dem er sich ein wenig auf Fiebers Wahnsinn einlassen musste. »Wir nehmen sie mit. Dieser Demir hat zu dem Mädchen ein enges Verhältnis. Er wird auf sie aufpassen. Das sollten wir nutzen. Außerdem sehe ich in den beiden keine Gefahr. Wenn wir im Bunker sind, stellen wir sie vor ein Militärgericht.«
»Militärgericht?« Fiebers Blick verklärte sich.

»Die Diamanten stellen wir sicher. Du kannst sie mitnehmen, wenn du willst. Oder wir hinterlegen sie hier in einem Waffentresor.«
»So wird es gemacht. Die Steine nehmen wir mit. Als Beweismittel. Willst du sie an dich nehmen?«
»Nein. Das Extragewicht tausche ich lieber gegen ein zusätzliches Magazin.« Am Ende würde Fieber ihm noch vorwerfen, mit den Diamanten durchbrennen zu wollen. Der Kommandoführer klopfte ihm auf die Schulter. »Richtige Entscheidung. Da gibt es allerdings ein weiteres Problem.«
»Welches?«
»Die haben Flu auf dem Gewissen. Vor allem dieser Bilal. Der ist gefahren. Scheiß auf die Diamanten. Ich habe ein persönliches Problem mit diesem Wichser.«
»Hast du Flu erschossen?«
»Er war ohnmächtig und zu schwer. Die Jungs konnten mit seinem Gewicht nicht schnell genug rennen. Darum habe ich ihn erschossen. Denkst du, es wäre humaner gewesen, ihn einfach liegen zu lassen?« Er sah Steller an, gespannt auf dessen Reaktion. Der gab sich ungerührt. »Das war sicher keine leichte Entscheidung.«
»Man tut, was man tun muss.«
»Lass sie leben. Denk an das Mädchen.«
»Glaubst du wirklich, dass die ihr etwas bedeuten?«
»Ich würde es nicht ausprobieren. Ich hatte nicht das Gefühl, dass sie blufft.«
Fieber nickte. »Vielleicht hast du recht. Also abgemacht. Die beiden bleiben am Leben. Vorerst. Ausgestanden ist die Sache nicht.«
Nein, da gab es einiges, das nicht ausgestanden war. Daran hatte Steller überhaupt keinen Zweifel.
»Noch etwas.« Fieber sah Steller fest in die Augen. »Ich habe schon Menschen gesehen, die ausgeweidet an Bäumen hingen. Ich weiß, wie man der Hölle entkommt. Wenn du das hier überleben willst, musst du dich fokussieren. Verstehst du? Du darfst nicht zögern, du darfst nicht an Vergangenes denken, du darfst keine

Sekunde abgelenkt sein. Sonst kannst du dir jetzt schon eine Kugel in den Kopf jagen.«
»Ich werde mich konzentrieren. Das verspreche ich.«

AUSSENMISSION

Karl Wiegner

Der Raum wirkte gestaucht, die Luft komprimiert. Das Atmen fiel ihm schwer. Die Decke hing unangenehm dicht über seinem Kopf. Wiegner hob den Arm und drückte seine Handflächen gegen den kalten Beton. War sie niedriger als gestern? Er bräuchte einen Zollstock. Er hasste Räume, in denen er die Decke berühren konnte.
Die Antidepressiva halfen als Morphium für die Psyche. Aber genauso wenig wie Morphium einen Bauchschuss kurierte, so wenig halfen die Psychopharmaka seine Klaustrophobie zu heilen. Die Medikamente verhinderten die Panikattacken nicht, milderten nur die Qualen. Dass das Zeug ihm überhaupt half, war ein Glücksfall.
Es kostete ihn Mühe, sich gerade hinzustellen. Am liebsten wäre er unter sein Bett gekrochen und nicht mehr hervorgekommen. Er musste hier raus. In der Außenmission hatte er seine Chance erkannte. Sie würden tatsächlich das Tor öffnen und jemanden nach draußen lassen. Als er Torbeck aufgesucht hatte, um sie zu bitten, die Mission begleiten zu dürfen, hatte er wenig Hoffnung gehegt. Es entsprach nicht der Führungsdoktrin und war schlichtweg nicht zu verantworten. Die Argumente, die er zu bieten hatte, waren sachgerecht, durften jedoch keine Rolle spielen. Um so mehr hatte es ihn erstaunt, dass Aila nach kurzem Zögern ihr Einverständnis gegeben hatte. Das wirkte merkwürdig, interessierte ihn derzeit aber nicht. Es zählte die Tatsache, dass er dieser Gruft entfliehen konnte. Alles andere war sekundär. Wiegner schlug sich mit der Hand zweimal ins Gesicht. »Reiß dich zusammen. Reiß dich bloß zusammen.« Er verließ sein Quartier und machte sich auf den Weg zur Einsatzbesprechung.

Die Besprechung fand in der Fahrzeughalle statt. Drei einsatzbereite Boxer- Truppenpanzer standen in einer Reihe nebeneinander.

Die achträdrigen Schützenpanzer maßen acht Meter in der Länge, waren drei Meter breit bei einer Höhe von zweieinhalb Metern. Die Besatzung bestand aus dem Fahrer, einem Kommandanten und dem Bordschützen. Neben der Besatzung konnten weitere acht Mann transportiert werden.
Um Wiegner herum bildeten die Teilnehmer der Mission einen Halbkreis. Es waren zwanzig Soldaten und drei wissenschaftliche Mitarbeiter. Sie alle lauschten seinen Ausführungen. Vor wenigen Minuten hatte er die Truppe über den Einsatz aufgeklärt, die taktischen Ziele erklärt. Er hätte die Nervosität mit den Händen greifen können. Scharrende Füße, flackernde Gesichter. Männer, die versuchten gelassen zu wirken. Aber die Furcht saß ihnen wie ein unsichtbares Äffchen im Nacken. Zeit, etwas den Druck zu nehmen. Er klopfte mit der Faust gegen die Flanke eines Boxers. »Grundpanzerung aus Panzerstahl. Darüber eine AMAP-Verbundpanzerung. Wofür steht AMAP, Soldat?« Er zeigte wahllos auf einen der Fallschirmjäger.
»Advanced Modular Armour Protection, Herr Oberst.«
»Sehr gut. Keine Ahnung, warum die Idioten das nicht auf Deutsch sagen können. Im Prinzip ein Haufen von Keramikplatten, die der Schockabsorbierung dienen.« Er ging einige Schritte rückwärts und deutete auf die geöffnete Heckklappe. »Der Innenraum ist mit Kevlar-Gewebematten verkleidet. Falls doch ein Splitter den Weg durch die Panzerung finden sollte.« Er zeigte nach oben. »Auf dem Dach sehen Sie eine 30-mm-Maschinenkanone und ein Maschinengewehr mit dem Kaliber 7,62 mm. Angetrieben wird das Fahrzeug mittels eines 720 PS starken Turbodiesels. Auf der Straße kann der Boxer auf bis zu 105 Kilometer pro Stunde beschleunigen. Seine Reichweite beträgt maximal 1.000 Kilometer.« Er hielt kurz inne. »So, was meinen Sie? Kann man mit dem Panzer in ein Gefecht ziehen?«
Ein Chor antwortete. »Jawohl, Herr Oberst.«
»Danke, Männer. Das glaube ich auch. Das Schöne ist jetzt, dass wir den ganzen Mist kaum brauchen. Wenn uns tatsächlich ein paar Psychopathen angreifen, werden sie sich gepflegt die Fingernägel ruinieren.«
Gelächter.

»Im Ernst. Sprechen wir wie Erwachsene. Wir haben Angst. Jeder von uns.« Er ließ seine Worte wirken. »Das ist in Ordnung. Keiner weiß, was uns erwartet. Aber die Forschung benötigt Informationen und nur wir können sie beschaffen. Glaubt mir. Ich bin wirklich dankbar, dass ich mit Fallschirmjägern da raus fahren darf. Die Fallschirmjäger haben es immer gerichtet. Ist das nicht so?«
»Jawohl, Herr Oberst«, antwortete der Chor.
»So wird es auch diesmal sein. Denkt daran. Wir besitzen einen großen Vorteil. In einem Gefecht gibt es in der Regel keinen völligen Schutz. Da nutzt die stärkste Panzerung nichts. Da ist immer jemand, der eine so große Knarre hat, dass er dich damit in Metallspäne verwandeln kann. Das ist bei uns heute anders. Und das ist die beste Nachricht des Tages. Im Panzer sind wir hundertprozentig sicher. Wisst ihr, was das bedeutet? Es bedeutet, dass wir einen Schutzraum mit uns führen. Eine uneinnehmbare Festung. Das nenne ich Luxus.«
Gemurmel.
»Wir müssen los.« Er hob seine Stimme an. »Aufsitzen!«

Die Mission startete. Das Außentor öffnete sich. Wiegner kratzte sich nervös an der Nase. Jetzt ging der Spaß los. Dass sie der Panzer schützte, war keine Lüge. Stiegen sie aus, konnte sich die Sicherheitslage allerdings ganz schnell drehen. Es war ein psychologischer Vorteil, wenn die Männer davon überzeugt waren, einen sicheren Rückzugsort mit sich zu führen. Er musste die Sache mit Gefühl angehen. Das war kein gewöhnlicher Einsatz. Die Bilder, die er heute Morgen gesehen hatte, wirkten in ihm nach. In seinem Magen kribbelte es. Wegen der Aufnahmen hatte er sich dafür entschieden, dass die Soldaten keine Schutzanzüge trugen. Nur die Wissenschaftler waren wie Astronauten eingepackt. Die Soldaten führten lediglich Partikelfiltermasken mit sich. Die schützten zwar nicht gegen Gas, halfen aber recht zuverlässig gegen biologische Stoffe. Wenn der Professor sich nicht irrte, brauchte es zu einer Infektion einen ziemlich intimen Kontakt. Den galt es ohnehin zu verhindern. Natürlich versprach ein Schutzanzug größere Sicherheit. Was allerdings aus kampftakti-

scher Sicht schwerer wog, war die Unförmigkeit der Anzüge. Sie schränkten die Bewegungsmöglichkeiten und das Sichtfeld erheblich ein. In den Anzügen wurde ein künstlicher Überdruck erzeugt. Man bewegte sich in ihnen wie ein aufgepumpter Donut. Außerdem besaßen die Anzüge ein weiteres Manko. Sie waren zwar autark und verfügten über eine eigene Sauerstoffversorgung. Waren die Sauerstoffflaschen jedoch leer, so mussten die Anzüge zwangsläufig geöffnet werden und ihr Schutzwert reduzierte sich automatisch auf null. Keine schöne Vorstellung. Die Vor- und Nachteile galt es gegeneinander aufzurechnen. Wiegner hatte sich für mehr Flexibilität entschieden.
Die Panzer rollten nach draußen. Es gab keine Fenster. Die Außenwelt beobachtete er über vier Monitore. Einer zeigte die Marschrichtung des Schützenpanzers. Wiegner erkannte die Straße und den Waldrand. Die zweite Kamera zeichnete den rückwärtigen Bereich auf. Hier sah er, wie sich das Tor zur Anlage schloss. Auf den übrigen Bildschirmen sah er die Umgebung der linken und rechten Flanke.
Wiegner schloss die rechte Hand zur Faust, öffnete sie wieder, um sie sofort wieder zu schließen. Das machte er ohne Pause. Er war dem Berg entronnen, aber immer noch eingesperrt. Eine in Panzerstahl eingewickelte Kohlrouladenfüllung. Der Oberst sah nach oben. Einige Zentimeter Panzerstahl, dann die Blätter des Waldes und schließlich der freie Himmel. Wenn er doch nur das Dach öffnen könnte.
Auch wenn Wiegner sie nicht sehen konnte, wusste er, dass über ihnen die Drohne in der Luft hing. Sie sollte mit ihren Kameras Ziele und Bedrohungen aufklären. Das Unternehmen war hochriskant. Einen Infizierten in den Bunker zu holen, barg die Möglichkeit einer umfassenden Katastrophe. Völlig unabhängig von den getroffenen Schutzmaßnahmen. Aber sie hatten keine Wahl. Der Sinn und Zweck von Fenris bestand darin, sich der eingetretenen Bedrohung entgegenzustellen. Dafür hatte man Milliarden in der Bergfestung verbaut. Nicht zu handeln bedeutete die Vernichtung zu akzeptieren, deswegen musste das einzugehende Risiko erhöht werden. Diesbezüglich war er ganz auf Professor Danielsens Seite.

Die Kolonne rumpelte die Straße entlang. Wiegner hatte die Hand auf die Schulter eines jungen Stabsunteroffiziers gelegt. Der Truppführer hatte dunkelbraune Haare und hektische braune Augen. Er war Mitte zwanzig, wirkte auf Wiegner wie ein Schulschwänzer mit schlechtem Gewissen. Wiegner versuchte in dem Gesicht des jungen Mannes zu lesen. Er hatte Angst, hielt sich aber anständig. »Und, Junge? Alles klar?«

»Jawohl, Herr Oberst.«

»Wie heißt du?«

»Tarek, Herr Oberst.«

»Hör zu, Tarek. Es gibt auch gute Nachrichten. Erstens, die werden nicht auf uns schießen. Keine Minen, keinen beschissenen, mit Sprengstoff bepackten Esel. Verstehst du? So wie es aussieht, sind die Infizierten nicht mehr in der Lage klar zu denken. Sie schmieden keine Pläne, sie stellen keine Fallen, benutzen keine Waffen. Es wird alles gut gehen.«

»Jawohl, Herr Oberst.«

»Junge. Lass mal die Förmlichkeit. Du bist nicht alleine. Ich bin bei dir. Die Jungs akzeptieren dich, weil du ihr Truppführer bist. Sie vertrauen dir und genau deswegen brauche ich dich. Verstehst du das?«

»Ja.« Er atmete hörbar aus. »Sie können sich auf mich verlassen.«

Wiegner klopfte dem Fallschirmjäger auf die Schulter. Die Panzer rollten die Serpentinen hinab. Wiegner verlor sich in seinen Gedanken. Der Plan war von bestechender Einfachheit. Sie sollten ein infiziertes Individuum lokalisieren, betäuben, einpacken und mitnehmen. Aber bekanntlich platzten die meisten Pläne an den Dornen der Realität. Zunächst mussten sie ein einzelnes Zielobjekt finden. Laut Danielsen traten die Infizierten gerne in Gruppen auf, in großen Gruppen. Das wäre schlecht. Ließen sich die Kranken überhaupt betäuben? Der Professor war nicht müde geworden zu betonen, dass es sich bei den Infizierten um Menschen handelte. Menschen konnte man töten und für gemeinhin auch betäuben. Und wenn nicht? Im Bunker hatte das Wort Zombie die Runde gemacht. Viele dachten so. Da schwemmten sich mythologische Ängste auf. Man konnte es den Leuten nicht übel nehmen. Mensch hin, Zombie her. Die Frage war, ob es ihnen gelingen würde, einen ruhigzustellen. Wenn das nicht funktionierte, griff Plan B: Subjekt ausschalten, Blut und Gewebeproben sichern.

Wiegner konzentrierte sich auf die Monitore. Alles, was er sehen konnte, waren die Straße vor ihnen und der Wald, der sie in allen Richtungen umgab. Hin und wieder glitzerte die Sonne durch die Blätter hindurch. Es war ein schöner Tag. Ihr erstes Ziel lag acht Kilometer von Fenris entfernt. Ein Aussiedlerhof. Dort mussten sie nicht mit einer ganzen Meute Infizierter rechnen. Das war ein Vorteil. Aber das Ziel hatte auch einen Nachteil. Was sollte er tun, wenn sie auf Überlebende trafen? Laut Direktive konnte er ihnen nur etwas zu essen und Wasser da lassen. Vielleicht einige Medikamente. Das war alles. Damit hatte er ein Problem. Wiegner erinnerte sich, dass sein Großvater ihm einmal folgenden Satz gesagt hatte: »Probleme, die du nicht lösen kannst, musst du behandeln wie Katzen. Kümmere dich erst um sie, wenn sie dich anspringen und dir dein Gesicht zerkratzen.« So hielt er es und verdrängte den Gedanken.

Der Wald auf den Monitoren sah wie immer aus. Er wäre gerne ausgestiegen, um festzustellen, ob die Vögel sangen. Vermutlich taten sie es. Warum sollten sie ihr Geschäft unterbrechen, nur weil die Menschheit ausstarb? Für die Welt im Allgemeinen und Tiere im Speziellen konnte das ohnehin kein Schaden sein. Das Funkgerät knackste. *»Echo-Eins für Foxtrott.«*

Wiegner griff sich den Hörer des Funkgerätes: »Echo-Eins hört. Sprechen Sie.«

»Wir haben ein Aufklärungsergebnis der Drohne. Auf Ihrem Marschweg befinden sich keine Kontakte. Das Nahumfeld des Hofes ist ebenfalls negativ. Allerdings reicht die Infrarotauflösung nicht aus, um das Innere der Gebäude aufzuklären. Die elektronische Aufklärung ergab, dass sich im Bereich des Hauptgebäudes ein aktives Mobiltelefon befindet.«

»Was bedeutet aktiv?«

»Es ist angeschaltet und versucht, sich in die nächste Funkzelle einzuloggen.«

»Ich nehme an, dass das nicht klappt.«

»Es sind keine Netze aktiv. Der Versuch sich einzuloggen ist ein automatischer Prozess der Handysoftware.«

»Falls das Handy sich bewegt, können Sie das feststellen?«

»Nicht bei geringen Veränderungen. Ab einer Änderung der Position von vierzig Metern ist eine verbindliche Aussage möglich.«
»Verstanden.«
Wiegner gab die Aufklärungsergebnisse den anderen beiden Panzern weiter. »Bereit machen zum Absitzen.«
Zwei Minuten später erreichten sie ihr Ziel. Der Wald war auf mehreren Hektar abgerodet. Das Gehöft bestand aus einem Hauptgebäude und verschiedenen Ställen, von denen einer riesige Ausmaße besaß. Dort war eine Legebatterie untergebracht. Die Hühner würden das Aussterben der Menschen auf jeden Fall begrüßen. Auf den Bildschirmen gab es nichts Auffälliges zu erkennen. Damit hatte Wiegner auch nicht gerechnet. Schließlich verfügte die Drohne über viel weitreichendere Aufklärungsmöglichkeiten als sie am Boden. Die Boxer schwenkten in die Zufahrtsstraße ein, blieben dreißig Meter vor dem Hauptgebäude stehen. Wiegner wartete. Wenn es hier Menschen gab, mussten sie ihr Kommen bemerkt haben. Die drei Panzer hatten das ganze Haus in Schwingungen versetzt. Nichts geschah. Scheiße. Im schlimmsten Fall gab es noch einen Plan C. Den Plan hatte er in der Einsatzbesprechung verschwiegen. Er lautete: Abhauen und ihre Ärsche in Sicherheit bringen. Wiegner zog sich die Schutzmaske über den Kopf. Der Truppführer sah ihn an. Der Oberst lächelte, auch wenn man davon nun nichts mehr sehen konnte. Seine Stimme klang, als ob ihm jemand beim Sprechen den Mund zuhielt. »So, mein Junge. Jetzt geht der Berg zum Propheten. Lassen Sie absitzen.«

Aila Torbeck

»Flugsicherungsradar meldet Kontakt.«
»Ich komme.« Torbeck sprang auf und verließ den Kommandantenraum. Sekunden später stand sie im Leitstand. »Meldung.«
Seit sie in der Nacht den Hubschrauber abgeschossen hatten, hatte es nur noch einen Radarkontakt gegeben. Um 03:11 Uhr hatte eine Linienmaschine Fenris einhundertvierzig Kilometer nördlich aus westlicher Richtung kommend in Richtung Osten passiert. Torbeck hatte sich die Radaraufklärung auf einen der Hauptbildschirme legen lassen. In andächtiger Stille hatte sie gemeinsam mit dem Wachpersonal den blinkenden Punkt verfolgt. Sie hatte an die Menschen an Bord denken müssen. Die Maschine kam aus dem Nichts und verschwand im Nichts. Als der Kontakt den Radarbereich von Fenris verlassen hatte, überkam sie ein Gefühl der Trostlosigkeit. Seitdem war der Himmel im Umkreis von dreihundert Kilometern wie leer gefegt gewesen. Bis jetzt.
»Acht Flugkörper. Entfernung zweihundertneunzig Kilo. Geschwindigkeit eintausendvierhundertfünfzig Kilo. Aus Richtung Süd-Süd-West. In Richtung Zero.«
Überschallgeschwindigkeit. Das konnten nur Militärmaschinen sein und ihr Kurs führte sie direkt zu Fenris. Wie lange war das her, dass sie solche Dinge gelernt hatte? Viel zu lange. Sie war zwar Angehörige der Luftwaffe, hatte aber nie ein taktisches Kommando geführt. Der richtige Zeitpunkt, um schnell und tief in ihrem Gedächtnis zu kramen. Ausgerechnet jetzt war Karl nicht hier. Sie hätte ihm niemals erlauben dürfen, die Außenmission zu begleiten. Der Konvoi hatte um 13:00 Uhr die Anlage verlassen und vor wenigen Minuten gemeldet, dass sie den Aussiedlerhof erreicht hätten. Torbeck hatte die ganze Zeit bei der Einsatzkontrolle für die Außenmission gestanden, sich die Aufklärungsbilder der Drohne angesehen und den Funksprüchen gelauscht. Dann

wurde es ihr zu viel. Sie konnte sich das nicht länger anschauen, das machten ihre Nerven nicht mit. Darum hatte sie sich in ihren Raum zurückgezogen. Jetzt stand sie wieder auf dem Leitstand. Alleine. Sie verschränkte die Hände auf dem Rücken. Ihre Finger verfingen sich in einen stillen Ringkampf, der ihre Knöchel knacken ließ. »Fragen Sie IFF-Code ab«, forderte sie.

»Verstanden. Frage IFF-Code ab.«

Der IFF-Code war Teil der elektronischen Freund-Feind-Kennung. Jede NATO-Maschine verfügte über einen Transponder, der auf Anfrage einen verschlüsselten Code sendete.

»Code ist positiv. Wiederhole: Freund, Freund, Freund.« Der Unteroffizier am Radarterminal wirkte erleichtert.

NATO-Maschinen. Der Gedanke, dass es dort draußen noch jemanden gab, der in der Lage war Strahlenflugzeuge durch die Welt zu schicken, brachte Torbeck zum Lächeln. Vielleicht ist nicht alles hoffnungslos. Sie wendete sich an den Funkarbeitsplatz. »Rufen Sie die Maschinen. Standardfrequenz.«

»Verstanden. Rufe Kontakte auf Standardfrequenz.« Der Funker rückte sein Headset gerade, bog sich das Mikrofon zurecht.

Der Soldat vom Radarterminal meldete: »Acht Kontakte. Entfernung zweihundertfünfundsiebzig Kilo. Geschwindigkeit konstant. Richtung konstant.«

Torbeck sah dem Funker zu, wie er die immer gleichen Wortketten in sein Mikrofon nuschelte. Schließlich stoppte er. »Keine Reaktion.« Der Funker sah sie fragend an.

Was sollte das? Ein ungutes Gefühl meldete sich.

»Acht Kontakte. Entfernung zweihundertsechzig Kilo. Geschwindigkeit konstant. Richtung konstant.«

»Versuchen Sie es weiter.«

Der Funker nickte und begann seinen Singsang erneut.

Sie wendete sich an die Radarstation. »NCIT.«

»Verstanden. Radar geht in NCIT-Betriebsmodus.«

NCIT stand für *Non-cooperative target identification*. Der hochauflösende Modus erlaubte es, Flugzeuge zu identifizieren, die nicht auf eine IFF- oder Funkanfrage antworteten. Das Radar arbeitete kurzzeitig mit einer Anzahl hoher Impulse, welche die Triebwerksverdichterschaufeln zum Ziel hatten. Deren Anzahl und Drehgeschwindigkeit ermöglichte es, das verwendete Triebwerk zu bestimmen, was wiederum Rückschlüsse auf den Flugzeugtyp zuließ.

»Acht Kontakte. Entfernung zweihundertfünfunddreißig Kilo. Geschwindigkeit konstant. Richtung konstant. NCIT läuft.«

Der Funker wendete sich erneut an Torbeck. »Nichts. Sie antworten nicht.«

Torbeck nickte.

»Soll ich es weiter versuchen?«, fragte der Soldat.

»Warten Sie.« Was wollten die? Im Geist ging sie verschiedene Hypothesen durch.

»Acht Kontakte. Entfernung zweihundert Kilo. Geschwindigkeit konstant. Richtung konstant.«

Ihre Gedanken hängten sich auf wie bei einer verkratzten Schallplatte. Die Zeit rannte. Sie schloss die Augen. Karl. Was würdest du tun? Als sie die Augen öffnete, bemerkte sie, dass sie von einigen Soldaten angestarrt wurde. Die hielten sie für unfähig und damit hatten sie recht. Wie lange hatte sie sich nicht gerührt?

»Acht Kontakte. Entfernung einhundertsechzig Kilo. Geschwindigkeit konstant. Richtung konstant.«

Was war logisch? Am Ende blieb nur eine vernünftige Erklärung übrig. Es handelte sich um einen Angriff. Oder machte sie sich jetzt gerade lächerlich? Tu was! Sie wendete sich an den Ersten Wachoffizier, Hauptmann Gärtner. »Gefechtsalarm.«

»Verstanden.« Der I. WO drehte sich um, gab Kommandos. Der Leitstand wurde in Rotlicht getaucht.

»Acht Kontakte. Entfernung einhundertfünfundvierzig Kilo. Geschwindigkeit konstant. Richtung konstant. NCIT ...« Der Unteroffizier am Radar stockte kurz. »Moment ... Wir haben eine Identifizierung über NCIT. Wahrscheinlich handelt es sich um zwei F-16 und sechs F-18 Super Hornet.«

Amerikaner? Ihr Bauch sagte ihr, dass es Amerikaner waren. Die F-16 und F-18 wurden von vielen Streitkräften als Jäger verwendet. Aber sie fühlte, dass es Amerikaner waren. Die Maschinen kamen aus Richtung Süd-Süd-West. Möglicherweise von einem Flugzeugträger aus dem Mittelmeer.

»Ich brauche Daten. Wie groß ist die taktische Reichweite beider Maschinentypen?«
»Moment«, sagte Gärtner. Er trat an einen der Arbeitsplätze, wies den Soldaten an. Auf dem Bildschirm erschienen Tabellen. Er drehte sich zu Torbeck um. »F-16 neunhundert Kilometer. F-18 Super Hornet eintausendeinhundert Kilometer. Bei regulärer Betankung.«
Die F-16 konnte also maximal neunhundert Kilometer bis zum Zielgebiet zurücklegen, kurzzeitig im Einsatzraum operieren und den gleichen Weg aus eigener Kraft zurückfliegen. Bei der Super Hornet waren es entsprechend mehr. Wenn sie tatsächlich vom Mittelmeer kamen, dann war die Einsatzzeit, die ihnen blieb, ziemlich begrenzt. Möglicherweise hatten sie zusätzliche Tanks an Bord. Das erhöhte die Reichweite, ging aber zulasten der Bewaffnung. Thema Bewaffnung. Was für Waffen hatten die? Weder die F-16 noch die F-18 konnten der Anlage gefährlich werden. Bei den Maschinen handelte es sich um Luftüberlegenheitsjäger. Für den Angriff auf ein Bodenziel wurden sie mit lasergelenkten Präzisionsbomben und Luft-Boden-Raketen ausgerüstet. Aber das waren für Fenris nur Knallfrösche. Torbeck verfiel ins Nachdenken. Die Zeit nicht, die raste weiter.
»Acht Kontakte. Entfernung einhundert Kilo. Geschwindigkeit konstant. Richtung konstant.«
Der Feind kommt auf dich zu, wenn er sich davon einen Vorteil erhofft. So hatte sie es gelernt. Wo lag der Vorteil? Die einzigen sinnvollen Angriffsziele für die Jäger waren die Radaranlagen. Aber zu welchem Zweck sollten sie zerstört werden? Eine weitere Minute verstrich, ohne dass sie eine Lösung fand.
»Acht Kontakte. Entfernung neunzig Kilo. Geschwindigkeit konstant. Richtung konstant.«
Der Zweck konnte nur sein, einen nachfolgenden Angriff zu ermöglichen. Einen Angriff, bei dem man das Flugsicherungsradar nicht fürchten wollte. Sie...
»Achtung, Achtung. Neunter Kontakt. Achtung, weiterer Kontakt. Hundertfünf Kilo. Aus Richtung Südost. In Richtung Zer... . Kontakt negativ. Haben Kontakt verloren.«

»Was war das?« Torbeck schreckte aus ihren Gedanken auf.
»Wir hatten kurz einen... Da ist er wieder. Kontakt. Einhundert Kilo. Negativ. Kontakt verloren.«
Dann verstand sie es. Die acht Jäger waren Bauernopfer, die Verwirrung stiften sollten. Aber sie würde das Gambit ablehnen.
»Schalten Sie den Flugsicherungsradar aus.«
»Was?«
»Ausschalten. Sofort!«
»Verstanden. Fahre Anlage herunter.«
Sie wendete sich an den Funker. »Rufen Sie auf allen Frequenzen. Inhalt: Wir sind keine Bedrohung. Wir ergeben uns.«
Der Soldat machte große Augen.
»Tun Sie es«, bellte Torbeck.
Vorgetäuschte Unordnung erfordert perfekte Disziplin; vorgetäuschte Furcht erfordert Mut; vorgetäuschte Schwäche erfordert Stärke. So hatte man es schon vor Jahrtausenden geschrieben. In den Cockpits der Kampfmaschinen würde die Radarwarnung aufhören zu blinken. Das fesselte mentale Kapazitäten. Die Piloten mussten sich mit Fragen beschäftigen: Was bedeutete das? Wie sollten sie darauf reagieren? Der Funkspruch würde weitere Verwirrung stiften. Wer abgelenkt war, hatte es schwerer, vernünftige Entscheidungen zu treffen.
»Waffenleitstand!«
»Ja.«
»Feuerbereitschaft für alle Patriot-Raketen herstellen. IFF-Kennung deaktivieren. Aufschaltung nach dem Start.« Mit aktivierter IFF-Kennung würden sich die Luftabwehrraketen weigern, eine NATO-Maschine anzugreifen. Bei der Aufschaltung nach dem Start, starten die Raketen ohne Zielführung, steuerten ihre Ziele mit dem eigenen Infrarotsystem an, bis sie vom wieder eingeschalteten Radar geleitet wurden. Die aufsteigenden Patriots würden für viel Hektik am Himmel sorgen. Ihren wahren Trumpf würde sie zuletzt ausspielen.
»Aktivierung EMRG.«
»Bestätige. EMRG wird geladen.«
»Legen Sie einen Countdown auf den Hauptschirm. Zwei Minuten.« Radaranlagen schaltete man mit Anti-Radarwaffen aus. Die

HARM-Raketen nutzten die Signale des feindlichen Radars als Zielführungsleitstrahl. Mit ausgeschaltetem Radar ging das nicht. Wenn die Jäger die Radaranlagen treffen wollten, mussten sie jetzt näher herankommen. Viel näher. Die eigentliche Bedrohung für Fenris kam von dem kurzzeitig aufblitzenden neunten Kontakt. Das war die Kavallerie. Höchstwahrscheinlich ein B-2-Tarnkappenbomber. Stealth Bomber waren nicht unsichtbar für Radaranlagen, sie verringerten aber deren Reichweite um bis zu siebzig Prozent.

Der Angriff war nervös vorgetragen. Die Jäger hatten zu wenig Vorsprung vor dem Tarnkappenbomber. Das Ziel der Attacke war sicher gewesen, mit den Jägern Unruhe zu stiften, während die B-2 aus dem Nichts auftauchte. Wenn sich dir der Zufall im Laufe einer Schlacht gewogen zeigt, staune nicht und wundere dich nicht, ergreife die Gelegenheit mit beiden Händen.

Die B-2 war eines der wenigen Kampfflugzeuge auf der Welt, das eine für Fenris gefährliche Waffe transportieren konnte. Bei der BN-62 Deep Impact handelte es sich um eine zwanzig Tonnen schwere, bunkerbrechende taktische Nuklearwaffe mit fünfhundert Kilotonnen Sprengkraft. Eine Gleit- und Sturzwaffe. Sie musste nah am Ziel abgeworfen werden. Nach der Gleitphase wurde sie mit Hilfe von Fallschirmen und dem beweglichen Leitsystem ausgerichtet. Die Zielerkennung erfolgte über ein SAR-Bodenradarsystem. Dann begann der freie Fall. Die Bombe würde sich bis zu dreißig Meter in den Stein fressen, zünden und den gesamten Berg in handliche Kieselsteine zerlegen.

Bei gemeinsamen Grillabenden hatte ihr Wiegner immer gerne solche Dinge erklärt. Aus Höflichkeit hatte sie zugehört. Sie hätte nie gedacht, dass das mal wichtig werden könnte.

Die wollten sie töten, und wenn sie starb, starb Katta. Die wollten ihr Kind töten. Niemand vergriff sich an ihrer Tochter.

»EMRG auf achtzig Prozent. Einsatzbereit in dreißig Sekunden.«

Torbeck starrte auf den Hauptschirm, sah zu, wie die Digitalanzeige langsam herunterzählte.

Eine Minute und fünfzehn Sekunden.

Ohne Radar waren sie so blind wie ein Maulwurf mit verbundenen Augen. Man sah nichts, man hörte nichts, aber man wusste,

dass das Unheil mit mehr als eintausend Stundenkilometern auf einen zuraste. Ihr Herz schlug schwer gegen ihre Rippen. Sie hatte Mühe ihre Stimme zu kontrollieren. »Bei Ablauf des Countdowns werden alle Patriot-Raketen gestartet. Auf mein Kommando Aktivierung des Flugsicherungsradars.« Torbeck wendete sich an die Waffenkontrolle. »Sie bekämpfen die Ziele mit den EMRG. Es wird ein oder zwei neue Radarkontakte geben, die sich in der Signatur von den F-16 und F-18 unterscheiden. Der größere Kontakt ist ein B-2-Bomber. Vielleicht gibt es noch einen kleineren Kontakt in unmittelbarer Nähe des Bombers. Das ist ein Waffensystem. Das Waffensystem hat Priorität Eins. Der Bomber hat Priorität Zwei. Danach Feuer nach eigenem Ermessen.«
Der Chef der Waffenkontrolle, ein Hauptfeldwebel mit einem aufwendigen Kaiser Wilhelm-Bart trug Zweifel in seinen Augen.
»Vertrauen Sie mir.«
Er nickte.
Fünfundvierzig Sekunden.
Was, wenn sie die Zeit falsch berechnet hatte? Was, wenn die Jäger beschleunigt hatten? Sie hatte noch nie gekämpft. Konnte sie einen solche Schlacht überhaupt gewinnen? Hatte sie die richtigen Schlüsse gezogen?
Dreißig Sekunden.
Warum nahmen die Amerikaner keine Interkontinentalrakete? Die Antwort konnte sie sich selber geben. Weil es keinen Sinn machte. Der Bunker würde unter dem nuklearen Sturm hindurchtauchen wie ein U-Boot unter einem Orkan. Warum griffen die sie überhaupt an? Was sollte das? Wie ging es Katta? *Zehn Sekunden.*
Sie musste sich konzentrieren. Ob Karl das Gleiche getan hätte?
Fünf Sekunden. Vier, drei, zwei, eins.

DOGFIGHT

Karl Wiegner

Er war draußen. Über ihm nichts als blauer Himmel. Unweit von ihm stand ein mächtiger Kastanienbaum. Wiegner konnte die Blätter rauschen hören. Und die Vögel sangen tatsächlich. Eigentlich sollte er sich schlagartig besser fühlen. So war es immer gewesen, wenn er sich nach einer Panikattacke wieder im Freien befunden hatte. Aber das geschah nicht. Vielleicht wirkte die Angst noch nach. Vielleicht lag es auch daran, dass er diese blöde Atemmaske trug. Es war wie verhext. Immer stellte sich etwas zwischen ihn und die Welt. Die Maske musste weg. Aber das ging nicht. Zusammenreißen, immer weiter zusammenreißen. Was, wenn er sich nicht mehr kontrollieren konnte? An die Katze denken, immer weiter an die Katze denken.

Wiegner musterte das Hauptgebäude. Es hatte zwei Stockwerke. An den Hof schloss sich ein alter Stall an. Zusammen bildeten die beiden Gebäude eine Einheit. Wiegner wusste, dass die Bauern in früheren Zeiten einen solchen Stall genutzt hatten, um mit der Körperwärme der Tiere ihr Haupthaus im Winter warmzuhalten. Das war hier vermutlich überflüssig. Langsam wanderte sein Blick von einem Fenster zum nächsten. Überall versperrten dieselben vergilbten Gardinen die Sicht in die Zimmer. Es gab nur zwei Möglichkeiten. Sie konnten warten, bis die Nacht hereinbrach oder sie mussten in dieses blöde Haus eindringen. »Wir gehen rein.«

Der Truppführer nickte. »Ihr habt den Oberst gehört.«

Wiegner drückte auf die Sprechtaste. »Foxtrott von Echo-Eins.«

»Foxtrott hört.«

»Wir gehen jetzt in das Hauptgebäude.«

»Verstanden, Echo-Eins.«

Die Soldaten setzten sich in Bewegung. Mit einer Ramme schlugen sie die Eingangstür ein. Die ersten Fallschirmjäger drangen in

geduckter Haltung und mit erhobener Waffe in das Haus ein. Wiegner folgte ihnen. Er drückte die Funktaste. »Im Zweifel: Erst schießen dann fragen.«
Der geräumige Flur, den der Oberst betrat, benötigte dringend die gütige Hand eines Inneneinrichters. An den Wänden hingen unzählige Schwarz-Weiß-Bilder. Eine auf vergilbter Mustertapete drapierte Ahnengalerie. Bauer und Bäuerin, mit Anzug und Kleid verkleidet, posierten neben einer dampfbetriebenen Dreschmaschine. Zwischen den Fotos war eine verstaubte Kuckucksuhr befestigt. Sie zeigte auf fünf nach zehn. Ihr Herz hatte möglicherweise bereits vor Jahrzehnten aufgehört zu schlagen. Es roch nach Hausstaub.
Die Fallschirmjäger durchsuchten Zimmer für Zimmer. Tasteten sich langsam von einem Raum in den nächsten vor. Wiegner betrat die Küche. Auf dem Tisch stand eine Schüssel mit Müsli. Das Getreide und die Milch waren zu einem graubraunen Brei verschmolzen. Er hörte eine Stimme in seinem Headset. »Das Erdgeschoss ist gesichert. Keine Kontakte.« Pause. »Moment. Ich habe hier was. An der Treppe.«
»Warten Sie, bis ich an Ihrer Position bin.«
»Verstanden.«
Der Oberst verließ die Küche und ging den Flur entlang. Als er an der Treppe zum Obergeschoss ankam, roch er es sofort. Der Soldat, der die Meldung gemacht hatte, deutete die Stufen hinauf. Wiegner nickte. Da oben wartete der Tod. Der Gestank war unverkennbar. Irgendetwas Großes moderte dort vor sich hin. Der Geruch ließ sich leider durch die Partikelfilter der Atemmasken nicht abhalten.
Gebäude waren ein taktischer Albtraum. Überall konnte der Feind nahezu unsichtbar lauern, man selber hatte weder freies Sicht- noch Schussfeld. Bei aller Vorsicht und taktischem Gehabe hieß es am Ende: Augen zu und durch.
Die Soldaten bewegten sich die Treppe hinauf. Der Gestank nahm zu. Fliegen summten um ihre Köpfe herum. Es schien, als wollten sie die Eindringlinge vertreiben, sich ihr Mahl nicht nehmen lassen. Der alte Dielenboden knarrte. Wiegner versuchte möglichst flach zu atmen. Bloß nicht in die Maske kotzen. Die ersten beiden

Räume waren leer. Ein Schlafzimmer und ein Gästezimmer. Die Möbel, über die Generationen vererbt, waren mehr als hundert Jahre alt. An der Decke hatte sich ein riesiger Wasserfleck gebildet. Das Dach musste längere Zeit undicht gewesen sein. Vielleicht roch es deswegen so modrig. Nein, das war Wunschdenken. Außer verwesendem Fleisch gab es nichts, was einen solchen Gestank erzeugte. »Herr Oberst.« Wiegner trat an dem Soldaten vorbei in eines der Zimmer. Eine Art Arbeitsraum. In der Mitte des Raumes steckte ein Haken in der Decke, an dem ein Seil befestigt war. Unten am Seil hing ein Kopf in einer Schlinge. Am Kopf der Rest des Körpers. Der Mann, der sich dort aufgehängt hatte, war ungefähr sechzig Jahre alt. Fliegen krochen ihm aus dem halb geöffneten Mund. Wiegner stand kurz davor, sich zu übergeben.
»Wie sieht es in den restlichen Zimmern aus?«, fragte er.
»Keine Feststellungen.«
»Dann raus hier. Mir reicht es.«
»Sollen wir ihn nicht losschneiden?«
»Niemand fasst etwas an. Der Mann ist tot. Seinem Kadaver ist die Ausrichtung im Raum egal.«
Der Trupp lief zügig die Treppe hinab. Der Tote hing da nicht seit gestern. Wiegner schätzte eher auf drei bis vier Tage. Selbstmord im richtigen Moment. Wiegner stolperte ins Freie und riss sich die Atemmaske vom Gesicht. Endlich Luft. Darauf hatte er gewartet.

Sie waren im Begriff die Fahrzeuge zu besetzen, als einer der Soldaten losschrie und die anderen auf das Flugzeug aufmerksam machte. »Da. Seht euch das an.« Wiegner ließ sich einen Feldstecher reichen. Er hatte Schwierigkeiten, die Maschine im Sichtfeld zu behalten. Sehr schnell. Das war ein Jäger. Das Flugzeug befand sich in starker Seitenlage, flog eine enge Kurve. Er erkannte die Flügel und das Leitwerk der Maschine. F-16. Wiegner war lange genug bei der Luftwaffe, um zu wissen, dass die Bundeswehr keine F-16 besaß. Jetzt hörte er das Triebwerk. Ein lang gezogenes Donnern. »Wer ist das?«, fragte einer der Soldaten.
»Das ist der Feind«, antwortete Wiegner, ohne das Glas abzusetzen. Die waren viel zu nah. Warum waren die so nah rangekommen? »Die greifen die Anlage an.«

»Warum sollten sie die Anlage angreifen?«
»Ich kann mir nicht vorstellen, dass die ein Manöver abhalten oder dass wir Zeugen einer Flugshow sind. Und was sollen die hier sonst angreifen? Das Haus der bösen Hexe im Wald?«
Wie zur Bestätigung rollte das Grollen einer Explosion über die Hügel. Eine schwarze Rauchwolke stieg in der Nähe von Fenris auf. Scheiße, da hatte es eine der Radaranlagen erwischt. Aila, was machst du? Wiegner unterdrückte den sinnlosen Impuls sofort wie ein Irrer zurück zum Bunker zu rennen. Warum war er nicht dort geblieben? Eine weitere Explosion erschütterte den Wald. Vögel flogen aufgeschreckt aus den Baumkronen auf. Plötzlich stiegen über Fenris fünfzehn weiße Rauchsäulen in den Himmel. Auf jeder Einzelnen tanzte träge ein kleiner schwarzer Punkt. Die Raketen stiegen bedächtig, fächerten dabei auseinander und malten mit ihren Abgasen einen Blumenstrauß in den Himmel. Für einen kurzen Moment schien es, als würden die Patriots ihren Kampf gegen die Schwerkraft verlieren, und wie billige Silvesterraketen wirkungslos zu Boden fallen. Dann war es aus mit der Trägheit. In Sekunden beschleunigten die Flugabwehrraketen auf fünffache Schallgeschwindigkeit, stoben in unterschiedliche Richtungen davon, waren mit dem Auge nicht mehr zu verfolgen. In weiter Ferne wurde ein Feuerwerk am Himmel abgebrannt. Eine der angreifenden Militärmaschinen hatte zur Raketenabwehr Flares abgeworfen, um die Infrarotsensoren der Raketen zu täuschen. An einer anderen Stelle am Himmel sah Wiegner etwas glitzern. Das waren vermutlich Täuschkörper aus Aluminiumstreifen, die den Radar der Zielerfassung verwirren sollten. Wieder eine Explosion im Wald. Dann blitzte es am Himmel. »Nummer eins.« Wiegner versuchte, die Anzahl der Angreifer festzustellen. Aber die Entfernungen waren zu groß. Das rollende Dröhnen der Triebwerke kam von überall.
»War das ein Treffer?«
»Treffer und versenkt«, antwortete Wiegner. Der Lärm der Flugzeugturbinen wurde von einem schrecklichen Summen übertönt, als säße ein Riese bei einer zahnärztlichen Wurzelbehandlung. Urplötzlich ragten drei rot leuchtende Stangen vom Wald aus in

den Himmel. Ein Stakkato von Explosionen folgte. Die Stangen wurden alle fünfzig Meter von Rauchwolken eingehüllt.
»Was zum Teufel ist das?«
»Das, mein Junge, ist eine volle Breitseite. Leg dich niemals mit älteren Damen an.« Wiegner hatte die Railguns noch nie in Aktion gesehen. Die Waffen feuerten magnetisch beschleunigte Geschosse ab. Sechshundert Schuss in der Sekunde, jedes einzelne Projektil wurde auf über dreißigtausend Stundenkilometer beschleunigt. Das brachte die Luft zum Verbrennen. Es entstand ein Unterdruck, der zu Implosionen in der Atmosphäre führte.
Die Welt versank im Chaos. Explosionen am Boden, Blitze am Himmel. Das Surren der Railguns durchmischt mit dem Donnern von Triebwerken. Über dem Wald stiegen immer mehr Rauchsäulen empor. Die fackelten den ganzen beschissenen Schwarzwald ab.
Dann wurde es still.
Am Himmel sah Wiegner mehrere Rauchwolken. Sie wurden schnell vom Wind auseinandergetrieben. Dort wo Fenris lag, waberte schwarzer Qualm langsam nach oben.
»War es das?«
»Ich nehme es an.« Wiegner ließ das Fernglas sinken. Aila hatte sich gut geschlagen. Das stand fest. Die feindlichen Maschinen waren zerstört oder geflohen, die Anlage sicher nicht ernsthaft beschädigt. Aber wer eine Schlacht gewinnt, gewinnt noch lange nicht den Krieg. Er wendete sich an den Truppführer: »Stellen Sie Abmarschbereitschaft her. Sichern Sie die Fahrzeuge. Ich werde Kontakt mit Fenris aufnehmen.«
Wiegner entfernte sich etwas von seinen Leuten und verlangte über Funk eine persönliche Verbindung mit Torbeck.
»Karl? Geht es dir gut?«
»Die Frage ist, wie geht es dir? Was ist passiert?« Sie klärte ihn auf.
»Du hast dich tapfer geschlagen. Alle Achtung.«
Torbecks Stimme klang verzweifelt. »Wir haben keine Patriots mehr. Ich habe alle abfeuern lassen. Das war dumm.«
»Das ist in Ordnung. Du hast uns verteidigt. Das ist die Hauptsache.«

»Meinst du?«
»Ja.«
»Das waren die Amerikaner«, sagte sie mit Überzeugung.
»Das denke ich auch.«
»Warum tun die das?«
Wiegner dachte nach. »Weil sie noch weniger Ahnung haben als wir. Die wissen gar nichts.«
»Wissensrückstand ist kein Grund für eine Kriegserklärung.«
»Vielleicht doch. Vermutlich halten sie uns für verantwortlich. Sie glauben, Fenris ist schuld. Die Anlage hat in den letzten Wochen für genug Wirbel gesorgt. Und dann geht auf einmal die Welt unter. Merkwürdiger Zufall. Du weißt, wie die Menschen sind. Wenn sie vor etwas Angst haben, dann suchen sie immer einen Sündenbock. Wer weiß, welcher Bekloppte bei denen jetzt am Ruder sitzt.«
»Ergibt das einen Sinn?«
»Hat es Sinn ergeben, Frauen als Hexen zu verbrennen, weil die Ernte schlecht war? Nein. Man hat es trotzdem getan.«
»Wir müssen Kontakt aufnehmen. Einen zweiten Angriff überstehen wir nicht.«
»Es fragt sich nur, wie. Die NATO-Rechner sind down.«
»Vielleicht funktioniert das Internet noch so weit, dass wir eine Verbindung herstellen können.«
»Und mit wem?«
»Keine Ahnung. NORAT?«
»Willst du ihnen twittern? Dann vergiss nicht, ihren Status zu liken.«
»Lass den Mist. Was machst du jetzt?«
»Das, wofür ich hier bin. Wir fahren in das Dorf.«
»Was war mit dem Aussiedlerhof?«
»Keiner zu Hause.« Es gab keinen Grund, ihr die Wahrheit zu erzählen. Kurzes Schweigen.
»Karl?«
»Ja.«
»Was mache ich, wenn die wieder angreifen? Wir haben nur noch eine Radarstation. Unsere Luftraumüberwachung ist nichts mehr wert. Beim nächsten Mal werden sie sich besser anstellen.«

»Vielleicht. Es kann aber auch sein, dass sie es bleiben lassen. Möglicherweise haben sie keine Ressourcen mehr.«
»Wie kommst du darauf?«
»Weil die Anlage zu zerstören nur die zweitbeste Möglichkeit ist. Fenris zu vernichten, würde die Seuche nicht stoppen. Es ist nicht mehr als ein infantiler Racheakt. Wenn die glauben, dass wir das Unheil über die Welt gebracht haben, dann würde es mehr Sinn machen, die Anlage zu übernehmen. Das können sie aber offensichtlich nicht. Dazu fehlen ihnen die Mittel. Vertraue mir Aila, denen geht es nicht viel besser als uns.«
»Denkst du wirklich?«
»Ja.«
»Pass auf dich auf, Karl.«
»Das werde ich.«
Nachdem er das Gespräch beendet hatte, ließ Wiegner aufsitzen. Die Boxer-Panzer rollten über eine enge Teerstraße den Hügel hinab. Ungefähr zwei Kilometer voraus lag das Dorf Winterburg. Ob das, was er Aila über die Amerikaner gesagt hatte, tatsächlich stimmte, wusste er nicht. Wer konnte sagen, was bei denen los war? Möglicherweise war da jetzt irgendein Hinterbänkler aus Minnesota an der Macht. Oder das Militär hatte sich verselbstständigt. War das wichtig? Das Einzige, was eine Rolle spielte, war, dass er immer noch weit davon entfernt war, seinen Auftrag zu erfüllen und das er wieder in einem dreckigen Panzer saß. Wiegner starrte auf die Monitore. »Halt!«, schrie er.
Sofort blieb der Schützenpanzer ruckelnd stehen. »Herr Oberst?«
»Auf dem Feld habe ich Bewegung gesehen. Auf 3 Uhr. Was ist das?«
Der Panzerkommandant griff nach seinem Joystick und zoomte das Bild der Steuerbordkamera heran. »Das sind nur Kaninchen«, sagte der Kommandant.
Elendige Viecher. Die verfolgten ihn, warteten darauf, dass er einen Fehler machte. Wiegner schüttelte sich, als ob er etwas besonders Widerliches gesehen hatte. Mit der Linken griff er in die aufgesetzte Tasche seiner Cargohose. Da war nichts. Er war ein Vollidiot. Nur ein Vollidiot vergaß seine Medikamente. Er mas-

sierte sich mit Daumen und Zeigefinger die Nasenwurzel. Sollte er die anderen vor den menschenfressenden Kaninchen warnen?

»Herr Oberst?«

»Was? Ja. Setzen Sie uns wieder in Marsch.«

»Jawohl.«

Der Wald lichtete sich. Die ersten Häuser gerieten in das Blickfeld und Wiegner gab den Befehl anzuhalten. Winterburg hatte eintausend Einwohner. Ailas Haus lag ganz in der Nähe. Ein seltsames Gefühl. Die Außenkamera suchte die Umgebung ab, zoomte sich an den Dorfrand heran. Da war nichts zu erkennen. Die Häuser lagen idyllisch zwischen bewaldeten Hügeln. »Kein Mensch zu sehen«, sagte der Panzerkommandant.

Wiegner nickte. Er drückte die Sprechtaste des Funkgerätes. »Foxtrott von Echo-Eins.«

»Kommen, Eins.«

»Anfrage. Haben wir Kontakte?«

»Negativ. Keine Personen auf der Straße. Keine Bewegung von Fahrzeugen. Bei Infrarot dasselbe Ergebnis. Nur ein paar Hunde. Wie es in den Häusern aussieht, können wir nicht sagen. Elektronische Aufklärung hat mehrere Hundert Handys geortet. Sie verteilen sich über das gesamte bebaute Gebiet. Es gibt eine Auffälligkeit im Bereich des Gemeinschaftshauses in der Nähe des Marktplatzes. Dort konnte die Drohne eine unbestimmte Anzahl von Handys orten. Die Impulse überlagern sich gegenseitig. Eine genauere Aufklärung ist nicht möglich.«

»Verstanden, Foxtrott. Haben Zielgebiet erreicht. Fahren in das Dorf mit Ziel Marktplatz.«

»Sind Sie sicher? Das stellt ein…«

»Ich bin sicher.«

»Verstanden, Echo-Eins.«

Wiegner gab den Befehl vorzurücken. Die drei Schützenpanzer setzten sich ruckend in Bewegung. Die Motoren zogen gierig den Diesel aus den Tanks. Die Panzer waren im ganzen Dorf zu hören. Die Kolonne erreichte die ersten Häuser. Die Bildschirme zeigten immer noch nichts Ungewöhnliches. Gepflegte Vorgärten, Autos, die in den Auffahrten standen. Aber keine Bewohner.

»Echo-Zwei und Drei von Eins.«

»Zwei hört.«

»Drei hört.«

»Anfrage. Wahrnehmungen bezüglich Anwohner?«

»Eins negativ.«

»Zwei negativ.«

»Haltet die Augen offen. Wir rücken vor bis zum Marktplatz.« Die beiden anderen Fahrzeuge bestätigten. Wenn er mit drei Schützenpanzern die Dorfstraßen entlang rumpelte, dann müssten alle auf die Straße rennen und ihre Hälse recken. Aber hier war keine Menschenseele. Das fühlte sich nicht gut an. Überhaupt nicht gut. Vielleicht hatten die Karnickel alle gefressen. Mit Schrittgeschwindigkeit fuhren sie weiter und erreichten den kleinen Marktplatz. Die Bilder blieben die gleichen. Das Dorf wirkte wie eine Filmkulisse an einem drehfreien Tag. »Bereit machen.« Die Soldaten zogen sich ihre Schutzmasken auf, griffen sich ihre G-36-Gewehre. Der Gruppenführer gab ein Handzeichen. »Absitzen.« Die Heckklappe schob sich zur Seite. Einer nach dem anderen sprangen die Soldaten nach draußen, sicherten in einem Halbkreis die Fahrzeuge. Wiegner stand auf dem Kopfsteinpflaster und sah sich um. Seine Oberschenkelmuskeln zitterten wie bei einem nervösen Rennpferd. Sie würden sich das nahe Gemeindezentrum und die Kirche ansehen. Für die Panzer waren die kleinen Gassen zu eng. Sie mussten die letzten zweihundertfünfzig Meter zu Fuß gehen. Zusammen mit fünf Soldaten bewegte Wiegner sich über den Marktplatz. Der Rest des Trupps verblieb bei den Fahrzeugen. Sie erreichten eine vier Meter breite Gasse. Die windschiefen Fachwerkhäuser neigten sich zur Mitte des Weges, machten aus der Straße vor ihnen fast einen Tunnel. Voraus lag alles im Schatten. Der Oberst hob die Hand. Der Trupp blieb stehen. Er hasste diese Schutzmasken. Der Atemwiderstand war unangenehm. Länger als zwei Stunden konnte man es damit nicht aushalten, dann brauchte die Lunge eine Pause. »Echo-Zwei von Eins.«

»Zwei hört.«

»Lage?«

»Unverändert.«

»Sitzen Sie wieder auf. Ich habe ein beschissenes Gefühl.«

HANDY

Aila Torbeck

Torbeck hatte ein knappes Dutzend Menschen getötet. Schon wieder. Konnte so etwas zur Gewohnheit werden? Nachdem sie mit Wiegner gesprochen hatte, setzte sie sich mit Danielsen über das ComSys in Verbindung. »Wir wurden angegriffen.« Mit dem Satz eröffnete sie das Gespräch.

»Tatsächlich?« Der Vorteil einer Bergfestung lag unter anderem darin, dass man selbst von großen Verwerfungen in der Außenwelt nichts mit bekam. »Und? Ich meine, wie ist es ausgegangen?«

Offensichtlich hatte sie den Professor kalt erwischt. »Wie Sie bemerken, leben wir noch.«

Danielsen lächelte gequält. »Wer hat uns angegriffen?«

»Vermutlich waren es die Amerikaner.«

»Amerikaner? Sind die nicht mit uns verbündet?«

»Ich denke, dass diese Art von Staatsverträgen ihre rechtliche Bindungskraft verloren hat.«

»Ich verstehe. Das sind keine guten Nachrichten. Warum haben die das getan?«

»Oberst Wiegner vermutet, dass sie uns für den Ausbruch der Seuche verantwortlich machen. Ob das stimmt, weiß ich nicht. Ich denke aber, es ist sinnvoll, wenn wir unsere Erkenntnisse über den Virus mit anderen teilen.« Insgeheim rechnete sie damit, dass der Professor um keinen Preis bereit sei, seine Forschungsergebnisse Fremden zu überlassen. Stattdessen sagte er: »Das klingt vernünftig. Eine Geheimhaltung macht wirklich keinen Sinn mehr. Aber mit wem genau wollen Sie sie teilen? Und wie?«

»Es gibt NATO-Einrichtungen, die einen aktiven Status gemeldet haben, bevor die Rechner ihren Geist aufgaben.«

»Und wenn dort niemand ist, der uns zuhört?«

»Dann spielt es keine Rolle, dass wir die Daten überspielt haben. Es ist unschädlich.«

»Bleibt das Problem des Übertragungskanals.«
»Ich setze meine Hoffnungen auf das Internet.«
»Das kann ich nicht versprechen. Aber gut. Was schlagen Sie vor?«
»Ich ordne an.«
»Ich verstehe. Also, was ordnen Sie an?«
»Prüfen Sie, ob es möglich ist, eine Nachricht über das Internet zu übermitteln. Bereiten Sie ein wissenschaftliches Exposé vor. Wenn Sie damit fertig sind, setzen Sie sich mit Hauptmann Gärtner in Verbindung. Schicken Sie die Nachricht an alle, die Sie erreichen können. Was militärische Anlagen angeht, wird der Hauptmann Ihnen dabei behilflich sein. Dann haben die erst mal etwas zum Nachdenken.«
»Ich werde das veranlassen. Was machen wir, wenn sie uns nicht glauben? Ist eine recht wilde Geschichte.«
»Darüber mache ich mir keine Sorgen. Es ist auch eine recht wilde Welt da draußen.«
Torbeck hatte das Gespräch aus dem Kommandantenraum geführt. Nachdem es beendet war, lehnte sie sich zurück. Ihre Augenlider fühlten sich schwer an. Sie gähnte, massierte sich mit zwei Fingern die Schläfe. Ihre Gedanken sprangen zu ihrer Tochter. Sie musste dankbar sein. Sie hatte Kontakt zu Katta aufnehmen können. Und nicht nur das. Es hatte sich herausgestellt, dass sie sich zumindest vorübergehend in Sicherheit und in Begleitung von mehreren Polizisten befand. Unter den gegebenen Umständen ein Lottogewinn. Sie würde ihr Kind wiedersehen. Ganz sicher. Die Vorstellung beruhigte sie ein wenig. Was war mit Karl? Torbeck verließ ihren Raum und suchte den Bereich des Leitstandes auf, in dem die Einsatzkontrolle für die Außenmission untergebracht war. »Wie sieht es aus?« Eine junge Frau mit Kurzhaarfrisur sah sie kurz an, um sich sofort wieder auf ihre Arbeit zu konzentrieren. Das silberfarbene U auf ihren Schulterklappen wies sie als Unteroffizier aus. »Echo-Eins marschiert mit Geleit in Richtung Marktplatz. Sie müssten das Zielgebiet jeden Moment erreichen.«
Torbeck nickte. »Ich nehme an, dass bis jetzt alles ruhig war.«
»Sehr ruhig«, sagte die Frau.
»Sie meinen, zu ruhig für Ihren Geschmack?«

Die Soldatin erschrak. »Tut mir leid, ich... »
»Die Frage war ernst gemeint.«
»Ja. Ich finde es zu ruhig.«
Karl sollte ihr bloß keinen Kummer bereiten. Torbeck besah sich das Bild auf einem Flachbildschirm. Es zeigte einen Stadtplan. Drei Dreiecke bewegten sich langsam eine Straße entlang und blieben auf dem Marktplatz stehen. Das war Karl mit seinen Männern. Was sie aber überhaupt nicht zuordnen konnte, waren die Kreise, die überall verteilt auf dem Plan in einem kleinen Radius hin und her hüpften. Es schien, als würden sie wackeln oder vibrieren. Ein Kreis befand sich mitten in einem Haus. In der nächsten Sekunde sprang er in den Vorgarten, besuchte die Straße und verschwand zurück in das Gebäude. »Was ist das?«
Vor dem Bildschirm saß ein Oberfeldwebel. »Die hüpfenden Kreise?«
»Genau.«
»Das sind Handyortungen. Die Peilungen springen, weil die Drohne die Position nur ungefähr feststellen kann. Exakte Ortungen sind nur mit Dreieckspeilung möglich. Dafür bräuchten wir eine zweite Drohne.«
»Das sind Handys?«
»So ist es.«
Dann müssen dort Menschen sein. Was auch immer gestern geschehen war, die meisten Leute trugen ihr Handy bei sich. Warum sollten sie es auf der Flucht oder im Versteck wegschmeißen? Andererseits. Auch die Infizierten hatten sicher noch ihr, Mobiltelefone in der Tasche. Ihr wurde kalt. »Im Bereich der Kirche sind eine ganze Menge von Kreisen«, stellte sie fest.
»Richtig. Das will das Außenteam jetzt aufklären.«
»Was? Sie haben sie mitten hineingeschickt?« Erst jetzt begriff sie das Risiko.
»Das hat der Oberst entschieden.«
Das war verrückt. Niemand konnte wissen, wie diese Peilungen einzuschätzen waren. Es sprach einiges dafür, dass sie sich in die Höhle des Löwen begaben. Sie würde diesen Irrsinn sofort unterbinden.

Der Feldwebel links von Torbeck saß schlagartig kerzengerade auf seinem Drehstuhl. »Was ist?« Dann sah Torbeck es auch. Sie beobachtete, wie ein Kreis aus einem Haus auf die Straße hüpfte. Aber statt sich zurückzuziehen, sprang er weiter die Straße entlang. Es war nicht der Einzige. Die Kreise gerieten in Bewegung und ihr Ziel war eindeutig der Marktplatz.

DORFLEBEN

Karl Wiegner

Die Angst war mittlerweile aus Wiegners Beinen in seinen Magen hochgekrabbelt. Er war kein Feigling, hatte schon im Gefecht gestanden, aber das hier war etwas völlig anderes. Er überprüfte die Sicherung seines Gewehres, gab das Zeichen weiterzugehen. Die Gruppe setzte sich in Bewegung. Auf beiden Seiten wechselten sich kleine Läden und Wohnhäuser ab. Vor dem Eingang zu einem winzigen Friseurladen saß eine getigerte Katze und putzte sich ihr Fell. Sie sah die Soldaten an, duckte sich ein wenig, überlegte, ob sie sich aus dem Staub machen sollte. Und, Katze? Alles in Ordnung? Springst du mir jetzt in das...

»Echo-Eins. Echo-Eins von Foxtrott. Dringend!«

Wiegner hämmerte auf die Sprechtaste. »Eins hört.«

»Drohne hat... « Der Rest des Funkspruchs ging im Hämmern der Boxer-Bordwaffen unter. Das Tackern der Maschinenkanonen ließ die Luft vibrieren. »Granate!«, schrie einer der Fallschirmjäger neben ihm. Wiegners Blick verfolgte die Flugbahn der Handgranate. Aus der Richtung, aus der sie gekommen waren, drängte sich ein Mob zwischen den Häusern hindurch. Er hatte keine Zeit, um das Bild auf sich wirken zu lassen. »Deckung!« Wiegner kniete sich hin, legte schützend die Arme über den Kopf. Ein Knall. Er sah hoch. Acht oder neun Menschen lagen auf dem Boden. Die Ersten rappelten sich bereits wieder auf, taumelten weiter. Direkt neben ihm eröffnete ein Fallschirmjäger das Feuer aus seinem Sturmgewehr. Aber in die entgegengesetzte Richtung. Die Angreifer kamen von beiden Seiten. Sie brauchten die Panzer. Wiegner sprang auf, nahm kurzen Anlauf und trat gegen die nächstgelegene Haustür. Die schepperte. Er drückte die Funktaste. »Echo-Zwei, Echo-Zwei. Benötigen sofortige Evakuierung.« Der nächste Tritt. Nur Vibration, die Tür hielt.

»Verstanden Echo-E... «

Pak, Pak, Pak. Das Gewehrfeuer zerfetzte die Sätze. Wiegner drückte das Headset an sein Ohr und versuchte, das Stimmengewirr zu verstehen. Gleichzeitig nahm er Anlauf und rannte erneut gegen die Tür an.

»Hier Foxtrott. Echo-Zwei, wir haben Echo-Eins auf dem Schirm. Echo-Zwei, wir leiten Sie.«

»Ver…«

Wiegner begriff endlich, dass die Tür, gegen die er unerbittlich trat, nach außen aufging. Er war ein Hornochse. Er hob das Gewehr, feuerte auf das Schloss, zerrte an der Tür und zog sie auf. »Alle zu mir.« Die Soldaten stürmten an ihm vorbei in den Flur. Wiegner riss eine Granate von seiner Weste. Warf sie in die eine Menschenmenge, eine zweite Granate in die andere Richtung. Dann sprang er ins Haus, schlug die Tür hinter sich zu. Der Funk dröhnte in seinem Kopf. *»Nein, nein. Echo-Zwei. Die nächste Straße fahr…«*

Ein Knall. Glasscheiben zersprangen. Die nächste Explosion. Noch mehr Glasregen.

»Ja. Dann rechts, Echo-Zwei. Echo-Eins. Wie ist Ihr Status? Echo-Eins. Wie ist Ihr Status?«

Wiegner drückte sich die Handballen auf die Ohren, um die Stimme in seinem Headset verstehen zu können. »Foxtrott. Unser Status ist beschissen. Wir sind in einem Haus.«

»Verstanden, Echo-Eins. Echo-Zwei holt Sie da raus. Wir haben Ihre Position auf dem Schirm. Bleiben Sie vor Ort.«

»Wo soll ich denn sonst hin«, murmelte er. »Den Schrank. Schiebt das Scheißding vor die Tür.« Zusammen mit zwei Soldaten schob Wiegner einen Garderobenschrank vor die Haustür. Hinter ihm ein Schrei. »Kontakt.« Er wirbelte herum, sah einen kleinen Jungen mit Angst in den weit aufgerissenen Augen. »Nicht schießen«, schrie Wiegner. Es war zu spät. Das Kind flog durch die Wucht der Kugeln zurück, blieb mit ausgestreckten Gliedern liegen, als wolle es einen Schnee-Engel in den Teppich graben. »Das wollte ich nicht«, schrie der Soldat, der geschossen hatte. Wiegner packte den Fallschirmjäger an den Schultern. »Kampfhandlung, Kampfhandlung. Ist gut. Du hast alles richtig gemacht,

Junge. Alles gut.« Nicht darüber nachdenken, nicht jetzt, sonst waren sie so gut wie tot.

Aus einer Tür direkt neben Wiegner sprang ein Mann heraus, brüllte, nagelte den Oberst mit seinem Gewicht an die gegenüberliegende Wand. Die Wucht presste Wiegner die Luft aus den Lungen. Das Gesicht des Mannes war ganz nah an seinem. Er fühlte den Atem an seinem rechten Ohr. Die Maske rutschte ihm vom Kopf. Er sah die Bewegung nicht kommen. Ein Hammer traf seine linke Schulter. Der Schmerz machte ihn blind. Er tastete nach seinem Pistolenholster, zog die Waffe, drehte den Lauf und drückte die Mündung gegen den Bauch des Angreifers. Viermal schoss er. Der Mann sackte zu Boden.

Aus Wiegners Schulter ragte der Griff eines Messers. Ein Soldat sprang zu ihm, wollte verhindern, dass sich der Oberst die Klinge herauszog. Zieh niemals ein Messer aus einer Wunde. Die Blutung könnte dich töten. Das war ihm egal. »Scheiße. Das Ding muss raus. Ich muss mich bewegen.« Er fasste mit der Rechten nach dem Griff. Der Schmerz war zu groß. Wiegner sah den Soldaten an. »Zieh das Drecksding aus mir raus.«

Der zögerte.

»Mach.«

Ein Ruck. Es fühlte sich an, als würde das Schulterblatt seinen Körper gemeinsam mit der Klinge verlassen.

»Aah!« Wiegner sackte zusammen, Tränen in den Augen. Hinten am Haus krachte es.

»Sie kommen rein.«

Wiegner kam auf die Beine. Sein linker Arm hing wie abgestorbenes Geäst an seiner Flanke. »Wir müssen ... « Irgendwo eingedrungen platzten mehrere von diesen Irren durch eine Tür in den Flur. Ein Fallschirmjäger versuchte sein Gewehr hochzureißen. Auf halbem Weg blieb er hängen, wurde von Infizierten zu Boden gerissen. Sie stapelten sich auf ihn. Zwei weitere Soldaten gerieten in ein Handgemenge.

Wiegners Angst wandelte sich in Zorn. Mit kontrollierten Schritten ging er den Flur entlang, hob seine Pistole und schoss einem Angreifer nach dem anderen in den Kopf. »Auf die Beine, Soldat.« Wiegner deutete auf eine Tür. »Da rein.« Sie stolperten in das

Wohnzimmer. Wiegners Pistolenmagazin war leer, er versuchte es zu wechseln. Sein verletzter Arm war zu nichts mehr zu gebrauchen. Er ging auf die Knie, klemmte das Magazin zwischen seine Beine und versuchte, mit der Rechten den Pistolengriff darüber zu schieben. So ein Dreck. Das Gewehr lag irgendwo im Flur herum. Die Männer schoben Inventar vor die Tür. Wiegner sah sich um. Da war ein Fenster. Womit hatte er gerechnet? Jedes Wohnzimmer hatte eins. »Wir müssen das Fenster sichern.«
War wohl nicht mehr nötig. Draußen wuchs ein Schatten in die Höhe. Der Oberst mühte sich immer noch das Magazin in die Waffe zu bekommen, schaffte es schließlich. Es wurde dunkel im Zimmer. Wie viele waren das denn? Dann begriff er, was geschah. »Volle Deckung.« Der böse Wolf blies gegen das Haus. Das Fenster zersprang, die Wand wölbte sich in den Raum hinein, platzte auf. Ein Dachbalken fiel herab. Staub nahm die Sicht. Ein Schützenpanzer stand mit der Front voran auf dem Couchtisch. Sofort kroch der erste Soldat unter den Panzer. Dort hatte sich die Notfallluke geöffnet. Eigentlich war sie dafür gedacht, dass Panzerbesatzungen nach einem Treffer aus dem Panzer ausbooten konnten, ohne direkt unter Beschuss zu geraten. Jetzt diente sie als Einstieg.
Das Holz der Wohnzimmertür splitterte. Die hastig aufgetürmten Möbel schoben sich über das Parkett. Gemeinsam mit einem Soldaten stemmte sich Wiegner dagegen. Er sah sich um. Außer ihnen war niemand mehr im Wohnzimmer. »Los, mach dich in den Boxer.«
»Nein. D... «
»Mann, rein da.« Er funkelte den Soldaten böse an. Der Fallschirmjäger rannte los, schlitterte unter die Bodenwanne und verschwand aus Wiegners Sicht. Die Tür schob sich auf. Arme langten in den Raum hinein. Er hatte genug gesehen, bloß weg hier. Das anschwellende Dröhnen des Panzermotors stellte ihm die Nackenhaare senkrecht auf. Die fuhren los. Scheiße, die fuhren weg. Er drehte sich um, sah, wie der Boxer rückwärts aus dem Wohnzimmer ausparkte. Schutt fiel von der Decke, eine Wolke aus Mörtel und Putz waberte auf ihn zu, reduzierte die Sichtweite auf Null. Die ließen ihn zurück. Er stolperte auf das große Loch in der

Außenwand zu. Der Boxer hatte zurückgesetzt, in den Vorwärtsgang geschaltet und gab Vollgas. Als Wiegner durch die Bauschuttwolke ins Freie gelangte, sah er nur noch das Heck des Radpanzers. Er suchte nach der Funktaste. Die war weg, genau wie sein Headset und die Atemschutzmaske. Seine gesamte Ausrüstung hatte sich mittlerweile in dem Haus verteilt.
Wiegner drehte sich um. Einer der anderen Panzer raste direkt auf ihn zu. Er hob den rechten Arm und winkte hektisch. Die würden ihn einfach über den Haufen fahren wie einen Keiler auf der Autobahn. Egal. Besser als die Alternative. Der Panzer steuerte weiter auf ihn zu. Ihr blöden Penner. Wenigstens hatte er das Magazin in die Waffe gefummelt. Er hob die Pistole und schoss auf den Bug des Boxers. Der Fahrer stieg auf die Bremse. Die Reifen blockierten. Gott sei Dank! Er hatte es gerafft.
Aus dem baufälligen Haus drangen Schreie. Die räumten die Tür frei. Wiegner warf sich auf den Boden und robbte unter die Bodenwanne des Panzers, verlor dabei die Pistole. Vor ihm sah er die Luke. Sie war geöffnet, ein Kopf ragte heraus. »Los, los. Gleich haben Sie es geschafft.« Die Schmerzen in seiner Schulter waren völlig unbedeutend, er wollte nur noch in diese Konservendose aus Panzerstahl. Ein Arm streckte sich ihm entgegen, er konnte ihn fast berühren. Wiegner drehte sich auf den Rücken. Hinter ihm wurde es laut. Eine Frau folgte ihm, sie kreischte wie ein brennendes Pferd, packte ihn an den Beinen. Er heulte auf, griff nach der Hand vor ihm, trat gleichzeitig nach hinten aus. Die Furie zeigte sich unbeeindruckt und benutzte seine Beine wie ein Kletterseil, krallte sich in den Stoff seiner Hose. »Rückwärts«, schrie Wiegner. »Fahrt rückwärts.«
Das Fahrzeug ruckte. Aus dem Notausstieg ragten noch mehr Hände, umklammerten seine Unterarme, versuchten ihn ins Innere zu ziehen. Der Boxer fuhr an. Wiegner fühlte, wie sein Körper über das Kopfsteinpflaster gezogen wurde. Er strampelte wie verrückt mit den Beinen. Die Schläge in seinem Rücken ließen Sterne in seinem Kopf aufblitzen. Der Panzer schwenkte in eine Kurve ein. Die Fliehkraft zog die Frau aus der Bahn, ihre Beine drifteten nach außen, gerieten unter die Vorderreifen. Wiegner konnte das Knacken ihrer Knochen hören, es klang, als ob man

eine Handvoll Spaghetti zerbrach. Sie verschwand so schnell, wie sie gekommen war. Nach einigen Metern hielt er es nicht mehr aus. »Stopp, haltet das Ding an.« Die Bremsen quietschten in seinen Ohren. Der Panzer stand, die Soldaten zerrten ihn nach drinnen. Sein Rücken musste eine einzige Prellung sein. Die Luke fiel zu. »Lage.«

»Foxtrott hat den Einsatz abgebrochen. Wir fahren zurück.«

»Verluste?«

»Keine.«

»Keine?« Das grenzte an ein Wunder. Er zog sich am Kommandantensitz hoch. Der Panzer nahm in voller Fahrt eine Linkskurve. Wie ein Blatt in der Salatschleuder klebte Wiegner an der Bordwand. »Langsamer. Alles ist wieder gut.« Wiegner quälte sich in einen der Sitze, sah auf die Monitore. Direkt voraus fuhr der Boxer, in den sich die Fallschirmjäger seines Teams gerettet hatten. Hinter ihnen der Panzer mit dem wissenschaftlichen Personal. Er bewegte die Kamera. Niemand da, sie hatten die Meute zurückgelassen. Auf einer Anzeige konnte er sehen, dass sie mit achtzig Stundenkilometern unterwegs waren. Das war viel zu schnell. Ein Boxer ist kein Sportwagen. Sie mussten das Tempo drosseln. Seine Augen übertrugen nur noch flackernde Bilder in sein Gehirn. Sein Kreislauf brach zusammen.

»Geht es Ihnen nicht gut?«

»Mir ist schlecht«, stöhnte er.

»Da... «

Dunkelheit.

Licht.

»Wo sind wir?« Wiegner hatte einen Filmriss.

»Im Wald. Vier Kilometer vor der Anlage.«

War er bewusstlos gewesen oder hatte er geschlafen? Wiegner sah auf die Bildschirme. Der Panzer sprang über einen Waldweg. Jemand hatte ihm den Punktgurt angelegt. Ansonsten hätte er sich schon längst den Schädel am Stahl eingeschlagen. Sie fuhren immer noch viel zu schnell. Seine Schulter schmerzte grauenhaft. Es fühlte sich an, als ob der ganze Arm abgerissen wäre. Sein Rücken meldete sich ebenfalls zu Wort. Er hatte Mühe sich zu bewegen. Wiegner sah einen der Soldaten an. »Ich brauche den

Autoinjektor.« Der Fallschirmjäger riss eine kleine Box aus einer Halterung und warf sie dem Oberst zu. In der Box lagen mehrere Röhrchen. Wiegner drückte das markierte Ende eines Röhrchens fest auf seinen Oberschenkel. Ein Federsystem löste aus und schoss eine Nadel in seine Muskulatur. Das Morphium wirkte sofort. Die Schmerzen zogen sich tief in seinen Körper zurück. Als Gegenleistung wollte ihn das Schmerzmittel in den Schlaf entführen. Aber irgendetwas war ja immer. Was in aller Welt hatte er sich nur gedacht? Einfach mitten in den Ort zu fahren, war unglaublich gedankenlos gewesen. Niemals zuvor hatte er einen Job dermaßen gegen die Wand gefahren. Er sollte dem Herrgott danken, dass es keine Verluste gab. »Das ist nicht die Straße«, stellte Wiegner fest.
»Die Straße ist blockiert. Umgestürzte Bäume. Der halbe Wald brennt. Wir versuchen eine Ausweichroute.«
Die beschissenen Amis hatten den ganzen Wald angesteckt. Wiegner wischte sich den Schweiß weg, schwenkte die Kamera. Alles dunkel. Überall Rauch. Sein Körper bestand aus gefesselten Schmerzen. Das Rütteln und Schütteln, das sein Skelett in Vibration versetzte, machte es nicht besser. Immer noch fuhr der andere Boxer vor ihnen, seine Räder sprangen in die Höhe, verloren die Haftung, wenn er über eine Bodenwelle hinwegmähte. »Die sollen sofort die Geschwindig ...« Der Panzer voraus schwenkte nach links. Es sah so aus, als wollte der Fahrer mit Gewalt stumpf in das Unterholz abbiegen, mit dem Kopf durch die Wand. Im letzten Moment gelang es ihm, die dreißig Tonnen Stahl auf dem Weg zu halten. Bevor sich Wiegner von dem Schreck erholen konnte, brach das Fahrzeug vor ihnen endgültig aus. Die Reifen der beiden vorderen Achsen schlugen bis zum Anschlag ein. Der Boxer begann sich um die eigene Achse zu drehen, schlitterte quer stehend den Weg entlang. Wiegners Panzer machte eine Vollbremsung. Der Oberst flog nach vorne, wurde unsanft von seinem Gurt zurück gefedert. Der Boxer vor ihnen kippte auf die Seite, sodass Wiegner die Bodenwanne und die Räder sehen konnte. Zwei Ambosse knallten gegeneinander, in Wiegners Ohren hallte es, als wäre er zur Frühmesse in einem Glockenturm gefangen.
Stillstand.

Hörte diese Kacke denn überhaupt nicht mehr auf? Das Pfeifen im Ohr ließ nach. »Der Spaß geht weiter.« Er öffnete seinen Punktgurt. »Wir müssen sie evakuieren.« Die Soldaten setzten sich ihre Schutzmasken auf. Wiegner ließ sich eine neue geben. Sie drückten die Heckklappe auf. Als Wiegner draußen auf dem Waldweg stand, sah er keine zehn Meter weit. Brandrauch bahnte sich einen Weg durch die dicht stehenden Bäume. Er konnte das Feuer weder sehen noch hören, aber er spürte die Hitze. Die Partikelfiltermasken, die sie trugen, waren dafür nicht geeignet. Zwar filterten sie ohne Mühe die giftigen Schwebstoffe aus dem Qualm, aber gegen das Kohlenmonoxid halfen sie nicht. Wiegner näherte sich dem havarierten Panzer. Der Boxer des Obersts hatte ihn nach links in die Büsche geschoben. Er lag auf der Seite. Ein Fallschirmjäger begutachtete ihr eigenes Fahrzeug. »Der Schaden ist gering. Wir können weiterfahren.«
Ausnahmsweise eine gute Nachricht. »Männer, beeilt euch. Wir müssen hier weg.« Er musste daran denken, dass er ohne Schutzmaske Kontakt mit Infizierten gehabt hatte. Egal. Wenn sie nicht zeitnah hier wegkamen, waren sie ohnehin im Eimer. Wiegner sah, wie ein Soldat eine kleine Klappe am Heck des Schützenpanzers öffnete. Dort gab es einen Anschluss für die Headsets. Hätten sie mehr Zeit gehabt, dann wäre auf die Weise ein Kommunikationsversuch mit der Besatzung im Inneren möglich gewesen. Aber Zeit war gerade ausgegangen. Hinter der Klappe verbarg sich außer dem Klinkenstecker noch ein Tastenfeld. Gab man die richtige Kombination ein, konnte man damit die Heckklappe von außen öffnen. Wiegner sah, wie der Soldat die Tasten drückte. In seinem Kopf blitzten Erinnerungsfragmente auf.
Der Kampf im Flur.
Soldaten, die unter Körpern begraben auf dem Boden lagen.
Zerrissene Uniformen. Zähne. Blut.
Er hob den Arm, öffnete den Mund. In dem Moment sprang die Heckklappe auf. Ein Schatten flog heraus, stürzte sich auf den Soldaten, dessen Finger noch immer das Tastenfeld berührten, riss ihn zu Boden. Wiegners Hand suchte nach seinem Pistolenholster. Das war leer. Die Waffe lag irgendwo auf einer Dorfstraße. Mehr Gestalten jagten aus dem Boxer. Schüsse fielen. Einer der ehemali-

gen Fallschirmjäger hechtete in Wiegners Richtung, brachte ihn zu Fall. Er landete auf dem Rücken, sah das zur Fratze verzerrte Gesicht des Mannes. Mit der Rechten packte der Oberst dessen Hals. Wiegner hatte immer Sport getrieben, konnte einhundertzwanzig Kilogramm auf der Bank drücken, aber der Kerl war von Sinnen, entwickelte unglaubliche Kräfte. Der Kiefer des Angreifers schnappte vor ihm auf und zu, wie bei einem durchgedrehten Piranha. Nur mit Mühe konnte er den Mann davon abhalten, ihm in das Gesicht zu beißen. »Betäuben«, schrie er. »Betäubt den Penner.«

Ein Wissenschaftler im weißen Schutzanzug tauchte aus dem Nichts auf, rammte dem Irren einen Autoinjektor in den Rücken. Keine Reaktion. Das hätte reichen sollen, um eine ganze Familie ins künstliche Koma zu versetzen. Wiegner spürte, dass ihn die Kraft verließ. »Noch eine«, schrie er. Der Schutzanzug nahm einen zweiten Injektor. Traf diesmal die Schulter. Schlagartig wurde der Wahnsinnige schlapp. Wiegner rollte den Körper von sich herunter, rappelte sich auf die Beine. Auf dem Boden um den verunglückten Panzer lagen Leichen. Der Kampf war entschieden. »Packt ihn ein. Wir müssen weg.«

Die Wissenschaftler schnallten den Mann auf eine Trage. Knebelten ihn. Wiegner beneidete die Männer nicht. Um nichts in der Welt wollte er mit diesem Monster zusammen in einem Panzer eingesperrt sein. »Wenn der zuckt, haut ihm noch eine Ladung rein.« Er griff sich einen Soldaten. »Sie fahren mit. Sollte es sich nicht vermeiden lassen, erschießen Sie ihn.« Er sah dem Fallschirmjäger in die Augen. »Ich weiß, dass er ein Kamerad war. Aber das ist er jetzt nicht mehr. Hast du das verstanden?« Der Soldat nickte, sah an ihm vorbei. Wiegner drehte sich um. Vor ihm stand der Soldat, der die Klappe des Boxers geöffnet hatte. An seinem Hals klaffte eine Wunde. Die Uniform hatte sich mit Blut vollgesogen. »Der hat mich erwischt.« Der Verletzte schüttelte ungläubig den Kopf. »Das kann doch nicht wahr sein. Der hat mich voll erwischt.« Wiegner sah auf das Gewehr, dass der Soldat in den Händen hielt. »Was mache ich denn jetzt?« Der Mann sah den Oberst an.

»Wir können dich nicht mit reinnehmen«, sagte Wiegner ruhig. Um ihn herum kam alles zum Erliegen. Die Soldaten und Wissenschaftler wagten nicht sich zu bewegen. Was, wenn der jetzt durchdrehte? Der würde sie alle umlegen. »Ist okay. Ist okay.« Der Verletzte drehte sich um und ging in die Richtung, aus der sie gekommen waren. Nach wenigen Metern verschluckte der dichte Qualm seine Silhouette. Fast hätte Wiegner ihm hinterher gerufen. Er schluckte die Worte hinunter. Was sollte er tun? Der Mann stand unter Schock. Aber er konnte nicht das Geringste machen. Es blieb nur zu hoffen, dass der Virus nicht in den nächsten Sekunden losschlug. Sonst würde der arme Teufel wieder aus dem Brandnebel herausschießen und sie anfallen. »Los. Wir müssen weg«, bellte Wiegner. Ihm wurde schwummrig. Vermutlich atmete er mittlerweile mehr Kohlenmonoxid als Sauerstoff. Der Soldat auf der Trage wurde eingeladen.
Pak, Pak, Pak.
Der Oberst erstarrte. Der Junge hatte sich eine Salve in den Kopf geschossen. »Aufsitzen«, schrie Wiegner.
Pak, Pak, Pak.
Pause.
Pak, Pak, Pak.
Wohl doch kein Suizid. Auf wen schoss der? Waren die Infizierten ihnen bis hierher gefolgt? Das war unmöglich. Die rannten nicht über zehn Kilometer mit achtzig Sachen in der Stunde. Was immer der Qualm verborgen hielt, es konnte nur wenige Meter entfernt sein. Als er im Panzer saß und die Heckklappe zufiel, schrie er den Fahrer an: »Gib Gas, Junge. Gib Gas.« Wiegner wollte so schnell es ging zurück in diesen blöden Bunker.

LICHT UND SCHATTEN

Markus Steller

»Ist das der Rosarote Panther?«, fragte Fliege.
Steller grunzte zustimmend. Warum der SEK-Mann seinen Spitznamen trug, hatte Steller mittlerweile verstanden. Der Mann schwirrte ständig um einen herum.
»Wie sieht es auf den anderen Programmen aus?«
»Die meisten senden gar nicht mehr. Bei einigen läuft ein automatisches Band.« Steller sah zu, wie Paulchen Panther versuchte, in eine Bank einzubrechen. Er hatte den Ton abgedreht. Den Zeichentrickfilm zu sehen machte ihn nervös. Aber er sah sich nicht in der Lage den Fernseher auszuschalten.
»Radio?«
»Nichts.«
»Funk, Telefon?«
»Auch nichts. Wir haben jetzt alles durch. Nur das polizeiliche Informationssystem funktioniert«, sagte Steller ohne den Fernseher aus den Augen zu lassen.
»Das Intranet ist noch da?«
»Ja. Interessant, oder?«
Steller hatte sein Kennwort eingegeben und sich bei der Einsatzzentrale eingeloggt. Der letzte Einsatz war gestern um 23:55 Uhr geöffnet worden. Dort stand in der knappen Manier der Funker geschrieben: *Krawalle in der Innenstadt. Führungsdienst löst Alarm aus. Landesebene.* Das war alles. Nachdem er das gelesen hatte, kam ihm die Idee, dass die Telefone in der Einsatzzentrale noch funktionieren könnten. Die Behörden telefonierten über ein Sondernetz. Tatsächlich bekam er ein Freizeichen. Aber es hob niemand ab. Der Funk blieb ebenfalls stumm. Damit erschöpften sich die Informationsmöglichkeiten. Fahrzeuge gab es in der Tiefgarage auch keine. Ein kurzer Blick in das Regal mit den Fahrtenbüchern hatte ihm gezeigt, dass alle Autos außer Haus waren. Am

Ende fanden sie Waffen und Munition. Momentan ruhten sie sich aus. Einen wirklichen Grund zum Entspannen gab es nicht, aber die Luft war fürs Erste einfach raus. Fliege hatte sich direkt neben Steller gestellt. Die beiden starrten gemeinsam auf den Fernseher. Dann griff der SEKler nach der Fernbedienung und schaltete den Ton an:

Man hat den Paul jüngst engagiert
Dass er zur Sommerzeit gastiert
In einem Badeort bei Celle
Als Geiger in der Kurkapelle
Wo man willkommen und beliebt
Wenn man nicht falsch spielt und viel übt.

Schwarz. Steller zuckte zusammen, als hätte er einen Stromschlag bekommen. Das Bild war weg und würde nicht wiederkommen. Er ärgerte sich über seine Schreckhaftigkeit und schaltete den Fernseher aus. Seine Nerven waren dünn wie abgenutztes Schmirgelpapier. Der Adrenalinpegel fiel so schnell, wie er gestiegen war, und ließ seinen Körper vibrieren. Fliege gab einen grunzenden Laut der Missbilligung von sich und schwirrte davon. Immerhin.
Geraume Zeit geschah nichts. Steller saß weiterhin im mittleren Büro des Arbeitsbereichs. Im Wesentlichen war jeder von ihnen mit sich selbst beschäftigt und versuchte seine Gedanken zu sortieren. Nur gelegentlich weichten flüsternde Stimmen die Stille auf. Steller begann Dallas zu beobachten, der sich auf einen Schreibtisch gesetzt hatte. Mit seinem Rücken lehnte er an einer Wand. Seine Augen waren geschlossen. Hatte er bereits mit Fieber gesprochen? Falls ja, mit welchem Ergebnis? Er hoffte, dass sein offenes Wort an Fieber seine Wirkung nicht verfehlt hatte. An wen erinnerte Dallas ihn nur? Die Frage trieb ihn in Ermangelung einer sinnvollen Beschäftigung schon länger um. Mit seinen fast schulterlangen Haaren und dem Vollbart sah er einem Schauspieler ähnlich. Dann fiel es ihm ein. Natürlich. Dallas hieß der Kommandant des Frachters Nostromo im ersten Alien-Film. Das war es. Daher kam der Spitzname. Der gute Kapitän hatte das Ende des

Films nicht erlebt. Was aber wichtiger war: Dallas war Fiebers rechte Hand. Das machte ihn tatverdächtig.
Die Zeit lief weiter. Steller versuchte sich zu erinnern, wer von den Männern Fieber bei der Hinrichtung der Zivilisten geholfen hatte. War es Dallas gewesen? Er hatte kein Bild vor Augen. Das konnte doch nicht so schwer sein. Er betrachtete die Kollegen nacheinander.
Wenn er Schwede ansah, stellte er sich ihn in einer HJ-Uniform vor. Einer der Jungen, die 1945 vom Führer die letzten Eisernen Kreuze an die schmale Brust geheftet bekamen. Im Moment schien er gefasst. Aber bei genauerer Draufsicht durchschaute Steller den dünnen Tarnanstrich seiner Selbstsicherheit. Schwedes Blick irrlichterte durch den Raum, glitt von allem ab. Wie ein Zwangsgestörter prüfte er die Taschen seiner Uniform, vergewisserte sich ohne Unterlass, dass sich alles an seinem Platz befand. Aus irgendeinem Grund wirkte der Bursche auf Steller sympathisch. Er konnte sich nicht vorstellen, dass Schwede zu so einer Tat fähig war. Aber was hieß das schon?
Wolf trug einen ordentlichen Vollbart, blickte mürrisch wie ein Seefahrer, sprach nicht viel. Mehr gab es zu seiner Person nicht zu sagen. Schippe erschien ihm als unsteter Charakter. Nicht zuletzt aufgrund seines Nervenzusammenbruchs, den er auf dem Dach erlitten hatte. Körperlich unterschied er sich deutlich von den anderen. Man konnte ihn als leptosom bezeichnen. Im Gegensatz zu dem, was Laien dachten, waren Angehörige einer Spezialeinheit meistens nicht besonders muskelbepackt. Zuviel Muskelmasse machte einen schwerfällig und behinderte beim Klettern oder Abseilen. Schippe schien aber überhaupt keine Muskeln zu besitzen, was auch merkwürdig war.
Flu hatte es nicht geschafft. Steller war überrascht, wie stoisch die Truppe sein unfreiwilliges Ausscheiden aus dem aktiven Dienst hinnahm. Als kämen solche Dinge jeden Tag vor. Auch Fieber zeigte keine posttraumatischen Aussetzer. Im Westen nichts Neues.
Es war wie verhext. Steller konnte sich beim besten Willen nicht erinnern, wer von denen Fieber geholfen hatte. Seine Gedanken wurden durch Kattas Stimme unterbrochen. »Ich habe Durst.« Sie

sprach aus, was Steller dachte. Die Gruppe hatte die Büroräume geplündert und ein paar Wasserflaschen gefunden. Aber das war eindeutig zu wenig gewesen. Steller litt stumm vor sich hin. Die Hitze verwandelte seinen Körper in ein Nudelsieb. Ständig drückte sich warmes Wasser von innen durch seine Hautporen und lief kitzelnd an seinem Rücken hinab. Niemand reagierte auf Kattas Bemerkung. Es wurde wieder still. Das Mädchen saß zusammen mit ihren beiden Freunden auf dem Boden. Bilal versuchte, sich so unauffällig wie möglich zu verhalten. Ihm schwante offensichtlich Übles. Als Fieber ihm erklärt hatte, dass seine Hinrichtung verschoben sei, lag die Betonung eindeutig auf verschoben. So richtig entspannen konnte er sich nicht. Mittlerweile tat er Steller leid.

Fieber beschäftigte sich damit 9mm-Patronen in ein Magazin zu drücken. Seine Bewegungen wirkten geschmeidigt. Wie geölt.

Klick, klick, klick.

Kein Verkanten, kein Fummeln.

Klick, klick, klick.

Sein durch jahrelanges Training geschultes Waffenhandling wirkte völlig gelassen. Das war Steller bereits aufgefallen, als Fieber seine Waffe gereinigt hatte. Unter minimalistischen Fingerbewegungen zerlegte die MP sich praktisch selber. Nachdem Fieber die Einzelteile gesäubert hatte, floss die Waffe wieder zu einem Ganzen zusammen. Bei ihm sah das anders aus. Das Waffenreinigen nach dem Schießtraining war für Steller ein Graus. Ein lustloses Herumfummeln, bis der Lauf wieder eingesetzt war. Am schlimmsten war es den Schlitten einzusetzen. Er konnte gar nicht zählen, wie oft er sich dabei schon den Finger eingeklemmt hatte.

Dadurch, dass sie die Waffenschränke geplündert hatten, war auch Steller nun im Besitz einer MP5. Nur den beiden Jungs und Katta verweigerte man die Bewaffnung. Plötzlich zuckte Katta zusammen. Sie griff sich ihre Handtasche und wühlte darin herum. Nach einiger Zeit gab sie es auf und fluchte leise vor sich hin. Steller glaubte nicht, dass sie ihren Lippenstift vermisste. Aber das ging ihn nichts an. Die Sache mit dem Wasser hingegen schon. Ihr ursprünglicher Plan war es gewesen, alle auffindbaren Behälter sowie die Waschbecken im Duschraum mit Leitungswasser zu füllen. Aber die Leitungen spuckten nur kurz und waren dann trocken. Demir hatte gesagt, dass die Wasserversorgung noch vor Kurzem funktioniert hätte. Das mochte sein, brachte sie aber nicht weiter.

»Wir brauchen was zu trinken«, meldete sich Katta erneut. Wo das Mädchen recht hatte, hatte sie recht. Fieber blickte kurz zu Katta, ohne seine Arbeit zu unterbrechen. »Das ist richtig.«

»Und jetzt?«, fragte Steller.

»Das frage ich dich. Du kennst dich hier besser aus als ich.«

Da hatte er nicht unrecht. »Wir müssen das Gebäude absuchen. Ich glaube, dass hier niemand ist. Das sind lauter Büros von verschiedenen Behörden. Da ist am Wochenende keiner da.«

»Denkst du, wir finden etwas?«

Steller hob die Schultern. »Vermutlich schon. Die haben alle irgendwo ein Sixpack Wasser herumstehen. Es sollte mich wundern, wenn wir nicht genug Getränke für zwei oder drei Tage auftreiben können.«

»Solange will ich nicht bleiben.«

Fieber wollte die Stadt verlassen. Es war nicht so, dass Steller das für eine dumme Idee hielt. Schließlich ließ sich eine einfache Formel aufstellen: Je weniger Menschen, je weniger Gefahr. Aber bei dem Gedanken nach draußen zu müssen, fingen seine Hände an zu zittern.

»Ihr geht zu dritt. Markus, Dallas und Fliege«, ordnete Fieber an. Steller nickte und stand auf. Seitdem sie sich in dem Gebäude versteckt hielten, war es ruhig geblieben. Möglichst geräuschlos legten sie den verbarrikadierten Ausgang frei. Im Treppenhaus war es still. Sie schlichen die Treppe nach oben und fanden sich vor einer Glastür wieder.

»Und jetzt? Kommst du da rein?«, wollte Dallas von Steller wissen.

Der schüttelte den Kopf. »Wir müssen sie aufbrechen.«

»Na, dann.«

Das Platzen des Glases verursachte einen gewaltigen Lärm. Steller zuckte merklich zusammen. Dallas grinste ihn an. »Nervös?«

»Ein wenig.«

Es blieb still. Sie stiegen durch den Türrahmen und fingen an die Büros zu durchsuchen. Auf diese Art arbeitete die Gruppe sich die Etagen nach oben. Zum Schluss belief sich ihre Beute auf sieben Wasserflaschen, fünfzehn Flaschen Cola, neun Flaschen Fanta und drei Flaschen Weißwein. Darüber hinaus zwei Kisten Bier. In einem Besprechungsraum stand eine Schüssel mit Schokoriegeln auf dem Tisch. Als Steller die Süßigkeiten entdeckte, bemerkte er seinen Hunger. Gierig schob er sich zwei Riegel in den Mund. Den Rest schaufelte er in eine Plastiktüte, die er in einem der anderen Räume gefunden hatte. Dallas stand neben ihm und riss mit den Zähnen die Verpackung eines Riegels auf.

»Wie lange ist Fieber schon euer Kommandoführer?«, fragte Steller ihn.

»Seit zwei Jahren.«

»Und? Zufrieden?«

Dallas zuckte mit den Schultern. »Was spielt das für eine Rolle?«

»Keine Ahnung. Ich versuche nur, Konversation zu treiben.«

»Spar dir deinen Atem für wichtigere Dinge.«

Das bedeutete wohl, dass Dallas keine Lust hatte zu reden. Sie machten sich auf den Rückweg. Von dem Fund der Süßigkeiten abgesehen, war Steller enttäuscht. Diese erbärmlichen Büroheinis tranken nur Zuckerwasser und Alkohol.

Wieder in den Räumen der Fahndung zurück, teilten sie ihre Beute auf. Fieber zeigte sich über die Cola- und Weinflaschen wenig begeistert. »Kippt den Dreck weg.« Er schüttelte ärgerlich den Kopf. »Wir kämpfen um unser Leben. Alkohol und Cola dehydrieren den Körper. Also weg mit dem Zeug.« So geschah es. Bis morgen hielten sie mit dem Wasser durch. Aber kaum länger. Die Möglichkeiten, die ihnen die Dienststelle bot, erschöpften sich. Stellers größte Hoffnung ruhte auf der Mutter von Katta. Sie wollte sich melden. Wenn es ging, mit einem konstruktiven Vorschlag im Gepäck. Er war sicher, dass sie alles versuchen würde, um ihre Tochter zu retten. Die Frage lautete, ob sie es konnte. Das Einfachste wäre einen Hubschrauber zu schicken. Hatten die einen? Steller hoffte es sehr.

»Sie ist überfällig.« Fieber sah auf seine Armbanduhr. »Es ist fast halb sechs.«
»Meine Mutter wird anrufen.«
Steller war erschöpft. Er stellte einen der Computer vom Schreibtisch auf den Boden, legte sich auf die Tischplatte und versuchte zu schlafen. Es gelang ihm nicht. Sein Körper schmerzte. Er wälzte sich von einer Seite auf die andere, schloss die Augen. Ben. Steller stand auf, griff sich ein Fernglas, ging an ein Fenster und suchte die Umgebung ab. Es gab nichts Neues zu entdecken. Keine Bewegung. Ben, wo hast du dich versteckt? Wie erleichtert wäre er, seinen Kollegen mit zerschmetterten Knochen am Fuße des Hochhauses liegen zu sehen. Dann wüsste er, dass er nicht mehr durch die Gegend lief. Er hatte ihn nicht töten wollen, das musste Ben doch wissen. Wie rachsüchtig können Geister sein? Steller schüttelte sich und sah auf seine Uhr. Die zeigte 17:56 Uhr. Da klingelte das Satellitentelefon. Steller hörte, wie Katta sich am Telefon meldete. Nach kurzem Gespräch gab sie das Gerät Fieber, der zuhörte und mit Stakkatosätzen antwortete. Steller verstand die Worte nicht, aber es klang nicht sonderlich euphorisch. Dann wurde Fieber lauter. »Katta. Deine Mutter will dich noch mal sprechen.«
In diesem Moment sah Steller aus dem Fenster und wunderte sich, warum es Nacht war. Hinter ihm wurde es hektisch, den anderen war der plötzliche Lichtabfall nicht entgangen. Alle klebten an den Fensterscheiben. »Da. Könnt ihr das sehen? Was ist das?« Demir zeigte in den Himmel. Alle redeten durcheinander. »Wir gehen hoch«, sagte Steller. Ohne eine Reaktion abzuwarten, begann er den Ausgang freizuschaufeln. Fliege und Schippe halfen ihm. Jede Vorsicht war verschwunden. Geschlossen rannte die Gruppe die Treppen hinauf. Wenig später standen sie auf dem Dach und blickten in den nachtschwarzen Himmel. Die Sterne funkelten. Deutlich erkannte Steller das helle Band der Milchstraße. Er verstand nicht, was er dort sah. Katta stand neben ihm, starrte mit offenem Mund nach oben. Ihre Hand umklammerte immer noch das Telefon. Aus der Muschel quäkte eine Stimme. Langsam hob sie den Hörer an ihr Ohr. »Mama? Schau aus dem Fenster.« Dann drückte sie das Gespräch weg.

QUARANTÄNE

Karl Wiegner

Nachdem der Konvoi Fenris erreicht hatte, wurde als Erstes der Infizierte in das Hochsicherheitslabor überführt. Dazu verpackten die Wissenschaftler die Trage in eine Art mobiles Zelt und verfrachteten den Unglücklichen in die Schleuse. Wiegner fühlte eine unglaubliche Erleichterung. Der Berg drückte nicht länger auf seinen Schultern. Möglicherweise hatte ihn diese Schocktherapie von seiner Klaustrophobie geheilt. Er setzte sich neben einen der Boxer auf den Boden. Jetzt musste er nicht mehr den Unbesiegbaren spielen, der auf jede Frage eine Antwort liefern konnte. Acht Mann hatte er verloren. Das war fast ein Zehntel der Fallschirmjägerkompanie. In dem Dorf war alles zu schnell gegangen. Keine Zeit zum Denken. Ein Soldat kam auf ihn zu und reichte ihm ein NanoCom. »Die Kommandantin möchte Sie sprechen, Herr Oberst.« Er kam auf die Beine, nahm das Gerät und entfernte sich von den anderen.

»Karl?«

»Ja.«

»Wie geht es dir?«

»Geht so.«

»Du bist verletzt?«

»Ja. Ein Messerstich in die Schulter. Einige Prellungen am Rücken.«

»Ein Messerstich?«

Wiegner erklärte es ihr.

»Mein Gott, Karl. Warum hast du das getan?«

»Was meinst du?«

»Ihr seid mitten hineingefahren. Das war unverantwortlich. Du musstest mit so etwas rechnen.«

Wiegner sagte nichts.

»Karl?«

»Ja.«
»Gibst du mir eine Antwort?«
»Weil wir im Krieg sind.«
»Was meinst du damit?«
»Warst du schon mal im Krieg?«
»Nein.«
»Dann wirst du die Antwort nicht verstehen.« Er beendete das Gespräch. Was für einen Mist er gefaselt hatte. Aber was hätte er Aila sagen sollen? Dass er eine mehr als 12 Stunden lange Panikattacke hinter sich hatte? Dass er davon überzeugt gewesen war, dass ihn die Kaninchen fressen wollten?
Die Wahrheit war, dass er einen Nervenzusammenbruch gehabt und die Lage völlig falsch eingeschätzt hatte. Warum nur? Er hatte die Bilder selbst gesehen. Er hatte gesehen, wie Hunderte von Infizierten durch die Straßen hetzten und über jeden herfielen, der nicht schnell genug war, um ihnen zu entkommen. Vielleicht lag es auch daran, dass man Bilder nicht ernst nahm. Sie drangen nicht wirklich in das Unterbewusstsein ein. Erst wenn die Wirklichkeit einem in den Arsch biss, wachte man auf und begriff das wahre Ausmaß. Jetzt hatte die Realität sich gemeldet.
Die Quarantänestation erinnerte Wiegner an eine Jugendherberge. Stockbetten, Gemeinschaftstoiletten, Großraumdusche. Er hatte gegen die Vorschriften durchgesetzt, dass sie ihre Waffen behalten durften. Hier drinnen ließ sich mit ihnen kein Schaden anrichten. Wie im übrigen Bunker bestanden die Wände aus ultrahochfestem Beton. Durch die Beimischung von Mikrostahlfasern und nanofeinem Silikatstaub hatte der Baustoff die Festigkeit von Stahl. Sie könnten die Schießerei am O. K. Corral nachspielen und die Wände würden keinen Kratzer davontragen. Aber sollte der Virus bei dem einen oder anderen durchschlagen, so war der Rest in der Lage sich zu behelfen.
Die Männer richteten sich ein. Wiegner ging zur Krankenstation und betätigte das ComSys an der Tür. Auf dem Bildschirm erschien ein Frauengesicht. »Oberst Wiegner?«
»Ja.«
»Die Tür wird geöffnet. Medizinische Hilfe ist auf dem Weg.« Lautlos glitt die Tür zur Seite. Wiegner trat in den wohnzimmer-

großen Raum und legte sich auf eine Liege. Nach wenigen Minuten öffnete sich eine weitere Tür und ein Mann in einem Schutzanzug kam herein. »Mein Name ist Dr. Hort. Ich flicke Sie wieder zusammen«, begrüßte ihn der Arzt. Wiegner nickte ihm zu. Der Doktor griff sich einen Rollwagen, auf dem medizinische Geräte lagen, und stellte sich neben den Oberst. »Ich werde Ihnen zuerst die Uniform aufschneiden und mir die Wunde ansehen. Das wird wehtun.«

»Ich habe mir Morphium gespritzt. Momentan tut mir gar nichts weh.«

Durch das Visier des Schutzanzuges sah Wiegner den Arzt lächeln. »Mein guter Freund Morphium.« Der Arzt schnitt geübt ein Rechteck in den Stoff. »Der hat Sie aber gut erwischt. Man hat mir gesagt, dass es ein Messerangriff war. Stimmt das?«

»Ja.«

»Ich dachte, die Infizierten benutzen keine Waffen. Nach meinem Kenntnisstand sind sie nicht mehr in der Lage gezielt zu handeln.«

»Der Mann war nicht infiziert. Aus einer Kampfsituation heraus kam es zu einem Zwischenfall.«

Hort sah ihn kurz an, verzichtete auf weitere Fragen. Vermutlich wollte er die Details lieber nicht wissen. Der Kerl, der Wiegner das Messer in die Schulter gesteckt hatte, war nicht infiziert gewesen, genauso wenig wie der Junge. Wiegner hatte die Angst in den Augen des Kindes gesehen, aber da war es bereits zu spät gewesen. Der Mann wollte sein Kind verteidigen. Das war alles. Da trafen sie tatsächlich auf Überlebende und dann das. Der Soldat, der den Jungen erschossen hatte, lag derweilen, mit mehreren Kugeln im Leib, neben dem verunglückten Boxer draußen im Wald. Der hatte es hinter sich. »Wie sieht es aus?«

»Ernst, aber nicht hoffnungslos.« Der Arzt steckte ihm eine Kanüle in die Armbeuge und schloss einen Tropf an. »Das ist ein Plasmaexpander. Sie haben recht viel Blut verloren. Ich werde die Wunde jetzt schließen. Es wird eine Zeit lang dauern, bis Sie wieder beschwerdefrei sind. Wir müssen hoffen, dass die Schulterknochen nicht zu sehr in Mitleidenschaft gezogen wurden.«

»Zeit habe ich genug. Wir sitzen hier erst mal fest.« Er sah den Arzt an. »Haben Sie keine Angst, dass ich infiziert sein könnte?«
»Nein. Sollte ich?«
»Ich hatte Kontakt mit Infizierten und habe dabei meine Atemmaske verloren. Mir wäre an Ihrer Stelle unwohl.«
»Wir alle tragen ein hohes Risiko.«
»Professor Danielsen behauptet, dass in wenigen Tagen ein Test zur Verfügung stehen wird, mit dem man feststellen kann, ob der Virus bei uns aktiviert wurde.«
»Das halte ich für sehr optimistisch.«
»Wie bitte?«
Der Arzt, der sich über Wiegners Schulter gebeugt hatte, trat einen Schritt zurück. »Hat Danielsen Ihnen das tatsächlich so erklärt?«
»Das hat er.«
Hort schüttelte den Kopf. »Das Problem ist etwas komplexer. Die aktive Form des Virus können Sie sich auf zwei Arten einfangen. Die erste ist, dass Sie mit einem bereits aktiven Virus infiziert werden. Zum Beispiel durch einen Biss.«
»Das ist mir klar.«
»Unter normalen Umständen sollten Sie dann spätestens nach einigen Minuten die bekannten Krankheitssymptome zeigen. Allerdings bekommen Sie, wie alle anderen im Bunker auch, seit einiger Zeit antivirale Mittel verabreicht. Das wissen Sie. Hierdurch kann sich der Ausbruch hinauszögern. Diese Art der Infektion können wir tatsächlich recht schnell nachweisen oder ausschließen. Falls Professor Danielsen dies meinte, dann hat er mit seiner Aussage recht.«
»Ich sehe das Problem nicht.«
»Das Problem ist die zweite Art und Weise, durch die sie erkranken können. Sie tragen möglicherweise einen funktionierenden Zellcluster in sich.«
»Wie möglicherweise viele von uns.«
»Genau. Nur mit dem Unterschied, dass Sie draußen waren. Wir wissen nicht, wie der Cluster aktiviert wurde. Wir kennen den Auslöser nicht. Ist es ein Bakterium? Ein Gas? Eine Strahlung? Grießpudding? Wie gesagt, Sie waren draußen. Es ist denkbar, dass Sie mit dem Auslöser in Berührung gekommen sind. Falls

das so ist, kann es noch Tage dauern, bis sich Ihr Virus scharf schaltet. Verstehen Sie? Das Risiko können wir nicht eingehen.«

»Das Problem ist also nicht der Virus, sondern der Auslöser.«

»Richtig. Solange der Auslöser nicht identifiziert ist, kann es keinen Test geben, der nachweisen kann, ob Sie mit ihm in Berührung gekommen sind.«

»Wie lange?«

»Das kann ich nicht sagen.«

»Wie lange?«

»Das kann Wochen dauern, eher aber Monate. Vielleicht gelingt es überhaupt nicht.«

Wiegner bäumte sich auf. »Wollen Sie mich verarschen. Nach einigen Tagen müsste doch klar sein, ob der Cluster aktiviert wurde.«

Der Arzt drückte ihn sanft zurück. »Nicht zwingend. Vergessen Sie die Medikamente nicht. Möglicherweise verzögern sie die Aktivierung auf unbestimmte Zeit.«

»Sollen wir den Rest unseres Lebens in Quarantäne verbringen?«

»Ich denke nicht, dass es so weit kommen wird. Jetzt hören Sie auf herumzuzappeln.«

Wiegner fragte sich, wie er entscheiden würde, wenn er müsste. Würde er das Risiko eingehen und Soldaten, die möglicherweise Kontakt mit dem Auslöser hatten, zurück in den Bunker lassen? Wenn er ehrlich war, musste er sagen: Nein, würde er nicht. Auf keinen Fall. Das Risiko war einfach zu groß. Seine Klaustrophobie kletterte zurück in ihr Wohnzimmer und machte es sich gemütlich.

DROHNE

Aila Torbeck

Das gleichgültige Auge der Kamera übertrug den eingefrorenen Terror in hochauflösenden Bildern. Die A3 glich einem erstarrten Fließband. Unzählige, durch Massenkarambolagen ineinandergeschobene Autos verstopften die Fahrspuren in beiden Richtungen. Türen standen offen. Aufgeplatzte Koffer und Taschen hatten ihren Inhalt über den Teer ausgeschüttet. Unter einer Brücke verglühten die Reste einer Lkw-Ladung. Träge wickelte sich eine blauschwarze Rauchsäule an den Betonpfeilern entlang, drehte sich schraubenförmig in den Himmel. Zwischen dem bunten Blech der Autos lagen Leichen. Männer, Frauen, Kinder. Auf den zur Autobahn angrenzenden Wiesen lagen verstreut Kleidungsstücke herum, als hätte sie ein nächtlicher Sturm von der Leine gerissen. Die Kamera vergrößerte einen Ausschnitt und offenbarte, dass die Kleidungsteile mit toten Körpern gefüllt waren. Die Drohne drehte nach Norden, folgte der A661 in Richtung Frankfurt. Langsam schwenkte die Kamera zum Horizont. In der Ferne glitzerten die Glasfassaden der Wolkenkratzer im Sonnenlicht. Zwischen ihnen stiegen Rauchsäulen in den wolkenlosen Himmel. Am Stadtrand glitten die ersten Häuser vorbei. Brände hatten sich ausgebreitet. Die Flammen fraßen sich durch die Wohnhäuser, sprangen in ihrer Gier über die Straßen hinweg in den nächsten Block.

Torbeck starrte seit einer Stunde regungslos auf den Bildschirm. So schlimm hatte sie es sich nicht annähernd vorgestellt. Nachdem das Außenteam Fenris erreicht hatte, hatte sie die Drohne in Richtung Frankfurt geschickt. Sie sollte die Stadt aufklären, eine Fluchtroute für Katta finden. Aus diesem Grund war es besser, dass Wiegner sich in Quarantäne befand. Er hätte sie sofort durchschaut. Eine Großstadt aufzuklären war logisch. Aber warum Frankfurt? Stuttgart lag näher. Davon abgesehen. Weshalb untersuchte sie nicht als Erstes die abgestürzten Flugzeuge ihrer Angreifer? Die Wracks der abgeschossenen Kampfmaschinen wären ein erstes wichtiges Ziel gewesen. Womöglich irrten gerade einige verwirrte Kampfpiloten durch den Wald. Sie festzusetzen und zu befragen wäre sicher keine dumme Idee. Auch wenn das bedeutet hätte, dass sie wieder jemanden nach draußen hätte schicken müssen. Wenn sie sich von persönlichen Interessen leiten ließ, durfte das keiner erfahren. Nicht einmal Wiegner. Gerade nicht Wiegner.

Die Drohne erreichte den Main. Torbeck zuckte zusammen. »Was ist das?«

Es gab Bewegung im Bild. »Sehen Sie das? Links unten.« Die Kamera schwenkte zurück, vergrößerte einen Bildausschnitt. An der Mainpromenade rannten Menschen. Sie waren zu viert. Hinter ihnen ein Pulk von Verfolgern. Es sah aus wie der Massenstart bei einem Triathlon. »Vergrößern Sie die vier.« Torbeck erkannte zwei Männer und eine Frau. Die Frau hielt ein Mädchen an der Hand. Die Fliehenden blickten hektisch über ihre Schulter. Es schien, als kämen sie kaum von der Stelle. Das Kind stürzte. Einer der Männer blieb stehen und zog es auf die Beine. Sie würden es nicht schaffen. Torbeck hielt die Luft an.

»Generalmajor?« Das war Theißen. Er bedachte sie mit einem fragenden Blick. Sie wusste, was er von ihr wollte. Was sollte sie tun? Auf ihre Bitte hin hatte Theißen die Drohne mit zwei Hellfire-Raketen bestücken lassen. Zweimal 48 Kilogramm PBXN-112 Sprengstoff, umgeben von einem Aluminiummantel. Die Raketen waren thermobare Waffen mit enormer Hitzewirkung. Die Drohne war als Aufklärungsmodell gedacht, aber die nötigen Modifizierungen waren aufgrund der modularen Bauweise problemlos durchzuführen. Schon bei den Ereignissen im Dorf hatte Torbeck kurz davorgestanden, die Raketen einzusetzen. Es hatte jedoch an Gelegenheit gemangelt. Das Gedränge war zu dicht gewesen. Eine Rakete unterschied nicht zwischen Freund und Feind. Hier sah es anders aus. Zwischen der Vierergruppe und den Infizierten klaffte immer noch eine beträchtliche Lücke.

Die Waffen sollten Katta beschützen. Die Drohne war in Frankfurt angekommen. Nur wenige Hundert Meter trennten sie von ihrer

Tochter. Und jetzt sollte sie ihren einzigen Trumpf aus der Hand geben? Die Raketen konnten Kattas Leben retten.
Mittlerweile versuchten die beiden Männer das Mädchen zu tragen, kamen auch so nicht schneller von der Stelle. Die Optik der Drohne zoomte näher an die Männer heran. Der Ältere hatte das Mädchen am Oberkörper gefasst. Der Jüngere trug sie an den Beinen. Das Kind schwebte auf dem Rücken zwischen ihnen. Sie sah direkt in die Kamera.
»Halten Sie die Verfolger auf. Feuererlaubnis für beide Waffensysteme.«
»Verstanden. Angriffskurs für Drohne wird berechnet.«
Die Lücke am Ufer wurde kleiner.
»Ziel ist erfasst.«
Die Frau hatte mittlerweile einen Vorsprung vor den Männern und dem Kind. Die trugen immer noch das Mädchen zwischen sich, obwohl sie nicht die Spur einer Chance hatten. Die Drohne flog eine Kurve, brachte sich in Position.
»Abfeuern der Waffensysteme in fünf, vier, drei, zwei, eins.«
Einer der Männer stolperte. Die drei stürzten zu Boden, blickten nach hinten. Der Ältere deutete auf die Frau. Der Jüngere zögerte, rannte alleine weiter.
»Feuer, Feuer, Feuer.«
Der ältere Mann hatte sich über das Kind gebeugt, versuchte es mit seinem Körper zu schützen. Torbeck sah die Raketen nicht. Dafür ihre Auswirkungen. Die Drohne hatte sich in einen Drachen verwandelt und eine Wand aus reinigendem Feuer gespuckt, die alles verdampfte. So schnell die Feuerwand stand, so schnell brach sie in sich zusammen. Zurück blieb ein Stück geschwärzte Welt mit brennenden Flecken. Torbeck ließ die Luft aus ihren Lungen. Ihre Schultern sackten nach unten. Die Flüchtenden hatten sich von dem Schock erholt. Gemeinsam liefen sie weiter, blickten jetzt nicht mehr nach hinten, sondern in den Himmel. Der ältere Mann winkte. Auch wenn er die Drohne nicht sehen konnte, so wusste er, dass die Rettung von oben gekommen war. Hatte sie die Menschen gerettet? Wohl kaum. Sie hatte ihnen ein wenig mehr Zeit verschafft. Zeit wofür? Um zu leiden?
»Wie lauten die Befehle?«

»Verlassen Sie die Gruppe.« Sie wollte nicht sehen, was mit ihnen weiter geschah. Ab jetzt konnte sie ohnehin keine Hilfe mehr leisten. Nur noch beobachten. »Gehen Sie auf Höhe und klären Sie die Stadt auf. Ich will sie kartografiert haben.«
»Verstanden.«
»Ich bin in meinem Raum.« Torbeck betrat den Kommandantenraum und setzte sich an den Schreibtisch. Tut mir leid, Katta. Tut mir wirklich leid. Aber sie hatte keine Wahl gehabt. In einem Wutanfall schlug sie mit den Fäusten auf die Schreibtischplatte. Sie sah auf die Uhr und bemerkte, dass sie überfällig war. Mit ihrem Anruf bei Katta war sie fast eine Stunde im Verzug. Wie hatte ihr das passieren können? Als sie Kattas Nummer wählte, drückte ihr die Angst den Hals zu. Was, wenn sie nicht abnahm? Vielleicht war etwas geschehen? Es klingelte dreimal, dann hörte sie zu ihrer Erleichterung Kattas Stimme. »Wie geht es dir? Ist alles in Ordnung?« Sie ließ ihre Tochter gar nicht erst zu Wort kommen.
»Ja. Alles in Ordnung. Hier hat sich nichts verändert.«
»Was ist mit den Männern? Lassen die dich in Ruhe?«
Katta lachte kurz. »Mama. Die haben andere Sorgen. Wirklich. Alles gut.« Pause. »Hast du was erreicht? Kannst du etwas für uns tun?« Angst schwang in Kattas Stimme.
»Vielleicht. Ich hoffe es. Schatz, kannst du mir bitte diesen Fieber geben. Wir wissen nicht, wie lange die Leitung stabil bleibt.«
»Ja, einen Moment.«
Sie hörte ihre Tochter rufen. Kurz darauf meldete sich der Polizist.
»Ich höre«, sagte er.
»Ich habe eine Drohne nach Frankfurt geschickt. Sie wird das Stadtgebiet aufklären und nach einem Fluchtweg suchen. Einen Weg, den Sie mit einem Fahrzeug benutzen können.« Torbeck hatte Angst, dass sich Fieber damit nicht zufriedengab. Vielleicht hatte er komfortablere Hilfe erwartet.
»Wann kann ich mit einem Ergebnis rechnen?« Seine Stimme offenbarte keine Emotionen.
»Das kann ich nicht genau sagen. Ich werde mich morgen früh um 0900 melden. Haben Sie noch Strom?«
»Bis jetzt ja. Ist die Drohne bereits in Frankfurt?«
»Ja.«

»Wie sieht es aus?«
Torbeck schilderte, was sie gesehen hatte. Die Ereignisse am Mainufer ließ sie aus. »Sie müssen aus der Stadt raus.« Damit beendete sie ihren Bericht.
»Das ist mein Plan. Ich erwarte Ihren Anruf. Sollten Sie bis 10 Uhr nicht angerufen haben, machen wir uns ohne Ihre Hilfe auf den Weg. Wir haben kein Wasser mehr.«
»Ich verstehe. Geben Sie mir meine Tochter.«
»Warten Sie.«
Sekunden später vernahm sie Kattas Stimme.
»Katta, was... «
»Warte mal.«
»Was ist?«
Torbeck hörte Stimmengewirr.
»Katta?«
Das Poltern von schweren Gegenständen.
Was war da los?
»Katta, sag was.«
Torbeck hielt sich das freie Ohr zu und versuchte aus den gedämpften Geräuschen das Geschehen herzuleiten. Rannten sie eine Treppe hinauf?
Es wurde still.
»Mein Gott, Katta.«
»Mama. Schau aus dem Fenster.«
»Was denn für ein Fenster? Katta?« Die Verbindung war weg. Sie wollte ihre Tochter gerade erneut anwählen, als sich das ComSys zu Wort meldete. Am Ton erkannte sie, dass es dringend war. Sie nahm das Gespräch an. »Was?«
»Sie müssen sich das ansehen.«
Torbeck legte das Satellitentelefon weg und verließ ihren Raum. Kaum auf dem Leitstand angekommen, kam ihr eine Soldatin entgegengerannt. »Frau Generalmajor. Da auf der Bildwand.« Aufgeregt deutete sie über ihre Schulter.
Torbeck sah nichts. »Die Bildwand ist schwarz«, stellte sie fest. Eigentlich sollte sie die Bilder der Drohne zeigen. »Haben wir einen Ausfall der Drohne?«

»Nein«, sagte Theißen. »Die Bildwand ist nicht schwarz. Es ist nur sehr dunkel.«
Jetzt sah Torbeck es auch. Wenn man genau hinsah, erkannte man die Umrisse von Häusern. »Ist die Kamera defekt?«
»Das habe ich zuerst vermutet. Aber die Fehlererkennung der Drohne meldet, dass alles in Ordnung ist«, antwortete Theißen.
»Es ist 18:02 Uhr. Da sollte es noch eine Weile hell bleiben. Mal abgesehen, dass die Sonne nicht von einer Sekunde auf die andere verschwindet. Ist das eine Sonnenfinsternis?« Nein, das war Quatsch. Eine totale Sonnenfinsternis galt als gesellschaftliches Großereignis. Das hätte schon vor Wochen in der Zeitung gestanden. Die Soldatin, die Torbeck fast über den Haufen gerannt hätte, meldete sich zu Wort. »Das habe ich gerade überprüft. Definitiv keine Sonnenfinsternis.«
»Moment, ich versuche mal was«, sagte Theißen.
»Was haben Sie vor?«, wollte Torbeck wissen.
»Der Nachthimmel ist sehr lichtschwach. Wenn man dort oben etwas sehen will, dann muss man zu einem Trick greifen. Ich werde die Drohne verlangsamen und die Kamera auf einen Punkt am Himmel fixieren. Damit müsste ich für den Bildausschnitt eine längere Belichtungszeit hinbekommen. Dann können wir vielleicht etwas erkennen.« Torbeck wartete. »Ich habe es gleich.« Der Oberstabsfeldwebel sah konzentriert auf den Bildschirm vor sich. »Jetzt. Ich lege das Signal der Drohne nach vorne.«
Torbeck starrte zur Bildwand. »Was ist das?« Als Erstes fielen ihr die Sterne auf. Aber da waren nicht nur Sterne. Eine Handvoll parallel liegender Streifen verteilte sich über den Bildschirm.
»Vielleicht Meteoriten«, sagte Theißen.
»Suchen Sie sich einen anderen Ausschnitt.«
Eine knappe Minute später wechselte das Bild. Wieder Sterne. Wieder Streifen. Das Schauspiel wiederholten sie zweimal mit gleichem Resultat.
Dann wurde es hell. Die Sterne verblassten zusammen mit den Streifen und die Kamera zeigte einen Himmel, wie man ihn von einem frühen Abend im Mai erwartete. »Rufen Sie mir jemanden aus der Forschung.« Torbeck konnte mit dem, was sie gesehen hatte, nichts anfangen.

»Ich glaube nicht, dass wir einen Astrophysiker in der Anlage haben«, sagte Theißen.
»Holen Sie Dr. Keim.« Dem Mathematiker traute Torbeck am ehesten zu, sich mit solchen Dingen auszukennen.
Es dauerte zehn Minuten, bis Keim den Leitstand erreichte. Seine Kleidung war so extravagant wie gewohnt. Er sah sich die Aufzeichnungen an, stellte Fragen, ließ sich die Bilder erneut zeigen. Dann sah er auf die Uhr und spulte zum Schluss einige Male in dem Videomaterial hin und her. Schließlich sagte er: »Tja.«
»Können Sie damit etwas anfangen?«
»Natürlich nicht.«
»Wie meinen Sie das?«
»Damit kann man nichts anfangen.«
»Versuchen Sie es trotzdem.«
»Okay.« Er kratzte sich an der Stirn. »Grundsätzlich gibt es zwei Möglichkeiten. Die erste ist, dass die Lichtquelle, also die Sonne, für elf Minuten aufgehört hat zu leuchten.«
»Das ist unmöglich. Was ist die zweite?«
»Die Sonne wurde verdeckt.«
»Das klingt vernünftiger.«
»Nur im ersten Moment. Der einzige Körper, der dafür infrage kommt, ist der Mond. Das ist aber nicht möglich. Es sei denn, seine Position wurde verändert.«
»Wie kann man den Mond verschieben?«
»Das weiß ich nicht. Ich finde es nur plausibler als die erste Alternative. Eine nachvollziehbare Erklärung ist es nicht. Man bräuchte eine gigantische Energiemenge, um die Bahn eines so massereichen Körpers zu verändern. Außerdem müsste es sehr langsam vonstattengehen, da die Trägheitskräfte den Mond ansonsten in Stücke reißen würden. Das wiederum wäre längst bemerkt worden. Ganz abgesehen davon, dass eine elf Minuten lange Sonnenfinsternis viel zu lange ist, um vom Mond verursacht worden zu sein.« Der Mathematiker atmete hörbar aus. »Somit bleibt nur eine spezielle Variante der zweiten Möglichkeit.«
»Die wäre?«
»Nicht der Mond, sondern ein unbekannter Köper hat sich vor die Sonne geschoben und sie verdunkelt.«

»Was für ein Körper?«
»Ein ziemlich großer, würde ich meinen.«
»Ist das möglich?«
»Das muss es wohl. Es sei denn, Sie bevorzugen die Mondverschiebungsvariante oder präferieren die Theorie, dass sich die Sonne aus- und eingeschaltet hat.«
»Wo kommt dieser Körper her?«
»Das kann ich nicht sagen.«
»Was sind die möglichen Konsequenzen?«
»Das hängt von verschiedenen Parametern ab. Wohin bewegt sich der Körper? Wie groß ist seine Masse? Da er gewaltig sein muss, käme eine Kollision mit der Erde dem Weltuntergang gleich. Soweit lehne ich mich mit meiner Einschätzung aus dem Fenster. Der Rest ist reine Spekulation. Ich kann Ihnen weder sagen, woher er kommt, noch wohin er will oder warum er überhaupt da ist, wo er ist.«
»Was ist mit den Streifen?«
»Ich würde sie für Meteoroiden halten. Möglicherweise sind es Begleiter des Körpers. Da wir keine Sternwarte zur Verfügung haben, werde ich Ihnen nicht mehr sagen können.«
»Dieser Körper stammt nicht aus unserem Sonnensystem. Ist das richtig?«
»Wenn wir seine Existenz als wahr voraussetzen, lautet die Antwort: Ja.«
»Ist das überhaupt möglich?«
»Ich bin kein Astronom. Aber ja, das ist möglich. Im interstellaren Raum wird es Abertausende Planeten geben, die durch Katastrophen aus ihrem Sonnensystem gerissen wurden. Zum Beispiel kann die extrem nahe Passage eines anderen Sterns das Gravitationsgefüge eines Sonnensystems empfindlich stören und einen Planeten zwingen abzudriften. Es verhält sich nur so, dass eine Galaxie wie unsere Milchstraße hauptsächlich aus leerem Raum besteht und nur zu einem winzig kleinen Teil aus Himmelskörpern. Die Wahrscheinlichkeit, dass ein solcher Irrläufer das Sonnensystem erreicht, ist äußerst gering. Stellen Sie sich vor, dass eine Taube am Himmel fliegt. Sie schießen mit verbundenen Augen eine Murmel mit einer Zwille ab, ohne eine Vorstellung zu

haben, wo sich die Taube gerade befindet. Keiner würde darauf wetten, dass Sie das Tier treffen. Geht man davon aus, dass die Taube sich in Reichweite Ihrer Zwille befindet, ist es aber nicht unmöglich. Wenn man sich bei einer Wette zwischen Ihrem Schuss auf die Taube und dem Eindringen eines planetaren Irrläufers in das Sonnensystem entscheiden müsste, würde ich den dringenden Rat geben, sein gesamtes Vermögen auf Ihre Schießkünste zu setzen.«

»Wenn ein so großer Körper in das Sonnensystem eindringt, dann kann er doch nicht unentdeckt bleiben.«

»Höchstwahrscheinlich nicht. Aber wie gesagt, mir fehlen die Daten, um konkrete Aussagen treffen zu können. Den möglichen Transit vor der Sonnenscheibe haben Sie leider nicht aufgenommen. Damit hätte ich etwas anfangen können.« Er schien zu überlegen. »Wie ist das Wetter?«

»So wie in den letzten Tagen. Heiß und keine Wolke am Himmel.«

Keim zog die Stirn in Falten.

»Warum?«

»Weil die Annäherung eines solchen Körpers gravierende Auswirkungen auf die Erde haben müsste. Ich denke da an eine Verschiebung der Erdachse oder die Störung des planetaren Magnetfeldes. Solche Veränderungen sollten als Erstes am Wetter zu erkennen sein. Wetterleuchten, Stürme, Springfluten.«

»Wir wissen nicht, wie es andernorts aussieht. Aber hier ist nichts davon zu merken.«

Er schüttelte den Kopf. Schließlich seufzte er, stand auf und verließ den Leitstand mit den Worten: »Ich muss nachdenken.«

Als er fast aus der Tür war, drehte er sich um. »Die Drohne sollte heute Nacht den Mond aufnehmen. Vorsichtshalber. Wäre interessant zu wissen, ob er dort ist, wo wir ihn vermuten.«

Demir Kara

Demir öffnete die Augen und schnellte nach oben. Sein Herz hämmerte. Hatte er einen Albtraum gehabt? Er konnte sich nicht erinnern. Ihm tat alles weh. Bevor sie sich hingelegt hatten, hatten sie eine Reihe von Spinden aufgebrochen und eine Menge Kleidungsstücke gefunden. Die dienten ihnen nun als Matratzenersatz. Neben ihm schliefen Katta und Bilal. Die drei lagen im mittleren der drei Büros des Arbeitsbereichs. Der Rest der Gruppe hatte sich über den gesamten Bürotrakt verteilt. Demir sah auf seine Uhr. Es war 03:24 Uhr.

Draußen knallte es. Das waren Schüsse. Demir sprang auf die Füße. Er sah durch die Tür zu seiner rechten. Im angrenzenden Raum erkannte er eine Gestalt, die am Fenster stand. »Die schießen seit etwa 10 Minuten«, sagte der Schatten. Demir konnte die Stimme nicht zuordnen. Als er näher kam, erkannte er Steller.

»Wer schießt da?«

»Keine Ahnung.« Der Polizist beobachtete mit einem Fernglas die Umgebung. »Wie sind nicht die Einzigen, die in der Scheiße stecken.«

»Und?«

»Und was?«

»Wonach hältst du Ausschau?«

»Sieh es dir selber an.« Nachdem Steller ihm das Glas gereicht hatte, setzte Demir es an die Augen und ließ seinen Blick in Richtung Hauptbahnhof wandern. Im Gegensatz zum Tag war einiger Betrieb auf der Straße. Für einen flüchtigen Moment bekam Demir den Eindruck, dass es sich um Passanten handelte, die durch die Gegend schlenderten. Als er die Szene näher betrachtete, fiel ihm auf, dass die Menschen in willkürlichen Schleifen und Kreisen umherliefen. Abgesehen von diesem gruseligen Schauspiel, irri-

tierte ihn noch etwas anderes an dem Bild. Aber er kam nicht darauf, was es war.
»Ich habe sie beobachtet. Sie teilen sich das Gebiet auf und patrouillieren«, sagte Steller. »Wenn einer von ihnen eine Wahrnehmung hat, schlägt er Alarm und alle in seiner Nähe folgen ihm.«
»Woher weißt du das?«
»Vorhin lief dort hinten ein Hund entlang.« Steller zeigte in Richtung der Straßenbahnhaltestelle am Südeingang des Bahnhofhauptgebäudes. »Anscheinend hat das Tier Geräusche gemacht. Einer dieser Verrückten ist hingerannt. Die anderen in seinem Umfeld schlossen sich sofort an.«
»Was ist mit dem Hund passiert?«
»Nichts. Als sie ihren Irrtum bemerkten, sind sie wieder abgedreht. Wir müssen uns nur als Hunde verkleiden. Dann sind wir ruckzuck aus der Stadt verschwunden.«
»Du meinst wirklich, dass die Wache gehen?«
»Für mich sieht es so aus.«
»Ich dachte, die Infizierten könnten nicht klar denken.« Sollten die doch in der Lage sein, mehr zu tun als schreiend hinter ihnen herzurennen? Das wollte sich Demir lieber nicht vorstellen.
»Ich glaube nicht, dass das mit Denken zu tun hat. Ist mehr eine Instinkthandlung.«
Demir berichtete Steller von seinen Erfahrungen aus dem Commerzbank-Tower. »Die standen im Treppenhaus. Wie ausgeschaltet. Als würden sie schlafen.«
»War es dort dunkel?«
»Schattig.«
»Ein paar Dinge haben wir gelernt. Sie sind nicht in der Lage gezielt zu handeln. Sie schmieden keine Pläne, sie verstellen sich nicht. Wir brauchen uns keine Sorgen darüber machen, ob sie uns auflauern oder sich anschleichen. Sie können keine logischen Schlüsse ziehen. Sie haben nicht gesehen, dass wir in das Gebäude geflohen sind und haben uns sofort vergessen. Dass wir nur hier sein konnten, haben sie nicht begriffen. Außerdem gehen sie dem Sonnenlicht aus dem Weg. Möglicherweise ruhen sie am Tag, wofür sie sich möglichst dunkle Plätze aussuchen. Sie treten in

Massen auf. Das bedeutet, dass ein Fluchtversuch aus der Stadt bei Tageslicht die vernünftigste Option ist.«

»Immerhin.« Demir gab Steller das Fernglas zurück. Schweigend sahen sie aus dem Fenster. »Die schießen nicht mehr«, stellte Demir nach einer Weile fest. Demir sah Steller von der Seite an. »Darf ich dich was fragen?« Der Polizist reagierte nicht. »Glaubst du, dass wir sterben?«

»Natürlich. Du hast es doch gehört. Die ganze Welt sieht so aus.«

»Ich kann mir das einfach nicht vorstellen.«

Steller hatte das Fernglas wieder an die Augen gehoben. »Hast du Familie?«, fragte Demir.

»Nein.«

»Niemanden?«

»Nein. «

»Du kannst dich glücklich schätzen, dass du alleine bist.«

»Was ist mit dir?«

»Ich mache mir große Sorgen um meine Mutter. Ich muss sie holen.«

Steller nahm das Glas herunter. »Wo ist sie?«

»Ich weiß es nicht. Sie müsste zu Hause gewesen sein, als das hier losging.«

»Wo ist das?«

»Sindlingen.«

Steller dachte kurz nach. »Rauchst du?«

»Ja.«

Steller reichte Demir das Fernglas. Er zeigte mit einem Finger in Richtung Bahnhof. »Siehst du dahinten den Zigarettenautomaten?« Demir nickte. »Was schätzt du, wie weit er weg ist?«

»Vielleicht dreihundert Meter.«

»Ich wette mit dir, dass du es nicht schaffst, dahin zu gehen, dir Zigaretten zu ziehen und lebend zurückzukommen.«

»Scheiße.«

»Wie willst du es dann bis nach Sindlingen schaffen? Selbst wenn. Was willst du dann machen?«

»Aber wir müssen morgen doch sowieso gehen.«

»Richtig. Ich denke auch nicht, dass wir das schaffen. Allerdings sind wir eine Gruppe und bewaffnet. Du bist alleine und ich kann mir nicht vorstellen, dass Fieber dir eine Waffe überlässt.«
»Ich muss. Es ist meine Mutter.«
»Liebt dich deine Mutter?«
»Bei allem, was sie für mich getan hat, muss sie das.«
»Wenn ich einen Sohn hätte und der würde in einer solchen Situation nach mir suchen, statt sich in Sicherheit zu bringen, ich würde ihm eine scheuern.«
»Ich habe keine Wahl.«
»Du wirst bei dem Versuch sterben.«
Demir beneidete den grimmigen Mann. Wenn er wirklich alleine war, dann war das ein Vorteil. Auch wenn Einsamkeit an sich ein bedauernswerter Zustand war, so musste es unter diesen Bedingungen eine Erleichterung sein, sich um niemanden sorgen zu müssen. Davon abgesehen stimmte etwas nicht mit dem Kerl. Er konnte es in seinen Augen sehen. »Warum lebst du noch? So wie du denkst, sollte Selbstmord für dich der einzige Ausweg sein.«
Steller griff in seine Hosentasche und drückte Demir eine Patrone in die Hand. »Was ist damit?«
»Schau dir den Boden an.«
»Es ist zu dunkel.«
Steller gab ihm ein Feuerzeug. Im Licht der Gasflamme konnte Demir einen kleinen eingestanzten Punkt am Patronenboden erkennen. »Meinst du das?«
»Ja.«
»Und?«
»Die Patrone hat nicht gezündet. Sie sollte eigentlich in meinem Kopf stecken.«
»Du hast versucht, dich umzubringen?«
»Ja.«
»Wann?«
»Gestern.«
»Bevor das hier losging?«
»Ja.«
Demir gab die Patrone zurück. »Hältst du das für ein Zeichen?«
Steller zuckte mit den Schultern. »Ich warte ab.«

Eine Zeit lang sagten sie nichts. Demir brach als Erster das Schweigen. »Ich habe geahnt, dass etwas nicht mir dir stimmt. Für solche Dinge habe ich ein Gespür.«
»Was sagt dir dein Gespür noch?«
»Dass dieser Fieber ein gefährlicher Mensch ist.«
»Nicht so laut.«
Pause.
»Und? Wirst du es wieder versuchen?«
Steller zuckte mit den Schultern.
»Warum wolltest du sterben?«, fragte Demir.
»Das geht dich nichts an.«
»Tu es nicht.«
»Warum interessiert dich das?«
»Weil ich nicht mit diesem Irren alleine sein will.«
Steller lachte leise auf. »Denkst du, dass ich nicht verrückt bin?«
»Bist du es?«
Pause.
»Du hältst ihn also für verrückt«, sagte Steller.
»Du etwa nicht?«
»Vor ungefähr fünfzehn Jahren bin ich noch Streife gefahren. Ich war damals Anfang zwanzig. Es war in einer lausig kalten Nacht im Januar. Wir bekamen den Auftrag ans Mainufer zu fahren. Ein Passant hatte gemeldet, dass ein Mann und eine Frau vom Eisernen Steg in den Main gesprungen waren. Wir kamen als zweite Streife an. Gemeinsam zogen wir die beiden aus dem Wasser. Sie hatten es tatsächlich bis zum Ufer geschafft. Dass die das bei der Kälte überlebt hatten, glich einem Wunder. Es stellte sich heraus, dass das Mädchen sich das Leben hatte nehmen wollen. Der Mann hatte das beobachtet und war ohne Zögern hinterher gesprungen. Eine Wahnsinnstat. Und dann wurde es verrückt. Ich habe die Personalien des Mannes überprüft und dabei festgestellt, dass der Kerl bereits zehn Jahre wegen zweier Vergewaltigungen im Bau gesessen hatte. Ich sprach ihn darauf an und er erklärte mir, wie selbstverständlich, dass er das Mädchen verfolgt hatte, um sie zu überfallen. Der Typ wollte sie vergewaltigen. Ich weiß nicht, warum er mir das so offen gesagt hat. Vermutlich stand er unter Schock. Jedenfalls sah er, wie sie ins Wasser sprang und entschloss

sich sie zu retten. Ich war total verwirrt und fragte ihn, warum er das getan hatte. Weißt du, was er gesagt hat?«
»Was?«
»Sie brauchte meine Hilfe.« Steller ließ den Satz kurz im Raum stehen. »Ich will dir damit sagen«, setzte er fort, »dass du in Extremsituationen keine Ahnung hast, wie sich ein Mensch als Nächstes verhalten wird. Und das hier ist die extremste Situation, die ich je erlebt habe.«
»Also ist Fieber nicht verrückt?«
»Keine Ahnung. Ich weiß nur, dass du verdammt vorsichtig sein solltest. Und Bilal noch viel mehr.«
Die beiden schwiegen und sahen aus dem Fenster. Dann setzte Demir erneut an: »Du denkst, dass Bilal ein Arschloch ist?«
»Der Gedanke ist mir gekommen.«
»Er ist ein Arschloch. Aber er kann nichts für den Tod des Polizisten.«
»In Fiebers Wahrnehmung hat er aber die Ursache gesetzt.«
»Aber das ist n...«
»Hör zu. Sorge einfach dafür, dass er seine Klappe hält. Eine Dienstaufsichtsbeschwerde könnt ihr später einreichen.«
»Ich versuche es.«
»Was ist mit dem Mädchen? Seid ihr beide ein Paar?«
»Bilal und ich haben doch gesagt, dass wir sie nicht kennen.«
»Das habt ihr. Das bedeutet aber nicht, dass es auch stimmt. Möglicherweise wolltet ihr sie schützen.«
»Du kommst aus deiner Bullenrolle auch nicht raus, oder? Nein. Ich habe Katta gestern kennengelernt.« Demir schüttelte den Kopf. Kennengelernt. Wie das unter diesen Umständen klang.
»Pass auf sie auf.«
»Ich bin mir nicht sicher, wer hier auf wen aufpasst.«
»Tu es einfach.« Steller sah in den Himmel. »Was glaubst du, was das bedeutet?«
Demir beugte sich nach vorne und blickte aus dem Fenster nach oben. Jetzt wo es Nacht war, konnte man die Streifen wieder gut erkennen. »Ich habe keine Ahnung. Was denkst du?«
»Ein Meteoritenschwarm. Ich hoffe, dass es keine größeren Einschläge gibt. Falls doch, brauchen wir uns um unsere Flucht keine

Gedanken mehr machen.« Steller sah durch das Fenster schräg nach oben. »Meteoriten und Kometen haben schon immer das Böse angekündigt.«
»Dann sind sie diesmal spät dran. Was ist mit dieser Sonnenfinsternis? Ich habe so etwas noch nie gesehen. Eigentlich dachte ich, dass es ein faszinierender Anblick sein müsste. Aber mir hat es nur Angst gemacht.«
»Ich glaube nicht, dass es eine Sonnenfinsternis war.«
»Warum nicht?«
»Weil ich davon nichts gehört habe. Das ist doch merkwürdig. Ich meine, das ist eine große Sache. Die Leute flippen bei einer Sonnenfinsternis total aus. Manche bereisen die halbe Welt, um eine zu sehen.«
»Was könnte es sonst gewesen sein?«
»Ich weiß es nicht.«
Natürlich wusste er es nicht. Aber man stellte solche Fragen. Bevor Fieber die Nachtruhe befohlen hatte, hatten sie sich alle gegenseitig mit den verrücktesten Ideen beworfen. Apropos befehlen. Demir hatte mitbekommen, dass Steller der Dienstgradhöchste war. Konnte der Mann daraus nicht Profit schlagen? Nein, der Gedanke war Unfug. Davon würde Fieber sich nicht beeindrucken lassen. Aber trotzdem. Demir hatte das Gefühl, dass der SEK-Chef Steller akzeptierte. Dessen Meinung schien ihm wichtig zu sein. Die beiden hatten sich unter vier Augen unterhalten. Er war sich ziemlich sicher, dass Steller dafür gesorgt hatte, dass Bilal noch lebte. Der Zivilbulle war auf jeden Fall kein böser Mensch. Jedenfalls im Moment nicht. »Die werden uns nicht in den Bunker lassen.«
»Nein«, sagte Steller.
»Dir ist das klar?«
»Es liegt auf der Hand. Im Bunker werden sie ziemlich strenge Vorschriften haben.«
»Denkst du, dass die anderen das wissen?«
»Wenn sie nicht völlig verblödet sind.«
»Dann macht das alles überhaupt keinen Sinn. Was wollen wir dort?«

»Hoffnung. Außerdem sitze ich persönlich lieber irgendwo im Schwarzwald herum, statt in dieser lausigen Stadt.«
Hoffnung. Stirbt die nicht als Letztes? Demirs Kopf fühlte sich leer an, die Müdigkeit griff nach ihm. »Ich leg mich wieder hin.«
Steller nickte. Demir stand auf und bemerkte plötzlich die ungewöhnliche Stille. »Die Computer sind aus«, stellte er fest. Jetzt kapierte er, was ihm beim Blick aus dem Fenster gestört hatte. Es war zu dunkel. Die Straßenlaternen leuchteten nicht mehr. Nur am Bahnhofsgebäude funktionierten noch einige Lampen.
»Das ist vor ungefähr einer Stunde passiert.«
»Der Strom ist weg?«
»So sieht es aus.«
»Warum hast du uns nicht geweckt.«
»Wozu? Um den Moment mit einer Flasche Sekt zu feiern?«
»Und jetzt?«
»Nichts. Wir haben keinen Strom mehr. Das Gute ist, dass wir uns keine Gedanken mehr machen müssen, wann er endlich ausfällt.«
»Scheiße.« Demir stand unschlüssig herum. »Ich leg mich wieder hin.«
»Ich weiß.« Steller grinste.
»Was?«
»Das hast du mir bereits gesagt.«
»Ich bin völlig durch den Wind.« Demir drehte sich um und suchte seinen Weg durch die Dunkelheit. »Pass auf dich auf«, sagte er. Er bekam keine Antwort. Nachdem er sich wieder hingelegt hatte, starrte er gegen die Decke und dachte an seine Mutter. Was für ein Sohn war er, wenn er nicht versuchte, seine eigene Mutter zu retten? Natürlich hatte Steller recht. Er würde es nicht einmal zur nächsten Kreuzung schaffen. Aber auch wenn er wusste, dass das eine realistische Einschätzung war, so fühlte es sich wie eine billige Ausrede an. Er grübelte vor sich hin und versank in Schuldgefühlen. Schließlich schlief er ein.
Als Demir erneut die Augen aufschlug, brannte die Sonne unangenehm auf sein Gesicht. Mit der flachen Hand schlug er sich gegen die Stirn und versuchte die Fliege zu erwischen, die ihn dort gekitzelt hatte. Er setzte sich auf und rieb sich die Augen. Die

Polizisten hatten sich im Nebenraum versammelt und aßen ihr Frühstück aus Schokoriegeln. Der Schlafplatz von Bilal war leer. Katta hingegen schlief noch. Demir stand auf und ging zur Toilette. Als er die Spülung betätigte, kam kein Wasser. Natürlich nicht.

Als er zurück zu seinem Nachtquartier schlich, blieb sein Blick an Katta hängen. Sollte er sie wecken? Er ließ es bleiben. Bilal tauchte auf. »Wo warst du?«, fragte Demir.

»Im Spindraum bei den Duschen.«

»Wir haben keinen Strom mehr und kein Wasser.«

»Das weiß ich auch.«

»Was wolltest du dort?«

»Geht dich nichts an.« Bilal setzte sich auf den Boden und lehnte sich mit dem Rücken gegen die Wand.

»Wie hast du überlebt?« Die Frage brannte Demir ein Loch in den Kopf. Er musste sie an den Mann bringen.

»Alter, darüber will ich nicht reden.« Bilal schloss die Augen.

»Komm schon.«

Bilal verzog angewidert sein Gesicht, fing trotzdem an zu erzählen. »Ich habe gesehen, wie der Kurier weggerannt ist. Dabei hat er die Diamanten fallen lassen. Die waren nicht in dem Koffer, sondern in einem Beutel in seiner Jackentasche.«

»Wir hätten fast einen leeren Aktenkoffer geraubt?«

»Ja.«

»Schöne Scheiße.«

»Ich renne hin und hebe den Beutel auf. Natürlich weiß ich nicht, dass die Diamanten da drin sind, aber ich habe so ein Gefühl. Ich nehm also den Beutel und lauf zum Wagen zurück. Dann sehe ich diese Irren und springe in den Audi.«

»Und der Fahrer?«

»Keine Ahnung. Weg.«

»Der hat sein Auto stehen lassen?«

Bilal zuckte mit den Schultern.

»Warum bist du nicht mit dem Wagen weggefahren?«

»Weil ich hinten eingestiegen bin?«

»Wieso hinten?«

»Nerv mich nicht. Keine Ahnung. Das ging alles so schnell. Ich bin rein. Hau die Tür zu.«
»Und dann?«
»Ich habe Schiss. Die sind überall. Ich denke, Gott sei Dank, die Kiste ist gepanzert. Dann fällt mir ein, dass die Türen nicht abgeschlossen sind.«
»Ach du Scheiße.«
»Genau. Ich lag da hinten drin und die beschissenen Türen sind nicht abgeschlossen.«
»Aber die Scheiben waren getönt.«
»Die haben mich nicht gesehen. Ich sie allerdings auch nicht. Die ganze Nacht höre ich Geräusche. Irgendwann traue ich mich zu gucken und sehe, dass der Schlüssel im Zündschloss steckt. Aber ich hatte zu viel Schiss, um nach vorne zu klettern. Man, ich war wie gelähmt. Die schlimmste Nacht meines Lebens.« Bilal machte eine kurze Pause. »Ich habe auch eine Frage an dich«, platzte es plötzlich aus ihm heraus.
»Was?«
»Ich habe stundenlang in dieses blöde Funkgerät geflüstert. Du scheinst davon nichts mitbekommen zu haben.«
Demir fühlte sich plötzlich unwohl. An die Funkgeräte hatte er überhaupt nicht mehr gedacht. Dabei war es seine grandiose Idee gewesen, sie zum Überfall mitzunehmen. »Ich habe meins auf der Flucht verloren.«
Bilal zeigte sich entspannt. »Kein Ding. Du hättest sowieso nicht viel für mich tun können.«
Das war nur bedingt richtig. Das Demirs Fluchtplan ein anderer gewesen war, das sollte Bilal besser nicht erfahren. Wären sie nämlich wie abgesprochen in die Tiefgarage gegangen, dann würde sein Kumpel noch immer im Audi hocken und dort auf bessere Zeiten warten.
Fieber kam herein. »Weckt eure Freundin auf. Wir müssen uns fertigmachen.«
Demir nickte. Fertig? Wofür? Dann fiel es ihm ein. Heute war Wandertag. Er wollte hier nicht raus. Sanft stupste er Katta an. »Katta. Du musst wach werden.« Keine Reaktion. Er tippte ihr auf die Schulter. »Aufwachen.«

Nichts. Er nahm beide Hände und rüttelte sie. Ihre Augen blieben geschlossen. »Hey, Leute«, rief Demir, »kommt mal her. Mit Katta stimmt was nicht.«
»Ihre Atmung und ihr Puls sind beschleunigt«, sagte Fliege, nachdem er ihr Handgelenk losgelassen hatte.
»Und was bedeutet das?«, fragte Steller.
»Keine Ahnung. Dass es ihr nicht gut geht?«, blaffte der SEK Mann. »Ich habe eine Sanitäterausbildung. Ich bin kein Neurologe oder so ein Mist.«
»Mir reicht es.« Ohne Zögern verpasste Fieber dem Mädchen drei kräftige Ohrfeigen.
Katta öffnete leicht die Augen, begann sich mit einer fahrigen Bewegung die Wangen zu reiben. »Was ist los?«, fragte sie.
»Du bist ohnmächtig gewesen«, sagte Fieber.
»Okay.«
»Was heißt okay? Was ist mit dir los? Bist du krank?«
»Ich habe meine Medikamente vergessen. Ich dachte, sie wären in meiner Handtasche.«
»Was für Medikamente?«
»Ich habe Anämie.«
»Was ist das?«
»Blutarmut.« Sie atmete schnell, als würde sie joggen. »Zu wenig Hämoglobin.«
»Wo sind deine Medikamente?«
»Bei meiner Freundin zu Hause.«
»Das ist schlecht. Was passiert, wenn du keine Medikamente bekommst?«
»Ich kann mich nicht konzentrieren. Ich kann mich kaum bewegen. Im schlimmsten Fall werde ich ohnmächtig.«
»Kannst du mithalten?«
»Ich werde es versuchen.« Überzeugung klang anders.
»Wir tragen sie«, sagte Demir.
»So wie Flu?«, fragte Schwede und erntete einen bösen Blick von Fieber.
»Also suchen wir das Zeug in einer Apotheke«, sagte Demir. Keine besonders schöne Vorstellung.

»Nein. Die haben das nicht vorrätig.« Katta massierte sich die Stirn.

»Na, prima. Dann müssen wir das wohl bestellen.« Fieber, der sich neben Katta gehockt hatte, stand auf. »Mal sehen, was deine Mutter dazu sagt.«

SONNENSCHIRM

Aila Torbeck

Die ganze Nacht hatte Torbeck über den Aufnahmen der Drohne gebrütet. Mittlerweile war es 8 Uhr morgens. Die einzig gute Nachricht war, dass der Mond seine Bahnen wie gewöhnlich gezogen hatte. Sie hatte Angst davor gehabt, dass dem nicht so sein könnte. Immer wieder hatte sie versucht, eine befahrbare Route aus der Stadt zu finden. Es funktionierte nicht. Alle Hauptstraßen waren mit Fahrzeugen verstopft. Bei den Nebenstraßen sah es auch nicht besser aus. Ein aufs andere Mal folgte ihr Finger den dunklen Linien der Straßen. Aber jedes Mal traf sie auf Stellen, die nicht passierbar waren. Das Beste, was sie fand, war eine Strecke über die Friedensbrücke. Dann nach rechts über den Theodor-Stern-Kai am Main entlang. Schließlich quer durch den Ortsteil Niederrad bis zur Pferderennbahn. Dann ging nichts mehr. Das Gute war, dass sie sich dann bereits am Stadtrand befanden. Ab da würden sie sich querfeldein durchschlagen müssen. Was sollte sie tun, wenn die Gruppe es bis nach Fenris schaffte? Torbeck durfte sie niemals in den Bunker lassen. Sie schob den Gedanken beiseite. So weit war es noch lange nicht. In der Nacht hatte sie per SysCom mit Karl gesprochen. Der hatte ziemlich gewütet. Nein, das war eine schwere Untertreibung. Er hatte getobt. So sehr, dass sie fast gedacht hatte, er hätte sich infiziert. Aber die Sorge erwies sich als unbegründet. Sein Zorn richtete sich gegen Danielsen. Die Sache mit dem Virus Auslöser hatte der Professor verschwiegen. Das hatte in der Besprechung anders geklungen. Wie lange sollte man die Soldaten in Quarantäne halten? Bis zu ihrem natürlichen Tod? Sie hatte Karl versprochen, die Frage zu klären. Fürchtete sich vor der Antwort.
Ihr Satellitentelefon klingelte. Hektisch nahm sie das Gespräch an. Seit gestern Abend hatte sie dutzendfach versucht, ihre Tochter zu

erreichen. Aber Kattas Telefon war ausgeschaltet gewesen. Sie hatte sich große Sorgen gemacht. »Katta?«

»Nein. Hier ist Fieber.«

»Wa...«

»Ihre Tochter sagt, dass sie unter Anämie leidet und ihre Medikamente nicht dabei hat.«

»Was? War...« Fieber unterbrach sie und wiederholte den Satz. Torbeck sortierte ihre Gedanken. Daran hatte sie überhaupt nicht mehr gedacht. Kattas Medikamenteneinnahme war im Laufe der Jahre zur Routine geworden. Ihre Tochter litt an einer seltenen Form der Anämie. Glücklicherweise gab es ein Medikament, dass ihr bei regelmäßiger Einnahme ein beschwerdefreies Leben ermöglichte. Ferrotramadol. Aber das wuchs nicht auf Bäumen. Torbeck war davon überzeugt, dass sie es auch nicht im Bunker vorrätig hatten. Dafür war es zu speziell. Vor einigen Wochen hatte sie darüber nachgedacht, sich einen Vorrat zu besorgen. Denn was sollte sie machen, wenn das Undenkbare geschah und sie mit ihrer Tochter in den Bunker musste? Jetzt war das Undenkbare geschehen. Katta saß in Frankfurt fest, sie selber hockte in Fenris und Ferrotramadol gab es weit und breit nicht. Sie lehnte sich zurück und massierte sich die Schläfe.

»Sind Sie noch dran?«

»Ja«, antwortete Torbeck. Mehr fiel ihr nicht ein.

»Ihre Tochter sagt, dass es das Medikament nicht in der Apotheke gibt. Stimmt das?«

»Ferrotramadol ist ein seltenes Medikament. Das muss bestellt werden.«

»Hören Sie. Ich habe versprochen, Ihre Tochter lebend zu Ihnen zu bringen. Aber so geht es nicht. Sie müssen mir einen Lösungsweg anbieten.«

Torbeck dachte nach. Seit ihrem sechsten Lebensjahr nahm Katta morgens und abends eine dieser kleinen roten Pillen.

»Ich warte.«

Torbeck hatte eine Idee. »Ich kenne einen Ort, an dem es das Medikament gibt.«

»Wo?«

Sie zögerte. Torbeck war sich sicher, dass Fieber das nicht hören wollte. »In der Uniklinik. Die haben eine gut sortierte Krankenhausapotheke, die zum Teil sogar andere Krankenhäuser mitversorgt. Von dort bezogen wir früher das Medikament.« Pause. Sie stellte sich vor, was in Fieber vorging. Ein gewaltiges Krankenhaus aufzusuchen und dort nach einem Medikament zu suchen, war eine Horrorvorstellung.
»Gut. Dann machen wir das.« Fiebers Stimme klang unbewegt. »Wie heißt das Medikament noch mal?«
»Ferrotramadol. Katta kennt den Namen.«
»Aber vielleicht kann sie nicht mehr sprechen, wenn wir im Krankenhaus ankommen.« Torbeck sagte nichts. »Wir werden den gesamten Vorrat sichern.« Das klang so bestimmt, dass Torbeck ihm glaubte.
»Danke.«
»Uns läuft die Zeit davon. Haben Sie noch etwas für mich?«
»Ich habe einen befahrbaren Weg aus der Stadt gefunden. Jedenfalls bis zum Stadion. Ich schicke Ihnen den Streckenverlauf als Textnachricht auf Kattas Satellitentelefon.«
»In Ordnung. Ein Aufklärungsergebnis für den Weg bis zur Klinik wäre hilfreich.«
Torbeck atmete aus. »Ich werde es versuchen.«
»Warum versuchen? Haben Sie Probleme mit der Drohne?«
Mist, jetzt hatte sie sich verplappert. Torbeck überlegte, ob sie Fieber die Wahrheit sagen sollte. Nämlich, dass sie das, was sie tat, nicht tun durfte. Eine Kommandantin, die eigennützig handelte. Sie entschied sich dagegen. Es wäre schlecht, wenn Fieber wüsste, dass sie aus einer schwachen Position heraus agierte. »Wir haben Probleme mit der Optik.«
»Verstehe.« Pause. »Was sagen Sie zu der Himmelserscheinung? Eine Sonnenfinsternis war das nicht.«
»Das stimmt. Ehrlich gesagt haben wir keine Ahnung, was es war.« Sie wollte Nachfragen verhindern, darum fügte sie an: »Überhaupt keine Ahnung. Uns fehlen die Möglichkeiten für astronomische Beobachtungen.«
»Was ist mit den Streifen?«
»Wir halten sie für Meteoroide.«

»Seuche, merkwürdige Sonnenfinsternis, Meteoroide. Und das alles in einem Überraschungsei. Im Mittelalter wäre man aus dem Häuschen gewesen. Vielleicht ist es das Jüngste Gericht.«
»Ich weiß es wirklich nicht. Glauben Sie mir. Ich...«
»Ist okay. Um 10 Uhr werde ich das Handy ausstellen. Ich möchte ungerne, dass es auf unserem Weg anfängt zu klingeln. Außerdem ist der Strom weg. Wir können den Akku nicht mehr aufladen. Wenn Sie uns noch etwas mitteilen wollen, sollte es vor 10 Uhr sein. Vielleicht bekommen Sie die Optik der Drohne noch in den Griff.«
»Bis 10 Uhr. Verstanden.«
»Ich nehme an, dass Sie mit Ihrer Tochter reden wollen.«
»Das ist richtig.«
Es raschelte im Hörer, dann hörte sie Kattas Stimme. »Hallo Mama.«
Torbeck wusste, wie sich Katta fühlte. Kopfschmerzen, Übelkeit und das Gefühl, keine Luft zu bekommen. »Wie geht es dir?«
»Es geht. Tut mir leid, dass ich die Medizin vergessen habe.«
Torbeck sah das Bild der zehn Jahre alten Katta vor sich. »Schatz. Das muss dir nicht leidtun. Das konntest du nicht vorausahnen. Darüber m...«
Ein Summen unterbrach sie. Jemand stand an der Tür zum Komandantenraum. »Ich muss auflegen.« Sie drückte das Gespräch weg, legte das Telefon in eine Schublade und betätigte den Türöffner. Theißen kam herein. Torbeck fiel auf, dass der Oberstabsfeldwebel verlegen wirkte. »Was ist los?«
»Darf ich mich setzen?«
»Natürlich.«
Theißen nahm sich einen Stuhl und ließ sich mit einem leisen Stöhnen nieder. Er sah Torbeck an. »Es geht mich nichts an, aber ich halte es für meine Pflicht, Sie zu warnen.«
»Bitte.« Torbeck ahnte Übles. Sie saß da wie versteinert. Theißen war die Situation sichtlich unangenehm. Er zögerte kurz und sprach weiter. »Hauptmann Gärtner hat mich angesprochen.« Der Stab sah sie an, als erwartete er, dass alleine dieser Satz ihr die Augen öffnen müsste. Als sie keine Reaktion zeigte, fuhr er fort.

»Er fragte mich, ob ich wüsste, mit wem Sie über die Satellitenverbindung kommunizieren.«
Torbeck ohrfeigte sich in Gedanken selber. Wie dumm sie war. »Gärtner weiß, dass ich telefoniere?« Es machte wohl keinen Sinn mehr, irgendein Theaterstück aufzuführen.
Theißen zeigte sich erstaunt. »Die gesamte Kommunikation wird mitgeschnitten. Wussten Sie das nicht?«
Torbeck antwortete nicht. Natürlich wusste sie das. Sie selber hatte die Anlage versiegeln lassen und damit in die höchste Alarmbereitschaft versetzt. Damit hatte sie gleichzeitig die Privatsphäre jedes Einzelnen auf praktisch null reduziert. Das Problem war, dass sie mögliche Auswirkungen völlig ausgeblendet hatte.
»Der Hauptmann ist sich bewusst, dass es ihn nichts angeht, mit wem Sie kommunizieren.«
»Aber?«
»Mit einer Ausnahme. Nämlich dann, wenn Sie mit Ihren Handlungen die Anlage gefährden.«
»Wie kommt er darauf?« Torbeck fühlte, wie sich ihr Magen langsam umdrehte.
»Hauptmann Gärtner hat sich keine Gesprächsinhalte angehört. Aber er weiß, wann und wie lange Sie telefoniert haben. Außerdem hat er den Standort der Teilnehmer festgestellt.«
»Woher wissen Sie, dass er sich die Gespräche nicht angehört hat?«
»Ich habe es überprüft.«
Torbeck wollte lieber nicht nachfragen, wie Theißen das geschafft hatte. Freigaben solcher Art besaß er nicht. »Und er hat bemerkt, dass ich mit jemandem in Frankfurt telefoniere«, stellte Torbeck fest. Theißen nickte. »Er fragte mich, ob ich es in diesem Zusammenhang nicht seltsam finden würde, dass die Drohne über Frankfurt kreist.«
»Finden Sie das seltsam?«
»Am Anfang tat ich das nicht. Aber jetzt habe ich Zweifel.«
Torbeck spielte mit einem Kugelschreiber herum. Jedes Mal, wenn die Mine rein- oder rausschnellte, klickte es leise. Eine Minute lang schwiegen sie sich an. Dann öffnete sie die Schublade eines

Rollcontainers, stellte ein Glas und eine Flasche Whisky auf den Schreibtisch. »Wollen Sie auch?« Theißen verneinte. Sie schüttete sich das Glas fast bis zum Rand voll und kippte es hinunter. Es fühlte sich an, als hätte sie Batteriesäure geschluckt. Wenn das so weiterging, dann könnte sie bald eine Ortsgruppe der Anonymen Alkoholiker aufmachen. »Es stimmt, ich habe mit meiner Tochter gesprochen. Sie ist in Frankfurt.«

Theißen schien das nicht zu überraschen. »Sie haben die Drohne nach Frankfurt geschickt, um ihr zu helfen.«

»Ich habe versucht, einen Fluchtweg zu finden.«

Er schüttelte den Kopf. »Ich hätte doch gerne ein Glas.«

Torbeck nahm ein zweites Glas und schenkte ihm ein. »Dass Sie mit Ihrer Tochter telefonieren ist absolut nachvollziehbar. Ich selber habe eine Frau und einen Sohn. Die beiden wohnen noch in Lübeck. Sie sollen... . Sie sollten mir bald folgen.« Pause. »Glauben Sie, dass meine Familie mir gleichgültig ist?«

Torbeck schluckte. »Nein«, krächzte sie. »Ich konnte nicht anders. Was soll ich jetzt tun?«

»Ihnen das zu sagen steht mir nicht zu. Ich kann Ihnen nur einen Rat geben.« Torbeck sah Theißen erwartungsvoll an. »Ich weiß, dass man als Führungsoffizier oft keinen direkten Draht zu seinen Untergebenen hat. Aber ich kann Ihnen sagen, dass sie derzeit hoch im Kurs stehen. Die Art, wie Sie den Angriff abgewehrt haben, hat Ihnen Respekt verschafft. Aber man sagt: Gute Taten werden in den Sand geschrieben, schlechte Taten in Stein gehauen. Ruhm ist oft nur von kurzer Dauer. Der Rat, den ich Ihnen gebe, wird Ihnen nicht gefallen.«

»Ich höre.«

»Holen Sie die Drohne zurück«, sagte Theißen. Torbecks Blutdruck sackte ab. »Ansonsten besteht die Gefahr, dass man Sie früher oder später absetzen wird. Wiegner kann Ihnen nicht helfen. Und was dann? Dann können Sie nichts mehr für Ihre Tochter tun. Nicht einmal mehr mit ihr telefonieren.« Theißen hielt kurz inne. »Wie geht es Ihrer Tochter?«

Torbeck erklärte Theißen den Stand der Dinge. Dass Katta nicht allein war und dass die Gruppe in die Uniklinik gehen musste, um Medikamente für ihre Tochter zu besorgen. Schließlich sollten sie alle die Stadt verlassen. Dass Torbeck Katta im Bunker haben wollte, behielt sie für sich. Theißen nickte. »Und? Wie entscheiden Sie sich?«

Torbecks Blick richtete sich auf die Schreibtischplatte. »Wo ist Gärtner jetzt?«

»In seinem Quartier. Seine Schicht war zu Ende.« Theißen stand auf und ging in Richtung Tür. Er drehte sich herum. »Ich kann Sie verstehen. Aber ich kann es nicht gutheißen. Der Grund, warum ich mich bedeckt halte, ist, dass ich Sie für eine gute Kommandantin halte. Außerdem ist Oberst Wiegner aus dem Spiel und Hauptmann Gärtner ist mir nicht geheuer.« Mit den Worten verabschiedete sich Theißen und verließ Torbecks Raum. Mit dieser Wendung hatte sie nicht gerechnet. Der Stress hatte sie kurzsichtig gemacht. Sie hatte nur noch sich selbst gesehen und dabei außer Acht gelassen, dass es noch andere gab, die sich ihre Gedanken machten und Pläne verfolgten. Was sollte sie jetzt tun? Nach kurzem Zögern ließ sie sich mit Wiegner in der Quarantänestation verbinden. Dabei hatte sie das unangenehme Gefühl überwacht zu werden. »Wann holst du mich hier heraus?«, eröffnete Wiegner das Gespräch.

»Ich arbeite daran.«

Wiegner grunzte.

»Karl. Ich habe einen Fehler gemacht.«

»Was ist passiert?« Sie zögerte. »Aila. Spuck es aus.« Torbeck holte Luft und erzählte ihm von den Telefonaten mit Katta, der Drohne, und endete mit Theißens Warnung. Zunächst sagte Wiegner nichts. Sie bekam Angst. Hatte sie den Bogen überspannt? Schließlich begann er zu lachen und schüttelte den Kopf. »Darum hast du mich auf die Mission gelassen. Du hast befürchtet, dass ich dir dazwischen funke.«

»Ja.«

»Aila. Du hast Scheiße gebaut.«

»Was soll ich tun?«

»Das, was der Stab gesagt hat. Gib der Drohne einen nachvollziehbaren Auftrag. Ich weiß, dass das wehtut. Aber du hast keine Wahl.«

»Theißen sagt, dass Gärtner sich die Gespräche nicht angehört hat. Angeblich hat er das überprüft. Kann das sein?«
»Du meinst, ob Theißen das kann?« Wiegner lachte auf. »Wenn er das sagt, dann wird es so sein. Er kennt die Technik von Fenris besser als alle anderen.«
»Warum hat Gärtner das überprüft? Natürlich hat er die nötigen Freigaben, aber ich verstehe den Grund nicht.«
»Das kann ich dir auch nicht sagen. Er schnüffelt anscheinend gerne herum.«
»Vielleicht sollte ich ihn einfach fragen.«
»Davon würde ich abraten. Wie du selber festgestellt hast, kennst du seine Motivation nicht. Du kennst die Direktive. Unter den momentanen Bedingungen stellt die mutwillige Fehlnutzung von taktisch relevanten Ressourcen ein schweres dienstliches Vergehen dar. Das könnte dich den Kopf kosten. Vielleicht will er dich schützen und sich selbst nicht in Zugzwang bringen. Er hat Theißen als Überbringer der Botschaft genutzt. Du kannst dein Verhalten anpassen und alle haben ihr Gesicht gewahrt.«
»Oder?«
»Stell dir vor, dass wir auf einem Schiff sind. Hast du schon mal die Meuterei auf der Bounty gelesen?«
»Ich habe den Film gesehen.«
»Du bist der Kapitän auf der Bounty. Du hast einen Fehler gemacht. Aber wie schwerwiegend der ist, dass entscheiden auf hoher See nicht die Vorschriften, sondern deine Crew. Möglicherweise kann er dich mit der Sache loswerden. Auf der anderen Seite muss Gärtner aber auch damit rechnen, selber in der Zelle zu landen. Momentan stehst du hoch im Kurs. Die Mannschaft hat Respekt vor dir. Unter dem Eindruck deiner Leistungen könnte man sein Vorgehen als Hochverrat auslegen. Er muss vorsichtig sein. Vielleicht wollte er in Theißen einen Verbündeten finden und hat schlichtweg nicht damit gerechnet, dass der sich dir anvertraut.«
»Theißen hat ähnlich geredet.«
»Natürlich. Ist ein fähiger Mann.«
»Gut. Ich mache es.« Pause. »Kann man Theißen vertrauen?«

»Ich kenne ihn seit Jahren. Wenn er wollte, dass du aufläufst, hätten sie dich längst in die Brigg gesperrt. Und bevor du fragst, was ich von Gärtner halte. Mein Bauch sagt mir, dass mit dem Typen etwas nicht stimmt. Dass er ohne ersichtlichen Grund in den Datenbanken der Telekommunikation herumschnüffelt, bestätigt diesen Eindruck.«

»Wie soll ich mich ihm gegenüber verhalten?«

»Gib Gärtner den Befehl, der Drohne einen neuen Auftrag zuzuweisen.«

»Er hat im Moment keine Schicht.«

»Na und? Er soll sich darum kümmern. Dann hat er nicht das Gefühl, dass du mauschelst. Gib ihm ein paar grobe Anweisungen, die er nach eigenem Ermessen ausführen soll. Du musst ihn mehr einbinden. Dann kannst du ihn besser kontrollieren. Manchmal ist es schlauer den Feind in seiner Nähe zu haben. Außerdem ist das die beste Waffe gegen Argwohn.«

»Okay. Was noch?«

»Hol mich hier heraus.«

Torbeck beendete das Gespräch. Ihr war übel. Sie konnte nicht sagen, warum. Aufregung, Alkohol am Morgen, Schlafmangel, Hunger? Vermutlich handelte es sich um eine Gemengelage. Sie entschied sich in die Messe zu gehen und sich eine Kleinigkeit zu Essen zu besorgen, auch wenn sie sich bei dem Gedanken schütteln musste. Auf dem Weg durch die Gänge kontaktierte sie Gärtner. »Tut mir leid, dass ich Sie wecke.«

»Ich habe noch nicht geschlafen.«

Sie erteilte ihm den Auftrag, sich um die Drohne zu kümmern. »Vorrang hat die Aufklärung von Flughäfen und militärischen Anlagen in der Region. Wenn Sie diesbezüglich keine Feststellungen haben, beordern Sie die Drohne zurück und klären die Flugzeugwracks auf. Möglicherweise haben wir noch irgendwo einen versprengten Piloten in der Nähe.«

»Verstanden. Ich mache mich auf den Weg.«

Das sollte ihm ein wenig den Wind aus den Segeln nehmen. Blieb zu hoffen, dass das als Beschäftigungstherapie reichte.

Die Messe sah im Wesentlichen nicht anders aus als andere Kantinen auf der Welt. Allerdings hingen an den Wänden riesige

Flachbildschirme, die eine Fensterfront simulierten und den Eindruck erwecken sollten, man befände sich auf einer Berghütte. Es schien, als würde man auf einen endlosen Wald hinabblicken, der sich bis an den fernen Horizont erstreckte. In der Messe befanden sich an die fünfzig Männer und Frauen, die mit frühstücken beschäftigt waren. Torbeck sah niemanden, den sie kannte. Sechshundertvierunddreißig Menschen arbeiteten und lebten in dem Bunker. Jeder von ihnen schleppte seine eigenen Gedanken und Ängste mit sich herum. Jeder von ihnen schmiedete Pläne. Wie wenig sie von dem Leben der anderen wusste. Die Stimmung im Raum glich der einer Totenwache. Nur hin und wieder drang leises Getuschel an ihr Ohr. Sie stellte sich an die Essensausgabe, packte sich lustlos ein Sandwich auf ihr Tablett und füllte sich einen Becher mit Kaffee. An der Wand hing eine Uhr. Es war 09:43 Uhr. Noch siebzehn Minuten, dann würde sich das Zeitfenster schließen und Fieber Kattas Telefon ausschalten. Sollte sie anrufen? Was sollte sie sagen? Sie konnte nichts mehr tun, als ihnen Glück zu wünschen. Das strapazierte den Akku und brachte nichts ein. Aber die Versuchung mit Katta zu reden war fast unwiderstehlich. Nach kurzem Suchen fand sie einen leeren Tisch und setzte sich. Dann klappte sie das Sandwich auf und stellte fest, dass es mit Thunfisch belegt war. Sie hasste Fisch. Torbeck lehnte sich zurück, nahm ihr NanoCom vom Gürtel und rief Danielsen an. Als der Professor sich meldete, legte sie ohne Begrüßung los. »Wie steht es mit dem Infizierten? Haben Sie da Neuigkeiten für mich?«

»Wir wissen jetzt, dass Infizierte unfähig sind, die einfachsten kausalen Zusammenhänge zu erkennen. Das Gehirn ist dermaßen angegriffen, dass sie sich nicht einmal Wasser zu sich nehmen. Das ist eine gute Nachricht. Ihre Lebenserwartung ist gering. Allerdings hat der Virus umfangreiche Veränderungen des Stoffwechsels bewirkt, sodass ich nicht sagen kann, wie lange sie in diesem Zustand existieren können.«

»Wie sieht es mit dem versprochenen Test aus? Ich habe Leute in der Quarantäne, die mich fragen, wie lange sie noch da drin bleiben müssen.«

»Geben Sie mir noch mehr Zeit.«

»Wie viel mehr?«
»Wir bemühen uns.«
Torbecks Gesichtszüge verhärteten sich. »Ich will meine Männer wieder haben.«
»War das alles?«, fragte Danielsen.
»Ja.«
»Und deswegen stören Sie mich bei der Arbeit?«
Torbeck schlug mit der flachen Hand auf den Tisch. Einige der anderen Gäste in der Messe blickten auf. »Genau deswegen. Ich will meine Männer zurück. Soll ich Ihnen das buchstabieren?«
»Ich tue, was ich kann.«
Torbeck fuhr wieder runter. »Da wäre noch etwas. Wie sieht es mit der Zusammenstellung der Forschungsergebnisse aus? Ich hatte Sie darum gebeten.«
»Das ist fertig«, sagte der Professor.
»Ist es möglich, die Daten über das Internet zu senden?«
»Das kann ich nicht sagen. Vom Internet ist nicht mehr viel übrig. Außerdem können wir das Exposé nur an die jeweiligen Postfächer verschicken. Ob da jemand reinschaut, ist ungewiss.«
»Versuchen Sie es.«
»Verstanden.« Der Professor beendete das Gespräch.
Aus den Augenwinkeln sah sie, dass sich jemand an ihren Tisch gestellt hatte. Torbeck blickte hoch.
»Darf ich mich zu Ihnen setzen?«, fragte Dr. Keim.
Eigentlich wollte sie das nicht, scheute sich aber den Mathematiker vor den Kopf zu stoßen. Außerdem war sie neugierig. Vielleicht hatte er etwas über die außergewöhnliche Sonnenfinsternis herausgefunden. »Natürlich. Bitte.«
Keim setzte sich ihr gegenüber. Torbeck fiel auf, dass er sich nichts zu essen geholt hatte. »Haben Sie keinen Hunger?«
»Dafür habe ich keine Zeit.«
»Niemals?«
Er lachte. »Derzeit bin ich noch gezwungen hin und wieder meine Arbeit zwecks Nahrungsaufnahme zu unterbrechen. Aber ich arbeite an dem Problem.«
Torbeck würgte einen Bissen ihres Thunfischsandwichs herunter und verzog angewidert das Gesicht. »Wenn Sie eine Lösung

gefunden haben, sagen Sie mir bitte Bescheid.« Sie schmiss das Sandwich zurück auf den Teller. »Haben Sie etwas über diese Sonnenfinsternis herausgefunden?«

»Deswegen wollte ich mit Ihnen reden.« Er zögerte kurz. »Außerdem habe ich ein Anliegen an Sie.«

Torbeck nahm einen Schluck Kaffee. Der war eindeutig besser als das Essen. »Ich höre.«

»Sie erinnern sich an unsere Besprechung?«

»Ich bin nicht debil.«

Keim zuckte zusammen. »So meinte ich das nicht. Entschuldigen Sie.«

»Vergessen Sie es. Ich muss mich entschuldigen. Mein Nervenkostüm ist derzeit etwas angespannt.«

Keim nickte. »Eine wichtige Frage wurde nicht angesprochen. Es schien auch niemanden zu interessieren.«

»Was meinen Sie?«

»Die Frage, wie der Virus entstanden ist.«

»Ist das wichtig? Ich meine, was hilft es uns, wenn wir das wissen?«

»Das können Sie nur sagen, weil Sie das Offensichtliche nicht erkennen.«

Arrogantes Arschloch. Torbeck bemühte sich, nicht wütend zu werden. »Was ist denn das Offensichtliche?«

»Dass der Virus künstlich ist. Das liegt auf der Hand.«

»Künstlich. Ich dachte, der Virus sei Millionen von Jahren alt.«

»Ist er auch.«

»Aber warum glauben Sie dann, dass er künstlich ist.« Sie stand wirklich auf dem Schlauch.

»MCHI ist ein artangepasster Virus, der jede Spezies auf der Welt infiziert hat. Er wird durch einen unbekannten Auslöser aktiviert und ist dann in der Lage, innerhalb kürzester Zeit eine ganze Art auszulöschen. Dabei nimmt er keinerlei Rücksicht auf seine eigene Erhaltung. Warum denken Sie, dass er nicht künstlich ist?«

Torbeck dachte nach. Wenn Keim das so zusammenfasste, dann klang das wirklich nicht nach Mutter Natur. »Aber der Mensch kann den Virus nicht erschaffen haben.«

»Das habe ich auch nicht behauptet.«

»Wer dann?«
»Wissen Sie, warum ich Mathematiker geworden bin?«
»Keine Ahnung. Weil Sie dafür ein Talent besitzen?«
»Ich bin Mathematiker geworden, weil die Mathematik eindeutig ist. Hat man eine ausreichende Menge an Informationen zu einem Problem und wendet auf diese Informationen die richtigen Regeln an, dann ist das Ergebnis die Wahrheit. Keine verfälschenden Gefühle, keine verzerrenden Lügen. Nur leider ist es schwer, andere von der Wahrheit zu überzeugen. Sie erkennen die Logik nicht. Für viele Menschen sind mathematische Beweise im besten Falle eine Art von Zauberei. Im schlimmsten Falle nichts weiter als Taschenspielertricks.«
»Spannen Sie mich nicht auf die Folter. Woher kommt der Virus?«
Keim seufzte wie ein Mann, dem klar war, dass sein Vortrag keinen Sinn hatte. »Vielleicht sollte ich Ihnen etwas über die Sonnenfinsternis erzählen. Es ist Teil meiner Beweisführung.«
»Nur zu.«
»Eigentlich kommt nur ein fremder Planet infrage. Aber zwei Dinge sprechen gegen einen interstellaren Irrläufer. Erstens hätte man ihn längst entdecken müssen. Selbst wenn man davon ausgeht, dass er mit einer hohen Geschwindigkeit in unser Sonnensystem eingedrungen ist, so verbleiben doch Jahre oder wenigstens Monate, um auf ihn aufmerksam zu werden. Zum einen, weil er sichtbar ist. Zum anderen, weil das Eindringen einer so großen Masse Auswirkungen auf die Bahnen der anderen Planeten hätte. Der Himmel wird stark durchmustert und beobachtet. Sternwarten, Satelliten, Amateurastronomen. Irgendjemand hätte etwas bemerkt.«
»Und zweitens?«
»Ein Planet, der in über einen so langen Zeitraum in der Lage ist, die Sonne zu verdunkeln, müsste bei der Erde schwerwiegende Bahnstörungen verursachen.«
»Was wiederum das Wetter beeinflusst.«
»Richtig. Die Auswirkungen wären so gewaltig, dass wir sie bemerken müssten.«
»Das sagten Sie bereits alles, als Sie im Leitstand waren.«

»Es bleibt nur eine vernünftige Erklärung. Der Körper muss einen sehr großen Durchmesser haben und darf dabei nur eine geringe Masse besitzen.«
»Was soll das sein?«
»Eine Scheibe.«
»Eine Scheibe? Eine Art Sonnenschirm?«
»Kann man so nennen.«
»Und wie hat sich diese gewaltige Scheibe angenähert?«
»Entweder mit der Kante in unsere Richtung. Dann wäre sie kaum zu erkennen. Oder sie besteht aus einem Material, dass keine Lichtwellen reflektiert.« Keim zog die Stirn kraus. »Allerdings würde die Scheibe dann bei der Passage den Sternenhintergrund verdunkeln. Das hätte man möglicherweise feststellen können. Es sei denn sie verfügt über eine Lichtbeugungstechnologie, die...«
»Halt. Wer verfügt über was und warum?«
»Eine solche Scheibe muss künstlichen Ursprungs sein.«
»Außerirdische?«
»Natürlich.«
»Wie kommen Sie darauf?«
Keim schaute irritiert, als hätte sie eine besonders dumme Frage gestellt. »Weil Menschen nicht in der Lage sind, so etwas zu bauen.«
»Gibt es keine andere Alternative?«
»Doch. Ich zweifle aber daran, dass sie Ihnen gefallen wird.«
»Die wäre?«
»Gott.« Torbeck sagte nichts. »Sehen Sie. Der Virus wurde aktiviert und jetzt kommen die Schöpfer auf den Plan. Oder halten Sie beide Ereignisse für einen Zufall? Erst der Ausbruch der Seuche und dann das plötzliche Auftauchen eines gigantischen Objektes, das die Sonne verdunkelt.«
»Das kann nicht sein.«
»Warum nicht?«
»Weil...« Warum eigentlich nicht? Weil sie Atheistin war und weder an Gott noch an Außerirdische glaubte? Das war den Außerirdischen und Gott womöglich völlig schnuppe. Sie musste an die Psychologin denken. Hatte sie nicht das ein oder andere Male auf Gott verwiesen? »Denken Sie das wirklich?«

»Natürlich. Das ist der Vorteil, wenn man Mathematiker ist. Ich nehme Lösungen an, wenn sie auf korrekten Annahmen beruhen.«
»Gott?«
»Nun, Gott möchte ich eigentlich aus der Betrachtung ausschließen.«
»Warum?«
»Wenn Gott die Ursache ist, dann spielt es überhaupt keine Rolle, wie wir uns verhalten. Dann sind wir völlig seinem Willen ausgeliefert.«
»Und bei Außerirdischen?«
»Außerirdische sind Lebewesen wie wir. Sie unterliegen den Naturgesetzen. Zumindest sollten wir das hoffen.«
»Sie wollen damit sagen, dass wir etwas gegen sie ausrichten könnten.«
»Im direkten Vergleich zu Gott ist die Antwort ein eindeutiges Ja.«
Torbeck wusste nicht mehr, was sie sagen sollte. Ihr Schweigen nutzte Keim aus und überflutete sie mit einer unüberschaubaren Anzahl von mündlich vorgetragenen mathematischen und philosophischen Beweisen. Sie verstand nur Bahnhof. Schließlich hob sie die Hände und versuchte Keim zum Schweigen zu bringen.
»Hören Sie damit auf. Ich glaube Ihnen, dass Sie davon überzeugt sind.«
»Sie aber nicht.«
»Sie verlangen eine Menge. Was sagt Danielsen dazu? Sie haben doch sicher mit ihm darüber geredet.«
Keim lachte. »Natürlich habe ich das. Viele Male.«
»Und?«
»Er drohte damit, mich aus dem Team zu schmeißen.«
»Also glaubt er Ihnen nicht. Was ist denn seine Theorie über die Herkunft des Virus?«
»Er hat keine. Die Frage blendet er als irrelevant aus. Ich denke, er hat Angst davor, dass ich recht habe.«
»Angenommen Sie haben recht. Wie hilft uns das weiter?«
»Die Frage bringt mich zu dem Anliegen, das ich an Sie habe. Wenn wir auch nur eine kleine Chance haben wollen, dann müssen wir versuchen, mit den Außerirdischen Kontakt aufzu-

nehmen, um sie von ihrem Vorhaben abzubringen. Dazu benötige ich einen Großteil von ZERBERUS' Rechenleistung.«
»Warum kommen Sie damit zu mir? ZERBERUS ist Teil der Forschungsabteilung und damit hat Danielsen das Sagen.«
»Aber Ihnen untersteht die Gesamtanlage und damit auch die Forschung.«
»Das ist formal richtig, aber ich werde einen Teufel tun und mich als Laie da einmischen.«
»Das müssen Sie. Ich bin fest davon überzeugt, dass es unsere einzige Chance ist.«
»Darüber muss ich mit Danielsen reden.«
Keim wurde lauter. »Das können Sie sich sparen. Er wird Sie auslachen. Ich habe es schon oft genug versucht. Eher bringen Sie einen Esel dazu Klavier zu spielen.«
»Beruhigen Sie sich. Geben Sie mir Zeit über die Sache nachzudenken. Wie wollen Sie diese Kontaktaufnahme überhaupt bewerkstelligen? Was hat ZERBERUS damit zu tun?«
»Wenn Sie meiner Argumentation nicht folgen wollen und ich die Rechenleistung nicht bekomme, dann spielt das Wie der Kontaktaufnahme keine Rolle. Ich kann Sie nur auffordern möglichst schnell und gründlich nachzudenken. Die Zeit wird knapp.« Keim stand auf und verließ zügig die Messe. Torbeck sah ihm nach. Was sollte sie davon halten? Sie trank gerade den letzten Schluck von ihrem kalt gewordenen Kaffee, als ihr NanoCom zu piepen anfing. Ohne auf den Bildschirm zu schauen, nahm sie das Gespräch an und war überrascht mit Dr. Hartmann zu sprechen. »Wir haben ein Problem«, sagte der Chefarzt. »Wo sind Sie?«
»In der Messe.«
»Bitte bleiben Sie da. Ich hole Sie ab.«
Ein Problem. Was auch sonst. Sie kam sich vor wie in einem billigen Videospiel, wo man von einem Endgegner zum nächsten durch die Level jagte. Die Frage war, ob sie dieses Spiel auf Dauer durchhalten konnte.

DÉJÀ-VU

Markus Steller

»Das ist nicht euer Ernst.« Demir sah Steller und Fieber mit entgeistertem Gesichtsausdruck an. Steller wünschte, es wäre so.
»Ihr wollt in die Uniklinik? Leute. Habt ihr noch nie einen Horrorfilm gesehen? Friedhöfe und Krankenhäuser sind scheiße. Da geht man nicht hin«, mischte Bilal sich ein. Es war das erste Mal seit seiner Fastexekution, dass er sich ernsthaft in ein Gespräch einbrachte.
Fieber bedachte ihn mit einem bösen Blick. »Wir sind nicht in einem Horrorfilm. Das ist die Wirklichkeit.«
»Noch schlimmer.«
»Halt die Schnauze.«
Bilal setzte sich wieder hin.
»Er hat recht«, sagte Demir. »Ein Krankenhaus ist ein sehr gefährlicher Ort. Ich nehme an, dass es da von Infizierten wimmelt.«
Steller war derselben Meinung. Aber es mangelte ihnen an Alternativen. Die Krankenhausapotheke war der einzige erreichbare Ort, an dem sie Medikamente für Katta finden könnten. Die Betonung lag auf dem Wort *könnten.* Steller war noch nie in einer Krankenhausapotheke gewesen, aber er stellte es sich nicht leicht vor, dort ein bestimmtes Medikament zu finden. Vor allem nicht, wenn man keine Ahnung hatte, wie man am besten danach suchte. Es war nicht einmal gesagt, dass es das Medikament dort wirklich gab. Das Problem war, wenn sie es nicht versuchten, wäre Katta wohl kaum in der Lage den Weg zu schaffen. Einen Krankentransport konnten sie ihr nicht anbieten. Sie musste fit sein. Alles andere würde in einer Katastrophe enden. Eine Zeit lang hatten sie darüber diskutiert, ob sie die ganze Sache nicht einfach aussitzen sollten. Schließlich waren die Infizierten nur Menschen. Wenn die nicht mehr tranken und aßen, und davon gingen sie aus, dann würde sich das Problem in wenigen Tagen von selbst

erledigt haben. Aber die angenehme Idee hatte einen Haken. Sie selber hatten ebenfalls nichts zu trinken. Außerdem konnte keiner wissen, wie der Virus die Menschen verändert hatte. Möglicherweise waren die Infizierten zäher und konnte den Wassermangel besser ertragen als sie. Und dann? Ende der Vorstellung. Sie mussten aufbrechen.
Steller hielt diesen ganzen Mist nicht mehr aus. Der Druck war zu gewaltig. Schlaf hatte er kaum gefunden. Bei jedem Geräusch war er hochgeschreckt. Er fühlte sich wie eine in Stahlzwingen eingeklemmte Glasscheibe. Die kleinste falsche Bewegung und er würde in tausend Stücke zerspringen. Er hatte nicht bemerkt, dass ihn alle ansahen. »Was?«
»Du bist wieder an der Reihe«, sagte Fieber.
Steller sammelte sich, hob seine rechte Hand, in der er einen Tablet-Computer hielt. »Wie ihr wisst, ist das hier eine Außenstelle der Fahndung. Wir haben hier alle möglichen Baupläne und Skizzen auf diesen Tablets gespeichert. Flughafen, Hauptbahnhof und große Einkaufszentren wie das Nord-West-Zentrum. Auch den Gebäudeplan der Uniklinik. Das Gute ist, dass sich die Apotheke im Gebäude 9A befindet. Das Gebäude ist laut Plan ein Verwaltungsgebäude.«
»Was ist das Schlechte?«, wollte Fieber wissen.
»Dass ich keine Ahnung habe, wie wir das Medikament finden, wenn wir erst einmal in der Apotheke sind.«
»Wenn es dort ist, werden wir es finden. Das mit dem Verwaltungsgebäude klingt nicht schlecht. Vielleicht haben wir eine Chance.«
»Vielleicht?« Bilal schreckte auf.
»Ja. Vielleicht.«
»Wir werden sterben.«
»Wenn du nicht dein Maul hältst, wirst du auf jeden Fall den Anfang machen.« Fieber sah Steller an. »Wie kommen wir dahin? Idee?«
Steller kratzte sich am Kopf. »Ich habe auch den Plan der Kanalisation.«
»Wozu braucht ihr denn so etwas?«, lachte Demir.

»Du kannst dir nicht vorstellen, wo sich die Arschgeigen überall verkriechen, wenn es eng wird. Also. Wir könnten durch die Kanalisation gehen. Da kommen wir ziemlich nah an unser Ziel heran.«

»Haben wir nicht gesagt, dass die Irren sich tagsüber im Dunkeln verstecken?« Das war Katta. Sie saß an einer Wand gelehnt. Jegliche Farbe hatte ihr Gesicht verlassen. Sie schwitzte stark. »Ist es in der Kanalisation nicht dunkel?«

Steller wischte sich mit einer fahrigen Bewegung durch die Haare. »Das ist richtig. Die Frage ist, sind sie da rein gekommen. Ich glaube es nicht.«

»Du glaubst es?« Sie atmete, als wäre sie in der Todeszone eines Achttausenders. »Sollen wir unser Leben für deine Vermutungen riskieren?«

Steller blickte sie böse an. »Wir riskieren unser Leben für dich.«

»Damit ihr in den Bunker kommt.« Kattas Augen funkelten.

Fieber ging dazwischen. »Lassen wir das. Ihr Einwand ist berechtigt. Wenn Katta recht hat, dann sind wir tot. Die Kanalisation ist eine Mausefalle.«

Steller beruhigte sich. »Gehen wir die Alternativen durch. Gestern Morgen haben die Infizierten auf die Geräusche reagiert. Der Motorenlärm und der Unfall haben sie angelockt. Da wir einen Zwischenstopp an der Uni-Klinik einlegen müssen, dürfen wir keine Fahrzeuge benutzen. Wenn die erst mal an uns dranhängen, dann können wir nicht mehr anhalten. Mal ganz davon abgesehen, dass wir vermutlich gar nicht an die Kisten herankämen. Die Wagen stehen im Sichtbereich des Hafentunnels. Ich denke, dort wird es genau so aussehen wie gestern. Selbst wenn wir es schaffen sollten, hätten wir die Irren sofort am Arsch. So weit richtig?« Alle nickten. »Bleibt nur die Möglichkeit zu laufen. Nachts geht es nicht. Das habt ihr mittlerweile alle mit eigenen Augen gesehen. Wir kämen keine hundert Meter weit. Also bleibt nur der Tag und da haben wir zwei Möglichkeiten. Erstens, wir schleichen uns oberirdisch durch die Stadt und hoffen, dass sie uns nicht bemerken oder aber wir gehen durch die Kanalisation.« Er hob die Hand, bevor jemand einen Einwurf machen konnte. »Aber ver-

gesst dabei nicht, dass wir über eine Brücke müssen. Unter den Brücken ist Schatten. Das wird eine enge Nummer.«
»Du meinst also, dass es unterirdisch sicherer ist?«, fragte Fieber.
Steller hob die Schultern. »Ich weiß es nicht. Wie ich schon gesagt habe, glaube ich nicht, dass sie in die Kanalisation eingedrungen sind. Ich wüsste nicht wie. Aber Glaube ist nicht Wissen.« Er sah Katta an. »Wenn es da unten leer ist, dann ist der unterirdische Weg mit Abstand der sicherste. Ich glaube, dass die Chancen unentdeckt zu bleiben 9:1 für uns stehen. Gehen wir oben lang, stehen sie wohl eher fifty-fifty. Das spricht klar für die Kanalisation.«
Demir mischte sich ein. »Aber das ist nicht alles, was wir bedenken müssen. Gehen wir oben lang und die sehen uns, dann haben wir noch die kleine Hoffnung, uns in Sicherheit zu bringen. Erwischen die uns in den Kanälen, sind wir auf jeden Fall tot.«
Steller grinste. »Jetzt wird es kompliziert. Wir bräuchten einen Experten für Spieltheorie. Wie sieht es aus? Hatte jemand Mathe Leistung in der Schule?«
Alle begannen durcheinander zu reden. »Hört zu.« Fieber hatte sich mitten in den Raum gestellt. »Seid mal ruhig.« Es wurde still. »Wir stehen unter Druck.« Er deutete auf Katta. »Ihr geht es nicht gut und es wird jede Minute schlimmer. Wir haben keine Möglichkeit, das argumentativ zu entscheiden. Also gibt es nur eine Lösung.«
»Die wäre?«, fragte Steller.
»Wir überlassen es dem Zufall.« Fieber griff in seine Hosentasche und zog eine Zweieuromünze heraus. »Zahl, wir gehen durch die Tunnel, Wappen wir gehen oben lang.«
»Ist das dein Ernst?«
Ohne auf die Frage zu reagieren, warf er das Geldstück in die Luft und ließ es auf den Boden fallen. Er bückte sich. »Wir nehmen den Tunnel.«
»Hurra«, stöhnte Katta.

Steller machte sich im Spindraum bereit. Gestern Abend hatte er gemeinsam mit den SEK-Leuten die Spinde aufgebrochen. Nun war er alleine hier. Es war für ihn ein seltsames Gefühl gewesen,

in den persönlichen Sachen seiner Kollegen zu wühlen. Aber es hatte sich gelohnt. Bei der Durchsuchungsaktion hatte er unter anderem einen Outdoor-Rucksack gefunden, in den er nun alles hineinpackte, was ihm wichtig erschien. Waffen, Munition, den Rest seiner Wasserration, einen kleinen Erste-Hilfe-Kasten und eine Handvoll Schokoriegel. Ein Einhandmesser befestigte er an seinem Gürtel, genauso wie eine Taschenlampe. Danach passte er die Schulterriemen an, sorgte dafür, dass der Rucksack eng an seinem Rücken anlag. Er durfte ihn beim Rennen auf keinen Fall behindern. Demir kam herein. »Die anderen sind schon fertig. Ich glaube, die wollen aufbrechen.« Steller nickte ihm zu, während er den Schultergurt seiner MP5 kontrollierte. Demir sah ihm dabei zu. »Katta hat gesagt, dass du mich sehen willst.«
»Ich hoffe, das hat niemand mitbekommen.« Demir schüttelte den Kopf. »Hör zu. Ich habe hier im Rucksack drei Pistolen. Ganz unten am Boden. Sie sind durchgeladen.«
»Warum erzählst du mir das?«
»Weil ich nicht der Meinung bin, dass ihr unbewaffnet sein solltet. Wenn es so weit ist, werde ich euch die Waffen geben. Falls es mich erwischt, weißt du jetzt, wo du sie finden kannst.«
»Warum machst du das?«
»Ich verlasse mich auf mein Gefühl.«
»Verstehe.« Demir wandte sich zum Gehen, verharrte kurz in der Bewegung. »Du willst also am Leben bleiben.«
»Es ist eine verrückte Welt.«
Demir lächelte und verließ den Raum. Steller fingerte das Papierbriefchen aus seiner Hosentasche. Vorsichtig faltete er es auseinander und zog sich das Kokain ohne große Vorbereitung durch die Nase, warf den Kopf in den Nacken und schüttelte sich. Er griff sich zwei Magazine für die MP und klebte sie mit Paketklebeband entgegengesetzt zusammen. Dann führte er seine Konstruktion in die Waffe ein und ließ den Verschlusshebel nach vorne schnellen. Kein Problem. Alles gar kein Problem. Das wird ein Kinderspiel.

Der Spaß begann. Der Eingang zur Kanalisation befand sich etwa zwanzig Meter von dem Ausgang entfernt. Er lag mitten auf dem Weg, zwischen den Gebäuden des Behördenzentrums. Sie konnten nur hoffen, dass sie in diesem kleinen Bereich alleine waren. Schwede und Dallas rannten los und hoben den Kanaldeckel an. »Nach Ihnen«, sagte Dallas und meinte damit Steller, der ihnen gefolgt war. Es war seine Idee. Also würde er die Spitze bilden. Steller ließ sich auf die Knie fallen und leuchtete kurz mit der Taschenlampe in beide Richtungen der dunklen Röhre. Vielleicht war der Plan doch scheiße. Er fühlte die Angst in sich aufsteigen. Falscher Moment, um zu zweifeln. Mit den Armen stützte er sich am Rand ab und ließ sich nach unten gleiten. Der aus Backsteinen gemauerte Tunnel war nur 1,50 Meter breit, dafür aber fast 2 Meter hoch. Es handelte sich um einen sogenannten Fremdeingang. Hier flossen keine Abwasser. Erst in fünfzig Metern Entfernung würde sie eine schmale Treppe hinunter in einen der Hauptkanäle führen. Steller schaltete seine Taschenlampe ein und bewegte sich in Richtung des Abgangs. Hinter sich hörte er, wie die anderen ihm in den Tunnel folgten. Inzwischen hatte die Angst ihn fest im Griff. Wenn sie hier auf Infizierte trafen, war es das. Eine Flucht war unmöglich. Katta hatte recht. Das war eine Todesfalle.

Seine rechte Hand lag auf dem Griffstück der Pistole. Der Strahl der Lampe wurde durch die vor ihm liegende Dunkelheit verschluckt. Langsam ging er weiter. Hinter ihm wurde der Kanaldeckel zugezogen. So wie es aussah, war ihr Einstieg unentdeckt geblieben. Das war ein Teilerfolg. Aber wenn er daran dachte, was noch vor ihm lag, dann mochte er sich darüber nicht recht freuen. Als er sich für den Ausflug bereit gemacht hatte, hatte er seine Jeans gegen eine Uniformhose getauscht. In den aufgenähten Seitentaschen steckte das Tablet. Er zog den Computer heraus und sah sich den Plan an. Der Weg war nicht kompliziert. Aber da hier unten kein GPS funktionierte, hatte er Sorge sich zu verlaufen. Er prägte sich die Strecke erneut ein und packte das Gerät weg. Steller warf einen flüchtigen Blick über die Schulter. Die Gruppe folgte ihm aus taktischen Gründen mit einem Abstand von zwanzig Metern. Sollte er Feindkontakt haben, dann hatten die anderen wenigstens noch ein paar Sekunden, um zu reagieren. Er fühlte sich einsam. In dieser engen Schwarzröhre wirkten die Meter wie Kilometer. Er fragte sich, was passieren würde, wenn er hier seine

Waffe benutzen müsste. Vermutlich würden ihm beide Trommelfelle platzen.
Steller erreichte die Treppe. Kloakengeruch schlug ihm entgegen. Er gab das vereinbarte Lichtzeichen nach hinten und begann die Treppen hinabzusteigen. Am Ende der glitschigen Stufen gelangte er in einen fünf Meter breiten Haupttunnel. Der Tunnel war zweigeteilt und bestand aus einem ein Meter fünfzig breiten Weg und einem drei Meter breiten Abwasserkanal. Da die Wasserversorgung unterbrochen war, hatte sich der Inhalt des Kanals in einen stinkenden Brei verwandelt. Dafür war es hier unten im Gegensatz zur Oberwelt angenehm kühl. Steller ließ den Lichtstrahl der Taschenlampe herumwandern. Bei jeder Bewegung hatte er Angst, eine Horde von Verseuchten anzustrahlen. Er ging weiter. Hinter ihm erreichte die Gruppe den Kanalschacht. Die Echos seiner Schritte, das Rascheln von Ratten, Wassertropfen, die sich von der Decke lösten, von zitternden Taschenlampen gezeichnete Schattenbilder. Das alles quälte ihn mit kribbelnden Stromschlägen, pumpte im Sekundentakt Adrenalin durch seine Adern. Er stand am Rand einer Panikattacke. Was, wenn Ben hier wäre? Wenn sein Partner ihm mit zerschlagenen Knochen entgegenschwankte? Er schüttelte sich kurz, als wären die bösen Gedanken Wassertropfen im Fell eines nassen Hundes. Steller beschleunigte seine Schritte. Nach zweihundert Metern musste er nach rechts in einen kleineren Kanal abbiegen. Der Weg verengte sich und die Decke kam so weit herunter, dass er den Kopf leicht nach vorne neigen musste. Der Tunnel würde sie unter dem Main hindurchführen. Er lag schnurgerade vor ihm und schien ins Unendliche zu reichen. Steller schätzte, dass sie die Hälfte geschafft hatten und sich direkt unter dem Fluss befanden, als er schnelle Schritte hinter sich hörte. Er drehte sich um und wurde durch den Schein einer Taschenlampe geblendet. Erst als die Person nur noch wenige Schritte von ihm entfernt war, erkannte er Fieber. »Hast du das gehört?« Steller meinte Angst in Fiebers Gesicht zu erkennen.
»Nein.«
»Dann kommt es wohl von hinten.«

Jetzt bekam er auch Angst. Nein, das war falsch. Diesen Punkt hatte er längst überschritten. Panik war der richtige Begriff. »Was kommt von hinten?«

»Ich weiß es nicht, aber wir sollten uns beeilen.«

»Und wenn es doch von vorne kommt?«

Fiebers Augen blitzten auf. »Du hast doch gesagt, dass du nichts gehört hast.«

»Dass ich nichts gehört habe, bedeutet nicht, dass dort nichts ist.«

In diesem Moment rollte ein Schrei durch die Dunkelheit auf sie zu. Sie zogen im Reflex ihre Köpfe ein. »Ich habe es gewusst«, stöhnte Katta. Sie sah übel aus. Demir und Bilal versuchten sie auf dem engen Weg so gut es ging zu stützen. »Aus welcher Richtung kam das jetzt?« Dallas leckte sich hektisch über die Lippen. Seine Haare klebten ihm im Gesicht, als sei er gerade der Dusche entstiegen. Schippe kam angerannt. Er hatte die Nachhut gebildet. Seine Zeichensprache war eindeutig. »Los, lauft«, presste Fieber hervor. Steller rannte los. Während er rannte, zog er seine Pistole und schob die Taschenlampe in eine unter dem Lauf hängende Halterung. Danach zerrte er an dem Tragegurt der MP, zog sie enger an den Körper heran. Er war nie ein guter Läufer gewesen, aber die Angst schob ihn vor sich her. Die Schritte der Gruppe hallten durch das Gewölbe. Es hörte sich an, als sei ihm eine Elefantenherde auf den Fersen. Außer dem Trampeln ihrer Füße war nichts zu hören. Stellers Lungen hatten bereits lange Feuer gefangen, als er die Abzweigung erreichte. Er hob die Pistole und leuchtete kurz in den neuen Gang hinein. Nichts. Ohne zu stoppen, lief er weiter und traf nach fünfzig Metern auf eine Treppe, die er nach oben folgte. Am Ende der Stufen lag eine Art Raum, der die Maße eines kleinen Wohnzimmers hatte. An einer der Wände war eine schwere Eisenleiter verankert. »Schippe, Schwede. Sichert den Eingang. Was immer da kommt, wird niedergeschossen. Verstanden?« Die beiden nickten und Fieber wendete sich an Steller. »Sind wir da?«

»Ja.« Steller zeigte nach oben. »Die Klappe führt nach draußen. Ich hoffe, da ist kein Schloss dran.«

»Schloss? Ich dachte, du kennst dich aus.«

»Bin ich bei den Stadtwerken?«

»Wo kommen wir da raus?«
»Am Theodor-Stern-Kai. Neben dem Fußweg. Direkt gegenüber der Notaufnahme.«
»Und du meinst, die können uns von der Friedensbrücke nicht sehen.«
»Ich hoffe es?«
»Du hoffst ziemlich viel.« Kattas Stimme war nur ein dünnes Pfeifen. Sie hatte es tatsächlich geschafft und Steller musste ihre Zähigkeit bewundern. Er würde gerne ihre Mutter kennenlernen. Steller versuchte zu grinsen. »Die Hoffnung stirbt zuletzt.«
»Besser die Hoffnung als wir«, sagte Katta.
»Los jetzt.« Fieber war kein gemütlicher Mensch. Steller griff nach den rostigen Streben der Leiter und zog sich hoch. Nach einigen Metern erreichte er eine Plattform. Der Ausgang lag direkt über ihm. Er fand einen Riegel und stellte erleichtert fest, dass er ihn ohne Probleme zur Seite schieben konnte. Vorsichtig drückte er gegen die Metallklappe und spähte durch den sich öffnenden Spalt. In Richtung der Friedensbrücke war die Sicht durch dichtes Buschwerk versperrt. Die Brücke war etwa fünfhundert Meter entfernt. Wenn sich die Infizierten wieder unter ihr versammelt hatten, dann konnten sie die Gruppe weder sehen noch hören. Das war die gute Nachricht. Die schlechte war, dass die Gebäude der Uniklinik auf der anderen Straßenseite lagen und nichts die Sichtlinie unterbrach. Wer immer dort aus einem der unzähligen Fenster blickte, würde sie sofort sehen. Steller öffnete die Klappe weiter und stieg nach draußen, hockte sich neben den Ausgang und half den anderen heraus. Noch vor wenigen Augenblicken war er froh gewesen, diesem fürchterlichen Tunnellabyrinth zu entkommen. Jetzt fühlte er sich nackt und schutzlos, kam sich vor wie eine Ameise auf der weißen Tischdecke. Fieber hockte sich neben ihn. Steller entnahm seinem Gesichtsausdruck, dass es ihm ähnlich ging. »Das ist eine schlechte Position. Wo müssen wir hin?«
»Siehst du die große Abfahrt, die aussieht, als wenn es da in eine Tiefgarage geht?«
»Ja.«

»Das ist die Zufahrt für die Rettungswagen. Wir müssen rechts daran vorbei, zwischen den Gebäuden hindurch. Dann wieder rechts. Nach hundert Metern sind wir da.«

»Dann los.«

Steller musste an die Schlacht von Verdun denken. Man stürmt auf den Feind zu und hat nicht einmal einen Kieselstein als Deckung. Richtig beschissen. Er steckte die Pistole weg und nahm die MP in beide Hände. »Du nimmst die Spitze«, sagte Fieber zu ihm. »Aber nicht zu schnell. Katta schafft es kaum noch.« Nicht zu schnell? Gott sei Dank. In einer lang gezogenen Kette bewegten sie sich im Laufschritt zwischen den Gebäuden der Uni hindurch. Das Gelände machte einen beruhigenden Eindruck. Nichts deutete auf die Katastrophe hin, die die Stadt überrollt hatte. Die unberührten Fenster der Fassaden spiegelten das Sonnenlicht. Vögel zwitscherten in den Bäumen. Das Bild wurde erst empfindlich gestört, als sie nach rechts abbogen. Dort standen zwei Streifenwagen quer auf der kleinen Straße. Die vorderen Türen standen offen. Steller hob die Hand und verlangsamte seine Schritte. Als er näherkam, sah er hinter einem der Fahrzeuge ein paar Beine auf dem Boden liegen. Der Rest des Körpers war durch das Fahrzeug verdeckt. Er hob die Waffe in die Visierung, ging dabei zügig weiter. Die Beine gehörten zu einer Polizistin. Sie lag auf dem Rücken und schien auf den ersten Blick unverletzt. Dann sah Steller, dass sie kein Gesicht mehr hatte. Haut, Fleisch und Muskeln waren ihr vom Schädelknochen abgetrennt. Er schluckte. Katta stolperte zu der am Boden Liegenden, fiel neben ihr auf die Knie. Für einen Augenblick dachte Steller, dass das Mädchen die Frau wiedererkannt hätte. Woran auch immer. Statt aber in Wehklagen auszubrechen, zog Katta der Leiche die Pistole aus dem Holster. Sie kam wieder auf die Beine. Steller sah, wie Fieber die Aktion beobachtete. Für eine Sekunde hatten Katta und Fieber Blickkontakt. Der Kommandoführer zuckte mit dem Kinn, deutete ein Nicken an. Die Gruppe setzte sich wieder in Bewegung. Stellers Bild von Fieber war immer noch unscharf. Auf der einen Seite schien er hochgradig gefühlskalt. Das mochte daran liegen, dass er als ehemaliger Angehöriger der Kampfschwimmer die ein oder andere unangenehme Erfahrung gemacht hatte. Vielleicht hatte er schon Geiseln im Kongo befreit oder irgendwo auf der Welt einen See durchschwommen, um einen Staudamm einzunehmen. Wer mochte sagen, wie viele Menschen er bereits getötet hatte. Er war auf ein Ziel fokussiert und das hieß überleben. Der Preis spielte keine Rolle. Auf der anderen Seite erkannte er Leistung an. Vermutlich beeindruckte ihn Kattas Wille und ihre Fähigkeit körperliche Grenzen zu sprengen. Denn, was das bedeutete, wusste er sicher nur zu gut. Dass er ihr erlaubte, die Waffe zu behalten, war ein Zeichen seiner Anerkennung. In seinen Augen hatte sie es sich verdient.

Die Truppe erreichte das vierstöckige Verwaltungsgebäude. Neben der Flügeltür prangte ein weißes Schild, auf dem in roter Schrift 9A stand. Bis jetzt lief ihr Unternehmen fast schon zu reibungsfrei. Fieber fasste Steller an der Schulter. »Jetzt übernehmen wir die Spitze.« Steller blieb stehen. Er war nicht traurig über die Entscheidung. Die SEK-Männer öffneten die Tür und drangen in das Innere des Gebäudes ein, sicherten sich gegenseitig. Katta hing wie eine Schwerverletzte zwischen Demir und Bilal. Jetzt wo sie am Ziel angekommen waren, hatte sie die Kraft verlassen. Steller ging als Letzter, sicherte den Eingang. Durch die Glasscheiben der Tür blickte er nach draußen. Es blieb alles ruhig. Keine Schreie, keine Horden, die hinter ihnen her stürmten. Konnte das sein? Hatten sie ein solches Glück? Das Gebäude war zu achtzig Prozent der Klinikverwaltung vorbehalten. Es war gut möglich, dass sich am Samstagabend kaum jemand hier aufgehalten hatte. Steller sah kurz zu den anderen hinüber. Demir stand vor einer an der Wand aufgehängten Tafel. Er hob die Hand und zeigte mit den Fingern die Zahl Drei an. Dort musste sich die Apotheke befinden. Sie schlichen die Treppe nach oben. Steller bildete die Nachhut, lief halb rückwärts. Auch eine Art der Wertschätzung. Fieber vertraute ihm anscheinend. Der letzte Mann war eine wichtige Position. Nichts war vernichtender als ein Angriff von hinten. Die Spitze der Gruppe hatte die dritte Etage erreicht. Steller stand auf dem Treppenabsatz im zweiten Stock und sah die Treppe hinab. Es blieb ruhig. Er blickte nach rechts zu einer angelehnten Tür.

Über der Tür hing ein Schild. *Klinik für Psychiatrie, Psychosomatik und Psychotherapie des Kindes- und Jugendalters.* Darunter in kleiner Schrift. *Kinderabteilung.*
Sein Blick wanderte zurück zur Treppe. Er wollte weitergehen, da löste ein Blitzlicht in seinem Kopf aus. In seinem Kopf hörte er die Stimme des Mordermittlers: »Die kleine Anna? Die ist in der Uni. Sie wird da in der Kinderpsychiatrie untergebracht. Der Herr schütze sie.«
Steller ließ die Waffe sinken. Anna. Sein Herz versuchte, ihm die Rippen zu brechen. Er sah das Gesicht des Mädchens vor sich, als wäre es ein Bild aus frühen Kindheitstagen. Da hatten sie Anna hingebracht. Er betrachtete die angelehnte Tür, legte den Kopf leicht schräg, zögerte. Die anderen waren mittlerweile sicher an der Apotheke angekommen. Da musste er hinterher, er durfte sie nicht verlieren. Außerdem wäre es dumm, alleine in die Station zu gehen. Viel zu gefährlich. Andererseits. Wenn nur die kleinste Chance bestand Anna zu finden, dann musste er um seiner Seele willen nachsehen.
Sollte er die anderen holen? Fieber würde ihn sicher nicht unterstützen. Warum sollte er auch. Es brachte die Gruppe nicht weiter. Im Gegenteil. Ein Kind mitzunehmen gefährdete alle. Steller hoffte inständig, die Station geräumt vorzufinden. Vielleicht hatten sie die Kinder evakuiert. Aber wer sollte das gemacht haben? Die Zeit war viel zu kurz gewesen. Behutsam zog er die Tür der Station auf und trat in den dahinter liegenden Flur. Die Tür schloss sich hinter ihm. Das leise Knarzen der Angeln bohrte Löcher in seinen Schädel. Der Gang vor ihm war dämmrig. Durch einige, einen Spalt weit geöffnete Zimmertüren drang ein wenig Licht. Er umklammerte die Waffe mit beiden Händen, drückte die Armstütze der MP gegen seine Schulter, spähte über die Visierung. Er bemühte sich beim Gehen keine Geräusche zu verursachen. Nach einigen Metern erreichte er eine Zimmertür. Sie war angelehnt. Er stieß sie mit dem Fuß auf und sah in ein Krankenzimmer. Zwei mit grünen Laken bezogene Krankenhausbetten. An der Wand hingen Kinderzeichnungen. Vor einem der Betten stand ordentlich ein Paar Hausschuhe. Stellers Mund trocknete aus. Wie in dieser dreckigen Wohnung am Samstag.

Die haben die Kinder hier weggeschafft. Irgendwie. Er machte einen weiteren Schritt. Ein bekannter Gestank stieg ihm in die Nase. Seine Hoffnung zerplatzte. Es roch nach Tod. Dem Leichengeruch war er schon oft begegnet, hatte sich nie an ihn gewöhnen können.

Das nächste offene Zimmer. Auf dem Boden lag ein kleiner Junge in einer Lache aus eingetrocknetem Blut. Stellers Atmung beschleunigte sich, ihm wurde schwarz vor Augen. Er formte seine Lippen zu einem O, versuchte einen Gegendruck zu seinen pressenden Lungen aufzubauen. Nicht hyperventilieren. »Anna?« Sein dünner Ruf blieb ein Krächzen, er räusperte sich. »Anna!« Steller lief mit schnellen Schritten den Gang entlang. Er durfte nicht zu spät sein. Nicht schon wieder. »Anna.« Er passierte einen in der Wand eingelassenen Glaskasten. Das war der Präsensraum des Personals. Aus den Augenwinkeln sah er, dass ihn jemand anschaute. Er wirbelte herum. Hinter dem Glas saß eine Schwester auf einem Drehstuhl. Ihre Augen waren geöffnet, aber sie konnte nichts mehr sehen. Tot. Die waren alle tot. »Anna!« Er schrie. Rannte jetzt. Öffnete ein Zimmer nach dem anderen. Er fand noch mehr tote Kinder. Anna war nicht dabei.

Schließlich stürmte er in einen größeren Aufenthaltsraum. Auf den Tischen lagen Kartons mit Kinderspielen. An den Fenstern klebten lustige Aufkleber. Er drehte sich im Kreis. »Anna.« Steller flüsterte. Wo war sie? Die Angst ihre Leiche zu finden war gewaltig, aber schlimmer wäre es, sie gar nicht zu finden. Das durfte nicht sein und wenn er die ganze Uni umkrempelte. Vielleicht war sie gar nicht hier gewesen. Vielleicht hatte sie sich zum Zeitpunkt des Angriffs auf einer anderen Station befunden. Möglicherweise zur Untersuchung. Wie sollte er das Kind finden?

Es knackte. Steller wirbelte herum. Fast hätte er blind das Feuer eröffnet. Die Tür eines Wandschranks schwang langsam auf. Im Inneren hockte zusammengefaltet eine junge Frau, zwischen ihren Beinen ein kleines Mädchen. »Anna.« Schlagartig entspannte er sich. Die Erleichterung tröstete seinen Verstand, wusch den Schatten der Angst fort. Völlig unvorbereitet öffnete sich sein Herz. Ein ihm unbekanntes Glücksgefühl formte sich aus der Asche seiner Seele.

WER SUCHT, DER FINDET

Demir Kara

Demir befand sich mitten in der Apotheke. Jedenfalls, wenn er dem Schild an der Tür glauben durfte. Die Räumlichkeit hatte keine Ähnlichkeit mit den Apotheken, die Demir in seinem Leben bisher betreten hatte. Es erinnerte ihn eher an die Warenausgabe in einem Möbelhaus. Am Eingang hing ein Automat, an dem der Wartende eine Nummer ziehen musste. Vor einer der Längswände befand sich ein langer Tresen. Auf dem Tresen standen Geräte, die wie elektronische Kassen aussahen. Die Wand dahinter besaß in regelmäßigen Abständen Durchbrüche, aus denen die Enden kleiner Fließbänder ragten. Gemeinsam mit Bilal setzte er Katta auf einen Stuhl. Sie sah schrecklich aus. Die Strapazen des Laufens standen ihr ins Gesicht geschrieben. Er hätte sie gerne gefragt, wie sie sich fühlte. Aber er ließ es bleiben. Die Antwort war zu offensichtlich. »Das ist eine automatisierte Apotheke«, stellte Fieber fest. Er ging zu einer Tür am Ende der Fließbandreihe, gab Dallas und Fliege ein Zeichen, ihm zu folgen. Sie öffneten die Tür und verschwanden kurz. Als sie zurückkamen, sah Fieber nachdenklich aus. »Da ist ein Lagerraum. Alles vollautomatisch. Bis wir da eine Packung Aspirin finden, vergehen Wochen.«

Demir kletterte über den Tresen und inspizierte die Terminals. »Hier gibt es noch Strom.«

»Das Krankenhaus besitzt eine Notstromversorgung für die wichtigsten Bereiche«, sagte Fieber. »Meinst du, du kannst das bedienen?«

Demir zuckte mit den Schultern. »Ich habe mal bei Burger King gearbeitet. Das sah ähnlich aus.«

Fieber grunzte.

»Wenn du da einen Burger herausholen kannst, bin ich für den Anfang zufrieden«, sagte Schwede.

Demir war nicht zu Späßen aufgelegt. Er betrachtete das Display, auf dem das Wort *Eingabe* aufblinkte. Möglicherweise war das Ganze einfacher als gedacht. Demir drückte die Enter-Taste. Es dauerte eine Sekunde, dann wechselte der Bildschirminhalt.

F1	Scannen der Bestellnummer	(im Haus)
F2	Scannen der Bestellnummer	(extern)
F3	Bestand	

Auf den ersten Blick eine Enttäuschung. Man musste die Rezepte einscannen. Jetzt fielen ihm die Handscanner auf, die neben jedem Terminal lagen. Er hatte kein Rezept. Moment. Er drückte F3. Der Computer forderte ihn auf, einen Medikamentennamen einzugeben. Er tippte Ferrotramadol ein.

Anzahl	Packungsgröße	Lager
4	N30	G8B21

Fieber hatte ihm über die Schulter gesehen. »Damit können wir arbeiten. Fliege. G8B21. Sieh im Lager nach, ob du mit der Bezeichnung, etwas anfangen kannst.«
Der Polizist verschwand in der Tür.
»Mach weiter. Gib Morphium ein.«
Demir stutzte. »Willst du dich auf einen Trip schicken?«
»Wir sind auf einem Trip und wenn der richtig übel wird, wirst du mir auf Knien danken, dass wir Morphium haben.«
»Okay. Aber ich glaube das Ding verlangt den Produktnamen.«
»Vielleicht kannst du Wirkstoffgruppen oder mit irgendwelchen Schlagwörtern suchen.«
»Ich probiere es. Was brauchen wir?«
»Lass deine Fantasie spielen. Schmerzmittel, Reserveantibiotikum.« Fieber drehte sich um. »Schwede. Komm her und hilf ihm.«
»Haben die nicht Medikamente im Bunker?« Demir klickte sich durch die Menüs.
»Wir sind aber nicht im Bunker.«
Demir nickte. »Was ist mit Wasser?«
»Das wird unser nächstes Projekt.«

Bilal stand auf und kam an den Tresen. »Vielleicht findet ihr ja auch was gegen diese Seuche. Dann könne...«
Fieber zog seine Pistole und hielt sie Bilal vor das Gesicht. »Halte deine Fresse. Ich habe dich nicht vergessen.«
Bilal hob beide Arme und wich langsam zurück.
»Was hat er dir eigentlich getan?« Katta hauchte die Frage in den Raum.
»Wegen ihm musste ich meinen Kameraden erschießen.«
»Musstest du das?«
»Wir hätten es mit Flu nicht geschafft.«
»Aber das hat Bilal nicht gewollt.«
»Das kenne ich. Erst bauen sie Scheiße und dann haben sie es nicht gewollt. In meiner Welt ist das keine Entschuldigung.«
Fliege kam aus dem Lager und hob den Daumen. Fieber steckte die Waffe weg. »Sehr gut.« Er nahm Fliege die Packungen aus der Hand und ging zu Katta.
»Wie lange wird das reichen?«
Sie sah sich die Schachteln an. »Vier Monate.«
»Dir muss bewusst sein, dass das alles ist, was es gibt. Ich weiß nicht, wie du das in Zukunft machen willst, aber für das Erste bist du versorgt.« Katta nickte und wollte sich die Packungen aus Fiebers Hand nehmen. Er zog sie weg.
»Hör zu. Wie ich sagte, ist das alles, was du hast.«
»Ich verstehe.«
»Also. Du kannst die vier Packungen an dich nehmen. Aber wenn du deinen Rucksack verlierst, dann sind sie weg.«
»Oder?«
»Oder du nimmst zwei Packungen und ich nehme eine und dein Freund Demir nimmt eine. Verstehst du? Dann steigt zwar das Risiko, dass du etwas verlierst, aber es senkt die Wahrscheinlichkeit eines Totalausfalls. Es ist dein Leben. Deine Entscheidung.«
»Ich nehme zwei.«
Fieber nickte. Er gab ihr das Ferrotramadol, warf Demir eine Packung zu und verstaute selber eine. Demir steckte die Schachtel in eine Seitentasche an seinem Rucksack und prüfte dreimal, ob der Verschluss auch wirklich geschlossen war. Danach sah er

Katta zu, wie sie eine Pille schluckte. »Wie lange dauert es, bis das Medikament wirkt?«

»Das geht ziemlich schnell«, sagte sie. »Danke, Demir.«

»Wofür?«

»Dafür, dass du da bist.«

Er lächelte. Schwede tippte ihm auf de Schulter. »Los. Wir haben noch zu tun.« Demir wandte sich dem Terminal zu. Gemeinsam mit Schwede gelang es ihm, einige brauchbare Medikamente zu finden. In wenigen Minuten hatten sie einen beachtlichen Haufen von Schachteln aus dem Lager geholt. Bilal räusperte sich. Nein, bitte nicht. Halte doch einfach deine blöde Klappe. »Auch wenn ich dafür erschossen werde.« Bilal hielt kurz inne. Alle sahen ihn an. »Wo ist eigentlich dieser Zivilbulle?«

SCHUTZENGEL

Markus Steller

Steller konnte sein Glück nicht fassen. Er kniete vor dem Wandschrank. »Anna. Du kannst rauskommen. Ich will dir helfen.« Das Kind sah ihn an. Stellers Blick zuckte kurz zu der Frau, die den Schrank mit Anna teilte. Sie hatte sich bis jetzt keinen Millimeter bewegt, das Gesicht in den Handflächen versteckt. Er ahnte, was geschehen war. Die Kleine war es gewohnt mit einem Monster zu leben. Als der Horror begann, hatte sie instinktiv gehandelt. Steller war sich sicher, dass Anna die Pflegerin mit in den Schrank gezogen hatte. Vor seinem inneren Auge sah er die Szene. Die beiden hockten in dem Versteck. Anna hielt der Schwester die Hand vor den Mund, damit sie nicht schrie, während draußen der Terror herrschte. Mein Gott, wie lange saßen die beiden schon da drin? Sie mussten kurz vor dem Verdursten stehen. Schnell zog er seine halb volle Wasserflasche aus dem Rucksack, drehte den Verschluss ab. »Ich habe was zu trinken«, sagte er. Anna sprang aus dem Schrank, riss ihm die Flasche aus den Händen, setzte sie an den Mund und warf den Kopf in den Nacken. »Nicht so hastig.« Er nahm ihr die Flasche ab. Sie sah ihn an. »Wenn du zu schnell trinkst, wird dir schlecht.« Anna nickte und Steller gab ihr die Flasche zurück. »Ich habe Durst«, sagte die Frau, die Steller bereits vergessen hatte. Er reichte ihr die Hand. »Kommen Sie. Ich helfe Ihnen.«

»Sind die alle weg?«

»Auf der Station ist niemand mehr.«

»Oh mein Gott. Ich dachte, wir würden hier sterben. Ich habe mich nicht getraut, die Tür aufzumachen.«

»Das war die richtige Entscheidung.« Immer noch streckte er ihr die Hand entgegen.

»Sind die wirklich weg?«

»Hören Sie. Sie müssen da rauskommen.«

»Ich kann nicht.«
Steller kam ihr näher. »Kommen Sie. Ich nehme Sie mit. Ich bin nicht alleine, andere sind bei mir.« Die Frau schüttelte den Kopf. Er ließ seinen Arm sinken. »Falls Sie hierbleiben wollen, ist das Ihre Entscheidung. Aber ich werde jetzt mit Anna gehen, auch ohne Sie. Und ich werde nicht wieder zurückkommen.«
»Lassen Sie mich nicht alleine.«
Er streckte seinen Arm erneut aus. Zögernd nahm sie seine Hand. Im Schrank roch es nach Urin. »Wie heißen Sie?« Während Steller das fragte, beobachtete er Anna. Sie hatte die Flasche mittlerweile leer getrunken.
»Sofia.«
»Gut, Sofia. Wir müssen hier weg. Verstehen Sie das?« Sie nickte. »Wir brauchen zwei Dinge. Wasser und etwas zu essen. Gibt es auf der Station was zu trinken?«
»Neben dem Schwesternraum ist eine Küche.«
»Das zweite ist Kleidung. Anna muss aus dem Schlafanzug raus. Sie braucht Straßenkleidung.« Sofia quälte sich mit Stellers Hilfe auf die Beine. »Zuerst gehen wir in die Küche. Sie sind Krankenschwester?«
»Nein, ich putze.«
Steller überlegte. »In Ordnung. Wenn wir gleich auf meine Begleiter treffen und sie gefragt werden, dann sagen Sie, dass Sie Krankenschwester sind.«
»Warum?«
»Vertrauen Sie mir. Tun Sie es einfach.« Er wandte sich dem Kind zu. »Anna. Komm zu mir.« Anna stellte sich an seine Seite. Er legte den Arm um ihre Schulter und spürte ihr Zittern. Er ging in die Hocke. »Du brauchst vor mir keine Angst haben. Ich bin nicht böse.« Ob sie ihn erkannte? Er hoffte, dass das nicht der Fall war. Sie blieb stumm. Steller fiel die Stoffpuppe auf, die Anna im Arm trug. Es war ein Engel. »Wer ist das?«
»Mein Schutzengel.« Sie sah die Puppe an und warf sie achtlos beiseite.
»Warum tust du das?«
»Weil der Engel doof ist. Er hat mich nie beschützt.«
»Dann lass ihn liegen. Ab jetzt bin ich dein Schutzengel.«

»Wirklich? Bist du ein Engel?«
Steller zögerte kurz. »Ich bin dein Schutzengel.«
Anna begann zu weinen. »Wo bist du denn gewesen? Ich habe so auf dich gewartet.«
Steller drückte das Kind an sich, küsste sie auf die Stirn. »Nun bin ich da und bleibe bei dir.«
»Bleibst du wirklich bei mir?«
»Bis zu meinem Tod. Das schwöre ich dir.«
Sie lächelte zaghaft. »Engel sterben nicht.«
»Umso besser.«
»Haben Sie nicht gesagt, dass wir weg müssen?«, fragte die Putzfrau.
»Richtig.« Steller stand auf. Er musste sich konzentrieren. Zwar war er sich sicher, dass sie auf der Station alleine waren, aber das musste nicht so bleiben. »Gehen wir. Erschreckt euch nicht, hier gibt es Leichen.« Die Frau begann zu schluchzen. Steller nahm die Maschinenpistole in beide Hände und ging voraus. Sie besorgten sich Getränke und Nahrungsmittel aus der Küche und suchten nach Kleidung. Die Putzfrau folgte ihnen wie ferngesteuert. Tat einfach das, was Steller ihr sagte. Sie stand unter Schock. Anna bewegte sich vorsichtig und mit Bedacht. Sie hatte Angst, war aber nicht gelähmt. Nachdem sie etwas zum Anziehen gefunden hatten, band Steller dem Mädchen die Schuhe zu. Wie lange war er schon von den anderen getrennt? Zehn Minuten? Sein Zeitgefühl war verschwunden. Die würden ihn bereits suchen. Oder? Vielleicht waren die da oben längst fertig und hatten sich ohne ihn aus dem Staub gemacht. Bei dem Gedanken wurde er hektisch. »Los jetzt.« Sie liefen den Flur entlang. An der Tür zum Treppenhaus gab er den beiden ein Zeichen. Sie sollten warten. Hätten die nicht nach ihm gesucht? Vielleicht waren sie auf Infizierte gestoßen. Was, wenn die alle tot waren? Er hatte aber keine Schüsse gehört.
Steller öffnete die Tür und begutachtete das Treppenhaus. Es war leer. Er versicherte sich, dass Anna und die Putzfrau ihm folgten. Als er sich wieder herumdrehte, starrte er in Fiebers Gesicht. Wie aus dem Nichts war er aufgetaucht. Die Mündung seiner Waffe war auf Steller gerichtet, seine Wagenmuskulatur zuckte.

»Da bist du ja!«, rief Katta, die in diesem Augenblick die Treppe herunterkam.
»Das war knapp.« Fieber senkte die Waffe. »Fast hätte ich dich erwischt.« Katta fragte ihn etwas, aber Steller hörte sie nicht. Er hatte eine Offenbarung. Stellers Erinnerung spulte drei Sekunden zurück. Er sah Fiebers Gesicht in Großaufnahme. Ganz deutlich. Das Zucken der Wangen, die Blitze in den Augen. Das war der Moment gewesen, in dem Fieber den Entschluss gefasst hatte, ihn zu töten und Steller wusste auch, warum.

SUIZID

Aila Torbeck

Dr. Hartmann war mit düsterer Miene in der Messe erschienen und hatte Torbeck gebeten, ihn zu begleiten. Gemeinsam fuhren sie mit einem Fahrstuhl drei Ebenen nach unten. Dabei beobachtete sie den Arzt von der Seite. Sie hatte ihn gefragt, was geschehen sei, aber nur eine ausweichende Antwort erhalten. »Das ist hier der falsche Ort«, hatte er gesagt. Jetzt näherten sie sich offenbar dem richtigen. Die Fahrstuhltür glitt zur Seite. In der Ebene lagen Wohnquartiere für das technische und wissenschaftliche Personal. Der Gang war leer. Entweder waren die Leute am Arbeiten oder sie schliefen nach beendeter Nachtschicht. Dr. Hartmann blieb vor der Tür zu einer Unterkunft stehen. »Wir haben vermutlich einen Suizid«, flüsterte er. Er hielt eine Karte an das Öffnungssystem der Tür. Auf dem Display leuchteten rote Buchstaben auf.
Notfallöffnung Dr. Hartmann. Nachdem die Tür seitlich in der Wand verschwunden war, trat der Arzt in den Raum. Torbeck folgte ihm. Die Unterkunft bestand aus einem zehn Quadratmeter großen Wohnraum und einem winzigen Bad. Die Mannschaftsquartiere ließen kaum Spielraum für individuelle Raumgestaltung. Sie unterschieden sich nur an der Art der Bilder, die an fast jeder Wand hingen. Hier erkannte Torbeck die Fotos von zwei kleinen Kindern. Sie sah sofort weg, wollte sich damit nicht befassen. Es war so schon unangenehm genug. Einen Mitleidsschub konnte sie nicht gebrauchen.

Der Aufwand für das gesamte Personal Einzelquartiere zur Verfügung zu stellen war gigantisch gewesen und hatte Unsummen verschlungen. Die Idee, den Menschen einen minimalen Intimbereich zu lassen, sollte sich positiv auf die Psyche auswirken. Hier hatte dieser Plan versagt.

Auf dem Bett lag die Leiche einer Frau. Ihrer Kleidung nach war sie Angehörige der Forschungsabteilung. Sie war knappe dreißig

Jahre alt, rothaarig. Ihr rechter Arm war übel zugerichtet. Die Pulsadern waren mit mehreren Schnitten geöffnet worden. Das meiste Blut war in der Matratze versickert, sodass sich auf dem Boden nur eine kleine Pfütze gebildet hatte. Torbeck erschrak über ihre eigene Teilnahmslosigkeit. Das Bild der Toten im Bett ließ sie seltsam unberührt. Das war kein gutes Zeichen. Hartmann sprach noch immer nicht. Er drückte Torbeck einen Zettel in die Hand.
»Abschiedsbrief?«, fragte sie.
»Wie man es nimmt.«
Auf dem Zettel stand nur ein Satz: Es tut mir leid. »Nicht gerade aussagekräftig. Ist Fremdverschulden ausgeschlossen?«
»Das kann ich nicht sagen. Aber da die Korridore kameraüberwacht sind, sollte es kein Problem sein, das festzustellen.«
»Ich werde der Form halber eine Überprüfung veranlassen.« Torbeck sah in das blasse Gesicht der Toten. »Seit wann ist sie tot?«
»Vielleicht seit fünf Stunden.«
»Wie haben Sie sie gefunden?«
»Sie ist nicht zu ihrer Schicht erschienen. Da ich im Notfall die Türen öffnen kann, hat ihr Vorgesetzter mich verständigt.«
»Warum hat man Sie informiert?«
»David und ich kennen uns schon recht lange. Mir ist bewusst, dass er einen anderen Weg hätte einschlagen müssen. Aber er wollte erst mal keinen allzu großen Wirbel veranstalten.«
»Verstehe. Wie heißt sie? Kannten Sie sie?«
»Ihr Name ist Frida Hank.« Hartmann schüttelte den Kopf. »Nein, ich kannte sie nicht.« Er sah sie an. »Ich denke, wir können zunächst davon ausgehen, dass es sich um einen Suizid handelt. Wenn das so ist, wie gehen wir damit um?«
Gute Frage. Wenn sie es öffentlich machten, dann konnte das zu einer Welle von Selbstmorden führen. Versuchten sie, es zu vertuschen und es kam heraus, waren die Folgen womöglich noch gravierender. Außerdem würden Gerüchte entstehen und die Menschen zum Tuscheln bringen. Hatte der Virus in der Anlage zugeschlagen? Gab es einen Frauenmörder?
»Wer weiß noch von der Sache?«

»Bis jetzt nur Sie. Aber ihr Vorgesetzter wird bald Fragen stellen. Letztendlich kann niemand aus der Anlage verschwinden. Also werden wir irgendeine Antwort präsentieren müssen.«
»Wir sollten mit der Psychologin sprechen«, sagte Torbeck.
Hartmann sah sie entgeistert an. »Sie wollen mit Kranz sprechen?«
»Warum nicht? Was ist mit ihr?«
»Sie wissen es nicht? Die Frau ist völlig durcheinander. Sie redet vom Jüngsten Gericht und davon, dass wir nur in Trautheim sicher wären.« Er machte mit der flachen Hand eine entsprechende Bewegung vor seinem Gesicht. »Die Frau ist im Wahn.«
Davon hatte Torbeck nichts mitbekommen. »Trautheim?«
»Ein kleiner Ort in Norddeutschland. Da hat sie gewohnt.«
Torbeck begriff, dass die Probleme nicht nur draußen warteten. Entglitt ihr die Anlage? Sie hatte die Stunden seit dem Ausbruch fast ausschließlich auf dem Leitstand verbracht. Aber wer das Kommando hat, der hat noch lange nicht die Kontrolle. Sie musste etwas tun. »Wie bedenklich ist ihr Zustand? Ist sie arbeitsfähig?«
»Auf keinen Fall.«
»Dann suspendiere ich sie bis auf Weiteres vom Dienst.«
»Das befürworte ich.«
»Wie ist die Situation? Was haben Sie für ein Gefühl? Ich meine, was die Menschen angeht.«
Der Arzt legte eine Tagesdecke über das Gesicht der Leiche. »Schwer zu sagen. Die Leute sind still. Beim Essen in der Messe wird kaum geredet. Man hört nur das Klappern des Bestecks. Eine bedrückende Atmosphäre. Was in den Menschen genau vorgeht, kann ich Ihnen nicht sagen. Das Problem ist, dass wir kein gefestigtes soziales Gefüge haben. Es gibt kaum Bindungen zwischen den Leuten. Das wäre sicherlich anders, wenn wir schon alle seit Jahren zusammengearbeitet hätten. Aber so?«
Was konnte sie tun? Sie dachte nach. Ihre Möglichkeiten waren begrenzt. »Ich werde eine Ansprache halten.«
»Gut. Und bis dahin?«
»Bringen Sie den Leichnam in die Krankenstation. Wenn Sie jemand fragt, dann sagen Sie die Wahrheit. Alles andere führt nur zur Legendenbildung.«
»Dann machen wir es so.«

Torbeck begab sich wieder zurück in ihr Quartier. Auf halbem Weg bemerkte sie, dass sie die Tote schon fast vergessen hatte. Sie hatte immer mehr Probleme damit, sich zu konzentrieren. Sie musste sich dringend ein oder zwei Stunden hinlegen. Und wenn das nicht ging, dann wenigstens unter die Dusche springen. Sie konnte nicht verstehen, warum sich Frida Hank das Leben genommen hatte. Nein, das war falsch. Vielmehr konnte sie nicht verstehen, warum niemand ihren Gefühlszustand bemerkt hatte. Torbeck nahm das NanoCom vom Gürtel und tippte den Namen der Verstorbenen ein. Ein kurzes Personagramm mit den nötigsten Daten erschien auf dem Bildschirm. Zumindest wusste sie jetzt, dass Hank als medizinisch-technische Assistentin im S4-Labor gearbeitet hatte. Im Gegensatz zu vielen anderen Bereichen kannte sich das Personal des Hochsicherheitslabors ziemlich gut. Hatte da keiner etwas bemerkt? Sie musste mit den Leuten dort sprechen. Eine Selbstmordwelle war das Letzte, was sie in der Anlage gebrauchen konnte. Die Frau hatte Kinder. Warum brachte sich so jemand um? Schuldgefühle, weil sie sich selbst in Sicherheit befand, während ihre Kinder draußen litten? Eigentlich war das ein eindeutiger Fall für die psychologische Abteilung. Aber die war leider auf eine, nicht mehr dienstfähige Mitarbeiterin geschrumpft und hatte sich damit aufgelöst. Torbeck durfte die Ansprache für das Personal auf keinen Fall vergessen, auch wenn sie keine Ahnung hatte, was sie sagen sollte. Außerdem musste sie noch die Videoauswertung veranlassen. Nur für alle Fälle.
Torbeck hatte ihr Quartier erreicht und legte sich sofort aufs Bett. Fragen begannen sich in ihrem Kopf gegenseitig zu jagen. Was sollte sie tun, wenn die Anlage ein weiteres Mal angegriffen wurde? Hatte Gärtner mehr als nur Verdacht geschöpft? Konnte sie Theißen wirklich vertrauen? Brach die Seuche bald im Bunker aus? Was war mit Katta? Wie sollte sie Wiegner aus der Quarantäne holen? Durfte sie das überhaupt riskieren?
Ihre Gedanken kreiselten in ihrem Kopf und versuchten in verschiedene Richtungen zu fliehen.

Markus Steller

Hatte man den Kern einer Sache erfasst, erschien sie einem plötzlich lächerlich simpel. Fieber musste ihn loswerden, bevor sie den Bunker erreichten. Waren sie erst einmal dort, endete seine Macht und er musste befürchten, dass Steller von den Zivilisten berichtete, die Fieber als Köder benutzt hatte. In der Konsequenz war es möglich, dass man ihn vor ein Militärgericht stellte. Es war natürlich überhaupt nicht klar, ob die im Bunker an solchen Dingen ein Interesse hatten, aber das Risiko würde Fieber nicht eingehen. Was die Sache für Fieber weiter verkomplizierte war, dass Katta auf keinen Fall dabei sein durfte, wenn der Kommandoführer ihn aus dem Weg räumte. Das Mädchen war für Fieber die Eintrittskarte in den Bunker, aber sie hatte philanthropische Züge und einen ausgeprägten Sinn für Gerechtigkeit. Das waren keine Eigenschaften, die bei Fieber hoch im Kurs standen. Wäre Katta nicht plötzlich aufgetaucht, dann hätte Fieber sie alle drei erschossen. Die Frau. Ihn. Und vor allem Anna. Das Dreckschwein hätte das Kind erschossen. Zeugen konnte er nicht gebrauchen. Danach hätte er sich damit gerechtfertigt, dass er geglaubt habe, auf Infizierte gestoßen zu sein. Ein grauenvolles Missverständnis.
Stellers persönliche Lage wurde langsam komplex. Er musste gegen die Infizierten kämpfen, dabei Anna beschützen und sich zeitgleich Fieber vom Hals halten. Dabei durfte er nicht vergessen, dass der einen Mittäter gehabt hatte. Steller konnte sich immer noch nicht daran erinnern, wer das gewesen war. Eigentlich genug Gründe einen allumfassenden Nervenzusammenbruch zu erleiden. Seltsamerweise fühlte er sich gut. Geradezu euphorisch. Was hatte sein erster Ausbilder damals zu ihm gesagt? Ein alter Trapper lässt sich nicht so leicht in die Flinte pissen. So leicht nicht, mein Freund.

»Darf ich erfahren, was du hier gemacht hast?«, fragte Fieber. Der Rest der Gruppe war mittlerweile die Treppen hinuntergekommen. »Und wer ist das?«, setzte Fieber hinzu, bevor Steller ihm antworten konnte.
Steller legte den Arm um Annas Schultern. Sie hatte sich an seine Beine gedrückt. Die Putzfrau stand hinter ihm. »Das erkläre ich dir gleich. Wir sollten in die Station gehen. Dort gibt es etwas zu essen und zu trinken.«
»Ihr habt den Mann gehört.«
Während sich die anderen versorgten, sprach Steller mit Fieber unter vier Augen. Er berichtete ihm von seinem letzten Polizeieinsatz. Wie sie in die Wohnung eingedrungen waren, wie er Sarah mit aufgeschnittenem Hals aufgefunden und die kleine Anna sich zwischen den Möbeln versteckt hatte. Auch erzählte er Fieber, wie er dem Vater die Zähne ausgeschlagen hatte, sprach von seinen Schuldgefühlen und darüber, wie er sich eine Kugel in den Kopf jagen wollte. Steller wurde nicht ein einziges Mal unterbrochen. Am Ende nickte Fieber und sagte: »Du hast die Nachhut gebildet und uns im Stich gelassen. Das ist unverzeihlich. Wir hätten draufgehen können.« Fieber ließ Steller stehen und verließ den Raum. War das alles, was das Arschloch zu sagen hatte? Nach kurzem Zögern folgte Steller ihm. Als sie wieder bei den anderen waren, sprach Fieber die Putzfrau an: »Was ist Ihre Aufgabe in der Station?«
Sie sah kurz zu Steller hinüber. Fieber folgte ihrem Blick. »Ich bin Krankenschwester«, sagte sie.
Fieber lächelte. »Okay.« Er richtete sich an Steller. »Das ist eine Fähigkeit, die man gebrauchen kann. Schön, dass der Zufall mal auf unserer Seite ist.«
Steller reagierte nicht.
»Was machen wir jetzt?«, fragte Demir. Katta saß neben ihm. Sie sah etwas besser aus.
»Wir nutzen das Tageslicht und verschwinden aus der Stadt«, sagte Fieber.
»Laufen wir?« Demir zeigte keine Begeisterung.
»Fliegen wäre mir auch lieber.«
»Wie verpflegen wir uns?«

Fieber zuckte mit den Schultern. »Das werden wir sehen. Wie ihr wisst, hat Kattas Mutter uns einen möglichen Weg aufgezeigt. Der basiert aber auf der Annahme, dass wir es mit einem Fahrzeug versuchen. Das werden wir nicht tun. Wir verlassen die Stadt zu Fuß auf dem kürzesten Weg. Wenn wir leise sind, dann halte ich das für sicherer, als wenn wir Motorenlärm produzieren. Wir sind praktisch schon am Stadtrand. Das schaffen wir. Am liebsten wäre mir die Kanalisation, aber nach den Geräuschen, die wir da gehört haben, halte ich das Risiko für zu groß.«

Zustimmendes Nicken aller Anwesenden. Die Gruppe nutzte die Zeit, um sich aus der Stationsküche zu versorgen. Fliege riss mit den Zähnen die Verpackung eines eingeschweißten Sandwiches auf und stopfte sich das Weißbrot in den Mund. Dann versuchte er, es ohne zu kauen mit dem Inhalt einer Dose Cola hinunterzuspülen. »Du sollst diesen Mist nicht saufen.« Fieber schlug Fliege die Dose aus der Hand.

Steller beobachtete die Szene. Anscheinend lagen die Nerven stärker blank, als es der erste Eindruck erahnen ließ. Aber das war ihm egal. Steller machte sich alleine Sorgen um Anna. Vor weniger als einer Stunde war er alleine gewesen. Einsam, aber ohne Sorgen. Jetzt hatte sich sein Herz geöffnet, nur damit die Angst ihm einen Zentner Steine hineinschmeißen konnte. Wie lange konnte sie laufen? Was sollten sie tun, wenn sie entdeckt wurden? Anna war viel zu langsam. »Bist du schon mal lange gelaufen?« Steller kniete sich hin und kontrollierte ihre Schnürsenkel.

»Das kann ich selber machen.«

»Was? Ja, klar. Sie müssen ganz fest sein, damit sie nicht von selber aufgehen.« Er sah ihr zu, wie sie an ihren Schuhen herumwerkelte.

»Zur Schule«, sagte Anna. »Früher bin ich zur Schule gelaufen.«

»Früher?«

»Ich darf nicht mehr zur Schule gehen. Der böse Mann hat es verboten.«

»Welcher böse Mann?«

»Papa.«

Steller schluckte. »Ich befürchte, wir müssen heute länger laufen.«

Anna nickte. »Läufst du mit mir?«

»Ich weiche nicht von deiner Seite.«
»Ich kann aber nicht so schnell rennen wie die Erwachsenen. Wenn die Monster kommen, lässt du mich dann alleine?« Die Frage war nüchtern gestellt. Er fasste sie an beiden Schultern. »Auf keinen Fall. Ich werde dich nie alleine lassen. Völlig egal, was geschieht.«
»Schwörst du das?«
»Ich schwöre es.« Steller war selber überrascht, wie überzeugt seine Stimme klang. Wenn es sein musste, würde er sie tragen. Wenn sie nicht fliehen konnten, würde er ihr den letzten Dienst erweisen und sich selber auch. Aber dazu durfte es nicht kommen.
»Dann ist es gut. Ist mir egal, wie lange wir laufen.«
Die Gruppe war abmarschbereit. Fieber sprach gerade mit Dallas, um die Marschordnung festzulegen. Steller beobachtete die beiden. Was sollte er gegen Fieber unternehmen? Den einzigen Trumpf, den er hatte, war, dass er wusste, dass der Kerl ihn umbringen wollte. Stellers Lage wurde mit jeder Minute schlechter. Mittlerweile war sein Wert für die Gruppe gesunken. Aus der Stadt herauszufinden war nicht weiter schwer. Allerspätestens am Stadtrand waren seine Ortskenntnisse bedeutungslos. Sein Zurückbleiben würde niemanden interessieren.
Sie verließen das Gebäude. Fieber und Schwede übernahmen die Spitze. Ihr Plan sah vor, sich südöstlich zwischen den Klinikgebäuden hindurchzuschleichen. Wenn alles gut ging, würden sie auf die Kennedyallee treffen, dann in den Stadtwald abtauchen und grob der A5 in Richtung Süden folgen. Nach Möglichkeit würden sie allen Ortschaften ausweichen.
Sie hatten hundert Meter zurückgelegt, als Steller bemerkte, dass es kühler wurde. Der Trupp blieb stehen. Er sah, dass Wolf und Schippe in den Himmel starrten. Steller legte seinen Kopf in den Nacken. Zunächst fiel ihm nichts Ungewöhnliches auf. Der Himmel war strahlend blau und das Licht der Sonne trieb ihm Tränen in die Augen. Das blieb nicht so. Mit jeder Sekunde wurde es dunkler. Etwas schob sich vor die Sonne, ließ bald nur eine grelle Sichel übrig. »Wir müssen umkehren«, sagte Steller. Vorne an der Spitze kamen sie zur gleichen Entscheidung. Fieber und Schwede drehten um und liefen zurück. Dann wurde es Nacht.

Wo eben noch der blaue Himmel zu sehen gewesen war, standen jetzt Sterne am Firmament. »Seht euch das an«, sagte Bilal, der neben Steller stand.
Steller sah wieder nach oben und erkannte die Streifen, die sie in der letzten Nacht gesehen hatten. Aber jetzt waren sie erheblich länger. Bevor er sich über das Phänomen weitere Gedanken machen konnte, setzte ein Heulen an. Wie bei einem Martinshorn im Berufsverkehr konnte man unmöglich sagen, woher es kam. Fliege winkte, gab mit Handzeichen zu verstehen, dass sie sich ducken sollten. Alle gingen in die Hocke. Das war Mist. Der falsche Ort, um ein Picknick zu veranstalten. Steller unterdrückte den Impuls, auf die Beine zu springen. Vielleicht war jetzt der Moment gekommen, sich auf eigene Faust durchzuschlagen. Ganz in der Nähe hörte er einen Schrei. Die hatten sie entdeckt. Drei SEK-Männer sprangen auf. Dann begann es.
Tack, tack, tack.
»Es schießen nur die Schalldämpfer.« Fieber versuchte das Unmögliche. Leise zu schreien.
Steller hielt Annas Hand. Sein Griff wurde fester. »Du tust mir weh.«
»Bleib bei mir«, sagte er.
Die Angreifer kamen von vorne. Zwanzig oder dreißig. Ohne ein Kommando abzuwarten, rannte die Gruppe geschlossen den Weg zurück.
»Ich kann aber nicht so schnell rennen wie die Erwachsenen. Wenn die Monster kommen, lässt du mich dann alleine?« Das ging ja schneller als gedacht. Steller ließ die MP am Gurt baumeln und zog die Pistole. Die war handlicher.
»Die kommen von vorne«, schrie Dallas. Als sie sich auf den Weg gemacht hatten, war Dallas am Ende der Kolonne gelaufen. Nach ihrem hastigen Rückzug bildete er plötzlich die Spitze.
Sie wurden in die Zange genommen. Absicht oder nicht, die Jagdmethode der Infizierten war äußerst effizient. »Da lang«, schrie Bilal und rannte nach rechts, nahm einen schmalen Weg zwischen zwei Gebäuden hindurch. Die anderen folgten ihm. Steller versuchte, die Nerven zu behalten. Nicht so schnell. Er durfte nicht zu schnell rennen.

»Lauf schneller«, schrie ihn Anna an. Das musste sie ihm nicht zweimal sagen.

TAGESSCHAU

Aila Torbeck

Torbeck hatte knapp eine Stunde geschlafen. Dann wurde sie durch ihren 1. WO geweckt. »Was willst du von mir?«, nuschelte sie im Halbschlaf in das NanoCom.
»Die Sonne ist wieder verdunkelt. Und das ist nicht alles. Wir empfangen eine Nachricht«, sagte Gärtner.
Torbeck war sofort hellwach. »Ich bin auf dem Weg. Informieren Sie die Forschung.« Ohne sich um irgendetwas zu kümmern, sprang sie aus dem Bett, öffnete die Tür und rannte den Gang entlang in Richtung der Aufzüge.

Auf dem Leitstand war es unheimlich still. Torbeck, Danielsen und Keim bildeten zusammen mit dem Personal des Leitstandes einen engen Halbkreis um einen Monitor, als gäbe es dort die erste Mondlandung zu bestaunen. Die Information, dass sich die Sonne wieder verdunkelt hatte, wurde von der Nachricht, die sie empfingen, zur Randnotiz degradiert. Niemand konnte seinen Blick vom Bildschirm abwenden. »Seit wann läuft das?«, fragte sie den Soldaten, der am Terminal vor dem Monitor saß.
»Wir empfangen das Signal seit etwa fünfzehn Minuten.«
»Und es wiederholt sich immer wieder?«
»Ja. Die Sendung ist kaum eine Minute lang. Wenn sie zu Ende ist, beginnt sie nach dreißig Sekunden erneut.«
»Wie wird sie übertragen?«
»Über alle uns bekannten Frequenzen.«
»Von wo?«
Der Techniker zuckte mit den Achseln. »Von überall.«
»Das ist doch ein schlechter Scherz«, hörte Torbeck sich selber sagen. Sie starrte auf den Schirm. Sie hatte die Nachricht bereits zweimal gesehen, aber sie war bis jetzt nicht in ihrem Kopf angekommen. »In allen Sprachen?«

»Soweit wir das beurteilen können. Ja.«
Keim neben ihr grinste schief. »Ich habe es Ihnen doch gesagt.«
Torbeck achtete nicht auf ihn. Der Bildschirm wurde schwarz. Dann begann es erneut. Auf dem Monitor erschien das Logo der Tagesschau. Die Musik ertönte. Dann sah man einen Nachrichtensprecher. Der Mann lächelte, ohne seine Augen zu benutzen. Der Anzug war maßgeschneidert, die Haare wie gemalt. Seine Hände lagen ordentlich nebeneinander auf dem Pult. Torbeck beugte sich nach vorne, näher an den Bildschirm heran. Diese Augen. »Ist das ein echter Mensch?«
»Wenn, dann ist es ein Psychopath«, kam es von hinten.
Der Nachrichtensprecher öffnete den Mund. »Guten Tag«, sagte er mit sanfter Stimme. Er hielt kurz inne. Von links kam eine Hand ins Bild, die ein Glas Wasser auf das Pult stellte. Der Mann nahm das Glas und nippte daran. »Das ist total irre«, sagte jemand, der hinter Torbeck stand. Dann redete der Nachrichtensprecher weiter. »Ich muss Ihnen leider mitteilen, dass alles ein Ende hat. Sie auch. Behalten Sie sich im Griff. Seien Sie nicht dumm. Bewahren Sie Ruhe. Hilfe ist nicht unterwegs. Also kein Grund zur Panik. Widerstand ist zwecklos.« Der Mann auf dem Bildschirm lächelte, dass seine Zähne blitzten. »Schlafen Sie schön.« Das Bild wurde schwarz.
Jemand lachte hysterisch. »Widerstand ist zwecklos. Das sind die Borg aus Raumschiff Enterprise.«
»Ist das eine Verarschung?«
»Ich glaube, das übersteigt das Budget von Verstehen Sie Spaß?«
»Warte, gleich fängt es wieder an.«
»Ruhe!« Torbeck wurde es zu viel. Augenblicklich wurde es still. »Gärtner, Keim, Danielsen. In meinen Raum.« Sie drehte auf dem Absatz um und ging voran. Die Männer folgten ihr wortlos. Als die Tür zum Kommandantenraum aufglitt, rief sie: »Theißen, Sie auch.« Nachdem sich alle versammelt hatten, zeigte sie auf die Stühle, die vor ihrem Schreibtisch standen. »Bitte.«
Torbeck ließ sich auf ihren Drehstuhl fallen. »Theißen, was wissen wir über die Nachricht?«
»Die Nachricht wird in den wichtigsten Sprachen übertragen. Jeweils in Form einer Nachrichtensendung. CNN, ABC,

Al-Jazeera. Soweit wir das feststellen können, ist der Inhalt der Botschaft jeweils identisch.«

»Können wir die Quelle des Signals bestimmen?«

»Nein.«

»Ich habe es Ihnen doch gesagt. Ich wusste es«, sagte Keim. Der Mann freute sich, als habe er den Nobelpreis gewonnen. Torbeck konnte seine Euphorie nicht teilen.

»In Ordnung. Nehmen wir an, dass die Botschaft von Außerirdischen stammt.« Torbeck schüttelte sich. »Nein, das ist verrückt«, sagte sie mehr zu sich selbst.

»Außerirdische«, echote Gärtner.

Theißen machte große Augen.

Danielsen zeigte sich sichtlich genervt. »Nicht schon wieder.«

»Warum? Weil Sie nicht an Außerirdische glauben?« Keim beugte sich nach vorne und nahm Papier und Bleistift von Torbecks Schreibtisch. »Darf ich?«

»Bitte.«

Er schrieb eine Formel auf und zeigte sie den anderen. »Wissen Sie, was das ist?«, fragte er in die Runde. Allgemeines Kopfschütteln. Auf dem Blatt stand Folgendes:

$$N = R_o \bullet f_p \bullet n_c \bullet f_l \bullet f_i \bullet L$$

»Das ist eine Abwandelung der Drake-Gleichung. Mit ihrer Hilfe lässt sich abschätzen, wie viele Zivilisationen in unserer Galaxie existieren. Die Faktoren setzen sich folgendermaßen zusammen. R_o bezeichnet die mittlere Sternenentstehungsrate in der Milchstraße, f_p ist die Anzahl der Sterne mit Planetensystemen, n_c die Anzahl der Planeten, die sich in der Ökosphäre ihres Sterns befinden, f_l die Anzahl der Planeten, auf denen sich Leben entwickelt hat und f_i schließlich die Anzahl der Planeten mit intelligentem Leben. L ist die Lebensdauer einer technischen Zivilisation.«

Danielsen lachte. »Da sind nach hinten heraus eine Menge Unbekannte in Ihrer Gleichung.«

»Das ist richtig. Aber laut Fermi kann man auch solche Gleichungen sinnvoll abschätzen.«

»Das ist aber eher ein philosophischer Ansatz.«
Keim ging nicht auf die Bemerkung des Professors ein. »Mittlerweile wissen wir, dass Planetensysteme eher die Regel als die Ausnahme darstellen. Exoplaneten werden fast täglich neu entdeckt.«
»Dabei handelt es sich aber meistens um jupiterähnliche Gasriesen«, warf Danielsen erneut ein.
»Wo Gasriesen sind, da sind auch Gesteinsplaneten zu vermuten. Aber das ist nicht der Punkt. Um es zu verkürzen. Selbst konservative Schätzungen gehen davon aus, dass es mindestens fünftausend Zivilisationen gibt, die gleichzeitig mit der Menschheit in der Milchstraße existieren. Es ist nicht weit hergeholt, wenn man annimmt, dass es unter diesen fünftausend Zivilisationen zehn gibt, die man als Superzivilisation bezeichnen kann. Also Zivilisationen, die interstellar reisen und in der Lage sind, die volle Energie ihres Heimatsternes zu nutzen.«
»Das ist Hokuspokus. Sie haben zu viele Bücher von Herrn von Däniken gelesen.« Der Professor verschränkte die Arme über seinen Bauch.
»Der Hokuspokus steht bei uns vor der Tür«, sagte Keim und warf Stift und Zettel zurück auf den Schreibtisch.
Gärtner mischte sich ein. Er hatte sich von dem Schock, dass Außerirdische die Welt bedrohten, überraschend schnell erholt. »Ich habe mal gelesen, dass solche fiktiven Kulturen der unseren nicht nur technisch, sondern auch moralisch überlegen sein sollten. Sie müssten gut sein. Das beißt sich etwas mit dem Inhalt der Nachricht. Die ist ja wohl eindeutig als Drohung zu verstehen.«
Keim wollte etwas sagen, wurde aber von Danielsen unterbrochen. »Sehen wir mal davon ab, dass Gut und Böse von Menschen definierte Begriffe sind. Das technisch überlegene Außerirdische auch besonders gut sein müssten, ist falsch. Es spricht sogar einiges dagegen, dass sie gut sind. Die Evolutionsgeschichte unseres eigenen Planeten hat oft genug gezeigt, dass dem Leben als solchem eine große Aggressivität innewohnt. Man kann sogar die Meinung vertreten, dass gerade die Aggressivität der einzelnen Lebensformen zur

Weiterentwicklung der Spezies zwingend erforderlich ist. Denn nur eine feindliche Umwelt zwingt zur Anpassung und fordert von den Arten Strategien zum Überleben zu entwickeln. Möglicherweise ist die Aggressivität ein universeller Antrieb des Lebens überhaupt. So gesehen könnte es sein, dass sich wirklich erfolgreiche Zivilisationen gerade durch ein besonderes Maß an Aggressivität auszeichnen. Wenn man denn glauben will, dass es sie gibt.« Keim nickte zustimmend. »Aber ich glaube es immer noch nicht«, setzte der Professor hinzu.

Keim wurde lauter. »Es liegt doch auf der Hand. Wir haben es mit einem uralten künstlichen Virus zu tun. Der...«

»Dass der Virus künstlich ist, behaupten Sie. Und wie ich anfügen darf, nicht zum ersten Mal«, unterbrach ihn Danielsen.

»Bitte, Herr Professor. Sie glauben doch wohl selbst nicht an einen natürlichen Ursprung. Also. Der Virus bricht aus, vernichtet innerhalb kürzester Zeit einen Großteil der Bevölkerung. Dann flackert aus unerfindlichen Gründen unsere Sonne. Diese Streifen tauchen am Himmel auf und zu guter Letzt bekommen wir noch eine Botschaft, in der wir aufgefordert werden, uns in unser Schicksal zu fügen.«

»Die Botschaft zeugt aber nicht gerade von großer Intelligenz«, warf Theißen ein.

»Warum nicht? Weil sie für uns holprig klingt? Nun, das dürfte darauf zurückzuführen sein, dass sie von einer Intelligenz stammt, die der unseren im besten Fall nur ähnelt. Viele Metaphern und Bilder, die wir täglich verwenden, spielen in ihrer Kultur wahrscheinlich keine Rolle. Wenn Sie mit einem intelligenten Delfin sprechen müssten, dann wären Missverständnisse vorprogrammiert. Und ein Delfin lebt immerhin auf dem gleichen Planeten wie Sie. Die Angreifer haben vielleicht unser Fernsehprogramm empfangen und daraus gewisse Rückschlüsse gezogen. Sie haben begriffen, dass unsere Nachrichtensendungen dafür geeignet sind, uns eine Botschaft zukommen zu lassen. Dass sie nicht wissen, welche Reaktion diese Botschaft tatsächlich bei uns auslöst, kann man ihnen nicht als mangelnde Intelligenz auslegen.«

»Sie haben Angreifer gesagt. Was geschieht Ihrer Meinung nach hier gerade?« Torbeck konnte sich nicht konzentrieren. Ihre Gedanken sprangen sekündlich zwischen der Besprechung und ihrer Tochter hin und her. War sie mit ihren Gedanken hier im Raum, dann schämte sie sich, nicht an ihr Kind zu denken. Wenn sie aber an Katta dachte, dann schämte sie sich, nicht bei der Sache zu sein.

»Wir werden kolonialisiert. Das geschieht«, sagte Keim.

»Wie die Indianer?«, fragte Theißen.

»Eher schlimmer. Ich nehme folgendes Szenario an. Schon vor Urzeiten haben die Außerirdischen die Erde besucht. Sie trafen auf einen Planeten, der ihren Anforderungen nicht genügte. Sie manipulierten den Evolutionscomputer, indem sie Viren einsetzten. Wenn man so will als Programmroutinen.«

»Jetzt machen Sie mal einen Punkt.« Danielsen platzte die Hutschnur.

»Sie sind doch Virologe. Wollen Sie bestreiten, dass Viren ein wesentlicher Motor der Evolution sind?« Keim sah den Professor auffordernd an.

»Nein.«

»Wollen Sie bestreiten, dass noch immer darüber gestritten wird, ob Viren leben oder nicht?«

»Das kann man nicht so einfach sagen. Nach menschlichem Verständnis existieren Viren tatsächlich an der Grenze zwischen unbelebter Natur und dem, was wir als lebendig bezeichnen. Das liegt daran, dass der Mensch eine ziemlich starre Vorstellung davon hat, was Leben bedeutet. Das ist ein Problem der Definition, nicht des Lebens.«

»Da bin ich anderer Meinung. Viren sind unbelebte Materie. Sie nisten sich in Wirtszellen ein und funktionieren als biochemische Parasiten. Sie sind körperlose Dämonen, die vom Leben selbst Besitz ergreifen. Die Viren haben den Planeten langfristig so verändert, wie es sich unsere Besucher gewünscht haben. Zumindest dachten sie das. Jetzt sind sie nach Jahrmillionen zurückgekehrt und wollen ihn in Besitz nehmen. Dabei müssen sie feststellen, dass die Biologie, die sie wie Magier beherrschen, selbst für sie ein Stück weit unberechenbar ist. Wir sind da. Ein ungewolltes Abfallprodukt. Das müssen sie loswerden. Darum wird MCHI ausgelöst. Um bei meinem Vergleich zu bleiben. MCHI ist ein in kluger Voraussicht installiertes Reinigungsprogramm, das unerwünschte Ergebnisse des von ihnen gesteuerten Evolutionscomputers berichtigen soll. Der Virus alleine reicht aber nicht. Denn, wenn auch nur ein Prozent der menschlichen Population überlebt, so ist das zu viel. Der Mensch besitzt die ausgeprägte Fähigkeit zur Reorganisation, er muss völlig ausgerottet werden. Daher die Streifen am Himmel. Das sind Landungsschiffe. Sie stellen die zweite Welle der Invasion dar. Dass die Sonne verdunkelt wird, hängt möglicherweise damit zusammen, dass sie gerade damit beschäftigt sind, eine Dyson-Sphäre zu installieren. Bevor Sie fragen, was das ist. Eine Dyson-Sphäre ist ein kugelförmiges Konstrukt, das einen Stern umschließt, um seine gesamte Energie zu absorbieren. In diesem Fall könnte es sich um einen Dyson-Schwarm handeln. Vielleicht Zigtausende von gewaltigen Sonnenkollektoren, die auf eigenständigen Bahnen die Sonne umkreisen. Sie können sich das so vorstellen. In einem Krieg ist die Schlacht um die Hauptstadt noch in vollem Gange. Der siegessichere Feind baut aber bereits in der Vorstadt die ersten Parkanlagen aus.« Keim hob abwehrend die Hände, bevor sich die anderen empören konnten. »Aber das mag auch völliger Blödsinn sein. Was kein Blödsinn ist, ist die Tatsache, dass die Außerirdischen vor unserer Tür stehen. Und sie haben keine friedlichen Absichten.«

»Wenn der Feind so siegessicher ist, warum dann diese Nachricht?«, wollte Torbeck wissen.

»Ich muss eingestehen, dass mich das auch verwirrt. Denkbar wäre, dass sie einen Kampf scheuen.«

»Sie sind uns doch technisch mehr als überlegen«, wandte Theißen ein.

»Das bedeutet aber nicht, dass sie das Prinzip der Kriegsführung beherrschen. Sie manipulieren ganze Planeten auf eine Art und Weise, die das Kämpfen für sie vielleicht seit fünfhundert Millionen Jahren überflüssig macht.« Keim dachte kurz nach. »Möglicherweise haben sie auch Angst, dass wir im Angesicht des totalen Untergangs den Planeten in die Luft sprengen. Vielleicht wissen sie, dass wir Atomwaffen besitzen. Und zwar eine ganze Menge, wie ich anfügen möchte. Das Potenzial ist also vorhanden.«

Torbeck erschrak. Ein atomarer Holocaust? Wenn die Erde wirklich vor einer Invasion stand, dann war das sicherlich eine Möglichkeit, über die die entsprechenden Mächte nachdenken würden. Wenn sie dazu noch in der Lage waren. Torbeck fielen die Satelliten ein. »Theißen. Was ist mit den SAR-Lupe-Satelliten? Konnten Sie die Steuerung übernehmen? Können die uns irgendwie helfen?«

»Das habe ich in der Aufregung vergessen. Die Satelliten sind ausgefallen. Alle.«

»Seit wann?«

»Das ist kurz vor dem Eingang der Nachricht geschehen.«

»Also sind wir taub und stumm.« Jetzt konnte sie nicht mehr mit Katta Kontakt aufnehmen. Das war die mit Abstand schlimmste Nachricht des Tages.

»Ja«, sagte Theißen, »aber nicht blind. Die Drohne befindet sich gerade noch in einer Entfernung, die eine Verbindung ohne Satelliten möglich macht.«

Torbeck sprach Keim an. »Sie haben gerade erwähnt, dass die Außerirdischen Angst haben könnten.«

»Das dürfen Sie nicht wörtlich nehmen. Ich kann nichts über deren Gefühlswelt und Motive sagen. Wenn sie denn so etwas wie Gefühle besitzen.«

»Trotzdem. Wenn es ihnen völlig egal wäre, wie wir uns verhalten und was wir tun, dann müssten sie uns keine Nachricht schicken.«

»Das ist aus menschlicher Sicht richtig.«

»Das Vorgehen wirkt menschlich«, sagte Torbeck.

»Das kann daran liegen, dass es zwischen ihnen und uns Gemeinsamkeiten gibt. Darin könnte auch unsere einzige Chance liegen.«

»Was sollte das sein?«, spottete Danielsen. »Die gemeinsame Vorliebe für guten Wein?«

»Zunächst dürfen wir davon ausgehen, dass die Außerirdischen aus unserem Universum stammen. Das heißt, sie unterliegen den gleichen physikalischen Gesetzen. Wir haben somit die gleiche

Kinderstube wie sie. Außerdem werden sie eine Art der Mathematik entwickelt haben, die unserer vielleicht sogar ähnlicher ist, als wir vermuten würden.«

»Warum?«, fragte Torbeck. Ihr Blick fiel auf Theißen. Der hatte den Kopf zur Seite geneigt und die Stirn in Falten gelegt. Mit einer Hand drückte er gegen sein Headset, um besser hören zu können. Sie sah ihn fragend an. »Entschuldigen Sie mich«, sagte er. »Ich werde auf dem Leitstand benötigt.«

»Ist etwas geschehen?«, fragte Torbeck.

»Nichts Ernstes.«

Torbeck nickte ihm zu. Er stand auf und verließ den Raum. Sie wandte sich wieder Keim zu. »Also? Warum?«

»Irgendwann im Laufe ihrer Entwicklungsgeschichte müssen unsere Besucher neugierig geworden sein und damit begonnen haben, den Weltraum zu erforschen. Dabei haben sie die gleichen Dinge wahrgenommen wie wir. Sterne. Sterne haben eine Form. Die Kugel. Planeten haben die gleiche Form. Die Geometrie ist universell, genau wie die Mathematik. Wo die Kugel ist, da ist der Kreis nicht fern. Der Kreis wiederum führt uns zum Rad. Wenn wir davon ausgehen, dass sie sich auf einem Gesteinsplaneten entwickelt haben, dann ist das Rad eine unverzichtbare Erfindung, die die weitere technologische Entwicklung erst möglich macht. Mit dem Rad überwindet man die Schwerkraft. Man denke nur an die Erfindung des Flaschenzuges. Mit dem Rad erkennt man, dass man der Natur trotzen kann. Das macht hungrig auf mehr. Sie werden außerdem eine Form der Kommunikation besitzen. Sie werden in der Lage sein, Prozesse zu automatisieren. Ob sie dabei einen ähnlichen Technologiebaum wie wir benutzt haben, spielt zunächst keine Rolle. Tatsache ist, dass es Gemeinsamkeiten geben wird.«

»Man könnte meinen, Sie hätten sie schon mal besucht«, sagte Danielsen.

»Und warum liegt darin eine Chance für uns?«, fragte Torbeck.

»Vielleicht resultiert aus diesen Gemeinsamkeiten auch ein gleichartiges Denkmuster. Ich gebe dem Professor recht. Es ist sehr gut möglich, dass sie ausgesprochen aggressiv sind. Die momentane Situation spricht dafür. Allerdings schließt das nicht aus, dass sie eine Art von Ethik besitzen.«

»Ich finde ihr Verhalten bis jetzt äußerst unethisch«, warf Gärtner ein.

»Das ist unser Verhalten in vielen Bereichen auch. Man denke nur an Tierversuche. Wenn die Menschen genug Abstand zum Geschehen haben, nehmen sie erstaunlich viel Grausamkeit in Kauf. Wir müssen den Abstand zwischen uns und den Außerirdischen verringern, uns auf dieselbe Ebene anheben, um wahrgenommen zu werden. Es ist durchaus denkbar, dass sie uns nicht als intelligente Wesen ansehen. Wenn wir das ändern, dann lassen sie uns vielleicht am Leben.«

»Das ist ziemlich vage«, sagte Danielsen.

»Wenn jemand einen besseren Vorschlag hat, dann soll er sich melden. Mehr als diesen Hoffnungsschimmer habe ich nicht zu bieten. Die Menschheit ist am Ende. Davon abgesehen, dass unsere gesamte Infrastruktur zusammengebrochen ist, sind wir technologisch weiter von ihnen entfernt als ein Steinzeitmensch von uns.«

»Also bleibt nur, auf ihre Güte zu setzen? Das klingt ziemlich erbärmlich«, motzte Gärtner. »Ich würde den Kampf vorziehen.«

»Ich befürchte, daraus wird nichts werden.«

»Wie wollen Sie die Aufmerksamkeit der Außerirdischen erlangen? Wenn sie unser Fernsehprogramm kennen, dann wissen sie, dass wir Flugzeuge und Computer besitzen und die Atomenergie nutzen. Anscheinend hat sie das nicht sonderlich beeindruckt.«

»Der Schlüssel, wenn es einen gibt, muss im Virus liegen. Konstruierte Dinge unterscheiden sich von natürlichen. Ich will den Virus unter diesem Gesichtspunkt mit Hilfe von ZERBERUS analysieren lassen. Dazu benötige ich einen größeren Anteil der Rechenleistung.«

»Das können Sie vergessen.« Danielsen lachte auf. »Noch suchen wir nach einem Heilmittel. Da ist...«

»Dafür fehlt uns die Zeit. Das wird Monate oder Jahre dauern. Und wenn es gelingt? Dann stellt sich die Frage, ob wir in der Anlage überhaupt in der Lage sind, dieses Heilmittel herzustellen.

Aber das ist ohnehin irrelevant. Ich denke, dass es sich bei der Zeit, die uns bleibt, eher um Stunden als um Wochen handelt.«

»Wie groß ist die Chance, dass Sie erfolgreich sind?«, fragte Torbeck.

»Minimal«, gab Keim ohne Zögern zu. »Aber es ist die einzige Chance, die wir haben.«

Torbeck konnte sich noch immer nicht mit dem Gedanken anfreunden, dass sie es hier mit einer außerirdischen Invasion zu tun hatten. Das gab es nur im Film. Auf der anderen Seite regte es sie gerade in dieser Art von Filmen auf, wenn die Helden versuchten, ihre Mitmenschen vor den Gefahren zu warnen und niemand ihnen Glauben schenkte. Was, wenn es stimmte? Inzwischen sprach mehr dafür als dagegen. Sie musste sich entscheiden. »Tun Sie, was Sie für richtig halten«, sagte Torbeck an Keim gewandt. Danielsen sprang vom Stuhl auf. »Das akzeptiere ich nicht. Ich leite die Forschungsabteilung. ZERBERUS untersteht mir.«

Torbeck blieb ruhig. »Ihnen untersteht die Forschungsabteilung. Mir die gesamte Anlage. Dr. Keim hat meine Erlaubnis, ZERBERUS in seinem Sinne zu nutzen.«

»Das ist Wahnsinn. Sie sind keine Wissenschaftlerin. Sie können das gar nicht beurteilen.«

»Ich denke, die Situation, in der wir uns befinden, kann niemand beurteilen. Sollte jemand Erfahrungen mit einer außerirdischen Invasion haben, möge er vortreten.« Danielsen stieß seinen Stuhl zurück, stand auf und stapfte aus dem Raum. Sie sah ihm hinterher und wartete, bis die Tür sich hinter ihm geschlossen hatte. »Ich denke, das war es fürs Erste. Hat noch jemand eine Anmerkung?« Alle verneinten. »Gut. Die Besprechung ist beendet. Meine Herren.«

Markus Steller

Die Gruppe hetzte zwischen den Gebäuden hindurch und erreichte eine kleine Wiese. Die Putzfrau scherte urplötzlich aus, brach nach links weg. Das war keine gute Richtung. Sie lief den Irren direkt in die Arme. Demir machte sich lang und versuchte die Frau am Arm festzuhalten. »Lass sie«, schrie Fieber. Immer wieder knallten Schüsse. Steller sah nach unten. Anna atmete schwer. Sie war am Ende ihrer Kräfte. Sollte er es jetzt tun? War das der Moment? Er durfte ihn auf keinen Fall verpassen.
»Hier rein!« Steller folgte der Stimme. Er sah, wie Katta eine Seitentür aufhielt, die in ein Treppenhaus führte. Das war eines der Hauptgebäude. Grundgütiger. Die Notbeleuchtung begann flackernd zu leuchten. Vermutlich war sie an Lichtsensoren gekoppelt und durch die Dunkelheit aktiviert worden. Er zog Anna hinter sich her und hetzte mit ihr die Treppen hinauf. Das Kind hing schwer an seiner Hand. Er musste langsamer werden. Inzwischen war die gesamte Gruppe an ihnen vorbeigezogen. Das Poltern ihrer Schritte übertönte alles, sodass Steller keine einzelnen Geräusche mehr auseinanderhalten konnte.
Anna schrie. Steller wirbelte herum, sah in die Fratze eines Mannes, riss die Waffe nach oben, schoss ihm zweimal in das Gesicht. Der Angreifer fiel rücklinks die Stufen hinab, riss auf seinem Weg zwei Infizierte mit, die ihm dicht gefolgt waren.
»Lauf! Such die anderen!«
»Ich will nicht.«
»Lauf, Kind!«
Anna rannte die Treppen hinauf. Steller hörte das Poltern von Schritten. Da kamen noch mehr. Er versuchte rückwärts die Stufen zu nehmen, leerte in schneller Folge das Magazin. Er steckte die Pistole weg, griff die MP und schoss weiter. Nach zwei Feuerstößen war er durch den Lärm der Waffe taub. Dann sah er nie-

manden mehr. Er drehte auf dem Absatz um und wollte Anna folgen, als er einen Schatten wahrnahm. Steller wirbelte blitzschnell herum und sah einen Mann in Uniform die Treppe hochrennen. Das war Fliege. Wo kam der jetzt her? War also doch noch jemand hinter ihm gewesen. Flieges Oberteil war zerrissen, an der freigelegten Schulter lief ihm Blut über die Brust hinab. Sein Gesicht war von Schmerzen verzerrt, er zeigte Steller die Zähne. Steller hob die Waffe. Der SEK-Mann blieb stehen, sah Steller in die Augen und nickte. Das Pfeifen in Stellers Ohren ließ etwas nach. Er hörte Schreie und trampelnde Schritte. Da kamen noch mehr. »Tut mir leid.« Er zielte auf die Brust des SEK-Mannes, überlegte es sich im letzten Moment anders, nahm dessen Kopf ins Visier und drückte ab. Sofort wandte er sich ab und sprintete die Stufen hoch. Zwei Treppenabsätze später holte er Anna ein. Sie stand in einer Tür, die aus dem Treppenhaus führte.
»Die sind hier rein«, schrie Anna.
»Du solltest ihnen folgen.«
»Ich lasse dich nicht alleine.«
Dumme Göre. Er griff ihre Hand und stolperte mit auf den Gang. In beide Richtungen erstreckte sich ein Flur. Wo waren die lang gelaufen? Es war stockdunkel. Er hörte einen Schuss. Rechts von ihm am Ende des Flurs blitzte es. Mündungsfeuer. »Weiter.« Steller schnappte Anna und rannte den Gang entlang. Auf beiden Seiten des Korridors standen Türen offen. Er nahm nur Schemen wahr. Lag da noch jemand in seinem Bett?
Sie erreichten das Ende des Flurs. »Sie kommen«, schrie Anna. Steller vergeudete keine Zeit damit sich umzudrehen. Der Gang teilte sich. »Sie sind links.« Anna zeigte mit dem Finger in die Richtung. Steller sah, wie zwei der Polizisten einen Körper aus einer halb geöffneten Tür zogen. Aus dem Raum drang Licht in den Flur. Die wollten da rein. Er rannte los, riss das Mädchen rücksichtslos mit sich. Die Gruppe verschwand in der Tür. Wenn die schloss, waren sie erledigt. »Wartet!« Er schrie, so laut er konnte. Die Tür fiel zu. »Wartet!«
Die Tür wurde wieder aufgestoßen. Er erkannte Bilal. Der winkte. Annas Hand entglitt ihm. Sie schrie, stürzte. Steller stoppte, drehte sich um. In dem Moment flogen die Infizierten um die Ecke.

Deren Tempo war zu hoch, sie bekamen die Kurve nicht, rutschten über den Linoleumboden und schlugen in der Wand ein. Ihr Gebrüll ließ den Raum vibrieren. Er griff nach Anna, warf sie sich wie einen Mehlsack über die Schulter. Sie wog sicher vierzig Kilo. Seine Beine drohten nachzugeben. Steller sprintete, ignorierte die Last, die seine Wirbelsäule stauchte. »Beeilt euch. Los!« Bilal hüpfte im Türrahmen wie ein Zuschauer bei einem Pferderennen. Wie viel Vorsprung hatte er noch? Zwanzig Meter? Steller jagte mit dem Sack auf seiner Schulter durch die Tür, die hinter ihm ins Schloss knallte. Er stürzte und fiel der Länge nach hin. Anna rollte über den Boden. Sofort kam er auf die Beine, vergewisserte sich, dass ihr nichts geschehen war. Hinter ihm wurde die Tür verbarrikadiert. Das Hämmern begann. Das kannte Steller schon. Aber Anna nicht. Sie zitterte und sah immer wieder zur Tür hinüber. Die hin und her zuckenden Lichtfinger der Taschenlampen machten es nicht besser. »Keine Angst. Sie können nicht rein.« Er versuchte beruhigend zu klingen. Aber dafür atmete er viel zu schwer.

»Wirklich nicht?« Anna sah ihn hoffnungsvoll an.

»Das ist eine Stahltür. Die kommen nicht rein.« Es sei denn, sie waren schon drinnen. Aber das behielt er für sich.

»Gut.«

Zu seiner Überraschung stellte er fest, dass sie sich augenblicklich ein wenig entspannte. Steller sah eine Tafel an der Wand. *Internistische Intensivstation B3* stand darauf. Das erklärte die stabile Tür. Vielleicht hatten sie auch noch Strom. Die Intensivstationen waren doch bestimmt an die Notstromversorgung angeschlossen. Die Überlebenden sammelten sich. »Wo ist Fliege?«, fragte Fieber.

»Der hat es nicht geschafft«, antwortete Steller.

»Bist du sicher?«

»Hundertprozentig.«

»Scheiße. Und was ist mit Schwede?«

Der fehlte ebenfalls? Das war Steller bis jetzt nicht aufgefallen. Er zuckte mit den Schultern. Auch die anderen konnten nicht weiterhelfen. »Zwei Ausfälle.« Fieber versank kurz in Gedanken. Dann erwachte er wieder aus dem Stand-by. »Wir müssen die Station sichern. Alle Räume durchsuchen. Ich will keine bösen Über-

raschungen. Außerdem müssen wir feststellen, ob es weitere Zugänge gibt.« Er verteilte Aufträge. »Also, los!«
Steller ließ Anna bei Katta und Demir zurück. Das missfiel ihr und er brauchte einiges an Überredungsgeschick. Er zog seine Pistole und wechselte das Magazin. Dann ging er den Flur entlang. Nach wenigen Schritten erreichte er eine Tür. Er zögerte und atmete tief durch. Die Zimmer alleine zu durchsuchen war riskant. Aber die Zeit drückte. Sie mussten schnell feststellen, ob die Station andere Zugänge besaß. Wenn sie alles zu zweit oder zu dritt machten, würde es zu lange dauern. Er zog die Tür auf. Der Geruch von antiseptischen Reinigungsmitteln schwappte ihm entgegen und er rümpfte die Nase. In dem Krankenzimmer stapelten sich tickernde Maschinen der Intensivmedizin. Ein Beatmungsgerät, Infusionstechnik, Apparaturen zur Blutwäsche. Überwachungsmonitore blinkten Warnmeldungen in den Raum. Strom gab es also noch. Im Bett lag eine Frau. Sie trug eine Maske, von der angeschlossene Schläuche zu einer Maschine führten. Ihr Brustkorb hob und senkte sich in einem gleichmäßigen Rhythmus. Steller blickte auf einen der Monitore. Soweit er das beurteilen konnte, war auf dem Bildschirm die Telemetrie der Herzfunktionen abgebildet. Aus dem Gerät drang ein unangenehmer Pfeifton. Eine gerade horizontale Linie lief über den Monitor. Über der Linie blinkte eine Warnmeldung. *Alarm, Asystolie, Alarm, Asystolie.* Steller spürte eine Bewegung in seinem Rücken und kreiselte auf dem Absatz herum. Fieber stand im Raum. »Ist sie tot?« Steller nickte. »In den anderen Zimmern sieht es ähnlich aus.« Fieber drückte sich an ihm vorbei und fummelte an den Geräten herum.
»Was hast du vor?«, fragte Steller.
»Ich schalte den Krempel aus. Es ist laut. Außerdem müssen wir Strom sparen. Wir wissen nicht, wie lange wir hier festsitzen.«
Steller half ihm und zog einige Stecker aus den Dosen. Die Beatmungsmaschine hörte auf zu pumpen. Es wurde still. Sie durchsuchten das Zimmer, fanden nichts Brauchbares. Zurück auf dem Flur hörten sie Dallas rufen. »Hier lebt noch einer.« Fieber und Steller folgten seiner Stimme. Das Krankenzimmer, das sie betraten, bot das gleiche Bild wie das vorherige. Im Bett lag ein alter Mann und wenn man dem Überwachungsmonitor glauben

durfte, lebte er tatsächlich noch. Seine Augen waren geschlossen. Ohne sich näher mit dem Patienten zu befassen, begann Fieber die Stecker aus der Wand zu ziehen. Steller hielt die Luft an. »Was tust du?«

»Wie gesagt müssen wir Strom sparen«, sagte Fieber. »Oder glaubst du, dass Jesus erscheint und ihm die Hand auf die Stirn legt, um ihn zu heilen?« Als alle Geräte ausgeschaltet waren, zuckten Arme und Beine des Mannes kurz, dann fand er Ruhe. Fieber verließ das Krankenzimmer. »Es ist schade, dass deine Krankenschwester es nicht geschafft hat«, sagte er an Steller gewandt. Irgendwie wurde Steller das Gefühl nicht los, dass Fieber ihn, was die Putzfrau betraf, durchschaut hatte. Steller musterte den alten Mann im Bett, horchte in sich hinein. Wie unbewegt ihn Fiebers Handeln gelassen hatte. War das ein Zeichen der Verrohung? Steller verließ das Krankenzimmer und zog die Tür zu. Als Anna ihn sah, rannte sie zu ihm und umklammerte sein Bein. Steller legte ihr eine Hand auf den Kopf.

»Ich fasse zusammen«, sagte Fieber. »Wir haben zwei Mann verloren. Das ist ein harter Schlag. Allerdings ist es ein Wunder, dass das nicht schon früher geschehen ist. Wir befinden uns in einer Intensivstation. Der Haupteingang besteht aus einer Stahltür und ist gesichert. Wolf und Schippe haben einen zweiten Zugang gefunden. Ein Notzugang zu einem Treppenhaus. Die Tür ist ebenfalls aus Stahl. Wie die beiden festgestellt haben, lässt sie sich nicht öffnen. Da das ein Rettungsweg ist, sollte das wohl nicht sein. Kriegen wir die irgendwie auf?«

»Keine Chance«, antwortete Wolf.

»Okay. Wir haben Strom, wir haben Getränke, wir haben Essen. Keiner ist verletzt. Unsere Offizierstochter weilt noch unter uns und hat ihre Medikamente. Damit erschöpfen sich die guten Nachrichten.«

»Wir sitzen fest«, sagte Demir. »Ich habe das schon erlebt. Die lassen nicht locker.«

»Immerhin kommen sie nicht rein.« Katta hatte sich eine Decke besorgt und sich darin eingewickelt. Als Steller das sah, bemerkte er, dass er selber fröstelte. Der Sog der Klimaanlage sorgte für eine Gänsehaut auf seinen Unterarmen. Er ging in eines der leeren

Krankenzimmer und nahm sich eine Decke, die er Anna über die Schultern legte. Er sah zu Katta. »Wo ist deine Tasche? Du hattest doch eine Handtasche um die Schulter gewickelt.«
Sie sah bedrückt aus. »Ich habe sie verloren.«
»Ich nehme an, dass das Satellitentelefon da drin war.«
Katte blickte unglücklich aus der Wäsche.
»Na, prima«, sagte Fieber.
»Was ist mit deinen Medikamenten?«, fragte Demir.
Katta griff sich in die Hosentasche und zog mehrere Streifen in Aluminium verpackter Tabletten heraus. »Ich dachte, dass ich meine Hose als Letztes verliere.«
Demir lachte.
»Warum ist es schon wieder dunkel?«, fragte Dallas.
»Jetzt wissen wir hundertprozentig, dass das keine Sonnenfinsternis ist. Zweimal nacheinander gibt es das nicht. Das weiß sogar ich«, sagte Demir.
»Leute. Schaut euch das an!«, rief Bilal. Er hatte sich von der Gruppe getrennt und stand am Ende des Flurs. Dort drückte er seine Nase an der Fensterscheibe platt. Sie gingen zu ihm. »Da oben.« Die Lichter am Himmel hatte Steller in der Aufregung völlig vergessen. Er ging in ein angrenzendes Zimmer, schaltete das Licht aus und sah durch das Fenster schräg nach oben. Die Streifen, die sie bereits gestern gesehen hatten, waren deutlich größer geworden. Einige von ihnen konnte man nicht mehr als Streifen bezeichnen. Sie besaßen einen hellen Kern und zogen einen trichterförmigen Schweif hinter sich her. Ohne seinen Blick abzuwenden, sagte er: »Was immer das ist. Es kommt näher.«
»Und zwar schnell«, sagte Fieber. »Wenn es da ist, sollten wir weg sein.«
»Wie stellen wir das an?«, fragte Demir.
»Weiß ich nicht. Aber diese Dinger am Himmel diktieren uns ihre Geschwindigkeit auf. Der ursprüngliche Plan, den Bunker zu Fuß zu erreichen ist damit hinfällig. Wir brauchen Fahrzeuge.«
»Sollten wir nicht die Leichen alle in einen Raum legen?«, fragte Katta. »Ich meine wegen Krankheiten. Es gibt ja noch mehr als diese Seuche.«

»Nein«, widersprach Fieber. »Die Idee wäre richtig, wenn wir hier bleiben würden. Aber das geht nicht. Darum werden wir keine Energie auf Dinge verschwenden, die uns nicht weiterbringen.«
»Können wir uns nicht erst mal ausruhen?« Bilal sank auf den Boden.
»Du kannst dich ausruhen, so lange du willst. Aber es wird deinen Tod bedeuten.« Fiebers Stimme klang scharf. »Der Grund, dass wir leben, ist, dass wir uns nicht ausruhen. Dass wir nicht stehen bleiben, wenn wir rennen müssen. Dass wir töten, wenn wir töten müssen.« Sein Blick wanderte kurz zu Steller. »Wenn es sein muss, werde ich nachts durch den Ärmelkanal schwimmen. Und wenn ich etwas vergessen habe, das mich am Leben erhält, dann schwimme ich zurück und hole es. Wer mitkommen will, kann folgen.«
»Ist ja gut. Ich habe es begriffen«, stöhnte Bilal.
»Das hoffe ich.«
Demir massierte sich die Stirn. »Und? Was machen wir jetzt?«
»Wir beobachten«, sagte Steller, der am Fenster stand.
»Was meinst du?«, wollte Fieber wissen.
»Schau es dir an.« Steller deutete nach draußen. Aus dem Fenster konnte man die Grünanlage einsehen, die mehrere Klinikgebäude voneinander abtrennte. Die Notstromversorgung sorgte dafür, dass in allen Gebäuden ein paar Lampen funktionierten. Das diffuse Licht verwandelte den kleinen Park in ein Meer aus Grautönen. Zwischen den Gebäuden wimmelte es von Infizierten. Sie liefen kreuz und quer durcheinander. Es sah aus wie der Personenverkehr in der Haupthalle eines Bahnhofs.
»Das sieht nicht gut aus«, sagte Fieber.
»Warte es ab. Ich habe da eine Vermutung.« Steller sah konzentriert nach draußen.
»Was für eine Vermutung?«
»Warte es einfach ab.«
»Na gut. Solange der Kriminalist hier seine Arbeitshypothese überprüft, werden wir die Station nach Brauchbarem durchsuchen.«
Sie machten sich an die Arbeit.

Die Zeit verging und die Dunkelheit blieb. Mittlerweile hatte Fieber den anderen notgedrungen erlaubt, sich in Ruhe zu begeben. Da sie bisher keine Möglichkeit gefunden hatten, das Gebäude zu verlassen, gab es ohnehin nichts weiter zu tun. Steller stand seit mehr als zwei Stunden zusammen mit Demir am Fenster und flüsterte leise mit ihm. Schließlich kam Fieber dazu. »Wie sieht es mit deiner Vermutung aus?« Seine ruhige Stimme bildete einen Kontrast zu seinen vibrierenden Gesichtsmuskeln. Steller deutete nach draußen. »Es sind weniger geworden. Sie haben sich verteilt.« Tatsächlich war die Grünanlage fast leer. Auf dem Platz, einem ungefähren Quadrat mit Kantenlängen von fünfzig Metern, wanderten nur noch sechs Gestalten umher. »Das sind immer die gleichen. Sie haben alle einen bestimmten Bewegungsradius. Diesen Bereich verlassen sie nicht. Ich vermute, dass sie sich über die ganze Stadt verteilt haben.«

»Du meinst, sie wollen eine möglichst große Abdeckung erreichen?«

»So ist es. Wenn einer von ihnen ein Ziel findet, schlägt er Alarm und alle in seiner Reichweite helfen bei der Jagd.«

»Eine Art Rudeltaktik?«

»Richtig. Eine gute Möglichkeit effizient zu jagen, ohne intelligent zu sein.«

»War das deine Vermutung?«

Steller nickte. »Ich habe gestern Nacht Ähnliches beobachtet.«

»Schön, darüber kannst du bei Gelegenheit einen Fachaufsatz schreiben. Wir nennen es den Steller-Effekt bei Zombies.« Fieber wollte gehen.

»Nicht so schnell. Daraus resultiert ein Plan.«

Fieber verharrte in der Drehung. Sein Gesicht verriet aufkommende Neugier. »Ich höre.«

»Die Idee stammt von Demir.«

»Glückwunsch. Also, was ist jetzt?«

»Erzähl es ihm«, forderte Steller Demir auf.

»Ich habe keine Ahnung, ob das funktioniert.«

»Die Zeit läuft. Sag, was du zu sagen hast.«

»Hast du schon einmal ein Kriegsspiel gespielt? Einen Ego-Shooter?«

»Ich habe tatsächlich hin und wieder Krieg gespielt.«
»Ich meine es ernst. Hast du?«
»Ja.«
»Dann weißt du, dass das Wiederholen solcher Spiele schnell keinen Spaß mehr macht. Der Grund ist, dass sich die Gegner nicht intelligent verhalten. Sie tauchen immer an der gleichen Stelle im Spiel auf und verhalten sich wie bei der letzten Runde.«
Fieber nickte. »Das liegt daran, dass die Szenen einem Skript folgen.«
»Das weiß ich.« Fieber klang genervt.
»Wenn man geschickt spielt, kann man einen Level schnell leer räumen und hat keine Gegner mehr in dem Spielabschnitt zu erwarten.«
»Ach, du Scheiße.« Fieber machte große Augen.
»Genau«, sagte Steller.
»Denkt ihr wirklich, das funktioniert?«
»Haben wir eine Alternative?«
»Nein.«
»Dann sollten wir es probieren.«
»Wie?«, fragte Fieber.
»Wir nehmen die MPs mit Schalldämpfer und schalten die Typen da unten aus. Dann beobachten wir, was geschieht. Im besten Fall bleibt der Platz leer. Jedenfalls eine Zeit lang.«
»Und weiter?«
»Dann schießen wir uns einen Korridor frei.«
»Bis aus der Stadt raus? Das geht nicht, so viel Munition haben wir nicht. Abgesehen von anderen praktischen Problemen.«
»Ich dachte eher, bis zu den Rettungswagen, die bei der Notaufnahme stehen. Wir schnappen uns einen RTW und nehmen die Route, die uns Kattas Mutter geschickt hat«, sagte Steller.
»Was machen wir, wenn dort kein Rettungswagen steht? Oder es steht ein Rettungswagen da. Aber es steckt kein Schlüssel?«
»Was ist die Alternative?«
Fieber dachte einige Sekunden lang nach. »Ich bin mir sicher, dass wir dabei draufgehen. Auf der anderen Seite ist mir das lieber, als hier jammernd auf dem Boden zu hocken.« Er nickte. »Legen wir die Wichser um.« Ein Schrei ließ die drei zusammenzucken. Sie

rannten aus dem Zimmer hinaus auf den Korridor. Auf halbem Weg in Richtung Ausgang flog die Tür des Stationszimmers auf und Dallas sprang ins Bild. »Schwede!«, schrie er. »Schwede ist da.«

Fieber sprintete zu ihm. »Wo ist er? Mann, rede. Wo ist er?«

Dallas' Stimme überschlug sich vor Aufregung. »Vor der Tür. Er steht vor der blöden Tür. Einfach so.«

Die Überlebenden quetschten sich in das Stationszimmer, versuchten einen Blick auf die beiden Monitore zu ergattern. Steller konnte es nicht fassen. Auf den Bildschirmen waren der Eingang und der Flur vor der Station zu sehen. Gegen die Stationstür drängten dreißig bis vierzig Infizierte. Die vordersten Reihen schlugen auf das Metall ein, rammten mit den Köpfen gegen das Türblatt. Das fortwährende Dröhnen nahm Steller kaum noch wahr. Einer hielt sich aus dem Gedränge vor der Tür heraus. Der Mann stand bewegungslos und alleine mit dem Rücken an der Wand. Eine blasse blondhaarige Schaufensterpuppe in Uniform. Schwede. Steller fragte sich, wie der Junge in diese Position geraten war. Eigentlich gab es nur eine vernünftige Erklärung. Schwede musste auf dem gleichen Weg geflohen sein wie sie alle. Nur weiter zurückliegend. Als Steller zusammen mit Anna durch die Tür gestolpert war und Bilal sie ins Schloss geschmissen hatte, da war es für Schwede zu spät gewesen. Von einer Sekunde auf die nächste hatte er sich in einer Sackgasse befunden.

»Wieso wird er nicht angegriffen?«, fragte Fieber. Das war in der Tat das größte Rätsel. Seit wann waren sie in der Station? Drei Stunden? Seitdem musste er dort stehen, vor Angst gelähmt, umgeben von einer Horde Tötungsmaschinen. Dachte er wirklich, die hätten ihn nicht bemerkt? Warum ließen sie ihn in Frieden?

Fieber drückte die Sprechtaste des Funkgeräts. »Schwede. Kannst du mich hören?«

Der Junge zuckte zusammen, griff mit einer unbedachten Bewegung an sein Headset. Das blieb nicht unbemerkt. Ein ehemaliger Arzt in seiner Nähe drehte sich zu ihm um. Es machte auf Steller nicht den Eindruck, als würde der Irre Schwede angreifen wollen. Aber solche Situationseinschätzungen aus sicherer Position waren leicht getroffen. Schwede hatte da mehr Druck und

wertete das kurzzeitige Interesse, das der Mann ihm entgegenbrachte, als Angriff. Mit einer schnellen Bewegung hob er die Pistole und schoss dem Arzt in den Kopf. Der Knall war im Stationszimmer deutlich zu hören. Das war es dann wohl. Er sollte sich selbst erschießen, solange ihm die Zeit dazu blieb. Die meisten der Verseuchten drehten sich in seine Richtung. Aber anscheinend fanden sie dort nichts Bemerkenswertes und widmeten sich wieder ihrem Tagesgeschäft, versuchten weiter die Tür aus den Angeln zu schlagen. Steller verstand nichts mehr.
»Leg sie alle um!«, brüllte Fieber in den Funk. Schwede begann, sein Magazin leer zu schießen. Er steckte die Pistole weg, nahm die MP hoch und schoss einen nach dem anderen nieder. Jetzt begriff Steller, dass die Kranken alles Menschliche verloren hatten. Sie zeigten keine Reaktion. Sie wehrten sich nicht, sie griffen nicht an. Wie die Lemminge ließen sie sich abschlachten. Als Schwede mit wackelnden Händen das Magazin wechselte, standen noch fünf von ihnen. Die schlugen weiter auf die Tür ein, als wäre nichts geschehen. Dann gesellten sie sich zu den Niedergeschossenen. Bis auf den SEK-Mann stand niemand mehr auf den Beinen.
»Macht die Tür frei!«, bellte Fieber. Er drückte die Funktaste. »Hör zu, Schwede. Wir holen dich rein.« Der Blondschopf nickte.
Bei Steller gingen die Sirenen. »Hey, hey. Augenblick. Nicht so schnell.« Er sprang Fieber hinterher, der sich bereits auf dem Korridor befand.
»Was?«
»Du kannst ihn nicht reinlassen. Der stand die ganze Zeit mit den Infizierten da herum. Was glaubst du, warum die ihn nicht angegriffen haben? Vielleicht ist er infiziert. Das können wir nicht riskieren.«
Fieber legte die Stirn in Falten, zögerte. Dann rief er: »Macht die Tür frei, wir holen ihn rein.«
Steller wollte nach vorne, um Fieber an der Schulter festzuhalten, als sich die Zeit beschleunigte. Die Ursache setzte Bilal. Der junge Türke trat Schippe von hinten mit voller Wucht zwischen die Beine, riss ihm die Pistole aus dem Beinholster.
Was für ein Idiot. Die Distanzen waren viel zu kurz.

Fiebers Gesicht blieb emotionslos. Er machte einen Schritt auf den Angreifer zu, blockierte mit der Linken Bilals Waffenarm, lenkte die Pistole von sich weg. Gleichzeitig steckte er ihm mit einer geschmeidigen Bewegung ein Messer in den Kehlkopf. Die Pistole polterte zu Boden. Bilal taumelte, zog das Messer mit beiden Händen aus dem Hals. Blut spritzte. Dann fiel er nach hinten, blieb zuckend liegen.

Aus den Augenwinkeln sah Steller, dass Demir in Aktion treten wollte. In Stellers Gehirn feuerten die Neuronen mit Hochdruck. Sein Unterbewusstsein spielte in Sekundenbruchteilen alle möglichen Szenarien durch. Dann handelte er. Er zog die Pistole und richtete die Waffe auf Demir, der angesetzt hatte, Fieber von der Seite anzugreifen. »Denk nicht mal daran!«, schrie Steller. Demir erstarrte in der Bewegung, hob beide Hände vor die Brust und zeigte seine Handflächen.

»Ich sagte, ihr sollt Schwede reinholen.« Fieber schien die Sache bereits abgehakt zu haben. Die SEK-Männer legten den Eingang frei.

Katta eilte zu Bilal und kniete sich neben ihn. »Er ist tot«, sagte sie. Auch Demir hockte sich neben die Leiche. Steller hatte gesehen, mit welcher Ruhe Fieber den Jungen ausgeschaltet hatte. Für ihn gab es kein zögern, nur handeln. Seine Bewegungen waren effizient, wirkten fast schon gelangweilt. Das zum Thema Nahkampf-Skills.

Steller schaute sich um, konnte Anna nicht finden. Er drehte sich um die eigene Achse. Wo war sie? Er sah im Stationszimmer nach. Nichts. Ihren Namen rufend lief er den Korridor entlang, öffnete die Türen der Krankenzimmer. Langsam wurde er panisch, versuchte sich damit zu beruhigen, dass sie die Station nicht verlassen konnte. Oder etwa doch? Schließlich fand er sie in einem Raum unter einem Bett versteckt. »Hey, ist alles wieder gut.« Was für ein grauenhaft stereotyper Satz und noch dazu gelogen.

Anna lag auf der Seite, den Kopf auf ihre Hände gebettet. Sie sah ihn an. »Warum hat er das gemacht?«

»Das ist schwierig zu erklären. Aber ich kann dir versprechen, dass er dir nichts tun wird. Da bin ich mir ganz sicher.«

»Aber dir wird er etwas tun. Davor habe ich Angst. Ich will nicht, dass du gehst.«
Steller legte sich auf den Boden und rutschte so nah es ging an sie heran. »Ich gehe nicht.«
»Wenn du doch gehst, nimmst du mich dann mit?«
»Wie meinst du das?«
»Wenn du dahin gehst, wo alle anderen auch hingehen.«
Er hatte einen Kloß im Hals. »Denke nicht mal daran.«
»Ich will aber, dass du mich mitnimmst.«
»Nein. Niemals.« In Wirklichkeit hatte er schon längst beschlossen, was er tun würde, wenn es an der Zeit war. Aber das konnte man keinem Kind sagen.
»Ich will es. Wenn du gehen musst, dann nimm mich mit.« Sie hatte Tränen in den Augen. »Bitte.«
»Ist gut«, krächzte er schließlich.
»Versprich es.«
»Ich verspreche es.«
Für einige Minuten lagen sie still nebeneinander.
»Wovor hast du am meisten Angst?« Als Steller das fragte, bereute er es sofort.
Anna schaute ihn an. »Dass Papa wiederkommt.« Mit der Antwort hatte er nicht gerechnet.

Als Steller mit Anna das Krankenzimmer verließ, war Schwede wieder unter ihnen. Die Ausgangstür verschwand gerade hinter einem Berg von Schränken und medizinischen Geräten. Schippe erholte sich noch immer von dem Tritt. Als Steller ihn ansprach, sagte er: »Der Chef redet mit Schwede unter vier Augen.«
Steller ging zusammen mit Anna zu Demir und Katta, die abseits der anderen auf dem Boden saßen. »Kannst du kurz auf sie aufpassen?«, fragte er Katta. Sie nickte, zog das Kind auf ihren Schoß. Dabei strafte sie Steller mit einem düsteren Blick. Ohne darauf zu reagieren, drehte er sich um und verschwand in einem der Krankenzimmer. Kurze Zeit später kehrte er mit einigen blauen Kitteln wieder zurück. Er kniete vor Katta und Demir. »Hier, zieht das an. Die Hitzewelle ist vorbei.«
»Mir ist nicht kalt«, sagte Demir.

»Das ist der falsche Moment für Diskussionen. Ich habe dir gerade eben das Leben gerettet. Bilal hat Fieber keine Wahl gelassen. Dich hätte er auch kaltgemacht. Nimm den blöden Kittel!«
Widerwillig griff Demir danach. Überraschung breitete sich in seinem Gesicht aus, als er merkte, dass in den Kittel eine Pistole eingewickelt war. Er sah Steller fragend an.
»Für eine Revolution bedarf es des richtigen Zeitpunktes. Du wirst wissen, wann du sie benutzen musst.«
Der Junge nickte.
Steller wandte sich Katta zu. »Du hast deine noch?«
»Ja.«
»Gut.«
Demir steckte die Pistole an seinem Rücken in den Gürtel und zog den Kittel an. »Denkst du, Schwede ist infiziert?«, fragte Demir.
»Darauf würde ich wetten. Vielleicht merken die Typen das und haben ihn deswegen nicht angegriffen. Eine bessere Erklärung fällt mir nicht ein.«
»Es ist die einzige Erklärung«, sagte Katta. »Das muss Fieber doch wissen. Was denkt er sich dabei? Wieso lässt er den Mann rein?«
»Ich verstehe es auch nicht«, gab Steller zu. Es war nicht nachvollziehbar. Man konnte Fieber nachsagen, was man wollte. Dummheit gehörte nicht dazu. Seine Entscheidungen waren darauf maximiert, sich am Leben zu erhalten. Steller musste zugeben, dass er ein sehr guter Anführer war. Was hatte ihn geritten, ein solches Risiko einzugehen? Lag es daran, dass es sich um einen seiner eigenen Männer handelte? Dieser Theorie widersprach, dass Fieber gestern Morgen einen seiner Leute ohne zu hadern erschossen hatte. Lauter Ungereimtheiten.
»Tut mir leid um deinen Freund«, sagte Steller zu Demir.
»Er war nicht mein Freund.«
»Umso besser.«
»Wir sollten ihn hier nicht einfach so liegen lassen«, sagte Katta.
Steller half Demir dabei, die Leiche von Bilal in eines der Krankenzimmer zu tragen. Nachdem sie Bilal auf dem Boden abgelegt hatten, nahm Demir eine Decke und bedeckte den Toten damit. Dann sank er auf die Knie, fing an mit dem Oberkörper zu wippen und vor sich hinzumurmeln.

»Das ist nicht Richtung Osten«, sagte Steller.
»Halt die Klappe. Christen beten auch für ihre Toten.«
»Ich nicht.«
Demir war fertig und stand wieder auf. »Glaubst du nicht an Gott?«
»Nein.«
»Dann solltest du jetzt vielleicht damit anfangen.«
»Ich denke, das wäre der dämlichste Moment. Mein ganzes Leben habe ich nicht gebetet. Und jetzt, wo das Eis für mich dünn wird, soll ich anfangen zu wimmern? Falls es einen Gott gibt, wird er das durchschauen.«
»Dann bete für das Kind.«
Steller bekam einen Kloß im Hals. »Hat er den Tod verdient?« Er musste vom Thema ablenken.
»Bilal hat es im Leben nicht leicht gehabt. Niemand, der so aufwächst wie er, hat das. Auf der anderen Seite war er ein riesiges Arschloch. Er hat vielen Menschen wehgetan. Ob er den Tod verdient hat, weiß ich nicht. Wie soll ich das beurteilen?«
»Ist auch egal.«
»Was wollen wir jetzt machen?«
»Du meinst wegen Fieber?«
»Ja.«
»Ich habe keine Ahnung. Ich setze darauf, dass ich im richtigen Moment das Richtige tue.«
»Ein armseliger Plan.«
»Ja.«
»Er will dich töten.«
Steller war überrascht. »Woher weißt du das?«
Demir lächelte. »Wie ich schon einmal sagte. Ich habe für solche Dinge ein Gespür.« Demir lächelte Steller an. Dann sagte er: »Vielleicht solltest du doch beten.«

Nach einer halben Stunde öffnete sich eine Tür und Fieber trat alleine auf den Gang. »Kommt mal her.« Jetzt war Steller gespannt. Die Gruppe versammelte sich. »Ich vermute, dass sich alle das Gleiche fragen. Ist Schwede infiziert?« Wenigstens ging er offensiv mit dem Thema um. Fieber ließ seine Worte einen Augen-

blick im Raum stehen. »Ich denke, er ist es. Auch Schwede selber glaubt das. Es ist die einzig plausible Erklärung.« In der Gruppe wurde es unruhig. Alle machten gleichzeitig den Mund auf.
»Warum hast du ihn dann reingeholt?« »Nichts gegen Schwede, aber was machen wir, wenn er uns ansteckt?« »Und wenn die Seuche bei ihm ausbricht? Ich meine, wie lange wird das dauern?« Fieber hob die Arme. »Wartet. Erst mal ist das nur eine Vermutung.«
»Aber eine Vermutung, die uns das Leben kosten kann«, unterbrach ihn Schippe. Sieh an. Widerstand in den eigenen Reihen.
»Leider hat Katta das Satellitentelefon verloren«, sagte Fieber, ohne auf den Einwand einzugehen. »Ansonsten könnten wir im Bunker nachfragen, was sie von der Sache halten.«
»Jetzt kannst du dem Mädchen aber nicht die Schuld an der Lage geben.« Schippe ließ nicht locker.
Fieber fixierte ihn. »Bist du fertig? Natürlich gebe ich ihr nicht die Schuld.« Es wurde lauter, alle redeten durcheinander. »Haltet mal alle die Luft an!«, schrie Fieber. »Ich habe mit Schwede einen Plan entwickelt. Einen Plan, der uns hier herausholen wird.«
Es wurde still. Das war kaum zu glauben. Darum hatte Fieber ihn hereingelassen. Der Mann tat nichts, ohne auf seinen eigenen Vorteil zu achten. »Ich habe mit ihm folgende Übereinkunft getroffen. Er besorgt uns ein Fahrzeug. Dafür nehmen wir ihn mit. Im Bunker können sie ihm vielleicht helfen.«
»Wir sollen uns zusammen mit ihm in ein und dasselbe Fahrzeug quetschen?«, fragte Demir.
»Wir wissen, dass die Krankheit sich nur schlecht über Tröpfcheninfektion verbreitet. Schwede wird einen Mundschutz tragen.«
Fieber wendete sich an alle. »Wir gehen ein hohes Risiko ein. Ein sehr hohes. Aber wenn wir es nicht tun, sterben wir. Das ist eine Tatsache. Die Frage ist nur, wann. Ich nehme lieber das Risiko in Kauf, als elendig zu verrecken.« Die meisten nickten. »Er ist unsere einzige Chance. So wie es aussieht, kann Schwede sich gefahrlos unter den Infizierten bewegen. Sie nehmen keine Notiz von ihm.«
Steller räusperte sich. »Ich hätte da mal eine ganz andere Frage.«
»Bitte.«

»Angenommen Schwede hat den Virus. Wann soll er sich damit infiziert haben. Ich meine, wenn der Virus sich so schlecht überträgt. Gebissen wurde er ja wohl nicht. Oder?«
»Nein. Er hat keine Bisswunden.«
»Also wann?«
»Keine Ahnung.«
»Habt ihr einmal daran gedacht, dass vielleicht noch mehr von uns infiziert sind?« Steller blickte in erschrockene Gesichter. So wie sie reagierten, waren sie auf diese Idee noch nicht gekommen.
»Ja, das ist möglich«, sagte Fieber. »Wir werden das testen. Aber nicht jetzt.«
»Wie willst du das testen?«
»Denk mal nach.«
Steller sagte nichts mehr. Es gab nur eine Möglichkeit, das herauszufinden. Schönen Dank auch. Schwede war mit Sicherheit infiziert, daran gab es keinen vernünftigen Zweifel. Aber warum brach die Krankheit nicht aus? Wenn es so weit war, wollte er nicht in seiner Nähe sein.
»Jetzt machen wir mal Tempo. Schwede wird als Erster abgeseilt. Wenn er sich auf den Weg macht, einen Rettungswagen zu organisieren, wird der Rest ihm folgen.«
»Warum gehen wir nicht durch den Eingang? Der ist doch wieder frei?«, fragte Katta.
»Der Weg ist zu lang. Außerdem müssen wir davon ausgehen, dass es dort vor Irren nur so wimmelt. Hinten bei der Grünanlage haben wir den Bereich gut von oben im Blick. Wir können ihn von unserer Position aus säubern. Wenn Schwede unten ist, kann er den Rest übernehmen und die ausschalten, die wir übersehen haben. Es bleibt zu hoffen, dass ihr beide mit eurer Theorie recht habt und der Bereich frei bleibt.« Sein Blick wanderte zwischen Steller und Demir hin und her. Das blieb wirklich zu hoffen.
Die Säuberung wurde durch Schippe und Wolf besorgt. Es dauerte keine zwei Minuten und die Grünanlage war frei.
»Wie lange sollen wir warten?«, fragte Wolf.
Steller blickte in den Himmel. »Gar nicht mehr, würde ich sagen.«
Die Blicke wanderten nach oben. Einige der Objekte waren mittlerweile so nah, dass man klare Umrisse erkennen konnte. Sie gli-

chen gigantischen Hinkelsteinen, die in Feuer badeten. Das hatte vor Kurzem noch anders ausgesehen. Das ging ihm alles viel zu schnell. Es war fast unmöglich, ohne Bezugspunkte die Größe, Geschwindigkeit und Entfernung der Dinger abzuschätzen.

»Dann los«, gab Fieber das Kommando. Die Polizisten hatten ein Seil aus einem Rucksack geholt und es am Heizkörper befestigt. Sie ließen das andere Ende in die Tiefe fallen. Die Intensivstation befand sich im vierten Stockwerk. Das Seil endete zwei Meter über dem Boden. Wie hoch mochte das sein? Zwölf Meter? Das klang wenig Angst einflößend, aber als Steller nach unten sah, wurde ihm flau. »Habt ihr kein Klettergeschirr?«

»Nein«, sagte Wolf. »Du wirst dich mit den Händen abseilen müssen.«

Mit den Händen? Das hatte er das letzte Mal in der Grundschule gemacht. Damals wog er fünfundvierzig Kilo und hatte es trotzdem nicht geschafft. Klettern war nie seine Spezialität gewesen. Wie sollte er das mit Anna schaffen? Instinktiv zog er das Mädchen näher zu sich heran. Sie wog geschätzte vierzig Kilo. Zusammen mit seinen einhundert waren das einhundertundvierzig Kilogramm. Das würde er niemals hinbekommen. Er sprach Fieber an. »Ich weiß nicht, ob ich Anna tragen kann.«

Der Kommandoführer sah ihn an, blickte dann zu dem Kind. »Dallas. Schaffst du das?«

»Kein Problem. Ich nehme die Kleine mit. Aber unser großer Freund muss leider alleine klarkommen.«

Steller war erleichtert.

Schwede hatte seinen Auftritt. Er hatte die letzten Minuten alleine auf dem Korridor verbracht. Jetzt kam er herein, trug einen Mundschutz. Alle traten einen Schritt zurück. Schwede sah äußerst unglücklich aus. Wie sollte das erst im Rettungswagen werden?

»Junge, mach sie fertig.« Fieber ging auf ihn zu und nahm ihn demonstrativ in die Arme, klopfte ihm auf die Schulter. Schwede nickte und kletterte auf die Fensterbank. Steller stellte erstaunt fest, mit welcher Geschwindigkeit der Mann sich an dem Seil nach unten hangelte. So ein Dreck. Neben sich hörte er Demir. »Kannst du das?« Die Worte galten Katta.

»Mach dir um mich keine Sorgen. Sieh zu, dass du dir nicht den Hals brichst.«
Den Hals brechen? Steller schluckte. Sie sahen Schwede zu, wie er durch die Grünanlage schlich. Nach kurzer Zeit gab er mit der Taschenlampe das vereinbarte Zeichen. Die Luft war rein. Er würde sich jetzt auf den Weg machen, einen Rettungswagen zu organisieren. Sie hatten kurz darüber diskutiert, ob sie nicht warten sollten, bis Schwede mit dem Fahrzeug zurückkam, um sie zu holen. Es konnte ja sein, dass er es nicht schaffte. Aber man entschied sich dagegen. Erstens mussten sie sowieso hier raus. Und zweitens blieb ihnen nach Eintreffen des RTW kaum noch Zeit zum Abseilen. Denn auch, wenn die Infizierten kein Interesse an Schwede hatten, so galt das nicht für einen nagelnden Dieselmotor.
Steller ging zum Fenster und griff nach dem Seil. Er wollte unbedingt vor Anna unten ankommen. Falls etwas schiefging, konnte sie oben bleiben und befand sich in Sicherheit. Er durfte nicht nachdenken. Die Frage, wie er das Seil am besten griff, verkniff er sich. Einfach machen. Sekunden später hing er draußen an der Wand. Sein Körpergewicht zerrieb die Haut an seinen Handflächen. Er versuchte mit den Beinen das Seil unter ihm zu einer Schlinge zu formen, sich mit dem Fuß einzuhaken. Es gelang ihm nicht. Falls er abstürzte. Wer würde sich um Anna kümmern? Fast hätte er vor Schmerz geschrien. Noch hatte er Kraft. Die sollte er zügig nutzen. Mit Gewalt klammerte er sich fest und ließ sich Stück für Stück nach unten. Schließlich rutschte er ab, fiel zu Boden und versuchte den Aufschlag durch Abrollen abzumildern. Sofort krabbelte er an die Hauswand und hockte sich dort hin. Er hatte es geschafft, auch wenn seine Hände brannten, als ob er sie gebügelt hätte.
Er sah nach oben. Was hatte er eigentlich geschafft? Seine Lage fühlte sich nicht besser an. Er war draußen und würde es bleiben. Nie im Leben könnte er den gleichen Weg zurück nehmen. Das Ganze war eine Einbahnstraße. Er umklammerte die MP fester und starrte in die Dunkelheit. Einer nach dem anderen erreichte den Boden. Dann schmierte einer der Männer ab. Auf halbem Weg verlor er den Halt, schlug mit einem dumpfen Geräusch auf den

Boden auf. Steller konnte nicht erkennen, wen es erwischt hatte. So wie es aussah, hatte sich der Mann nicht ernsthaft verletzt. Glück gehabt.

Wie von ihr angekündigt, hatte Katta keine Probleme. Als Letztes war Dallas an der Reihe. Steller sah ihn am Seil hängen, auf seinem Rücken Anna. Sie klammerte sich mit aller Gewalt an ihm fest. Mein Gott, die war doch viel zu schwer für ihn. Da irrte er. Dallas kletterte das Seil hinab, als würde ein Schmetterling auf seiner Schulter sitzen. Nach wenigen Sekunden hatte er es geschafft. Anna suchte Steller. Als sie ihn sah, lief sie sofort zu ihm und kauerte sich neben ihn. Steller gab ihr mit Handzeichen zu verstehen, dass sie leise sein sollte. Sie nickte. Es war totenstill. Die Minuten vergingen. Schwede hatte es nicht geschafft. Und jetzt? Wie lange sollten sie warten? Das Ganze war eine blöde Idee gewesen.

Dann hörte Steller das Brummen eines Dieselmotors. Es kam Bewegung in die Gruppe. Er stand auf und versuchte etwas zu sehen. Das Motorengeräusch wurde lauter. Mein Gott, machte der Lärm. Ein Rettungswagen mit ausgeschalteten Scheinwerfern kam um die Ecke geflogen, holperte über den Bürgersteig und walzte einige Büsche platt. Steller sah, dass die Heckklappe geöffnet war. Die Türen flogen hin und her.

»Tempo!« Fiebers Schrei ließ Steller zusammenzucken. Aber natürlich war das jetzt egal, mittlerweile wussten alle Monster in weitem Umkreis, wo die Party stieg. Er griff Annas Hand. »Wenn der Krankenwagen hält, springst du sofort hinten rein.«

»Du kommst mit. Wenn du nicht kommst, springe ich wieder raus.« Steller zweifelte nicht daran, dass sie das genau so meinte. Schwede trat auf die Bremse, brachte den RTW zum Halten. Sofort sprang er nach draußen, ließ den Motor laufen. Er lief in die Richtung, aus der er gekommen war, die MP im Anschlag. Augenblicke später verstand Steller, warum. Die Infizierten hatten das Fahrzeug verfolgt und kamen ebenfalls um die Ecke gerannt. Der SEK-Mann eröffnete das Feuer. Auch aus einer anderen Richtung knallten Schüsse. Die Viecher kamen von überall.

»Lauf!« Als Steller das rief, rannte er bereits und zog Anna mit sich. Schippe erreichte als Erster den Rettungswagen. Er nahm im

Bereich der Heckklappe Aufstellung und feuerte in dieselbe Richtung wie Schwede. Steller und Anna erreichten das Heck des Fahrzeuges. »Rein mit euch!«
Steller griff Anna unter die Arme und warf sie förmlich in das Fahrzeug. Dann sprang er hinterher. Der Wagen wackelte und er hörte Türen schlagen. Die Fahrerkabine war besetzt worden. Das mussten Wolf und Fieber gewesen sein. »Halt dir die Ohren zu!«, schrie er Anna an. Dann brachte er die Maschinenpistole in den Anschlag und begann zu schießen. Einen wirklichen Grund dafür hatte er nicht. Aufhalten ließ sich der Strom nicht. Dallas sprang in den RTW. Dann folgte Schippe. Steller wurde nach hinten gedrängt, klebte jetzt unter der Plexiglasscheibe zum Fahrerraum. Demir und Katta hatten es ebenfalls geschafft. Schwede hörte auf zu schießen, drehte sich um und rannte zum RTW. In diesem Moment ruckte es. Der Fahrer gab Vollgas. Steller verlor das Gleichgewicht, flog gegen die Fahrerkabine und schrie: »Schwede ist noch draußen!« Er hämmerte mit den Fäusten gegen die Scheibe, blickte dabei nach hinten. Die Flügeltüren des RTW waren noch immer geöffnet. Steller sah Schwede, wie er aufhörte zu rennen und ihnen nachsah. Der RTW bog ab. Alle wurden durcheinander gewürfelt. Nachdem sich Steller einigermaßen im Raum sortiert hatte, musste er feststellen, dass er Fieber erneut völlig falsch eingeschätzt hatte. Das nannte man Risikominimierung.

GEFLÜGEL

Demir Kara

Demir fühlte sich, als wäre er in einer Wäscheschleuder eingesperrt. Im Rettungswagen war es eng und er fand keinen sicheren Halt. Immer wieder würfelten die Insassen durcheinander, tauschten gegen ihren Willen die Plätze. Zu allem Überfluss flog das medizinische Material durch die Luft. In den Kurven regnete es Einwegspritzen. Demir und Katta hielten sich so gut es ging gegenseitig fest. Den einzigen halbwegs vernünftigen Platz hatte Steller ergattert. Er saß in einer Ecke nahe der Fahrerkabine und stemmte die Füße gegen die Halterung der Trage, sodass er seine Position einigermaßen halten konnte. Auf seinem Schoß saß rittlings Anna. Sie hatte die Arme ausgestreckt und klammerte sich an seinem Oberkörper fest. Steller starrte mit leerem Blick in die Ferne. Auch Demir hatte mitbekommen, wie Schwede stehen gelassen wurde. Nicht dass er scharf darauf gewesen wäre, mit einem vermeintlich Infizierten auf engstem Raum zusammengepfercht zu sein. Aber die feine englische Art war das nicht. Fieber war offensichtlich völlig ruchlos und wie es aussah, trugen seine Männer dessen trockene Führungsart bedenkenlos mit. Mittlerweile konnte er immer mehr verstehen, warum Steller ihm die Waffe zugesteckt hatte. Es war nur eine Frage der Zeit, bis sie selber an der Reihe waren.

Der RTW bremste. Die Insassen wurden in Richtung der Fahrerkabine komprimiert. Dann gab die Kiste wieder Vollgas und gemeinsam stolperten sie gegen die Heckklappe. Das Schlimmste war, dass Demir nicht sehen konnte, was draußen geschah. Es gab einen Schlag. Blech auf Blech. Der Motor heulte auf und Demir spürte, wie der Rettungswagen etwas zur Seite schob. Es blieb zu hoffen, dass die da vorne die Karre nicht festfuhren. Als er während eines Fahrmanövers zur Fahrerkabine geschleudert wurde,

schlug er mit der Faust gegen die Plexiglasscheibe. Fiebers Gesicht erschien. »Wie sieht es aus?«, schrie Demir.
Fieber hob den Daumen und verschwand wieder aus seinem Sichtbereich. Ein erhobener Daumen also. Das konnte man glauben oder nicht. Das Rütteln ging weiter. Er tröstete sich damit, dass Rütteln Bewegung bedeutete und Bewegung Sicherheit versprach. Solange sie fuhren, bestand Hoffnung. So ging es einige Minuten lang weiter. Dann wurde die Fahrt ruhiger. Demir spürte, wie sie immer mehr beschleunigten. Offensichtlich war die Straße frei. Er schaffte es, sich neben Katta zu setzen. »Wie geht es dir?« Sie hob den Daumen. Die Geste machte anscheinend Schule. Demir versuchte, in ihrem Gesicht zu lesen. Die Blässe war einer gesünderen Hautfarbe gewichen. Ansonsten sah sie noch immer völlig verschreckt aus. Er war froh, dass es hier keinen Spiegel gab. Seine eigene Geistererscheinung wollte er gar nicht erst sehen.
Für einen Wimpernschlag verlor er die Bodenhaftung, schwebte mit seinem Hintern in der Luft. Bodenwelle? Dann wieder, diesmal war der Effekt stärker. Der RTW wurde aus den Stoßdämpfern gehoben. Demir spürte, wie das Fahrzeug den Kontakt zur Straße verlor. Sein Magen bewegte sich nach oben, wie in einem Fahrgeschäft auf dem Jahrmarkt. Das Fahrzeug begann zu schlingern. Der RTW wurde abgebremst.
Bevor Demir eine Frage an die Allgemeinheit loswerden konnte, wurden sie alle in einer harten Linkskurve an das Blech der gegenüberliegenden Fahrzeugseite geschmissen. Obwohl sie nur noch langsam fuhren, nahm das Holpern kein Ende. War das ein Erdbeben? Dann blieb der RTW ruckend stehen. War es das jetzt? Sollten sie alle nach draußen stürzen? Oder ging die Fahrt gleich weiter? Er sah sich um. Seine Mitreisenden waren genauso ratlos wie er. »Gehen wir raus?«, fragte er in die Runde. Bevor jemand auf die Frage reagieren konnte, flog die Heckklappe auf. »Alle raus!«, schrie Fieber.
Sie sprangen aus dem RTW. Demir orientierte sich. Er stand auf einem von Gebäuden umgebenen betonierten Platz. Zuerst fiel ihm die Helligkeit auf. Die schwarze Nacht war einer diffusen Beleuchtung gewichen. Außerdem warfen die Bauwerke um ihn

herum seltsam verzerrte Schatten. Demir erkannte den Grund. Das Licht kam nicht von oben, sondern von der Seite. Er blickte in die Richtung, aus der sie gekommen waren. Vom Ende des Platzes führte eine schmale Straße zwischen Feldern hindurch. Nach dreihundert Metern machte sie einen Schwenk nach links und folgte dem Rand eines Waldstücks. Waren am Waldrand Bewegungen zu sehen? Demir versuchte, seine Augen zu fokussieren.
»Warum haben wir angehalten?«, fragte Katta.
Fieber winkte ab. »Dafür haben wir keine Zeit. Sie kommen von überall. Die Straße ist völlig dicht gewesen. Wir mussten in diesen Weg abbiegen. Das ist eine Sackgasse. Außerdem ist irgendetwas Großes gelandet. Nicht weit von hier. Wir müssen uns verstecken.«
»Was ist gelandet?«
»Jetzt sofort«, schrie Fieber.
Da waren tatsächlich Bewegungen. Demir sah Schatten, die der Straße folgten und aus Richtung des Waldes auf sie zukamen. Er zog Katta am Ärmel. »Der Mann hat recht. Wir müssen weg.«
Die SEK-Männer rannten in Richtung des Hauptgebäudes. Steller und Anna hatten ebenfalls eine Entscheidung getroffen und befanden sich auf dem Weg zu einer Halle, die dem Haus gegenüberlag und durch einen auf Pfeilern ruhenden Übergang mit ihm verbunden war. Die Halle war mindestens zweihundert Meter lang und fünfzig Meter breit. Warum lief der Mann in eine andere Richtung? Instinktiv spürte Demir das Verlangen Steller zu folgen. Katta erging es anscheinend ähnlich. Sie sprintete hinter dem Kripomann und dem Mädchen her. Demir folgte ihr. Während er rannte, sah er, wie Steller die Halle erreichte, sich mit der Schulter gegen eine Tür warf und vergeblich die Klinke drückte. Gar nicht gut. Es sah so aus, als begangen sie gerade einen großen Fehler. Bei einem flüchtigen Blick sah er, wie die anderen Polizisten an dem Hauptgebäude ankamen und eine Scheibe einschlugen. Noch konnte er sich umorientieren. »Katta!«, schrie er.
Sie reagierte nicht. Demir lief ihr weiter nach, drosselte ein wenig das Tempo. Steller erreichte die nächste Tür. Er drückte die Klinke und stemmte den Körper gegen das Türblatt. Es rührte sich nichts.

»Katta. Wir müssen zu den anderen.« Demir joggte. Der Drang, die Richtung zu wechseln, wurde größer. Dann war Steller plötzlich verschwunden. Gott sei Dank. Demir sah Steller, der sich aus dem Türrahmen nach draußen beugte und ihnen zuwinkte. Er beschleunigte und überholte Katta. Beim Vorbeirennen griff er ihre Hand und zog sie hinter sich her. Eine unsinnige Handlung, die die beiden nur langsamer machte. Gemeinsam rannten sie durch die Tür. Steller schmiss sie zu. »Hilf mir! Wir müssen sie verriegeln«, schrie er gegen den Lärm an. In der Halle wurde Geflügel gezüchtet. Abertausende Puten gackerten und wackelten durcheinander. Die Masse der Tiere bedeckte den Boden vollständig. Das durch das verglaste Dach einfallende Licht tauchte die Halle in leblose Dämmerung. Demir sah sich um. Unweit der Tür waren Haken an der Wand angebracht, an denen Werkzeuge hingen. Er griff sich eine Schaufel und verkeilte sie so, dass die Klinke blockiert war. »Was jetzt?«, fragte Katta. Am anderen Ende der Halle wurde es besonders laut. Es klang, als ob die Tiere in die Höhe stoben.
»Sind die in die Halle gekommen?« Demir bemühte sich, etwas zu erkennen.
»Ich will es nicht herausfinden.« Steller packte Anna und rannte auf einen Flachbau zu, der sich in der Halle befand. Demir und Katta folgten den beiden.
Die Tür stand offen. Sie fanden sich in einer Art Lagerraum wieder. Von dem Raum gingen einige Türen ab, die in Büros führten. Demir meinte, dass die Tiere draußen lauter wurden. »Da ist etwas«, zischte Katta.
Steller legte den Zeigefinger auf die Lippen. Sie schlichen in ein Büro und schlossen die Tür möglichst leise. Demir sah kaum noch die Hand vor Augen. Es blieb keine Zeit mehr, um die Tür zu blockieren. Zusammen suchten sie Schutz hinter einem Schreibtisch. Steller nahm die MP von der Schulter und richtete die Mündung auf den Eingang. Demir zog seine Pistole aus dem Gürtel. Er konzentrierte sich auf die Geräusche. Der ungleichmäßige Lärmpegel des nervösen Geflügels ließ keine weiteren Rückschlüsse zu. Demir resignierte. Ihre Situation hatte sich seit dem Verlassen der Klinik deutlich verschlechtert. Jetzt saßen sie auf einer Geflügel-

farm fest, dagegen war das Ambiente der Intensivstation regelrecht gemütlich gewesen. Dort hatten sie wenigstens etwas Verpflegung besessen und er hätte ein Bett zum Schlafen gehabt. Das Wichtigste aber war, dass die Türen fest verschlossen gewesen waren. Was hatten sie mit ihrem Ausflug gewonnen? Nichts. Die Minuten dehnten sich.

Was jetzt? Wie lange sollten sie warten? Demir öffnete den Mund und wollte über die Lage diskutieren, einen Vorschlag machen, als sich die Türklinke bewegte. Er hielt den Atem an. Katta legte Anna eine Hand auf den Mund. Die schüttelte sie ab. Demir hatte keinen Zweifel, dass das Kind die Ruhe bewahren würde. Er sah, wie Steller die Schulterstütze seiner Waffe fester gegen den Körper drückte. Das würde ein kurzer Kampf werden. Langsam wurde die Tür einen Spalt aufgedrückt. Demir streckte den Arm mit der Pistole aus.

»Seid ihr hier?«

Steller senkte die MP. »Wolf?«

»Scheiße. Ja. Ich mache mir gleich in die Hose. Hier ist es dunkel wie in einem Pumaarsch. Sind die anderen auch bei dir?«

»Ja. Katta, Demir und Anna.«

»Ich will euch zu den anderen bringen.«

Die Gruppe verließ ihr Versteck hinter dem Schreibtisch. »Wir dachten, dass Infizierte in die Halle eingedrungen seien.« Steller wirkte vorsichtig.

»Ich glaube nicht«, sagte Wolf. »Ich hoffe es zumindest. Ist alles ein wenig unübersichtlich.«

»Wo sind die anderen?«, fragte Katta.

»Im Hauptgebäude von dieser dreckigen Farm.«

»Denkst du, dass es dort sicher ist?«

»Woher soll ich das wissen? Ich habe gesehen, dass ihr zur Halle gerannt seid. Ich dachte mir, dass es kaum schadet, wenn ich auf euch aufpasse.«

»Wie kommen wir zu den anderen?«, fragte Steller.

»Draußen habe ich eine Treppe gesehen, die führt vielleicht zu dem Übergang. Ansonsten weiß ich es auch nicht. Raus können wir nicht mehr.«

»Warum rufst du deine Leute nicht über Funk und fragst, wie die Lage bei ihnen ist?«, fragte Demir.
»Ich habe beim Abseilen mein Funkgerät verloren.«
Schlechtes Timing für Verlustmeldungen. »Bist du vorhin abgeschmiert?«, fragte Steller.
»Ja.«
Sie verließen das Büro. »Geh vor«, sagte Steller zu Wolf. Demir meinte einen argwöhnischen Unterton in seiner Stimme zu hören.
»Warum?«
»Weil du der Profi bist.«
Wolf gab einen grunzenden Laut von sich, übernahm aber die Spitze. Sie folgten ihm die Treppe hinauf. Oben angekommen standen sie vor einer Tür mit eingelassener Glasscheibe in Kopfhöhe. Nacheinander sahen sie hindurch. Demir erkannte den Übergang zum Hauptgebäude. Er war fünf Meter breit und ungefähr dreißig Meter lang. An beiden Seiten gab es eine Reihe von Fenstern. Der Übergang war ein roher Tunnel aus grauem Beton. So wie es aussah, war der Gang leer. Er hatte keine Vorstellung, was sie auf der anderen Seite erwartete.
»Riskieren wir das?«, fragte er.
»Was sollen wir sonst tun?«, stellte Wolf die Gegenfrage.
Demir sah Steller an. Der zuckte mit den Schultern. Ihm fiel auf, dass der Polizist Annas Hand umfasst hielt und ihr dabei ohne Unterbrechung mit dem Daumen über den Handrücken streichelte.
Wolf drückte die Tür auf und betrat den Gang. Als sie das erste Fenster erreichten, gingen sie in die Knie. Sie kamen nicht weit. Keiner konnte es sich verkneifen, einen Blick nach draußen zu riskieren.
»Jesus«, presste Wolf hervor.
Auf dem Gelände der Farm tummelten sich Hunderte Menschen.
»Wo kommen die alle her?«, fragte Steller.
»Keine Ahnung«, flüsterte der SEK-Mann. »Aber ich glaube nicht, dass wir die so schnell loswerden.«
»Du hast doch vorne gesessen. Was ist passiert?« Steller sah Wolf an.
»Das ist nicht der richtige Ort für solche Fragen.«

»Hier ist nirgendwo der richtige Ort. Also?«
»Wir sind ganz gut aus der Stadt rausgekommen. Kurz vor dem Stadion haben wir uns Richtung Neu-Isenburg gehalten. Zunächst war die Straße frei. Dann wurde es hell. Fast taghell. Die Erde hat gebebt. Wir konnten sehen, wie etwas gigantisch Großes gelandet ist.«
»Gelandet?«
»Ja. Definitiv. Es näherte sich ganz langsam dem Boden.«
»Wie groß?«
»Weiß ich nicht. Dafür war es zu weit weg. Das Ding sah aus wie ein lang gezogener Wassertropfen. Unten dick. Nach oben wurde es immer dünner. Ich schätze, dass es wenigstens zweihundert Meter hoch war.«
»Und dann?«
»Dann war die Straße urplötzlich voller Menschen. Es war, als würden wir in einen Demonstrationszug rasen. Die kamen von überall. Wir mussten von der Straße runter und sind hier gelandet. Mehr kann ich dir auch nicht sagen.«
Katta schrie auf. »Was ist das?«
Demir suchte das Gelände ab. »Was meinst du? Ich...« Dann sah er es. Zunächst hielt er es für einen Hund. Aber das konnte es nicht sein. Von der Größe her ähnelte es eher einem Tiger. Außerdem hatten Hunde ein Fell und keine sechs Beine. Bevor er richtig begriff, was er da gesehen hatte, verschwand das Wesen wieder aus ihrem Sichtbereich.
»Was zur Hölle ist das?« Steller drückte Anna an sich heran.
»Ich weiß, was das ist«, sagte das Kind. Alle blickten sie an. »Das ist ein Dämon.«
So richtig widersprechen mochte ihr keiner.

LOSS-LOSS-SITUATION

Aila Torbeck

Nach der Besprechung blieb Torbeck alleine im Kommandantenraum zurück. Sie hatte sich zurückgelehnt und starrte gegen die Wand. Den Versuch, die Puzzleteile ihrer Gedanken zu einem sinnvollen Ganzen zusammenzusetzen hatte sie aufgegeben. Was war mit Karl? Wie sollte sie ihn aus der Quarantäne befreien? Wie ging es Katta? Würde Keim etwas finden, das ihnen weiterhalf? Sie verlor das Gefühl für die Zeit. Wie spät war es? Was hatten sie für einen Wochentag? Womöglich war es besser sich einfach treiben zu lassen. Sie konnte nichts mehr unternehmen. Die Satelliten waren down. Katta damit für sie außer Reichweite. In der Anlage gab es nichts zu tun. Nein, stopp. Was war mit dem Selbstmord? Sie wollte eine Ansprache an das Personal halten. Sie rieb sich mit Daumen und Zeigefinger die Nasenwurzel und gähnte.
Trautheim. Der Ortsname sprang ihr ins Gedächtnis. Torbeck stand auf und verließ ihren Raum. Im Leitstand herrschte Stille. Gärtner sah sie an.
»Sagt Ihnen das Dorf Trautheim etwas?«
»Nein«, antworteten er.
»Nicht wichtig.« Ihr wurde plötzlich übel. »Ich muss mich kurz entschuldigen.« Torbeck drehte sich um und wollte den Leitstand verlassen.
»Fühlen Sie sich nicht wohl?«
»Ehrlich gesagt, nein.«
Mit leerem Kopf lief Torbeck durch die Korridore, ging zur Messe. Sie musste etwas essen, ansonsten würde sie umfallen. Die drei Schluck Kaffee und der Alkohol, den sie bis jetzt zu sich genommen hatte, waren kein Grundstock, um dauerhaft bei Besinnung zu bleiben. In der Messe befanden sich nur wenige Mitarbeiter. Sie versuchte sich erneut an einem Sandwich, suchte einen einsamen Tisch und würgte das labbrige Brot in sich hinein. Danach

blieb sie gedankenverloren am Tisch sitzen. Sie dachte an ihr Haus und daran, dass sie bald den Rasen mähen musste. Rasen mähen. Sie hasste Gartenarbeit, aber im Moment gäbe es nichts, was sie lieber täte. Wie schön die Rosen geblüht hatten.

Sie bemerkte nicht, dass Theißen vor ihr stand. »Hier sind Sie. Ich konnte Sie nicht über Ihr NanoCom erreichen.«
Sie sah ihn überrascht an. »Das muss ich überhört haben.«
Er kam gleich zum Punkt. »Sie haben gesagt, Ihre Tochter wollte sich auf den Weg in die Uniklinik machen.«
Torbecks Puls beschleunigte. »Was ist passiert?«
»Die Drohne hat auf dem Rückweg zu Fenris zwischen Frankfurt und Neu-Isenburg die Landung eines riesigen Objektes beobachtet.«
»Ein Raumschiff?«
»Ich befürchte, ja.«
War das also tatsächlich alles wirklich? »Wie groß ist das Objekt?«
»Es hat die Ausmaße eines Wolkenkratzers.«
»Mein Gott.« Torbeck nahm das NanoCom von ihrem Gürtel. »Wir müssen die anderen informieren.«
»Warten Sie.«
»Was?«
»In der Nähe des Landeortes befindet sich ein länglicher See, an dem sich ein Gebäudekomplex anschließt. Laut Karte handelt es sich um den Jacobiweiher. Die Gebäude gehören zu einer Geflügelfarm. Dort gibt es auffällig starke Bewegungen. Auf dem Gelände wimmelt es von Infizierten.«
»Und?« Das Herz schlug ihr gegen die Rippen. »Sagen Sie schon!«
»Die Drohne hat in unmittelbarer Nähe zu der Farm die Wärmesignatur eines Fahrzeuges festgestellt. Der Motor strahlt Restwärme ab. Das Fahrzeug steht dort erst seit Kurzem. Es handelt sich um einen Rettungswagen.«
»Das ist Katta.« Die Gruppe hatte es in die Uniklinik geschafft und sich einen Rettungswagen organisiert. Aber warum hatten sie dort gehalten? »Sie haben gesagt, dass es auf dem Gelände von Infizierten wimmelt.«
»Ja.«

»Haben Sie Leichen gefunden?«
»Nein. Aber das hat wenig zu bedeuten. Die Lage ist unübersichtlich.«
Torbeck ließ die Hände in den Schoß sinken.
»Vielleicht kann ich Ihrer Tochter helfen.«
»Wie?«
»Kommen Sie mit. Ich erkläre es Ihnen unterwegs.«

Als Torbeck und Theißen Minuten später den Leitstand betraten, wurde sie von einer Soldatin angesprochen. »Frau Generalmajor?« Das geschlossene silberne U auf ihren Schulterstücken wies sie als Stabsunteroffizier aus. »Einen Moment.« Torbeck hob abwehrend die Hand.
»Kein Problem. Sie können mir dabei sowieso nicht helfen«, sagte Theißen und ließ sie stehen. Er schlug einem Feldwebel auf die Schultern, zeigte ihm an, dass er ihm folgen solle. Die beiden Männer verschwanden im NATO-Befehlsraum. Torbeck blieb nur die Hoffnung, dass Theißens Idee, die er ihr auf dem Weg zum Leitstand erklärt hatte, funktionierte.
»Was wollen Sie?« Torbeck sah der jungen Soldatin in die Augen.
»Tut mir leid, wenn ich sie unterbreche, aber ich habe mitbekommen, dass Sie vorhin nach dem Ort Trautheim gefragt haben. Ist das noch aktuell?«
»Ja. Es ist nicht wichtig, aber ich habe das Gefühl, dass ich den Namen schon einmal gehört habe. Ich frage mich allerdings in welchen Zusammenhang.«
»Das wird vermutlich im Fernsehen gewesen sein. Trautheim ist der Hauptsitz der Genesis-Sekte. Um die hat es in der Vergangenheit oft Wirbel gegeben. Die Mitglieder sind Kreationisten. Sie lehnen die Evolutionstheorie ab und verbieten ihren Kinder am Biologieunterricht teilzunehmen. Außerdem geht bei denen einmal im Jahr die Welt unter.«
Vor Torbecks innerem Auge sah sie Kranz mit ihrem Kruzifixanhänger spielen. Sie musste mit Dr. Hartmann reden. Wenn die Psychologin zu der Sekte gehörte, erklärte das, warum sie mit den Nerven am Ende war. Ob das stimmte, sollte der Doktor in Erfahrung bringen. Vielleicht war es nötig, Kranz unter Hausarrest zu

stellen. Jemand, der vom Jüngsten Tag fabulierend durch die Gänge irrte, fehlte ihr gerade noch. Ihr fiel noch etwas anderes wieder ein. Die Ansprache an die Bunkerbesatzung. Das musste sie jetzt endlich hinter sich bringen. Theißen konnte sie nicht helfen. Es war besser, sie ließ ihn in Ruhe. Ihr fiel auf, dass Gärtner nicht anwesend war. Warum nicht? Der hatte doch Dienst. Aber da würde sie sich später drum kümmern müssen. Im Moment gab es Wichtigeres. Torbeck drehte sich um und ging zu ihrem Raum, um mit Hartmann Kontakt aufzunehmen, als einer der Soldaten ihr etwas zurief. »Wir haben eine Störungsmeldung aus der Forschung. Ein Schleusensystem zwischen dem S4- Labor und der Forschungsabteilung meldet einen Defekt.«

»Was für einen Defekt?«, fragte Torbeck. Was war nun schon wieder los?

»Die Schleuse steht offen. Laut Anzeige ist derzeit eine ungesicherte Passage vom S4-Labor in die Forschungsabteilung möglich.«

Das konnte nicht sein. Bei der Schleuse handelte es sich genau genommen um zwei miteinander verbundene Schleusen, die nacheinander zu betreten waren. Im S4-Labor herrschte ein permanenter Unterdruck. Durch das gestaffelte Schleusensystem wurde eine Druckkaskade aufgebaut.

»Das ist unmöglich. Vielleicht eine Fehlmeldung?«, fragte Torbeck. »Überprüfen Sie die Druckverhältnisse im Labor und die Subroutinen für die Türschließsysteme.«

»Verstanden.« Der Soldat klickte sich durch ein Menügewirr.

Die Tür des Leitstandes öffnete sich. Gärtner kam hereingerannt. »Stellen Sie sofort die Anlage unter Quarantäne!«, schrie er.

»Was?«

»Kranz hat die Laborangestellte umgebracht. Sie ist im S4-Labor. Sie müssen die Anlage sofort unter Quarantäne stellen.«

»Beruhigen Sie sich. Woher zum Teufel wissen Sie das?«

Gärtner hatte Torbeck erreicht und hielt ihr einen Ausweis unter die Nase. »MAD. Ich befehle Ihnen, die Anlage unter Quarantäne zu stellen oder ich lasse Sie absetzen.«

Gärtner war vom Militärischen Abschirmdienst. Das erklärte einiges. »Frau Generalmajor. Ich habe keinen Zugriff auf die Subrouti-

nen«, sagte der Soldat, den Torbeck beauftragt hatte, die Türsysteme zu überprüfen.
»Wir haben einen Druckanstieg im Labor«, meldete sich ein anderer.
Gärtner sah Torbeck an. Die nickte nur. »Kontaminierungsalarm«, rief Gärtner. Auf dem Leitstand wurde es hektisch. Das Alarmsignal ertönte. Fenris' weibliche Computerstimme meldete sich.

***

Karl Wiegner

Wiegners Schulter pochte vor Schmerzen. Eigentlich hätte er gerne mit Torbeck gesprochen, aber die war nicht zu erreichen. Vermutlich hatte sie alle Hände voll zu tun. Das Gefühl der Hilflosigkeit machte ihm zu schaffen. Was sollte er tun? Er war zur Handlungsunfähigkeit verdammt. Das war inakzeptabel. Er beschloss, wenigstens gegen seine Schmerzen vorzugehen. Wiegner ging zum Krankenzimmer, erklärte über das ComSys, was er wollte, und wurde hineingelassen. Die medizinische Mitarbeiterin versprach ihm, dass der Arzt sofort kommen würde. Egal, er hatte es nicht eilig. Wiegner setzte sich auf die Liege. Der Schmerz in seiner Schulter nahm zu. Unter Stöhnen legte er sich auf den Rücken und schloss die Augen. Die Stimmung in der Quarantäneabteilung war gedrückt. Die Soldaten trauerten um ihre Kameraden. Wiegner hatte schon mehrfach Befehle geben müssen, die anderen Menschen das Leben gekostet hatten. Daran konnte er sich nicht wirklich gewöhnen. Das war schlimm genug. Diesmal allerdings war es bedeutend schlimmer. Diesmal hatte er versagt. Ob die Soldaten das verstanden hatten, war ihm nicht klar. Vielleicht nicht. Er selber hatte es begriffen. Die Schuldgefühle würden er nicht mehr loswerden. Das wusste er.
Der Lautsprecher knackte. Eine Frauenstimme erfüllte den Raum. Er kannte die Stimme. Das war Fenris.

»Achtung! Es wurde Kontaminierungsalarm ausgelöst. Ich wiederhole. Es wurde Kontaminierungsalarm ausgelöst. Begeben Sie sich in den nächstgelegenen Raum. Das Quarantäne Protokoll startet in sechzig Sekunden. Bitte bewahren Sie Ruhe.«

Seine Schmerzen waren verflogen. Er sprang auf die Füße. Die Durchsage wiederholte sich. Dann begann der Countdown.

»Neunundfünfzig, achtundfünfzig ...«

Über der Schleuse zur Forschungsstation leuchtete eine Anzeige auf. Wiegner bekam Besuch.

***

Aila Torbeck

»Schalten Sie die Korridore der Forschung auf den Schirm«, rief Torbeck. Die Bildwand änderte ihr Aussehen, glich jetzt einem riesigen Schachbrett. In jedem der Felder erschien die Aufnahme einer anderen Überwachungskamera. Die meisten Bilder zeigten leere Flure oder geschlossene Türen. Torbecks Blick sprang von einem Rechteck zum nächsten.

»Siebenundfünfzig, sechsundfünfzig ...«

»Da. Sehen Sie!«, schrie einer der Soldaten. »B 10.«
Torbeck orientierte sich. Dann hatte sie den Bildausschnitt gefunden. Auf einem der Korridore gab es ein Handgemenge.

»Vierundfünfzig, dreiundfünfzig ...«

»Vergrößern!« Torbeck ging instinktiv einen Schritt auf die Anzeige zu. Das Rechteck blähte sich auf, nahm jetzt die halbe Bildwand ein. »Oh, mein Gott!« Torbeck hielt sich eine Hand vor den Mund.

Ein Mann im weißen Kittel riss eine Frau zu Boden. Auf den ersten Blick wirkte es wie eine Vergewaltigung. Zwei andere Männer versuchten der Frau zu helfen, schauten auf und rannten plötzlich weg. Eine Sekunde, nachdem sie aus dem Blickfeld der Kamera verschwunden waren, sah Torbeck mehrere verwischte Erscheinungen, die ihnen hinterher jagten.

***

Karl Wiegner

»Zweiundfünfzig, einundfünfzig ...«

Die Schleuse öffnete sich und Dr. Hort wankte herein. Er hielt eine Hand vor das Gesicht und versuchte, sich mit der anderen an einem Rollwagen abzustützen, verlor das Gleichgewicht. Wiegner griff an sein Gürtelholster und fasste ins Leere. Da war keine Pistole. Der Arzt drehte sich auf den Rücken. Sein Kittel war zerrissen und blutverschmiert. Er sah Wiegner an, gab keinen Laut von sich, musterte ihn mit kalten Augen, wie ein Raptor seine Beute. Wiegner blieben nur Sekunden. Auf einen waffenlosen Nahkampf wollte er es nicht ankommen lassen. Er sprang zu der sich schließenden Schleusentür, drückte sich durch den Spalt. Die Schiebetür stoppte und glitt wieder auf.

»Achtundvierzig, siebenundvierzig ...«

Das war nicht gut. Er hämmerte auf den Knopf zum Schließen. Der Doktor lag auf dem Boden, hatte seinen Oberkörper leicht aufgerichtet, damit er ihn weiter beobachten konnte. Wiegner sah durch Horts Augen hindurch ins Nichts. Dessen Hirn wurde gerade vom Virus überschrieben. Hoffentlich hielt dieser Zustand eine Weile an.
Die Tür schloss sich.
Der Arzt begann zu brüllen, sprang auf die Beine.

***

Aila Torbeck

»Dreiundvierzig, zweiundvierzig ...«

Gärtner gab den Befehl, den Verbindungsflur zwischen Forschungsbereich und Militärkomplex auf den Schirm zu schalten. Im Moment war in dem Bereich niemand zu sehen.

»Vierzig, neununddreißig ...«

Was sollte sie tun? Die Antwort war einfach. Das, was nötig war. Torbeck riss dem nächsten Soldaten das Headset vom Kopf, hielt sich das Mikrofon vor den Mund. »Fenris. Hör zu!« Der Countdown wurde unterbrochen.

»Fenris hört«, sagte die Frauenstimme.

»Hier spricht die Kommandantin. Aila Torbeck, B077563.«

»Stimme akzeptiert. Aila. Was ist dein Befehl?«

»Broken wing. Notfallabtrennung der Forschungsabteilung.«

»Ich wiederhole. Broken wing. Notfallabtrennung der Forschungsabteilung. Ist das richtig?«

»Positiv.«

»Achtung! Die Forschungsabteilung wird in fünf Sekunden abgetrennt. Fünf, vier ...«

***

Karl Wiegner

Der Mediziner sprang auf die Beine, raste auf die Schleusentür zu. Das erahnte Wiegner nur noch, die Tür war fast geschlossen. Instinktiv ging er rückwärts, bis er mit dem Rücken an der zweiten Schleusentür anstieß. Die Tür vor ihm schloss. Es klickte. Eine Anzeige leuchtete auf. Es knallte gegen die Tür. Wiegner zuckte zusammen. Die Tür konnte mit einem Code geöffnet werden. Der Arzt kannte den Code, konnte ihn aber sicher nicht mehr einsetzen. Der Virus hatte sein Gehirn formatiert. Für das Erste war er in Sicherheit. Wiegner bemerkte, dass der Countdown gestoppt hatte. Warum? Natürlich gab es die Möglichkeit, den Alarm abzubrechen. Allerdings stellte sich die Lage so dar, dass es dafür keinen vernünftigen Grund zu geben schien. Ein Fehlalarm war es jedenfalls nicht. Eine Fehlfunktion, die zu einem Abbruch geführt hatte? Unwahrscheinlich.
Dann verstand er es. »Aila. Tu das nicht!«, schrie er. »Das kannst du nicht machen.«

***

Aila Torbeck

»Da sind welche!«
Mehrere Personen rannten einen Korridor in der Forschungsabteilung entlang, näherten sich dem Übergang zum Militärbunker. Waren die infiziert? Torbeck konnte es nur hoffen. Denn, wenn die Abteilung abgeriegelt wurde, war das kein Spaß.

»Zwei, eins. ... Abtrennung erfolgt.«

Die Menschen auf dem Bildschirm schwenkten in den Übergangskorridor ein, als die Decke einbrach. Eine geleeartige graue Masse begrub sie unter sich. Aus einer über dem Korridor angebrachten Kammer waren dreißig Tonnen Flüssigmetall in den Gang geklatscht. Die Metalldispersion in Epoxidharz veränderte ihre Farbe, begann augenblicklich auszuhärten.

»Forschungsabteilung ist abgetrennt. ... Kontaminierungsalarm. Setze Countdown fort. Neunundzwanzig, achtundzwanzig ...«

Torbeck setzte sich auf einen Stuhl und starrte auf die Bildwand. Eine der vergrößerten Kacheln zeigte die aushärtende Versiegelungsmasse. Die Forschungsabteilung war nur noch eine in Bernstein eingefrorene Sauerstoffblase. Die Umweltanlage, die Trinkwasserversorgung. Alles hatte sich entkoppelt. Nur der Strom war geblieben. Aber auch das ließe sich ändern.
Torbecks Atem ging schwer, ihr Herz raste. Sie griff sich mit der Linken an die Brust. Ihr wurde kalt. Wie viele Menschen befanden sich zum Zeitpunkt der Versiegelung in der Forschungsabteilung? Fünfzig? Siebzig? Die waren nicht alle infiziert. Sicher hatten sich viele retten können, sich irgendwo eingeschlossen. Torbeck hatte sie alle lebendig begraben. Die Menschen waren bereits tot. Verhungern und verdursten mussten sie. Elendig verrecken. Verschüttet wie Grabräuber in einer Inka-Pyramide. Wieder eine Sache, mit der man leben musste. Nicht daran denken. Einfach wegschieben, zu dem anderen Unrat, den sie gedanklich unter den Teppich gekehrt hatte.

***

Karl Wiegner

Die riegelten die Forschungsanlage ab. Darum hatte der Countdown ausgesetzt. Der neu eingeleitete Alarm der Notfallabtrennung war nur auf dem Leitstand zu hören. Das war insoweit logisch. Wenn die Situation eintrat, dass die Forschungsabteilung verschüttet werden musste, dann wollte man niemanden dort warnen. Dann sollte es um jeden Preis verhindert werden, dass Menschen die Abteilung verlassen konnten. Natürlich wäre es sinnvoll, den ursprünglichen Alarm in der Forschungsabteilung weiterlaufen zu lassen. Das war sicher ein Softwarefehler. Mit dieser Art von kleinen Problemen hatte sich Wiegner in den letzten Monaten tausendfach herumgeschlagen. Wenn er recht hatte, dann würde jeden Moment der ursprüngliche Kontaminierungsalarm weiterlaufen. Wie zum Beweis begann Fenris wieder zu zählen.

»Neunundzwanzig, achtundzwanzig ...«

Ende der Geschichte. Wiegner rutschte mit dem Rücken an der Wand zu Boden. Er hatte zwei Wahlmöglichkeiten. In weniger als dreißig Sekunden würden sich alle Türen in der gesamten Anlage verriegeln. Dann wäre er gefangen wie in einer Schachtelpuppe. Im Berg, in der Forschungsabteilung, in der Schleuse. Die Notfallabtrennung hatte die Forschungsabteilung von der restlichen Anlage getrennt. Der Kontaminierungsalarm würde in ganz Fenris die Türen verriegeln. Noch konnte er die Schleusentüren öffnen. In das Behandlungszimmer der Quarantänestation wollte er nicht zurück. Dort zerlegte der Doktor gerade das Inventar. Blieb die andere Seite. Hinein in die Krankenabteilung. Da könnte er sich halbwegs frei bewegen. So wie er sich erinnerte, wurden die Außentüren von zusammenhängenden Bereichen verschlossen, die Türen innerhalb dieser Bereiche nicht. Wollte er das? Was machte das für einen Unterschied? Mehr Platz, vermutlich etwas zu trinken, vielleicht ein wenig zu essen. Und was dann? Außerdem. Wer war auf der anderen Seite?

»Dreizehn, zwölf ...«

Die Zeit lief. Noch knappe zehn Sekunden und er würde bis zum Ende der Zeit auf fünf Quadratmetern beerdigt sein. Nein, auf keinen Fall. So wollte er nicht verrecken. Hektisch sah es sich um. Hier gab es nichts, was man als Waffe benutzen konnte. Er zog seinen Gürtel aus und wickelte ihn um die rechte Hand. Also gut. Dem Ersten würde er ganz bestimmt alle Zähne ausschlagen. Der Rest würde sich ergeben. Keine Zeit mehr, um Pläne zu schmieden. Er drückte auf den Türöffner und trat in die zweite Kammer der Schleuse ein. Hier hingen Schutzanzüge an der Wand. Es gab eine Glaskabine, die an eine Dusche erinnerte. Sie war zur Desinfektion der Schutzanzüge gedacht. Das war wohl mittlerweile unnötig. Wiegner betätigte das Öffnungssystem der nächsten Schleusentür.

***

Aila Torbeck

»Protokoll bei Kontaminierung durchgeführt. Die Anlage ist fragmentiert. Aufzüge außer Betrieb. Unterkünfte verriegelt. Treppenhäuser verriegelt. Verbindungstüren der Korridore verriegelt. Brandschutztüren verriegelt. Bewahren Sie Ruhe. Es wird an einer Lösung des Problems gearbeitet.«

»Ist ein Infizierter durchgebrochen?«, fragte Torbeck mit dünner Stimme in den Raum hinein. Die Frage stellte sie mehr an sich selbst. Räumlich gesehen war die Anlage jetzt in Hunderte von kleinen Waben aufgeteilt. Infiziert oder nicht. Keiner bewegte sich mehr. Nicht vorwärts und nicht zurück. So betrachtet spielte es keine Rolle, ob es ein Kranker aus der Forschung herüber geschafft hatte. Die Seuche konnte sich nicht weiter ausbreiten.
Jemand redete mit ihr, aber sie verstand die Worte nicht. Sie sah das Gesicht ihres Freundes vor sich. Wiegner war in der Quarantänestation und die Quarantänestation war in der Forschungsabteilung. Sie hatte Karl getötet.

FALLE

Karl Wiegner

Als sich die Schleusentür zur Krankenstation öffnete, sah Wiegner in die matten Augen einer jungen Frau. Ohne Zögern schlug er ihr mit aller Gewalt ins Gesicht. Der Kopf der Frau flog nach hinten, sie taumelte rückwärts. Bevor sie sich fangen konnte, setzte er nach, schlug ein zweites und ein drittes Mal zu. Mit der linken Hand griff er ihr in die Haare, zerrte ihren Kopf in den Nacken. Seine Rechte packte sie am Kinn. Mit einer schnellen Drehbewegung brach er ihr das Genick. Der leblose Körper sank zu Boden.
Wie viele waren noch hier? Mit einem würde er fertig werden. Griffen sie zu zweit an, hatte er sicher keine Chance. Sein Blick durchmusterte den Raum, suchte einen Gegenstand, den er als Waffe benutzen könnte. Er entdeckte einen Glasschrank mit medizinischem Besteck. Da lag bestimmt ein Skalpell. Aber das war eine unbrauchbare Waffe für ihn. Eine Schnittverletzung hielt diese Irren nicht auf. Es musste etwas sein, womit er einen ultimativen Treffer landen konnte. Er fand nichts.
Wiegner zog den Gürtel straffer um die Hand. Die Tür zum nächsten Raum stand offen. Bis jetzt hatte sich niemand auf ihn gestürzt. Wenn hier noch jemand war, musste er ihn gehört haben. Auf der Stelle stehen zu bleiben löste die Situation nicht. Er gab sich einen Ruck und trat in den vor ihm liegenden Raum ein. Er war leer. Erleichtert stellte er fest, dass der medizinische Bereich sich durch den Kontaminierungsalarm zweigeteilt hatte. Er selbst hatte zwei Räume und ein Büro zur Verfügung. Der Durchgang zu dem anderen, weitaus größeren Bereich, in dem sich die eigentliche Krankenstation mit Betten, einem Chirurgiesaal und weiteren Räumen befand, war abgetrennt. Wiegner war alleine. Er löste den Gürtel von seiner Hand und ließ sich auf einen Bürostuhl sinken. War das jetzt besser?

Sein neues Zuhause gab nicht viel her. An den Wänden standen Regale mit Fachbüchern, Behältern mit Plastikkanülen und medizinischem Material. In einer Ecke summte ein Kühlschrank. Wiegner seufzte und stand auf. Erstaunlich, dass seine Klaustrophobie nicht durchschlug. Das Adrenalin des Kampfes überlagerte die Angst. Im Kühlschrank fand er einige Urinproben und eine halb volle Flasche Wasser. Angewidert verzog er das Gesicht. Medizinisches Personal war, was solche Dinge anging, völlig schmerzfrei. Er griff nach der Flasche und trank sie in einem Zug leer. Er hatte einen sinnlosen Kampf gewonnen, seinen Tod ein wenig hinausgezögert. Gedankenverloren schraubte er die Flasche wieder zu. Vielleicht war es doch nicht so sinnlos. Er ging hinüber in den anderen Raum und stellte sich vor den Schrank mit den medizinischen Instrumenten. Nach kurzem Suchen wurde er fündig. Da lag ein Skalpell. Hatte es sich doch gelohnt. Besser schnell verbluten als jämmerlich verdursten. Wiegner öffnete die Schranktür und nahm das Skalpell in die Hand.
Er spürte eine Bewegung hinter sich, wirbelte herum und stolperte zurück. Mit dem Rücken prallte er gegen den Instrumentenschrank, dass es schepperte. Vor ihm stand ein Mann in einem Kittel. Blut lief ihm aus Nase und Mund, tropfte von seinem Kinn und zog lange dunkle Bahnen über den weißen Stoff. Er sah Wiegner an, bewegte sich nicht. Woher war der hergekommen? Er musste sich im Büro versteckt haben. »Was ist passiert?«, fragte Wiegner. Er hatte keine Hoffnung, dass der Mann auf seine Worte reagierte. Der leere Blick seines Gegenübers erinnerte ihn deutlich an Dr. Hort.
»Hilfe«, presste der Mann hervor und brach zusammen. Langsam näherte Wiegner sich dem am Boden Liegenden, hörte seinen schweren Atem, der langsam zu einem Knurren anschwoll. Wiegner zögerte, umklammerte das Skalpell fester. Dann kniete er sich hin und schnitt dem Mann mit einer schnellen kräftigen Bewegung die Kehle durch. Hastig sprang er zurück. Ein Schwall Blut blubberte aus der Wunde. Sofort bildete sich eine große Blutlache auf dem Boden. Der Mann verdrehte die Augen, versuchte nach Luft zu schnappen, bis er plötzlich still wurde.

Eine ganze Weile stand Wiegner regungslos da. Sein Puls beruhigte sich. Was machte er hier eigentlich? Statt dem armen Schwein den Hals durchzuschneiden, hätte er sich auch gleich selber die Pulsadern aufschneiden können. Praktisch machte das keinen Unterschied. Trotzdem durchsuchte er das kleine angrenzende Büro. Da war niemand mehr. Mit dem Skalpell in der Hand setzte er sich auf den Boden, lehnte sich mit dem Rücken an die Wand. Er setzte die Klinge an seinem Handgelenk an, ließ sie wenige Millimeter über der Haut schweben. Längs schneiden, nicht quer. Klang ganz einfach. Vor allem mit einem chirurgischen Instrument. Sein Verstand versuchte, die Hand zu zwingen, die nötige Bewegung durchzuführen, aber sein Arm verhielt sich wie eine verrostete Stahlkonstruktion. Nichts rührte sich. Er ließ das Skalpell zu Boden fallen. Eine unrealistische Hoffnung hielt ihn zurück. Es war wie damals, als er in der irakischen Wüste unter den Trümmern eines Hubschraubers begraben lag. Aber es gab einen großen Unterschied. Damals war die Hoffnung nicht unberechtigt gewesen. Eine vermisste Maschine, deren Flugroute bekannt war, konnte gefunden werden. Jetzt war sie unberechtigt. Die Forschungsabteilung war isoliert worden. Eine Versiegelung, die kaum zu brechen war. Selbst wenn er voraussetzte, dass es in der Anlage die technischen Möglichkeiten gab, so durfte es an dem Willen dazu fehlen. Schließlich hatte es einen triftigen Grund gegeben, sie alle lebendig zu begraben. Die Seuche war in der Anlage ausgebrochen. Handelte es sich um einen lokalen Ausbruch, der nur die Forschungsabteilung betraf? Oder war die gesamte Anlage kontaminiert?
Wiegner stand auf und ging zu einer der ComSys-Stationen. Er versuchte eine Verbindung mit dem Leitstand herzustellen. Das System gab nach jedem Kontaktversuch eine kleine Meldung auf dem Bildschirm aus. *Verbindung derzeit nicht möglich.* Schließlich gab er es auf. Lebte da überhaupt noch jemand? Er verdrängte den Gedanken. Die Vorstellung, nur noch von Toten und Irren umgeben zu sein, multiplizierte seine Angst. Wiegners Schulter schmerzte fürchterlich. Er legte sich auf den Rücken auf eine Liege und schloss die Augen.

BOTSCHAFT

Arthur Keim

Die Ebene Null besaß die Ausmaße eines Flugzeughangars. Im Gegensatz zur restlichen Anlage maß die Deckenhöhe beachtliche zwanzig Meter. Die spärlich beleuchtete Halle erinnerte an einen unheimlichen Baumarkt. Dutzende Regalwände schufen eine unüberschaubare Anzahl von Gängen. In den Regalen stapelten sich schwarze Kästen, die Geschirrspülmaschinen ähnelten. Ein monotones Summen schwang durch den Raum. Die Luft schmeckte nach Elektrizität. Menschen, die zum ersten Mal ZERBERUS betraten, fühlten sich unwohl. Die gigantischen elektrischen Felder, die der Computer erzeugte, machten sie nervös. Die Ebene Null zu besuchen, fühlte sich ein wenig an, als würde man durch einen überdimensionierten Mikrowellenofen laufen.

Das alles bemerkte Arthur Keim schon lange nicht mehr. Er war hier zu Hause. Mit schnellen Schritten lief er durch die Gänge und steuerte den gläsernen Überwachungsraum an, der sich auf einem Podest im Zentrum der Anlage befand. Keim war alleine. Auch daran hatte er sich gewöhnt. Das anfängliche Unbehagen, das er in den langen Gängen verspürt hatte, war mit der Zeit gewichen. Er hatte zu viel zu tun, als sich kindischen Ängsten hinzugeben. Außer ihm hatten nur wenige Mitarbeiter Zugang zu der Anlage. Auch wenn ZERBERUS gigantische Ausmaße besaß, so war er doch ein äußerst filigranes Gebilde, das auf Störungen aller Art fast menschlich reagierte. ZERBERUS war eine Diva. Seine Leistungsfähigkeit ließ andere Supercomputer wie Taschenrechner aus den späten Siebzigerjahren erscheinen. Aber die zeigte er nur, wenn man ihm ordentlich den Bauch pinselte. Keim wusste, wie er die Maschine zu nehmen hatte. Der Mathematiker betrat den Kontrollraum und setzte sich auf den Bürostuhl.

Achtzig Prozent seiner Rechenleistung verbrauchte ZERBERUS mit der Darstellung des MCHI-Zellclusters. Mit einem modifizierten Raster-Tunnel-Mikroskop war es in dreijähriger Arbeit gelungen, die 458 Zellen eines MCHI-Clusters bis auf die Molekularebene abzubilden und zu speichern. ZERBERUS war die erste von Menschen geschaffene Matrix, in der der Virus wie eine geisterhafte Erscheinung zwischen den atomaren Transistoren schwebte. Dabei war Speichern nicht der richtige Ausdruck. Es handelte sich nicht um ein starres Abbild des Clusters. In jeder Millisekunde berechnete der Computer die Wechselwirkungen der verschiedenen Moleküle untereinander. Sie vibrierten, zogen sich an und stießen sich ab. Man konnte diese kaum feststellbaren Bewegungen sogar hörbar machen. Es klang wie eine ausschwingende Kontrabassseite. Die Matrix war so nah an der Wirklichkeit, dass Keim einmal spaßeshalber gesagt hatte, dass der Computer nur einmal husten müsste, um sie alle anzustecken.

Die restlichen zwanzig Prozent Rechenleistung verschoben und drehten immer neue Molekülmodelle und versuchten, diese an verschiedene Proteine des Virus andocken zu lassen. ZERBERUS suchte einen Ansatz, mit dem er die Verteidigung von MCHI aushebeln konnte. Bisher ohne Erfolg. Ob es jemals gelingen würde, stand in den Sternen. Aber das war nicht mehr wichtig. Die Zeit für Grundlagenforschung war vorbei. Das Programm, das Keim nun starten wollte, hatte er schon vor Monaten fertig geschrieben. Allerdings konnte er sich damals mit seiner Meinung nicht durchsetzen und es wurde ihm keine Rechenzeit für sein Projekt genehmigt. Die Suche nach dem molekularen Ausschalter hatte Priorität besessen.

Im Grunde war seine Idee einfach. Er war sich absolut sicher, dass MCHI künstlichen Ursprungs war. Warum andere sich dieser offensichtlichen Tatsache verschlossen, war ihm unbegreiflich. Vermutlich hatte das auch etwas mit Urängsten zu tun. Dass er kein Problem mit solchen Ideen hatte, lag daran, dass er den Zahlen vertraute. Die Mathematik hatte keine eigene Meinung und ließ sich nicht von menschlichen Vorstellungen beeinflussen. Sie war der Klebstoff, der das Universum zusammenhielt. Zahlen konnten nicht lügen.

Die von ihm postulierte Künstlichkeit musste nachweisbar sein. Durch Intelligenz geschaffene Dinge unterschieden sich von natürlichen. Intelligenz hinterließ einen Fingerabdruck. Das Design besaß eine eigene Handschrift. Sein Programm sollte in der Lage sein, dies zu erkennen. Aber darauf kam es ihm gar nicht an. Er musste niemandem mehr beweisen, dass er recht hatte. Das taten gerade die Landungsschiffe für ihn. Wichtiger war ein anderer Programmteil, der bei der Entwicklung zunächst den Charakter einer Spielerei besessen hatte. Das Programm sollte die Frage beantworten, ob in dem Virus eine Botschaft versteckt war. Möglicherweise ein Hinweis auf den Erschaffer. Die Idee hierzu war ihm gekommen, als er mit einem Kollegen über die Hintertüren in Computerprogrammen sprach, die Softwareentwickler in ihren Code einbauten. Teilweise taten sie dies aus Spaß oder um sich im Programmcode zu verewigen. Oft auch, um im Notfall in das System eindringen zu können. Während dieser Unterhaltung kam ihm der Gedanke, dass auch die Schöpfer von MCHI so etwas getan haben könnten. Vielleicht hatten sie sogar mehr als das getan. Möglicherweise verbarg sich im Virus-Cluster eine Botschaft. Natürlich war es fraglich, ob ihnen der Nachweis einer solchen Botschaft irgendetwas nutzen würde. Aber in Ermangelung an anderen Plänen erschien es Keim als letzter Strohhalm.
Er beendete ZERBERUS' Suche nach einem Wirkstoff und startete sein Programm. Der Computer quittierte den plötzlichen Kurswechsel mit einer Schweigeminute. Alle Bildschirme wurden schwarz. Einem Unbedarften konnte dabei angst und bange werden. »Stell dich nicht so an«, brummte Keim. Er wartete. Schließlich wurde er doch ein wenig nervös. »Lass mich bloß nicht hängen.« Dann flackerten die Monitore und ZERBERUS schleuderte ihm Zahlenkolonnen entgegen. Keim atmete auf und schaltete eine kleine Musikanlage ein. Mit zwanzig Prozent seiner Rechenleistung begann ZERBERUS nach Auffälligkeiten zu suchen. Die Rolling Stones spielten Sympathy for the Devil. Er drehte die Musik lauter, lehnte sich zurück und schloss die Augen. Wie lange würde das dauern? Stunden? Jahre?
Es piepte. Keim öffnete die Augen und sah ungläubig auf den Bildschirm vor ihm. Buchstaben blinkten.

Geometrische Auffälligkeit:
Wahrscheinlichkeit auf natürlichen Ursprung < 0,01

Mathematische Auffälligkeit:
Wahrscheinlichkeit auf natürlichen Ursprung < 0,01

»Willst du mich verarschen?« So schnell konnte das nun wirklich nicht gehen. Keim sah sich das Ergebnis an. Es dauerte eine Weile, dann fing er an zu lachen. Es war ein seltsames Gefühl recht zu behalten.

Jede Zelle besaß einen Ring aus radioaktiv markierten Molekülen. Sie waren in einem fast perfekten Kreis angeordnet. Die Kreise wurden durch eine Linie aus weiteren markierten Molekülen geteilt. Es war, als hätte jemand in jede Zelle mit einem Textmarker einen Kreis und den dazugehörigen Durchmesser eingezeichnet. Das musste eine Botschaft sein. Wenn man jemandem etwas mitteilen wollte, dann galt es sicherzustellen, dass der Empfänger der Botschaft diese auch verstehen konnte. Das konnte bereits zwischen Menschen mit ihren verschiedenen Sprachen und Kulturen kein leichtes Unterfangen sein. Aber eine Nachricht für eine fremde Intelligenz? Das war eine echte Herausforderung.

Zunächst war die Aufmerksamkeit des Empfängers zu erregen. Er musste erkennen können, dass sich dort etwas befand, das nicht natürlichen Ursprungs war und nicht durch Zufall entstehen konnte. Außerdem sollte die Botschaft einen universellen Charakter haben. Der Kreis als geometrisches Grundsymbol bot sich dafür an. Es war genau so, wie Keim es sich gedacht hatte. Unfassbar.

»Okay. Ihr wollt mir etwas zeigen. Das habe ich verstanden. Aber was?« Kreis und Durchmesser. Umfang und Durchmesser. Keim sah sich die von ZERBERUS erkannte mathematische Auffälligkeit an. In jeder Zelle hatte ZERBERUS drei DNA-Fragmente erkannt, in denen zwei Zahlen codiert waren. Sehr große Zahlen. Im ersten DNA-Strang waren die beiden Zahlen binär codiert. Sie waren mithilfe der Basen Adenin und Thymin dargestellt. Zwischen den beiden Zahlen existierte eine Trennung. Natürlich konnte man nicht alleine durch diese Binärcodierung auf Zahlen schließen. Der Code könnte etwas ganz anderes bedeuten oder auch gar nichts. Um Missverständnisse auszuschließen, waren die gleichen Zahlen im zweiten DNA-Strang durch drei Basen dargestellt. Adenin, Thymin und Guanin. Das ergab ein Zahlensystem auf der Basis drei. Im dritten DNA-Strang wurden alle vier Basen verwendet. Die Zahlen wurde mit einem Zahlensystem auf der Basis vier abgebildet. Adenin, Thymin, Guanin und Cytosin. Somit waren die gleichen zwei Zahlen in drei verschiedenen Zahlensystemen dargestellt. Ein Zufall war damit praktisch ausgeschlossen. Die Frage war: Was sollte das alles?

Umfang. Durchmesser. Riesige Zahlen.

Keim konzentrierte sich. Zunächst musste er sich von dem Gedanken befreien, dass die Lösung kompliziert war. Sie durfte nicht kompliziert sein, sondern musste in ihrer Einfachheit klar zu erkennen sein. Nur auf diese Art konnten Spezies miteinander kommunizieren.

Durchmesser und Umfang.

Umfang und Durchmesser.

Umfang geteilt durch Durchmesser.

Die Kreiszahl Pi.

Natürlich. Das Verhältnis zwischen Umfang und Durchmesser. Wer den Kreis kennt, der kennt auch Pi. Das war einfach genug. Die Botschaft war simpel. Aber die Stelle, an der man sie lesen konnte, dafür umso schwieriger zu finden. Immerhin war sie auf molekularer Ebene in einer Zelle versteckt. Allerdings war Keim immer noch völlig unklar, was er damit anfangen sollte. Der Hinweis auf Pi ergab für sich alleine gesehen keinen Sinn. Oder aber der Sinn erschloss sich ihm nicht. Er besah sich die beiden Zahlen. Sie schienen endlos. ZERBERUS behauptete, dass beide Zahlen in Basis zehn umgerechnet exakt acht Trillionen Stellen besaßen. Nur die letzten sechs Stellen unterschieden sich. 234577 und 897678. Keim versuchte, das Ganze als Kommunikationsproblem zu betrachten. Das Problem einer Nachricht konnte sein, dass derjenige der sie hinterließ, gerne wüsste, ob ein anderer die Nachricht tatsächlich empfangen hatte. Keim hatte die Botschaft gefunden, aber das konnte der Nachrichtenschreiber nicht wissen.

Dann sprang ihn die Lösung an. Die Botschaft lautete: Wenn du kannst, dann schicke mir den markierten Ausschnitt der Zahl Pi. Dann weiß ich, dass du sie gefunden hast und in der Lage bist, sie zu berechnen. Das Verstehen der Nachricht war einfach. Die Schwierigkeit lag darin, sie zu finden und ihre Anweisung zu befolgen. Keim wusste nicht genau, wie weit Pi bis zum heutigen Tage berechnet war. Aber soweit wie es hier gefordert war, bestimmt nicht. Wie lange würde eine Berechnung dauern? ZERBERUS war schnell. Aber die Zahlen waren gewaltig. Er musste es versuchen und dafür brauchte er nicht zwanzig Prozent Rechenleistung, sondern die vollen einhundert. Das bedeutete, die Cluster-Matrix musste abgeschaltet werden. Das wiederum bedeutete, dass die Daten von MCHI unwiederbringlich verloren gingen. Das würde Danielsen niemals zulassen. Keim nahm an, dass Torbeck die Notwendigkeit verstehen würde. Aber ganz sicher konnte er sich nicht sein. Was, wenn sie vor einem solchen Schritt zurückschreckte? Konnte er es riskieren, das Überleben der Menschheit einem Haufen verstockter Laien zu überlassen? Er würde nicht um Erlaubnis fragen. Während er noch mit sich selber rang, tippten seine Finger einen kleinen Codeschnipsel. Um die Zahl Pi zu berechnen, bedurfte es keiner großen Programme. Jetzt musste er nur noch ZERBERUS neu starten. Das war nicht mit einem Knopfdruck getan. Zunächst stoppte er die laufenden Berechnungen. ZERBERUS war noch immer damit beschäftigt, nach Auffälligkeiten im Virusmodell zu suchen. Es war nicht ausgeschlossen, dass es noch weitere gab. Aber daran glaubte Keim nicht. Er gab weiter Befehle in den Terminal ein und wurde mehrfach gefragt, ob er das auch wirklich wolle und ob er sich über die Konsequenzen seines Tun im Klaren sei. Er fing an zu schwitzen. Wenn er das jetzt durchzog, dann war das Virusmodell unwiederbringlich gelöscht. Danielsen würde ihn aufhängen. Das Model war das, woran sie alle die letzten Jahre gearbeitet hatten. Es war der eigentliche Grund, warum diese Anlage überhaupt existierte. Und nun stand er davor, dies alles mit einem letzten Druck auf die Return-Taste ins Datennirwana zu schicken.

Was war, wenn er sich irrte? Vielleicht interpretierte er alles falsch. Möglicherweise gab es noch mehr zu entdecken, aber ZERBERUS

würde das erst in Tagen herausfinden. Wenn er das Modell löschte, würde er das nie erfahren. Es war eine dieser Entscheidungen, die man im Leben lieber nicht treffen wollte und Keim hätte einiges dafür gegeben, sich vor ihr zu drücken. Nein, es musste stimmen. Eine simple Botschaft an einem unzugänglichen Ort versteckt. Eine Botschaft mit einer Handlungsanweisung, der schwer nachzukommen war. Das war ein Intelligenztest und sie mussten darauf antworten. Der Computer musste die Zahlenfolge berechnen. Danach würden sie die Zahlen senden. Auf irgendeine Art. Ganz egal. Am Ende blieb dann nur die Hoffnung, dass diese Botschaft den Sinn verfolgte, den Keim ihr unterstellte. Seit er die absurde Nachrichtensendung gesehen hatte, fragte er sich, was zur Hölle das sollte. Eine Superintelligenz machte so etwas nicht ohne Grund. Tatsächlich konnte es sein, dass ihre Besucher befürchteten, dass die Menschen die Welt mit ihren Atomwaffen zerstörten. Aber wenn die Menschen das wollten, warum sollte sie eine Botschaft, die keine Hoffnung versprach, davon abhalten? Möglicherweise hatte die Nachricht einen tieferen Sinn. Vielleicht wollten die Fremden kommunizieren. Aber nur zu ihren Bedingungen. Wer eine Nachricht sendete, der sollte auch in der Lage sein, eine zu empfangen. Habt ihr noch irgendetwas zu sagen? Ein paar letzte Worte vielleicht?
Er konnte nur hoffen, dass ZERBERUS das in angemessener Zeit schaffen würde. Die Zahl war wirklich groß. Andere Supercomputer würden vermutlich Hunderte von Jahren dafür benötigen. Bei ZERBERUS konnte man da keine verlässigen Vermutungen anstellen. ZERBERUS war bis zu einem gewissen Grad lernfähig. Selbstverständlich hatte dies nichts mit Intelligenz zu tun. Der Computer analysierte mathematische Probleme, um sich selber einen besseren und schnelleren Rechenweg zu suchen. Durchaus möglich, dass ZERBERUS eine neue Methode fand, um Pi zu berechnen.
Keim schloss die Augen und drückte die Return-Taste. Nachdem er bei jedem seiner letzten Arbeitsschritte gewarnt wurde, überraschte es ihn, dass dies nun nicht mehr geschah. Er hatte die finale Aktion gesetzt. Völlig unspektakulär wurde der Monitor vor ihm schwarz und zeigte dann nur noch einen blinkenden

Cursor in der linken oberen Ecke. Ende. Alles weg. Die würden ihn umbringen. Er legte die Hand über den Mund, über sich selbst erschrocken. Es gab nichts mehr rückgängig zu machen. Er startete die Berechnung von Pi. Keim stand von seinem Stuhl auf. Noch immer plärrten die Rolling Stones aus dem Lautsprecher. Er sah durch die Verglasung. Die Regalreihen, in denen sich die Spülmaschinen stapelten, erschienen unverändert. Der Computer rechnete ab jetzt mit mindestens zwanzig Exaflops an der Zahl Pi. Tendenz steigend. Er wusste nicht, was ZERBERUS gekostet hatte, aber es mussten zig Milliarden gewesen sein. Ein fußballfeldgroßer Computer, der nur einer einzigen Zahl hinterherjagte.

Da war ein Geräusch. Keim drehte sich um und zuckte zusammen. Durch das Sichtfenster der Tür sah er ein Gesicht. Als er Danielsen erkannte, hörte sein Herz langsam auf zu klopfen. Dann fiel ihm ein, was er getan hatte und es begann erneut zu rasen. Scheiße. Er ging zur Tür und öffnete sie. »Was zum Teufel machen Sie hier?«, fragte er.

Danielsen sah ihn nur an.

»Was wollen Sie?«

»Sie dürfen das nicht tun. Wenn Sie die Berechnung der Moleküldynamik unterbrechen, dann wirft uns das in der Entwicklung eines potenten antiviralen Medikamentes um Monate zurück.«

Keim schluckte. Er durfte das nicht tun? Er hatte viel mehr als das getan. »Hören Sie. Ich habe etwas gefunden.« Keim hielt inne. Mit Danielsen stimmte etwas nicht. Der Professor sah blass aus und schwitzte stark. »Was ist mit Ihnen?« Danielsen schwankte, hielt sich am Türrahmen fest. »Geht es Ihnen nicht gut?« Keim drehte sich um, ging zum Schreibtisch und schaltete die Musik aus.

»Haben Sie den Alarm nicht mitbekommen?« Danielsen hielt sich die linke Schulter.

»Was für einen Alarm? Sind Sie verletzt?«

»Ich glaube, ich wurde gebissen.«

»Gebissen? Was zur Hölle...« Alarm. Gebissen. Das konnte nur eins bedeuten. »Sagen Sie nicht, dass wir einen Ausbruch in der Anlage haben.«

Danielsen nickte. »Fenris ist kontaminiert. Ich war gerade auf dem Weg hierher.« Er stockte. »Sie müssen sich schützen.«
»Wieso? Vor was?«
Der Professor schrie ihn an. »Sind Sie so blöd?«
Keim sah ihn fassungslos an. Danielsen beugte sich nach vorne, als hätte er Magenkrämpfe. »Du sollst dich schützen.«
»Beruhigen Sie sich.«
Der Professor erstarrte. Er stand da wie ein in die Ecke gestellter Klappspaten. Immer noch nach vorne gebeugt.
»Danielsen. Ist Ihnen schlecht?«
Der Professor antwortete nicht, gab keine Geräusche von sich.
Als Keim noch Student gewesen war, hatte ein Professor einmal zu ihm gesagt, dass das größte Gehirn sinnlos sei, wenn der Besitzer es nicht benutzte. Aber mit dem Benutzen alleine war es nicht getan. Denn, wenn man es einschaltete, dann würde es einem eine Erkenntnis liefern. Handelte man aber nicht nach dieser Erkenntnis, dann hätte man sich das Einschalten auch sparen können. Denken und Handeln gingen Hand in Hand. Gedankenloses Handeln war genauso schlimm wie folgenloses Denken.
Der Professor hatte gesagt, dass die Seuche ausgebrochen sei. Weiterhin hatte er ihm erklärt, dass er gebissen wurde. Dann forderte er ihn auf, sich zu schützen. Die Schlussfolgerung war simpel. Danielsen war infiziert. Das zum Thema wieder einsetzender kognitiver Fähigkeiten.
Keim glotzte den zusammengekrümmten Menschen vor sich an. Diese Erkenntnis verlangte nach einer gezielten Handlung. Zeitnah.
Er löste sich aus seiner Starre, machte einen Schritt nach vorne und stieß Danielsen durch den Türrahmen. Ohne sich um den Mann zu kümmern, schlug er die Tür zu und verriegelte sie. Langsam ging er rückwärts, blieb stehen und fixierte gebannt die rechteckige Glasscheibe, die sich im oberen Drittel der Tür befand. Nichts geschah. Zögernd näherte er sich wieder der Tür. Vielleicht hatte er überreagiert. Hoffentlich hatte der alte Mann sich nicht verletzt.

Es knallte, als der Professor mit seiner Stirn gegen die Scheibe schlug. Ein Sprung lief durch das Glas. Keim sprang nach hinten, stolperte und setzte sich auf den Hintern. Er ignorierte die Schmerzen und robbte panisch unter den Schreibtisch. Wieder knallte es. Glassplitter regneten auf den Boden. Der Kontrollraum, in dem er sich befand, war im Wesentlichen ein großer Glaskasten. Sicherheitsglas. Kein Panzerglas. Durch die Tür würde Danielsen nicht kommen. Aber was, wenn ihm einfiel, seinen Schädel gegen die Panoramascheiben einzusetzen?
Keim machte sich so klein wie möglich. Seine Zeit lief ab.

TAURUS

Aila Torbeck

Es war windstill. Die Ostsee war ein am Boden liegender Spiegel, der sich bis zum Horizont erstreckte. Das Licht des aufgehenden Mondes wurde vom Wasser reflektiert und beleuchtete die Welt indirekt. Der Marinestützpunkt Kranzfelder-Hafen in der Eckernförder Bucht wirkte wie eine fehlgeplante chinesische Trabantenstadt, in die niemals ein Mensch seinen Fuß setzen würde. Nur an wenigen Stellen schimmerten durch die Notstromversorgung betriebene Laternen zwischen den Baracken. Die mitten am Tag einsetzende Nacht hatte die Natur verwirrt. Kein Geräusch war zu hören. Selbst die immer schreienden Möwen hatten sich irritiert zurückgezogen und verharrten still auf ihren Brutplätzen. Mittlerweile war es Abend geworden und aus der unnatürlichen Dunkelheit war übergangslos eine natürliche geworden. Am Pier 5 lag vertäut ein brandneues U-Boot der Klasse 216 und wartete nach erfolgtem Testbetrieb auf seine Indienststellung. Die kaum wahrnehmbare Bewegung des Meeres hob und senkte den Rumpf zentimeterweise. In der Stille knarrten die Trossen, mit denen das Boot am Pier befestigt war. Tief im Bauch des Bootes versorgten Brennstoffzellen die Elektronik mit Strom. Auf der Brücke blinkten verlassene Kontrollen, die anzeigten, dass das U-Boot betriebsbereit war. So hätte das Unterseeboot Jahre vor sich hinrosten können, bis es irgendwann leckgeschlagen auf den Boden des Hafens gesunken wäre. Aber das Schicksal verfolgte andere Pläne. Auf der Brücke erwachte ein Monitor zum Leben. Eine blinkende Schrift erklärte, dass das Boot ab jetzt unter dem System ADLER ferngelenkt wurde. Da in dem Logcomputer kein Kommandant eingetragen war, verlief die Übergabe der Bordsysteme reibungslos. Kontrollleuchten begannen zu blinken. Bildschirme schalteten sich ein. Nach zehn Minuten rollte ein Dröhnen durch den Bootskörper. Am Bug des U-Boots schoben sich sechs Luken auf, aus denen weißer Qualm nach oben stieg. Nach kurzer Zeit war der Qualm verflogen und es schien, dass das Spektakel damit sein vorzeitiges Ende gefunden hätte. Dann fauchte es aus dem Bootskörper und nacheinander jagten sechs Taurus-Marschflugkörper senkrecht in den Himmel. Innerhalb von Sekunden waren sie außer Sicht. Die Luken schlossen sich und das Boot lag wieder still an seinem Pier.

Die Marschflugkörper hatten ihren Auftrag erhalten. Da sie kein GPS-Signal empfangen konnten, musste die Geländereferenznavigation die Steuerung übernehmen. Ihr Bodenradar tastete unentwegt die Landschaft unter ihnen ab und verglich die Daten mit den gespeicherten Geländekarten. Die Waffensysteme korrigierten ihre Flughöhe auf weniger als einhundert Meter und flogen mit knapper Schallgeschwindigkeit in Richtung Süden.

***

Aila Torbeck

Nachdem Torbeck realisiert hatte, was sie Wiegner und den anderen in der Forschungsabteilung angetan hatte, erlitt sie einen Schwächeanfall. Das war neutral ausgedrückt. Der Begriff Nervenzusammenbruch traf es besser. Ihr 1. WO brachte sie in ihren Raum und ließ ihr eine Tasse Kaffee bringen. Nicht, dass sie nicht schon genügend Koffein im Körper gehabt hätte. Sie trank ihn trotzdem. »Sie sind vom MAD«, stellte Torbeck fest.

»Es tut mir leid, dass ich Sie nicht einweihen durfte«, sagte Gärtner.

»Nun, das bringt Ihre Aufgabe so mit sich. Mir war natürlich klar, dass der militärische Geheimdienst in der Anlage vertreten sein musste. Aber ich muss gestehen, jetzt kommt es doch irgendwie überraschend. Was ist geschehen?«

»Vor einigen Wochen bekamen wir einen Hinweis, dass ein Anschlag auf die Anlage geplant sei.«

»Da war die Anlage der Öffentlichkeit aber noch gar nicht bekannt.«

»Das machte die Sache um so brisanter.«
»Hat das was mit dem Virus zu tun?«
»Nein. Die Anlage als solche ist vielen ein Dorn im Auge. Diese Menschen müssen nichts über MCHI wissen, sie machen sich ihre eigenen Gedanken. Es gibt politische, militärische oder religiöse Gründe. Am Ende führen sie in letzter Konsequenz zum gleichen Ziel.«
»Die Anlage zu zerstören.«
»So ist es.«
»Man kann die Anlage aber nur von innen zerstören.«
»Das stimmt. Das war einerseits unsere größte Hoffnung, weil es die Zahl der Verdächtigen begrenzte. Wir wussten, wo wir suchen mussten. Andererseits war es aber auch unsere größte Sorge. Jemand, der die Anlage von innen angreifen kann, ist ein gefährlicher Gegner. «
»Warum konnten Sie Kranz nicht früher als Terroristin identifizieren?«
»Sagen Sie es mir. Hätten wir früher von dem angeblichen Selbstmord erfahren, dann hätten die Chancen besser gestanden.«
Mittlerweile wusste Torbeck, dass Aufnahmen von Überwachungskameras belegten, dass Kranz etwa zwanzig Minuten lang in Frida Hanks Unterkunft gewesen war. Und zwar zum geschätzten Zeitpunkt ihres Todes. Kranz hatte der Toten die Zugangskarte für das S4-Labor abgenommen und sich dort eingeschleust. Dann hatte sie den infizierten Soldaten befreit und sich infizieren lassen. Den Rest hatte Torbeck selber miterlebt. Sie vergrub ihr Gesicht in den Händen. »Ich weiß. Das war alles zu viel. Ich hätte sofort veranlassen müssen, dass die Zugangskarte gesperrt wird.«
Gärtner legte ihr die Hand auf die Schulter. »Sie konnten das nicht ahnen. Ich hätte mich Ihnen früher offenbaren sollen. Wenn überhaupt, dann tragen wir beide die Schuld daran.«
»Wie ist es möglich, dass eine religiöse Terroristin die Sicherheitsfreigabe für Fenris erhalten hat?«
»Der MAD ist genauso fähig oder unfähig wie andere Geheimdienste auch. Es geschehen Fehler. Ich persönlich vermute, dass Kranz sich erst radikalisiert hat, als sie schon in Fenris arbeitete.«

Torbeck nickte. Sie atmete aus. »Genug gejammert. Wir müssen den Status der Anlage feststellen. Der Ausbruch des Virus sollte auf die Forschungsabteilung beschränkt sein. Wir müssen die Schließsysteme der Türen wieder unter Kontrolle bringen und unsere Leute befreien. Wie hat sie das nur hinbekommen?«

»Sie muss Hilfe von außen gehabt haben. Kranz hat die Informationen gesammelt. Als Psychologin der Anlage hatte sie dazu alle Möglichkeiten. Irgendjemand hat ihr dann ein Programm geschrieben und ihr erklärt, wie sie damit das System angreifen kann. Anders hätte sie nicht dafür sorgen können, dass sich die Schleusen zum S4-Labor nicht wieder schließen.« Er machte eine kurze Pause. »Ruhen Sie sich etwas aus. Ich kümmere mich darum. Falls ich etwas Neues erfahre, benachrichtige ich Sie.« Gärtner wandte sich zum Gehen.

»Eine Frage habe ich noch.« Der Hauptmann blieb stehen. »Warum habe Sie nichts gesagt? Ich meine, als ich versucht habe meiner Tochter zu helfen.«

»Sie haben sich die Antwort selber gegeben. Weil Sie versucht haben Ihrer Tochter zu helfen. Dem habe ich nichts hinzuzufügen.«

»Danke.« Torbeck sah Gärtner nach, als er ihren Raum verließ. Er hatte ihr gesagt, sie solle sich ausruhen. Das wäre herrlich. Sich einfach hinlegen und schlafen. Aber sie hatte anderes zu tun.

Torbeck stand da und sah auf einen großen Bildschirm, der eine Deutschlandkarte zeigte. Sechs Dreiecke blinkten über Schleswig-Holstein und bewegten sich ruckend auf Hamburg zu. Als sie in den NATO-Befehlsraum gekommen war, hatte sie Theißen über den aktuellen Stand der Dinge informiert. Der hatte gelassen reagiert und nur gefragt, ob er helfen könne. Das hatte Torbeck verneint. Stumm hatte er sich wieder seinen Kontrollen gewidmet und weitergearbeitet. Warum tat er das für sie? Katta zu helfen war weder seine Aufgabe, noch half es der Anlage. Vielleicht dachte er, dass es gut für die Kommandantin sei. Und was gut für die Kommandantin war, das half auch indirekt allen anderen.

»Ich dachte, die Kommunikation sei ausgefallen. Wie haben Sie das hinbekommen?«, fragte sie Theißen.

»Das ist der Segen der alten Technik. Die großen militärischen Anlagen verfügen über ein analoges Sondernetz. Analoge Telefonnetze arbeiten mit Niederspannung, die durch die Telefone erzeugt wird. Man benötigt keine externe Stromquelle. Dadurch konnten wir Kontakt zu dem Marinestützpunkt herstellen. Glück hatten wir insoweit, dass die Notstromversorgung im Hafen noch intakt ist. Ansonsten hätten wir keinen Zugriff auf das U-Boot gehabt.«

»Wir können die Waffensysteme von U-Booten tatsächlich fernsteuern?«

Theißen nickte. »Das System ADLER diente ursprünglich dazu, Angriffsziele für die Artillerie an verbündete Truppen weiterzuleiten. Versuchsweise wurde es so weiterentwickelt, dass Lenkwaffen ferngesteuert werden können. Ziel ist es, autarke Waffensysteme zu entwickeln. Denkbar sind zum Beispiel Flugabwehrsysteme, die unbemannt in unzugänglichen Regionen eingerichtet werden. Im Gebirge oder als schwimmende Plattform im Nordpolarmeer.«

»Es scheint zu funktionieren. Die Satelliten sind down. Wie lenken wir die Waffen ins Ziel?«

»Momentan nutzen sie ihre Geländeerkennung. Später werden wir die Drohne als Zielhilfe verwenden.«

»Und was machen wir jetzt damit?«

»Wir haben drei Taurus KEPD-350. Dabei handelt es sich um Gefechtsköpfe zur Bekämpfung von harten Zielen. Mit den KEPDs bekämpfen wir das gelandete Objekt. Die drei anderen Raketen haben Gefechtsköpfe mit Splittermunition.«

»Splittermunition? Die Bundeswehr benutzt keine Splittermunition.«

Theißen zuckte mit den Achseln. »Vielleicht sollten sie getestet werden. Dass wir sie nicht benutzen, bedeutet nicht, dass wir sie nicht verkaufen. Jedenfalls werden wir die drei Marschflugkörper rund um das Hauptgebäude der Farm zum Einschlag bringen.«

»Mit der Hoffnung, dass die Gruppe im Haus verschont bleibt.« Torbeck zögerte kurz. »Wenn sie noch leben.«

»Das müssen wir hoffen.«

»Marschflugkörper mit Splittermunition sind aber nicht für chirurgische Eingriffe konzipiert. Das Risiko ist ziemlich groß.«
»Wir haben keine Wahl. Gehen wir davon aus, dass sie sich in dem Gebäude versteckt haben. Falls das nicht so ist, können wir leider nichts für sie tun. Der Plan ist, dass wir alles umhauen, was sich im Umfeld des Haupthauses aufhält.«
»Und wenn das gelingt?«
»Dann müssen sie die Beine in die Hand nehmen.«
»Das bedeutet aber, dass die Raketen möglichst nah detonieren müssen.«
»Das ist richtig. Wenn die Raketen zu weit entfernt von dem Gebäude einschlagen, wird es nichts nutzen.«
»Wenn es zu dicht ist, sind sie tot.«
»So ist es.«
»Wir müssten sie irgendwie warnen. Dann können sie wenigstens die Köpfe einziehen.«
»Vielleicht haben wir eine Möglichkeit. Der Flug der Marschflugkörper, mit denen wir die Bodenziele bekämpfen wollen, kann verzögert werden. Wir lassen sie einen Bogen fliegen. Dann schlagen die anderen drei zunächst in das Objekt ein. Das Gebilde steht kaum drei Kilometer entfernt. Das sollten sie mitbekommen. Wenn sie die richtigen Schlüsse ziehen, gehen sie vielleicht in Deckung.«
»Besser als nichts. Machen Sie es so.« Torbeck sah zu, wie Theißen und der andere Soldat die entsprechenden Kommandos eingaben. »Glauben Sie, dass die Raketen etwas ausrichten werden? Ehrlich gesagt, kann ich mir das nicht vorstellen.«
»Falls nicht, brauchen wir keine weiteren Bemühungen mehr zu unternehmen.«
Das war richtig. Auch wenn es eine wenig feinfühlige Feststellung war. Sie hatten ohnehin keine Optionen mehr. Mit Abschluss dieses Angriffs hatten sie ihr Pulver verschossen. Torbeck wusste nicht einmal, ob sie noch die Kontrolle über die Anlage besaß. Die gesamte Kommunikation, die Schließsysteme der Türen und ein Teil der Kameras zeigten Fehlfunktionen. Gärtner bemühte sich, die Systeme wieder in den Griff zu bekommen. Es war von ausschlaggebender Bedeutung, die Kommunikation in der Anlage

wieder herzustellen. Davor fürchtete sie sich. Karl saß in der Quarantänestation fest. Sie hatte keine Ahnung, wie sie ihm erklären sollte, dass sie ihn verschüttet hatte. Natürlich hatte es handfeste Gründe für ihr Handeln gegeben. Das machte es jedoch nicht leichter. Es war erstaunlich. Ihre Tochter wurde von einer Horde Zombies bedrängt, lebte vielleicht schon gar nicht mehr. Sie selber hatte einen Hubschrauber abgeschossen, Jagdflugzeuge bekämpft und ihren besten Freund sowie Dutzende anderer lebendig begraben. Und das waren nur die Highlights. Hätte man ihr das vor wenigen Tagen vorausgesagt, dann wäre sie sicher zu dem Schluss gekommen, dass sie schon nach der Hälfte der Ereignisse in sich zusammengebrochen wäre. Aber das hatte sie nicht getan. Sie war immer noch da.

Karl Wiegner

Das ComSys an der Wand erwachte mit einem Dreiklang zum Leben. Wiegner schlug die Augen auf. Er war eingeschlafen. Hastig sprang er von der Liege, rannte zur Wand und nahm das Gespräch an. »Ja.«
»Mein Gott, Karl.«
»Aila. Ist alles in Ordnung mit dir?«
»Warte kurz.« Wiegner hörte Stimmen im Hintergrund, Schritte, dass Zischen einer Tür. »Karl, bist du noch da?«
»Ja.«
Er hörte sie schluchzen. »Es tut mir so leid. Ich kann dir...«
»Ist okay. Ist alles in Ordnung.«
»Ist es nicht. Wir haben...«
»Ihr habt die Forschungsabteilung isoliert.« Pause. »Du wirst deinen Grund gehabt haben.«
»Die Anlage wurde sabotiert.«
»Von wem?«
»Kranz.«
Wiegner lachte trocken. »Wie in aller Welt hat sie das angestellt?«
Torbeck erklärte es ihrem Freund was geschehen war.
»Gärtner ist vom MAD?« Das schien Wiegner an der Geschichte am meisten zu überraschen. Nach einer kurzen Unterbrechung sagte er: »Du hast richtig gehandelt. Ich bin stolz auf dich.«
»Stolz?«
»Glaube mir, ich kenne genug Pfeifen, die schon bei ganz anderen Situationen die Nerven verloren hätten. Du bist handlungsfähig geblieben und hast getan, was getan werden musste.«
Eine Zeit lang schwiegen sie sich an.
»Was ist mit Katta?«
»Katta?« Es klang, als hörte sie den Namen zum ersten Mal.
»Aila, was ist mit deiner Tochter?«

»Ich weiß es nicht. Wir haben den Kontakt verloren.«
»Tut mir leid.«
Schweigen.
»Ich habe getötet«, sagte Wiegner.
»Ich weiß.«
Natürlich wusste sie das. Hier hingen überall Kameras. Wie konnte er das vergessen. Er hob den Kopf, fand die nächste Kamera und winkte hinein.
»Lass das. Ich finde das nicht lustig.«
»Aila, tust du mir einen Gefallen?«
»Natürlich. Jeden.«
»Wenn wir unser Gespräch beendet haben, schaltest du bitte die Kameras ab.«
»Was hast du vor? Karl, tu das nicht.« In ihrer Stimme schwang Panik.
»Was soll ich machen? Ich will hier drinnen nicht elendig verrecken. Bitte, Aila. Schalte die Kamera ab. Ich möchte alleine sein.«
»Nein. Ich ... Warte mal kurz. Bitte, da ist ein wichtiges Gespräch.«
»Ich warte. Ich habe Zeit.«
»Versprich mir das du wartest.«
»Ich verspreche es.«
»Ich melde mich gleich bei dir. Nur eine Minute.«
Wiegner stand auf und sah sich in der Krankenabteilung um. Vielleicht fand er Schmerzmittel, mit denen er sich eine Überdosis verpassen konnte. Er spürte kein Verlangen, sich selbst mit einem Skalpell in Scheiben zu schneiden. Bei dem Gedanken an die Schmerzmittel machte sich seine Schulter bemerkbar. Nach einigen Minuten gab er es auf. Mit dem, was er gefunden hatte, ließen sich allenfalls Kopfschmerzen kurieren. Das reichte nicht, um sich einzuschläfern. Das Com-System meldete sich. »Ich bin da«, sagte er.
»Karl. Ich brauche dich.«
»Meine Möglichkeiten sind limitiert.«
»Dr. Keim ist in Gefahr. Er ist bei ZERBERUS.«
»In Gefahr? Das gilt für uns alle. Tut mir leid für ihn.«
»Er hat eine Nachricht gefunden. Eine Nachricht, die im Virus versteckt ist.«

»Was für eine Nachricht?«
»Ich weiß es nicht. Aber er ist davon überzeugt, dass sie uns retten kann. Er will sie an die Außerirdischen senden.«
»Was denn für Außerirdische?« Da hatte er wohl einiges nicht mitbekommen. Kranz eine Terroristin, Außerirdische, Botschaften im Virus. Aila erklärte es ihm. Wiegner hörte ihr zu. Dann sagte er: »Da gönnt man sich eine kleine Pause und schon geschehen die verrücktesten Dinge. Ich weiß nicht, was ich dazu sagen soll. Stimmt das wirklich?« Eine außerirdische Invasion. Das überraschte ihn nicht so sehr, wie es sollte.
»Es sieht so aus.«
»Und Keim meint, das interessiert die Außerirdischen, wenn er ihnen eine Nachricht sendet?«
»Er argumentiert, dass eine versteckte Botschaft einen Sinn haben muss. Schlimmer kann es nicht mehr werden. Außerdem ist es das Einzige, was wir tun können.«
»Warum sendet er die Botschaft nicht?«
»Weil ZERBERUS noch nicht mit der Berechnung fertig ist. Mehr kann ich dir nicht sagen. Keim steht unter Druck. Es war nicht leicht mit ihm zu sprechen. Er ist nicht alleine. Danielsen ist zu ihm gekommen. Verletzt.«
»Danielsen hat sich infiziert?«
»Er wollte Keim zur Rede stellen. Jedenfalls ist der Virus bei Danielsen ausgebrochen. Keim konnte sich im Kontrollraum einschließen und sitzt fest.«
»Also müssen wir rein und ihn da rausholen.«
»Genau.«
Wiegner dachte nach. »ZERBERUS ist nur von der Forschungsabteilung zu erreichen. Die Abteilung ist isoliert. Aber innerhalb der Abteilung können die Türen von euch geöffnet werden.«
»So sollte es jedenfalls sein.«
»Gut, dann öffnet die Türen und lasst meine Jungs zu mir kommen.«
»Das geht nicht.«
»Warum?«
»Geh zur Schleuse.«

Wiegner ging durch die Krankenabteilung und betrat den Flur. Die Schleusentür zur Quarantänestation stand offen. Sie hätte sich direkt hinter ihm schließen müssen. Solange die nicht geschlossen war, war es unmöglich die Quarantänestation zu erreichen, die anderen Schleusentüren würden sich nicht öffnen lassen.
»Was ist da los?«
»Das liegt an dem Computervirus, den Kranz in das System eingeschleust hat. Er wirkt sich auf das gesamte Schließsystem aus. Bei den Schleusen sind die Auswirkungen allerdings am größten. Es könnte Tage dauern, bis wir das in den Griff bekommen.«
»Ich bin alleine.«
»Ja.«
»Was ist mit den anderen Türen?«
»Die meisten können wir öffnen.«
»Die Kameras funktionieren?«
»Die meisten.«
»Dann machen wir es so. Ihr öffnet die Türen abschnittsweise für mich und sagt mir vorher, wie es hinter den Türen aussieht und ich kämpfe mich bis zu ZERBERUS durch.«
»Das ist Selbstmord.«
»Ich bin schon tot.«
»Du hast keine Waffe.«
»Auf den Fluren gibt es überall verbaute Feuerlöscher. Dort sollte auch eine Axt zu finden sein.«
»Mit einer Axt willst du dich da durchkämpfen?«
»Ein Sturmgewehr wäre mir lieber.«
»Das lasse ich nicht zu.«
»Was ist die Alternative?«
»Willst du das wirklich machen?«
»Will ich nicht. Aber das ist es doch, was du von mir möchtest.«
»Karl, es tut mir so leid.«
»Nicht jetzt.«
»Warte. Ich melde mich gleich wieder bei dir.«
Wiegner setzte sich auf den Boden, lehnte sich gegen die Wand und schloss die Augen. Die Idee grenzte an Wahnsinn. Es war richtig, dass er nichts zu verlieren hatte. Das änderte aber nichts

daran, dass er sich bei dem Gedanken an seinen Plan fast in die Hosen machte. Er zuckte zusammen, als das ComSys piepte.
»Wir konnten keinen Weg finden, der frei ist.«
Das hatte er befürchtet.
»Die erste Tür können wir gefahrlos öffnen. Der Gang ist leer. Dort gibt es auch eine Klappe in der Wand mit einem Feuerlöscher. Ob da eine Axt hängt, wissen wir nicht. Es sollte so sein.«
Er stand auf. »Dann müssen wir loslegen.«
»Karl?«
»Ja.«
»Ich liebe dich.«
»Ich weiß.«
»Nicht so, wie du denkst.«
»Ich weiß, Aila. Alles ist gut. Mach die beschissene Tür auf.«

Markus Steller

»Was machen wir jetzt?«, fragte Katta.
Steller wollte am liebsten überhaupt nichts mehr machen. Sie alle saßen seit einer halben Ewigkeit in diesem auf Stelzen stehenden Verbindungstunnel fest, der die Geflügelhalle mit dem Hauptgebäude verband. Seitdem sie dieses seltsame Wesen gesehen hatten, waren sie wie gelähmt. Da lebte man neuerdings in einer Welt von irren Halbzombies und dachte, dass einen nichts mehr überraschen könnte. Und dann das. Hätte er das Vieh alleine gesehen, dann hätte die Möglichkeit bestanden, die Erscheinung als Sinnestäuschung abzutun. Aber so? Er hob vorsichtig seinen Kopf und sah zum Fenster hinaus. Überall stolperten Infizierte durch die Gegend. Von dem unheimlichen Wesen fehlte jede Spur. »Das Ding ist verschwunden«, sagte Steller.
»Das ist nicht verschwunden. Es ist nur außer Sicht. Das sind zwei verschiedene Dinge«, sagte Wolf.
»Du meinst, es ist noch da?«, fragte Katta.
Wolf nickte. »Schlechte Dinge verschwinden für gewöhnlich nicht einfach wieder.«
Steller sah sich das vierstöckige Hauptgebäude an. So wie es aussah, diente es der Verwaltung. »Die anderen müssen da drin sein.«
»Wir sollten sie suchen«, sagte Wolf.
Steller nickte. Die anderen zu finden würde zwar nichts an der Gesamtlage ändern, aber es war eindeutig besser als hier zu verschimmeln. »Machen wir uns auf den Weg.« Er runzelte die Stirn.
»Was ist?«, fragte Demir.
»Ich wundere mich, dass die anderen nicht nach uns suchen. Wir sind schon länger überfällig«, sagte Steller.
»Ich denke, die ziehen gerade genauso den Kopf ein wie wir«, sagte Wolf.
»Ja, vermutlich.«

Demir versuchte auf die Beine zu kommen. »Bist du bescheuert? Bleib unten. Wir müssen krabbeln.« Steller sah Demir zornig an. Der Junge dachte nicht nach. »Wenn die dich am Fenster sehen, sind wir im Arsch.«
Demir ließ sich wieder fallen. »Ist ja schon gut.«
»Wir... «
Es schepperte. Eine Art Knall. Das Echo des Geräusches zog an ihnen vorbei. Das kam aus der Geflügelhalle. »Was war das?« Stellers Herz stolperte. »Sie sind in der Halle. Wir müssen sofort verschwinden.«
»Oh, mein Gott.«
»Los jetzt. Wir haben... «
Die Flügeltür flog auf und spuckte einen Mann aus, der nur unter Mühe sein Gleichgewicht halten konnte. Es sah aus, als ob Betrunkene einen Cowboy durch die Saloontür geworfen hätten. Steller riss die MP hoch und schoss den Typen nieder. Da kamen noch mehr. »Anna«, schrie er. »Lauf weg. Versteck dich.« Das Kind zögerte. »Renn weg!« Anna sprang auf die Beine und rannte so schnell sie konnte in Richtung des Verwaltungsgebäudes. »Demir, pass auf sie auf. Ich halte euch den Rücken frei.« Inzwischen waren sie alle aufgesprungen. Das Versteckspiel war beendet. Demir rannte hinter dem Kind her. Katta folgte ihm. Wolf hatte die Maschinenpistole in Anschlag gebracht. Gemeinsam mit Steller lief er langsam rückwärts in Richtung der anderen. Die Tür sprang erneut auf. Diesmal waren sie zu dritt. Nach wenigen Metern brachen sie im gemeinsamen Feuer der beiden Männer zusammen. Steller wusste, was als Nächstes geschehen würde. Immer mehr würden kommen, bis sie den Strom nicht mehr aufhalten konnten. »Wir müssen verschwinden«, rief Wolf. »Uns verstecken. Irgendwo verbarrikadieren.« Die beiden drehten sich um und rannten den anderen hinterher. Gemeinsam stolperten sie durch die Flügeltür, die zum Verwaltungsgebäude führte. »Wir müssen sie blockieren«, schrie Wolf. Steller sah sich hektisch um. Ein Gang führte nach links und rechts, verlor sich nach wenigen Metern in der Dunkelheit. Von den anderen fehlte jede Spur. Hier gab es nichts, was ihnen helfen konnte. Neben der ersten Bürotür stand ein Kübel mit einem Farn. Das war alles. Die Türblätter der Tür

besaßen jeweils einen Griff. Er musste irgendetwas finden, um sie zusammenzubinden. Aber was? Schnürsenkel? Wolf sah gebannt durch die Scheibe der Tür zurück in die Richtung, aus der sie gekommen waren. Seinem Gesichtsausdruck entnahm Steller, dass der Gang im Moment leer war. Das würde nicht so bleiben. Diese Irren traten immer in Massen auf. Außerdem mussten die Schüsse die ganze Gegend mobilisiert haben. Er öffnete den Klippverschluss seines taktischen Gürtels, an dem das Pistolenholster und die Magazintaschen hingen, und legte ihn auf den Boden. Dann machte er seinen Hosengürtel auf und zog in aus den Schlaufen. Wolf blickte ihn kurz von der Seite an. »Meinst du, das hält?«
»Nicht lange.« Mit dem Gürtel knotete er die beiden Türgriffe zusammen und legte seinen Waffengürtel wieder an. »Wir müssen weiter«, sagte er.
»Wohin?«, fragte Wolf.
Ohne zu antworten, wandte sich Steller nach links und trabte den Gang entlang. Wolf folgte ihm. Sie mussten die anderen finden. Am wichtigsten war Anna. Er hoffte, dass Demir und Katta bei ihr waren. Aber auch den Rest der SEK-Truppe würde er gerne wiedersehen. Getreu dem alten Motto: Der Feind deines Feindes ist dein Freund. Nach zwanzig Metern erreichten sie ein Treppenhaus. Sie befanden sich im zweiten Stock. »Hoch oder runter?«, fragte Wolf.
Welchen Weg hätte Anna genommen? Da die Infizierten sozusagen unten vor der Tür standen, wäre der natürliche Impuls nach oben zu gehen, um Abstand zwischen sich und der Bedrohung zu schaffen. »Wir gehen nach oben.«
Als sie im dritten Stockwerk ankamen, machte sich Wolf bemerkbar. »Warte.«
»Was ist?«
»Ich brauche ich eine Pause.«
»Das geht nicht. Wir...«
»Ich meine es ernst. Ich kann nicht mehr.« Unter ihnen polterte es. Dann hörten sie Schreie und das Trampeln von Füßen. Steller öffnete die nächstgelegene Bürotür. So leise wie möglich traten sie ein und verbarrikadierten die Tür. Im Grunde war das egal. Wenn die Irren sie hier aufstöberten, spielte es keine Rolle mehr, ob ein

Schreibtisch vor der Tür stand. Aber es war eine Art Reflex, der einem ein leichtes Gefühl der Sicherheit gab. Der Raum hatte etwa vierzig Quadratmeter und war in mehrere Arbeitsbereiche aufgeteilt. Steller flüsterte. »Was ist los?«

Wolf hatte sich auf den Boden gesetzt. »Ich glaube, mein Fuß ist gebrochen.«

»Gebrochen?«

Der SEK-Mann nickte. »Wann ist das passiert?«

»Als wir uns im Krankenhaus abgeseilt haben.«

»Wissen deine Kollegen das?«

Er schüttelte den Kopf. »Keine Zeit. Als wir hier notgelandet sind, bin ich euch hinterher, weil die anderen zu schnell waren. Außerdem war der Weg kürzer.«

»Bist du sicher, dass er gebrochen ist? Vielleicht nur verstaucht? Oder ein Band gedehnt?«

»Ich bin mir sicher.«

Das war erstaunlich. Steller hatte nichts von Wolfs Verletzung bemerkt. Kein Humpeln, kein Stöhnen beim Gehen. Allerdings schien es nun mit der Härte vorbei zu sein. Wolf saß da wie ein Schuljunge, der sich beim Spielen die Knie aufgeschlagen hatte. Er hatte Tränen in den Augen. »Gut, dass du es den anderen nicht gesagt hast.«

»Warum?«

»Denk an Schwede. Ich glaube nicht, dass Fieber dich mit einer solchen Verletzung noch gebrauchen kann. Schwede hat er ja auch stehen gelassen, als er nicht mehr nützlich war.«

»Was willst du damit sagen?«

Steller wunderte sich. Dachte Wolf wirklich, dass sie Schwede aus Versehen zurückgelassen hätten? Vielleicht gehörte er nicht zum innersten Kreis und bekam nur so viel gesagt wie gerade notwendig. Das gab Anlass zur Hoffnung. Vielleicht war die Gruppe doch nicht so verschworen, wie er gedacht hatte. Auf dem Flur lief jemand. Das Geräusch war leise und die Schritte langsam. Aber Steller hatte es gehört. So wie Wolf aus der Wäsche schaute, hatte er die gleiche Wahrnehmung gehabt. »Freund oder Feind?«, hauchte der SEK-Mann. Unmöglich, das zu bestimmen. Wenn sich die Infizierten im Angriffsmodus befanden, dann schlichen sie auf keinen Fall. Aber im Stand-by-Betrieb sah das anders aus. Dann schlurften sie durch die Gegend. Steller stellte sich an die Tür und legte sein Ohr an das Holz. Zunächst hörte er nur sein eigenes Blut rauschen. Er konzentrierte sich. Da flüsterte jemand. Die Verseuchten flüsterten nicht, da gab es keinen Zweifel. Bevor Wolf etwas einwenden konnte, verschob Steller den Schreibtisch ein Stück und öffnete die Tür einen Spalt weit. Sofort wurde er durch das Licht einer Taschenlampe geblendet. »Nicht schießen«, presste er hervor. Steller zog die Tür weiter auf. Als Erstes drückte sich Fieber in den Raum. Dann folgten Dallas und Schippe. Zu seiner Enttäuschung musste er feststellen, dass Anna, Katta und Demir nicht bei ihnen waren.

»Wo sind die anderen?«, fragte Fieber.

»Wir wurden getrennt. Die Irren sind in das Gebäude eingedrungen. Sie kamen durch die Geflügelhalle. Die anderen müssen sich irgendwo versteckt haben. Ich hatte gehofft, dass sie euch gefunden hätten.«

Fieber schüttelte den Kopf und wendete sich Wolf zu. »Was ist mit dir? Bist du verletzt?«

»Er hat sich vermutlich den Fuß gebrochen«, sagte Steller.

»Gebrochen?« Fieber verzog das Gesicht. »Dallas. Gib ihm Morphium.«

Dallas nahm seinen Rucksack von den Schultern und begann darin zu wühlen. Dabei sah er Wolf an. »Was ist mit deinem Funk? Wir haben dich gerufen.«

»Das habe ich beim Abseilen verloren. Als ich mich auf die Fresse gelegt habe. Scheiße, tut das weh.« Er hielt sich seinen Knöchel.

»Das ist sehr schlecht«, sagte Fieber. »Sehr schlecht.« Er wandte sich an Steller. »Warum habt ihr den Schreibtisch vor die Tür gestellt?«

Steller legte die Stirn in Falten. »Wie meinst du das?«

Fieber deutete mit seinem Zeigefinger auf eine weitere Tür, die Steller übersehen hatte. Es machte wirklich keinen Sinn nur eine Tür zu sichern. Steller lachte leise auf. »So eine Scheiße.« Die Männer machten sich daran, beide Türen mit Büromöbeln zu blockieren.

»Und wie habt ihr eure Zeit so verbracht?«, fragte Steller.

»Wir haben gewartet, dass ihr kommt. Es ist ein Fehler, sich gegenseitig zu suchen. Man läuft aneinander vorbei. Da Wolf nicht auf den Funk reagierte, musste ich davon ausgehen, dass er tot war.« Fieber sah Steller an. »Bist du sicher, dass sie noch lebt?«
»Du meinst Katta?«
Fieber blinzelte kurz. »Ich meine alle drei.«
»Das hoffe ich.«
»Du hast gesagt, die Irren sind in das Gebäude eingedrungen.«
»Sie sind definitiv unter uns. Vermutlich bald überall. Habt ihr unsere Schüsse nicht gehört?«
»Doch. Das ist der Grund, warum wir uns auf den Weg gemacht haben.«
Steller berichtete von dem seltsamen Wesen, das sie gesehen hatten. Die Polizisten blickten ungläubig. »So ein Scheiß.« »Hast du was geraucht?« Aber als Wolf schwor, dass er es auch gesehen hatte, wurde es still.
»Was soll das für ein Viech gewesen sein?«, fragte Schippe.
»Jedenfalls war es nicht von dieser Welt und ganz sicher kein Pflanzenfresser.«
»Meinst du, dass wir es mit unseren Waffen töten können?«
Steller sah Schippe durchdringend an. »Das werden wir bald herausfinden.«

***

Theißen

»In fünf Minuten erreichen die Marschflugkörper ihr Ziel«, sagte Theißen. Auf dem Bildschirm des ComSys blickte er in Torbecks grau eingefärbtes Gesicht. Sie sah aus, als hätte sie den Leibhaftigen gesehen.
»Es tut mir leid, ich kann nicht kommen. Wir haben ein Problem, das meine Anweisenheit erfordert.«
»Verstehe.«

»Gehen Sie vor wie besprochen.« Sie machte eine kurze Pause. »Ich möchte Ihnen noch etwas sagen. Egal, wie es ausgeht. Ich danke Ihnen.«

Theißen erwiderte nichts und Torbeck beendete das Gespräch. Ein Problem, das ihre Anwesenheit erforderte? Ein Problem, das sie davon abhielt, bei dem Versuch ihre Tochter zu retten, dabei zu sein? Er wollte sich gar nicht vorstellen, was das für ein Problem sein mochte. »Wie sieht es aus?« Theißen stellte sich neben Feldwebel Stark.

»Die Marschflugkörper für den Angriff auf das Objekt sind noch vier Minuten und dreißig Sekunden entfernt. Ich denke, wir sollten die Laser der Drohne einschalten. Ansonsten wäre es, als ob wir aus siebenhundert Kilometern Entfernung mit Schrot auf das Ziel schießen würden.«

»Warte noch. Ich habe Angst, dass dieses Ding den Laser registriert und richtig interpretiert.«

»Glaubst du ernsthaft, dass die Taurus dem Teil etwas anhaben können?«

Theißen zuckte mit den Schultern. Er hoffte es. Mehr aber auch nicht. In Wahrheit rechnete er fest damit, dass das Objekt einen Schutzschild besaß oder die Raketen einfach abschießen würde. Theißen war kein großer Science-Fiction-Fan, aber er konnte sich einfach nicht vorstellen, dass der Angriff Erfolg haben könnte. Wenn die spanische Armada aus dem Nichts in der Gegenwart auftauchen würde, dann würde eine verrostete Fregatte reichen, um dem Spuk ein Ende zu bereiten. Hier war der technologische Unterschied weitaus dramatischer. Außerirdische. Er hatte bisher keine Zeit gefunden, sich ernsthaft mit der Situation zu beschäftigen. Was für ein Wahnsinn.

Die Drohne kreiste in zwei Kilometern Höhe über der Farm und dem gelandeten Objekt. Die hochauflösenden Kameras hatten Hunderte von Aufnahmen gefertigt. Das Raumschiff hatte in etwa die Ausmaße des Frankfurter Messeturms. Seine Form erinnerte an einen lang gezogenen Tropfen. Dort, wo es den Boden berührte, war es am dicksten. Theißen konnte keine Landebeine oder dergleichen erkennen. Eigentlich sah es so aus, als dürfte das Gebilde nicht stehen bleiben. Seine Unterseite war abgerundet

und es schien gegen die Natur zu sein, dass es nicht einfach zur Seite kippte. Es glühte von innen. Am seltsamsten war seine Oberfläche. Milliarden von Härchen, jeweils einen Meter lang, bedeckten es vollständig. Das Schiff hatte einen Pelz. An dem Ding war nichts zu erkennen, das bei einem Menschen den Eindruck erweckte, es könne sich um ein Raumschiff handeln. Eher wirkte es organisch. Länger hatten sie darüber beratschlagt, wie sie am besten angreifen sollten. Einen besonders wichtigen oder empfindlichen Punkt konnten sie nicht ausmachen. Also erschien es logisch die Stelle zu attackieren, an der das Ding den Boden berührte, in der Hoffnung es damit zum Sturz bringen zu können. Der Angriffsmodus für das Manöver nannte sich Cave Type. Die Marschflugkörper würden sich in geringer Höhe dem Objekt nähern. Kurz vor dem Ziel würden sie in einen extremen Tiefflug gehen und in wenigen Metern Höhe über dem Boden einschlagen. Sie hatten dafür drei Taurus KEPD zur Verfügung. Die Abkürzung stand für *Kinetic Energy Penetrator and Destroyer*. Die Taurus waren mit MEPHISTO Tandem-Gefechtsköpfen bestückt. Die aus einer einhundert Kilogramm schweren Vorhohlladung und einem vierhundert Kilogramm schweren Penetrator bestanden. Zwei Laserentfernungsmesser maßen dabei die Distanz zum Ziel und lösten die Vorhohlladung im optimalen Abstand aus. Der Hohlladungsstachel durchschlug das Ziel, um den Penetrator, das Eindringen zu erleichtern. Das intelligente Zündsystem war in der Lage, den Durchschlag durch verschieden dichte Materialien zu messen. Damit war es möglich, eine Taurus in einem bestimmten Stockwerk eines Gebäudes explodieren zu lassen. Würde man die drei Sprengköpfe an geeigneter Stelle in den Frankfurter Messeturm jagen, so würde er einfach in sich zusammensinken. Da hatte Theißen keinen Zweifel. Aber hier? Das einzig Gute war, dass sie nicht das Geringste zu verlieren hatten.
Blieb noch der Angriff auf die Farm. Dafür standen ihnen ebenfalls drei Marschflugkörper zur Verfügung. Sie trugen das wenig eingängige Kürzel MUSJAS und waren mit Streumunition bestückt. Derzeit flogen diese drei Flugkörper eine Kurve, um ihre Ankunft zu verzögern. Eine Minute nachdem sie das Raumschiff attackiert hätten, würden die restlichen drei Raketen die Farm

erreichen und rings um das Hauptgebäude und die große Halle einschlagen. Im Gegensatz zum ersten Teil des Angriffs war Theißen von dem Erfolg überzeugt. Im Umkreis von mehr als dreihundert Metern würde nichts und niemand mehr auf den Beinen stehen. Allerdings würden auch die Gebäude betroffen sein. Auch wenn die Splittermunition keine hohe Durchschlagskraft besaß, so gab es für Personen in dem Gebäude keine Garantie. Torbeck war davon überzeugt, dass sich ihre Tochter auf dem Gelände aufhielt. Er nahm das so hin. Wenn es stimmte, dann hatten sie es aus der Stadt geschafft, was für sich alleine bereits eine große Leistung war. Blieb am Ende nur zu hoffen, dass sie im richtigen Moment den Kopf einzogen.

»Noch vier Minuten«, sagte Stark.

»In zwei Minuten aktivieren wir den Laser der Drohne. Sobald die Taurus das Ziel selbstständig erfassen können, schalten wir ihn wieder ab.« In vier Minuten wären sie schlauer.

***

Karl Wiegner

Wiegner stand in einem Flur. An der Decke flackerte eine Neonröhre. Das Ganze erinnerte an einen drittklassigen Horrorfilm mit furchtbar aufgesetzt wirkendem Plot. Schade nur, dass er die Hauptrolle erhalten hatte. Auf beiden Seiten des Ganges gab es Türen. Torbeck hatte ihm versichert, dass sie verschlossen waren. Er ging zur Wand rechts von ihm und öffnete eine im Beton eingelassene Klappe. Dahinter verbargen sich ein Feuerlöscher, mehrere Atemmasken und eine Handaxt. Wofür die Axt gut war, konnte er sich nicht erklären. Die Türen waren aus Stahl. Im Falle eines Brandes gab es nichts, was man damit einschlagen könnte. Vermutlich war das irgendeine unsinnige Normvorschrift von 1954. Oder hatte man vielleicht geahnt, dass es in der Anlage mal zu einer Apokalypse kommen würde? Er nahm die Axt aus der Halterung. Sie war nicht besonders groß und gut ausbalanciert. Ein Soldat aus dem Mittelalter wäre jetzt klar im Vorteil. Er selber hatte keine Erfahrung mit Hieb- und Stichwaffen. Allerdings hatte er Erfahrung mit dem Kämpfen und wusste, dass das alles nicht so leicht war, wie sich der Laie das für gewöhnlich vorstellte. Denn genauso, wie in einem Feuergefecht nicht jeder Schuss ein Treffer war, so hatte auch nicht jeder Schlag eine finale Wirkung. Ganz im Gegenteil. Wenn einer dieser Infizierten auf ihn zu rannte, dann würde er mit voller Wucht zuschlagen müssen. Ob er dann den Kopf eines beweglichen Ziels treffen konnte, war die Frage. Abgesehen vom Treffen musste auch die Schlagkraft stimmen. Da er es mit völlig Durchgedrehten zu tun hatte, musste der Hieb sitzen. Von einem halbherzigen Schlag würden sich die Verrückten nicht beeindrucken lassen.

Wiegner durfte von sich behaupten, ein mutiger Mensch zu sein. Aber das Vorhandensein von Mut bedeutete nicht zwingend die Abwesenheit von Angst. Er hatte Angst. Sehr große Angst. Noch vor wenigen Minuten hatte er darüber nachgedacht, sich das Leben zu nehmen. Es war seltsam, dass ein Mensch bereit war, sich selber zu töten, es aber überhaupt nicht leiden konnte, wenn dies andere für ihn übernehmen wollten.

»Geht es dir gut?« Torbecks Stimme kam aus dem laut gestellten NanoCom. Wiegner bemerkte, dass er vor sich hin gestarrt hatte. Er drückte auf die Sprechtaste. »Alles in Ordnung.« Er ging den Gang weiter, bis ihm eine Tür den Weg versperrte.

»Das nächste Teilstück ist sicher. Wir öffnen jetzt die Tür.«

In dem Wissen, dass Torbeck jeden Schritt von ihm über die Kameras verfolgen konnte, nickte er nur. Sie hatte ihm gesagt, dass auf der anderen Seite nichts Schlimmes auf ihn warten würde. Trotzdem verkrampften sich seine Hände um den Axtstiel, als die Tür mit einem leisen Zischen zur Seite glitt. Der Flur vor ihm glich dem, aus dem er kam. Nach zwanzig Metern bog der Gang nach links ab. Weitere zehn Meter weiter meldete sich Torbeck. »Siehst du die Tür rechts?«

Wiegner hob den Daumen zur Bestätigung.

»Das ist ein Treppenhaus. Du musst zwei Etagen nach unten. Leider ist das Treppenhaus nicht frei. Wir haben einen Infizierten.«

»Über oder unter mir?«

»Er ist unter dir.«

Das war gut. Für einen Kampf war eine erhöhte Position immer wertvoll. »Seht ihr ihn aktuell?«
»Er steht eine Etage unter dir am Treppenabsatz.«
Wiegner hatte also einige Sekunden Zeit, wenn die Tür aufging.
»Bist du bereit?«
Nein. Auf gar keinen Fall. »Schaut mal bitte kurz weg.« Wiegner öffnete seinen Reißverschluss und pinkelte an die Wand. Er hatte das Gefühl Durchfall zu bekommen, aber diese Schmach wollte er sich nicht antun. Er stellte sich vor die Tür, hielt die Axt in beiden Händen. Mit welcher Seite sollte er zuschlagen? Die Schneide konnte am Schädelknochen abprallen. Vielleicht hackte er dem Kerl dann in die Schulter und bekam sie nicht mehr heraus. Wenn er mit der anderen Seite, die wie ein Hammer geformt war, zuschlug, konnte das nicht passieren. Allerdings wäre ein Volltreffer nicht so verheerend. Er hatte keine Ahnung, was richtig war. Ihm fiel etwas ein. »Wer ist das eigentlich. Kennen wir den?«
»Nein. Also ich meine höchstens vom Sehen. Flüchtig.«
Das war gut. Die Hemmung war geringer. Wie hatte Aila gesagt? Du musst das nicht tun. »Ich bin so weit. Macht die Tür auf.«

***

Markus Steller

»Wir müssen die anderen suchen«, sagte Fieber.
»Und dann? So wie es aussieht, sitzen wir hier fest.« Steller hatte sich auf einen der Bürostühle gesetzt und beobachtete Wolf. Seitdem der die Morphiumspritze bekommen hatte, war er still geworden. Er dämmerte vor sich hin. Fieber würde ihn zurücklassen. Allerdings bedeutete jemanden zurückzulassen, dass man selber überhaupt wegkam. Sie waren von Infizierten belagert. An dieses riesige Vieh wollte er gar nicht denken.
»Eins nach dem anderen. Dallas und Markus bleiben bei mir. Wir können Wolf nicht alleine lassen. Schippe sucht nach den dreien.«
»Ich sollte mitgehen«, warf Steller ein. »Anna vertraut mir.«

»Ich glaube, in der derzeitigen Situation wird sie jedem vertrauen, der sich wie ein normaler Mensch aufführt. Lass das Schippe erledigen.«

Steller nickte nur. Er hatte nicht die Kraft, um sich zu streiten. Die Hauptsache war, dass sie Anna fanden. Schippe machte sich bereit. Sie schoben die Möbel ein Stück zur Seite und der SEK-Mann drückte sich durch den Türspalt. Wolf war mittlerweile eingeschlafen. Fieber nickte Dallas zu. Der griff in seinen Rucksack und zog eine weitere Spritze Morphium auf. Ohne Steller anzusehen, sagte er: »Das ist das Einzige, was wir für ihn tun können.«

Steller sagte nichts. Er stand auf und setzte sich einige Meter entfernt auf den Boden. Er wollte da nicht zuschauen. Eigentlich sollte er entsetzt sein. Aber in Wahrheit war es das Beste, was Wolf passieren konnte. Einfach nicht mehr aufwachen. Steller schloss die Augen. Als er sie wieder öffnete, hatte sich Dallas auf einen der Stühle gesetzt. Wolf lag da und schien zu schlafen. Wenn er nicht bereits tot war, würde er es bald sein. Steller war so unglaublich müde. Er spürte, wie ihm der Kopf auf die Brust sackte.

»Kannst du mir mal helfen?«, fragte Fieber.

Steller rappelte sich auf und ging auf Fieber zu. Dallas saß hinter ihm auf dem Stuhl. »Wobei soll ich dir helfen?« Ein Gedanke sprang in seinen Kopf. Steller wirbelte herum. Direkt vor ihm stand Dallas. Er hatte sich angeschlichen. Zwischen seinen Fäusten, die sich auf Bauchhöhe befanden, spannte sich eine Schnur.

***

Arthur Keim

Keim hockte unter dem Schreibtisch. Nachdem er den ersten Schock überwunden hatte, gelang es ihm, sein NanoCom von der Tischplatte zu fingern und eine Verbindung mit Torbeck herzustellen. Mit hastigen Sätzen erklärte er ihr seine Lage und flehte, dass sie ihm helfen solle. Sie versprach ihm, dass sie alles tun würde, was in ihrer Macht stand. Trotz seiner Panik erkannte er an ihrer Stimme, dass das wohl derzeit nicht besonders viel war. Danielsen hatte sich immer noch nicht beruhigt und Keim wusste natürlich, dass dies auch niemals wieder geschehen würde. Trotz besseren Wissens hatte er einige Minuten auf den Professor eingeredet. »Beruhigen Sie sich.« »Kommen Sie zu sich.« »Wir können Ihnen helfen.« Lauter dummes Zeug. Gleich zu Beginn seiner Attacke hatte der wütende Weihnachtsmann die Glasscheibe des kleinen Türfensters zertrümmert. Seitdem versuchte er dort einzusteigen. Das war so albern, dass es fast lustig war. Niemals würde der dicke Kerl da durchpassen. Die Metalltür als solche war auch nicht zu überwinden. Aber zum Lachen war Keim dennoch nicht. Zum einen brauchte er Hilfe. Wenn niemand kam, dann saß er hier fest. Endgültig. Er selber war nicht in der Lage zu kämpfen. Selbst wenn er hier etwas Waffenähnliches fände. Nein, völlig ausgeschlossen. Er wusste überhaupt nicht, wie das gehen sollte. Bereits seit seiner frühsten Kindheit war er ein ausgesprochener Bewegungslegastheniker. Außerdem war der Professor wesentlich schwerer und größer. Von dieser alles zerreißenden Wut ganz zu schweigen. Aber das drängendste Problem war nicht seine mangelnde Kampferfahrung. Danielsen musste nur zwei Schritte nach links oder rechts machen. Dort begann die Verglasung des Kontrollraums. Keine Minute würde es dauern und er säße bei Keim auf dem Schoß. Trotz seiner Angst fand er den Gedanken faszinierend, dass ein Mann, der noch vor wenigen Minuten einen IQ von 150 gehabt hatte, jetzt nicht mehr in der Lage war, diesen Fakt zu erkennen. Allerdings konnte sich das jede Sekunde ändern. Das NanoCom piepte.

»Ja.«

»Hier ist Hauptmann Gärtner. Wie ist Ihre Lage?«

»Unverändert.«

»Bewahren Sie Ruhe.«

»Ich versuche es.«

»Sie machen das gut. Kann Danielsen Sie sehen?«

»Ja.«

»Dann behalten Sie Ihre Position bei. Wenn wir Glück haben, dann wird er immer weiter gegen die Tür anrennen.«

»Was heißt hier wir? Im Moment bin nur ich es, der Glück braucht.«

»Ich habe eine gute Nachricht für Sie.«

»Welche?«

»Hilfe ist unterwegs. Oberst Wiegner müsste bald bei Ihnen sein.«

»Dem Herrn sei Dank.«

»Bewegen Sie sich nicht.« Das Gespräch wurde beendet. Nicht bewegen? Er war dermaßen erstarrt, dass er sich nicht einmal bewegen könnte, wenn man unter seinem Hintern ein Lagerfeuer entfachen würde. Hilfe war unterwegs. Ob er das glauben sollte? Irgendetwas hatte ihn an Gärtners Stimme gestört. Ob sie ihn anlogen? Aber warum sollten sie das tun? Nein, das war es nicht. Wiegner war auf dem Weg. Aber sich auf dem Weg zu befinden, bedeutete nicht, dass man sein Ziel erreichte. Das war es. Hoffnungslosigkeit. Keim beobachtete weiter, wie Danielsen versuchte, sich durch den kleinen Fensterrahmen zu quetschen und sich dabei die Lunge aus dem Leib schrie. Aber mehr als der Kopf und ein Arm bis zur Schulter passten nicht hindurch. Der Mann sah furchtbar aus. Sein Gesicht war zerschnitten und er blutete stark. Ein Wunder, dass er noch auf den Füßen stand. So wie er mit dem Kopf gegen die Tür gerannt war, musste er mindestens eine schwere Gehirnerschütterung haben. Seine Nase sah schief aus. Vermutlich nicht der einzige Knochen, den er sich gebrochen hatte. Wie lange konnte der alte Mann das durchhalten? Keim zwang sich zum Nachdenken. Der Professor war immer noch ein lebendes Wesen. Kein Untoter. Kein Zombie. Auch wenn das schwer zu glauben war. Aber wenn etwas lebt, dann stirbt es auch. Dann verliert es an Kraft. Das brachte ihn auf eine Idee. Wenn er ihn nicht selber töten konnte, dann musste Danielsen das eben für ihn erledigen. Das Problem war, dass der Professor nicht weiter mit dem Schädel gegen die Tür anrannte. Er versuchte nur wie besessen, durch das viel zu kleine Türfenster zu steigen. Schwer verletzen würde er sich dabei nicht. Vielleicht war die Rundumverglasung doch nicht so schlecht. Waren die Scheiben vielleicht dick genug? Was, wenn er den Mann zu den Fenstern lockte? Mit den Fäusten würde Danielsen das Glas nicht einschlagen können. Er würde wieder mit seinem Schädel dagegen rennen. Das konnte nicht ewig gut gehen. Wenn er das ein paar Mal machte, dann musste er einfach umkippen. Sehr seltsam. Vor einigen Minuten

war seine größte Sorge gewesen, dass Danielsen die Fenster erkennen würde und jetzt bestand sein Plan darin, ihn genau dorthin zu locken. Natürlich nur, wenn der Oberst es nicht schaffen würde.
Waren die Scheiben wirklich dick genug? Es war kein gewöhnliches Fensterglas. Soviel war sicher. Möglicherweise konnte er die Stärke des Glases einschätzen, wenn er aufstand und sich den Rahmen der Scheibe ansah. Wenn nur dieses ewige Schreien nicht wäre. Kein Mensch konnte dabei einen klaren Gedanken fassen. Mühsam krabbelte er unter dem Schreibtisch hervor und zog sich an der Tischplatte nach oben. Er sah unscharf und rieb sich mit Daumen und Zeigefinger die Augen, lehnte sich etwas zur Seite, um näher an die Scheibe zu kommen. Er musste einschätzen können, wie dick das Glas war. Nur für den Fall, dass Wiegner auf der Strecke blieb. Keim verbog seinen Oberkörper noch ein wenig mehr, stützte sich mit der Hand auf der Schreibtischplatte ab. Das Stück Papier unter seiner Hand bemerkte er nicht. Das Blatt rutschte samt Hand über die Platte. Keim verlor das Gleichgewicht und schlug der Länge nach hin. »Mist!« so schnell er konnte, stellte er sich wieder hin. Als er aufblickte, stand Danielsen plötzlich vor der Verglasung. So hatte er sich das nicht vorgestellt. Der Professor nahm zwei Schritte Anlauf und klatschte er wie eine Fliege auf der Autobahn gegen das Glas. Sofort bildete sich ein langer Riss in der Scheibe. Das Glas war nicht dick genug. Das hatte der praktische Versuch bereits bewiesen.

***

Markus Steller

Dallas wollte ihn erwürgen. Das war sein Glück, denn nun hielt der Penner einen Strick in seinen Händen und kein Messer. Bei einem frontalen Angriff wurde aus der tückischen Mordwaffe plötzlich ein nutzloses Utensil. Dass Steller herumwirbelte, hatte Dallas überrascht. Diesen Bruchteil einer Sekunde nutzte Steller und packte ihn mit der Rechten unter dem Kinn. Mit der anderen

Hand verkrallte er sich am Hinterkopf in seinen Haaren. Seine Linke zog die Haare nach unten, die Rechte drückte das Kinn nach oben. Gleichzeitig warf er seinen Körper in Dallas' Richtung. Der Mann verlor den Stand und kippte nach hinten. Bevor er auf den Rücken fallen konnte, gab Steller vollen Schub. Dallas hing in einem 70-Grad-Winkel über dem Boden und wurde im Rückwärtsgang durch den Raum geschoben. Steller versuchte, das Tempo weiter zu erhöhen. Dann fand der Raum sein Ende. Dallas schlug mit dem Kopf in der Wand ein. Es klang wie eine Kokosnuss, die von einer Palme auf einen Stein fiel.

Statt sich umzudrehen, sprang Steller mit einem Hechtsprung zur Seite. Er musste es nicht sehen, um es zu wissen. Fieber hatte der Aktion nicht tatenlos zugesehen. Steller schlug auf dem Boden auf und sprang sofort auf die Füße, zog dabei seine Pistole. Sein Plan war einfach. Waffe ziehen, herumwirbeln und auf alles schießen, was sich bewegte. Nur war er einfach nicht schnell genug. Bevor er sich in Fiebers Richtung drehen konnte, spürte er einen irrsinnigen Schmerz in seinem Rücken. Er konnte die Waffe nicht mehr halten und ließ sie zu Boden fallen. Reflexhaft griff er nach hinten, spürte das Griffstück eines Messers. Mit einer schnellen Bewegung hatte Fieber es ihm in den Rücken geworfen. Da steckte es nun zwischen seinen Rippen. Sicher hatte es seinen rechten Lungenflügel perforiert. Es gelang ihm, die Klinge herauszuziehen. Steller taumelte. Tränen schossen ihm in die Augen. Verschwommen sah er in den Lauf einer Pistole. Steller hatte noch immer seine MP. Aber bis er die von seiner Schulter genommen hätte, hätte Fieber ihn zehnmal erschossen. Ende der Reise. Mit dem Handrücken wischte er sich das Wasser aus den Augen. Fieber stand da, schien abwesend. Noch immer richtete er die Pistole auf ihn, drückte mit der freien Hand gegen sein Ohr. Dann hallten Schüsse durch das Gebäude. Eine Menge Schüsse. »Zieh dich zurück!«, schrie Fieber. Es dauerte eine Sekunde, bevor Steller begriff, dass der Mann nicht ihn meinte, sondern in sein Funkgerät brüllte. Hinter Fieber wuchs ein Schatten vor dem Fenster. »Hinter dir!«, schrie Steller. Der Schatten sprang durch die Scheibe.

***

Karl Wiegner

Die Tür öffnete sich. Wiegner machte einen Schritt in das Treppenhaus hinein. Torbecks Stimme aus dem NanoCom klang panisch. »Er kommt!« Wiegner hörte die Schritte, sah die Treppe hinab. Der Mann trug einen blauen Overall. Er musste ein Techniker gewesen sein. Während er die Stufen nach oben rannte, hob er den Kopf, sah Wiegner und begann zu brüllen. Wiegner hob die Axt über den Kopf. Wenigstens waren die Typen so dämlich, dass sie die Gefahr nicht kommen sahen. Noch ein paar Stufen, dann war der Kerl in Reichweite. Eine Sekunde warten.

Die Axt fiel nach unten. Die Entfernung war perfekt. Der Schlag mit Wucht ausgeführt. Leider war der Winkel schlecht. Beim Ausholen hatte sich der Stiel in seinen Händen leicht gedreht. Er würde den Kopf des Angreifers treffen. Allerdings weder mit der Schneide noch mit dem Rücken. Seitlich schlug die Axtklinge dem Mann auf die Stirn. Noch bevor die Trefferwirkung eintrat, wusste Wiegner, dass es mit dem Schlag nicht getan war. Aber er reichte, um den Infizierten von den Beinen zu holen. Der Mann fiel rückwärts die Stufen hinab und blieb am Absatz liegen. Sofort setzte Wiegner hinterher, hob die Axt und schlug zu. Es knackte. Blut spritzte gegen seine Hose.

Wiegner betätigte die Sprechtaste seines NanoComs. »Ich habe ihn ausgeschaltet.«

»Ja.« Torbecks Stimme klang leise.

Wiegner wandte seinen Blick von der Leiche und ging weiter die Stufen hinab. Er wischte sich mit dem Ärmel den Schweiß von der Stirn. »Wie geht es weiter?«

»Warte kurz. Wir haben ein Problem.«

»Problem?« Er schüttelte den Kopf, legte seinen Kopf in den Nacken und blickte in die Kamera. »Auch auf die Gefahr hin, dass ich zickig klinge.« Mit jedem Wort wurde seine Stimme lauter. »Was denn für ein gottverschissenes Problem?«

***

Markus Steller

Für einen Moment schien die Zeit stehen zu bleiben.
Die Kreatur war so groß wie ein Tiger. Sie stand auf sechs Beinen. Da das Wesen keine Flügel hatte, musste es drei Stockwerke nach oben durch die Scheibe gesprungen sein. Es hatte keine Augen, keine Nase. Auch ein Maul war nicht zu erkennen. Aber Steller war sich sicher, dass es eins hatte. Ein Riesiges, mit Zähnen so scharf wie Rasierklingen und hart wie Diamanten. Seine Haut sah aus wie mattschwarzer Kunststoff. Das Viech war ein einziger Muskel. Anna hatte gesagt, dass es ein Dämon sei. Dem war nichts hinzuzufügen. In Zeitlupe sah er, wie Fieber um seine eigene Achse kreiselte. Steller verspürte keine Angst. Möglicherweise war das eine Nachwirkung davon, dass er soeben mit seinem Leben abgeschlossen hatte. Das Einzige, was sich geändert hatte, war die Tatsache, dass sie jetzt beide sterben würden. Und das war eindeutig eine gute Sache.

***

Arthur Keim

Keim rannte so schnell er nur konnte. Nachdem Danielsen die Glasscheibe zertrümmert hatte, tat er das einzig Richtige und flüchtete durch die Tür. Danielsen hatte brüllend die Verfolgung aufgenommen. Er war schnell. Unglaublich schnell. Wenn der Mann dreißig Jahre jünger wäre und vierzig Kilo weniger auf den Rippen hätte, dann wäre die Jagd schnell beendet gewesen. Der Mathematiker rannte durch die Gänge. Bog links ab, die nächste Möglichkeit wieder rechts. Lief ohne Plan im Zickzack. Danielsen hatte schon längst die Sicht auf ihn verloren, schrie immer noch. Aber es klang weiter entfernt.
Plötzlich wurde es still. Keim blieb stehen und lauschte. Die Schreie hatten aufgehört. Die ganze Zeit hatte er sich genau dies gewünscht. Aber jetzt wo es ruhig war, wäre es ihm eindeutig

lieber, der Mann würde weiter brüllen. Zwar wusste Danielsen nicht, wo er sich befand. Aber das galt auch andersherum. Hinter jeder Ecke konnte er lauern. Keim konnte nur hoffen, dass Wiegner bald hier auftauchte. Wo blieb die Kavallerie, wenn man sie brauchte?

***

Karl Wiegner

»Also, wo ist das Problem?«
»Wir bekommen eine Tür nicht auf. Das Schließsystem funktioniert immer noch nicht richtig.«
»Kriegt ihr das nicht in den Griff?«
»Auf absehbare Zeit nicht.«
»Gibt es keinen anderen Weg?« Wiegner wusste, dass es einen gab. Er kannte sich gut genug aus, um das zu wissen.
»Doch. Aber der ist nicht passierbar.«
»Warum? Funktionieren die Türen dort auch nicht?«
»Das ist es nicht.«
»Ich höre.«
»Die Route, die wir vorgesehen hatten, hätte die dich noch zweimal an jeweils einem Infizierten vorbeigeführt.« Torbeck stockte. »Die neue Route wird dich nur einmal an Verseuchten vorbeiführen.«
Das klang grundsätzlich nach einer guten Sache. Da es das aber nicht sein konnte, ahnte Wiegner es bereits. »Wie viele?«
»Drei.«
Das waren zu viele. Mit einer Schusswaffe kein Problem. Aber mit der Axt?
»Wie weit stehen sie auseinander?«
»Jeweils in einem Abstand von ungefähr fünfzehn Metern.«
»Dann werden sie mich getrennt angreifen.«
»Das ist nur eine Hoffnung.«

Das stimmte. Dafür gab es keine Garantie. Es konnte zum Beispiel sein, dass einer schneller war als der andere. Dann kamen sie möglicherweise gleichzeitig an. Wenn das passierte, war er erledigt. »Gehen wir davon aus, dass sie getrennt kommen. Wie viel Zeit habe ich zwischen den Attacken. Vielleicht zwei Sekunden?«

»Ich weiß nicht.«

Er musste zuschlagen. Einen echten Treffer landen und die Axt zurück in Schlagposition bringen. Theoretisch machbar. Jedenfalls in einer perfekten Welt. »Ich tue es.«

»Nein«, schrie Torbeck. »Auf keinen Fall. Das überlebst du nicht. Das ka...«

»Ich überlebe es ohnehin nicht. Versteh das endlich. Egal, was ich tue. Ich werde hier sterben. Ich kann mir nur aussuchen, wie ich sterben werde. Also mache ich etwas Nützliches.«

»Karl, ich...«

»Sei einfach still. Du hattest das Recht und die Pflicht, die Abteilung zu isolieren. Dann gesteh mir jetzt die Entscheidung zu, ob ich das versuche oder nicht. Ist das für dich in Ordnung?«

Keine Antwort.

»Ich meine es ernst. Ich will es so.«

Keine Antwort.

»Aila?«

»Ja.«

»Also?«

»Ist gut.«

»Wo muss ich lang?« Torbeck schleuste ihn weiter durch die Forschungsanlage. Die ersten drei Gänge waren leer. Schließlich blieb er vor einer Tür stehen. »Ist es hier?«

»Ja.«

»Wie stehen sie jetzt?«

»Immer noch wie vorhin. Sie haben einen Abstand von jeweils fünfzehn Metern zueinander. Es sind zwei Männer und eine Frau. Der erste Mann steht etwa zehn Meter von der Tür entfernt.«

Wiegner dachte nach. »Wir machen es folgendermaßen. Ich bleibe hier stehen. Ihr öffnet die Tür. Sobald der Erste die Tür passiert hat, schließt ihr sie wieder. Die Zeit müsste reichen. Ich muss mich dann nur um einen kümmern.«

»Was ist mit den anderen beiden? Die werden zusammen an der Tür stehen, wenn wir sie ein zweites Mal öffnen.«
»Ich stelle mich beim zweiten Mal neben die Tür. Wenn ihr sie auf mein Zeichen hin öffnet, dann werden die Irren in den Raum stürmen. Ich kriege den Ersten von hinten. Bleibt nur noch einer übrig. Damit werde ich fertig.«
»Denkst du, dass das besser ist, als in den Flur zu gehen und sie der Reihe nach zu bekämpfen?«
»Ja.« In Wahrheit hatte er keine Ahnung. Aber sein Gefühl sagte ihm, dass er es anders nicht schaffen würde.
»Viel Glück.«
Wiegner trat einige Schritte zurück.

***

Markus Steller

Konditionierung war eine mächtige Sache. Fieber war sicher nicht weniger geschockt als er selbst. Aber das war seinem Körper egal. Er reagierte auf die Bedrohung, wie er es gelernt hatte, hob die Waffe und feuerte das gesamte Magazin in den Teil des Körpers, den Steller für den Kopf hielt. Innerhalb von drei Sekunden knallte es fünfzehn Mal. Steller hatte mittlerweile begriffen, warum man in der Schießanlage einen Gehörschutz tragen musste. Jedes Mal, wenn die Ballerei losging, glaubte er, dass ihm die Trommelfelle platzten. Als Fiebers Pistole leergeschossen war, ließ er sie fallen und riss sich die MP von der Schulter. »Kämpf!« Was meinte Fieber? Dann begriff er. Steller zerrte an dem Gurt seiner Maschinenpistole. Fast hätte er sich vor Stress in den Fuß geschossen. Gemeinsam feuerten sie Dutzende von Kugeln in die Kreatur.
Steller musste das Magazin wechseln. Als er wieder aufblickte, sah er, dass Fieber die Hand gehoben hatte. Was? Das Wesen rührte sich nicht mehr. Es stand immer noch. Aber das vordere Beinpaar war eingeknickt. Der Kopf berührte den Boden, als wolle

es sich verbeugen. Die Oberfläche der Kreatur war makellos. Von Einschusslöchern keine Spur.
»Ist es tot?«, rief Steller. Fieber sagte nichts, starrte auf den bewegungslosen Körper. Im Gebäude wurde weiter geschossen. Die Schüsse klangen gedämpft, kamen aus einem anderen Stockwerk.
»Was ist mit deinem Rücken?«
»Ich spüre nichts.«
»Du m...«
Ein spitzer Schrei. Direkt auf dem Gang. Das war Anna. »Beschütze das Kind«, sagte Fieber, ohne den Blick von dem Wesen abzuwenden. Keine Zeit für Fragen. Steller räumte einen Schreibtisch beiseite und zerrte an der Tür, rannte auf den Flur. Er sah einen flüchtigen Schatten, der am Ende des Flurs nach links verschwand. »Anna!«
Er rannte dem Schatten hinterher. »Anna!«
Als er um die Ecke bog, hätte er das Mädchen fast über den Haufen gerannt. Offensichtlich hatte sie seine Rufe gehört und war stehen geblieben. »Die sind überall. Ich weiß nicht, wo ich hin soll.«
»Komm.« Er nahm die Hand der Kleinen, zog sie weiter. Wohin? Er hatte ebenfalls keine Ahnung. In einer der anderen Etagen wurde weiterhin geschossen. Ob die Geräusche von oben oder unten kamen, konnte er nicht orten. Dann knallte es hinter ihnen. Das musste Fieber sein. In einem Büro, an dem sie vorbeiliefen, klirrte Glas. Hoffentlich war das nicht noch so ein Viech. Sie erreichten ein Treppenhaus und rannten die Stufen hinab. Die irren Schreie von Infizierten hallten durch das Gebäude. Sie mussten hier raus. Steller wusste, dass das keine wirkliche Option war. Draußen sah es nicht besser aus als drinnen. Objektiv gesehen war dies der Moment, an dem er das tun musste, was zu tun war. Aber noch war er nicht bereit dazu. Sie erreichten das Erdgeschoss, befanden sich auf der Rückseite des Gebäudes. Anna hing an seiner Hand. Sie atmete stoßweise. »Du musst langsamer atmen«, sagte Steller und bemühte sich um einen beruhigenden Tonfall. Sie sah ihn an, nickte. Was tun? Was sollte er jetzt machen? Das Haus wurde überrannt. Vielleicht lag darin eine kleine Chance. Wenn die ganze Brut damit beschäftigt war hier einzudringen, war

draußen vielleicht eine kleine Lücke, um zu verschwinden. Der Wald war nicht weit.
Nein, das war alles sinnlos. Er musste es jetzt tun. Er würde Anna ablenken und ihr dann von hinten in den Kopf schießen. Sie würde nichts spüren. Keine Angst, keine Schmerzen. »Anna. Behalt die Treppe im Auge. Ich sehe nach, wie es draußen aussieht.«
»Lass mich nicht alleine.«
»Ich gehe nicht weg. Nur die paar Schritte zur Tür. Da ist eine Glastür. Ich schaue nur kurz nach draußen.«
Sie nickte, starrte die Treppen nach oben. Er würde nicht zulassen, dass diese Horde sie in Stücke riss. Wenigstens das konnte er noch tun. Langsam ging er in Richtung der Ausgangstür, drehte sich um. Anna wandte ihm den Rücken zu. Das Ganze würde nur zwei Sekunden dauern. Unbewusst griff er mit der rechten Hand in seine Hosentasche. Die Patrone glitt ihm durch die Finger. Er dachte an den Einsatz vom Samstag, wie er sich fast umgebracht hätte, was für ein Gefühl es gewesen war, Anna in der Klinik zu finden. Sollte diese absurde Kausalkette nur dazu gedient haben, sie jetzt zu töten? Sah der Weltenplan für ihn vor, ein zweites Kind auf dem Gewissen zu haben? Diesmal ganz direkt und unmittelbar?
»Komm zu mir.« Anna drehte sich um und rannte in seine Richtung. Steller sah durch die Glastür nach draußen. Er konnte niemanden sehen, was allerdings nicht viel bedeutete. Hinter dem Gebäude gab es einen größeren gepflasterten Parkplatz. Dahinter eine kleine Grünfläche. Er sah eine Brücke, die über einen See oder Bach führte. Danach wurde es zu dunkel. Er glaubte die Umrisse von Bäumen zu erkennen. »Wir rennen dahin.« Steller deutete in Richtung der Brücke. »In den Wald hinein.« Anna nickte. »Du darfst nicht stehen bleiben. Egal...«
Draußen blitzte es. Drei Mal. Steller zuckte zusammen. Ein Gewitter?
Bum. Bum. Bum.
Das Haus wackelte wie bei einem Erdbeben. Instinktiv gingen beide in die Knie. Das war kein Gewitter. Irgendetwas explodierte, und zwar richtig.

»Was war das?«
»Ich weiß es nicht. Wenn ich die Tür aufmache, rennst du los.«
»Gut.«
»Bleib auf keinen Fall stehen.«
»Du bist verletzt.«
»Was?«
»Dein T-Shirt ist ganz dunkel. Du blutest am Rücken.«
»Ist nicht so schlimm.«
Er hatte völlig vergessen, dass vor wenigen Minuten ein Messer in seinem Rücken gesteckt hatte. Er spürte nichts. Das würde sich bald ändern. Vorausgesetzt sie überlebten das hier. Steller öffnete die Tür. Anna drehte ihren Kopf, wollte ihm einen Blick zuwerfen. Ihre Augen wanderten zu weit, ihr Blick glitt an ihm vorbei in Richtung Treppe. Sie schrie auf.
Steller wirbelte herum. Eine fünfzigjährige Frau rannte auf ihn zu. Keine Ankündigung, kein Schreien. Sie war bereits zu nahe, als dass er noch die Waffe auf sie richten konnte. Er beugte sich nach vorne und tackelte sie wie ein Ringer, rammte ihr die Schulter in den Bauch, umklammerte sie und hebelte sie aus. Gemeinsam stürzten sie zu Boden. »Lauf los!«
Aus den Augenwinkeln sah er Annas Silhouette verschwinden. Sie war nach draußen gerannt. Die Frau unter ihm gebar sich wie eine Furie. Steller schaffte es, sie in den Schwitzkasten zu nehmen. Mit aller Kraft drückte er zu. Sie begann zu röcheln, griff nach seinem Arm. Für einen Augenblick wirkte sie wie ein normaler Mensch, der um sein Leben kämpfte. Steller ließ sich nicht beirren, drückte weiter zu. Er hörte Schreie. Ganz nah. Drei Infizierte jagten die Treppe nach unten. Steller stieß die Frau von sich und versuchte, die Waffe in Position zu bringen. Es war zu spät. Sie waren schon da.
Ohne ihn eines Blickes zu würdigen, stürmten die drei an ihm vorbei in Richtung Ausgang. Das durfte nicht wahr sein. Auch die Frau rappelte sich auf. Hetzte den anderen hinterher. Sie interessierte sich nicht für Steller. »Nein. Das lasse ich nicht zu.« Er sprang auf die Beine. Als er draußen war, sah er die vier. Sie rannten zur Brücke. Im Lauf hob er die MP und schoss. Das wurde nichts. Er kniete sich hin, hielt den Atem an und zielte. Schüsse

krachten. Er sah nur Schatten und schoss das Magazin leer. Dann sprang er auf die Beine, rannte weiter in Richtung Brücke und wechselte beim Laufen das Magazin. Auf dem Boden lagen Körper. Eins, zwei, drei. Sein Blick wanderte hektisch hin und her. Da. Dort lag der vierte. Er hatte sie alle erwischt.
Steller beschleunigte, erreichte die Brücke. Auf der Brücke sah er einen Umriss. »Anna«, schrie er. »Du musst weiter laufen. Ich bin hinter dir. Renn in den Wald.« Der Umriss bewegte sich nicht. Er erreichte die Brücke und blieb neben dem Mädchen stehen. Sie war wie versteinert und sah zum nahen Waldrand. »Oh, Gott.« Er zog sie an der Schulter zurück. Am anderen Ende der Brücke stand einer dieser Höllenhunde. Die Kreatur bewegte sich nicht. Er sah über seine Schulter. Überall bewegten sich huschende Gestalten. Sie kamen.

***

Karl Wiegner

Die Tür war offen.
»Hey!«, rief Wiegner. Das hätte er sich sparen können. Die drei Infizierten zögerten keine Sekunde und rannten in seine Richtung. Was, wenn sie zugleich ankamen? Oder wenn Aila die Tür nicht rechtzeitig zu bekam? Er machte einen Schritt rückwärts, umklammerte die Axt. Der Erste erreichte die Tür und befand sich Sekundenbruchteile später in seinem Gang. Wiegner hob die Axt über seinen Kopf. Warte. Warte.
Dann schlug er zu. Es war ein Volltreffer. Der Mann brach zusammen. Die Schneide steckte in seiner Stirn. Wiegner stellte einen Fuß auf seine Brust und zog die Axt aus dem Kopf des Mannes. Er sah zur Tür. Sie war fast geschlossen. Aber nur fast. Ein Arm steckte zwischen Tür und Wand, verhinderte, dass sie sich völlig schließen konnte. Die Sensoren der Tür erkannten die Blockade. Sie glitt wieder auf.

***

Markus Steller

Ein Feuerwerk wurde gezündet.

Am Himmel sah Steller drei Explosionen. Golden Shower. So hießen die Raketen, die er vor Jahren einmal an Silvester gezündet hatte. Genau so sahen die Explosionen aus. Nur viel größer. Riesige Silvesterraketen? Er konnte seinen Blick nicht abwenden. Wie riesige Kraken mit Dutzenden Armen, die sich gegen den Boden streckten. Dann explodierten die Arme. Jeder für sich verwandelte sich in eine weitere Krake. Dann noch einmal. Wie eine Kaskade. Er hatte so etwas schon einmal gesehen. Im Fernsehen. »Anna. Kletter über das Geländer.« Sie reagierte nicht. Er bückte sich, griff mit einem Arm zwischen ihre Beine hindurch, hob sie an und warf sie von der Brücke. Er achtete nicht auf ihren spitzen Schrei, stützte sich an dem Gelände ab und flankte hinüber.

Als er sich im freien Fall befand, sah er unter sich die schwarze Wasseroberfläche auf sich zu rasen. Seine Füße tauchten ein. Es wurde taghell. Für eine Zehntelsekunde konnte er jeden Grashalm an der Böschung erkennen, dann schlug das Wasser über ihm zusammen. Die Kälte trieb ihm die Luft aus den Lungen. Er sah nach oben. Es wirkte, als ob ein riesiger Scheinwerfer auf ihn gerichtet war. Der Spuk war vorbei. Steller begann Schwimmbewegungen zu machen, durchbrach die Wasseroberfläche. »Anna!«

Er ruderte mit den Armen, bewegte sich hektisch im Kreis. Keine Spur von dem Mädchen. Steller tauchte unter. Fuchtelte mit den Armen unter Wasser herum. Wie sollte er sie in der Dunkelheit finden? Die Luft ging ihm aus und er musste auftauchen. »Anna!« Er sah sie. Sie hatte es selbst zum Ufer geschafft. Nach einigen Kraulbewegungen war er bei ihr. »Bist du verletzt?« Sie schüttelte den Kopf. Er half ihr aus dem Wasser. Zusammen krabbelten sie Böschung hinauf. Steller sah sich um. Die Welt hatte sich verändert. Der Boden war übersät mit kleinen esstellergroßen Kratern. Das musste das Werk von Kattas Mutter gewesen sein. Anders war das nicht zu erklären. »Kannst du laufen?«

»Ich will hier weg.«
Er nahm ihre Hand. Sie stolperten in Richtung Waldrand. Nichts rührte sich.

***

Arthur Keim

Keim schlich durch die Gänge. Er hätte genauso gut stehen bleiben können. Eigentlich wäre das sogar schlauer gewesen. Es hätte weniger Gefahr bestanden, sich mit Geräuschen zu verraten. Aber das konnte er nicht. Er musste sich bewegen. In den Gängen war es ziemlich dunkel. Die Vollbeleuchtung wurde hier nur bei Bedarf eingeschaltet. Keim blieb stehen und horchte, meinte Schritte zu hören. Aber das konnte Einbildung sein. Die Hintergrundgeräusche, die ZERBERUS verursachte, waren einfach zu verwirrend. Einige Minuten schlich er so herum. Jedes Mal, wenn er eine neue Abzweigung erreichte, verkrampfte sich sein Magen. Wo war Danielsen? Das hatte so keinen Sinn. Er musste sich verstecken und das Beste hoffen. Aber wo? Im Prinzip sah hier alles gleich aus. Regale, vollgestellt mit Computerschränken. Er sah nach oben. Sollte er auf die Regale klettern? Natürlich. Die Halle war zwanzig Meter hoch. Die Regale reichten bis unter die Decke. Wenn er dort oben war, dann sollte der Fettsack nur kommen. Er würde ihn hinuntertreten. Das war ein guter Plan. Nur schade, dass er nicht klettern konnte. War wohl höchste Zeit es zu lernen. Er trat an ein Regal. Versuchte sich irgendwo festzuhalten. Griff hierhin und dorthin. Rutschte ab. Versuchte es erneut. Fast hätte er es geschafft, sich auf einen der Computerschränke zu stellen. Im letzten Moment rutschte er ab. Polternd fiel er auf den Boden, rappelte sich hoch, versuchte es erneut. Er musste doch in der Lage sein, da hoch zu klettern.
Er hörte Geräusche. Waren das Schritte? Woher kamen die? Panisch drehte er sich im Kreis. In beide Richtungen war der Gang leer. Jetzt hörte er es ganz deutlich. Da rannte jemand. Wiegner? Vielleicht war das Wiegner? »Herr Oberst?« Er hielt sich eine

Hand vor den Mund. Hatte er jetzt völlig den Verstand verloren? Er musste sofort da rauf. Keim unternahm einen erneuten Versuch. Scheiterte. Versuchte es wieder. Dann sah er ihn.
Danielsen rannte auf ihn zu. »Nein.« Statt wegzurennen, wich Keim zurück, streckte abwehrend die Arme aus. »Bleiben Sie mir vom Leib.« Der Professor rannte weiter. Noch zwanzig Meter, dann würde er Keim niederwalzen. Plötzlich hing Danielsens Kopf in einem unnatürlichen Winkel schief. Er machte noch einige Schritte und brach zusammen. Keim hielt die Luft an. Eine Person trat auf den Gang.
»Oh, mein Gott. Wiegner. Sind Sie das?« Keine Antwort. »Wiegner?«
»Ja.«
»Ich danke allen Göttern. Das war buchstäblich in letzter Sekunde.« Keim ging auf Wiegner zu. Als er näherkam, sah er, dass der Oberst eine Axt in den Händen hielt. »Sie haben ihn fast geköpft.«
»Hatten Sie einen besseren Vorschlag?«
»Ich habe vielleicht die Lösung für unser Problem gefunden.«
»Ist mir egal.«
»Wie bitte?«
Keim erreichte Wiegner, stand nun direkt vor ihm.
»Ich sagte: Ist mir egal.«
»Sie sind verletzt.«
»Ich weiß.«

***

Markus Steller

Anna und Steller schlugen sich durch das Unterholz. »Was ist mit Katta und Demir?«, fragte Anna.
»Ich weiß es nicht.«
»Wollen wir nicht zurückgehen und nach ihnen suchen?«
Steller blieb stehen, kniete sich hin. »Das können wir leider nicht machen. Das ist viel zu gefährlich.«

»Ich will aber nicht , dass den beiden etwas passiert.«
»Du kannst mir glauben. Das will ich auch nicht.«
»Danke.«
»Was meinst du?«
»Dass du mich beschützt hast.«
»Das habe ich dir versprochen. Solange ich lebe, wird sich daran auch nichts ändern.«
»Ich befürchte nur, das wird vielleicht nicht mehr besonders lange sein.«
Steller sah sie mit großen Augen an. Das klang ganz schön sarkastisch. Er musste lachen. »Das will ich nicht hoffen.«
»Ich auch nicht.«
»Wir müssen weiter.« Er stand auf und nahm ihre Hand. Sie erreichten eine kleine Straße.
»Wo gehen wir hin?«
»Nach Süden.« Er würde versuchen, diesen Bunker zu erreichen. Ob das noch möglich war oder irgendeinen Nutzen hatte, wusste er nicht. Ohne Katta war das vermutlich ein hoffnungsloses Unterfangen. Aber zumindest war es ein Ziel. Blieb noch die Frage, wie schwer er verletzt war. Im Moment spürte er nichts. Konnte er das mit einer solchen Wunde schaffen?
»Bleib mal stehen.« Steller horchte in die Dunkelheit. War das ein Auto? Ja, eindeutig. Er drehte sich um und sah Scheinwerfer, die auf ihn und Anna zukamen.
»Sollen wir uns verstecken?« Gute Frage. Wenigstens waren das Menschen. Soviel war sicher. Mit einem Auto zu fahren, war definitiv besser als bis zum Schwarzwald zu laufen. Das Fahrzeug kam näher. Das war jetzt eine Bauchentscheidung. »Wir halten den Wagen an. Stell dich an den Straßenrand. Wenn was passiert, rennst du in den Wald.«
»Wozu? Was soll ich alleine machen?«
Was sollte er darauf antworten? »Dann bleib bei mir.« Der Wagen kam näher. Steller überprüfte seine Waffe. Wenn sie anhielten und unfreundlich waren, hatte er seine MP als Versicherung. Das Auto wurde langsamer, fuhr schließlich im Schritttempo und hielt direkt neben ihm und Anna. Das Fenster der Fahrertür glitt summend nach unten. »Na. Alles klar?« Am Steuer saß ein Mann. Stel-

ler beugte sich nach vorne, um ihn besser sehen zu können. »Das glaube ich nicht.«
»Überraschung.«

***

Karl Wiegner

Gemeinsam mit Keim lief Wiegner zum Kontrollraum von ZERBERUS. »Was ist denn nun die Lösung für unser Problem?« Keim erklärte es ihm. Dabei sah er immer wieder zu der Wunde an Wiegners Hals.
»Die Zahl Pi?«
»Ein Ausschnitt daraus.«
»Aber die Berechnung ist noch nicht fertig.«
»Ich bin mir nicht sicher. Ich war in den letzten Minuten zu beschäftigt, um mich darum zu kümmern.«
»Was machen Sie, wenn die Berechnung fertig ist?«
»Ich will die Zahl senden. Auf allen Frequenzen.«
»Und dann?«
»Ich hoffe, die Angreifer überlegen es sich anders.«
»Warum sollten sie das tun?«
»Weil wir zeigen, dass wir intelligent sind.«
Wiegner lachte auf. »Glauben Sie, dass die Europäer die Indianer verschont hätten, wenn die eine besondere mathematische Begabung gezeigt hätten?« Er bekam keine Antwort. »Ich will Ihnen sagen, was geschehen wäre. Sie hätten sie erst recht ausgelöscht. Intelligenz kann immer auch als Bedrohung verstanden werden.« Die beiden gingen die Treppe hinauf. »Hier hat es ordentlichen Glasschaden gegeben.«
»Ja.« Keim musterte einen Monitor.
»Und?«, fragte Wiegner.
»ZERBERUS ist noch nicht fertig. Aber es wird nicht mehr lange dauern.«
»Wie lange?«
»Ich weiß es nicht. Wie fühlen Sie sich?«

»Nicht gut.« Wiegner konnte die Angst in Keims Gesicht sehen. »Machen Sie sich keine Gedanken. Sie sind hier in Sicherheit. Jedenfalls, was den Virus und Infizierte betrifft.«
»Ich will Ihnen nicht zu nahe treten. Aber glauben Sie nicht, dass Sie infiziert sind? Ich meine, Sie wurden gebissen.«
»Doch. Da bin ich mir sehr sicher.«
»Mein Gott. Ich dachte, der Virus schlägt sehr schnell an.«
»Kann man hier nicht sagen. Sie erinnern sich. Danielsen hat uns in einer Besprechung gebeichtet, dass wir mit Medikamenten gefüttert werden.«
»Ja.«
»Das hilft nicht wirklich. Verlangsamt aber unter umständen den Prozess.«
»Was soll ich machen, wenn es so weit ist?«
Wiegner streckte ihm den Arm mit Axt hin. »Schlagen Sie mir den Schädel ein.«
»Das kann ich nicht.« Keim riss erschrocken die Augen auf.
»Ich weiß. War nur ein Spaß. Reißen Sie sich am Riemen und kümmern Sie sich um Ihren Computer. Um mich kümmere ich mich selbst.«
»Und wie?«
»Jetzt halt einfach mal dein Maul. Geht das?«
Keim setzte sich auf einen Bürostuhl. Wiegner massierte sich die Stirn. Mit jeder Minute wurden die Kopfschmerzen schlimmer. Sie trieben ihm bereits Tränen in die Augen. Außerdem war er wütend. Sehr wütend. Das war der Virus. Er spürte, wie ihm die Kontrolle entglitt. Wenn er nicht bald etwas unternahm, dann würde er den armen Keim vierteilen. Was sollte er tun? Sich selber mit der Axt erschlagen? Er konnte die Halle verlassen. Wenn dann der Virus seinen Verstand fraß, wäre er sicher nicht mehr in der Lage, die Tür zu öffnen. Fingerabdruckscanner und Zahlencode. Nein. Keim wäre sicher. Das war ganz klar die einfachste Lösung. Sie hatte allerdings einen gewaltigen Haken. Er wollte auf keinen Fall so enden wie die anderen armen Schweine. Um nichts in der Welt. Was blieb? Sein NanoCom piepte. Wiegner nahm es vom Gürtel. »Ja?«
»Karl.«

»Aila. Alles in Ordnung. Keim ist in Sicherheit. Der kann jetzt sein Schulprojekt weiterführen.«
»Was ist mit dir? Auf der Kamera sah es so aus, als seist du verletzt.«
»Das ist richtig.«
Schweigen. Wiegner blickte nach oben. Wie hoch war die Halle? Fünfzehn Meter? Eher zwanzig Meter. Scheiße. Er hätte sich das Skalpell einstecken sollen.
»Was kann ich tun?«
»Nichts. Aila, du kannst gar nichts tun.«
»Was hast du jetzt vor?«
»Ich werde mich umbringen.«
»Tu das nicht.«
»Denkst du, ich will hier als Zombie-Attrappe herumlaufen?«
»Vielleicht finden wir eine Lösung.«
»Aila. Ich wünsche dir alles Gute. Lebe wohl.« Er beendete das Gespräch und schaltete das Gerät aus. Irgendwann musste man bei solchen Dingen zu einem Ende kommen. Ansonsten redete man den ganzen Tag und drehte sich mit Scheinargumenten im Kreis herum. In seinem Schädel zündete ein Schweißgerät. Der Schmerz war kaum mehr zu ertragen. Das Denken fiel ihm schwer. Vielleicht sollte er Keim einfach den Schädel einschlagen. War er nicht an alledem schuld? Wenn Keim nicht irgend so eine bescheuerte Idee gehabt hätte, dann würde er jetzt in der Krankenstation sitzen. Auf jeden Fall bestünde nicht die Gefahr, sich in ein Monster zu verwandeln. Auf der anderen Seite hatte er selbst dafür gesorgt, dass er in der Forschungsabteilung gelandet war. Hätte er diese blöde Außenmission nicht angeführt, könnte er jetzt mit Aila einen Schnaps trinken. Seinetwegen auch gerne einen üblen Ouzo. Scheiß drauf. Keim zu töten war eindeutig eine gute Sache. Der Gedanke an die Gewalttat beruhigte ihn, linderte die Schmerzen. Er musste sofort etwas unternehmen. Ohne sich um Keim zu kümmern, verließ er den Kontrollraum, lief zwischen die Regalwände, bis er sicher war, dass Keim ihn nicht mehr sehen konnte. Dann begann er an einem Regal hoch zu klettern. Sich von diesem Regal in den Tod zu stürzen, war so ziemlich die ekelhafteste Art sich das Leben zu nehmen. Und wenn er sich nur ein

paar Knochen brach? Bei seinem Glück würde genau das geschehen. Er hätte niemals zur Bundeswehr gehen dürfen. Eigentlich war seine Karriere nur eine Verkettung von Zufällen. Den Wehrdienst hatte er dem Zivildienst vorgezogen, weil ihm das Verweigern einfach zu mühselig erschien. Er war schlichtweg zu faul. Dann musste er sich an einem Tag entscheiden, ob mit den anderen bei einem Manöver durch den Dreck robben oder sich lieber an einem Auswahlverfahren für Offiziersanwärter beteiligen wollte. Das Auswahlverfahren erschien ihm angenehmer. Das war es dann gewesen. Und wozu das alles? Um sich nun selbstlos zu opfern? Hurra.

Er versuchte, die Schmerzen zu ignorieren. Kletterte weiter. Nach einer gefühlten Ewigkeit kam er oben an. Wenn er den Arm ausstreckte, konnte er die Decke berühren. Er sah nach unten und klammerte sich an einer der Streben fest. Von hier oben sah das viel höher aus als von unten. Wiegner setzte sich an den Rand. Was machte er eigentlich hier?

Wiegner wollte einen Satz denken. Aber das ging nicht mehr. Die Gedanken wurden glitschig, rutschten seinem Verstand aus den Fingern. Er wollte sprechen, aber stattdessen schrie er. Er brüllte sich die Lunge aus dem Leib. Die Flammen in seinem Kopf fraßen sich durch seine Erinnerungen, löschten sein Ich. Er ließ sich fallen.

***

Markus Steller

Steller hatte Anna auf die Rückbank verfrachtet und sich neben Schwede gesetzt. »Wie in aller Welt bist du hierher gekommen?«

»Das war kein Problem. Vergiss nicht, dass sich diese Brut nicht für mich interessiert. Ich habe mir einen Wagen geschnappt und bin euch hinterher gefahren.«

»Ich wollte nicht, dass sie dich zurücklassen.«

»Mir ist klar, wem ich das zu verdanken habe.«

»Bist du gekommen, um dich an Fieber zu rächen?«

»Die Idee ist mir gekommen.«
»Ich habe keine Ahnung, wo er ist. Ich bezweifle, dass er noch lebt.«
Schwede nickte. »Das Feuerwerk war gigantisch. Fast hätte es mich auch erwischt. Denkst du, dass Kattas Mutter dafür verantwortlich ist?«
»Ich wüsste nicht, wer sonst.«
»Was ist mit Katta?«
»Ich habe keine Ahnung.«
Anna meldete sich von der Rückbank. »Wir müssen nach ihr suchen.«
»Das ist zu gefährlich«, sagte Steller.
»Die Kleine hat recht«, sagte Schwede. »Ohne sie kommen wir nicht in den Bunker. Ich kann das machen.«
Natürlich hatten die beiden recht. Außerdem brauchte er dringend jemanden, der sich um Anna kümmerte, wenn er es nicht mehr konnte. Wer wusste, wie viel Blut er bereits verloren hatte. »Nein. Wenn wir nach ihr suchen, dann übernehme ich das. Ich bin dort gewesen und weiß in etwa, wo ich sie finden kann.«
»Du vergisst, dass man mich nicht jagen wird.«
»Mich auch nicht.«
Schwede sah ihn verblüfft an. Dann verstand er. »Das tut mir leid.«
Steller wechselte das Thema. »Wir brauchen etwas zum Anziehen.«
»Das wollte ich dich sowieso noch fragen. Wart ihr schwimmen?«
Steller ging nicht weiter darauf ein. »Später. Wir haben ein wichtigeres Problem.«
»Du meinst das riesige Ding, das gelan...« Schwede sah in den Rückspiegel. Sein Kiefer klappte nach unten. »Was zur Hölle ist das?«
Steller drehte sich im Sitz herum, sah durch die Heckscheibe. Etwa 100 Meter hinter ihnen stand eine dieser widerlichen Tigermissgeburten auf dem Weg. »*Das* ist das andere Problem.«

***

»Ich habe Ihnen gesagt, was ich weiß. Der Oberst hat mich ohne weiteren Kommentar alleine gelassen. Das ist eine halbe Stunde her. Seitdem habe ich ihn nicht mehr gehört und gesehen.« Gott sei Dank, hätte er fast hinzugefügt.
»Wiegner ist also tot.« Torbecks Augen waren gerötet. Sie sah aus, als hätte sie geweint.
»Das nehme ich an.«
»Gehen Sie nachsehen.«
»Was? Auf keinen Fall.« Keim versuchte, seine Angst in den Griff zu bekommen. »Hören Sie. Entweder er ist tot oder der Virus hat durchgeschlagen. In keinem Fall kann ich helfen. Außerdem. Wenn er noch leben würde, dann wäre er ganz sicher gekommen, um mir den Kopf von den Schultern zu reißen.« Torbecks Gesicht erinnerte ihn an eine Wachspuppe. Nicht schlecht gemacht, aber eindeutig unecht. Sie blickte auf ihre Hände, die wie zum Gebet gefaltet vor ihr auf dem Schreibtisch lagen. Was sollte er sagen? Scheinbar waren die beiden enger befreundet, als er gedacht hatte.
»Sie haben verstanden, dass ich eine Botschaft gefunden habe?«
Torbeck nickte. »ZERBERUS hat die Berechnung vor fünf Minuten beendet. Wie ich Ihnen erklärt habe, muss diese Zahlenfolge gesendet werden. Unsere Nachricht besteht aus drei verschiedenen Darstellungen dieser Zahl. Binär, zur Basis drei und zur Basis vier. Das müssen die Außerirdischen verstehen. Davon bin ich überzeugt.« Die Kommandantin zeigte keine Reaktion. »Es tut mir leid. Das mit dem Oberst tut mir wirklich leid. Aber wir müssen die Nachricht senden.«
»Ich lege Sie in den Leitstand.«
Eine Minute später änderte sich das Bild auf Keims Monitor. Nun sah er nicht mehr Torbecks Gesicht in Großaufnahme, sondern blickte in den Leitstand hinein. Theißen wandte sich ihm zu. »Überspielen Sie den Daten-File.«
Keim tat es. »Es ist wichtig, dass Sie die Botschaft auf möglichst vielen Frequenzen ausstrahlen«, sagte er.
»Keine Sorge. Wir schießen mit allem, was wir haben.«

»Ich kann nur betonen, wi… .«
»Ist schon passiert.«
»Was?«
»Die Nachricht wurde gesendet und wird weiter gesendet«, sagte Theißen. »Ab jetzt rund um die Uhr.«
»Und jetzt?«, fragte Hauptmann Gärtner. »Wie lange wird es dauern, bis sie antworten?«
Keim verzog das Gesicht. »Das kann ich Ihnen nicht sagen. Es ko…«
»Wir müssen gar nicht warten«, unterbrach ihn Theißen. »Wir empfangen eine Nachricht.«

***

Markus Steller

Schwede trat aufs Gas.
Die Reifen drehten durch und scheuerten den Dreck vom Straßenbelag. »Was ist das?« Schwede sah noch immer in den Rückspiegel.
»Konzentriere dich auf die Straße. Die Viecher sind aufgetaucht, nachdem dieses Ding gelandet ist.«
»Die?«
»Es ist nicht alleine.«
»Es verfolgt uns«, schrie Schwede. »Es ist schnell.«
Schwede fuhr die Gänge bis zum Letzten aus. Der Motor heulte, dass Steller fürchtete, er würde zerplatzen. Sie erreichten eine scharfe Linkskurve. Schwede schaltete runter. Das Fahrzeug schlitterte in die Kurve, schob gewaltig über die Vorderachse. Steller hielt die Luft an. Schwede gab im Scheitelpunkt der Kurve Vollgas. Sie befanden sich wieder auf einer Geraden. »Das Ding kommt näher. Ich kann hier nicht schneller fahren.« Ihr Wagen hüpfte durch die nächste Linkskurve. Im Moment fuhren sie im Kreis. »Ich kann es nicht abhängen. Sag dem Mädchen, dass es auf deinen Schoß klettern soll.«

»Was soll… .«
»Mach schon.«
Steller wollte sich zu Anna umdrehen. Aber das war unnötig, sie kletterte bereits wie ein Äffchen zwischen den Vordersitzen hindurch und saß Sekunden später auf Stellers Schoß. »Was hast du vor?«, schrie Steller. Schwede antwortete nicht, starrte in den Rückspiegel. Dann trat er das Bremspedal in die Ölwanne. Instinktiv umklammerte Steller Annas schmalen Körper. Der Sicherheitsgurt drückte ihm die Luft aus den Lungen, das Heck des Wagens explodierte. Sie wurden gegen die Rückenlehnen ihrer Sitze gedrückt. Das Wesen war in den Kofferraum gekracht und schob das Auto vor sich her. Glas flog im Innenraum herum. Dann blieben sie stehen. Schwede gab wieder Gas. Die Maschine heulte auf, aber sie kamen nicht von der Stelle. »Die Hinterachse ist gebrochen. Wir müssen raus.« Schwede löste den Gurt, drückte die Fahrertür auf und sprang aus dem Fahrzeug. Steller brauchte länger, musste erst Anna aus dem Wagen bugsieren. Es knallte. Schwede schoss auf die Kreatur. Auch Steller hatte es nach draußen geschafft. Er brachte die MP in den Anschlag und schoss das Magazin leer. »Feuer einstellen!«, schrie Schwede.
Das Wesen bildete eine Einheit mit dem Wagen. Es sah aus, als würde es aus ihm herauswachsen. »Ist es tot?«, rief Steller.
»Ich will es hoffen. Wir müssen weiter. Schnapp dir das Mädchen.«
Steller ging zu Anna und griff ihre Hand. »Katta. Was ist mit Katta und Demir?«, fragte sie. Steller zögerte. Konnten die beiden noch leben? Wenn sie ein gutes Versteck gefunden hatten, war das möglich. In dem Gebäude hatten sicherlich eine Menge Infizierte überlebt. Auch wenn er davon ausging, dass sie ihn nicht angreifen würden. Wie sollte er die beiden da raus bekommen? Vielleicht waren sie auch geflohen. Außerdem konnten da noch mehr von diesen sechsbeinigen Viechern herumhängen. Auf der anderen Seite hatte er kaum eine Wahl. Er brauchte die beiden. »Ich gehe zurück und versuche sie zu finden. Das wird einige Zeit dauern.«
»Sollen wir nicht gemeinsam gehen?«, fragte Schwede.
»Nein. Ich denke, hier seid ihr sicherer. Pass auf sie auf.«
»Das mache ich.«

»Dahinten ist ein Hügel. Dort treffen wir uns.« Schwede nickte. Steller ging in die Knie. »Du bleibst bei ihm. Ich komme so schnell ich kann zurück.«
»Ist gut.« Steller wunderte sich, dass Anna keine Widerworte gab. Das Kind hatte für sein Alter eine erstaunliche Fähigkeit Unumgängliches zu akzeptieren. Er stand auf und begann den Weg zurück zu joggen.

***

Arthur Keim

»Guten Abend. Danke, dass Sie uns benachrichtigt haben. Leider müssen wir feststellen, dass die Durchseuchung der Biosphäre weiter fortgeschritten ist, als wir uns das wünschen würden. Es besteht die Gefahr, dass Sie als Schädling in der Lage sind, tief in die Biosphäre einzugreifen.« Der Nachrichtensprecher sah von seinem Blatt auf. Seine Augen schienen so etwas wie Bedauern ausdrücken zu wollen. »Dieser Schaden ist möglicherweise irreparabel. Um kein Risiko einzugehen, wird die gesamte Biosphäre gelöscht.« Der Mann legte das Blatt, von dem er abgelesen hatte, zur Seite und sah in die Kamera. »Wir geben Ihnen Gelegenheit, sich bei Ihren Göttern zu verabschieden.«
Der Monitor wurde schwarz. Keim lehnte sich zurück. Er hörte die Stimme von Torbeck. »Ich nehme an, das war keine gute Nachricht.«
»Nein«, hauchte Keim.
»Ich kann Sie nicht verstehen.«
Keim schüttelte den Kopf. »Nein!«
»Also, was bedeutet das?«
»Das bedeutet, dass es Zeit ist, sich zu verabschieden.«
»Ich verstehe.«
Keim beugte sich nach vorne und unterbrach die Verbindung. Alle seine Vermutungen waren gleichermaßen richtig wie falsch gewesen. Er hatte daran geglaubt, dass der Virus künstlich sei.
Er hatte recht.

Er hatte daran geglaubt, dass im Virus eine Botschaft verborgen sei.
Er hatte recht.
Er hatte daran geglaubt, dass die Botschaft eine Art Intelligenztest sei.
Er hatte recht.
Er hatte daran geglaubt, dass dieser Test sie auf eine Stufe stellen würde, die es den Besuchern verbot, sie zu töten.
Er hatte sich geirrt.
Der Test diente einem anderen Zweck. Er sollte herausfinden, wie weit sie in der Lage waren, die Natur zu manipulieren. Wobei Natur in diesem Zusammenhang der falsche Begriff war. Was die Menschen als Natur bezeichneten, war in Wahrheit eine durch eine fremde Intelligenz konstruierte Biomatrix. Dadurch, dass er den Außerirdischen die Lösung des Testes gesendet hatte, führte er den Nachweis, dass die Menschen technisch und intellektuell in der Lage waren, diese Matrix in ihrer Tiefe zu beeinflussen. Das war nicht falsch. Die Menschen manipulierten Gene in Pflanzen, Tieren und Bakterien, betrieben Stammzellenforschung, entwickelten biologische Waffen und Impfstoffe. Offensichtlich hatten sie damit aus Sicht der Angreifer den gesamten Planeten unbrauchbar gemacht. Jetzt würden sie nicht nur die Menschen vernichten, sondern alles Leben auf dem Planeten.
Er hatte die Welt auf dem Gewissen. Das Ganze war eine simple Falle gewesen. Die Besucher machten sich nicht einmal die Mühe, der Sache auf den Grund zu gehen. Die Nachricht, die Keim hatte senden lassen, hatte ihnen genügt. Sicher hatten sie Hunderte oder Tausende von Welten manipuliert. Da spielte es keine Rolle, wenn es mal nicht so lief, wie sie sich das vorstellten. Sie würden alles auf null stellen und die Evolution von Neuem in Gang setzen. Keim musste an die verschiedenen Artensterben denken, die die Erde im Laufe ihrer Geschichte erlebt hatte. Wie oft waren sie schon hier gewesen, hatten sich enttäuscht gezeigt und die Uhren wieder zurückgedreht? Gedankenverloren schaltete er die Musik ein, suchte sich ein neues Lied der Rolling Stones aus. Aus den Lautsprechern plätscherte Time Is On My Side. Er lehnte sich zurück.

***

Markus Steller

Die ersten paar Hundert Meter war er gejoggt. Dann musste er stoppen. Er hockte sich hin und versuchte Luft zu bekommen. Schließlich stand er auf und versuchte weiterzurennen. Es ging nicht. Immer wieder musste er seine Schritte verlangsamen. Am Ende blieb ihm nichts weiter übrig als zügig zu gehen. Die Verletzung seines Rückens forderte letztendlich doch ihren Tribut.

Als er ankam, hockte er sich in der Nähe der Brücke, von der er ins Wasser gesprungen war, hinter ein Gebüsch und beobachtete die Umgebung. Alles um ihn herum hatte Löcher. Die Bäume, ein kleiner Schuppen, ein Auto. Die Splittermunition hatte die ganze Gegend durchsiebt. Nichts rührte sich. Seine Augen stellten sich nicht mehr richtig scharf. Mehrfach kniff er die Augenlider zusammen, um in der Entfernung etwas erkennen zu können. Er bemerkte, dass seine Atmung sich beschleunigt hatte. Die Symptome kannte er. Das lag an seinem Blutverlust. Sofort verdrängte er den Gedanken.

In dem Gebäude musste es noch Infizierte geben. Die konnten unmöglich alle von dem Angriff getötet worden sein. Bis hierhin war er sich sicher gewesen, dass er selbst infiziert war und dass die Kranken ihn deswegen nicht angreifen würden. Nun war er nicht mehr so überzeugt. Steller spürte, dass ihm die Zeit davon lief. Er stand auf und schlich sich zu der Tür, aus der Anna und er gekommen waren. Im Gebäude war es totenstill. Wo sollte er anfangen zu suchen? Er entschied sich dafür, im obersten Stock anzufangen. Wenn es unten brennt, dann rennt man instinktiv nach oben. Vielleicht hatten sie dort eine Zuflucht gefunden. Ob Fieber noch lebte? Und was war mit Schippe?

Er nahm das Treppenhaus und zog sich mit der linken Hand an den Streben des Geländers nach oben. Hin und wieder blieb er stehen, um in die Stille zu lauschen. Aber das kurze Verzögern seines Aufstiegs hatte noch einen anderen Grund. Seine Muskeln

fühlten sich wie Pudding an. Weit unter ihm gab es ein knallendes Geräusch. Waren das Infizierte? Oder fiel nur der Putz von der Decke? Die Explosionen hatten das Gebäude schwer beschädigt.
Im obersten Stockwerk angekommen, sah er sich um. Links und rechts den Flur entlang. Es war dunkel, aber er meinte rechts von sich einen Körper auf dem Boden liegen zu sehen. Als er näherkam, erkannte er, dass es Schippe war. Der Mann hatte zwei Löcher in der Stirn. War das Fiebers Werk gewesen? Ohne weiter darüber nachzudenken, zog er dem Toten zwei MP-Magazine aus der Weste und steckte sie sich ein. Jetzt bemerkte er, dass am Ende des Flurs noch mehr Leichen auf dem Boden lagen. Sie stapelten sich vor einer leicht geöffneten Tür. Steller näherte sich ihr, versuchte mit seinen Füßen die Lücken zwischen den Körpern zu finden. Er drückte gegen das Türblatt, aber die Tür war blockiert. Im Raum lagen noch mehr Leichen. Soweit er das erkennen konnte, war er in einem Archiv gelandet. An den Wänden standen Metallregale mit Aktenordnern. »Nicht schießen«, flüsterte Steller einer Eingebung folgend. Er quetschte sich durch den Türspalt. »Nicht schießen. Ich bin es, Markus.« Und wenn Fieber hier war? Vielleicht hätte er seinen Namen besser nicht erwähnt. Warum hatte Fieber ihn nicht erschossen, als er die Gelegenheit dazu gehabt hatte? Das Auftauchen dieser Kreatur schien ihn aus dem Konzept gebracht zu haben. »Ich bin hier.« Steller musste einen Aufschrei unterdrücken. Er hatte gehofft jemanden zu finden, damit gerechnet hatte er nicht.
»Demir?«
»Ja.«
In einer Ecke des Raumes nahm er eine Bewegung wahr. Als er näher trat, sah er Demir. Der Junge saß auf dem Boden. Er hatte die Beine angezogen und lehnte mit dem Rücken an der Wand. Neben ihm lag Katta. »Bist du verletzt?«
»Nein.«
»Was ist mit ihr?« Demir antwortete nicht. Steller kniete sich hin. »Was ist mit Katta?« Das Mädchen hatte die Augen geschlossen. Demir zog ihr Oberteil hoch. Sie hatte drei oder vier Einschusslöcher im Bauch.
»War das Fieber?«

»Das war ich.«
»Du?«
»Ich habe sie nicht erkannt. Das ging alles so schnell. Sie stirbt.«
Gerne hätte Steller das Gegenteil behauptet. In seiner beruflichen Karriere hatte er mehrfach Fälle erlebt, bei denen Menschen von Kugeln durchsiebt wurden und wenige Wochen später so gut wie neu waren. Menschen starben nicht so leicht wie viele dachten. Allerdings wurden die Opfer auch in Windeseile notoperiert. Aber ohne jede medizinische Hilfe? Sie würde sterben. Und mit Katta starb die letzte Hoffnung, Anna in diesem Bunker unterzubringen.
»Was ist mit Fieber?«
»Der liegt dahinten.«
»Tot?«
»Fieber hat uns geholfen. Dabei wurde er gebissen. Er hat sich selbst erschossen.«
Eigentlich sollte ihn diese Nachricht freuen. Das tat es aber nicht.
»Demir. Du musst mitkommen.« Der schüttelte nur den Kopf.
»Demir?« Katta hatte die Augen geöffnet.
»Ich bin hier.« Trotz der Dunkelheit sah Steller die Tränen in seinem Gesicht.
»Denk an den Wachmann«, flüsterte Katta.
»Nein. Das kann ich nicht.«
»Bitte. Es tut so weh.«
»Ich kann nicht. Was soll das alles? Seit dieser Mist losgegangen ist, habe ich auf drei Menschen geschossen. Keinem von ihnen wollte ich etwas antun. Am wenigsten dir. Warum passiert mir das?«
»Es tut weh.«
Demir griff Steller an die Schulter. »Du musst es machen. Ich kann sie nicht leiden sehen. Bitte.«
Katta erschießen? So abgebrüht war er nicht. Bei dem Gedanken bekam er eine Gänsehaut. »Wenn ich sie erschieße, dann locken wir die Irren an. Es sind bestimmt noch welche im Gebäude.«
»Das ist mir egal. Bitte, du musst es tun.«
Katta hatte die Augen wieder geschlossen. Sie stöhnte. Im Prinzip täte er ihr damit einen Gefallen. Aber das war leichter gesagt als getan. Dann fiel ihm etwas ein. »Wo ist Fieber?« Demir zeigte in

die Richtung. Steller ging zu ihm und hockte sich neben den Körper. Hatte er ihn tatsächlich überlebt. Damit hatte man nicht unbedingt rechnen können. Fieber hatte seine Chance gehabt, aber nicht genutzt. Zu gerne hätte er ihn nach dem Warum gefragt. Zu spät. Steller wühlte ihn Fiebers Rucksack und fand das, was er suchte.

»Was ist das?«, fragte Demir, als Steller sich wieder neben ihn setzte.

»Morphium.«

»Fieber hatte gesagt, dass wir noch dankbar dafür sein würden.«

»Der Mann war nicht dumm.«

»Was hast du vor? Weißt du, wie viel man spritzen muss?«

»So viel wie möglich.«

»Spinnst du? Das ...« Demir verstand.

»Das ist der bessere Weg.« Steller nahm sein Feuerzeug zur Hilfe, um den Beipackzettel zu lesen. Er fand den Abschnitt mit den Dosierungsanleitungen und überflog ihn. Dann zog er eine Spritze auf, zögerte kurz und steckte Katta die Nadel in den Oberschenkel. Steller hatte noch nie eine Spritze benutzt, aber das Morphiumpräparat wurde intramuskulär verabreicht. Das war keine Kunst. Als er fertig war, zog er die Spritze erneut auf. Das sollte reichen. Katta hatte das Bewusstsein nicht wiedererlangt und das würde auch nicht mehr geschehen. Seltsam. Er hatte Katta getötet und doch fühlte es sich viel besser an, als wenn er ihr in den Kopf geschossen hätte. Steller musterte Demir. Der Mann war völlig in sich zusammengebrochen. »Demir.« Er reagiert, nicht. »Demir, ich brauche dich. Wir können nichts mehr für sie tun.«

»Sie atmet noch.«

»Wir können nichts mehr tun. Du musst mit mir kommen.«

Demir schien nachzudenken. Dann nickte er. »Auf dem Flur liegt Schippe.«

»Ich habe ihn gesehen.«

»Ich glaube, er hat Wasser in seinem Rucksack. Kannst du das holen?«

»In Ordnung.« Steller stand auf und schlich aus dem Raum. Er fand Schippes Leiche und durchsuchte seinen Rucksack. Warum sollte er das Wasser holen? Das hätten sie auch auf dem Weg mit-

nehmen können. Da war kein Wasser. Gott, war er blöd. In diesem Moment zerriss der scharfe Knall eines Pistolenschusses die Stille. Steller sprang auf und rannte zurück.
Demir lag seitlich in sich zusammengesunken, die Pistole war aus seinen Fingern geglitten. Ein Arm ruhte auf Kattas Brustkorb. In einer anderen Wirklichkeit hätten die beiden ein schönes Paar abgegeben. Steller stand auf. Er musste zurück zu Anna. Solange er dazu in der Lage war.

***

Aila Torbeck

Torbeck saß im Kommandantenraum. Vor sich auf dem Schreibtisch stand ein randvoll gefülltes Glas Whisky.
Katta war tot. Sie hatte die Aufzeichnungen der Drohne gesehen. Der Angriff der Raketen war erfolgreich verlaufen. Das gelandete Objekt war zerstört worden. Im weiten Umkreis um die Farm stand nichts mehr auf den Beinen. Zwei Personen hatten es geschafft, das Gelände zu verlassen. Eine genaue Identifikation war nicht möglich, aber aufgrund der geschätzten Größe handelte es sich wahrscheinlich um einen Mann und ein Kind. Die beiden hatten ein Fahrzeug angehalten. Es kam zu einer Verfolgung und einem Unfall. Wenn man das so nennen konnte. Was auch immer sie verfolgt hatte, zeigte keine Wärmesignatur. Auf dem Videomaterial war nur ein schwarzer Klumpen zu erkennen. Für eine Sekunde hoffte sie, dass Katta in dem Fahrzeug wäre. Es stellte sich heraus, dass sich in dem Wagen nur ein weiterer Mann befand. Einer der Männer lief zurück zu der Farm und verschwand für einige Zeit im Hauptgebäude. Er kam alleine wieder heraus. Mit einem Stock oder Stiel ritzte er etwas in den Boden. Dann schüttete er eine Flüssigkeit darüber. Sekunden später standen die Buchstaben in Flammen. *Katta ist tot. Tapferes Mädchen.*
Der Mann gehörte zu Kattas Gruppe. Nur jemand, der von der Drohne wusste, würde eine solche Nachricht hinterlassen. Ihr

Kind lag tot in dem Haus. Theißen hatte gefragt, was er nun tun solle. Sie hatte nicht darauf reagiert und war in ihr Büro gegangen. Mit tränenverhangenen Blick sah sie sich die Fotos an, die auf ihrem Schreibtisch standen. Theißen meldete sich noch einmal. Er sagte ihr, dass die Drohne sich auf dem Rückweg zu Fenris befände. Auf ihrem Weg hätte sie mehrere von diesen riesigen Gebilden festgestellt. Die Dinger würden leuchten und hätten angefangen zu pulsieren. War das der Anfang vom Weltuntergang? Oder besser gefragt, war es dessen Ende? Katta war tot, Karl war tot. Wozu sich noch über solche Kleinigkeiten aufregen. Sie nahm ihr Glas und stürzte den Inhalt hinunter. Feuer breitete sich in ihrem Bauch aus. Sie musste husten.
Tapferes Mädchen. Ja, da war sich Torbeck sicher. Katta hatte sich nicht hängen lassen. Und Karl? Der auch nicht. Die beiden würden es nicht wollen, dass sie sich so gehen ließ. »Ich will ja weitermachen, aber es ist so schwer, wenn man alleine ist.« Sie hörte Karls Stimme in ihrem Kopf. »Ja, du hast recht«, sagte sie zu sich selbst. Noch immer trug sie die Verantwortung für Hunderte von Menschen. Was immer auch geschah, im Bunker waren sie vielleicht davor geschützt. Am Ende blieb vielleicht doch etwas übrig, auf das sich aufbauen ließe. Und wenn nicht? Dann hatte sie zumindest gekämpft und es sich verdient, ihre Tochter und ihren Freund wiederzusehen. Also würde sie weitermachen. Sie schenkte sich noch ein Glas ein, stand auf und sprach einen Toast. »Katta, ich liebe dich. Und wie du es sagen würdest, Karl: Wir sehen uns in Walhalla.«

***

Markus Steller

Als Steller am vereinbarten Treffpunkt ankam, sah er die Umrisse von Anna und Schwede auf dem Hügel. Da er nicht in der Lage war dort hinaufzusteigen, machte er auf sich aufmerksam und winkte die beiden zu sich nach unten. Mit knappen Worten berichtete Steller, dass alle anderen tot seien.

»Ich haue ab«, sagte Schwede, der die Nachricht von Fiebers Ende ohne sichtliche Gemütsregung aufgenommen hatte.
»Wo willst du hin?«
»Egal. Einfach weg von hier.« Einfach weg? Die Welt war eine Kugel. Da gab es kein *einfach weg*. Steller sah Schwede nach, der sich ohne weitere Worte umgedreht hatte und losgelaufen war. Nach kurzer Zeit geriet er außer Sicht.
»Was machen wir jetzt?«, fragte Anna.
Er drückte sich um eine direkte Beantwortung der Frage. »Tut mir leid, dass ich Katta und Demir nicht helfen konnte. Du darfst nicht zu traurig sein.«
»Ich bin nicht traurig. Es wäre schön, wenn sie hier wären. Dann wären wir nicht alleine. Aber für die beiden ist es doch so viel besser.«
»Wieso?«
»Weil sie keine Angst mehr haben müssen. Keine Angst zu haben ist eine gute Sache.« Da konnte Steller nicht widersprechen. Nach einer kurzen Pause sagte Anna: »Mir ist kalt.« Die Temperatur war in den letzten Stunden kontinuierlich gefallen. Steller wusste nicht besonders viel über Geologie. Wie schnell würde die Erde ohne Sonnenlicht abkühlen? Die Atmosphäre isolierte ein wenig und die Meere speicherten Wärme. Aber das würde kaum etwas helfen. Vermutlich würde die Temperatur in kürzester Zeit unter den Gefrierpunkt fallen und nicht aufhören zu sinken. Am Ende würde der Sauerstoff aus der Atmosphäre ausflocken und als Schnee zu Boden fallen. Aber bis das geschah, wären sie schon lange erfroren. »Glaubst du, dass es wieder hell wird?«
»Ganz ehrlich. Ich habe keine Ahnung.« Er nahm ihre Hand. Gemeinsam liefen sie die Straße entlang. Langezeit sagte keiner von ihnen etwas. Sie erreichten eine Bundesstraße, der sie folgten. Nach zwei Kilometern kamen sie an einer Tankstelle vorbei. Die Tür war aufgebrochen und die Regale im Verkaufsraum umgeschmissen. Dieser Ort war so gut wie jeder andere. Steller vergewisserte sich, dass außer ihnen niemand hier war. Auch wenn die Tankstelle geplündert war, gab es noch genügend Lebensmittel und Getränke. Steller brach mit letzter Kraft die Tür zum Büro auf, wo sie einige Kittel und eine Decke fanden. Sie

saßen nebeneinander auf einem Sofa und aßen. Steller spürte seinen Rücken nicht mehr. Er musste an seinen Zahnarzt denken. Der hatte mal gesagt: Solange es wehtut, ist noch Hoffnung. Wenn der Schmerz wieder verschwindet, wird es ernst. Ob das auch für solche Verletzungen galt? »Warum schwitzt du so?« Anna hatte sich in die Decke eingewickelt und zitterte immer noch. Steller wischte sich mit dem Handrücken über die Stirn. Er schwitzte tatsächlich furchtbar. Das war ihm bis jetzt nicht aufgefallen. »Ich weiß es nicht«, log er. Anna hatte sich auf die Seite gelegt, die Beine eng an den Körper gezogen. Ihr Kopf ruhte auf Stellers Oberschenkel. »Papa. Ich möchte etwas schlafen.«

Steller zögerte. Dann sagte er: »Ich bin nicht dein Papa.«

»Können wir nicht so tun, als wenn du es wärst?«

»Okay.« Steller hatte niemals einen Kinderwunsch gehabt. Keine seiner Beziehungen hatte so lange gehalten, dass diese Frage relevant wurde. Als er seine Hand auf Annas Schulter legte, war das ein seltsames Gefühl. Er legte seinen Kopf zurück und schloss die Augen.

Als er sie wieder öffnete, schmerzte sein Genick, er musste eingeschlafen sein. Ihm war schwindelig und übel. Nur mit Mühe gelang es ihm, die Augen offen zu halten. Anna lag ganz ruhig da. Der Moment war gekommen. Er durfte nicht weiter warten. Wenn er das Bewusstsein verlor, dann würde er wahrscheinlich nie mehr aufwachen. Was sollte dann aus Anna werden? Er stellte sich vor, wie sie neben seiner Leiche aufwachte, ihn schüttelte und anschrie. Behutsam zog Steller seine Waffe aus dem Holster. Liegt der Sinn der Existenz im Leiden? Und war der Tod nicht das schreckliche Ende, sondern die Erlösung vom Leben? Gab es nichts, was man mitnehmen konnte? Wenn er darüber nachdachte, dann musste er eingestehen, dass er in seinem Leben nichts getan hatte, dem man eine Bedeutung zumessen konnte. Gar nichts. Bis jetzt. Ohne zu zögern, hätte er sich für Anna geopfert. Für ein Kind, das er kaum kannte. Warum? Er hatte gedachte, dass es die Schuldgefühle wären, die ihn antrieben. Aber in Wirklichkeit war es die Liebe. Er liebte Anna und es gefiel ihm, wenn sie ihn Papa nannte. Vielleicht war es das, was er aus diesem Leben mitnahm.

Das Wissen darum, wie sich Liebe anfühlte. Damit war ihm mehr vergönnt als vielen anderen Menschen.
Und Anna? Sie hatte erfahren, dass es doch wenigstens einen Menschen gab, der sich um sie sorgte. Damit war sie nicht mehr alleine im Universum. Womöglich war auch diese Erkenntnis viel mehr wert, als es im ersten Moment schien.
Ob es einen Gott gab? Steller hatte nie daran geglaubt. Aber das bedeutete natürlich nicht, dass es keinen gab. Für ihn selber spielte das keine Rolle mehr. Er würde ganz sicher nicht anfangen zu beten. Wenn es einen Gott gab, dann musste er intelligent genug sein, um diesen falschen, durch Angst ausgelösten Spontanglauben zu durchschauen. Aber durfte er deswegen nicht für andere beten?
Er zielte mit der Pistole auf Annas Hinterkopf. »Bitte, lieber Gott. Mach, dass sie in den Himmel kommt.« Dann drückte er ab.

EPILOG

Kraa war vor Fassungslosigkeit wie erstarrt. Vor ihm drehte sich Tanar im Kreis, deutete mit seinen vier Armen gleichzeitig in alle Richtungen. Die Fellfarbe von Kraas Gegenüber zeigte deutlich an, dass der sich in seiner letzten Lebensphase befand. Doch Tanar verhielt sich wie ein aufgedrehtes Kind, seinem Alter völlig unangemessen. Aber Kraa konnte seine Erregung nachvollziehen. »Und? Was sagen Sie? Habe ich zu viel versprochen?« Das hatte er nicht. Kraa stand in einer Höhle. In dem Teilstück, in dem er sich nun befand, war der Raum quaderförmig. Das war erstaunlich genug. Was ihm aber tatsächlich den Atem verschlug, waren die Wände. Auch wenn an vielen Stellen im Laufe der Zeit der Fels durchgebrochen war, konnte man doch die ursprüngliche Beschaffenheit gut erkennen. Die Wände waren fast spiegelglatt. »Wie ist das zu erklären?«

»Was glauben Sie denn? Sie sind doch Geologe.«

Kraa trat an eine der Wände und berührte die Oberfläche mit seinen rechten Händen. »Das ist nicht natürlich.«

»Selbstverständlich nicht. Die Substanz ist uns unbekannt. Unglaublich hart und widerstandsfähig.«

»Ich soll... »

»Warten Sie«, unterbrach ihn Tanar. »Bevor Sie etwas sagen, möchte ich Ihnen die wirkliche Überraschung zeigen.«

Wortlos folgte Kraa Tanar durch einen schmalen Gang in eine ausladende Höhlenkammer. Überall waren die Felswände mit derselben glatten Substanz überzogen. Am Ende des Raumes standen Scheinwerfer auf dem Boden, die eine der Wände anstrahlten. »Kommen Sie. Das müssen Sie sehen.« Tanar führte Kraa zu der angeleuchteten Wand. Auch wenn sie an vielen Stellen beschädigt war, konnte man erkennen, dass sie von oben bis unten mit Symbolen beschrieben war. Die Zeichen waren tief in die Deckschicht eingeritzt. Da gab es keine Zweifel. »Das ist eine Art

Schrift«, stellte Kraa fest.
»Es freut mich, dass Sie das so gelassen feststellen.«
»Wie alt ist das hier?«
»Genau können wir das noch nicht sagen. Aber ich schätze, dass die Anlage ungefähr 250 Millionen Sonnenkreise alt ist.«
»Das war zur Zeit des großen Sterbens.«
»In etwa.«
»Das ist unglaublich. Sie sagten, Anlage?«
»Das, was Sie gesehen haben, ist nur ein kleiner Teil. Die Anlage ist gigantisch. Große Teile sind verschüttet. Wir müssen mit Sonden arbeiten.«
»Also stehe ich hier vor dem Beweis, dass es Außerirdische gibt.«
»Da bin ich mir nicht so sicher.«
»Wer sollte das sonst gebaut haben?«
»Unser Planet ist alt genug. Möglicherweise gab es bereits vor uns eine Zivilisation.«
»Dafür wurden nie Beweise gefunden.«
»Damit ist nach 250 Millionen Sonnenkreisen auch nicht mehr zu rechnen.« Tanar deutete auf die Wand. »Wer immer es geschrieben hat, wollte, dass wir es verstehen.«
»Sie glauben, dass das eine Botschaft ist? Ist es nicht wahrscheinlicher, dass die Symbole eine religiöse Bedeutung haben? Irgendeinen mystischen Bezug? Vielleicht ist die Anlage eine Grabstätte gewesen.«
»Über den Inhalt der Botschaft kann ich noch nichts sagen. Aber sie wurde auf jeden Fall für jemanden geschrieben, der die Schrift und Sprache nicht kennt. Hier oben«, Tanar zeigte in die linke obere Ecke, »wird vermutlich versucht, ein mathematisches System zu erklären. Auf der anderen Seite wird wohl eine Geschichte mit Hilfe von Symbolen geschildert. Hier im unteren Teil haben wir eine Art Schrift. Daneben Symbole, die unter anderem die Sonne darstellen. Neben den Symbolen stehen wieder Schriftzeichen.«
»Die haben eine Übersetzungshilfe angelegt.«
»Das denke ich auch. Daher halte ich es auch für eine Botschaft.«
Kraa näherte sich der Wand, ging vor ihr in die Hocke. »Werden Sie die Botschaft decodieren können?«

»Wir hoffen es. Das liegt auch in Ihrer Hand. Sie als Mitglied des Wissenschaftlichen Rates bestimmen, wie groß unsere Mittel sind.«
Mittlerweile berührte Kraas Schnauze fast die Wand. Völlig verzaubert betrachtete er eine Reihe von Schriftzeichen, die besonders tief in die Wand geritzt waren. Es schien, als hätte der Verfasser ihnen eine besonders wichtige Bedeutung zugemessen.

Sie kommen wieder

Kraa konnte seinen Blick nicht von den fremden Zeichen lösen. Auf eine unbestimmte Art beunruhigten sie ihn. »Sie verfügen ab sofort über unbegrenzte Mittel«, sagte er.
»Ich danke Ihnen.« Die Erleichterung in Tanars Stimme war nicht zu überhören. »Noch etwas«, sagte Kraa. »Ich kann Ihnen nicht sagen, warum. Aber ich denke, es wäre gut, wenn Sie sich beeilen würden.«

12970822R00294

Printed in Poland
by Amazon Fulfillment
Poland Sp. z o.o., Wrocław